尤利西斯

上

詹姆斯·喬伊斯
James Joyce
著

金隄 譯

《尤利西斯》目錄

第二部

第三部

序金隄譯的《尤利西斯》

魏爾登・桑頓

欣悉金隄教授所譯的《尤利西斯》（*Ulysses*）即將告成。這是一項非常重要的文學成就，因為它使廣大的讀者能夠讀到豐富的英文文學遺產中最偉大的小說之一。

多年來能定期與金教授面談翻譯問題，深感榮幸。我們的討論大部分涉及原文之細節——有時候是非常精微之細節——我們也談論喬伊斯（Joyce）小說更廣的層面，以及翻譯理論的種種問題；我也曾閱讀金教授討論《尤利西斯》之意義與翻譯的論文，不但津津有味，而且獲益匪淺。雖然我不懂中文，但我仍然可以證明金隄教授對這本複雜難懂之書的本文與神韻有透徹的了解。一個生長在極端不同文化中的人對這本西方經典竟能瞭如指掌，使我深感驚異。

我研讀這本小說已許多年；為了準備拙著《尤利西斯中的典故：注解目錄（一九六八年）》〔*Allusions in Ulysses: An Annotated List*（1968）〕，我特別仔細地研究過原文。但金教授對原文巨細靡遺、追根究柢地推敲，一再提出我以前從未想到的問題，使我們的會晤對我而言是啟迪與慚愧交集。有時在我們的討論之中，我曾認為金教授提出的某個問題似乎微不足道或對於素具西方知識背景者是顯而易見的，似可不予理會，結果卻發現他所提出的居然是我以前從未想過的重大問題！

我很高興一直是這個迷人的雙語交流轉換過程的密切關注者。金教授這本翻譯作品是否會成為經典性的《尤利西斯》中譯，只有時間能夠證明。然而，前景是樂觀的，因為我們幸而有金隄教授兼具了各種優越的條件——精通兩種語言，透徹了解《尤利西斯》，並能全心投入、忠實周到地迎接翻譯上的無數挑戰。我覺得很難想像別種翻譯在忠於喬伊斯大大小小的小說用意方面，堪與金教授的翻譯媲美。

一九九二年十一月的倫敦《泰晤士報文學增刊》（*Times Literary Supplement*）中，約翰・卡格瑞夫（**John Coggrave**）在評論一部〈喬伊斯作品的來龍去脈〉（*Joyce in Context*）（一九九二年劍橋大學出版）時，談到其中金隄教授的論文〈翻譯《尤利西斯》，東方與西方〉（**Translating** *Ulysses*, **East and West**）時說：「他對《尤利西斯》中譯問題之討論，凸顯了喬伊斯在作品中的行文方式。他必定是在翻譯上能闡明原作的極少數作家之一。」我敢說：即使對研究這本小說達數十年之久的人而言，他的翻譯也提供了無數的詮釋與澄清。

——一九九三年六月十六日，於美國北卡羅來納大學教堂山校區英文系

李樹基　一九九三年七月十六日
譯於中央研究院歐美研究所

＊魏爾登・桑頓教授〈序金隄譯的《尤利西斯》〉原文附於次頁

FOREWORD TO JIN DI'S TRANSLATION OF ULYSSES

I am delighted to see Professor Jin Di's translation of *Ulysses* coming to fruition. This is a very important literary achievement, making available to an extensive audience one of the greatest novels in the rich heritage of literature in English.

For several years I have had the pleasure of meeting periodically with Jin to talk about questions arising from the translation. While our discussions have for the most part dealt with details of the text—sometimes very fine details—we have also talked about the larger dimensions of Joyce's novel, as well as about issues of translation theory, and I have read with interest and profit Jin's essays on the meanings of *Ulysses* and on translation.

Though I have no knowledge of Chinese, I can testify to Professor Jin Di's detailed and profound knowledge of the body and the spirit of this complex book. That anyone born and reared in a culture so different could have achieved such full and detailed knowledge of this Western classic, I find amazing.

I have studied this novel for many years, examining the text especially carefully in preparation for my *Allusions in Ulysses: An Annotated List* (1968). But Jin's finetextured scrutiny of the text has repeatedly raised questions that had never befor occurred to me, making our meetings for me a mixture of enlightenment and chagrin. At times in our discussions I have been inclined to dismiss a question Jin raised as trivial, or as obvious to anyone with a Western background, only to realize that he was raising a substantial question that had never befor occurred to me!

I am pleased to have been a close observer of this fascinating process of interlingual communication and transformation. Whether Jin's product will become the classic Chinese translation of *Ulysses*, only time can tell. The signs, however, are auspicious, for in Professor Jin Di we have the fortuitous conjunction of someone fluent in both languages, thoroughly knowledgeable about *Ulysses*, and utterly devoted and conscientious about the myriad challenges of the translation. I find it hard to imagine that another translation could rival Jin's in its fidelity to Joyce's fictional purposes, large and small.

In a November 1992 review of *Joyce in Context* (Cambridge University Press, 1992) in the London *Times Literary Supplement* John Coggrave said of Professor Jin Di's essay "Translating *Ulysses*, East and West" that his "discussion of the problems of translating *Ulyesses* into Chinese throws into prominence the ways in which Joyce's texts operate. He must be one of the very few writers whose translations provide elucidations of the original." I can testify that even for one who has been studying the novel for several decades, his translation has provided innumerable elucidations.

Weldon Thornton
Professor of English
University of North Carolina
Chapel Hill, North Carolina, U. S. A.
June 16, 1993

迎《尤利西斯》

莊信正

喬伊斯的《尤利西斯》和普魯斯特的《追憶似水年華》，是二十世紀最偉大的兩部長篇小說。後書，江蘇譯林出版社去年出齊十多人合翻的中文全譯本，臺灣已由聯經出版公司重印問世；現在，前者也由九歌出版公司發行國際喬伊斯專家金隄先生多年來全力以赴的全譯本，北京的人民文學出版社，隨後即將出版其簡體字版，三兩年內中國翻譯界的兩個特大號漏洞可以彌補起來了。

這兩部浩瀚的巨著之難以閱讀是有名的，尤其《尤利西斯》於一九二二年乍出時幾乎沒有什麼人看懂，連葉慈和蕭伯納都未能終卷，維吉尼亞・吳爾夫竟誤會男主角布盧姆或許是某報的主編，也弄不清他與另一男主角斯蒂汾究竟有何相干。名作家尚且如此，普通讀者只好望書興嘆。但是經過專家學者七十年孜孜矻矻的鑽研索究，此書已不那麼拒人於千里之外。

但正如喬伊斯一再說過的，《尤利西斯》基本上是部幽默作品。只要我們認真看下去，就會發現其妙趣橫生的一面。喬伊斯時常同讀者開玩笑，作遊戲。他在細節方面力求詳盡具體，有時卻又故弄玄虛，要讀者猜沒有謎底乃至謎面的謎。第六章在公墓裡那穿褐色雨衣的神出鬼沒的陌生者、第十二章的故事敘述者和酒館裡那位「公民」都被作者姑（故）隱其名，他們是何許人？第三章和第十五章鄭重其事問起的那個「盡人皆知的詞」是什麼？草稿中原有答案曰"love"，修訂時刪去，一九八四年新版又把那段有關的文字補進，恐怕有違喬伊斯定稿時的旨意。斯蒂汾一早就決定不再回原來的住處，至終又拒絕宿在布盧姆家，那麼這天他去哪裡過夜？書中都沒交代，喬伊斯專家沒有——也不會有——公認的定論。我們何妨抱著對偵探小說whodunit的態度猜測一番。第十七章布盧姆心目中出現二十五位追求過他太太莫莉的男子，最初連研究者都以為全實有其人，後來才知道是用了不可靠觀點來暗示布盧姆因嫉妒而疑心生暗鬼，把查無其人的一位神父也硬算進去。莫莉在書中出場次數有限，從周圍許多人物（尤其她丈夫）對她念念不忘卻看得出她的重要性。大家對她的印象因人而異，就長相、身材而言，自不同出發點表示讚賞的有門頓（第六章）和萊納漢（第十章），第十二章那個敘述者則嘲笑她痴肥難看。在布盧姆眼裡她風韻猶存，雖然結婚已經十六年；他以照片為證，向斯蒂汾稱揚她豐滿肉感，這年輕人不為所動（第十六章）。類似這樣的不同角度而又不盡可靠的觀點在回頭重讀時特別引人入勝。

其實，原文長近八百頁的《尤利西斯》情節很「別致」，卻又很簡單，寫的是一九〇四年六月十六日星期四這天從早上八點到夜裡兩三點之間都柏林一對中年夫婦和一個青年知識分子身心活動的情狀；嚴格說來，絕少有重大事件發生，最不尋常的可能是下午這位妻子終於跟小她好幾歲的情郎初次成姦，使她丈夫終日耿耿於懷。另外書裡也利用種種技巧渲寫了難以數計的其他都柏林人的所行、所言、所思。喬伊斯通過雞毛蒜皮微不足道的細節，立意要為整個城市繪形畫像，「立此存照」，他希望將來都柏林萬一變為廢墟時，人們可以根據《尤利西斯》逐街逐巷重建。這是小說的許多獨特處之一。有的學者稱六月十六日這天為「絕對最日常的一日」（the dailiest day possible），現在西方若干地方每年都像節日一樣慶祝這個「布盧姆日」（用男主人翁的名字）。

幾十年來，每談及《尤利西斯》，讀者往往首先想起它的晦澀和色情片段。喬伊斯深信「食色性也」，書裡到處有吃喝場面；關於性，他更是就事論事，不作任何保留，因此衛道者視《尤利西斯》為淫書，各國官老爺們屢屢將之列為禁書。

有一次喬伊斯的一個朋友說她很喜歡艾略特的《荒原》，只是看不懂，喬伊斯說：「非看懂才行嗎？」他反對艾略特後來為這首長詩追加的注釋（事實上連注釋也不好懂），看意思是讀文學作品了解與否並不那麼要緊。若干年後，福克納持相似的看法。有人告訴他，他的作品看兩三遍還是不懂，該怎麼辦呢？回答是：「讀四遍。」至於如何讀《尤利西斯》，福克納建議像不識字的浸信會牧師讀《舊約》那樣，虔誠篤信，硬著頭皮堅持看下去。博爾赫斯（Borges）則自承「像世上所有的人一樣，我始終沒有從頭到尾看完《尤利西斯》，但其中有些場景我卻樂於一讀再讀。」威爾遜（Edmund Wilson）懷疑任何人讀過一次就能記住如此繁複的內容，「而重讀時我們翻開哪裡看哪裡」。這三人大體上代表《尤利西斯》的可能讀法。

無意如喬伊斯所企盼的那樣，對他的作品皓首窮經的中國讀者，沒有必要對每一詞語或典故追根究柢，所以能逐句精讀固然最好（中譯本附有周詳的注釋），卻不必太勉為其難，實在艱澀的片段不妨跳過。這樣最少不至於因厭倦而廢書不觀，為個別章節的魅力感動以後倒可能想進一步通讀全書。

*

下面具體談談我對《尤利西斯》讀法的看法。

喬伊斯的白描工夫在《都柏林人》和《藝術家青年時期寫照》已經顯而易見。《尤利西斯》以意識流著名，但全書仍以白描為主。初讀者不妨先看第一、二、四、六、八、十、十一、十二和十三各章；我個人特別喜歡第四、十和十二這三章。

至於意識流（或內心獨白），小說第一頁就開始出現，但上面提到的九章只不過於平鋪直敘中偶或夾雜隻字、片語或短句，而且文從字順，一目了然。第三章首次著重使用意識流。斯蒂汾讀書博，念頭多，因此他的冥思遐想跳動飛躍如不羈的野馬，常難以捕捉，布盧姆的就比較曉暢（如第五章）。第九章斯蒂汾的內心獨白不複雜，倒是他在圖書館與友人高談闊論莎士比亞那部分牽強附會，有鑽牛角尖的重大嫌疑，如果不耐煩，可以快讀或跳讀。最有名的最後一章莫莉那四十多頁內心獨白，因沒有標點符號，致使很多人望而卻步，實則不難斷句讀通。此章我很偏愛，結尾兩頁追憶童年的文字是神來之筆，其感染力不可抗拒。

《尤利西斯》在技巧和文字上力求千變萬化。第十章寫三十多個都柏林人同一時間在不同地點的言行，把電影蒙太奇手法發揮得淋漓盡致（第十一章像是它的續篇），讀起來也趣味盎然。第七章開頭用意識流，後來漸漸少用。章下分節，每節冠以報紙形式的標題，用的是俳諧體（parody）。吉福德稱這章為「文學手法百科全書」，輕而易舉就列了一百多種。這章很容易懂。第十二章開始越來越多用俳諧體。第十四章自始至終在用，模仿英國由古到今二、三十種不同的散文風格。開頭裝作逐字直譯古羅馬文章，全然不顧英文語法，成為全書最詰屈聱牙的片段。此章可以快讀、跳讀，甚至暫且不讀。第十六章模仿當時新聞文體的陳詞套語。第十七章通過三〇九對科技文獻式問答，故作絕對客觀狀。在這倒數第二章——喬伊斯視為全書的真正結尾，因為第十八章「沒有開頭、中間和結尾」——拋出有關兩個男主角的大量最新資料。這是作者本人最喜愛的一章，它和第十六章都不難讀，讀來也都很有情致。

喬伊斯說第十四章花了一千小時才寫成，第十五章（小說最長的一章）則曾九易其稿，他十分滿意；然而連專家學者都無法同意哪些片段是實事，哪些是幻覺，第一次看如果感到迷亂或疲累，就不必細讀。

譯者序

被西方文學界讚為「二十世紀最偉大的英語文學著作」的《尤利西斯》，今天終於能以其不加刪節的全貌出現在中文讀者的面前，沒有許多熱心中外文化交流的朋友和機構的支持是不可想像的。首先，這項工作之所以能提上日程並能避免半途而廢，須感謝袁可嘉、李文俊、申慧輝、任吉生、莊信正、蔡文甫等先生先後的積極促成作用。尤其是對《尤》書素有研究的莊信正先生除了促成以外，還費大量工夫閱讀部分譯文，提了寶貴的意見。

翻譯這部天才橫溢而又以晦澀艱難聞名於世的巨著，採用不同的方針可以造成完全不同的譯品。如以對中文讀者負責的態度，要求產生一種完全忠實於原著，而又能使讀者充分欣賞原著藝術風貌的譯本，這就意味著，必須認真負責地弄清原文一切錯綜複雜的文字和字裡行間的含義，然後才能促使譯文盡可能接近原著，並再現其風采。為了達到這一目標，一九七九年我開始這一艱鉅工作時，費了九牛二虎之力僅完成最短的一章，幾乎決定到此為止。是國際上的喬伊斯研究家主動而熱心地提供的幫助，才使我下了決心，堅持下來。其中最積極幫助的是雷諾茲夫人（Prof. Mary T. Reynolds）、魏爾登・桑頓教授（Prof. Weldon Thornton）、理查・艾爾曼教授

（Prof. Richard Ellmann，已故）、唐・吉福德教授（Prof. Don Gifford）、羅勃特・凱洛格教授（Prof. Robert Kellogg）、保羅・格羅斯教授（Prof. Paul Gross）、約瑟夫・布蒂吉格教授（Prof. Joseph A. Butigieg）等。這十餘年來，還有許多熱心地向我提供學術上的幫助的學者和喬伊斯愛好者，這裡無法一一題名，但是他們的行動往往在某一個問題上起了重大的以至決定性的作用，給我留下了深刻難忘的印象。

在進行這一艱鉅工作的過程中，先後獲得了以下學術機構的支持和幫助：國際喬伊斯學會（The International James Joyce Foundation）、牛津大學萬靈學院（All Souls College, Oxford）、聖母大學（University of Notre Dame）、美國亞洲基督教高等教育聯合基金會（United Board for Christian Higher Education in Asia）、耶魯大學善本圖書館（Beinecke Library, Yale University）、維吉尼亞大學高級研究所（Center for Advanced Studies, University of Viginia）、維吉尼亞大學維登基金會（Weedon Foundation, University of Virginia）、北卡全國人文學科研究中心（National Humanities Center, N. C.）。

《尤》書原文自一九二二年巴黎初版以來，歷經多次校勘，喬學家對多處文字究應如何勘定有許多爭議，我在十餘年鑽研過程中，有賴喬學界朋友主動熱心地提供爭議情況和材料，尤其是去年六月在都柏林參加國際喬學大會時，有幸獲得各方專家協助，並參考正式出版的各種版本，方才使譯文更為完善。

最後，這一譯著之能和讀者見面，還有賴於出版界的大力支持，先後有北京《世界文學》雜誌、天津百花文藝出版社、北京人民文學出版社，特別是促成全譯本的臺灣九歌出版公司。

值此上卷出版的時刻，我謹向他（她）們致以衷心的感謝。

金 隄

一九九三年六月
於美國北卡全國人文學科研究中心

前言：一部二十世紀的史詩

一九二二年二月二日，愛爾蘭作家詹姆斯・喬伊斯四十歲生日那天，法國巴黎出版了他寫的一部英語小說，這就是當時在英、美、愛爾蘭都無法出版的《尤利西斯》。這部七百多頁的巨著，頓時在國際上引起強烈的反應，其中既有五體投地的熱烈讚賞，也有毫不留情的全盤否定。一部小說的出版引起如此轟動，這在文學史上是少有的，而更罕見的是這一轟動並不隨著時間的推移而消失，或至少轉入一個時期的沒沒無聞，卻在幾十年期間獲得越來越多的愛好者，成為英語文學史中最突出的一部小說，往往被讚為「二十世紀最偉大的英語文學著作」。

拙文〈西方文學的一部奇書〉[1]已比較詳細地介紹這部著作的傳奇性經歷，本書「年譜」中亦已簡列其前後事項，現藉全譯本在中文讀者面前出現的機會，特就其藝術上的二重性作一討論。

喬伊斯在一九二〇年書信中曾稱《尤利西斯》是「一部兩個民族（以色列和愛爾蘭）的史詩」，然而就其藝術形式與基本內容而言，又是一部十足的現代小說，這兩種不同性質如何在一部著作同時體現，可能是理解和欣賞這一巨著的一個關鍵。

1　載天津百花出版社拙譯《尤利西斯選譯》（一九八七），原載北京《世界文學》一九八六第一期。

最明顯的史詩標誌，是它的巨大篇幅、歷史背景和獨特的書名。任何人看了這部小說並發現其中並沒有一個名叫「尤利西斯」的角色之後，都必然要問一問：這個命名的用意何在？

讀者提這個問題，正符合喬伊斯的意圖。尤利西斯就是希臘的荷馬史詩《奧德賽》（或譯《奧德修記》）中的英雄奧德修斯，這個希臘人名在拉丁文中稱為「尤利西斯」，英文是跟著拉丁文走的。喬伊斯以此為書名，就是要讀者想到這位希臘英雄和以他命名的荷馬史詩。不僅如此，他在創作過程中，每一章的章目都是《奧德賽》的人、地名或情節（見下一章節）。這些章目在他發表小說時都已經取消，我的全譯本既要盡量反映原著風貌，當然也照樣不用，下文還要論及不用章目的含義。但喬伊斯在取消的同時，卻又通過友人和評論家透露了這些章目，顯然又是立意要這些不在書內的史詩人物、地點繼續起某些作用。

＊

典故是自古以來中國文人愛用的手法之一，其作用不僅在於類比，常常是進一步藉一個人們已經熟知的文化背景來烘托自己的作品，從而達到詞句凝煉而內涵豐富生動的效果。喬伊斯正是運用了這個手法，並且把它發展到空前廣泛而複雜的程度。單是書名，就使讀者不能不想到那位古代英雄如何離家在外打仗十年後又漂泊十年，克服種種艱險終於返回家園的事蹟，不由自主地要在《尤》書主人翁的經歷中尋找類比，並且進而使本來十分鬆散的小說結構從荷馬史詩獲得一個框架。儘管喬伊斯那些雖廢猶存的章目並不和《奧德賽》的結構一致，有些章目甚至是奧德修斯從未到過的地方（如第十章的「游動山崖」），但結構上的類比作用仍是全書可見的。尤其是喬伊斯把全書十八章分為三大部，第一部（一至三章）總題「忒勒瑪基亞」，第二部（四至十五章）總題「尤利西斯的漂泊」，第三部（十六至十八章）總題「回家」，更使小說和《奧德賽》貼近，進一步加深了史詩的色彩。

然而，不論是人物或是結構的類比，對《尤利西斯》只能賦予或增加史詩的外形和情調。史詩的一個特點是題材往往不限於個人經歷，而涉及重大的民族性問題。在這一點上，喬伊斯生前錄製的一張唱片非常有意義。製片人請他朗誦《尤利西斯》，他挑選的段落是第七章人們在報社編輯部內議論文章長短時馬克休教授轉述演說家泰勒的一席即興演說。據了解，泰勒確有其人，並且在一九〇一年確實曾經作過這麼一次即席演說，因其詞句透辟而傳頌四方。喬伊斯向來以文采自傲，有人在《尤》書快要完成的時節問他「當今英語大師有誰」這一問題時，他能泰然回答「除了我以外，不知道還有誰」，而這位當仁不讓的大文豪在選擇自己作品中的代表性段落時，沒有挑自己費盡心血寫成並且也受到評論家和讀者擊節讚賞的精采文字，偏偏用了這一段別人的演說詞，顯然是有其深意的。聽著喬伊斯以剛勁有力的嗓音朗誦這一寓言似的演說，考慮到這是他親自朗誦《尤》書獨一無二的選段，人們不禁要聯想到他論《尤》書是「兩個民族的史詩」的話，從而認識到這個演說，表面上雖是小說角色議論文章好壞而提到的例子，實質上正是「史詩」關鍵所在。這篇演說熱情洋溢地讚頌了古希伯來人從埃及的奴隸狀態中毅然出走的精神，正好抒發了愛爾蘭民族求解放的決心，從而使散在小說各處許許多多愛爾蘭民族鬥爭歷史事實和猶太民族受欺凌的情節，由此而能綱舉目張，形成了與史詩形式相當的史詩內容。

*

《尤利西斯》儘管有如此鮮明的史詩特徵，它的文字、情節及其眾多的人物，卻都表現了十足地道的現代小說的性質。喬伊斯是一個創作態度極其嚴肅的作家。他在少年上學時期，校內神父賞識他的優異成績而向他提供接受天主教聖職的機會，但他毅然拒絕，就是因為他決心獻身藝術。他認為，宗教的作用是「用一個機械的天堂」哄人，只有通過藝術才能正視人生。照他自己的說法。「藝術是生活的最集中的表現。」（《英雄斯蒂汾》）他崇拜易卜生，說他「高出莎士比亞一頭」（雖然他也嫌易卜生的創作有些簡單化），就是因為易的戲劇是針砭社會中的現實問題的作品。

喬伊斯心目中的現實問題，和他所喜愛的史詩形式並無矛盾。泰勒演講的主題，正符合喬伊斯早已公開聲明的追求「祖國的精神解放」這一寫書目的。但是如果書中出現大量的古代史詩人名和地名，尤其是以每章章目的形式貫穿全書，必然將大大沖淡作品的現實主義，不是加強而反倒是削弱了它能為「祖國的精神解放」產生的作用。由此可見，喬伊斯雖有章目而不用，並非一般的字句推敲，而是突出小說的現實意義的重要措施。

任何對於反映現實生活的藝術作品有興趣的讀者，完全可以將荷馬撇在一邊，將《尤利西斯》從頭至尾當作剖析現代社會精神狀態的小說欣賞。應該說明的是，雖然第十五章中出現了許許多多稀奇古怪的人物和情節，那只是喬伊斯為了表現人的下意識活動而作的獨特創造，《尤》書的整個故事中沒有一般小說中常用的曲折情節和吊胃口的「懸念」。這並不是因為喬伊斯沒有這類情節可用，而是他從原則上反對用出人意料或是聳人聽聞的情節吸引讀者。他認為獵奇是新聞界的事，不是小說家的任務，而小說家的任務是表現人的本質。實際上，如果他不是根據自己這個藝術原則，如果他也願追隨流行小說寫去，戲劇性強的情節幾乎俯拾即是。例如，布盧姆的妻子莫莉開始有外遇，並且就在這一天第一次在家中與情人幽會，這在十六年夫妻生活中當然是一件大事，一般的小說家遇到這樣的「三角關係」，可以寫出許多刺激性的場面，但是《尤》書中不但沒有直接描寫莫莉和情人相會的情景，而且連布盧姆早晨究竟從莫莉了解到什麼情況也沒有直接交代，而只是讓讀者從布盧姆下午的思想活動中看到，早晨夫妻談話必曾提及約會時間是四點鐘。讀者只能想像布盧姆所了解的內容大概不止於此，否則他不會那麼肯定下午的約會要出事，而且為此而整天痛苦。

《尤利西斯》之所以受到那麼多文學評論家和讀者的讚賞以致熱愛，被尊為二十世紀最偉大的英語文學著作，主要就在於它以極其精湛準確的語言，栩栩如生地刻畫了一個城市內的人、時、地，使讀者對一些人物獲得在英語文學中空前深入而全面的理解，並在種種貌似平凡的事件中，甚至在滑稽可笑的日常生活中，表現了人的高貴品質究竟何在。

*

為了既有史詩的概括力，又能準確地反映現實，喬伊斯在《尤》書中運用了許多創造性的文學手段。在他以前，已經有作家在作品中用「內心獨白」直接表現人物的思想活動，喬伊斯匠心獨運地將它和生動靈活的敘述結合為一，形成全面表現人物性格的意識流，從而創造了英語文學中最全面也最深入的人物形象。但意識流僅是喬所用手法之一，與此同時他還大量運用典故，其中不僅有史詩性質所涉及的希臘神話，還有許多其他典故，包括愛爾蘭和其他國家歷史事件和人物、古今哲學思想、宗教傳統和宗教理論、古典和當代文學著作（尤其是莎士比亞、彌爾頓、但丁、福樓拜爾、歌德、王爾德、葉慈、雪萊、拜倫等名家）、各種民間傳統等等……可以說他涉及了一切對西方文明社會、對人們的思想感情產生了影響的文化領域，這正是他所表現的社會形象特別豐富真實的一個原因。

不言而喻，這樣的書有些地方不是一看就能懂的，儘管它是一部喜劇性很強的小說。《喬伊斯傳》的作者艾爾曼（Richard Ellmann）在一部專論《尤》書的著作中說，「在有趣的小說中，它是最難懂的，在難懂的小說中它是最有趣的」，一語道破了它要求讀者費一點力氣才能充分欣賞而又確實值得費力去捉摸、體會的特點。但它的難懂，還不僅因為典故繁多因而讀者需有廣泛的背景知識，還有文字方面的原因。喬伊斯寫《尤》書，對自己文字的要求比寫《都柏林人》和《寫照》時高得多。他從不滿足於一般的通順或是典雅，而是一字一句力求達到最適合當時情節和具體人物性格的最佳效果。與喬伊斯差不多同時的著名詩人艾略特（T. S. Eliot）曾讚嘆喬是彌爾頓之後最偉大的英語大師，卻也曾埋怨《尤利西斯》文體變化過多，說它成了「文體的反面」，意思大概是說一個作家總有自己的文體，所謂的「文如其人」，變化那麼多豈非否定了自己？然而，深入研究或反覆欣賞此書的讀者發現，書中變化多端的文體並非賣弄文采，而是處處都有具體作用；生僻的字眼和獨特的詞句結構（包括一些似乎不通或是莫名其妙的字句）也是如此，都需要反覆揣摩方能體會其中深意。

理解是欣賞的鑰匙。我們中文讀者要和英語讀者一樣體會這部巨著的內容，首先必須擁有和他們一樣的背景知識，因此我的譯文配了相當數量的注釋。這些注釋絕大部分是根據西方文學研究界的考據又加上自己的研究而寫，也有一些是我根據自己的調查研究加上熱心人提供的材料而編寫的，相信對讀者會有幫助。在某種意義上說，因為原著並沒有注，譯作加注平添了一種學術著作似的外形，並不符合原著的純小說外貌。但如不加注，譯品實質上更不符原著的精神，因為我們中文讀者缺乏原作者認為讀者理當知道的背景，勢必在原著並無晦澀之意的地方也感到無法理解，巧妙的既不巧妙，深刻的也無從深刻，連可笑的地方也不會可笑了。顯然，適當的注釋是必要的，問題是給什麼樣的注釋。由於《尤》書是西方文學界最熱心研究的作品之一，對書中許多疑難處如何理解是眾說紛紜的，我在注釋中盡量做到客觀提供必要的背景知識，避免引入片面的一家之言而誤導讀者。

我的目的是盡可能忠實、盡可能全面地在中文中重現原著，要使中文讀者讀來獲得盡可能接近英語讀者所獲得的效果。由於語言的不同，絕對相同的效果是不可能的，但是譯者追求與不追求等效，產生譯品是很不一樣的。例如，原著各章並無標題，如果中譯本各章加上標題，就可能發生上文所說破壞氣氛的作用。又如，喬伊斯小說中的對話，一律不用英語文學作品中常用的引號，而採用法國式的破折號，標明說話人的詞語插在其中，這種格式在英語讀者也是不習慣的，因而給他們也造成一種特殊印象，如果我們不保留這種格式，改用中文讀者熟悉的引號，必然就會失去這種特殊風格。這一些僅僅是形式，保持原著風格比較容易辦到，但是忠實反映原著全貌，這是一個需要從形式到內容全面貫徹的藝術原則和決心。

這個原則和決心，在《尤》書這樣文采奇特而又準確生動的複雜原文面前，自然是困難重重的。由於兩種語言牽涉到兩種不同的文化背景，譯文表面上的「對等」有時貌合神離，對於中文讀者所產生的效果可能完全不符合原文意圖，因此翻譯中常常需要作一些文字上的調整變化。這些調整變化自然要力求靈巧，但這絕不能以追求脫離原文意圖的流暢為目標，而都必須是以準確為目標的靈巧，以便更好地適應新的語言環境，使中文的讀者效果更接近英文的讀者效果。不論變與不變，處處都是為了更忠實地表現原著的人物形象、機智巧妙和複雜含義，也就是以中文環境中的最大可能，用喬伊斯式的藝術想像和創造性文學語言，再現原著的精神實質和藝術風貌。這一番苦心的實際效果如何，還有待讀者的指正。

《尤利西斯》寫作章目與荷馬史詩《奧德賽》主要典故

（章目根據喬伊斯本人透露，典故說明係譯者添加）

第一部：忒勒瑪基亞（Telemachia）

（一）忒勒瑪科斯（Telemachus）。荷馬典故：忒為希臘島國伊塔刻王奧德修斯之子，在奧離家二十年期間已長大成人，因父未歸母受求婚者糾纏而受折磨，後由女神雅典娜引其出海尋父。

（二）涅斯托耳（Nestor）。荷馬典故：涅為隔海鄰國國王，在特洛伊戰爭中為希臘軍中年事最高的將領，以深諳世故、知識淵博著稱，忒勒瑪科斯渡海後首先向他請教，他熱心提供他所了解的戰後其他希臘將領情況，但對奧德修斯十年未歸緣故並不了解。

（三）普洛透斯（Proteus）。荷馬典故：普為海神波塞冬助手，善於變形。忒勒瑪科斯離涅斯托耳後去斯巴達，斯王墨涅拉俄斯敘述本人自特洛伊回希臘途中，曾在埃及沿海島嶼擱淺，幸獲普洛透斯女兒幫助，得以捉住形態變幻無窮之普洛透斯，迫使其提供脫身方法以及其他希臘將領消息，其中包括奧德修斯困在另一海島情況。

第二部：尤利西斯的漂泊

（四）**卡呂普索**（Calypso）。荷馬典故：卡為海中島嶼仙女，奧德修斯戰後率船隊返航途中歷經艱險人船均失，隻身漂至此島，卡喜愛奧，願奧永留其島，然奧思家心切，與卡同居七年後獲神幫助，紮木筏離島。

（五）**吃落拓花的人**（The Lotus-Eaters）。荷馬典故：在奧德修斯航程初期，某次遇風暴時登陸，發現該地人以「落拓花」為食品，此花味甘如蜜，吃後忘卻一切，奧所派水手吃後便忘掉偵察任務，不願回船，奧不得不遣人找回。

（六）**哈得斯**（Hades）。荷馬典故：哈得斯為冥王，亦指他所統治的陰間。奧德修斯根據喀耳刻（見十五章章目）提供的勸告，去哈得斯向預言家陰魂探問前途命運。奧在哈得斯除達此目的外，見到許多其他已死人物。

（七）**埃俄羅斯**（Aeolus）。荷馬典故：埃為風神，奧率船抵其島上，見其宮殿四周日夜風聲不絕。奧臨行時，埃贈一大牛皮袋，內封一切逆風，因此奧航行十分順利，但水手以為牛皮袋內必為貴重物品，於船即將到家時竊解其封，頓時狂風破袋而出，將船颳回埃島，埃恨奧不成器而拒絕再予幫助。

（八）**勒斯特里岡尼亞人**（Lestrygonians）。荷馬典故：勒斯特里岡尼亞人為吃人生番，奧失風神幫助後率船隊泊在該族海邊，被發現後損失慘重，僅奧本人所駕船舶逃脫。

（九）**斯庫拉與卡律布狄斯**（Scylla and Charybdis）。荷馬典故：斯庫拉為六頭女魔，雄踞海峽一邊山頂，每過一船必攫食六名水手。卡律布狄斯為對岸大岩洞，每日吞吐海水三次，吞吐時毀滅一切途經此處船舶。奧航行至此，遵照喀耳刻囑咐，貼近斯庫拉而過海峽，犧牲六人。

（十）**游動山崖**（The Wandering Rocks）。荷馬典故：喀耳刻為奧講述航行路線時說明，船過賽壬海灘後，可在二路線中選取其一。其一為游動山崖，不僅船舶經過會被粉碎，即飛鳥亦被夾住尾巴；第二即斯庫拉與卡律布狄斯。奧選後者，故未經游動山崖。

（十一）**賽壬**（Sirens）。荷馬典故：賽壬為海妖，美貌善歌，航海者聞其歌聲必受誘惑而觸礁身亡。奧遵循喀耳刻勸告，事先將船員耳朵用蠟封死，同時命人將自己捆在桅杆上不得動彈，因而船過賽壬岸邊時奧雖受其音樂誘惑卻不能左右船舶行程。

（十二）**庫克羅普斯**（Cyclops）。荷馬典故：庫克羅普斯為獨目巨人族，散居山洞，奧德修斯航行初期到此，率部分人員進入一巨人山洞，巨人即攫食二人，奧用計以木棍戳瞎其獨眼方得逃出。但獨眼巨人為神之子，因而此後奧航海困難更多。

（十三）**瑙西卡**（Nausicaa）。荷馬典故：奧德修斯獨自駕木筏離卡呂普索後，筏被風浪擊散，奧漂至一島，遇島上公主瑙西卡與侍女來河口洗衣嬉戲，被帶回宮中，瑙父招待奧並遣人駕船護送返回伊塔刻。

（十四）**太陽神牛**（Oxen of the Sun）。荷馬典故：奧德修斯船過斯庫拉與卡律布狄斯後，到達太陽神之島，上有太陽神寵愛之牛群。喀耳刻已告奧萬勿傷神牛，奧亦已令船員起誓，然久困此島絕糧之後，船員趁奧熟睡之際宰牛數頭，太陽神大怒，求天神以雷電將奧船擊毀，奧方孤身漂泊至卡呂普索島上。

（十五）**喀耳刻**（Circe）。荷馬神話：喀美貌而有魔法，能將人變為禽獸。奧德修斯在航程初期損失大部船隻後到達喀島，分一半水手上島偵察，不料除一人逃回以外全部在享受喀耳刻酒食之際變成了豬。奧獲神助破其魔法，救出同伴後，與其同居一年並生育子女，最後在其幫助下繼續歷險。

第三部：回家

（十六）**歐邁俄斯**（Eumaeus）。荷馬神話：奧德修斯回伊塔卡後，根據雅典娜指點，化裝赴牧豬人歐邁俄斯家，歐雖未識出，但仍熱情招待。忒勒瑪科斯從大陸歸來亦未回宮而先來歐家探問消息，從而父子在此相會並策畫回宮殺敵團圓方法。

（十七）**伊塔刻**（Ithaca）。荷馬神話：伊塔刻為希臘西岸島嶼，因其國王奧德修斯戰後十年未歸而無音信，許多有野心的王公貴族來向其妻求婚，並霸占王宮逼婚。此次奧歸國在牧豬人處與兒子商議後分別回宮，奧仍化裝為乞丐，終在兒子與忠僕配合下將逼婚者全部殺死。

（十八）**珀涅羅珀**（Penelope）。荷馬神話：珀為奧妻，在奧十年無音信情況下堅持等候，雖無力將求婚者逐出，卻能用計盡量拖延。奧化裝進宮後珀未即認出，入睡醒來方知逼婚者均已被殺，但仍懷疑來者是否真為奧德修斯，經考驗證實後歡慶團圓。

金　隄

一九九三年四月
於美國北卡全國人文學科研究中心

《尤利西斯》的原作者詹姆斯·喬伊斯
James Joyce 1882~1941

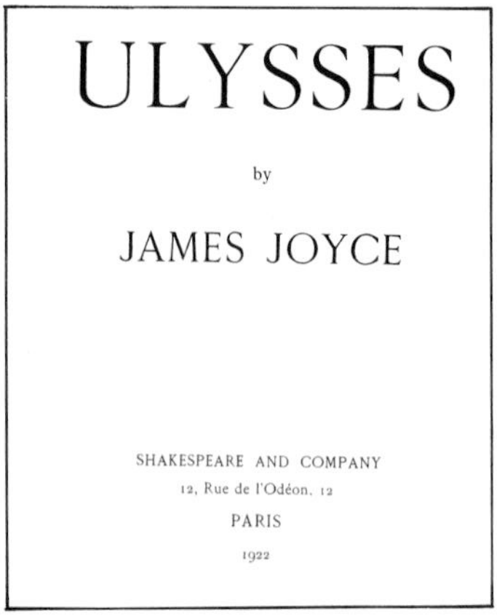

ULYSSES

by

JAMES JOYCE

SHAKESPEARE AND COMPANY
12, Rue de l'Odéon, 12
PARIS
1922

⬆《尤利西斯》第一版書影（1922年2月2日，喬伊斯四十歲生日時出版）

⬆1938年，喬伊斯（左）在巴黎莎士比亞書店與出版《尤利西斯》的兩位女老闆晤談。

喬伊斯與孫兒史蒂芬（1938年・巴黎）

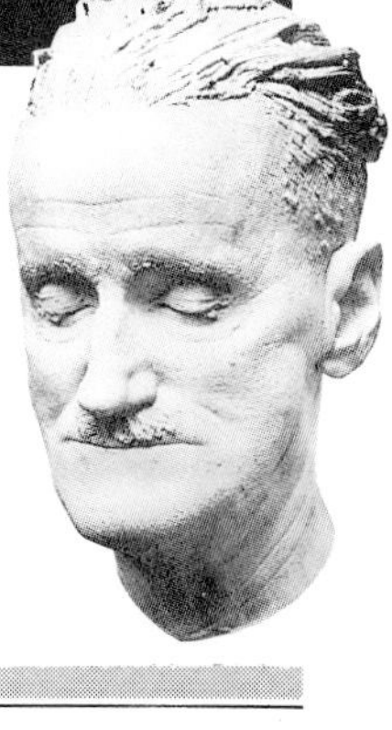

喬伊斯塑像

▲《尤利西斯》第一章所描寫的碉樓頂部，在愛爾蘭都柏林灣海岸。金隄1992年參加喬學大會期間到此訪問。

➡《尤利西斯》書中多處提及的愛爾蘭民族英雄奧康內爾的銅像，佇立在都柏林大街上。(前立者為《尤利西斯》中譯者金隄)

第一部

1

儀表堂堂、結實豐滿的壯鹿馬利根從樓梯口走了上來。他端著一碗肥皂水，碗上十字交叉地架著一面鏡子和一把剃刀。他披一件黃色梳妝袍，沒有繫腰帶，被清晨的微風輕輕托起，在他的身後飄。他把碗捧得高高的，口中念念有詞：

——Introibo ad altare Dei.[1]

他站住了，低頭望著幽暗的盤旋式樓梯，粗魯地喊道：

——上來，啃奇！上來吧，你這個怕人的耶穌會修士！[2]

他莊嚴地跨步向前，登上了圓形的砲座。他環顧四周，神色凝重地對塔樓、周圍的田野和正在甦醒過來的群山作了三次祝福。這時他看見了斯蒂汾・代達勒斯，便朝他彎下身去，迅速地在空中畫了幾個十字，同時一面搖著腦袋，一面在喉嚨裡發出嘟嘟囔囔的聲音。斯蒂汾・代達勒斯

1 拉丁文：「我登上天主的聖壇。」這是天主教神父主持彌撒開場用語。

2 耶穌會是天主教內以治學嚴謹聞名的修士會。根據喬伊斯另一小說《藝術家青年時期寫照》（以下簡稱《寫照》），斯蒂汾自幼在耶穌會辦的學校上學。

瞌睡未醒，心情不大暢快，扶著樓梯口的欄杆，冷冷地望著那張搖頭晃腦嘟嘟囔囔地祝福他的馬臉，望著那一頭並未剃度的淡黃頭髮，頭髮的紋路和色調都和淺色橡木相似。

壯鹿馬利根掀起鏡子，往碗裡窺看了一眼，又麻利地蓋好。

——回營！他厲聲喝道。

然後他又用布道者的腔調說：

——啊，親愛的人們，這是地道的基督女：肉體與靈魂，血液與創傷。[3]請奏緩樂。請閉上眼睛，先生們。稍候。白血球略有問題。全體肅靜！

他側過臉去瞅著天空，緩慢而悠長地吹了一聲打招呼的口哨，然後凝神聽著回音，露出一口雪白整齊的牙齒，白牙中間這裡那裡還有一些金點在閃閃放光。金口的人。寧靜的晨空中，傳來了兩聲尖銳有力的口哨回答他。

——謝謝，老伙計，他興致勃勃地說。很不賴。關上電門吧，勞駕！

他跳下砲座，一面將梳妝袍的下襬收攏來裹住雙腿，一面向觀看他的人投去嚴肅的眼光。陰影中的豐腴臉龐，陰沉沉的鴨蛋形下顎，都使人想起中古時期一位庇護藝術的高級教士。他的嘴邊浮起了一片和藹可親的笑容。

——絕大的諷刺！他歡快地說。你的姓名荒謬得很，古希臘人！[4]

他以友好的開玩笑姿態指了指，哈哈笑著轉身走向護牆。斯蒂汾•代達勒斯跨上樓頂，瞌睡兮兮地跟在他後面走了幾步，在砲座的邊緣上坐了下來，同時繼續望著他，看他把鏡子支在護牆邊，把刷子伸進碗裡蘸一下，然後把臉頰和脖子都上皂沫。

壯鹿馬利根的歡快的聲音又說下去。

——我的姓名也是荒謬的。瑪拉基・馬利根，兩個揚抑抑格的音步。倒是有一點希臘韻味，是不是？跳跳蹦蹦，高高興興，正是壯鹿的意思[5]。咱們倆得到雅典去。怎麼樣，要是我能從姑媽那裡擠出個二十鎊來，你去嗎？

他把刷子放下，興高采烈地大聲笑著說：

——去不去呀？這個半生不熟的耶穌會修士！

他住了嘴，仔細地刮起臉來。

——你告訴我，馬利根，斯蒂汾安靜地說。

——告訴什麼，寶貝兒？

——海因斯還要在這個碉樓裡住多久？

壯鹿馬利根從右肩上露出已經刮乾淨的那一邊臉頰。

---

3 耶穌臨終前在最後晚餐席上給他的十二門徒分麵包傳酒時曾說，這就是他的身體和血液；天主教聖餐儀式中均重複此語以示聖餐所用的麵餅與酒即聖體的一部分。馬利根將基督名稱Christ加詞尾變成一個女人名字似的詞christine，可能與本書十五章描寫的褻瀆基督的「黑彌撒」（以裸女為祭壇）有聯繫。

4 代達勒斯由希臘姓氏「代達羅斯」略作變動而成，古希臘傳說中的代達羅斯是最著名的巧匠，曾製造雙翼黏在身上飛出囚宮。

5 馬利根的本名是「瑪拉基」；「壯鹿」是他的綽號，原文為Buck，泛指公鹿、公山羊等雄性動物。

——天主啊，他實在討厭，是吧？他坦率地說。笨重的英國佬。他認為你不是紳士。天主啊，這些該死的英國人，鈔票多得撐破口袋，吃的多得撐破肚皮。就因為他是牛津出身。你知道嗎，代達勒斯，你倒是真正的牛津風度。他弄不明白你是怎麼回事。嘿，我給你取的名字最妙：啃奇，像刀刃。

他小心翼翼地刮著下巴。

——他整夜都在說胡話，鬧一隻什麼黑豹，斯蒂汾說。他的槍套在哪兒？

——可悲的瘋子！馬利根說。你嚇壞了吧？

——我是嚇壞了，斯蒂汾加重語氣說，他的恐懼情緒又上來了。黑夜在這野外，跟一個素不相識的人在一起，還老說胡話，哼哼唧唧鬧什麼開槍打黑豹。你跳下水去救過人的命，我可不是英雄好漢。要是他還要在這兒住下去，我走。

壯鹿馬利根瞧著剃刀上的肥皂沫皺皺眉頭。他跳下來，急急忙忙地在褲子口袋裡掏什麼。

——討厭！他粗聲粗氣地喊叫。

他走到砲座旁邊，將手伸進斯蒂汾的上衣口袋裡說：

——把你的鼻涕布借咱們使使，擦剃刀。

斯蒂汾聽任他掏出一塊又髒又皺的手帕，提著一角抖弄了一會兒。壯鹿馬利根乾淨俐落地擦好剃刀之後，端詳著手帕說：

——詩人的鼻涕布！咱們的愛爾蘭詩歌有了一種新的藝術色彩：鼻涕青。幾乎可以嚐到它的味兒了，是不是？

他又登上護牆去眺望都柏林海灣，他的淡淡的橡木色頭髮在輕輕飄動。

——天主啊！他安靜地說。阿爾杰[6]把海洋叫作偉大而又溫柔的母親，可不真是！鼻涕青的大海。使人陰囊緊縮的大海。**Epi oinopa ponton.**[7] 啊，代達勒斯，那些希臘人呀！我得教教你。他們的作品得讀原文才行。**Thalatta! Thalatta!**[8] 海確是我們的偉大而又溫柔的母親。過來看。

斯蒂汾站起身走到護牆邊。他倚在牆上俯望水面，看到一艘郵船正駛出國王鎮[9]的港口。

——咱們的強大的母親！壯鹿馬利根說。

他那雙有所探索的灰色眼睛，突然從海面轉到斯蒂汾的臉上。

——姑媽認為你母親是你害死的，他說。所以她不許我和你來往。

——她是有人害死的，斯蒂汾陰沉沉地說。

——見鬼，啃奇，壯鹿馬利根說。你母親臨終的時候要求你，你跪下不就得了？我和你一樣超脫，可是你想想，你母親用她的最後一口氣求你跪下為她祈禱，你居然拒絕了。你這人有一點兒邪……

---

6 阿爾杰農・斯溫伯恩（Algernon Swinburne, 1837-1909）英國詩人。馬利根用的是暱稱。

7 古希臘文，意為「在葡萄酒般幽暗的海面上」，是荷馬史詩中常見的字句。

8 古雅典希臘文，意為「海！海！」，這是古代一支希臘軍隊衝破包圍到達海邊時的歡呼聲。

9 國王鎮（Kingstown）是都柏林的一個海港區，現已改名丹萊里（Dun Laoghaire）。

他收住話頭，在另一邊的臉頰上又薄薄地塗上一層皂沫。他的嘴脣微微捲曲，露出寬大為懷的笑容。

——可是扮相多妙啊！他喃喃自語似的說。啃奇，扮相最妙的假面啞劇演員！

他不作聲了，專心一意地刮起臉來，剃刀勻稱地移動著。

斯蒂汾彎起一隻胳膊支在粗糙的花崗石上，手掌托著前額，目光滯留在自己那件發亮的黑上衣袖子上，盯著已經磨破的袖口。一陣痛苦，一種還不是愛情的痛苦，在折磨著他的心。她，默默無聲地，死後曾在他的夢中出現，她那消瘦的軀體上套著寬大的褐色壽衣，散發出一種混和著蠟和檀木的氣息；她一言不發地俯身譴責他，呼吸中隱隱地帶來一股沾溼的灰燼氣味。他的目光越過自己的襤褸衣袖望著海，剛才被旁邊那個營養充足的嗓音讚為偉大而溫柔的母親的大海。海灣的邊緣和海平線相接而形成一個大圓環，環內裝著一大盆暗綠色的液體。她的病床旁邊有一只白瓷小盆；她死前一陣陣地大聲哼著嘔吐，撕裂了已經腐爛的肝臟，嘔出的綠色膽汁，就是吐在這只盆裡。

壯鹿馬利根又擦剃刀。

——呵，可憐的小狗子！他口氣和善地說，我得給你一件襯衫，幾條鼻涕布。那條二手貨褲子怎麼樣？

——挺合身的，斯蒂汾答道。

壯鹿馬利根細心地刮著嘴脣底下的凹處。

——絕大的諷刺，他滿意地說。應當說是二腿貨。天主知道原來是什麼生梅毒的色鬼穿過的。我有一條挺漂亮的褲子，細條兒，灰色的。你穿上準帥。我不是開玩笑，啃奇。你穿整齊了真他媽的夠好看的。

——謝謝，斯蒂汾說。灰的我不能穿。

——他不能穿，壯鹿馬利根對著鏡子裡自己的臉說。規矩終歸是規矩。他自己害死了母親，可是灰色的褲子卻不能穿。

他俐落地闔上剃刀，用手指上的觸鬚輕輕地撫摸著光滑的皮膚。

斯蒂汾把目光從海面上，移到那張豐腴而有一雙靈活的煙青色眼睛的臉龐上。

——昨天晚上和我一起在船艦酒店的那位老兄，壯鹿馬利根說，他說你有神痲症。他在癲狂園[10]，和康諾利·諾曼在一起。神經失常痲痹症！

他手拿鏡子在空中揮舞了半個圓圈，對著現在已經光芒四射普照海面的太陽，閃閃放光地發布了這條新聞。他捲起刮得乾乾淨淨的兩片嘴唇，露出兩排亮晶晶的白牙齒哈哈大笑起來，笑得整個健壯結實的軀體都震動了。

——看看你自己的尊容吧，他說，你這個嚇人的詩人！

斯蒂汾伸頭看了看舉在前面的鏡子，鏡面已破，歪歪斜斜有一道裂紋。頭髮都豎著。這就是

10 這是都柏林西北區里奇蒙德瘋人院的俗稱。

他和別人眼中的我。是誰為我選的這張臉？排除蟲子的小狗子。它也在問我。

——我從女傭人房裡偷來的，壯鹿馬利根說。她活該。姑媽總是給瑪拉基找相貌平常的傭人。免生誘惑。而且她的名字叫作烏爾蘇拉[11]。

他說著又笑起來，同時從斯蒂汾正在自我省視的目光前抽走了鏡子。

——卡里班在鏡中找不到自己面容時的狂怒，他說。要是王爾德還活著，能看到你這副尊容，那才有意思呢！[12]

斯蒂汾伸直身子，指著鏡子辛酸地說：

——這就是愛爾蘭藝術的象徵。一面僕人用的破鏡子。

壯鹿馬利根突然伸出胳膊，挽住斯蒂汾的胳膊繞著碉堡的樓頂走起來，他塞在口袋裡的剃刀和鏡子發出互相磕碰的聲音。

——啃奇，這麼逗你是不公平的，是不是？他和善地說。天主知道，你的精神力量比他們誰的都強。

又是一擋。他怕我的藝術的鋒刃，正如我怕他的。筆，陰森森的鋼。

——僕人用的破鏡子！把這話告訴樓下那個牛傢伙，敲他一個幾尼[13]。他的錢多得發臭，又不把你當紳士。他老頭子是靠賣賈拉普瀉藥給祖魯人發的財，要不就是別的什麼亂七八糟的騙局。天主哪，啃奇，只要你和我聯合起來，咱們沒準兒還能把這個島國治一治。把它來一個希臘化[14]。

克蘭利[15]的胳膊。他的胳膊。

——想一想，你居然不能不向這些豬玀們要施捨！我是唯一知道你的價值的人。你為什麼不能更信任我一些呢？我有什麼叫你不順心的地方呢？是海因斯嗎？他要是再在這裡吵咱們，我就把西摩找來，咱們好好兒地擺布他一頓，比他們捉弄克萊夫・肯索普還厲害些。

在克萊夫・肯索普的房間裡，闊少爺們的喊叫聲鬧成一團。都是白臉兒的[16]；個個笑得搗著肚子，互相摟著抱著。啊唷，我可受不了啦！奧布里，你告訴她這消息得婉轉些！[17]我要死了！他身上的襯衫已經被剪成一條一條的拍打著空氣，他還跌跌撞撞地繞著桌子又是蹦又是跳，褲子脫落在腳上，毛德琳學院的埃茲手裡拿著裁縫的大剪子追在他屁股後面。臉上塗金似的全是橘子醬，神色像是受了驚的小牛犢。我不要脫褲子！你們別對我耍你們的牛瘋！

---

11 烏爾蘇拉為基督教早期聖女，以倡導貞節著稱。

12 愛爾蘭作家王爾德（Oscar Wilde, 1854-1900）在他的著名小說《朵蓮格雷的畫像》（編者按，九歌出版的該小說譯名為《杜連魁》）序言中說：「十九世紀人們對現實主義的憎惡，是卡里班在鏡中見到自己面容時的狂怒。十九世紀人們對浪漫主義的憎惡，是卡里班在鏡中見不到自己面容時的狂怒。」卡里班是莎士比亞《暴風雨》中的醜陋的妖精。

13 畿尼是英國舊金幣，值二十一先令（比英鎊多一先令）。

14 「希臘」指未受基督教影響的古希臘。

15 克蘭利曾是斯蒂汾同窗好友，後已疏遠，事載《寫照》。

16 指英國人，因為愛爾蘭人自己大多臉色發紅。

17 這是一句歌詞，原歌曲表現戰士在戰場犧牲時對母親的懷念。

從敞著的窗口揚出去的喊叫聲，驚動了庭院裡的夜空。一個耳聾的園丁，身上圍著圍裙，臉上戴著馬修・阿諾德的面具[18]，在陰暗的草地上推他的修草機，仔細地注視著亂飛的草莖。

我們自己[19]……新的異教文化……昂發樓斯[20]。

——讓他住著吧，斯蒂汾說。除了晚間以外，他也沒有什麼不好。

——那麼，到底是怎麼一回事呢？壯鹿馬利根不耐煩地說。咳出來吧！我對你是很坦白的。你對我究竟有什麼意見呢？

兩人站住了，遙望著兀禿禿地凸在水面上的布萊岬角，像一條沉睡的鯨魚的鼻尖。斯蒂汾靜靜地把胳膊抽了出來。

——你要我告訴你嗎？他問。

——要，是什麼？壯鹿馬利根答道。我想不起來有什麼事兒。

他說話時盯著斯蒂汾的臉。一陣微風迎著他的前額吹來，輕輕地撥弄他的尚未梳整的淡黃頭髮，在他的眼中搧起了焦灼的銀色火星。

斯蒂汾從自己說話的聲音中感到一種壓抑：

——你記得我母親死後我第一次去你家的情況嗎？

壯鹿馬利根迅速地皺了一下眉頭說：

——什麼事兒？什麼地方？我記不住事情。我只記得思想和感觸。為了什麼？究竟是怎麼一回事兒，天主呀？

——你在沏茶，斯蒂汾說，你走過樓道去添開水，這時候你母親陪一個客人從客廳裡出來。她問你誰在你房裡。

——怎麼樣？壯鹿馬利根說。我說什麼來著？我忘了。

——你說，斯蒂汾答道，咳，代達勒斯唄，他媽媽挺了狗腿兒啦。

壯鹿馬利根臉上泛起一陣紅暈，使他顯得更加年輕可親了。

——我是那麼說的嗎？他問。其實，又有什麼關係呢？

他不安地抖動一下，擺脫了自己的窘迫心情。

——而且，死，不論是你母親，還是你，還是我自己的死，有什麼呢？他問道。你只看見你母親的死。我在慈母醫院和里奇蒙德瘋人院，天天看他們挺腿兒，又在解剖室裡開膛破肚。本來就是豬狗一般的過程嘛，不折不扣的。根本就是無所謂的事兒。你母親臨終時要求你跪下為她祈禱，你不願，為什麼？那是因為你身上有那種該詛咒的耶穌會脾氣，不過是顛倒過來的罷了。對我來說，這一切全是絕大的諷刺，豬狗一般的過程。她的腦葉已經停止運行。她把醫生叫作彼得・悌士爾爵士[21]，在被子上摘毛莨。遷就著她一點兒，湊合過去也就完了。你對她臨終前的最

---

18 馬修・阿諾德（一八二二—八八）英國文藝評論家。

19 「我們自己」即愛爾蘭語的Sinn Fein（「新芬」），是十九世紀末葉愛爾蘭民族運動的一個口號，以恢復愛爾蘭固有文化為目標。馬利根與此運動有聯繫。（此後「新芬」成為爭取民族獨立的政治運動。）

20 昂發樓斯（Omphalos）為希臘文「肚臍眼」。古希臘人稱某些聖地為「昂發樓斯」，意為天下的中心。十九世紀一種神祕學說視肚臍眼為靈魂所在地，以凝視自己的肚臍為修道方法。

21 英國喜劇《造謠學校》（一七七七）中的一個人物。

後一個要求拒之不理，可是我沒有像花錢僱來的拉路哀特殯儀公司送葬人那麼嗚嗚咽咽，你卻又生我的氣。荒謬！我很可能說了那樣的話，可是我並不是存心侮辱你母親的亡靈。

他越說，氣兒越壯了。斯蒂汾搗著那句話在他的心靈上留下的傷口，冷冷地說：

——我並不是考慮你對我母親的侮辱。

——那你考慮什麼呢？壯鹿馬利根問。

——對我的侮辱，斯蒂汾答道。

壯鹿馬利根一下子把身子轉了過去。

——咳，你這個人真叫人沒辦法！他嘆口氣說。

他繞著欄杆快步走了過去。斯蒂汾站在原地，眼光越過平靜的海面，盯住了遠處的岬角。海面和岬角都模糊了。眼睛裡的脈搏在跳動，遮住了他的視線，他感到雙頰在發燒。

碉樓裡傳出了一聲喊叫：

——馬利根，你在上邊嗎？

——我來啦，壯鹿馬利根回答道。

他轉身對斯蒂汾說：

——看看大海吧。它管什麼侮辱不侮辱？把洛尤拉[22]扔在一邊，啃奇，下去吧。英國佬要吃他的煎肉早餐了。

他下到腦袋和樓頂齊的地方，又站住了轉過頭來說：

——別成天嘀咕這件事兒了。我這個人不值一提。別再悶悶不樂了。

他的腦袋消失了，但是樓梯口傳來了他一步步走下去時大聲吟唱的聲音：

——別再悶悶不樂，苦憶著
愛的奧祕叫人心酸，
因為弗格斯統率著銅車。[23]

樹林的蔭影默默無聲地在寧靜的晨空中遊動，從樓梯口移向他正眺望的大海。水面如鏡，從岸邊一直向外伸展，在輕捷的光腳的踢動下泛著白色。朦朧海洋的白色胸脯。交纏的重音節，成雙成對的。一隻手在撥弄豎琴，琴弦交錯著共發和音。茫茫海潮，閃爍著在白色波浪上結合的詞句。

一大片雲緩緩地移來，漸漸將太陽完全遮住，將海灣投入更深的綠色陰影中，一大盆苦水，臥在他的腳下。弗格斯的歌曲：我在家裡，壓低了深沉悠長的和音獨自唱著。她的房門敞著：她

---

22 洛尤拉（St. Ignatius of Loyola, 1491-1556）是耶穌會的創始人。

23 這是愛爾蘭詩人葉慈（W. B. Yeats, 1865-1939）著名詩歌〈誰與弗格斯同去〉中的詩句，原為葉慈一八九二年發表的戲劇《伯爵夫人凱瑟琳》中的一支歌曲，喬伊斯曾讚為「世界上最美的抒情詩」。下段中的「樹林的蔭影」、「朦朧海洋的白色胸脯」均出自此詩。

要聽我的歌聲。我內心悚然而又哀傷，默默地走到她的床邊。她在她那不成樣子的床上哭泣。斯蒂汾，就是為了這一句：愛的奧祕叫人心酸。

如今，在哪裡了？

她的祕藏：在她的上了鎖的抽屜裡，有一些舊羽毛扇子、帶流蘇的舞會紀錄卡，上面灑著麝香粉，還有一串廉價的琥珀珠子。她小時掛在家裡向陽窗前的一只鳥籠。她看過當年老羅伊斯演出的童話劇《恐怖大王特寇》，和別人一起笑著聽他唱：

我正是
是喜歡
搖身一變
無影無蹤看不見

幽靈的歡樂，收藏起來了，帶著麝香味兒。

別再悶悶不樂，苦憶著。

和她的那些小玩意兒一起，收藏在大自然的記憶中了。往事的情景圍攻著他的苦憶的思緒。

在她接近聖事的時候，她那杯從廚房的水管下接來的水。一個陰沉的秋晚，壁爐架上，一個挖去果心塞上紅糖為她烤著的蘋果。她的修長的指甲，因為她給孩子們的襯衣掐虱子，被血染成了紅色。

在一個夢中，她曾默默無聲地來到他的面前，她的消瘦的身子上穿著寬大的壽衣，散發出一種蠟和檀木的氣息；她俯身對他說了一些無聲的祕密話，她的呼吸中隱隱地帶著一股沾溼的灰燼氣味。

她那呆滯的目光從死亡中凝視著，要動搖我的靈魂，要使它屈服。就是盯著我一個人。靈前的蠟燭，照出了她的痛苦掙扎。幽靈似的蠟光，落在受盡折磨的臉上。她嗓音嘶啞，大聲喘息著，發出恐怖的哮吼聲，而周圍的人都跪下祈禱了。她的目光落在我身上，要把我按下去。

Liliata rutilantium te confessorum turma circumdet: iubilantium te virginum chorus excipiat.[24]

食屍鬼！吞噬屍首的怪物！

不，母親！放了我，讓我生活吧。

——啃奇啊，喂！

樓裡響起了壯鹿馬利根的呼喚聲。接著，沿著樓梯上來了，又是一聲呼喚。仍在為心靈的吶喊而顫抖的斯蒂汾，聽到了身後有溫煦的陽光在流動，空氣中有友好的說話聲音。

24 拉丁文祈禱文（天主教為人送終時用）：「願光輝如百合花的聖徒們圍繞著你；願童女們的唱詩班高唱讚歌迎接你。」

——代達勒斯，下來吧，挪挪步子吧。早飯好了。海因斯為昨晚上吵醒咱們的事道歉啦。都妥囉。

——我來了，斯蒂汾轉過身來說。

——下來吧，為了耶穌，壯鹿馬利根說。為了我，也為了咱們大夥兒。

他的頭剛下去又轉了回來。

——我把你說的愛爾蘭藝術的象徵告訴他了。他說非常聰明。你擠他一鎊，好嗎？我的意思是一個幾尼。

——我今天上午領錢，斯蒂汾說。

——是學校那檔子嗎？壯鹿馬利根說。多少？四鎊吧？借給咱們一鎊。

——你要的話，斯蒂汾說。

——四個金光閃閃的元首[25]，壯鹿馬利根興高采烈地叫起來。咱們可以來它一頓足以嚇壞德望最高的德魯伊德們[26]的痛飲了。四個全能的元首！

他一面手舞足蹈地踩著石樓梯蹬蹬蹬走下去，一面用倫敦方言怪聲怪氣地唱起來：

——普天同呀同慶祝，

白酒、啤酒、葡萄酒！

加冕日來

加冕日
普天同呀同慶祝
慶那個加冕日[27]！

和煦的陽光在海面上歡跳。鍍鎳的刮臉水碗在護牆上閃著反光，被遺忘了。我幹麼要把它帶下去呢？要嘛，讓它在這兒待上一天吧，被遺忘的友誼，怎麼樣？

他走過去，把小碗捧了起來，手上感到了金屬的涼意，鼻子裡聞到插著刷子的肥皂水發出的黏溼的氣味。我在克朗高士捧香爐[28]，也是如此。我已成另一人，但又仍是同一人。也是一名僕人，伺候僕人的人。

在樓內陰暗的穹頂起居室裡，壯鹿馬利根正在壁爐邊忙碌，他的仍穿著梳妝袍的身影俐落地來回挪動，黃色的爐火一時被他擋住，一時又亮了出來。兩束柔和的日光柱，透過靠近樓頂處的兩個槍眼，投射在屋內的石板地上。在光柱相會的地方，空氣中懸著一大股子煤煙和鍋裡冒出來的油煙，在浮動，在打轉。

---

25 「元首」指一種鑄有英王坐像的英鎊金幣。

26 德魯伊德（Druids）是包括古愛爾蘭人在內的凱爾特民族中一個階層，包括祭司、方士、法官、詩人等。

27 這是英國國王愛德華七世在一九〇二年加冕以前市上流行的歌謠。按英國當時有一種錢幣（即「克朗」）上的圖形是王冕，因此有人戲稱發薪日為「加冕日」。

28 斯蒂汾幼年在天主教耶穌會主辦的克朗高士森林學堂上學時，曾在彌撒儀式中服務。

了。

——嗆死人了，壯鹿馬利根說。海因斯，把那扇門打開，好嗎？

斯蒂汾把刮臉水碗放在小櫃上。一個坐在吊床上的高個子站起身來，走向門道，把內門拉開

——你拿著鑰匙嗎？那人問。

——代達勒斯拿著，壯鹿馬利根說。老爺子呀，可把我給嗆死了。

他眼睛仍舊盯著鍋，大聲地吼道：

——啃奇！

——就插在鎖裡，斯蒂汾走進去說。

鑰匙在鎖眼裡發出刺耳的摩擦聲，轉了兩次，沉重的大門打開了，放進了受歡迎的陽光和明亮的空氣。海因斯站在門口向外眺望，斯蒂汾把自己的立著的旅行包拖到桌子邊，坐下等候。壯鹿馬利根把煎好的東西拋進旁邊的盤子裡，然後端著盤子和一把大茶壺走到桌子邊，往桌上一蹾，如釋重負似的嘆了一口氣。

——我都要融化了，他說，活像一枝快那個的蠟燭……可別說了！這事兒一個字也不能提了！啃奇，醒醒吧！麵包，黃油，蜂蜜。海因斯，進來吧。吃的弄好啦。主啊，請祢保佑我們和祢的這些恩賜吧。糖在哪兒？啊呀，爺兒啊，沒有牛奶。

斯蒂汾從小櫃裡取來了麵包、蜂蜜罐和黃油盒。壯鹿馬利根一肚子彆扭地坐了下來。

——這算是哪一檔子事兒呀？他說。我叫她過了八點來的。

——咱們可以喝不加牛奶的，斯蒂汾說，他渴了。小櫃裡有個檸檬。

——咳，你和你那一套巴黎風尚都見鬼去吧！壯鹿馬利根說。我要沙灣[29]牛奶。

海因斯從門道裡走進來，安靜地說：

——那女人提著牛奶上來了。

——天主保佑你！壯鹿馬利根從椅子上跳起來大聲說。坐下，茶壺在這兒，斟茶吧。糖在袋子裡。就這樣，我沒法對付倒楣的雞蛋。

他把盤子裡的煎肉胡亂切開，分攤在三個碟子上說：

——In nomine Patris et Filii Spiritus Sancti.[30]

海因斯坐下斟茶。

——我給你們一人放兩塊，他說。可是我說，馬利根，你沏的茶可夠濃的，是吧？

壯鹿馬利根一邊把麵包切成大厚片，一邊學著老太太哄孩子的口氣說：

——我沏茶水就真沏茶水呀，格羅根老大娘是那麼說的囉。我撒小水就真撒小水。

——老天爺，這是茶水沒錯，海因斯說。

壯鹿馬利根繼續切著麵包學老太太：

——卡希爾太太呀，我就是這個主意，她這麼說。卡希爾太太答腔了：您哪，看天主的分

29 沙灣為都柏林一個港口區，碉樓即在此區海邊。
30 拉丁文：「以聖父、聖子、聖靈的名義。」

兒上，您可千萬別把兩種水都沏在一個壺兒裡啦！

他用刀尖挑著，給兩個同伴各送了一塊厚麵包。

——海因斯，他十分認真地說，這就是你可以收進你集子裡去的民俗了。鄧德拉姆的民俗和魚神[31]，五行文字，十頁注釋。命運女神姊妹印於大風年[32]。

他轉過臉，揚起了眉毛，露出疑惑不定的神氣，用一種細細的嗓音問斯蒂汾：

——你記得嗎，大兄弟，格羅根老大娘的茶壺和尿壺是在哪部經書裡提到的，是凱爾特軼事，還是吠陀奧義書？

——恐怕都不是吧，斯蒂汾嚴肅地說。

——真的嗎？壯鹿馬利根也用同樣嚴肅的口氣說。請問，你的根據何在？

——按我的想法，斯蒂汾邊吃邊說，這事不在凱爾特軼事之內，也不在凱爾特軼事之外。格羅根老大娘，恐怕是瑪麗・安[33]的本家吧。

壯鹿馬利根喜笑顏開。

——妙！他愉快地眨著眼睛，露出雪白的牙齒，作出嬌裡嬌氣的聲音說。你真是那麼認為嗎？實在是妙！

然後他突然臉色一沉，一邊又使勁切著麵包，一邊粗魯地用嘶啞刺耳的聲音吼叫起來：

——老瑪麗・安兒呀

她才不理那碴兒呀，
她一把撩起那個襯裙呀……

他往嘴裡塞了一大塊煎肉，一面嚼著一面還在哼。

門道暗了一下，進來了一個人。

——牛奶，您哪！

——進來吧，您哪，馬利根說。啃奇，拿奶壺。

進來的是一個老婦人，走到斯蒂汾身邊才站住。

——今兒早上天兒多美呵，您哪，她說。榮耀歸天主。

——歸誰？馬利根瞅了她一眼說。噯，敢情是。

斯蒂汾轉過身去，從小櫃裡取出奶壺。

——這島上的人，馬利根漫不經心地對海因斯說，總喜歡把那位包皮收集家[34]掛在嘴上。

---

31 鄧德拉姆（Dundrum）是古愛爾蘭競技地點，魚神是愛爾蘭史前民族之一敬奉的海神。但馬利根顯然也指下注涉及的鄧德拉姆。

32 一九〇三年二月愛爾蘭曾遭受一場特大風災，葉慈在該年出版的一部書上注明出版於「一九〇三大風年」，該書出版者為葉慈姊妹，出版地點為都柏林近郊的鄧德拉姆村。

33 瑪麗・安是愛爾蘭民謠中一個樣子像男子漢的女人。

34 按《聖經・舊約・創世紀》記載，上帝要求亞伯拉罕的男性後代統統割去包皮。

——要多少，您哪？老婦問。

——一夸脫[35]，斯蒂汾說。

他看著她把奶灌進量杯，然又從量杯倒入奶壺，濃濃的純白的奶，不是她的。衰老乾癟的乳房。她又量了一杯，最後還添上一點饒頭。神祕的老人，來自朝陽的世界，也許是一位使者。她一面灌奶，一面誇奶好。黎明時分，蔥翠的牧場，她蹲在性情溫和的母牛旁邊，一個坐大蘑菇的女巫[36]。她的布滿皺紋的手指敏捷地擠著，母牛奶頭一注一注地噴著奶。牠們圍著她哞哞地叫，牠們熟悉她，這些閃著露珠絲光的牲口。牛中魁首，窮老太婆，都是她自古以來的名稱[37]。模樣卑賤的神仙，一個四處奔波的老嫗，伺候著征服她的人和尋歡作樂出賣她的人，他們都占有她而又隨意背棄她，這個來自神祕的清晨的使者。是來伺候人還是來譴責人，他說不清，但他也不屑於求她的恩惠。

——真好，您哪，壯鹿馬利根說著往各人杯裡斟牛奶。

——嚐一嚐吧，您哪，她說。

他聽她的話喝了一口。

——我們吃的東西要是都這麼好，他略微提高一些聲音對她說，咱們這國家就不會這麼到處都是爛牙齒、爛肚腸了。住的是泥沼，吃的是劣等食物，街道上鋪滿了塵土、馬糞、結核病人吐的痰。

——先生，您是學醫的大學生吧？老婦人問。

——是的，您哪，壯鹿馬利根答道。

——您瞧瞧，她說。

斯蒂汾以輕蔑的心情，默默地聽著。老太婆俯首敬重的是大聲對她說話的人，給她正骨的人，給她醫藥的人；對我是看不上眼的。她也敬重將來聽她懺悔、給她塗油準備入土的人，塗全身而不塗婦女下身不潔部位[38]，用男人身上的肉而不按天主形象製成的，蛇的引誘對象[39]。她也俯首聽著現在和她大聲說話的人，那說話聲使她閉上了嘴，睜著迷惑不解的眼睛。

——您懂得他說的話嗎？斯蒂汾問她。

——先生，您講的是法國話嗎？老婦人對海因斯說。

海因斯又對她說了一段更長的話，說得滿有把握的。

---

35 夸脫即四分之一加侖，是英制常用液體容量單位。下文的「品脫」為二分之一夸脫。

36 坐大蘑菇是愛爾蘭神話中傳統的精靈形象。

37 「牛中魁首」指愛爾蘭牛，因牧草豐盛而特別壯美，愛爾蘭文學中曾以此象徵愛爾蘭。「窮老太婆」也是神話中的愛爾蘭的形象，但是她在真正的愛國志士面前的形象是妙齡美女。一說愛爾蘭文學過去以這些形象代表愛爾蘭，是因為英帝國統治者禁止提到愛爾蘭。

38 按《聖經．舊約》記載，上帝曾說婦女分娩及行經時不潔。天主教規定婦女臨終行塗油禮時不塗生殖器官周圍部分。

39 按《聖經．舊約》記載，男人是上帝按他自己的形象製成，而女人是上帝由男人身上抽一根肋骨製成的。第一個女人夏娃受蛇的引誘，吃了上帝禁人食用的果子並給男人亞當吃，從此脫離渾沌無知狀態，並因此被逐出天堂，這被視為人的最早的罪孽。

——是愛爾蘭語，壯鹿馬利根說。您有蓋爾血統嗎？[40]

——我就覺得是愛爾蘭語，她說，聽聲音有點像。您是從西部來的嗎，先生？

——我是英國人，海因斯回答。

——他是英國人，壯鹿馬利根說，他認為我們在愛爾蘭就應該說愛爾蘭語。

——敢情是應該，老婦人說。我自己都不會說，可不好意思囉。聽人家懂行的人說，這是一種呱呱叫的語言呢。

——豈止是呱呱叫，壯鹿馬利根說。完全是妙不可言。啃奇，給咱們再斟點茶吧。您吶，您也來一杯吧？

——不啦，謝謝您，先生，老婦人說著，將牛奶桶的提把套在手腕子上，準備走了。

海因斯對她說：

——您帶著帳單嗎？馬利根，咱們最好把她的帳付了吧，是不是？

斯蒂汾又把三個茶杯斟滿了。

——帳單嗎？先生？她站住了說。這個嘛，是七個早晨一品脫兩便士的是七個二嘞一先令零兩便士再加這三個早晨一夸脫四便士的是三夸脫是一先令[41]。這就得一先令加一先令二嘞兩先令二，您哪。

壯鹿馬利根嘆一口氣，先將一塊兩面都塗著厚厚的黃油的帶皮麵包塞進嘴裡，然後伸出了兩條腿，在褲子口袋裡摸索起來。

——該付就付，痛痛快快的，海因斯笑著對他說。

斯蒂汾又斟滿了一杯，一點點茶加上濃濃的牛奶，只泛出了淡淡的茶色。壯鹿馬利根掏出一枚兩先令的銀幣，用手指翻弄著叫喊起來：

——奇蹟！

他把銀幣放在桌面上推給老婦人，同時口中說著：

——莫再向我要什麼了，我的人兒，
我能給的都已經給你了。[42]

斯蒂汾把銀幣放在她的不甚積極的手中。

——我們欠著兩便士，他說。

——不忙，您哪，她說著收下了銀幣。不忙。早安，您哪。

她屈膝行禮後出去了，背後跟著壯鹿馬利根的溫柔的吟誦聲：

---

40 愛爾蘭原來的語言是蓋爾語的一系，在愛爾蘭西部保留較多。

41 當時英國幣制，一先令合十二便士。

42 這是斯溫伯恩的詩句，馬利根下面接著念的仍是此詩。

——我心上的心兒呵，哪怕還有一星星，

那一星星也會獻在你的腳前。

他轉向斯蒂汾說：

——說真格兒的，代達勒斯，我可精光了。快到你那檔子學校去，給咱們弄點兒錢來吧。今兒個詩人們可得來它個酒醉飯飽了。愛爾蘭指望著今天人人都要盡責[43]。

——這倒提醒了我，海因斯站起身說。我今天得去你們的國立圖書館。

——先游泳，壯鹿馬利根說。

他轉向斯蒂汾，和藹可親地問：

——今天是你每月一洗的日期嗎，啃奇？

然後他對海因斯說：

——這位不衛生的詩人拿定主意，每個月只洗一次。

——整個愛爾蘭都受著海灣潮流的刷洗，斯蒂汾一邊說，一邊將蜂蜜汪在一片麵包上。

海因斯這時在屋角裡，正把一條領巾鬆鬆地繫在他那網球衫的敞口領子周圍。他說：

——我打算收集你的言論，如果你允許的話。

對我說話呢。他們洗了又洗，擦了又擦。良心的譴責。內疚。可是這兒還有一點血跡[44]。

——女僕的破鏡子是愛爾蘭藝術的象徵，那話就有意思得很。

壯鹿馬利根在桌下踢踢斯蒂汾的腳，用熱心的口氣說：

——你等著聽他談的哈姆雷特吧，海因斯。

——是呀，我是要聽的，海因斯仍是在對斯蒂汾說話。剛才那個可憐的老婆子進來的時候，我正想到那事兒呢。

——我的言論能賣錢嗎？斯蒂汾問。

海因斯哈哈一笑，從吊床鈎子上取下了自己的灰色軟帽，說：

——我可不知道，說實在的。

他緩步走出門去了。壯鹿馬利根彎過身湊近斯蒂汾，粗聲粗氣地說：

——你這個笨蛋！你幹麼說那話？

——怎麼？斯蒂汾說。問題是要弄錢。從哪兒弄？是從賣牛奶的老太婆那兒，還是從他這兒。是瞎碰，我看。

——我幫你把他打足了氣，馬利根說，可是你倒來了一副討厭的怪樣兒，你那一套耶穌會的冷嘲熱諷，倒楣洩氣！

——我看是希望渺茫，斯蒂汾說。她和他，哪一邊都指不上。

43　英國名將納爾遜在戰勝拿破崙的大海戰（一八〇五）前曾對部下說：「英國指望著今天人人都要盡責。」此語後曾編入歌詞。

44　這是一句臺詞，出自莎士比亞《麥克佩斯》，麥克佩斯夫人慫恿丈夫殺人後幻覺自己手上總有血跡。

壯鹿馬利根發出一聲悲劇式的嘆息，伸手搭著斯蒂汾的胳臂。

——指我這邊吧，啃奇，他說。

突然，他又口氣一變說：

——大實話對你說吧，我覺得你的看法是對的。他們別的還有什麼？管屁用！你為什麼不能像我這樣耍著他們呢？讓他們全都見鬼去吧。咱們出去吧，這檔子。

他站起身，嚴肅地解開腰帶，脫掉梳妝袍，聽天由命似的說：

——馬利根的衣服剝掉了。

他把口袋裡的東西都掏在桌子上。

——你的鼻涕布在這兒吶，他說。

他裝上硬領，繫上不老實的領帶，不斷地說著它們，罵著它們，又對他那條垂在外邊的錶鍊嘟囔兩句。他雙手伸進自己的衣箱去亂翻了一陣，口裡叫喚著乾淨手帕。天主啊，是什麼角色就得有什麼打扮。我要戴紫褐色的手套，穿綠色的靴子。矛盾。我自相矛盾嗎？很好，那我就自相矛盾唄[45]。墨丘利式的瑪拉基[46]。從他的說話的手上，飛出了一塊軟疲疲的黑東西。

——你的拉丁區[47]帽子在這兒吶，他說。

斯蒂汾撿起來，戴上了。海因斯從門口喊著他們：

——你們兩位，走嗎？

——我好了，壯鹿馬利根答應著向門口走去。走吧，啃奇。你把我們剩下的都吃完了吧，大概。

他又顯出一副聽天由命的神氣，一面恣態莊重地向外走，一面用深沉的、幾乎是淒涼的聲音說：

——他往前走，就遇見了巴特利[48]。

斯蒂汾把倚在一邊的白蠟手杖取在手中，跟在他們後面走出了門。他們兩人下梯子，他就拉上笨重的鐵門，上了鎖，把巨大的鑰匙放進裡面的口袋。

壯鹿馬利根下完梯子後問道：

——你帶上鑰匙了嗎？

——我拿著呢，斯蒂汾說著走到了他們前面。

他在前面走，聽到壯鹿馬利根在後面用他的大浴巾抽那些躥得最高的羊齒或是草莖。

——下去，您哪！好大的膽子，您哪！

海因斯問道：

45 這兩句引自美國詩人惠特曼的詩。
46 墨丘利是羅馬神話中的天神使者，而瑪拉基這一名字（馬利根的本名）來自《聖經》，在希伯來文中也是「使者」之意。同時，英語中「墨丘利」一詞可指水銀，可表活動多變之義。
47 拉丁區是巴黎藝術家和學生聚居的地區。
48 馬利根剛才脫梳妝袍時說「衣服剝掉」，已開始套用《聖經》中記載耶穌遇難情景，這裡是繼續模擬《聖經》敘事口吻。

——你們住這碉樓，付房租嗎？

——十二鎊，壯鹿馬利根說。

——付給軍事國務大臣，斯蒂汾轉回頭去補充說。

他們站住了一會兒，海因斯對碉樓端詳了一陣之後說：

——冬天夠荒涼的，我看是。你們是把它叫作馬泰樓[49]嗎？

——是比利・皮特[50]叫修的。壯鹿馬利根說。那時海上有法國人。不過我們這一座是昂發樓斯。

——你對哈姆雷特有什麼看法？海因斯問斯蒂汾。

——不行，不行，壯鹿馬利根發出了痛苦的喊叫聲。我現在可接受不了托馬斯・阿奎那[51]，接受不了他造出來立論的五十五條理由。等我肚子裡有了幾品脫再說吧。

他轉向斯蒂汾，一面把自己的淺黃色坎肩兩個尖端拉整齊，一面說：

——啃奇，你至少得要三品脫才能對付，是不是？

——反正已經等了那麼久，斯蒂汾無精打采地說，再等一等也無所謂。

——你激起了我的好奇心，海因斯和藹地說。是一種表面自相矛盾的論點嗎？

——才不呢！壯鹿馬利根說。我們早就不稀罕王爾德和那些表面矛盾的論點了。其實很簡單。他用代數證明，哈姆雷特的孫子是莎士比亞的祖父，他自己又是他親生父親的鬼魂。

——什麼？海因斯說著向斯蒂汾伸出了一個指頭。他自己？

壯鹿馬利根把浴巾繞過脖根，像牧師的聖帶似的掛在胸前，縱聲大笑起來。他俯身湊著斯蒂汾的耳朵說：

——唷，唷奇老爹的幽靈！杰菲特尋父[52]！

——我們在早上總是睏倦的，斯蒂汾對海因斯說。而且說起來話頭也不短。

壯鹿馬利根又往前走，同時揚起了雙手。

——只有神聖的品脫，才能打開代達勒斯的談鋒，他說。

——我的意思是，海因斯一面和斯蒂汾跟在後面走，一面向他解釋，這個碉樓和這一帶的這些懸崖，不知怎麼的使我想到了埃爾西諾。**臨空探出在海面上的那個山崖**[53]，是不是？

壯鹿馬利根突然回頭望了斯蒂汾一眼，但是沒有說話。在這明亮而沉默的一瞬間，斯蒂汾看到了自己穿一身灰塵僕僕的廉價喪服，夾在兩個服裝鮮豔的人之間的形象。

——那個故事奇妙得很，海因斯說著又使他們停下了腳步。

---

49 馬泰樓（Martello）原是地中海法屬科西嘉島上一個海岬，岬上曾建海防碉堡。十九世紀初愛爾蘭沿海修碉堡即沿用此名。

50 皮特（William Pitt, 1759-1806）在十八、九世紀相交之際英法兩國進行戰爭（即「拿破崙戰爭」）期間任英國首相。

51 托馬斯・阿奎那（Thomas Aquinas, 1225?-74），意大利神學家、哲學家，是天主教的學術權威，斯蒂汾接受了他對文藝的許多觀點。

52 英國十九世紀小說《杰菲特尋父》書中孤兒杰菲特自述尋父幾乎成狂，逢人便猜是否父親。

53 這是莎士比亞《哈姆雷特》中提到一處懸崖的詩句；上句「埃爾西諾」為丹麥海港，即該劇劇情發生的地點。

淡藍色的眼睛，像剛被風沖洗乾淨的海面，還更淡些，眼神堅定而謹慎。他，海洋的統治者，向南眺望著海灣。海面空蕩蕩的，明亮的天邊只有郵輪的一縷輕煙隱約可辨，還有一葉孤帆在馬格林海灣附近頂風轉向航行。

——我在什麼地方看到過一種從神學角度解釋它的說法，他若有所思地說。聖父聖子概念。聖子力求與聖父協調一致。

壯鹿馬利根立刻擺出了一副活躍歡笑的面容。他高興地張開形狀周正的嘴巴，露出一種瘋狂歡樂的表情，他眼中的精明通達的神色已經突然收斂一空，不斷地望著他們眨眼。他左右晃動著洋娃娃腦袋，把他那頂巴拿馬草帽的帽簷晃得不斷地顫動，開始用一種心滿意足、傻裡傻氣的平靜聲音吟誦起來：

——我這個小夥子最蹊蹺，
我媽是猶太人，我爸是隻鳥[54]。
我和那老木匠[55]不是一路，
所以到髑髏崗[56]傳我的門徒。

他念到這裡，豎起了食指表示告誡。

——誰要是認為我不是真神，
我變的葡萄酒就沒有他的份；
只有等那酒再次變成水，
還得要小心它沒有化成尿（sui）。

他迅速地拉一下斯蒂汾的手杖作為告別，一直向懸崖凸出處跑去，兩隻手還像魚鰭或翅膀那樣在兩側撲打著，彷彿準備騰空而起似的。同時他還在念：

——再見吧，再見！你們要記確鑿，
讓人人都知道我死而又復活。
我天生有能耐——自然能飛天，
橄欖山[57]上風正美——再見吧再見！

---

54 據《聖經・新約》，瑪利亞係童女由上帝聖靈受孕而生耶穌，後耶穌受洗時聖靈以鴿子形象降在他身上，同時天上有聲音傳下說：「你是我親愛的兒子。」
55 木匠約瑟夫是瑪利亞的丈夫。
56 髑髏崗是耶穌被釘上十字架的地點。
57 橄欖山在耶路撒冷附近，據《聖經・新約》記載，耶穌遇難復活後在此升天。

他們在他們前頭跳跳蹦蹦，拍打著翅膀似的雙手，輕捷地往山下的四十步潭[58]奔去。他的墨丘利帽子在勁風中不斷地抖動，風中還傳來他的短促歡快的鳥叫聲。

海因斯聽著，發出了一種有所戒備的笑聲。他和斯蒂汾並排走著說：

——咱們不該笑吧，我看是。他該算是褻瀆神明了。我自己倒是不信教的，這麼說吧。不過他是一種快活的情調，這就顯得沒有什麼惡意了，是不是？他這首叫什麼題目？是〈木匠約瑟夫〉嗎？

——耶穌逗樂之歌，斯蒂汾回答說。

——唷，海因斯說，你過去聽過嗎？

——每日三次，飯後，斯蒂汾不動聲色地說。

——你不信教吧，是不是？海因斯問。我的意思是指狹義的信教。從無到有的創造，奇蹟，以及具有實體的上帝。

——照我看來，信教無所謂廣義、狹義。斯蒂汾說。

海因斯站住了，掏出一個光溜溜的銀盒子，盒上鑲著一顆亮晶晶的綠寶石。他用拇指撳開盒子讓菸。

——謝謝你，斯蒂汾說著取了一枝。

海因斯自己也取了一枝，啪的一聲關上盒子，放回側邊的口袋，又從坎肩口袋裡取出一個鍍鎳的打火盒子，打開盒子，自己先點著菸，然後兩手攏成一個罩子，把冒著火苗的火絨捧給斯蒂汾。

——不錯，當然，他說著，兩人又接著往前走。信就信，不信就不信，是不是？以我個人來說，要我相信一個有實體的上帝，我接受不了。我看，你也不同意吧？

——你在我身上看到的，斯蒂汾說時心緒是陰沉不快的，是一種可怕的離經叛道思想。

他繼續往前走著等對方說話。他的白蠟手杖曳在身旁，杖端的包頭輕輕地在路面摩擦，跟著他的腳後跟發出嘶嘶的聲音。是我的跟班跟在我身後叫喚：斯蒂乙乙乙乙汾！彎彎曲曲的一條線，沿著小路。他們今天晚上摸黑回來就會踩著它了。他想要鑰匙。鑰匙是我的。我付的房租。現在我吃他的鹹麵包。把鑰匙也給他吧。一切。他會開口要的。他的眼神已經說了。

——不管怎麼說。海因斯開始說話了……。

斯蒂汾轉過臉去，看到那冷冷地打量他的眼光倒不是完全沒有善意的。

——不管怎麼說，我認為你是有能力擺脫思想束縛的。你是你自己的主宰，我覺得。

——我是一僕二主，斯蒂汾說。一個英國的，一個意大利的。

——意大利的？海因斯說。

一個瘋狂的女王，衰老而不肯鬆手。對我下跪。

——還有第三個，斯蒂汾說，他要我幹各種雜活。

58 「四十步潭」是沙灣的一個男子專用海濱游泳場，因當地原先駐軍第四十步兵營而得名。

——意大利的？海因斯又說。你指什麼？

——一個是大英帝國，斯蒂汾答道。他的臉上脹起了紅暈。一個是神聖羅馬普世純正教會[59]。

海因斯摸著下唇弄掉了一些菸絲，才又開口。

——我很理解這一點，他鎮靜地說。一個愛爾蘭人，就難免有這種想法，我敢說。我們英國人感到我們對你們不大公平。看來這要怪歷史。

那些威風凜凜的名稱，在斯蒂汾的記憶中響起了勝利的銅鐘：**et unam sanctam catholicam et apostolicam ecclesiam.**[60]儀式和教義都緩緩地發展變化，正如他自己的半生不熟的思想，一種星辰演變過程。在為馬爾塞魯斯教皇譜寫的彌撒中[61]，象徵十二使徒的各種嗓音融合為一，高唱讚許的歌聲；在這歌聲背後，在勇於戰鬥的教會中，時刻警惕著的天使將異端頭子們解除武裝轟走。一大幫子散布邪說的，都歪戴著主教冠冕逃走了：佛提烏[62]和那一夥冷嘲熱諷的人，其中包括馬利根，還有畢生反對聖子與聖父同體的阿里烏[63]，還有否認基督肉身的瓦倫廷[64]，還有那個在非洲提出了微妙邪說的撒伯里烏[65]，他認為聖父本身就是自己的兒子。正是馬利根剛才對這個外來人說的嘲笑話。無聊的嘲笑。織風的人，肯定都只能獲得空氣。在衝突中，米迦勒[66]的大隊天使永遠手執長矛、盾牌保衛教會；那些敢於對抗的人只能被嚇倒，被解除武裝，一敗塗地。

聽著，聽著！經久不息的掌聲。**Zut! Nom de Dieu!**[67]

——當然，我是一個英國人，海因斯的聲音在說，我的感覺是英國人的感覺。我也不願意看到我的國家落入德國猶太人的手中[68]。那恐怕是我們的一個民族問題，在目前。

懸崖邊緣站著兩個人，在眺望著，一個是生意人，一個是弄船的。

——在往閹牛港的方向開呢。

弄船的以不無蔑視的態度向海灣北部點了點頭。

——那外邊就是五噚[69]，他說。一點來鐘漲潮的時候，就會在那邊漂上來了。到今天已經九天了。

---

59 即天主教。「純正」亦可譯「使徒」，意謂該教會係由耶穌使徒彼得親自創建。

60 拉丁文，天主教彌撒經文的一部分，來自公元四世紀宗教會議所定條文，意為「信奉唯一的神聖的普世純正教會」。

61 十六世紀新教興起時，天主教教會斥之為邪說，為此特別強調不許標新立異，甚至規定在教堂中只許用單調音樂，直至一五五五年左右比較開明的教皇（包括馬爾塞魯斯二世）命音樂家譜寫複合旋律的彌撒，一五六五年開始演奏，方證明純潔並非必須單調。

62 佛提烏（Photius）是九世紀康士坦丁堡大主教，主張聖靈僅出於聖父，並與教皇爭權。佛被羅馬教會視為死敵，因其分裂行動最後導致十一世紀的另立東正教。

63 阿里烏（Arius, 約256-336）宣稱耶穌既為上帝所創造，就不可能與上帝一體。

64 瓦倫廷（Valentine）係二世紀神學家，宣稱耶穌只有精神而沒有肉體。

65 撒伯里烏（Sabellius）係三世紀神學家，宣稱聖父、聖子、聖靈僅是同一事物的三個不同名稱或不同表現。

66 米迦勒為《聖經》所載保衛天堂的大天使。

67 法語：「見鬼去吧！以上帝的名義！」

68 當時歐洲反猶思想已在英、德等國出現，表現形式之一是各國互相指責與對方有關的猶太人造成本國各種問題。

69 「噚」是水深單位，一噚合六英尺。

淹死的人。在空曠的海灣裡，一隻帆船在曲曲折折地航行，在等待水面上浮起一團胖鼓鼓的東西，翻過來是一張腫脹的臉，陽光下一片鹽白色。我來了。

他們沿著彎彎曲曲的小路下到了水灣邊。壯鹿馬利根站在一塊大石頭上。他已經脫掉外衣，領帶沒有用夾子，不斷地飄到肩頭上拍打著。在離他不近的水面上，有一個青年扶著岩石尖端，在深邃如膠凍的海水中，慢慢地浮動著兩條青蛙似的綠腿。

——你弟弟跟你在一起嗎，瑪拉基？

——在西米斯呢。在班農家。

——還在那兒嗎？我收到了班農的一張明信片。他說他在那兒遇上了一個甜妞兒。他把她叫作照相女郎。

——是快照吧，啊？一拍即得。

壯鹿馬利根坐下解靴帶。在離岩石尖端不遠的水面上，冒出了一個上了年紀的人，臉龐紅通通的，吐著水。他爬上岩石，頭頂和周圍的一圈花白頭髮上都是亮晶晶的水，胸膛和肚皮上更是一道道地流著，腰間圍著的黑布貼在身上，也還有一注注的水冒出來。

壯鹿馬利根挪開一點讓他爬上岸，同給海因斯和斯蒂汾使了一個眼色，伸出拇指，虔誠地在前額、嘴脣和胸前畫了三個十字[70]。

——西摩回城了，那青年又扶著岩石尖端說。放棄醫藥，要幹陸軍了。

——啊，見天主去吧！壯鹿馬利根說。

——下星期就要去熬了。你認識卡萊爾家那個紅頭髮姑娘吧，叫莉莉的？

——認識。

——昨天晚上和他在棧橋上難捨難分的。她老爹錢多得發臭。

——她有事兒了嗎？

——那最好問西摩。

——西摩是個血淋淋的軍官了！壯鹿馬利根說。

他一面脫褲子，一面自己點點頭。站起來之後，他又引用俗話說：

——紅頭髮的女人像山羊，會頂！

他有所警覺似的打住了，伸手到隨風拍打的襯衫下面摸摸自己的肋部。

——我的第十二根肋骨沒有了，他喊道。我是Übermensch[71]。沒牙的啃奇和我，兩個超人。

他扭動身子脫掉襯衫，扔到後邊他堆衣服的地方。

——你在這兒下嗎，瑪拉基？

——對。騰出點兒地方，讓人也在床上躺下吧。

---

70 這是天主教神父做彌撒時誦讀福音之前做的姿勢。

71 德文：「超人」，這是德國哲學家尼采（Friedrich Nietzsche, 1844-1900）宣揚的不受傳統基督教道德規範約束的人。按《聖經》故事，上帝從第一個男人亞當身上取一根肋骨造夏娃，因此馬利根認為缺一根肋骨是超人的一個標誌。

青年在水中一推岩石漂了出去，隨後伸展胳膊，乾淨、利索的兩下子就游到了小灣中央。海因斯在一塊石頭上坐下抽菸。

——你不下？壯鹿馬利根問。

——待一會兒，海因斯說。剛吃下早飯不行。

斯蒂汾轉過身去。

——我走了，馬利根，他說。

——把鑰匙給咱們吧，啃奇，壯鹿馬利根說。壓一壓我的內衣。

斯蒂汾把鑰匙交給他。壯鹿馬利根把它橫在他那一堆衣服上面。

——還要兩個便士，他說，好喝一品脫。扔在那兒。

斯蒂汾在那一堆軟東西上扔了兩個便士。穿衣，脫衣。壯鹿馬利根站直了，雙手合在胸前，莊嚴地說：

——偷窮人的錢等於借錢給主[72]。瑣羅亞斯德如是說[73]。

他的結實豐滿的身體插進了水裡。

——我們回頭和你會面，海因斯說。

這時斯蒂汾已經在上坡。海因斯轉身看著他露出了笑容，他是在笑愛蘭人的野性。

牛角，馬蹄，英國佬的微笑。

——船艦酒店，壯鹿馬利根大聲叫喊著。十二點半。

——好，斯蒂汾說。

他沿著彎彎的小路走上山坡。

LiLiata rutilantium.
Turma circumdet.
Iubilantium te virginum.[74]

岩壁的一個龕兒裡是牧師的花白光輪，他規規矩矩地在那裡面穿衣服。今天晚上我不在這裡睡了。回家也不行。

海面上傳來了一聲喊他的呼喚，音質優美，拖得長長的。他正拐彎，招了招手。又一聲呼喚。一個光溜溜的棕色腦袋，海豹的，浮現在遠處的水面，圓冬冬的。

篡奪者。

---

72 《聖經．箴言》中說：「向窮人行善等於借錢給主，主會償還他的善行。」

73 〈瑣羅亞斯德如是說〉是尼采於一八八三年發表的著作，尼采在其中借用古波斯先知瑣羅亞斯德的名義提出了「超人」說。

74 拉丁文，係上文（參見本章注24五十三頁）所引送終祈禱文的片段：

光輝如百合花。
聖徒們圍繞。
高唱讚歌的童女們……你。

2

——你說，科克蘭，什麼城市請他？

——塔林敦[1]，老師。

——很好。後來呢？

——有一個戰役，老師。

——很好。在什麼地方？

孩子茫茫然的臉，轉過去問白茫茫的窗戶。

是記憶的女兒們編造的寓言[2]。然而，即使不和記憶編造的寓言一樣，也還是有一定的事實的。那麼，是一句不耐煩的話了，是布萊克那過分的翅膀[3]的一陣撲擊。我聽到整個空間的毀

---

1 塔林敦即今意大利南部城市塔蘭。公元前三世紀初羅馬軍隊進逼時，塔林敦向希臘北部伊庇魯斯的國王皮洛士（公元前三一九—二七二）求援。

2 「記憶的女兒們」典故來自英國詩人布萊克（一七五七—一八二七）的《最後審判的景象》：「寓言或諷喻是由記憶的女兒們編造的。想像是受靈感的女兒們包圍的……」按照希臘神話，九位掌管各種文藝（包括歷史、詩歌等等）的女神，都是大神宙斯和記憶女神所生的女兒。

3 布萊克主張聽任自己的想像力自由馳騁，主張以過分的行動去抵消另一種過分，他說：「鳥飛不愁高，只要牠用的是自己的翅膀。」

滅，玻璃稀哩嘩啦地砸碎，磚瓦紛紛倒塌，而時間則成了慘淡無光的最後一道火焰。那樣的話，我們還剩下什麼呢？

——我忘了地點，老師。公元前二七九年。

——阿斯庫倫[4]，斯蒂汾說著，朝血汙斑斑的書上的名字和年代瞥了一眼。

——是的，老師。他還說：**再打這麼一個勝仗，我們也就完了**[5]。

這話人們記住了。頭腦處於一種遲鈍的輕鬆狀態。陳屍遍野的平原，將軍站在小山頭上，手扶長矛，向部屬講話。任何將軍對任何部屬。他們都洗耳恭聽。

——你，阿姆斯特朗，斯蒂汾說。皮洛士到頭來怎麼樣？

——皮洛士到頭嗎，老師？

——我知道，老師。問我吧，老師，科明說。

——等一下。你說，阿姆斯特朗。你知道皮洛士是怎麼一回事嗎？

阿姆斯特朗的書包裡整整齊齊地放著一袋無花果凍夾心蛋糕。他不時把蛋糕放在掌心裡，合掌搓成小捲兒，悄悄地塞進嘴裡。嘴脣上還沾著蛋糕屑呢。他的呼吸中帶有甜絲絲的兒童氣息。富裕家庭，大兒子當上了海軍，一家人都很得意。道爾蓋[6]的維柯路。

——皮洛士嗎，老師？皮洛士就是棧橋[7]。

哄堂大笑。並不歡樂的尖聲怪笑。阿姆斯特朗環顧同學，露出一個傻笑的側影。待一會兒，他們體會到我管教不嚴，想到他們的爸爸繳的學費，笑聲還會更大些。

——現在你說說，斯蒂汾用書捅一下孩子的肩膀說，棧橋是什麼？

——棧橋啊，老師，阿姆斯特朗說，是伸到水裡的東西。一種橋唄。國王鎮棧橋[8]，老師。

又有幾個人笑了：不歡樂，但有含義。後排有兩個人在交頭接耳。是的。他們是知道的：從沒有學習過，可也從來不是外行。全都如此。他懷著妒羨的心情注視著一張張臉龐：伊迪絲、愛瑟爾、格蒂、莉莉[9]。同一個類型的人：呼吸中也帶著紅茶和果醬的甜香味，手臂上的鐲子在掙扎中發出吃吃的笑聲。

——國王鎮棧橋嗎？斯蒂汾說。是的，一座失望的橋梁。

這話使他們凝視的目光中露出了困惑的神色。

——怎麼呢，老師？科明問，橋不是架在河上的嗎？

可以收進海因斯的小冊子裡去。這裡可沒有人聽。今天晚上放懷痛飲、神聊，妙語如劍，可

---

4 阿斯庫倫在今意大利南部，皮洛士戰勝羅馬軍隊的兩個戰役之一在此進行。

5 這是皮洛士在阿斯庫倫之役的勝利之後說的話，因為他在這一戰役中損失了大批精兵良將。由此人們把得不償失的勝利稱為「皮洛士的勝利」。

6 道爾蓋是都柏林的一個濱海郊區，即學校所在地。

7 「皮洛士」（**Pyrrhus**）讀音似英語的**Pier**（棧橋，或凸碼頭）後續拉丁字尾us，再加上剛才聽老師問「皮洛士到頭」，更促使這個糊塗學生張冠李戴，以為是談海邊的棧橋。

8 國王鎮（參見第一章注9四十三頁）有東西兩大凸碼頭伸入海中，形成一個人造的港灣，離學校所在地道爾蓋不遠，常有青年男女在此幽會。

9 伊迪絲等全是女孩子的名字，而這裡卻是一個男校，所以她們不是課堂中的學生。

以刺透他罩在思想外面的雪亮的甲冑。那又怎麼樣呢?無非是一個在主子的宮廷上逗人發笑的小丑,受了寬容也遭到鄙視,在寬宏大量的主子跟前贏得一聲誇獎而已。為什麼他們都願意扮演這樣一個角色呢?不完全是為了那和藹的撫摩。對於他們也是一樣,歷史成了老生常談,他們的國土成了當鋪。

假定皮洛士沒有倒在阿爾戈斯老媼手下[10],或是朱利葉斯·凱撒沒有被人刺死[11]呢?事實是無法按主觀願望抹掉的。時間已經給它們打上烙印,它們已經被拴住了,占據著被它們排擠出去的那些無盡無靈的可能性的地盤[12]。但是,那些可能性既然從未實現,還說得上可能嗎?還是只有成為事實的才是可能的呢?織風的人,織吧。

——給我們講一個故事吧,老師。

——講吧,老師,講個鬼故事。

——這該從什麼地方開始?斯蒂汾打開另一本書問。

——別再哭泣,科明說。

——那麼你朗誦,塔爾博特。

——故事呢,老師?

——待會兒,斯蒂汾說。朗誦吧,塔爾博特。

一個膚色黝黑的學生打開書,敏捷地把書支在自己的書包蓋底下。他一棒枳,一棒枳地朗誦起來,眼睛偶爾瞅一瞅書本。

——別再哭泣，悲傷的牧羊人，別再哭泣，
你們哀悼的萊西達斯並沒有死去，
儘管他已經沉到了水面底下……[13]

那麼，一定是一種運動了，可能性因為有可能而成為現實[14]。在急促而含糊的朗誦聲中，亞里斯多德的論斷形成了，飄出教室，飄進聖日內維也符圖書館[15]內的勤奮、肅靜的空氣中。他曾經一夜又一夜地躲在這裡讀書，這裡不受巴黎的罪惡的侵襲。在緊挨著他的座位上，有一個文弱的暹羅人[16]在鑽研一本戰略手冊。為我周圍的頭腦提供了並繼續提供著養料：頭頂上是一些用小鐵柵圍起來的放電燈，伸出微微撲動著的觸鬚：而在我頭腦中的暗處，卻是一條底層世界的懶

10 皮洛士死於公元前二七二年阿爾戈斯巷戰中，當時有一個老婦人從屋頂上扔下一片瓦來，把他從馬背上砸下，他才被人殺死。
11 羅馬帝國的獨裁者凱撒於公元前四十四年被羅馬貴族殺死。許多歷史學家認為此事是羅馬長期動亂的起因。
12 指古希臘哲學家亞里斯多德關於可能性的理論：事情發生之前，具有各種各樣的可能性，而在其中的一個可能性變成了現實之後，其他的可能性就全被排除了。
13 此係出自英國詩人彌爾頓為溺死的同窗所寫的悼念詩《萊西達斯》（一六三八）。
14 亞里斯多德曾多次論述，潛在的可能性變為現實的過程就是運動。
15 聖日內維也符圖書館在巴黎，晚上在此讀書的幾乎全是學生。
16 暹羅即今泰國。

蟲，牠不願動彈，怕亮光，慢慢地挪動著龍一般的帶鱗的軀體[17]。思想是關於思想的思想[18]。寧靜的明亮。靈魂在某種意義說來就是全部存在：靈魂是形態的形態[19]。突如其來的、巨大的、白熾的寧靜：形態的形態。

塔爾博特一遍又一遍地背誦著：

——憑藉履波如夷的他[20]的親切法力

憑藉履波如夷的他……

——翻過去吧，斯蒂汾靜靜地說。我看不到什麼了。

——您說什麼，老師？塔爾博特向前傾著上身，單純地問。

他的手翻過一頁書。他想起來了，於是又坐直身子繼續朗誦。履波如夷的他。他的影子也投射到這裡，籠罩在這些怯懦的心靈上，在嘲笑者的心靈上和嘴唇上，在我的心靈上和嘴唇上。籠罩在把一枚納貢的銀幣拿給他的那些人的熱切面容上。將屬於凱撒的交給凱撒，將屬於上帝的交給上帝[21]。一道從深色的眼睛中射出來的長久的目光，一句謎語般的句子，供教會的紡織機織了又織。可不是嗎。

猜一猜，猜一猜，朗的羅，

我爸爸給我種子讓我播[22]。

塔爾博特把書闔上，滑進書包。

——都朗誦完了嗎？斯蒂汾問。

——完了，老師。十點鐘曲棍球，老師。

——半天兒，老師。是星期四哪。

——誰會猜謎語？斯蒂汾問。

孩子們收書的收書，裝筆的裝筆，鉛筆嗒嗒作響，紙張窸窸窣窣。他們一邊綁著、扣著書

---

17 布萊克在《天堂與地獄的結合》中說，知識傳播過程是在地獄裡一個印刷所中進行的，其中共有六個洞窟，第一窟中有一些龍樣的人和龍在清理垃圾和掏土挖洞。

18 亞里斯多德在《形而上學》中提出，關於思想的思維是基本的推動力。

19 亞里斯多德在《論靈魂》中說：「正如手是工具的工具，頭腦（靈魂）是形態的形態……」意思是說一切事物都只有通過頭腦的活動才能認識。

20 指耶穌。據《聖經．新約》記載，耶穌曾在風浪中踏著水面走到離岸很遠的船上。

21 據《新約》記載，在耶穌講道時，有些人設圈套企圖使他觸犯羅馬王法，問他向羅馬政府繳納稅金是否違背教義；耶穌不直接回答，而叫他們拿來一枚納稅的銀幣，指著銀幣上鑄的凱撒頭像，說：「將屬於凱撒的交給凱撒，將屬於上帝的交給上帝。」

22 這也是一個謎語。這是頭兩句，後兩句是：

種子是黑的，地兒是白的

你猜到這個謎語，我就給你喝的。（謎底：寫信。）

包，一邊擠成一團，興高采烈、七嘴八舌地說：

——老師，猜謎語嗎？老師，我猜！

——我猜，我猜，老師。

——來個難的，老師。

——這個謎語是這樣的，斯蒂汾說：

公雞打鳴兒
天堂透藍色兒
天上有鐘兒
敲響了十一點兒
可憐的靈魂兒
該歸天兒了。

是什麼？

——老師，怎麼說的來著？

——再說一遍，老師。我們沒聽清。

謎語重說了一遍，孩子們的眼睛睜得更大了。沉默了一會兒之後，科克蘭說：

——老師，是什麼？我們猜不著。

斯萊汾回答的時候，嗓子裡有些發癢：

——是狐狸在冬青樹下埋葬自己的奶奶[23]。

他站起身來，發出一陣神經質的大笑，而孩子們的回音是一片掃興的嚷嚷聲。

門外有人用棍子敲門，同時在走廊裡喊：

——曲棍球！

孩子們立即散開，紛紛穿過桌椅，有側著身子擠過去的，有從上邊跳過去的。很快人都走光了，從貯藏室傳來棍棒的撞擊聲、亂烘烘的腳步聲和說話聲。

只有薩金特沒有走，他捧著一本打開的練習本，慢慢地走上前來。亂成一團的頭髮，瘦骨嶙峋的脖子，都標誌著他的遲鈍；模糊的鏡片後面是兩隻無神的眼睛，仰望著，乞求著。他的臉灰暗而無血色，面頰上有一塊新抹上去的墨水，棗子形，還溼漉漉的呢，像蝸牛的窩兒似的。

他捧上練習本。頁頭上標著算術二字，字下面是斜斜的數目字，最底下是一個曲里拐彎的簽名，帶圈的筆畫都是實心的；另外還有一團墨水漬。西里爾・薩金特：名字加圖記。

——老師，戴汐先生叫我全部再抄一遍，他說，還要交給您看。

斯蒂汾摸著練習本的邊。徒勞無功。

---

23 這是愛爾蘭的一個取笑謎語的謎語，意思是說有些謎語是無法猜的，但一般把謎底說狐狸埋葬自己的媽媽，斯蒂汾改說奶奶，顯然與當時的思想狀態有關。

——你現在會做了嗎?他問。

——十一題到十五題，薩金特回答說。戴汐先生叫我照著黑板上抄的，老師。

——你自己會做了嗎?斯蒂汾問。

——不會，老師。

又醜，又沒出息:細脖子，亂頭髮，一抹墨水，蝸牛的窩兒。然而也曾經有人愛過他，在懷裡抱過他，在心中疼過他。要不是有她，他早就被你爭我奪的社會踩在腳下，變成一灘稀爛的蝸牛泥了。她疼愛從自己身上流到他身上去的孱弱稀薄的血液。那麼那是真實的了?生活中唯一靠得住的東西[24]?他母親平臥的身子上，跨著聖情高漲的烈性子的高隆班[25]。她已經不復存在:一根在火中燒化了的小樹枝，只留下顫巍巍的殘骸，檀木和沾溼了的灰燼的氣味。她保護了他，使他免受踐踏，自己卻還沒有怎麼生活就與世長辭了。一個可憐的靈魂升了天:而在閃爍不已的繁星底下，在一塊荒地上，一隻皮毛中帶著劫掠者的紅色腥臭的狐狸，眼中放射出殘忍的凶光，用爪子刨著地，聽著，刨起了泥土，刨了又聽，聽了又刨。

斯蒂汾坐在孩子旁邊解題。他用代數證明莎士比亞的陰魂是哈姆雷特的祖父。薩金特歪戴著眼鏡，斜眼瞅著他。貯藏室裡有球棍的磕碰聲，球場上傳來了發悶的擊球聲和喊叫聲。

練習本頁面上的代數符號在演出一場字母的啞劇，它們頭上戴著平方形、立方形的古怪帽子，來回地跳著莊嚴的摩利斯舞[26]。拉手，交換位置，相對鞠躬。就是這樣:摩爾人的幻想的產物。阿威羅伊、摩西·邁蒙尼德[27]也都已經不在人間，這些在容貌舉止上都是深沉的人，用他們的嘲弄的明鏡對準世界，照出了它那隱蔽的靈魂。這是一種在明亮之中放光而又不為明亮所理解的深沉[28]。

——現在懂了嗎？第二道自己會做了吧？

——會了，老師。

薩金特用長大而顫巍巍的筆畫抄錄著數字。他一面不斷地期待著老師開口指點，一面忠實地臨摹那些多變的符號，他那灰暗的皮膚下隱隱地閃爍著羞愧的色調。Amor matris：主生格和賓生格[29]。她用自己的孱弱的血液和清淡發酸的奶汁餵養了他，並且把他的襁褓布藏在人們看不見的地方。

---

24 斯蒂汾的朋友克蘭利曾規勸他對母親要體貼，並說：「在這個臭糞堆似的世界上，不管別的東西怎麼靠不住，母親的愛總是靠得住的。……」事載《寫照》最後一章。

25 高隆班（約五四三—六一五）是愛爾蘭著名僧侶和聖人，以學問高深和布道熱心著稱，曾不顧其母反對而外出傳道。同時，「高隆」在拉丁文和愛爾蘭語中是「鴿子」的意思，因此斯蒂汾有可能藉此影射第一章所涉及的聖靈（參見注54七十一頁）使瑪利亞受孕而生耶穌的「聖經」事蹟。

26 摩利斯舞是一種禳災祈福的舞蹈。「摩利斯」一詞來自「摩爾人」，摩爾人是非洲西北部柏柏爾人與阿拉伯人混合的一個民族，在公元八世紀入侵西班牙，代數也是經摩爾人傳入歐洲的。

27 阿威羅伊是十二世紀的阿拉伯哲學家、醫學家，摩西·邁蒙尼德是十二至十三世紀的猶太哲學家、醫學家，二人對亞里斯多德哲學思想有深入研究，對中世紀西方思想界（包括斯蒂汾信服的十三世紀天主教哲學家阿奎那）產生了重大的影響。

28 按《新約·約翰福音》（詹姆士王欽定本），上帝即生命，而生命即光「光在黑暗中放亮，而不為黑暗所理解。」

29 拉丁文，「母親之愛」，按主生格講是「母愛」，按賓生格講是「對母親的愛」。

有些像他，我這個人；也是這麼瘦削的肩膀，也是這麼叫人看不上眼。在我旁邊彎著腰的就是我的童年。太遙遠了，想用手摸一下或是輕輕碰一下都搆不著了。我的是遠了，而他的呢，像我們的眼睛一樣深奧莫測。我們兩人心靈深處的黑殿裡，都盤踞著沉默不語、紋絲不動的祕密，這些祕密已經倦於自己的專橫統治，是情願被人趕下臺去的暴君。

題做好了。

——很簡單，斯蒂汾說，同時站起身來。

——是的，老師，謝謝您，薩金特回答說。

他用一張薄薄的吸墨紙把剛寫的字跡吸乾，拿著練習本走回自己的座位。

——快去拿上球棍，出去找同學們吧，斯蒂汾一邊說，一邊跟著孩子的笨頭笨腦的背影向門口走去。

——是，老師。

在走廊裡，聽到了球場上喊他名字的聲音。

——薩金特！

——快跑，斯蒂汾說。戴汐先生在喊你了。

他站在門廊裡，望著落後學生急急忙忙奔向爭奪場，場上這時只聽見一片尖著嗓子吵鬧的聲音。孩子們分好了撥兒，戴汐先生邁著戴鞋罩的腳，跨過一簇簇的草叢走過。他剛走到房前，吵吵嚷嚷的聲音又起來了！而且又在喊他了。他扭回了怒氣沖沖的白色八字鬍。

——又怎麼啦？他反覆地大響喊著，也不聽人家究竟在說什麼。

——先生，科克蘭和哈利戴分在一邊了，斯蒂汾提高嗓門說。

——請你在我書房裡等一下，戴汐先生說，我把這裡的秩序整頓好就來。

於是，他又大驚小怪地回頭向球場走去，一面扯著蒼老的嗓子厲聲喊道：

——怎麼回事？又是怎麼回事了？

孩子們的尖嗓子從四面八方衝著他叫嚷：他們蜂擁而上，把他團團圍住，他那沒有染好的蜜色頭髮，被耀眼的陽光漂成了白色。

書房裡空氣陳濁，煙霧瀰漫，室內擺著的那些黃褐色皮椅，發出一種磨損了的皮革的氣味。第一天他在這和我討價還價時，就是這個樣子。起始如此，現在仍是如此。牆邊櫃子上仍擺著那盤斯圖亞特錢幣，泥沼裡的等外寶物[30]：永將如此。在褪了色的紫紅絲絨的餐匙盒裡，舒舒服服地臥著曾向一切非猶太人布道的十二使徒[31]：無窮無盡[32]。

---

30 斯圖亞特是英國王室，一六〇三—一七一四年間統治英國。其中的詹姆斯二世於一六八八年在英國被黜後逃到愛爾蘭，次年用劣金屬鑄幣，使愛爾蘭幣大為貶值，但是這些不值錢的硬幣後來成為稀有物品，有人加以收藏。

31 十二使徒指匙柄上的人像。據《新約》記載，耶穌原來要求他的使徒們只向猶太人傳教，但後來使徒們根據彼得直接從上帝獲得的啟示，決定也向非猶太人展開傳教活動。

32 「起始如此……無窮無盡」，這些散在本段各處的詞句出於天主教禮拜儀式中誦唱的《小榮耀頌》：「榮耀歸於聖父、聖子、聖靈；起始如此，現在仍是如此，永將如此，無窮無窮」。

門外傳來一陣急促的腳步聲，走過門廊的石板地，進了走廊。戴汐先生吹著稀疏的八字鬍子，走到大桌子邊才站住。

——首先，咱們小小的財務結算，他說。

他從上衣口袋裡，掏出一個用細皮條紮住的皮夾，啪的一聲打開，取出兩張鈔票，其中一張還是由兩個半張拼接起來的，小心翼翼地攤在桌子上。

——兩鎊，他說著，又把皮夾紮好，收了起來。

現在他該動他的金庫了。斯蒂汾的不好意思的手，輕撫著堆在冷冷的石缽裡的各式各樣貝殼：峨螺、子安貝、花豹貝：這個漩渦形的像埃米爾的頭巾，這個扇形的是聖詹姆斯扇貝[33]。老朝聖者的寶藏，死的珍寶，空殼。

在檯面呢的柔軟絨面上，落下一枚嶄新的金鎊，亮晶晶的。

——三鎊，戴汐先生轉動著手裡的小小儲蓄盒說。這種東西，有一個真方便。瞧，這是放金鎊的，這是放先令的。放六便士的，放半克朗的。這裡是放克朗[34]的。瞧。

他從盒子裡倒出兩個克朗，兩個先令。

——三鎊十二先令，他說，你看一看，我想沒有錯。

——謝謝您，先生，斯蒂汾說著，靦腆地急急忙忙把錢斂成一堆，一股腦兒塞進了褲子袋裡。

——根本不要謝，戴汐先生說。這是你應得的報酬。

斯蒂汾的手又自由了，又去摸那些空殼。也是美的象徵和權力的象徵。我口袋裡有了一小把；被貪婪和苦難玷汙了的象徵。

——錢不能這樣裝，戴汐先生說。不定在哪兒掏東西帶出來，就丟了。你就是買上這樣一個機器好。你會覺得非常方便的。

得回答點什麼。

——我要是有一個，那也常常是空的，斯蒂汾說。

同一間房間，同一個時辰，同樣的智慧：我也還是我。已經三次了。我身上已經在這裡套上了三道箍。怎麼樣？我可以立刻把它們掙斷，如果我願意的話。

——這是因為你不存錢，戴汐先生伸手指著說。你還不懂得金錢的意義。錢就是權。將來你活到我這個年齡就懂了。我明白，我明白。**少壯不曉事嘛**[35]。但是，莎士比亞是怎麼說的來著？**只消荷包裡放著錢。**

——伊阿古[36]，斯蒂汾自言自語地說。

---

33 聖詹姆斯神祠在西班牙，是中世紀歐洲朝聖勝地之一。該祠採用扇貝作為標誌，朝聖者佩戴以為紀念。另外，貝殼也象徵金錢。

34 克朗、先令都是英國當時通用的錢幣，按當時英國幣制，一鎊合二十先令，一先令合十二便士。克朗是一種種五先令的銀幣。

35 「少壯不曉事」是一個諺語的開端，諺勸人從早積攢，以免老來匱乏。

36 伊阿古是莎士比亞悲劇《奧賽羅》中的壞蛋。「只消荷包裡放著錢」是他教唆別人幹壞事說的，見該劇第一幕第三場。

他把視線從靜止不動的貝殼上，移向老人那雙盯著他的眼睛。

——他懂得金錢的意義，戴汐先生說。他會賺錢。不錯，是一個詩人，可也是一個英國人。你知道什麼是英國人的驕傲嗎？你知道你能從英國人嘴裡聽到的最自豪的話是什麼話嗎？

海洋的統治者。他那冷如海水的眼睛眺望空蕩蕩的海灣：似乎要怪歷史；也用同樣的目光看待我和我和我說的話，倒是心平氣和的。

——認為自己的帝國有永遠不落的太陽，斯蒂汾說。

——才不是呢！戴汐先生大聲嚷道。那不是英國人的話，是一個法國的凱爾特人說的[37]。

他用儲蓄盒輕輕地敲打著大拇指的指甲蓋。

——我來告訴你他們最愛吹噓什麼吧，他莊嚴地說。**我不該不欠**。

好人，好人。

——**我不該不欠。我一輩子沒有借一個先令的債**。你能有這樣的感覺嗎？**無債一身輕**。你能嗎？

馬利根，九鎊，三雙短襪，一雙粗皮鞋，幾根領帶。柯倫，十個幾尼。麥卡恩，一個幾尼。弗雷德．賴恩，兩先令。坦普爾，兩頓午飯。拉塞爾，一個幾尼；卡曾士，十先令；鮑勃．雷諾茲，半個幾尼；凱勒，三個幾尼；麥克南太太，五個星期的飯錢。我這一小把不頂事。

——眼下還不能，斯蒂汾回答說。

戴汐先生笑了，流露出富足快樂的心情，他把儲蓄盒放了回去。

——我知道你不能，他興高采烈地說。但是將來你必須有這種感覺才行。我們是一個慷慨的民族，但我們也必須公正。

——我怕這些堂皇的字眼，斯蒂汾說，這些話給我們造成了那麼多的不幸。

戴汐先生有好一會兒神情嚴厲地瞪著壁爐上方，瞪著牆上那位穿蘇格蘭花格短裙，身材魁偉、氣宇軒昂的男人：威爾斯親王艾伯特・愛德華[38]。

——你認為我是一個老頑固，老保守黨，他的若有所思的聲音說。從奧康內爾[39]時期以來，我親眼目睹了三代人的歷史。我記得四六年的大饑荒[40]。你知道嗎，奧倫治協會[41]早就鼓動廢除

37 「日不落國」是一種誇耀帝國幅員的說法，從紀元前五世紀的波斯帝國以來的各大帝國時期都有，說法大同小異，但是據考證沒有一個說法是「法國的凱爾特人」提出來的。

38 艾伯特・愛德華（一八四一—一九一〇）在維多利亞女王時期是威爾斯親王，英國王儲，在小說涉及的一九〇四年，他已經成為英王愛德華七世。

39 奧康內爾（一七七五—一八四七）是著名的愛爾蘭民族運動領袖，因發動信奉天主教的廣大人民群眾爭取愛爾蘭天主教合法地位而被愛爾蘭人稱為「救星」（除北愛爾蘭情況特殊外，絕大多數愛爾蘭人信奉天主教）。政治上他主張廢除英、愛聯合議會，建立獨立的愛爾蘭議會。

40 從一八四五年起，愛爾蘭的馬鈴薯生產連年遭災，而馬鈴薯是當時愛爾蘭勞動人民的主食，因此造成一八四六—四七年的大饑荒，餓殍遍野，瘟疫流行。這是愛爾蘭歷史上一次極大的災難，人口因而銳減。

41 奧倫治協會是十八世紀末年由英國殖民者在愛爾蘭北部建立的宗教、政治團體，主要宗旨是維護在北愛爾蘭占優勢的新教的利益，反對天主教勢力，並反對脫離英國。據考證，該協會在最初成立時，確曾反對將愛爾蘭議會併入英國議會，但是當時的愛爾蘭議會完全由信仰新教的英國殖民者把持，所以他們那時反對聯合議會，和後來愛爾蘭人民要求廢除聯合議會（即作為一種爭取民族解放的民權運動）顯然意義完全不同。

聯合議會了，比奧康內爾的鼓動，比你們教派的高級教士們把他斥為政客[42]還早二十年呢！你們芬尼亞分子[43]對有些事情是記不住的。

流芳百世，功德無量，永垂不朽[44]。光輝的阿爾馬郡的鑽石會廳裡，懸掛著天主教徒的屍體[45]。嘶啞著嗓子、戴著假面具、拿著武器，殖民者的誓約[46]。黑色的北方，真正地道的《聖經》[47]。短髮黨倒下去[48]。

斯蒂汾做了一個簡短概括的手勢。

——我身上也有反叛者的血液，戴汐先生說。母系的。但是我的祖先是投票贊成聯合議會[49]的約翰・布萊克伍德爵士。我們全是愛爾蘭人，全是國王的後代。

——夠嗆，斯蒂汾說。

——Per vias rectas[50]，戴汐先生神情堅決地說，這就是他的格言。他投的是贊成票，並且是特地穿上他的長統馬靴，從當郡的阿茲騎馬到都柏林來投票的[51]。

啦爾——德——啦爾——德——啦
崎嶇的道路通向都柏林哪。

一個脾氣暴躁的紳士，騎著馬，穿著賊亮賊亮的長統馬靴。有點小雨啊，約翰爵士。有點小雨，閣下……小雨！……小雨！……兩隻長統靴顛呀顛的，一直顛到都柏林。啦爾——德——啦

爾——德——啦，啦爾——德——啦爾——德——啦底。

——這倒提醒了我，戴汐先生說。有一件事可以請你幫幫忙，代達勒斯先生。請你找幾個你

---

42 愛爾蘭的天主教主教都支持奧康內爾，雖有少數對他所採取的作法有意見，但並沒有人把他「斥為政客」。

43 「芬尼亞協會」是一個愛爾蘭民族主義組織，主張通過武裝暴動脫離英國。該組織成立於一八五八年，最活躍的時期是十九世紀六十年代，至七十年代後逐漸消亡。斯蒂汾當然不可能是這一組織的成員。

44 引自奧倫治協會紀念英王威廉三世的祝酒辭：「紀念偉大的好國王威廉三世，他流芳百世，功德無量，永垂不朽。他拯救了我們……」該協會以威廉三世為號召，因為英帝國征服愛爾蘭的殖民事業是在他任英國國王期間（一六八九—一七〇二）完成的。此人在繼承英國王位之前是奧倫治親王，被稱為「奧倫治的威廉」。

45 阿爾馬郡在愛爾蘭北部，這一帶的英國殖民者曾在十八世紀大舉迫害天主教徒，企圖把他們全部逐出該郡。最嚴重的一項事件是一七九五年的「鑽石之戰」，他們屠殺了拒絕外遷的天主教徒二、三十人，奧倫治協會即在這一事件之後建立。

46 從十七世紀初開始，英國將愛爾蘭北部大批土地沒收，賜給英國殖民者，接受者必須宣誓忠於英王，承認英王不僅是國家元首，同時也是宗教領袖，此政策使愛爾蘭當地信奉天主教的人民實際上淪為農奴。

47 新教牧師布道時均穿黑袍。新教強調《聖經》本身的重要性，這是和強調儀式的天主教的主要區別之一。

48 「短髮黨」指愛爾蘭民族主義者，他們在一七九八年起義時曾剪短髮以示嚮往法國革命。「短髮黨倒下去」是奧倫治派反對愛爾蘭獨立的歌曲詞句。

49 指一八〇〇年五月愛爾蘭議會表決是否併入英國議會一事。當時即使在由英國殖民者把持的議會中，反對聯合的力量也是十分強大的，英國用了公開賄買和封官許願的手段才使議案通過。戴汐所說的爵士在歷史上確有其人，是聯合以前的愛爾蘭議員，但是事實上他堅決反對聯合，見本章注51。

50 拉丁文：「走直路。」

51 阿茲是愛爾蘭北部當郡地區的一個半島。當郡是英國在愛爾蘭的殖民中心之一，歷史上的約翰・布萊克伍德是該郡的議員之一，在醞釀聯合議會時英國許他晉升爵位，要他投票贊成聯合，但他拒不接受。他家的一個後代曾在一九一二年致喬伊斯的信中提到此事說：「請記住，約翰・布萊克伍德是在正要穿上他的長統馬靴到都柏林去投反對票時死去的。」

在文學界的朋友。我這裡有一封給報界的信。你坐一下。我把結尾的一段抄完就行了。

他走到窗邊的書桌前，把椅子往前拖了兩下，望著打字機滾筒上的信紙，念了幾個字。

——坐下吧。對不起，他轉過頭來說，事屬常識，無可非議。一會兒就完。

他挑起兩道粗眉，盯著放在肘邊的草稿，一面嘟嘟囔囔地念著，一面開始慢慢地戳打字機上的僵硬的鋼鍵，有時還轉動滾筒，用橡皮擦掉打錯的字，吹兩口氣。

斯蒂汾面對著儀表堂堂的親王像，無聲無息地坐了下來。四周牆上的畫框裡，恭恭敬敬地站著如今已經不復存在的駿馬的形象，馬頭全都順從地揚在空中：黑斯廷斯勛爵的**禦敵**、威斯敏斯特公爵的**飛越**、博福特公爵的**錫蘭**，一八六六年巴黎大獎[52]。駿馬上騎著小精靈似的騎手，靜候著信號。他看到了他們為國王的旗號賽跑的速度，隨著不復存在的觀眾的歡呼聲而歡呼。

——句號，戴汐先生吩咐他的字鍵說。**然而，及時公開討論這一極其重要的問題……**

克蘭利帶我去找發財捷徑，在濺滿泥水的馴馬車之間鑽來鑽去，尋找可能獲勝的號碼；賭注經紀人各占一方地盤，大聲地招攬主顧；五顏六色的泥漿地上，一股強烈的食堂氣味。美叛逆！美叛逆！大熱門，一賠一；冷門票，一賠十[53]。我們追隨著馬蹄和色彩繽紛的騎裝、騎帽，匆匆路過骰子攤、扣碗攤[54]，還路過一個臉上肉嘟嘟的婦女，一個肉店老闆娘，她正十分飢渴地啃著半個橙子。

從孩子們的球場那邊，傳來了尖嗓子的喊叫聲和一陣滾動的哨子聲。

又進了一球。我就在他們中間，在他們擠成一團、混戰一場的身體中間。這就是生活的拚搏。你是說那個媽媽的寶貝疙瘩，那個外羅圈腿的，似乎有點反胃的孩子嗎？拚搏。時間受了驚嚇，彈跳起來，一回又一回。疆場上的拚搏、泥濘和酣戰聲，戰死者臨終的嘔吐物凍成了冰塊，長矛的矛尖勾出血淋淋的肚腸時的狂叫聲。

——好了，戴汐先生站起來說。

他一面用大頭針把紙別在一起，一面向桌子邊走來。斯蒂汾站了起來。

——我寫得很簡明扼要，戴汐先生說。談的是口蹄疫問題。您看一看吧。關於這個問題，人們是不可能有兩種意見的。

擬藉貴報一角寶貴篇幅。自由放任原則在我國歷史上曾多次。我國牧牛業。我國各項老工業之道路。利物浦集團操縱戈爾韋[55]建港計畫。歐洲大火。糧食運輸通過海峽狹窄水道[56]。農業部

52「禦敵」、「飛越」、「錫蘭」都是曾在重要賽馬中贏得大獎的名馬。「巴黎大獎」是法國最盛大的賽馬活動，每年一次，一八六六年的大獎即由「錫蘭」獲得。希臘史詩中的涅斯托耳也以愛馬著稱。

53「美叛逆」是一匹馬的名字。該馬一九〇二年在都柏林附近的一次賽馬中獲勝。斯蒂汾回憶的下賭注辦法正是那一次的實際情況。

54「扣碗」是類似押寶的賭博。三個小碗倒扣在地上，猜哪一個扣著小球或豆子。

55戈爾韋是愛爾蘭西部一個大港，在十九世紀五十年代中曾有人企圖把它發展成為一個國際航運中心，但開辦航線後連遭事故，於六十年代以失敗而告終。但據考證，此事並無「利物浦集團」插手。

56「歐洲大火」指歐洲大戰。戴汐的意思大概是，如果戈爾韋建港計畫沒有被破壞，那麼萬一歐洲發生大戰，糧食運輸就可以不必通過愛爾蘭東部易受戰火威脅的海峽，而可以用直達大西洋的戈爾韋港。

門絕對徹底的麻木不仁。恕我引經據典。卡珊德拉[57]。由一個不過爾爾的女流之輩[58]引起。言歸正傳。

——我夠乾脆的，是吧？戴汐先生在斯蒂汾看信時插嘴問他。

口蹄疫，人稱科克配方。血清與病毒。免疫馬匹百分比。牛瘟。下奧地利慕爾斯代戈御用馬群。獸醫外科。亨利·布萊克伍德·普賴斯先生。自獻良方頗可一試。事屬常識，無可非議。極其重要的問題。確係抓住要害。承蒙慷慨提供貴報版面，謹致謝意。

——我要這封信見報，讓人們都看到，戴汐先生說。你等著瞧吧，下次再鬧牛瘟，他們就要對愛爾蘭牛實行禁運了。然而這種病是可以治好的。人家實際上就治好了。我的表弟布萊克伍德·普賴斯來信說，奧地利的牛瘟，就都是由當地的牛醫治療的，並且治好了。他們主動表示願意到這裡來。我正在部裡想辦法。現在我要試試公開宣傳。我是困難重重呵，周圍盡是……陰謀詭計，盡是……後門勢力，盡是……

他伸出食指，老氣橫秋地敲擊著空氣，為下邊的話作準備。

——注意我的話，代達勒斯先生，他說，英國是落在猶太人手裡了。進了所有的最高級的地方：金融界、新聞界。一個國家有了他們，準是衰敗無疑。不論什麼地方，只要猶太人成了群，他們就能把國家的元氣吞掉。這些年來，我一直在注意，問題越來越嚴重。情況再明白不過了，猶太商人已經在下毒手了。古老的英國快完了。

他快步向一邊走去；在經過一束寬闊的陽光時，他的眼睛活了起來，呈現出藍色的生命。接著他又轉身走了回來。

——快完了，他說，如果不是已經完了的話。

　　婊子的滿街招呼
　　將織下英格蘭的裹屍布[59]。

他走到那道陽光中間站住了，兩隻眼睛若有所見似的在陽光裡瞪得滾圓，神色嚴厲。

——凡是商人，斯蒂汾說，不管是不是猶太人都要賤買貴賣，難道不是嗎？

——他們戕害光[60]，犯下了罪孽，戴汐先生嚴肅地說。你看吧，連他們的眼睛裡面都是黑的。正是因為這個緣故，他們直到今天還在地球上四處流浪。

在巴黎證券交易所的臺階上，金色皮膚的人們伸出戴寶石戒指的手指報著行情。鵝群的嘎嘎亂叫聲。他們成群結隊地在聖殿裡轉悠[61]，聲音嘈雜，模樣古怪，腦袋上戴的是不得體的大禮

57 卡珊德拉是希臘神話中特洛伊國王的女兒，她能預言凶禍卻無人聽信，因此不能阻止凶禍發生。

58 「不過爾爾的女流之輩」是英國諺語用詞，指水性楊花的女人。這裡戴汐指的是希臘神話中的著名美女海倫，特洛伊戰爭由她引起。參見本章注64一〇五頁。

59 這兩行詩引自布萊克的〈清白的徵兆〉，原詩有關段落抨擊英國當時允許公開賣淫和賭博的制度。

60 意指猶太人不信耶穌並要求將他在十字架上釘死。按《約翰福音》，耶穌即光。

61 據《聖經·新約》，耶路撒冷的聖殿裡原來有許多人在作買賣和兌換銀錢，後來都被耶穌趕走。

帽，腦袋裡裝的是密密匝匝的計謀。全不是他們的：這些衣著、這種言談、這些手勢。他們的圓圓的、遲緩的眼睛否定了這些話，這些熱烈而不冒犯人的手勢。他們知道周圍聚集著敵意，知道自己的熱忱全是白費事。白白地耐心積攢、貯存。時間肯定會把一切都沖散的。路邊堆積的財貨：一經劫掠，全都易手了。他們的眼睛懂得流浪的歲月；含辛茹苦的眼睛，懂得自己的骨肉所受的凌辱。

——誰不是這樣的呢？斯蒂汾說。

——你是什麼意思？戴汐先生問。

他朝前跨了一步，站在桌子旁邊。他的下頷歪向一邊，疑惑不定地張著張著嘴巴。這是老年的智慧吧？他等著聽我的。

——歷史，斯蒂汾說，是一場惡夢，我正在設法從夢裡醒過來。

球場上又傳來孩子們的一陣叫喊聲。滾動的哨子聲：進球了。要是惡夢像劣馬似的[62]尥蹶子，踢你一腳呢？

——造物主的規律可由不得我們，戴汐先生說。人類的全部歷史，都向著一個大目標走：體現上帝。

斯蒂汾翹起大拇指，指向窗戶說：

——那就是上帝。

呼啦！啊哎！嗚嚕嘿噫！

——什麼?戴汐先生問。

——街上的喊叫聲，斯蒂汾聳聳肩膀回答。

戴汐先先用手指捏著鼻翼，低頭往下面看了一會兒才把鼻子放開，抬起頭來。

——我比你幸福，他說。我們犯過許多錯誤，有過許多罪孽。一個女人把罪孽帶到了人間[63]。為了一個不過爾爾的女流之輩，就是墨涅拉俄斯的那個跟人私奔的老婆海倫，希臘人同特洛伊打了十年的仗[64]。一個不忠實的妻子把外人帶進了我們這個島國，那就是麥克默羅的老婆和她的情夫，布雷夫尼的王爺奧普厄克[65]。帕內爾也是因為一個女人才倒了楣[66]。許多錯誤，許多失敗，但是唯獨沒有那一種罪孽。我現在已經是風燭殘年的人了。但是，我還要為正義而戰鬥到底。

---

62 英語的「惡夢」（nightmare）是一個複合詞，其中後半部分（mare）與「母馬」（mare）同形。

63 指《聖經・舊約》所述夏娃偷吃「善惡知識樹」的禁果，導致亞當、夏娃被上帝逐出樂園，開始過勞碌辛苦的人間生活。參見第一章注39六十一頁。

64 指希臘史詩《伊利亞特》所述特洛伊王子帕里斯拐走希臘斯巴達國王墨涅拉俄斯的夫人海倫，從而引起特洛伊戰爭。

65 戴汐這裡所說涉及愛爾蘭十二世紀的歷史，但是顛倒了人物。歷史事實是，愛爾蘭的一個小國倫斯特的國王麥克默羅拐走另一個小國布雷夫尼的國王奧普厄克的妻子，從而引起爭端，麥克默羅被逐出愛爾蘭後引來英國軍隊，這就是英國入侵愛爾蘭的開始。

66 帕內爾（一八四六—九一）是愛爾蘭自治運動的領袖，他是新教徒，但是能得到整個民族的擁護，被稱為「愛爾蘭的無冕之王」。他在一八八九年因與有夫之婦相好而失去領袖地位，愛爾蘭民族運動也因此受到重大挫折。

因為厄爾斯特[67]將要戰鬥，
為正義而戰絕不會錯。

斯蒂汾舉起了手裡拿著的信。

——這個，先生……他開始說。

——我可以預見，戴汐先生說，你在這裡是幹不長的。你天生不是當教師的材料，我覺得。也許我錯了。

——倒是當學生的，斯蒂汾說。

那麼在這裡你還能學到什麼呢？

戴汐先生搖搖頭。

——誰知道呢？他說。要學習，就得虛心。而生活就是偉大的教師。

斯蒂汾又把手裡的幾張紙抖了抖。

——關於這封信……他開始說。

——對，戴汐先生說。你手裡拿的是兩份。看你能不能設法讓它們馬上見報。《電訊》。《愛爾蘭園》。

——我去試試，斯蒂汾說，明天給您回音。我跟兩位主編有一面之交。

——那就行了，戴汐先生興致勃勃地說。昨天晚上我已經給國會議員菲爾德先生寫了信。牧牛業貿易協會今天在城標飯店開會。我請他把我的信提交給會議。你想想辦法，看能不能把它弄到你那兩種報紙上去。是什麼報紙？

——《電訊晚報》……

——那就行了，戴汐先生說。時間要緊。現在我得給我表弟寫回信了。

——早安，先生，斯蒂汾說著把信放進了口袋。謝謝您。

——不謝，戴汐先生一面翻著書桌上的文件找東西，一面說。我年紀雖然老了，倒還是喜歡跟你交交鋒的。

——早安，先生，斯蒂汾又說，並對他彎著腰的背影鞠了一個躬。

他出了敞著門的門廊，走上用礫石鋪的林蔭小路，這時又聽到操場上學生們的喊叫聲和球棍的劈拍聲。他走出大門，門柱頂端高踞著獅子：沒有牙齒而仍張牙舞爪的東西。可是我還是願意助他一臂之力的。馬利根準會給我起一個新的外號：閹牛之友派詩人。

——代達勒斯先生！

追上來了。不至於又有什麼信吧，我希望。

——等一下。

---

67 厄爾斯特即愛爾蘭北部六郡的總稱，這兩句話出自十九世紀的一個英國政治家之口，他在競選時煽動厄爾斯特反對愛爾蘭自治的情緒說了這些話，後來成為愛爾蘭北部反對愛爾蘭自治、反對天主教的戰鬥口號。

——我等著，先生，斯蒂汾說著，在大門口轉回了身。

戴汐先生站住了，大口大口地喘著氣。

——我就說一句話，他說。愛爾蘭，人們說她很光榮，是唯一的從來沒有迫害過猶太人的國家。你知道嗎？不知道。你知道這是為什麼嗎？

他衝著明亮的空氣，威嚴地皺著眉頭。

——為什麼呢，先生？斯蒂汾問著，開始有些忍俊不禁了。

——因為愛爾蘭從來沒有放他們進來過[68]，戴汐先生嚴肅地說。

一團笑咳從他喉嚨裡迸出來，後面喀啦啦地帶著一長串痰。他迅速轉過身去，咳著、笑著，同時抬起兩隻手在空中搖晃著。

——她從來就沒有放他們進來過，他夾著笑聲，又提高嗓門重複了一遍，同時還用兩隻戴鞋罩的腳使勁地跺著礫石路面。就是這麼一回事！

在他的富於智慧的肩膀上，太陽光透過星羅棋布的樹葉，擲下了許多亮晶晶的圓片，跳動著的金幣。

---

68 事實上愛爾蘭從很早的時期起就有猶太人，十三世紀也驅逐過他們，從十七世紀起又來了不少，十八、十九世紀期間還有明確的立法行動幫助猶太人歸化。一九〇四年公布的愛爾蘭人口統計中包括猶太居民將近四千人。

3

可見現象的無可避免的形態：這是最低限度，即使沒有其他。通過眼睛進行的思維。我在這裡辨認的，是一切事物的標誌：海物、海藻、正在漲過來的潮水、那隻鐵鏽色的靴子。鼻涕青、銀灰色、鐵鏽色：顏色的標記。透明性的限度。但是他又加上：在物體中[1]。那麼，他對事物的認識，是先知其為物體，後知其顏色的。通過什麼途徑？用腦袋撞的，肯定。別忙。他是禿頂，又是一個百萬富翁，這位Maestro di color che sanno[2]。透明性在其中的限度。為什麼是其中？透明性，不透明性。可以伸進你的五個指頭去的是豁口，伸不進去的是門。閉上你的眼睛試一試。

斯蒂汾閉上眼，聽著自己的靴子踩在海藻和貝殼上的喀嗒喀嗒聲。你這麼對付著也走過去了。是的，一次跨一步。用短促的時間，跨越短小的空間，一段又一段。五、六：這就是Nacheinander[3]。一點也不錯，這也就是有聲現象的無可避免的形態。睜開眼吧。不，耶穌！如果

1 「他」指亞里斯多德。斯蒂汾在思索亞里斯多德的論述（認識與形狀、色彩、聲音等特徵的關係）。

2 意大利文：「哲人的大師」。這是但丁在《神曲》中對亞里斯多德的頌詞。

3 德文：「先後關係」。德國戲劇家萊辛（G. F. Lessing, 1729-81）論美學時曾指出，詩所處理的事物之間是先後關係，雕刻與繪畫中的事物則是相鄰關係，這也是聽覺與視覺印象的區別。

我從一個臨空探出的山崖上摔下去，那就是無可避免地摔過Nebeneinander[4]去了。我現在在黑暗中進行得很順利。佩帶著我的白蠟佩劍。用它敲擊著吧：他們的辦法。我的兩隻腳上穿著他的靴子，靴子上面是他的褲子，Nebeneinander. 聽來是實的：是造物者捶打出來的。我這樣在沙丘的海灘上走，是否將會走入永恆？喀、喳、喀、喳。海上的野生錢幣，戴汐夫子全認識。

你願來沙丘嗎
牝馬瑪德琳？

韻律就來了，你瞧，我聽得出。節奏整齊，抑揚頓挫。**不對**，牝馬瑪德琳**跑快了**。

現在睜開你的眼睛吧。行。等一下。會不會一切已經消失？如果我睜開，發現自己已經永遠地陷入那黑色的不透明之中了呢。Basta![5]究竟是否看得見，馬上就看見了。

看見了。沒有你，始終照樣存在：永將如此，無窮無盡。

Frauenzimmer[6]：她們小心翼翼地從萊希高臺街走下來了，下完臺階又挪著八字腳下坡，一腳一腳地陷在帶淤泥的沙中。她們和我，和阿爾杰一樣，來看我們的強大的母親來了。第一位沉甸甸地晃著她的收生婆提包，另一位用一把粗大的雨傘捅著沙灘。自由區[7]來的，出來幹她們一天的營生來了。弗洛倫絲・麥凱布太太，布萊德街深受悼念的已故派特克・麥凱布的未亡人。正是她那幫子中的一個把我拽出來的，哇哇地叫著開始了生命。從無到有的創造。她的提包裡是什麼東西？流產兒，拖著臍帶，悶在紅色的毛絨裡頭。人的臍帶全都是連著上代的，天下眾生一條肉纜。正是因此，一些神祕教派的僧侶才。你願學神仙嗎？那就凝視自己的昂發樓斯吧。喂！我是啃奇。請接伊甸園。甲子零零一號。

原人亞當的配偶和伴侶：希娃，赤裸裸的夏娃。她沒有肚臍眼[8]。凝視吧。光潔無瑕的肚皮，脹大了，像一塊繃著精製皮面的圓盾。不對，是潔白成堆的糧食[9]，光彩奪目的不朽莊稼，從永恆長到永恆[10]。罪孽孕育處。

在罪孽的黑暗中孕育，我也是。是製成而不是生成的[11]。由他們倆，一個是嗓音與眼睛和我相同的男人，另一個是呼吸中帶有灰燼氣味的女鬼。他們互相擁抱，一合一分，完成了主宰配對者的意願。這主宰在人世開始之前已經有了要我存在的意願，現在不會要我不存在，永遠不會。他的法則是永恆的。那麼，這就是聖父聖子一體性所在的神聖實體了？可憐的好阿里烏，他能到

4　德文：「相鄰關係」，參見上注。
5　意大利文：「夠了！」
6　德文：原指上流社會婦女，現常有「邋遢女人」等貶義。
7　「自由區」是都柏林南部一個貧民窟的別名。
8　「希娃」是希伯來語，即夏娃；她不應有肚臍眼，因為她並不由娘肚出生。
9　《聖經・舊約・所羅門之歌》（情歌）中曾讚美女人的肚皮是「一堆小麥，周圍鑲著百合花。」
10　英國詩人特拉赫恩（Thomas Traherne, 1637-74）遺著《沉思的篇章》中描繪童年時期心目中的樂園時說：「莊稼是光彩奪目的不朽的小麥，不用收割也不用播種。我認為是從永恆長到永恆的。」
11　四世紀基督教宗教會議論證三位一體時，說耶穌與萬物不同，「是生成而不是製成的。」

什麼地方去驗證他的結論呢？不幸的異端創導者，畢其一生都在為這個同體變體宏偉猶太人大新聞問題鬥爭。背時的異端創始人！他是在一個希臘廁所裡斷氣的：無痛而終。頭戴鑲珠主教冠冕，手扶主教權杖，端坐在寶座上不再動彈，一個失去了主教的主教區的原主教，主教飾帶已經僵硬翻起，下身已經凝塊[12]。

風在他四周歡跳，涼絲絲、活潑潑地撲在身上。來了，海浪。大群大群抖著白色鬃毛的海馬，嚼著亮晶晶的風馭馬勒，曼納南的[13]戰馬群。

我不能忘了他給報界的信。那以後呢？船艦酒店。對了，這錢得省著花，得像個聽話的小傻瓜那樣。對，非那樣不行。

他的腳步放慢了。到了。我去不去賽拉舅媽家呢？我的同體父親的聲音。你們最近見到你們那個藝術家大哥斯蒂汾的影兒了嗎？沒有？不至於上斯特拉斯堡高臺街他賽麗[14]舅媽家去了吧？怎麼他就不能飛高一點兒呢，嗯？你你你你說說，斯蒂汾，賽門姑夫好嗎？唉，天主也得掉眼淚，我就結了這麼一門親！孩雞們在乾乾乾草閣閣閣樓上玩兒呢。開帳單的小個子酒鬼和他那個吹短號的兄弟。體面的遊艇船夫[15]！還有斜眼的沃爾特，對他老子說話還「您哪、您哪」的，一點兒也不假。您哪。是，您哪。不，您哪。耶穌都掉眼淚了：誰擋得住呢，基督哪！

我在他們的門窗緊閉的小平房外，拉了一下那個好像生了哮喘病的門鈴，等著。他們以為是要債的，先從暗處窺看一下。

——是斯蒂汾，您哪。

——讓他進來。讓斯蒂汾進來。

門栓抽開，沃爾特歡迎我。

——我們還以為你是別人呢。

里奇舅舅墊著枕頭、蓋著毯子坐在大床上，兩腿曲膝形成一個小山包，他在這小山包上伸出了一隻健壯的前臂。胸膛是乾淨的。他的上半身洗過了。

——早，外甥。坐下來散散步。

他把腿上的寫字板推在一邊。他就是在這塊板上起草他的成本帳供高富大爺和沙普蘭·坦底大爺過目的，也是在這裡整理許可證、搜查證、通知攜物出庭的傳票。在他的禿腦袋的上方，掛著一個泥沼橡木框，鑲的是王爾德的詩〈讓她安息吧〉。他嗓子裡發出的噓噓聲很容易使人誤會，沃爾特聽見又回來了。

——有事嗎，您哪？

——告訴媽，給里奇和斯蒂汾來兩杯麥芽。她在哪兒？

——在給克麗西洗澡呢，您哪。

12 阿里烏（參見第一章注63七十五頁）實際上並未擔任主教，但其他在三位一體問題上持異說者有任主教的。阿里烏在廁所內突然死亡一事（估計由於腸癌）曾被渲染為上帝對他的懲罰。

13 曼納南（Mananaan）是愛爾蘭神話中的海神，和希臘神話中的普洛透斯一樣善變。

14 「賽麗」為「賽拉」暱稱。

15 「體面的遊艇船夫」是十九世紀末年音樂喜劇中的人物。

爸爸帶著睡覺的寶貝疙瘩。

——不用了，里奇舅舅……

——喊我里奇就行。讓你的礦泉水見鬼去吧。丟人。外士忌！

——里奇舅舅，真的……

——快坐下，要不我憑著老鬼頭的名義把你揍下去了。

沃爾特歪斜著眼睛找椅子，白找。

——他沒有東西坐，您哪。

——他是沒有地方放，你這個笨蛋。把咱們的奇彭代爾椅子搬進來。你想吃點什麼嗎？這兒可用不著你們那些倒楣的滿不在乎的架子。美美的來一盤肉片煎鮮魚，怎麼樣？真的嗎？更好。我們家裡除了腰疼片以外什麼都沒有。

All'erta![16]

他哼了幾小節費朗多的**Aria di sortita**。斯蒂汾，這是整個歌劇中最精采的一曲。聽。

他又發出了樂調悠揚的噓噓聲，中間夾著細細的吸氣聲，兩手還捏成拳頭把蒙著毯子的膝蓋當大鼓敲。

這裡的風舒服些。

門庭衰敗，我家，他家，各家。你對克朗高士那幫子紳士們說，你的一個舅父是法官，另一個舅父是陸軍將官。出來吧，斯蒂汾。美不在那裡頭。也不在馬什圖書館[17]的空氣沉滯的閱讀室裡，你在那裡閱讀了約阿基姆長老的日漸褪色的預言[18]。為誰？總教堂大院的百首群體。從群體中，曾有一個憎恨人類的人跑出來進了瘋狂林，他已經成了「咴嗯姆」[19]，馬鼻子噴著氣，兩個眼球像星星，鬃毛在月光下噴著沫。長圓的馬臉，坦普爾、壯鹿馬利根、老狐狸坎貝爾、燈籠臉。長老神父，憤怒的教長，他們是出了什麼問題，弄得頭腦裡著火？唉！**Descende, calve, ut ne nimium decalveris.**[20]在他受到威脅的腦袋上，只有一圈灰白的頭髮，看他我[21]從祭壇上爬下（**descende!**），捧著一個聖體匣，睜著蛇怪眼睛的。下來吧，禿光頭！在祭壇兩側的獸角周圍，唱詩班在幫著重複這威脅，在唱和那些哼著拉丁文的掛名教士們，他們挺著塞飽了最精美的白麵的大肚皮，穿著法衣，雄赳赳地走動著，都是剃光了頭頂抹著油的，都是閹割了的。

在這同一時刻，鄰街也許正有另一個教士在把它舉起來。玎玲玎玲！隔著兩條街的地方，

---

16 意大利語：「警惕！」即下文「費朗多的aria di sortita（出場歌）」開始的歌詞。歌劇內容涉及一分崩離析的家族，因此引起斯蒂汾下文「門庭散落」的感嘆。

17 馬什圖書館是都柏林最古老的公共圖書館，在下文提到的總教堂大院內（因此斯蒂汾聯想到斯威夫特），存有珍貴的宗教書籍。

18 意大利神學家約阿基姆（Joachim of Floris, 約一一四五—一二〇二）曾預言世界末日即將到來。

19 「**咴**嗯姆」是《格利弗遊記》中擁有超過人類智慧的馬類，該遊記作者斯威夫特（Jonathan Swift, 1667-1745）藉此表示他對人類已經絕望。按斯威夫特為都柏林聖派特里克總教堂的教長（因此下文稱「憤怒的教長」）。

20 拉丁文：「下去吧，禿頭的，要不把你弄得更禿了。」這是喬伊斯對約阿基姆著作中文字略加修改而形成的戲言。按天主教某些修士會要求剃頂。

21 斯蒂汾自己在教會學校內學習時，學校曾希望培養他擔任聖職（事載《寫照》）。

又一個教士正在把它鎖進聖體箱裡。玎玲玎玲！在一個聖母小教堂裡，還有一個教士把聖體整個兒地貼在自己的臉上。玎玲玎玲！放低、舉高、挪前、退後。奧卡姆大師[22]想到了這一點，淵博無比的大學者。在一個典型的霧濛濛的英國早晨，基督聖體的完整性問題像一個精靈似的觸癢了他的腦筋。他捧著聖體下跪時，聽到十字形耳堂裡的第一次鈴聲（他在舉起他的聖體）和他的第二次鈴聲交鳴，而在他起立的時候，他（我現在是在舉起了）又聽到他們的兩個鈴子（他在下跪了）在雙音交鳴。

斯蒂汾老弟，你是永遠成不了聖徒的。聖徒之島[23]。你曾經是聖潔得了不得的，是吧？你曾向神聖童貞女祈禱，求自己不長紅鼻頭。你在盤陀道上曾經向魔鬼祈禱，要前面怕路溼弄髒衣服的胖寡婦把她的裙子撩得更高些。**O si, certo!**[24]你為了那個出賣靈魂吧，出賣吧，一個婆娘圍著腰掛的染色布條。還有呢，說吧，不止那一些呢！在豪斯電車頂層上，獨自對著雨水叫喊：裸體女人！裸體女人！那是怎麼一回事，嗯？

有什麼怎麼的？她們的作用不正在於此嗎？

每天晚上看七本書，每本看兩頁，嗯？那時我年輕。你對著鏡子向你自己鞠躬，像煞有介事似的跨上一步接受歡呼，眉飛色舞的。太妙了，這個倒楣白痴！太妙了！沒有人看見：誰也不能告訴。你曾經打算寫一批書，用字母當書名。你讀了他的F嗎？讀了讀了，可是我更喜歡Q。不錯，可是W才妙呢。對，對，W。你還記得你那些《顯形篇》嗎[25]？寫在長圓形綠紙上，深刻而又深刻，要人家在你萬一去世時印送全世界各大圖書館，包括亞歷山大城[26]，記得嗎？幾千年，一大紀之後會有人上圖書館去研究它們的。米蘭多拉的皮柯[27]的派頭。不錯，很像鯨魚[28]。這些篇章出自一位已久不在人世者之手，令人讀來深感驚訝，人與人之間竟能如此通氣，而此人……

他腳下已經不是顆粒狀的沙子了。他的靴子又踩到一根潮溼的桅杆，喀喳一聲開裂了，還有蟶子，有礫石在嘎吱嘎吱叫，不計其數的礫石受著浪潮的拍打，被船蛆蛀透了的木頭，覆滅了的無敵艦隊[29]。一汪汪渾濁的泥沙地，只等他的腳踏上去就往下陷，那裡散發出汙水的腐臭，是悶在人灰糞堆底下的海火中的爛海草。他小心翼翼地繞了過去。在凝結成塊的泥沙中插著一個啤酒瓶，一半陷在泥裡。奇渴島的哨兵。岸邊有一些破爛的桶箍，沿著陸地是黑壓壓一大片迷魂陣似的網子；再遠處是一些塗寫著粉筆的後門，海灘高處繃著一根曬衣繩，上面掛著兩件上了十字架似的襯衫。陵森德[30]：一些棚屋，一些棕色皮膚的舵手和老水手。人的甲殼。

---

22 奧卡姆（Occam, 1300?-49?）英國哲學、神學家。曾論證世界各地教堂內的許多聖體何以都能代表耶穌的身體。
23 愛爾蘭曾出現許多著名布道人，因此中世紀曾獲此名稱。
24 意大利文：「啊，真的，確實如此！」
25 《顯形篇》是喬伊斯本人青年時期寫的特寫性的片段小品，均以三言兩語的素描表現某種情趣或心理狀態。
26 古希臘亞歷山大大帝（公元前三五六—三二三）在埃及所建，後成為古希臘文化中心。
27 皮柯（Pico della Mirandola, 1463-94）意大利哲學家，以年輕博學而自命不凡，於二十三歲時發表論文〈論天下一切可知事物〉。
28 這是《哈姆雷特》中波隆涅烏斯應付哈姆雷特說的話。不論哈說天上的雲是什麼形狀，波都同意。
29 十六世紀西班牙「無敵艦隊」被英國擊敗後又遭風暴，許多船艦沉沒在愛爾蘭沿海一帶。
30 陵森德是利菲河出海口南岸附近的漁民聚居區。

他站住了。我已經走過了去賽拉舅媽家的路口。我是不去了吧？看樣子是不去了。周圍沒有人。他轉東北，跨上比較瓷實的沙地，朝鴿子樓[31]的方向走去。

——Qui vous a mis dans cette fichue position?

——C'est le pigeon, Joseph.[32]

休假在家的派特里斯，和我坐在麥克馬洪飲料店，他用舌頭舐著熱牛奶。他是巴黎的大雁[33]凱文・伊根的兒子。我爸是隻鳥；胖嘟嘟的兔子臉，伸出鮮紅的嫩舌，舐著甜甜的熱牛奶。兔子式的舔法。他希望買彩票中頭獎。他談女人的天性是從米歇萊書中看來的。他還一定要寄給我列奧・塔克西先生的《耶穌傳》。他借給一個朋友了。

——C'est tordant, vous savez. Moi, je suis socialiste. Je ne crois pas en l'existence de Dieu. Faut pas le dire à mon père.

——Il croit?

——Mon père, oui.[34]

唏嚕絲。他舐著牛奶。

我的拉丁區帽子。天主啊，是什麼角色就得有什麼打扮。我要戴紫褐色的手套。你那時是大學生，是吧？那麼你對付的是哪一種呢？理化生[35]，知道嗎？物理、化學、生物。對啦。你和一些打著飽嗝的馬車夫擠在一起，吃著最廉價的燉牛肺，埃及的肉鍋[36]。說話得用最漫不經心的口氣：我在巴黎那陣呀，米歇道[37]嘛，常去。對，口袋裡還常帶著用過的入場券，以防萬一什麼地方殺了人你被捕時證明你不在場。依法辦理。一九〇四年二月十七日夜晚，曾有兩名見證人見到該犯。是另一人幹的；另一個我。帽子、領帶、外衣、鼻子。**Lui, c'est moi**[38]，你彷彿還挺美。

大搖大擺，高視闊步。你是在學誰走路？忘了，一個被剝奪者。手裡拿著母親的匯票，八先令，面對郵局的門，守門的對著你砰的一聲把門關上了。餓，牙疼。**Encore deux minutes.**[39]看鐘。非取不可。**Fermé.**[40]看家狗！拿一枝大筒子霰彈槍，一槍把他打個血肉模糊、粉身碎骨，人濺滿牆全是銅鈕釦。滿牆碎片切里卡拉又都歸還原處。沒有打傷？嗨，沒什麼。握手。明白我的意思嗎，明白了嗎？嗨，沒什麼。握一握。嗨，就那麼回事兒沒什麼。

---

31 「鴿子樓」原是一個碉樓，現為電站，在利菲河南岸東端伸入海灣中的防波堤上。
32 法語：「是誰把你弄得這麼狼狽的？」「鴿子弄的，約瑟夫。」這是下文提到的《耶穌傳》中耶穌母親的未婚夫約瑟夫發現她懷孕時的對話。
33 「大雁」是十七世紀以來愛爾蘭政治流亡者的通稱。
34 法語：「你知道嗎，逗樂極了。我自己是社會主義者。我不信上帝的存在。可別和我父親說。」
「他信嗎？」
「我父親嗎，信。」
35 巴黎醫學院醫預簡稱。
36 據《舊約．出埃及記》，以色列人在摩西率領下出埃及後，在曠野中挨餓時埋怨摩西，說不如在埃及還能見到肉鍋。
37 巴黎塞因河左岸一條大街，全名「聖米歇爾大道」，當時有許多大學生與文化人光顧的飲食店。
38 法語：「他，即我。」
39 法語：「還有兩分鐘呢。」
40 法語：「關門了。」

你打算創造奇蹟，對吧？追隨烈性子的高隆班，到歐洲傳道。菲亞克爾和司克脫[41]坐在天堂裡的三腳凳上哈哈大笑，手裡大缸子裡的啤酒都灑出來了，笑聲中夾的是拉丁文：Euge! Euge![42]你在紐黑文的泥濘的碼頭上拖著自己的旅行包，叫腳夫得花三便士，假裝自己說不好英語。Comment?[43]你帶回來的收穫多豐盛：Le Tutu, 五期翻爛了的Pantalon Blanc et Culotte Rouge;[44]還有一份藍色的法國電報，奇文共賞：

——毋病危速歸父。

姑媽認為你母親是你害死的。所以她不許。

馬利根的姑媽我要祝她酒，
請聽我敘一敘其中根由；
她一家大小事靠她操持，
裡外裡出不了一點差池[45]。

在大石塊壘成的南堤岸前，他踏在波紋狀沙灘上的腳步忽然發出了驕傲的節奏。他對岸邊壘的那些巨人腦袋般的石頭投以睥睨的目光。海上、沙上、石岸上，到處是金光。有太陽，有苗條的樹，有檸檬色的房屋。

巴黎乍醒，檸檬色的街道上鋪著毛糙的陽光。空氣中飄著她祭獻的晨香，青蛙綠的苦艾酒，麵包圈的溼潤的芯兒。小白臉兒剛從他老婆的情人的老婆的床上起來，裹著頭巾的主婦已經開始活動，手裡拿著一小碗醋酸。在羅荳，伊馮娜和馬德蘭在重造她們的滾壞揉亂了的美容，金牙咬著酥皮點心，嘴巴染上了乳蛋羹的黃汁。在她們身旁走的，是歡樂的討她們歡心的巴黎面孔男士，頭髮鬈曲的情場老手。

午間的沉睡。凱文．伊根在用油墨染黑了的手指捲他的炸藥煙卷，一面啜著他的綠仙[46]；派特里斯是在喝白的。在我們周圍，人們正在狼吞虎嚥地用叉子把作料濃厚的豆子往喉嚨裡送。Un demi setier![47]亮鋥鋥的大壺裡冒出一股熱氣騰騰的咖啡蒸氣。她是按他的吩咐為我服務。Il est irlandais. Hollandais? Non fromage. Deux irlandais, nous, Irlande, vous savez? Ah, oui![48]他以為你是要荷蘭乾酪。你的餐後用品。你知道這個詞兒嗎？餐後用品。我從前在巴塞隆那認識一個人，一個古怪傢伙，他就把它叫作餐後用品。好吧，slainte![49]在那些石桌面之間，帶酒味的呼吸和嘓嘓嘓嘓吞食

---

41 高隆班（參見第二章注25九十一頁）、菲亞克爾、司各脫都是中古時期愛爾蘭著名傳道人。
42 拉丁文：「幹得好！幹得好！」
43 法語：「怎麼？」
44 法文雜誌《芭蕾短裙》、《白褲子和紅馬褲》。
45 這是當時一首愛爾蘭諷嘲歌曲，斯蒂汾改換了其中名字。
46 即綠色苦艾酒，該酒因性烈被稱為下文提到的「綠仙尖牙」，一九一五年後巴黎已禁用。
47 法語（巴黎土語）：「來一小杯濃咖啡！」
48 法語：「他是愛爾蘭的。荷蘭的？又不是要乾酪。兩個愛爾蘭人，我們，愛爾蘭，明白嗎？哎，對了！」
49 愛爾蘭祝酒辭：「祝你健康！」

東西的聲音纏成一團。我們的殘留著調料的盤子上空，凝聚著他的酒氣，從他的嘴唇之間出來的綠仙尖牙。談愛爾蘭，談達爾卡西亞人[50]，談希望，談陰謀，又談現在的阿瑟・格里菲斯[51]、AE[52]、天書、好的引路人。想把我也套上軛，和他共駕一套，共同的罪行成為共同的基礎。你和你父親是一個模子脫的。嗓音一模一樣。他的紅花粗斜紋襯衫在為他的祕密顫動著西班牙流蘇。德流蒙先生，名記者德流蒙，你知道他把維多利亞女王叫作什麼嗎？黃牙老婆子。長dents jaunes的vieille ogresse.[53]美女茉德・戈恩[54]、La Patrie[55]、米耶伏耶先生、費利克斯・福爾，你知道他是怎麼死的嗎[56]？一些放蕩的人。烏普薩拉[57]澡堂裡的froeken[58]，bonne á tout faire[59]，給裸體男人搓澡。她說：Moi faire tous les messieurs[60]。我說：這一個monsieur就是不要。風俗太不像話。洗澡是最不公開的事。我連我的兄弟，我的親兄弟，也不允許，最輕狂的事兒了。綠眼睛，我見到你了。尖牙，我感到了。輕狂的人們。

藍色的導火索在兩手之間發出致命的火光，燒得很旺。散菸絲著火了，火焰冒著辛辣的煙，照亮了我們的這個角落。他戴著破曉出擊帽[61]，帽下一張頰骨凸出的粗獷的臉。總會長[62]脫身的真實情況。化裝成一位年輕的新娘，老弟，披著紗，捧著橙花，坐馬車從馬拉海德路出去的。真是這樣，確實的。談一些損失了的領導人、一些被出賣的人，驚險逃脫的。化裝，急中生智，消失了，不在這兒了。

被愛人拋棄的人。想當年，我還是個棒小夥子呢，告訴你。哪天我給你看我的照片。真是的，不說假話。他愛著她，為了她的愛，和他的部族繼承人理查・伯克上校[63]一起在克拉肯威爾[64]的牆腳下來回徘徊，貓著腰看到復仇的火焰把他們拋在霧中。玻璃唏哩嘩啦地砸掉，磚瓦紛紛倒塌。他躲在歡樂的巴黎，成了巴黎的伊根，沒有人找他，除了我以外。他每日的歷程：那間陰暗的排字房、他的三家酒店、晚上他在蒙瑪特爾睡幾個小時的窩兒，黃湯路，鑲著一些已經消

---

50 達爾卡西亞人是古愛爾蘭一個王族。

51 格里菲斯（Arthur Griffith, 1872-1922）。愛爾蘭民族運動領導人，「新芬」運動的創始人。後為愛爾蘭獨立後第一任總統。

52 A E即George William Russell（1867-1935），愛爾蘭著名詩人、文化人。

53 句中兩個法文詞組即「黃牙」與「老婆子」。據說吃人的牙齒發黃。

54 戈恩（Maud Gonne, 1866-1953）是著名的愛爾蘭美女，後成為革命家，在巴黎流亡。

55 法國政治刊物《祖國》，其十九世紀末年主編米耶伏耶（Lucien Millevoye）曾與戈恩同居。

56 福爾（Félix Faure, 1841-99）在任法國總統期間猝亡，據說死於性生活無度。

57 瑞典西南部城市。

58 瑞典語：姑娘。

59 法語：幹雜活的女工。

60 法語：「我給所有的先生都搓。」

61 破曉出擊派是奧倫治協會（參見第二章注41九十七頁）前身之一，因經常在清晨向天主教住戶發動進攻而得名。

62 指詹姆斯・斯蒂芬斯（James Stephens, 1824-1901），愛爾蘭芬尼亞協會創始人，於一八六六年在都柏林被捕後越獄，一八六七年逃亡美國。

63 伯克是美國軍官，同時也是愛爾蘭芬尼亞協會成員，曾於一八六七年劫獄救出芬尼亞領導人，後本人被捕在倫敦入獄。

64 克拉肯威爾是倫敦禁衛最森嚴的監獄，一八六七年十二月伊根的原型（約瑟夫・凱西）被監於此，芬尼亞協會曾用炸藥爆破獄牆營救他和伯克。

失了的人的沾滿蒼蠅屎的相片。沒有愛，沒有祖國，沒有妻子。她呢，男人流亡在外，倒也輕鬆自在，葬心路的女太太金絲雀，兩個男房客。桃紅的臉，橫條兒的花裙，小姑娘似的活潑。被人拋棄的，並非絕望的。你告訴派特你見到了我，好嗎？我原來是想給可憐的派特找一份工作的。**Mon fils**[65]，法蘭西的軍人。我教他唱**基爾肯尼的小夥子們都健壯愛熱鬧**。你知道那支老曲子嗎？我教了派特里斯。古老的基爾肯尼：聖肯尼斯，「硬弓子」建在諾爾河畔的城堡[66]。曲子是這樣的。哎呀，哎呀。他呀，納珀・坦迪他拉著我的手呀[67]。

哎呀，哎呀，基爾肯尼呀，
小夥子們……

瘦弱的手，摸著我的手。是人們忘了凱文・伊根，而不是他忘了他們。錫安啊，我們思念你[68]。

他已經走近水邊，溼沙拍打著他的靴子。清新的空氣迎著他吹來，發出狂歡的豎琴聲，狂野的氣流帶著光明的種子。唷，我並不打算一直走到基什燈船那兒，是不是？他突然站住，這時兩隻腳已經開始慢慢地陷入顫動的土壤。回身吧。

他轉過身，目光掃過南邊的海岸，而同時兩腳在新的腳窩中又已經開始慢慢下陷。碉樓裡，冷森森的穹頂房間在等待著。從槍眼裡射進來的光柱在不斷地移動，正和我的雙腳慢慢地、不斷地下陷相同，在日晷盤似的地面上爬向黃昏。藍色的黃昏，夜幕降落，深藍色的夜晚。他們在黑暗的穹室內等待著，一桌子沒人管的盤子，周圍是他們的推向後面的椅子和我的方尖塔形的旅行包。誰來收拾？他拿著鑰匙。今天的夜晚到來的時候，我就不在那裡睡了。沉寂的碉樓，關閉的門，封住了他們的失去視覺的軀體，黑豹大人和他的獵犬。喊一聲：沒有回答。他把腳從吸住它的沙中拔出，沿著大石塊堆成的防波堤往回走。全占著吧，全歸你吧。我的靈魂跟我一起走，形態的形態。我就是這樣深更半夜在月光下，在山岩頂的小路上踽踽獨行，銀貂在身，耳邊是誘惑人的埃爾西諾漲潮聲[69]。

海潮在跟著我呢。我可以在這裡看它湧過。然後走普爾貝格路到那邊的岸灘。他爬過苔草和鰻魚似的海草，找一塊凳子似的石頭坐下，把白蠟手杖插進了一條石縫裡。

一具腫脹的狗屍，四肢耷拉著臥在泡葉藻上。牠前頭是一艘陷入沙中的船的舷邊。**Un coche**

65 法語：「我的兒子。」

66 基爾肯尼是愛爾蘭東南部的一個城市，由六世紀著名傳教士聖肯尼斯在此建修道院而得名，「硬弓子」是十二世紀在此稱王的彭布羅克伯爵的外號。

67 納珀·坦迪（Napper Tandy, 1740-1803）是愛爾蘭革命家，「哎呀……拉著我的手呀」出自一首反抗英國殖民統治的歌曲。

68 錫安（Sion或Zion）為耶路撒冷猶太聖殿所在，象徵猶太祖國、天堂，因而為《聖經》詩歌中猶太人在流亡中歌頌的對象。

69 在《哈姆雷特》中，哈姆雷特的父親被謀殺篡位後，陰魂在埃爾西諾海邊山上出現，見到的人說他的鬍子如銀貂，山岩下是危險的海潮。

ensablé[70]，路易・菲約對高基埃散文的評語。這些沉重的沙子，就是被潮汐和風滯積在這裡的語言。而這一些呢，死去的建設者所壘的石堆，成了鼬鼠繁殖的場地。可以埋藏金銀。試一試吧。你不是有一些嗎。沙子和石頭。沉積著歲月的重量。拙蠻公的玩物。你小心點兒，砸在腦瓜子上可受不了。我是實打實的大巨人，滾來這些實打實的大頑石，墊高了我好走。非否分，我聞到愛伊蘭人的血腥[71]。

遠處一個黑點，逐漸看得清了，是一隻活狗，從沙灘那邊跑過來了。主啊，是不是要來咬我？尊重牠的自由。你不能主宰別人，也不能當別人的奴隸。我有手杖。坐好。更遠一些的地方有人影，兩個，正背著戴頭盔的潮水走向岸灘。那兩位瑪利。她們已經把它塞到蒲草叢中去了。眯兒逮！看見你們了。不對，那隻狗。牠跑回去找他們了。是什麼人？

湖上人[72]的砲船來找戰利品，就是開到這裡登上海灘的，船頭像血盆大口，在熔化了的錫鑞似的拍岸浪花中半隱半現。丹麥海盜胸前掛著亮晶晶的戰斧項鍊，而瑪拉基則戴上了金脖套[73]。一大群厚皮鯨魚，在炎熱的中午時分困在淺灘上噴水掙扎[74]。於是，從飢餓的樊籠似的城池中，一大片穿馬甲的矮人蜂擁而出，我的祖輩，手執剝皮刀奔跑著，往上爬著，砍著青綠色的脂肪豐富的鯨魚肉。饑荒、瘟疫、殺戮。我身上有他們的血液，我的衝動來自他們的慾念。利菲河凍冰[75]，我就在他們中間活動，我，被妖精偷換留下的替身，在那些嗶嗶剝剝噴濺著火星的松脂火堆之間。我不理人，人也不理我。

狗吠聲衝著他過來了，停住了，又跑回去了。敵人的狗。我只能站住，臉色蒼白，默不作聲地守著。Terribilia meditans[76]，淺黃色的坎肩，時運的寵兒，看著我的恐懼發笑。你渴望的是什麼，是他們犬吠般的喝采聲嗎？騙子們：自有其過程。布魯斯的兄弟[77]綢服騎士托馬斯•費茨杰拉德[78]；約克的假嗣子珀金•沃貝克[79]，穿一條繡白玫瑰的象牙色綢褲，紅極一時的人物；還有蘭伯特•西姆內爾[80]，一個下人，在一群奴婢和供應商的簇擁下戴上了王冠。全是國王的子孫。

---

70 法文：「一輛陷在沙中的馬車。」菲約是十九世紀法國政治家，反對浪漫主義，而高基埃是十九世紀法國浪漫主義作家，詞藻華麗，為菲約所不齒。

71 愛爾蘭童謠云：

非、發、否、分，
我聞到英國人的血腥，
管他是死人還是活人，
我要磨他的骨頭做我的餅。

72 「湖上人」是公元八世紀入侵愛爾蘭的挪威人。

73 丹麥海盜繼上述挪威人之後入侵愛爾蘭，而瑪拉基（Malachi, 948-1022）是堅持抵抗的愛爾蘭國王，曾獲丹麥酋長作盔甲用的金脖套為戰利品。

74 一三三一年都柏林海邊曾有大群鯨魚困在沙灘，被飢民捕殺數百條。

75 利菲河曾在十四和十八世紀兩度凍厚冰，人們能在冰上遊戲。

76 拉丁文：「想著恐怖的事。」

77 布魯斯指十四世紀初蘇格蘭王羅伯特・布魯斯，其弟愛德華入侵愛爾蘭稱北愛爾蘭王，被愛爾蘭人作為「假冒者」而殺死。

78 托馬斯即第十代基爾臺伯爵（一五一三—三七），於代理愛爾蘭總督期間起兵反英失敗而被英王亨利八世處決。

79 沃貝克（約一四七四—九九）冒充約克公爵，在愛爾蘭貴族支持下爭奪英國王位失敗而死。

80 西姆內爾也是十五世紀冒充貴族覬覦王位的人，一四八七年在愛爾蘭貴族支持下自立為王，後進攻英國被俘。

騙子的天堂，自古至今。他曾經搶救溺水的人，而你卻遇上一隻狗叫都要發抖。可是，在聖米歇爾大教堂譏諷圭朵的貴人們，實際上是在自己家裡。什麼樣的家[81]。我們不願聽你那些深奧的老古董。他辦的事你辦得到嗎？近旁就有一隻船，有救生圈。Natürlich[82]，是為你準備的。你辦得到還是辦不到？九天前在姑娘岩下溺死的人。他們現在正在等他。真心話咳出來吧。我倒是想的。我願意試試。我游泳不太行。水冷而軟。在克朗高士，我把臉伸進臉盆裡，泡在水裡。看不見了！我後面是誰？快出去，快！看見了嗎，潮水從四面八方漲上來了，漲得很快，沙灘低窪處很快就淹沒了，椰子殼顏色的。腳下踩到實地就好了。我希望他的命還是歸他，我的命歸我。快溺死的人。死亡的恐怖，使他的人性的眼睛對我尖聲叫喚。我……和他一起下沉……我沒能救她。水：痛苦的死亡：完了。

一個女人，一個男人。我看到她的裙子了。用別針別起來的，肯定是。

他們的狗繞著一個逐漸縮小的沙堆緩步小跑，東嗅西嗅的。是在尋找什麼前世丟失的東西。突然，像一隻善於蹦跳的野兔似的，牠放倒耳朵疾馳而去，原來是追逐一隻低空掠過的海鷗的影子。那男人吹一聲尖銳的口哨，傳到牠那低垂的耳朵裡，牠立刻轉身往回蹦，蹦到近處，才又閃動著四條小腿顛跑。桔黃底子上一頭壯鹿，走態，天然色，無角。牠跑到花邊似的潮水邊緣站住，兩隻前蹄固定不動，耳朵指向海面。牠抬起嘴鼻，對著嘩嘩的浪潮汪汪大叫。成群結隊的海象，衝著狗腳蜿蜒而來，旋轉著，綻出許多冠頂，九個中有一個，冠頂又嘩嘩地裂開，四散灑下，從遠而近，從更遠處，波浪推波浪。

拾鳥蛤的。他們往海水裡走幾步，彎腰浸一浸他們的口袋，又提起口袋走回海灘。狗嗚嗚地叫著奔向他們，抬起前腳站直，用腳掌拍拍主人，又四腳落地，又抬起前腳站直，作出啞巴狗熊獻媚的姿態。他們不理睬牠，一直往沙乾的地方走，牠就跟在他們身邊，嘴裡伸出一條狼舌頭，紅紅的喘著氣。牠的花斑點的身子慢慢地走在他們前面，然後又小牛犢似的蹦蹦跳跳地跑了開去。死狗躺在牠跑的路上。牠站住了，嗅著，小心翼翼地繞了一圈，兄弟，湊近些又嗅一嗅，又繞一圈，又用迅速的狗動作把死狗全身又溼又髒的皮子嗅了一遍。狗頭顱，狗氣味，兩眼低垂，走向一個大目標。啊，可憐的狗子！這就是可憐的狗子的狗屍。

——叫化子！滾開，狗雜種！

狗聽到這喊聲，垂頭喪氣地回到主人身邊，主人舉起沒穿靴子的腳，狠狠地踢了牠一腳，把牠踢得翻到了沙埂的另一邊，倒是沒有受傷，垂頭喪氣地跑了。接著牠又繞了回來。沒有看見我。牠沒精打彩地順著堤邊溜了一回，晃蕩了一回，湊近一塊石頭聞一聞，對著它抬起一隻後腳撒了一泡尿。接著牠向前小跑一段，又對另一塊石頭蹺起一條後腿，沒有聞，就迅速、短促地撒了一泡。窮人的簡單樂趣。然後牠先用兩隻後腳扒開沙子，又用前腳撥弄著，挖著。找牠埋在那兒的什麼吧，牠的奶奶吧。牠在沙子裡生了根，撥弄一陣，挖一陣，又停下來對著空中聽一陣，

81 據意大利薄伽丘的《十日譚》，曾有人在教堂墓地中譏諷詩人圭朵不願和他們來往，圭朵說：「先生們，你們在自己家裡，可以隨意對待我。」圭朵走後人們方醒悟圭朵把他們比作死人。

82 德文：「自然」，「當然」。

然後又用爪子急急忙忙刨一陣，可是很快又停止了，一隻豹，一隻黑豹，野合的產物，掠食死物的。

昨夜被他吵醒之後，是接著作原來的夢吧，是不是呢？等一等。敞著的門廳。娼妓的馬路。記起來了。哈侖·阿爾·拉希德[83]。記的不離兒了。那人領著我，說著話。我不感到害怕。他拿著一個瓜，湊在我臉上。笑著：奶油水果香。這是規矩，他說。進。來。紅地毯已經鋪開。你來看看是誰。

他們揹著口袋，費力地走著，這兩個紅埃及人[84]。他的褲腳捲起，兩隻發青的腳拍打著溼漉漉的沙子，他的毛茸茸的脖子上勒著一條暗磚色的圍巾。她邁著女人步子跟在後面：流浪漢和跟他流浪的女人。她揹著戰利品。她的光腳面上有一層沙子和貝殼渣結成的硬殼。被風吹得皮膚開裂的臉上飄著頭髮。尾隨著夫君當內助，遠行去京城。等黑夜遮掩了她身體上的缺陷，她蒙著她的棕色披肩，在一條常有狗陷泥潭的拱頂道上招呼人。她養的漢子正在黑坑的奧勞克林酒館款待兩個皇家都柏林火槍團的。親一親，照著流浪漢的好話操，啊唷，我的俏娘兒們！她的衣服襤褸發臭，裡面卻是妖女般的白皮膚，芬伯萊巷那一夜：製革場的氣味。

白白的小手紅紅的嘴，
你那個身子真叫美。
躺下和我睡一覺，

黑夜裡又摟又親嘴。[85]

陰沉的取樂方式，按特大肚皮阿奎那的說法。**Frate porcospino**[86]。未墮落時的亞當，騎著不發情。讓他嚷他的：**你那個身子真叫美**。這語言比他的語言絲毫不次。修道士的詞兒，穿在線上的瑪利亞念珠嘁嘁喳喳；流浪漢的詞兒，口袋裡的粗糙金塊咯啦咯啦。

現在正走過去。

斜眼看了我的哈姆雷特帽一眼。要是我突然是光著身子坐在這兒呢？我並不是。走過全世界的沙灘向西跋涉，背後有太陽的噴火劍追著，走向黃昏的國土[87]。她背負重載，一腳又一腳，一步又一步，趦趦趄趄，蹣跚而行。由月亮拽起來的潮汐隨在她的身後向西移動。她身上也有潮汐，分成千萬股的，血，不是我的，**oinopa ponton**，葡萄酒般幽暗的海。瞧這聽從月亮差遣的婢女。在睡夢中，溼淋淋的標誌喚醒了她，叫她起來。新婚床、產床、臨終的床，點著幽靈蠟燭。**Omnis caro ad te veniet.**[88]他來了，蒼白的吸血鬼，他的眼睛穿過暴風雨，他的蝙蝠飛過海洋，血染

---

83 拉希德（七六三—八〇五）是巴格達著名伊斯蘭國王，常喜歡微服出訪，他的統治時期是巴格達的一個鼎盛時代；《天方夜譚》中許多故事都出於這一時期。

84 即吉卜賽人（有人認為吉卜賽人來自埃及）。

85 本段中標有本註號各句及段後四句均出自十七世紀黑社會歌曲〈流浪漢誇流浪女〉。

86 意大利文：「豪豬修士」，因為阿奎那的話有時尖銳刺人。「陰沉的取樂方式」是他對沉湎邪念者的評語。

87 據《聖經．創世紀》，上帝將亞當、夏娃逐出樂園之後，在樂園外置一旋轉噴火的劍防守樂園。

88 拉丁祈禱文（安靈彌撒的一部分）：「一切肉體都歸向您。」

海洋，嘴對著她的嘴接吻。

這兒。釘住那個傢伙，怎麼樣？我的本子。用嘴吻她。不行，必須是兩張嘴。黏得牢牢的。嘴對著她的嘴接吻。

他的嘴唇翕動著，接納著無血肉的空氣嘴唇：嘴對著她的口宮。宮，孕育一切的子宮，葬送。他的嘴做出發音的口形，然而送出來的是未成詞句的氣流：喔依哈：瀑布般轟鳴的行星，球形的，烈火熊熊，轟啊轟啊轟啊轟啊轟啊。紙。是鈔票，可恨。老戴汐的信。這裡。承蒙慷慨謹致謝意最後一點空白我撕了。他轉過身去，背對著太陽，俯身就著遠處一塊石頭當桌子，歪歪斜斜地寫起來。這是第二次忘記拿圖書館櫃臺上的紙片了。

他彎腰的身影落在石塊中間，有個邊緣。為什麼不是無邊無際，直達最遠處的星星？它們隱藏在這個光源的後面，在明亮之中閃光的深沉，仙后座中的小星，許多個世界。我坐在那兒，手中拿著他的白蠟占卜杖，腳上穿著借來的草鞋，白天傍著蒼白的海水，無人看見，而在紫色的夜晚，在一穹神祕的星辰之下徘徊。我扔出這個有邊緣的身影，無可避免的人形，又召它回來。如無邊無際，它還算是我的嗎，我的形態的形態？在這裡，有誰在觀察我？有任何地方的任何人會讀我寫的這點文字嗎？白紙上留下的標記。用你的最悠揚的歌喉，唱給某地的某人聽。克勞因的好主教[89]，從他的鏟形帽子下取出了聖殿的紗幕：空間的紗幕，幕上描繪著彩色的圖像。拿穩了。平面而有色彩的：對，就是這樣。我見到的是平面，然後想距離，近、遠，平面是我見到的，東面、反面。啊，現在見到了！通過體視鏡，突然後退凝成立體了。喀答一聲，解決問題。

你認為我的話深沉。我們的靈魂裡有深沉處，你不覺得嗎？悅耳一些吧。我們的靈魂由我們的罪孽受到了羞恥的創傷，因而更緊密地依偎我們，女人依偎自己的愛人，越偎越緊。

她信任我，她的手是溫柔的，眼睛上長長的睫毛。我太無聊，非要把她從紗幕裡弄出來，弄到哪兒去？進入無可避免的可見現象中的無可避免的形態。她，她，她。什麼樣的她？霍奇斯菲克斯書店櫥窗前的處女，星期一進去打聽你計畫寫的字母書之一。你對她投以銳敏的眼光。手腕上套著遮陽傘的提手帶子。她住在利森公園，憂愁而生活精緻，是個才女。你這些話去說給別人聽吧，斯蒂維[90]：那種一拍即合的。敢說她身上穿的是那種天主詛咒的緊身內衣，腳上是用疙疙瘩瘩的毛線織補的黃色長襪子。談談蘋果點心吧，**Piuttosto**[91]。你的頭腦哪裡去了？

撫摸我吧。溫柔的眼睛。柔軟的柔軟的柔軟的手。我在這兒很寂寞。啊，快撫摸我吧，現在。什麼字是人人都認識的字？我獨自在這裡，靜靜的。也很悲哀。撫摸，撫摸我吧。

他把塗寫了一些字的紙片和鉛筆都塞進一個口袋，把帽子拉下來蒙住眼睛，仰身在有尖棱的石頭上躺了下去。我這個動作像凱文•伊根，他點頭打瞌睡，安息日的睡眠。**Et vidit Deus, Et erant**

89 愛爾蘭克勞因主教（George Berkeley, 1685-1753）論述：人僅看見到事物的平面形象，深度距離等須憑主觀思維判斷。

90 「斯蒂維」是「斯蒂汾」的一種暱稱，斯蒂汾大學時一同學喜用此稱呼稱他，該同學曾敘述一農村婦女主動邀他同睡的經歷，事見《寫照》第五章。

91 意大利文：「還不如」。

valde bona.[92]阿囉！**Bonjour!**[93]歡迎你，如迎五月的鮮花。他在帽蔭下，透過孔雀般顫動著的睫毛望著南行的太陽。我遇上了這個熱烘烘的場面。潘的時刻，農牧神的中午[94]。在膠汁濃厚的蛇根木、滲著乳液的果實中間，在黃褐色的水面上浮著闊葉的地方。痛苦是遙遠的。

別再悶悶不樂，苦憶著

他的目光苦苦地盯著自己的寬頭皮靴。一頭壯鹿的破爛兒，**nebeneinander**，他數著皺皮面上的皺紋。這裡頭原來是另一個人的溫暖的腳窩。一隻踩著三拍子節奏敲擊地面的腳，我不愛的腳。可是，那回愛絲特・奧斯華爾特的鞋穿到你腳上，你卻喜歡得很。我在巴黎認識的女郎。**Tiens, quel petit pied!**[95]忠實可靠的朋友，情同手足：王爾德的不敢直呼其名的愛情[96]。他的胳膊，克蘭利的胳膊。現在他要離開我了。該怪誰？我就是我。我就是我。要就全要，不要就全不要。

公雞湖水滿了，一大汪一大汪地往外溢，把沙灘上的水塘都蓋上了一層金綠色，還在不斷地漲，不斷地流。我的白蠟手杖會漂走的。我要等一等。不，會通過的，沖刷著低處的石頭通過，打著漩渦通過。這事最好快一點結束。聽：四個詞組的波浪語言：西蘇、赫爾斯、爾西依斯、烏烏斯。水在海蛇群、騰立的馬群、岩石群之間激奮地訴說著。到了岩石杯子裡，水唏哩呼嚕、絲哩呼嚕地翻騰著，滾入大桶才有了界域。勢能耗盡了，它的言語才告一段落。它潺潺地流過去，寬闊地流過去，水面上漂著成片的泡沫，綻開了花朵。

在上漲的潮水下面，他看到扭曲盤繞的海草懶洋洋地抬起頭來，不情不願地擺動著胳膊，撩起了自己的襯裙，在低聲耳語的水中搖晃著展開了羞答答的銀色葉面。日以繼夜，夜以繼日，抬起身來，被水漫過，又落下去。主啊，她們可疲乏了，在聽到耳語的時候，她們嘆息了。聖安布羅斯[97]聽到了，這種由草葉和波浪在等候中發出的嘆息聲，等候著自己的時機完全成熟，**diebus ac noctibus iniurias patiens ingemiscit**[98]無端地聚集起來，又白白地放出來，流出去，還原：月亮的遠影。她也已倦於見到情人們，一些好色的男人，她，一個一絲不掛地在她的庭院內放射光輝的女人，招來了水的勞役。

那外邊就是五噚。你父親臥在足有五噚的深處[99]。一點鐘的時候，他說的，發現時已淹死。都柏林沙洲，高潮時分。潮前頭推著散散的一溜雜物、扇形的魚群、無聊的貝殼。一具鹽白色的

---

92 拉丁文：「天主看到了。一切都非常好。」此典出於《聖經・創世紀》，表示上帝對自己創造的世界十分滿意，此後即是完全休息的「安息日」。

93 法語：「日安」。前面的「啊囉」是法國式的「哈囉」（你好）。

94 潘（**Pan**）是希臘神話中半人半山羊的神，司農牧，性活潑，中午喜睡眠。

95 法語：「唷，多小的腳！」

96 「不敢直呼其名的愛情」是王爾德朋友詩中描繪二人之間感情的詞句，王爾德因此被控犯同性戀，但王爾德辯說這是真摯友誼。

97 聖安布羅斯（約三四〇—三九七）係米蘭主教，擅長作曲，善於在音樂中闡發宗教情緒。

98 拉丁文（聖安布羅斯語）：「日夜為其冤屈呻吟。」

99 此句係莎劇《暴風雨》中臺詞。

屍體從裂流中浮起，一步一冒頭，一步一冒頭，海豚似的向陸地泅來。在那兒吶。快鈎住。拉。儘管他已經沉到了水面底下。鈎住了。現在好辦了。

一袋死屍氣，泡在腐臭的鹽水中。從他那扣著的褲門襟縫隙裡，飛快地鑽出一串吃飽了海綿狀珍饈的小魚。天主變人變魚變北極黑雁變羽床山。我活著，呼吸的是死的氣體，踩的是死的塵埃，吞食的是從一切死物取來的帶尿味的下水。他被僵直地拽上船來的時候，在舷邊仰天呼出他從綠色墳墓中帶來的穢氣，痲瘋鼻孔對著太陽哼哼。

這是海中蛻變，棕色的眼睛成了鹽綠。海死，這是人所知道的死亡方式中最溫和的一種。海洋老爹。**Prix de Paris**[100]：謹防假冒。一試便知。我等親身經歷，愜意萬分。

行了，我渴了。起雲了。沒有什麼烏雲吧，有嗎？雷暴。他周身通明地降落下來，驕傲的智力閃電，**Lucifer, dico, qui nescit occasum.**[101]沒有。我的蛤蜊帽、我的拐杖，還有我的他草鞋[102]。走向何方？走向黃昏的國土。黃昏自有其下落。

他抓住白蠟手杖的把兒，順手戲耍著輕輕地掄了兩下。是的，黃昏自會在我身上找到自己的下落，沒有我也行。所有的日子都有一個頭。對了，下星期哪一天星期二吧是最長的一天。在新的歡樂的一年中呀，媽媽，侖——吞——鐵得爾地——吞。丁尼生老爺，紳士風度十足的詩人[103]。**Giá.**[104]給黃牙老婆子的。還有德流蒙先生，紳士風度的記者[105]。**Giá.**我的牙很糟。不知道為什麼。摸一摸。那一顆也快掉了。空殼。我想這筆錢是不是該用來找個牙醫生？那一顆。沒牙的啃奇，超人。不知道是什麼原因，也許有什麼意義吧？

我的手帕。他扔給我了。我記得，我拾起來了嗎？

他伸手在口袋裡掏了一陣找不到。沒有，我沒有拾。買一條吧。

他把自己從鼻孔裡摳出來的鼻涕乾，小心翼翼地放在一個石稜兒上。就這樣，誰願意看就看吧。

後邊。也許有人。

他轉過臉，回首後顧狀。一艘三桅船的桅杆桁架正在半空通過，帆都是捲在橫木上的，返航溯流而上，無聲地移動著，一艘無聲的船舶。

---

100 法文：「巴黎大獎。」

101 拉丁文：「我説，永不隕落的晨星。」按「永不隕落的晨星」是天主教讚復活節蠟燭的頌詞，實指耶穌，但在《聖經》中，亦曾將因驕傲而被打出天堂降入地獄的魔鬼比作晨星（Lucifer），將其隕落比作閃電。

102 「蛤蜊帽、拐杖、草鞋」是中古時期朝聖信徒常用的服裝，《哈姆雷特》中奧菲麗亞發瘋後歌唱時以此象徵堅貞的愛情。

103 丁尼生（一八〇九—一九二）是英國維多利亞時代桂冠詩人，但部分詩作講究技巧而題材瑣小。其詩〈五月王后〉描繪一姑娘被選為「五月王后」後的興奮心情，此詩曾被譜成樂曲，其中反覆唱到「在新的歡樂的一年中，媽媽，明天是最瘋狂最快樂的一天。」

104 意大利文：「已經」，在此或作「夠了」講。

105 即把維多利亞女王叫作「黃牙老婆子」的法國記者。見本章注53一一三頁。

第二部

4

利奧波爾德・布盧姆先生吃牲畜和禽類的內臟津津有味。他喜歡濃濃的雜雜湯、有嚼頭的肫兒、鑲菜烤心、油炸麵包肝、油炸鱈魚卵。他最喜愛的是炙羊腰，吃到嘴裡有一種特殊的微帶尿意的味道。

這時他正輕手輕腳地在廚房裡活動，一面在隆背托盤上整理她的早餐用品，一面就想到了腰子。廚房裡的光線和空氣都是冷冰冰的，但是室外已經處處是溫煦的夏晨。使他感到想吃東西。

煤塊發紅了。

再加一片黃油麵包：三、四：行了。她不喜歡盤子太滿。行了。他轉過身去，從壁爐架上取下水壺，偎在爐火邊。水壺傻呼呼地蹲在那兒，向外伸著嘴。一會兒就可以喝一杯茶了。很好。口乾了。

貓翹著尾巴，僵硬地繞著一只桌子腿打轉。

——嗯嗷！

——喔，你在這兒吶，布盧姆先生從爐火前轉過身來說。

貓咪咪地回答了他，又僵硬地繞一只桌子腿打了一轉，同時仍咪咪叫著。牠在我的書桌上走，也是這樣子的。嗚嗚。撓一撓我的頭吧。嗚嗚。

布盧姆先生好奇地、溫厚地望著牠那靈活的黑身子。一身乾乾淨淨的：皮毛光滑發亮，尾端有一小塊白花斑，眼睛閃著綠光。他雙手按著膝蓋，對著牠彎下腰去。

——貓咪要牛奶，他說。

——姆嗯嗷！貓叫道。

人們總說牠們笨。牠們懂我們說的話，比我們懂牠們的多，牠要懂的都能懂。也有報復性。殘酷，牠的本性。怪，耗子從來不叫。好像還喜歡似的。不知道我在牠眼裡是什麼樣兒。大樓那麼高？不對，牠能跳過我。

——還怕小雞呢，這貓，他嘲笑說。怕雛雞兒，我從來沒有見過像貓咪這麼笨的貓咪。

——姆庫嗯嗷！貓大聲叫。

牠仰起頭，眨動著熱切而害羞縮小的眼睛，對他露出乳白色的牙齒，嗚嗚地發出哀怨的長叫聲。他看牠眼中的兩條黑縫貪饞地越收越小，最後整個眼睛成了兩顆綠寶石。然後他走到櫃子前，取出漢隆送奶人剛給他灌滿的奶罐，斟出一小碟溫熱起泡的牛奶，慢慢地放在地上。

——咕嗚！貓叫著奔來舔奶。

牠輕輕地沾了三下，才開始舐食；在灰濛濛的光線中，他看牠的鬍鬚像銅絲似的發亮。要是剪掉鬍鬚，牠們就不能逮耗子了，不知道是不是真的。為什麼呢？在黑暗中也許放光，尖尖上。

要不，在黑暗中起一種觸鬚作用，也許。

他聽著牠咂咂咂咂舔食的聲音。火腿雞蛋，不。天這麼乾旱，雞蛋好不了。需要潔淨的清水。星期四：也不是巴克利有好羊腰的日子。用黃油一煎，撒上一點胡椒。還是到德魯咖茲買一只豬腰吧。趁著壺裡煮水的功夫。牠舐得慢些了，最後把碟子舔乾淨了。牠們的舌面為什麼這樣糙？布滿孔眼，便於舐食。沒有什麼牠能吃的東西嗎？他四面望了一望，沒有。

他踩著發出輕微吱嘎聲的靴子，上樓走進門廳，在臥室門邊停了一下。她也許想吃什麼好吃的吧。早上她喜歡薄片麵包抹黃油。不過也許，偶然的。

在空蕩蕩的門廳裡，他輕聲輕氣地說：

——我到街口一趟，一分鐘就回來。

他聽自己的話說完之後，又說：

——你早飯不想要點什麼嗎？

回答他的是一聲瞌睡懵懂的輕哼：

——唔。

不，她不要什麼。這時他又聽到更輕的一聲深沉嘆息，熱呼呼的。她翻了一個身，床架子上的銅圈已經鬆了，叮叮噹噹地亂響。這毛病非治不可了，真的。可惜。老遠地從直布羅陀運來的。她原來懂的一點西班牙語現在全忘了。不知道她父親花了多少錢。古老的式樣。想起來了！當然。是在總督府拍賣時買的。快槌敲定的。討價還價可是一點也不含糊的，老忒迪。對，您哪。是在普列符納。我就是行伍出身，您哪，而且我引以為榮。不過他還是有頭腦的，所以才能搞那次郵票搶購。那可是看得夠遠的。

他伸手從最上面一個木栓上取帽子，下面掛著繡有他的姓名開頭字母的厚大衣，還有他從失物招領處買來的二手貨雨衣。郵票：背面帶膠的圖片。我敢說，好多軍官都參與了。肯定是這樣的。他帽子裡面頂上那塊汗漬的商標在對他作無聲的宣示：普拉斯托帽莊高級禮巾。他對帽簷襯皮的內部迅速地瞅了一眼。白紙片。沒有問題。

在門前臺階上，他伸手到後面褲袋裡摸大門鑰匙。沒有。在昨天換下來的褲子裡。得拿。馬鈴薯倒是在。衣櫥吱吱嘎嘎響。沒有必要吵她。剛才她翻身的時候就是還沒有睡醒。他很輕很輕地把門拉上，又拉緊一點，讓門下端剛搆上門檻，虛蓋著。看來是關著的。反正我就回來，沒有問題。

他躲開七十五號地下室的鬆動的擋板，過街走對面亮處。太陽已接近喬治教堂的尖塔。今天恐怕會熱。穿這種黑色衣服更熱。黑顏色對熱起傳導、反射（還是折射？）作用。可是我不能穿那套淺色的去。成了野餐會了。他走在路上感到溫暖而愉快，眼皮多次安詳地落下。博蘭的送麵包車，每天用托盤送新鮮的，但是她情願吃隔夜的麵包、烤餡餅，烘得黃黃的、熱熱的。使你感到年輕。東方的某個地方：清晨：破曉出發。趕在太陽的前頭旅行全球，搶先一天的行程。老是趕在前頭，年齡按理永遠不會老，一天也不會增長。沿著岸灘走，異邦他鄉，來到一個城門口，有守衛的，也是一個老行伍，留著老忒迪式的大八字鬍，倚著一桿長矛，好長的傢伙。漫步街頭，兩旁都撐著天篷。街上來往的人都纏著頭巾。黑山洞似的地毯鋪子，盤腿坐著的大漢子，恐怖大王特寇，抽著盤圈的菸管。街上到處是叫賣聲。茴香水，冰鎮果汁飲料。整天的溜達。興許遇見一、兩個強盜。遇見就遇見吧。太陽快下山了。寺院的陰影投射在廊柱間：祭司手中拿著一個紙卷。樹林一陣顫動，信號，晚風。我走過。金色的天空漸漸發暗。在一家門道裡，有一個母親在觀察我。她用他們的奧祕的語言召喚孩子們快回家。高牆：牆後傳來琴弦的聲音。夜空，月亮，紫色的，莫莉的新吊襪帶的顏色。琴弦聲。聽，一個姑娘在敲擊一架那種叫什麼的樂器：揚琴。我走過。

實際情況很可能完全不是這樣。從書裡看來的玩意兒：沿著太陽的路線走。扉頁上有一個光芒四射的太陽。他覺得有趣，微笑起來。阿瑟・格里菲斯談《自由人報》[1]社論花飾：自治的太陽是從西北方升起來的，從愛爾蘭銀行背後的小胡同裡升出來的。他臉上仍浮著會心的微笑。巧妙的提法：自治的太陽從西北方升起。

他走近拉里・奧魯爾克食品店。地下室的格柵裡冒著疲軟的黑啤酒味。大門敞著，食品櫃臺往外送著一股股混和著薑、茶末、餅乾糊的氣味。還是挺不錯的一家，正在城內交通線的盡頭。比如那頭的莫萊食品店吧，位置就不佳。當然，如果他們在北環路上開闢一條電車路線，從牛市一直通到碼頭，產業價值馬上就會直線上升了。

1 《自由人報》是都柏林一家日報，主張愛爾蘭自治但立場溫和保守，其社論花飾為愛爾蘭銀行大樓後一個太陽；該樓在一八〇〇年英、愛議會合併前為愛爾蘭議會大廈，背向西北。

禿子比瞎子強。精明的老傢伙。拉他的廣告可沒門兒。不過他對自己的那一行倒是精通的。瞧，他就在那兒，可不嗎，我的大膽兒的拉里呀[2]，沒穿外衣，倚在糖箱上看那個紮著圍裙的夥計用水桶墩布擦地。賽門・代達勒斯學他瞇起眼睛的模樣兒可神了。你知道我要對你說什麼嗎？是什麼，奧魯爾克先生？你知道是怎麼一回事兒嗎？俄國人啊，只能是日本人早上八點鐘的一頓早餐罷了[3]。

站住了說兩句吧：也許可以提一下葬禮吧。狄格南去世了，多可惜呵，奧魯爾克先生。

他在轉入多塞特街的時候，精神奕奕地向門道裡邊問好：

——您好，奧魯爾克先生。

——您好。

——天氣多美呀，您哪。

——不假。

他們是什麼地方弄來的錢？從利特里姆郡上來的時候，不過是一些紅頭髮的小夥計，涮瓶子，攢剩酒。然後，轉眼之間就變了樣，成了亞當・芬勒特、丹・塔隆[4]那樣的角色。而且，還有競爭呢。誰都要喝。要出難題，可以問怎樣才能找到一條路線，要穿過都柏林而遇不上一家酒館。靠節約是辦不到的。也許靠賺醉漢的。上三杯，記五杯。能有多少呢，這兒一先令，那兒一先令，零零碎碎的。從批發商進貨的時候也許可以。跟推銷員演雙簧。你把老闆對付好，咱們分成，明白吧？

在黑啤酒上耍那一招，一個月能弄多少？就說是十大桶貨吧。就算他弄百分之十吧。不，不止，十五吧。他走過聖約瑟夫國立學校。孩子們鬧聲喧天。窗戶都敞著。空氣新鮮有助記憶。要不就是帶著調子唱。人呀手呀足呀刀呀尺，……是男學生吧？是。野豬島、黃牛島、白牛島。地兒理。還有我的。布盧姆山[5]。

他在德魯咖茲櫥窗前站住，望著一串串的香腸、花式腸，黑白相間的。十五乘以。一些沒有算好的數字在他的腦中泛起了白色，他感到有些不痛快，就讓它們淡了下去。一節節塞滿了肉料的發亮的腸子抓住了他的目光，他寧靜地呼吸著熟豬血的溫熱而帶香料的氣味。

在一個柳樹花樣的盤子裡，有一只還在滲血的腰子：最後一只了。隔壁的姑娘站在櫃臺前，他就站在她旁邊。她會不會也買腰子？她正照著手上的紙條念要買的東西。皮膚糙了，洗滌蘇打。還要一磅半丹尼香腸。他的目光落到了她的健壯的臀部上。那一家姓伍茲。不知道是幹什麼的。妻子老了一些。新鮮血液。不許人追。胳膊很有勁。抽打著搭在晾衣繩上的地毯。她可是真抽，乖乖。抽一下，歪著的裙子就擺一下。

雪貂眼的豬肉店掌櫃用長斑的手指掐下幾節香腸，包上。和香腸一樣紅的手指。盡是好肉，

2 店主名字「拉里」亦為喜劇性歌曲中的人名。
3 日俄戰爭（一九〇四—〇五）當時正在進行。
4 芬勒特和塔隆都是都柏林著名的食品酒類商人、政客。
5 「野豬島」等及「布盧姆山」都是愛爾蘭地名。

像一頭關在廄內育肥的小母牛。

他從那一疊裁好的紙上取了一張：太巴列湖畔[6]，基內雷特模範農場。可成理想冬暖休養地。摩西・蒙蒂菲奧里[7]。我原來就想他是。農舍，四周有圍牆，模糊的放牧牛群。他把那張紙放遠一些：有意思：再放近一些看，標題，模糊的放牧牛群，紙張在瑟瑟作響。一頭白色的小母牛。那些日子早上在牛市，牲口在圍欄內哞哞地叫，烙上印記的綿羊，牛羊糞啪嗒啪嗒地掉在地上，飼養員們穿著底上有平頭釘的大靴子在牛羊糞堆之間轉悠，伸手拍一拍肥壯的牲畜屁股，這是頭等肉，手裡還拿著帶樹皮的枝條。他很有耐心地斜拿著那張紙，緊緊地控制著自己的感官和意志，柔和的目光凝視著目標不動。歪斜的裙子在擺動，抽打一下擺動一下，一擺一擺又一擺。

豬肉店掌櫃嚓嚓從紙疊上取兩張紙，把她要的頭等香腸包上，做了一個紅色的怪臉。

——齊了，我的小姐，他說。

她大膽地笑著，伸出粗壯的腕子給他一枚硬幣。

——謝謝您，我的小姐。找一先令三便士。您呢，要點什麼？

布盧姆先生趕緊指了一下。要是她走得慢，還可以追上去跟著她走，跟在她的擺動的臀部後面。一大早，看著舒服。快點兒吧，該死的。曬草得趁著太陽好呀。她在鋪子外面的陽光中站了一會兒，懶洋洋地向右邊走去了。他哼著嘆了一聲：人們就是不理解。手都被蘇打洗糙了。腳趾甲上也結了硬殼。破爛的棕色修女服，對她是雙層保護。漠不關心的態度刺痛了他的心，削弱了他的興致。是別人的：在埃克爾斯巷，一名下了班的警察和她摟摟抱抱的。她們喜歡大個兒。大香腸。哎呀呀，警察先生，我在樹林中迷了路[8]。

——三便士，您哪。

他伸手接過溼潤軟嫩的腰子，順手放進側面口袋，然後從褲子口袋裡掏出三枚銅板，放在帶刺的橡皮盤子上。銅板在盤子上被掃了一眼之後，一枚一枚地滑進了錢櫃。

——謝謝您，先生。下回再來。

狐狸眼中閃現了一星熱切感謝的火光。他在片刻之後就收回了凝視的目光。算了：還是算了吧：下回再說。

——早安，他一面走開一面說。

——早安，先生。

無影無蹤了。走了。怎麼回事？

他沿著多塞特街往回走，一邊認真地閱讀。Agendath Netaim[9]：移民墾殖公司。向土耳其政府購買荒沙地，栽種桉樹。綠蔭、燃料、建材均為上乘。雅法以北，橘樹林、大片瓜田。你付八十馬克，公司為你植樹一杜南[10]，橄欖樹、橘子樹、杏子樹，或是香櫞樹。橄欖樹較便宜，橘子樹

---

6 太巴列湖即加利利海，在今以色列境內，當時以色列尚未建國，一些猶太事業家在此籌建猶太人聚居地。

7 蒙蒂菲奧里（一七八四—一八八五）為英國著名事業家，曾為猶太人爭取社會權利及殖民巴勒斯坦出力。

8 「警察先生」和「樹林迷路」分別出自流行歌曲和兒童故事。

9 希伯來文：「移民墾殖公司」。這是二十世紀初期幫助猶太人在巴勒斯坦（當時屬土耳其帝國）定居的一個企業。

10 「杜南」為以色列土地單位，合一千平方米。

須用人工灌溉。你每年可獲一批產品寄到你處。你的姓名作為終身業主登入會冊。可預付十馬克，餘額按年分期付清。柏林西十五區真誠街三十四號。

不行。可是這中間的主意倒是有點名堂的。

他望著銀白色的熱空氣中形影模糊的牛群。蒙著銀粉的橄欖樹。寧靜而漫長的日子。修剪、成熟。橄欖是裝瓶的，是吧？我從安德魯斯公司買的還剩著一些呢。莫莉吐掉了。現在知道味道了。橘子是用薄棉紙裹上裝筐的。香櫞也是。不知道可憐的項緣是不是還活著，還住在聖凱文廣場。還有馬司田斯基，彈著那把老齊特爾琴。我們那時候的夜晚過得夠愉快的。莫莉坐著項緣的籐椅。握在手中很舒服，涼絲絲、光溜溜的水果，握在手中，送到鼻子邊，聞聞它的香味。就那樣，芬芳濃郁、野性的香味。總是如此，年復一年，也賣得起價錢，莫依塞爾告訴我的。阿巴托斯小街：愉悅路：愉快的往事。必須是沒有一點毛病的才行，他說。老遠運來的：西班牙、直布羅陀、地中海、黎凡特[11]。大筐在雅法的碼頭邊排成了行，核對的人拿著小本打勾，搬運的壯工們穿著骯髒的粗藍布工作服。那位姓什麼的出來了。您好？沒看見。剛有一點認識，不打招呼又不合適，彆扭。他的背影像那個挪威船長。不知道今天會不會遇見他。灑水車。引雨。地上如天上。

一大片雲緩緩地移來，漸漸將太陽完全遮住了。灰濛濛的。遙遠的。

不，不是那樣的。一片荒地，光禿禿的不毛之地。火山湖，死的海：沒有魚類，沒有水草，深深地陷入地內。沒有風能掀起這裡的波浪：灰色的金屬，霧濛濛的毒水。人們說是天上落下來的硫磺雨：平原上的城市：所多瑪、蛾摩拉、以東[12]。全是死的名字。死的海，在一方古老的灰色的死的土地上。現在已成古老。那一方土地生育了最古老的民族，第一個民族。最古老的人民。一個傴僂的老婦人從卡西迪酒店出來橫過馬路，手裡抓著一個小酒瓶的瓶頸。最古老的人民。在世界各地流浪，天涯海角，從被俘到被俘，在各處繁殖、死亡、出生。現在它橫在那裡，再也不能生育了。死了：衰老的女性生殖器，大地的灰不溜丟的沉穴。

荒無人煙。

灰色的恐懼感燒灼著他的肉體。他把傳單疊起塞進口袋，轉身進了埃克爾斯巷，快步走向家裡。冷油流進了他的血管，使他的血液發涼：衰老使他僵硬，全身罩了一件鹽外套。唉，反正我現在是在這兒呢。早起嘴臭，形象惡劣。起床的時候下錯了邊兒。桑多健身操還是得做，從頭再來。從雙手向下開始。斑斑剝剝的褐色磚房。八十號仍沒有租出去。這是為什麼？估價僅二十八鎊。托爾斯、巴特斯比、諾思、麥克阿瑟[13]：客廳窗戶上全是招貼。眼痛貼的膏藥。熱茶的清香多美；黃油在鍋裡吱吱響著發出的氣味多好聞！挨近她在床上睡得暖烘烘的豐滿肉體，多舒服。對。對。

11 即地中海東部地區，包括中、近東。
12 據《聖經・舊約・創世紀》，所多瑪、蛾摩拉等城市有罪，因而上帝降硫磺雨將其毀滅。「以東」係《創世紀》中人名。
13 這是四家房產公司的名字。

迅疾的溫暖的陽光從巴克萊街跑來了，穿著小巧的涼鞋，沿著明亮起來的人行道，輕捷地奔過來了。奔跑著，她奔跑著來迎接我了，一位金髮迎風飄揚的女郎。

門內地板上有兩封信和一張明信片。他彎腰拾了起來。瑪莉恩・布盧姆太太[14]。他的原已加快的心跳立即放慢了。粗壯的筆跡。瑪莉恩太太。

——波爾迪！

他進臥室時半閉眼睛，在暖和的黃色幽光中向她那頭髮蓬鬆處走去。

——信是給誰的？

他看了一眼信件。馬林加。米莉。

——一封信是米莉給我的，他細心地說。另一張明信片是給你的。還有一封你的信。

他把她的明信片和信放在斜紋布床罩上靠近她腿彎處。

——你要我把窗簾拉起來嗎？

他輕輕拉動窗簾，使它半捲起來，同時眼睛的餘光見她對信封掃了一眼，塞在枕頭底下了。

——這樣行了吧？他轉身問她。

這時她正支著胳膊肘看明信片。

——她收到東西了，她說。

他等著，她把明信片放在一邊，又慢慢地蜷進被窩，舒服地嘆了一口氣。

——茶快點吧，她說。我渴壞了。

——水壺開了，他說。

但是他還停留了一下清理椅子上的東西：她的條子布襯裙、穿過的內衣，他都抱了起來放在床腳頭。

在他下樓梯去廚房的時候，她又叫了：

——波爾迪！

——怎麼？

——把茶壺燙一燙。

可不開了：壺嘴一股蒸氣筆直地上升。他把茶壺用開水燙過涮過，放進四滿匙的茶葉，然後傾側著水壺將開水注入。他把沏好的茶壺放在一邊待它出味，同時將開水壺從火上取下，把平底鍋壓在燒紅的煤塊上坐平，看著鍋上那塊黃油滑動、化開。在他打開包腰子的紙的時候，貓蹭著他的腿咪咪叫著表示飢餓。給牠太多的肉，牠就不逮老鼠了。說是牠們不吃豬肉。猶太教規。給你吧。他把沾血的紙扔給貓，把腰子放進吱吱發響的黃油鍋中。胡椒。他從缺口雞蛋杯裡取了一些胡椒，繞著圈子從指縫間抖了下去。

然後他拆開信，先對信箋末尾瞅了一眼，才從頭瀏覽。感謝：新絨帽：科格倫先生：奧威爾

14　「莫莉」是「瑪莉恩」的暱稱，親友間適用。莫莉婚前的正式姓名是「瑪莉恩・忒迪」，這也是她現在的藝名。按當時西方社會習慣，婚後社交場合的正式名稱應完全從丈夫姓名，即應稱「利奧波爾德・布盧姆太太」。

湖野餐：青年學生：一把火鮑伊嵐的海濱女郎。

茶沏開了。他往自己的護鬚杯裡斟茶，露出了笑容：冒牌的德比王冠瓷器，小傻瓜米莉送的生日禮物。她那時才五歲。不對，等一下：四歲。我給她的那串仿琥珀項鍊，她弄散了。將一張張包貨紙摺起來放在信箱裡當作她的信。他一面斟茶，一面微微地笑著。

米莉・布盧姆呀你是我的心肝，
你是我的鏡子我日夜地看。
我寧願要你沒有一分錢，
不願要凱蒂的毛驢加花園。

可憐的古德溫教授。糟老頭兒。不過老傢伙還是個挺有禮貌的人。他總是按老派的規矩，鞠著躬送莫莉下臺。他的大禮帽裡還藏著一面小鏡子呢。那天晚上米莉把它拿到客廳裡來了。唷，你們看我在古德溫教授的帽子裡找到了什麼呀！我們那個笑呀。性的特徵，那麼早就出現了。調皮的小鬼，這妮子。

他用叉子插進腰子，把它翻了一個個兒，然後把茶壺放在托盤上。在他端起盤子來的時候，盤子中間隆背處砰的一聲凹了下去。東西全了嗎？黃油麵包四片、糖、茶匙、她的奶油。全了。他把大拇指勾進茶壺把，端著盤子上了樓梯。

他用膝蓋頂開房門，將盤子端進去放在床頭的椅子上。

——你怎麼這麼半天，她說。

她把一隻胳膊肘支在枕頭上，一骨碌翻起身來，床上的銅活叮鈴咚隆響成一片。他鎮靜地俯視著她的豐滿的身子，眼光落在睡衣內像母山羊奶頭似的斜頂著的兩團柔軟的大乳房之間。她那半臥的身子上升起一股熱氣，在空氣中和她斟茶的香味混在一起。

一個拆過的信封，從帶窩兒的枕頭底下露出了一點頭，他在轉身往外走的時候，稍停了一下拉挺床罩。

——誰來的信？他問。

粗壯的筆跡。瑪莉恩。

——噯，鮑伊嵐，她說。他要送節目單來。

——你唱什麼？

——和J・C・多伊爾合唱Là ci darem[15]，她說，還有〈愛情的古老頌歌〉。

她的正在喝茶的豐滿嘴唇一抿，笑了。薰過那種香，第二天有一點陳腐的氣味。像壞了的香精水。

——你要我把窗子打開一點兒嗎？

15 意大利語歌詞，全句為Là ci darem la mano（咱們那時將攜手同行），為莫札特歌劇《唐・喬凡尼》中一段二人對唱。「攜手同行」等句為唐・喬凡尼勾引村姑時的唱詞。

她正疊起一片麵包往嘴裡送，先問道：

——葬禮是幾點鐘？

——十一點吧，我想，他回答說。我沒有看到報紙。

他順著她手指指著的方向，從床上拎起了一隻褲腿，是她的穿過的內褲。不對？又拎起一根曲曲彎彎的灰色吊襪帶，帶上還纏著一隻長襪，發亮的襪底是皺皺巴巴的。

——不是的：那本書。

另一隻長襪。她的襯裙。

——一定是掉下去了，她說。

他到處摸著。**Voglio e non vorrei**[16]。不知道她那個詞的發音對不對：**Voglio**.床上沒有。一定是滑到地上去了。他彎腰掀起床邊的檔頭。果然是掉在那兒了，那書攤開著倚在橘黃色圖案的便盆凸起處。

——給我看，她說。我做了一個記號的。有一個詞兒要問你。

她不用把兒端起杯子喝了一口茶，麻利地在毯子上擦擦手指，用頭髮夾子順著一行行的文字找那個詞兒。

——轉回什麼？他問。

——在這兒吶，她說。這是什麼意思？

他俯身下去，看著靠近她那光潔發亮的大拇指指甲的地方。

——輪迴轉世？

——對。不弄虛不作假，究竟是什麼？

——輪迴轉世，他皺著眉頭說。希臘說法。從希臘來的。說的是靈魂轉移。

——噯，去你的！她說。給咱來點兒明白話！

他斜睨著她眼睛裡那份諷嘲神氣，不禁莞爾。眼睛仍是這麼年輕。第一天的晚上，猜字遊戲之後。海豚倉[17]。他翻了幾頁髒兮兮的書頁。〈馬戲明星紅寶〉。好呵。插圖。凶惡的意大利人，手裡拿著馬鞭。地上光著身子的，想必是明星紅寶了。還算有點善心，給了她一條單子。**惡魔馬菲置之不理，一聲咒罵，把受害者推倒在地**。這一切，全都是殘忍心理的表現。用了藥的動物。亨格勒馬戲團的高空吊槓。只能轉頭望別處。人群都張大嘴巴看著。你把脖子摔斷，我們把腸子笑斷。往往全家幹這一行。從小去骨，就能轉世。就是說我們死後仍活著。我們的靈魂。是說一個人死後的靈魂，狄格南的靈魂……

——你看完了嗎？他問道。

——看完了，她說。裡面沒有什麼色情的東西。那個女的是不是一直都愛著第一個男的？

——沒有看過。你要換一本嗎？

---

16 **Vorrei e non vorrei**（意大利語：「我願意又不願意」）是莫莉將表演的莫扎特歌劇女角唱詞，表現了她受誘惑時的矛盾心理。這裡第一個詞錯為Voglio，把虛擬的「我願意」變成了直截了當的「我要」。

17 「海豚倉」是都柏林西南城郊的一個地區，莫莉婚前住家在此。

——要。再借一本保羅・德・科克的。他這個名字好聽。

她又斟茶，看著茶水從壺嘴注入杯子。

卡佩爾大街圖書館那本書該續借，不然他們要通知我的保證人卡尼了。投胎：這個說法行。

——有的人相信，他說，我們死了之後又用另一個肉體接著活下去，生前也有生命。他們把這叫做投胎。說是我們都是千萬年以前就已經在地球上或是別的星球上生活了。說是我們自己忘掉了。有的人還說自己記得前世的情形。

在她的茶水中，沉滯的奶油像凝固起來的螺旋體似的打著轉。最好再給她提一下那個詞兒：輪迴轉世。最好能舉個例子。例子嗎？

床頭牆上掛著「仙女出浴圖」。復活節那一期的《攝影集錦》附送的贈品：精采的彩色藝術傑作。加奶以前的茶水。有一點像她散著頭髮的樣子：苗條一些。我花三先令六配的框子。她說掛在床頭好看。裸體的仙女：希臘：比方說，那時候活在世界上的所有的人。

他合攏了書。

——輪迴轉世嘛，他說，是古代希臘人的說法。他們認為，比方說吧，人可以變成動物或樹木。譬如說，他們叫作仙女的。

她的茶匙停止了攪糖，眼睛盯著前方，縮起了鼻子吸氣。

——有糊味，她說。你是不是在火上坐著什麼？

——腰子！他突然叫了起來。

他急忙把書往裡邊口袋一塞，腳尖還在破便盆架上絆了一下，慌慌張張地衝著糊味的方向跑去，下樓梯的腿活像一隻受驚的鸛。一股刺鼻的煙從平底鍋的一側猛衝上來。他把叉子尖插到腰子底下，把它鏟起來翻了一個身。只燒糊了一點兒。他把它從鍋上顛到一個盤子上，然後把所剩不多的醬色湯汁澆在腰子上。

可以喝茶了。他坐下來，切下一塊麵包，抹上黃油。他把燒糊的那點肉切下扔給貓，然後叉了一塊放進嘴裡，細嚼著品嚐那軟嫩的肉味。火候恰到好處。喝一口茶。然後他切下一些小方塊的麵包，拿一塊蘸了湯汁送進嘴裡。提到一個青年學生和一次野餐，是怎麼一回事？他把信鋪在旁邊抹平，又拿一小塊麵包蘸了湯汁送進嘴裡，一邊吃一邊慢慢地看信。

最親愛的阿爸：

非常感謝您的可愛的生日禮物。我戴上正合適。人人都說我戴上這頂新絨帽，把誰都比下去了。媽的那盒可愛的化妝品也收到了，我也給她寫。可愛得很。我現在在照相店可順利了。科格倫先生給我和太太照了一張。洗出來就寄。昨天生意好極了。天氣好，那些肉長到腳後跟的都出來了。我們星期一要和幾個朋友到奧威爾湖舉行剩菜野餐。請把我的愛給媽，還要給您一個大吻和感謝。我聽見他們在樓下彈鋼琴了。星期六格雷維爾紋章飯店要開音樂會。有一個青年學生晚上有時來玩姓班農的他叔伯家還是什麼的是了不起的人家他喜歡唱鮑伊嵐（我差點兒寫成一把火鮑伊嵐）那首海濱女郎的歌。請對他說傻閨女米莉向他致敬。現在我必須結束了給你最真心的愛。

你的真心女兒　米莉

又，請原諒寫得亂太匆忙。再見。

米

昨天滿十五。巧，正好是十五號。她離家後的第一個生日。離別。還記得她出生的那天，夏天的早晨，急忙跑到登齊爾街去敲桑頓太太家的門，把她從床上喊起來。一個快活的老太太。她接生的孩子可少不了。她一開頭就知道可憐的小茹迪活不成。唉，天主是善良的，先生。她馬上就知道了。他要是活著，現在該十一歲了。

他神情茫然，惋惜地盯著那句附言。請原諒寫得亂。匆忙。樓下鋼琴。出殼了。在XL咖啡館，為手鐲的事吵了一架。不吃蛋糕，不說話，不看人。佐料盒子。他把另外幾小方麵包泡在湯汁裡，吃著一塊接一塊的腰子。每星期十二先令六。不算多。不過也不算是最差的了。雜耍場舞臺。青年學生。茶已經涼了一些，他喝一口送下吃的東西。然後他再看信：兩遍。

這事兒嘛，她自己能照顧自己的。可是萬一不行呢？不，並沒有發生什麼事。可能性當然是有的。不管怎麼說，等有了事情再講。難馴的野性。抬著她的細腿跑上樓梯。命運。正在成熟。有虛榮心：很嚴重。

他帶著疼愛而憂慮的笑容，盯著廚房的窗戶。那天我在街上，偶然看到她正在擰自己的臉，要把臉蛋擰紅了。有一點兒貧血。吃奶的時間太長。乘坐愛琳之王號[18]遊基什那天。老掉牙的舊船，顛得厲害。一點兒也不膽怯。她的淡藍色的頭巾，隨著頭髮一起在風中飄揚。

帶酒窩的臉蛋兒，
頭髮都是一鬈鬈兒，
你的腦袋直打旋兒[19]。

海濱女郎。撕開了口的信封。手插在褲袋裡，今天車夫休息，唱著歌。一家人的朋友。**打旋旋兒**，他說。燈光綽約的碼頭，夏天的夜晚，樂隊。

那些女郎們，女郎們，
那些可愛的海濱女郎們。

米莉也唱。年輕的脣觸：初吻。現已成為遙遠的過去。瑪莉恩太太。看信，這時斜倚著了，

18 「愛琳」即愛爾蘭，為愛爾蘭詩歌中常用的名稱。「愛琳之王號」是都柏林海灣中一艘遊覽船。
19 這幾行與下邊兩行都出自〈海濱女郎〉，即米莉信中所謂「鮑伊嵐那首」，實際為當時一首流行歌曲。

數數自己的頭髮有幾股，面帶笑容編辮子。

一種煩躁不安和遺憾的感覺輕輕地沿著他的脊梁骨往下爬，越爬越顯沉重。會發生的，會的。阻止。沒有用的：無法可想。姑娘的輕柔甜蜜的嘴唇。也會發生的。他感到背上那爬動的煩躁不安擴大了。現在採取什麼行動都是沒有用的。嘴唇被吻、吻人、被吻。豐滿的發黏的女人嘴唇。

她在外地倒好：不在近旁。忙著自己的事。想養一條狗消遣。也許去旅行一趟。八月銀行假期，來回僅兩先令六。可是還有六個星期。也許可以弄一張新聞界乘車證。要不，通過麥考伊。

貓舔乾淨了全身的皮毛，又轉過來找那張沾肉的紙，嗅了一會之後，大模大樣地向門邊走去。回過頭來，看著他叫了一聲。要出去，遇到門就等一等，遲早會開的。讓牠等一會兒吧。躁動了。有電。空中有雷電。而且牠剛才背著爐火搓洗耳朵來著。

他感到有些沉重，飽滿，然後肚腸有些鬆動。他站起身，鬆開了褲帶。貓向他叫。

——喵！他回答牠。等我拿好東西。

沉重感：今天天氣會熱。爬這一段樓梯太麻煩了。

報紙。他大便時喜歡閱讀。希望我正那個的時候沒有什麼蠢傢伙來敲門。

他從桌子抽屜裡找到一份舊的《文萃》，摺疊起來夾在腋窩下，走到門邊，打開了門。貓輕巧地連縱幾下，上了樓。哦，原來是想要上樓去，蜷成一團臥在床上。

他聽一下，聽到了她的聲音：

——來吧，來吧，貓咪。來吧。

他從後門進了園子，站住了聽一聽隔壁園子裡的動靜。沒有響聲。也許正在晾衣服。婢女在園子裡。晴朗的早晨。

他彎下腰去察看細細的一溜長在牆邊的留蘭香。在這裡修一個涼亭。紅花菜豆。爬山虎。這塊地，要整個兒施它一次肥，癩癩疤疤的。蒙著一層硫肝。沒有糞肥的土壤全是如此。家庭肥料。混合土壤，那是什麼呢？隔壁園子裡養雞：雞糞倒是上好的追肥。不過最好的還是牛，特別是餵油餅的牛。牛糞覆蓋。女用羊羔皮手套用它最妙。以髒除髒。灰也是如此。改良整塊地的土質。那邊的角落裡種豌豆。生菜。那時就老有新鮮蔬菜吃了。不過園子也有毛病。聖靈降臨節剛過那天，這裡就出現了那隻蜜蜂或是綠頭蒼蠅。

他繼續往前走。咦，我的帽子在哪裡？一定是掛回木栓上了。要不，在落地衣帽架上。怪，我怎麼就沒有印象呢。衣帽架太滿。四把雨傘，她的雨衣。拾起信件。德拉戈理髮店裡的門鈴響了。巧得很，那時我正想到。他的衣領上邊是擦了髮蠟的棕色頭髮。剛洗過，梳理過。不知道我今天上午是不是還來得及洗個澡。塔拉街。詹姆斯•斯蒂芬斯[20]就是浴室售票處的人弄走的，據說。奧布賴恩。

德魯咖茲那傢伙的嗓音倒是夠宏亮的。移民什麼來著？齊了，小姐。積極分子。

20　斯蒂芬斯是愛爾蘭芬尼亞協會創建人，參見第三章注62一一三頁。

他踢開茅房的破門。小心一點兒，別把參加葬禮穿的褲子弄髒了。他低頭躲開門上的低矮過梁，跨了進去。茅房裡一股發霉的灰漿氣味。他把門留一點縫，在陳舊的蜘蛛網中間解開了吊帶。在坐下以前，他先仰頭從一條板縫裡對鄰居的窗戶窺看了一眼。國王在帳房裡[21]。沒有人。

他坐上凳架，把報紙攤在褪下了褲子的膝頭，一頁頁地翻著。要一篇新鮮的，不費事的。不用著急。再停留一會兒。本報獲獎小品：〈馬察姆的妙舉〉。作者菲利普‧波福依先生，倫敦觀劇俱樂部。稿酬每欄一畿尼已付作者。三欄半。三鎊三。三鎊十三先令六。

他安靜地看著報，同時約束著自己，看完第一欄，又在開始放鬆而仍有抗拒的情況下接看第二欄。看到中間，他的抗拒全部停止，聽任自己的大腸舒展開來，靜靜地卸下了負擔，同時他仍在看報，耐心地看著，昨天的輕微便祕今天已經沒有了。希望它不是太大，又引起痔瘡。沒有，正合適。好。嘿！大便乾燥。神仙樹皮，一丸即通。生活有可能是那樣的。並不使他覺得感動或是同情，但是倒還乾脆利索。這時節有什麼都登。清淡季節。他在從下面升上來的自己的氣味中靜靜地坐著，繼續看他的報。寫得利索，確實的。**馬察姆常常想起自己把愛笑的妖女弄到手的那一著妙棋，她現在……**開端和結尾都很正經。**手拉著手**。夠意思。他把已經看完的內容又掃了一眼，在感到自己下面在靜靜地流水的同時，對於寫了這篇東西並且收入了三鎊十三先令六的波福依先生產生一種善良的羨慕心情。

也許也能湊一篇小品文哩。利、莫‧布盧姆夫婦合著。找一條諺語，編上一則故事。哪一條呢？有一個時期我常把她在梳妝的時候說的話記在我的袖口上。不喜歡同時梳妝。刮臉刮破了皮。咬著下嘴唇扣她裙子上的掛鈎。給她記時間。九點十五分。羅伯茨付你錢了嗎？九點二十分。格瑞妲・康羅伊穿什麼？九點二十三分。我中了什麼邪，怎麼會買這把梳子的？九點二十四分。我吃了包心菜肚子發脹。她的漆皮靴子上有一點灰塵：麻利地換著腳往穿長襪的腿肚子上蹭鞋口。在義售市場跳舞會上，梅氏樂隊演奏了龐奇埃利的時辰舞，舞會之後早上。你說說是怎麼一回事：晨時、午時、接著來的是暮時，然後是夜晚。她刷著牙。那是第一晚。她腦子裡仍在跳舞。她的扇子骨兒還在喀答喀答響。那個鮑伊嵐是闊老吧。他有錢。怎麼啦？我注意到他跳舞的時候，呼吸中有一種濃郁好聞的味道。哼曲子沒有用了。直接提吧。昨晚那音樂有點特別。鏡子在陰影中。她拿她的帶柄手鏡頂著豐滿晃動的乳房，在毛坎肩上使勁蹭。仔仔細細地照著鏡子。眼邊有紋。總弄不好。

暮時，穿灰色紗服的姑娘們。然後是夜晚，穿黑色，帶匕首，蒙著只露眼睛的假面具。富有詩意的構思：粉紅，然後金黃，然後灰色，然後黑色。可是也符合生活。白晝：然後是黑夜。

他毫不猶豫地把獲獎作品撕下一半，擦了屁股；接著拉上褲子，吊好吊帶，扣上鈕子。他拉開搖搖晃晃的茅房門，跨出陰暗，到了開闊處。

---

21 此句與一六三頁〈婢女在園子裡〉均出自童謠：

國王在帳房裡，數他的金錢，
王后在客廳裡，吃她的蜜餞。
婢女在園子裡，晾她的衣服，
飛來一隻黑鳥，咬掉了她的鼻子尖。

他感到肢體已經輕鬆涼快，仗著明亮的日光仔細審視自己的黑褲子：褲腳、膝頭、膝後片。葬禮是幾點鐘？最好查一查報紙。

半空中有一聲吱嘎，一聲深沉的嗡嗡。喬治教堂的鐘。黑黝黝的鐵鐘，響亮地報告時辰了。

嘿唷！嘿唷！

嘿唷！嘿唷！

嘿唷！嘿唷！

差一刻。又來了：空中迴盪著後隨的泛音。三度和音。

可憐，狄格南！

5

沿著排列在約翰・羅杰森爵士碼頭邊上的起重機，布盧姆先生在清醒地步行，走過了風車巷、利斯克亞蔴籽榨油廠、郵電局。這個地址也可以用。又走過了海員之家。他轉身離開碼頭邊的早晨特有的喧囂，走進了萊檬街。在布雷迪村口，一個拾破爛的男孩子手挽著廢物桶，懶洋洋地抽著一截菸屁股。一個年齡更小、前額有溼疹瘢的女孩，手裡拿著一個變了形的桶箍，無精打彩地望著他。告訴他，抽菸長不大。唉，隨他去吧！他反正沒有如花似錦的前程。守在酒館外面，等著把爹弄回家。回家吧，爹，媽等著呢。這是清閒的鐘點，那兒不會有多少人。他橫過湯森德路，又在嚴峻的貝塞厄爾面前走過。厄爾，不錯，他的家：Aleph, Beth[1]，又走過尼科爾斯殯儀館。是十一點。還有時間。肯定是康尼・凱萊赫把這筆生意給奧尼爾弄去的。閉著眼睛哼著他的小調。康尼。有回在公園哪，黑夜裡遇見她呀。真是那個妙呀。警察局暗探哪。她把名字住址全說了呀，哼著我的土啦侖、土啦侖、呔。嘿，沒有問題是他弄去的。給他辦一個便宜的葬禮，找一個叫什麼的地方。哼著我的土啦侖、土啦侖、土啦侖、土啦侖。

1 貝塞厄爾（Bethel）是一所樓的名字，原係《聖經》中地名，意為「上帝之家」。在希伯來語中，El（厄爾）是「上帝」，而Beth（貝塞）是「房子」，也是希伯來語的第二個字母，在字母表中排在第一個字母Aleph之後。

在韋斯特蘭橫街，他在貝爾法斯特東方茶葉公司的櫥窗前站住了，看了一看錫紙包裝上的文字：精選混合茶，最佳質量，家庭用茶。有一點熱。茶。得從湯姆•克南那裡要一些。不過，在葬禮上不能跟他提這事。他一面繼續神情淡漠地望著櫥窗，一面脫下帽子，靜靜地聞著自己的頭髮油味，悠悠然地抬起手來撫摸一下前額和頭髮。今天上午很熱。透過半垂的眼簾，他的目光落在那頂高級禮巾內的帽簷皮圈的小小帽花上。在那裡呢。他的右手從頭上下來，伸入帽盆，指頭很快就在皮圈後面摸到一張卡片，把它轉移到了坎肩口袋裡。

真熱。他的右手又一次伸到頭上，更悠悠然地摸一摸額角和頭髮。然後他戴上帽子，放寬了心，又去看商標：精選混合茶，採用最佳錫蘭品種。遠東。一定是一個可愛的地方：人間的樂園，懶洋洋的大葉子，可以躺在上面漂游，仙人掌、花香蜜酒，還有他們叫作蛇形籐的。不知道是不是真那樣。那些僧伽羅人，成天在太陽地裡晃晃悠悠的，dolce far niente[2]，連手都不用抬。一年睡六個月。天氣太熱，吵架都懶得吵。氣候的影響。嗜眠症。懶散之花。主要靠空氣養活。氮。植物園的暖房。敏感花卉。睡蓮。花瓣太疲乏。空氣中有睡覺病。走著玫瑰花瓣鋪的路。設想在那地方吃肚子、牛蹄凍。我在什麼地方的圖片裡看到的那人，是在哪兒來著？對了，是在死海裡頭，仰臥著，還撐著一把遮陽傘看書哩。想沉也沉不下去：鹽分太濃。因為水的重量，不對，水內物體的重量，等於什麼的重量來著？要不，是容量等於重量還是怎麼的？是一條定律，說的是諸如此類的話。高中，萬斯教課，把指節捏得嘎吱嘎吱的響。大學課程。捏指節課程。說重量，重量究竟是什麼東西呢？每秒每秒三十二呎。物體下落定律：每秒每秒。一切東西都向地面下落。地球。重量就是地球的吸引力。

他轉身向馬路對面緩步走去。她拿著香腸是怎麼走的？有一點像這樣。他一邊走，一邊從側面口袋裡取出摺疊著的《自由人報》，打開，捲成小棍兒似的一長條，走一步在褲腿上敲一下。閒散的模樣：不過是路過，順便進來看一看。每秒每秒。意思是說每一秒鐘中的每秒數。他從街沿衝郵局門裡掃了一眼。晚點郵箱。在此投郵。沒有人。進。

他隔著銅柵把卡片遞了進去。

——有我的信嗎？他問。

郵局女職員在一個格子裡找信件，他盯著一張繪有各兵種列隊前進的徵兵招貼畫看著，同時，把他的那根小棍的一端頂在鼻子底下，聞著新印棉漿紙的油墨味。大概還沒有回信。上次說過頭了。

女職員從銅柵裡遞回卡片來了，還有一封信。他謝了她，迅速地看了一眼打字的信封。

本市

韋斯特蘭橫街郵局交

亨利・弗臘爾先生

---

2 意大利語：「甜美的無所事事。」

還是回了。他把卡片和信都放進側面口袋，又去看列隊前進的士兵。老忒迪的團隊在哪裡？被拋棄的兵。在那兒呢：熊皮帽、翎毛。不對，這是擲彈兵。袖口是尖的。那兒才是呢：皇家都柏林火槍團。紅上衣。太鮮豔了。怪不得女人們都跟著他們轉。軍服。招兵、訓練都容易些。茉德．戈恩的呼籲信，要求晚上不許他們上奧康內爾大街：對咱們的愛爾蘭首都是一種恥辱。現在格里菲斯的報紙也是這個意思：整個軍隊都被花柳病拖垮了：海外帝國也好，瓶內帝國也好。半生不熟的樣子，這些人：好像受了催眠似的。向前看！原地踏步！左、右、貝德、愛德。國王自己的部隊。從沒有見到他穿救火隊員或是警察制服。共濟會是沒有問題的[3]。

他緩步走出郵局，轉向右邊。談：能解決問題嗎？他把手伸進口袋，用食指摸著信封的封蓋，把它一截兒一截兒地拆開了。女人會聽嗎，我想沒有什麼用。他用手指把信抽出，然後把信封在口袋內揉成一團。裡面有別針別著什麼東西：也許是照片。頭髮？不是。

麥考伊。快點擺脫。耽誤我的事。這時候不願有人。

——你好，布盧姆。去哪兒？

——你好，麥考伊。哪兒也不去。

——身體怎麼樣？

——很好。你怎麼樣？

——活著唄，麥考伊說。

他的眼睛望著黑領帶、黑衣服，放低聲音恭敬地問：
——是不是有什麼……我希望不是出了什麼事兒吧？你穿著……
——喔，不是的，布盧姆先生說。可憐的狄格南，你知道。葬禮在今天。
——可不是嗎，可憐的人。就是今天。什麼時候？
不是照片。也許是一枚紀念章。
——十一點，布盧姆先生回答說。
——我一定設法趕去參加，麥考伊說。十一點，是吧？我昨天晚上才聽說。是誰告訴我的？霍洛漢。你認識蹦躂漢吧？
——認識。
布盧姆先生的眼睛盯著馬路對面，格羅夫納大飯店門前停著一輛外座馬車。搬運夫正在把旅行包舉到行李架上去。女的靜站著等，男的，丈夫，兄弟，有些像她，摸著口袋找零錢。翻領大衣，式樣挺時髦，今天這樣的天氣穿著熱一些，看樣子是絨的。她雙手插在大衣的貼口袋裡，不在意的樣子。和那次馬球比賽遇到的高傲角色差不多。女人總是儼然不可侵犯的，可是你一搔到她的癢處，情形就不同了。漂亮不漂亮，看行動怎麼樣。不動聲色，實際快順從了。正派的夫人，布魯特斯是一個正派的人[4]。占有她一次，她就不這麼挺呱呱的了。

3 當時的英王愛德華七世在一九〇一年接位以前曾參加英國共濟會並擔任領導職務。
4 布魯特斯是莎士比亞劇本《朱利葉斯．凱撒》中殺死凱撒的貴族領袖，安東尼在凱撒遇害後的演說中先說布魯特斯「正派」，轉而抨擊他殺凱撒的動機。

——我和鮑勃•竇冉在一起，他的週期性的縱樂又到了，還有那個叫什麼名字的，班塔姆•萊昂斯。我們就在那邊不遠的地方，康韋公司，康韋公司。

竇冉、萊昂斯在康韋公司。她伸出一隻戴手套的手去摸頭髮。進來了蹦躂漢。潤潤喉嚨。他把頭稍稍向後仰著，通過低垂的眼簾看到那顏色鮮明的小鹿皮手套在陽光中閃閃發亮，上面有編織的圓片。今天看得清楚。也許是空氣中有水分就能看得遠。說著什麼呢。纖細的手。她從哪一邊上車？

——他說：**真叫人傷心呀，咱們的可憐的朋友派迪。哪個派迪？我問。可憐的小個子，派迪•狄格南呀**，他說。

下鄉：大概是上布羅德斯通火車站。棕色的高統皮靴，飄著靴帶。挺勻稱的腳。他在折騰那點零錢幹什麼喲？看見我在看她了。什麼時候都在留心著別的男的。留一個後步。一張弓要兩根弦。

——**怎麼回事**？我說。**他出了什麼事兒**？我說。

傲氣：富有：長統絲襪。

——是呀，布盧姆先生說。

他向麥考伊的喋喋不休的腦袋側面挪過去一點。馬上要上車了。

——**他出了什麼事兒**？他說。**他死了**，他說。而且，真的，他的眼淚也來了。**派迪•狄格南嗎**？我說。我聽到他的話都不能相信。我上星期五，要不是星期四還和他在一起呢，在拱廊。

對，他說。**他過去了。星期一死的，可惜呀。**

看！看！絲光，闊綽的襪子，雪白的。看！

一輛沉重的電車噹噹地響著鈴子過來了，正好擋住。

完了。咒死你這個鬧烘烘的扁鼻頭。有一種被關在門外的感覺。天堂在望，無法入內。事情總是這樣的。不遲不早。尤斯塔斯街那個門廳裡的姑娘吧，是星期一嗎，正在整理她的吊襪帶，她的同伴偏偏就把她遮起來了。互相關心嘿。好吧，你還張大著嘴巴看什麼呢？

——是呀，是呀，布盧姆先生嘆了一口悶氣說。又少了一個。

——百裡挑一的，麥考伊說。

電車過去了。馬車向環線橋駛去，她那戴著華麗手套的手扶著鋼欄杆。一閃一閃的，她帽子上的飄帶在陽光中發亮，一閃一閃的。

——太太想來挺好吧？麥考伊換了口氣說。

——挺好，布盧姆說。好得很，謝謝你。

他信手把那卷報紙打開，漫不經心地看起來：

家裡缺了李樹牌罐頭肉

——還像個家麼？

不像家。

有它才是安樂窩。

——我太太剛接到一個聘約。還沒有完全講定。

又是旅行包的一手。可以奉告，這一手無效。我不奉陪，對不起。

布盧姆先生以不慌不忙的友好態度轉動著大眼睛。

——我妻子也是，他說。她二十五號在貝爾法斯特演唱，厄爾斯特會堂的一次盛大演出。

——是嗎？麥考伊說。好事兒，老兄。是誰操辦的？

瑪莉恩‧布盧姆太太。還沒起呢。王后在臥室裡，吃她的蜜餞。沒有書。她的大腿邊擺著發黑的人頭牌，七張一排。黑女，紅男。信。貓，毛茸茸的一團黑球。從信封上撕下來的碎紙條。

愛情的。
古老的。
頌。
歌。

傳來了愛——愛情的古老的……

——這是一種巡迴性質的，你明白嗎，布盧姆先生周到地說。**頌嗡嗡歌**。他們組織了一個委員會。投資分股，收益分成。

麥考伊扯著嘴邊的鬍子茬兒點點頭。

——是呀，是呀，他說。是個好消息。

他轉身要走。

——是呀，看到你身體好很高興。他說。斷不了見面。

——對，布盧姆先生說。

——我說呀，麥考伊說。你在葬禮上把我的名字寫上，行嗎？我是想去的，可是你瞧，我可能去不了。沙灣有個溺死的也許會起來，只要找到屍體，驗屍官和我都得到場。我不在的話，你就把我的名字添上，行嗎？

——我給你辦，布盧姆先生說著，挪動身子準備走了。沒有問題的。

——好，麥考伊高興地說。謝謝你，老兄。我只要有可能一定去。好吧，湊合著。寫上C・P・麥考伊就行。

——一定辦到，布盧姆先生堅定地說。

那一招沒有把我矇住。出其不意。手到擒來。我那種就好。是我特別欣賞的旅行包式樣。皮料。包角，鉚邊，雙動拉杆鎖。鮑勃・考利去年把包借給他參加威克洛划船比賽音樂會，那包從此就音信全無了。

布盧姆先生緩步朝不倫瑞克大街的方向走去，臉上帶著微笑。我太太剛接到一個。細嗓子、雀斑臉的女高音。能削乾酪的鼻子。也挺不錯的：唱個小民歌什麼的。缺乏性格。你和我呀，你知道嗎，乘的是一條船。套近乎。叫你渾身不舒服。難道他就聽不出差異來嗎？恐怕多少是他願意那樣。我可是總感到不對勁。我想著，貝爾法斯特該讓他明白過來了。希望那邊的天花不至於嚴重了。估計她是不願意再種牛痘的。你的妻子和我的妻子。

不知道他會不會是想拉我的皮條？

布盧姆站在街角，眼光掠過五顏六色的廣告牌。坎特雷爾與科克倫公司的薑汁牌酒（芳香型）。克列利公司夏季大減價。不，他一直走了。唷，今晚是《李婭》。斑德曼・帕爾默夫人[5]。我願意再看她演這一齣。昨晚她演哈姆雷特。扮演男角。也許他本來就是女的。奧菲麗亞才自殺的。可憐的爸爸！他常提到凱特・貝特曼演這齣戲的情形。在倫敦阿黛爾菲戲院外面，等候進場就等了整整一下午。那是我出生以前的那一年：六五年。還在維也納看黑絲朵麗。是叫作什麼的來著，原來的名稱？是莫森索爾編的劇[6]。《瑞鈫爾》，對嗎？不對。他常提那一場，瞎眼老人亞伯拉罕認出了聲音，伸手摸他的臉。

內森的聲音！他兒子的聲音！我聽到的聲音是內森的，他拋棄了他父親，使他父親悲痛難熬，死在我的懷中，他拋棄了父親的家，拋棄了父親的上帝。

每一個字都是那麼深切，利奧波爾德。

可憐的爸爸！可憐的人！我幸好沒有到房間裡面去看他的面容。那一天啦！唉呀！唉呀！嘿！說起來，也許對他倒是最好的。

布盧姆先生轉過街角，在馬車停車場那些低垂著腦袋的馬旁邊走過。再想也沒有用了。到了掛飼料袋的時候了。遇見麥考伊那傢伙白耽誤時間。

他走近一些，聽見了金黃色的燕麥被咬碎的聲音，馬牙齒在悠然地咀嚼著。牠們的帶斑點的大眼睛望著他走過，周圍是混合著燕麥香的馬尿味。牠們的理想樂土。可憐，這些任人擺布的腳色。長鼻頭塞進了飼料袋，就什麼也不管不顧了。嘴裡太滿，說不了話了。不過總算是有吃有住。還閹割了呢：兩爿屁股之間晃著一截黑膠似的軟疲疲的東西。儘管如此，也許倒還是幸福的。看樣子是一些好牲口，可憐。不過嘶鳴起來有時怪討厭的。

他把信從口袋裡抽出，捲進手中拿著的報紙裡面。這兒說不定會正好遇上她的。小巷子安全些。

他走過了車夫棚。行蹤無定的車夫生活倒也特別。不論是什麼氣候，什麼地方，預定的還是搭乘的，都由不得他們自己。**Voglio e non.**[7] 我喜歡偶或給他們一枝香菸。應酬應酬。在他們駕車經過的時候喊一兩聲。他哼著：

---

5 帕爾默夫人為美國著名女演員，當時在都柏林演出。按當時習慣，女演員有時演男角，因此有下文演哈姆雷特事。

6 莫森索爾（一八二一—七七）原著德文劇本名《黛波拉》，被譯為英文後方改名《李婭》。下文提及的內森是劇中叛親叛教（猶太教）迫害本族（猶太）人民的壞蛋。

7 意大利文：「要不要」，係謬誤歌詞，參見第四章注16一五七頁。

Là ci darem La mano
La la lala la la[8]

他拐進坎伯蘭路，走了幾步之後在車站牆邊背風處站住了。沒有人。梅德木料場。成堆的檩條。一些斷垣殘壁，一些公寓樓。他小心翼翼地邁著步子，跨過了一個跳房子圖，圖上還擺著一塊被遺忘的跳石。不是有罪孽的人。木料場附近蹲著一個孩子，在獨自一人玩彈子，握著女人拳練射球。一隻精明的花貓，一座會眨眼的獅身人面像，伏在自家的溫暖的窗臺上，觀察著。不驚動他們才好呢。穆罕默德為了不驚醒貓，割掉了一塊袍子。打開吧。我上那個老的幼兒學校時，我也玩過彈子。她喜歡木犀草。埃利斯太太的學校。先生呢？他翻開了報紙裡的信。

一朵花。我想是。一朵壓扁了花瓣的黃花。這麼說，是沒有生氣嘍？她說什麼？

親愛的亨利：

我收到了你上一封信，多謝你。你不喜歡我上一封信，我很抱歉。你為什麼還裝一些郵票在內？我非常生你的氣。我真希望罰一罰你。我把你叫作淘氣孩子，是因為我不喜歡另外那個詞。請你告訴我，那個詞究竟是什麼意思？你這個可憐的小淘氣，你在家裡是不快樂嗎？我真希望能幫助你。請你告訴我，你覺得可憐的我怎麼樣？我常常想到你的可愛的姓名[9]。親愛的亨利，咱們什麼時候才能見面呢？你不知道我多想你。我還從來沒有對一個男人產生過對你的這種感情。我覺得很彆扭的。請你寫給我一封長信，多說一些。記著，你不寫我會罰你的。好了，你現在知道了，你這個小淘氣，你不寫我會怎麼你的了。啊，我是多麼渴望見到你呀。亨利親愛的，不要拒絕我的請求，別讓我等極了。那時我會把一切告訴你。再見，淘氣的寶貝。我今天腦袋疼得很，請立即回信給你的渴望著的

瑪莎

又，請告訴我你妻子用什麼香水。我想知道

他嚴肅地把花從別針上拉下，聞一聞它的幾乎沒有的香味，放進胸口口袋裡。花的語言。她們喜歡它，是因為別人聽不見。要不，用一束毒花把他打倒。然後，他緩緩地走著又看了一遍信，時不時還喃喃自語一兩聲。生你的氣鬱金香寶貝男花你不我罰你的仙人掌請你可憐的毋忘我多麼渴望紫羅蘭親愛人玫瑰花咱們很快就銀蓮花見面一切淘氣的夜莖妻子瑪莎香水。看完之後，他才從報紙中取出，放回側面口袋裡。

微弱的喜悅心情使他咧開了嘴。和第一封信不同了。不知道是不是她自己寫的。表現了一種憤慨態度：我這樣的好人家閨秀，人品端莊的。可以找一個星期天，念珠禮拜之後見面。謝謝：

---

8 意大利語歌詞，為莫莉預定演唱的歌劇片段，參見第四章注15一五五頁。

9 布盧姆化名「亨利・弗臘爾」（Henry Flower），「弗臘爾」即「花」，與「布盧姆」（Bloom）同義。

不了。通常的愛情糾紛。然後逐街尋找。跟和莫莉吵架一樣難受。雪茄可以起鎮定作用。麻醉性的。下次再進一步。淘氣孩子：罰你：怕人說，當然。殘酷，為什麼不？至少試一試。一次來一點兒。

他的手仍在口袋裡，用手指摸著信，拔下了別針。大頭針吧？他把它扔在路上了。從她衣服上的什麼地方取下來的：都是用別針別的。真怪，她們老有那麼多別針。玫瑰花，沒有不帶刺兒的。

兩個帶都柏林平舌腔調的嗓音在他腦子裡嗡嗡作響。在空街的那天晚上，那兩個邋遢女人在雨中互相挽著胳臂。

啊呀呀，瑪伊利她褲衩上丟了別針呀。
她沒有個法子呀
別住它，
別住它。

它？褲衩。腦袋疼得很。大概是她的玫瑰日子。要不就是整天坐著打字打的。眼睛老盯著，對胃神經不好。你妻子用什麼香水。這是怎麼回事，誰弄得明白？

別住它。

瑪莎，瑪莉[10]。我在什麼地方現在記不清了看過那幅畫，著名古畫或是騙錢的贋品。他坐在她們家裡，說著話。神祕的。空街那兩個邋遢女人也會聽的。

別住它。

一種舒心的夜晚感。不再流浪了。完全放鬆了：安靜的傍晚：一切放手。忘卻。談談你到過的地方吧，奇風異俗。另一位呢，頭上頂著罎子在準備晚餐：水果、橄欖、剛從井裡打來的可口的涼水，就像阿什頓的牆洞裡那麼徹骨地涼。下次再去看小馬賽，一定得帶一個紙杯子。她靜靜地聽著，睜著溫柔的黑色的大眼睛。說給她聽：說了又說。一切。然後，一聲嘆息：沉默了。長久、長久、長久的休息。

他走到鐵路拱橋底下時取出信封，迅速地撕成碎條，撒在路上。那些碎條飄飄搖搖地散開了，然後在溼潤的空氣中沉了下去：一陣白片飛揚，歸於一派沉淪。

亨利・弗臘爾。一張一百鎊的支票，你也能用同樣的方式撕毀。簡簡單單的一張紙片。艾

---

10 按《聖經・新約》，耶穌途經兩姊妹瑪莎與瑪莉家，瑪莎忙著幹活，瑪莉卻坐在耶穌腳邊聽他講話，此事曾被著名畫家用作題材。

弗勛爵有一回在愛爾蘭銀行兌了一張七位數字的支票，一百萬。讓你看看黑啤酒裡能生出多少錢財[11]。可是另一個兄弟阿迪朗勛爵每天不能不換四次襯衣，他們說。皮膚上長虱子，還是別的什麼蟲子。一百萬鎊，等一下。黑啤酒兩便士一品脫，四便士一夸脫，八便士一加侖，不對，一先令四便士一加侖黑啤酒。一先令四除二十：十五左右。對，正好。一千五百萬桶啤酒。

我說什麼桶來著？加侖。可也有一百萬桶左右了。

一列進站火車開來，在他頭上轟隆轟隆，一節車皮一節車皮地壓過。他腦袋裡盡是大啤酒桶在互相碰撞：桶裡面是黑糊糊的啤酒在翻滾攪動。突然桶塞開了，黑糊糊的液體流出來了，匯成洪流，浩浩蕩蕩地覆蓋了整個平原上所有的泥窪，一大片懶洋洋地打著轉的酒液，上面浮著闊葉的泡沫花。

這時他走到了萬聖教堂的敞著的後門。他走進門廊，脫下帽子，從口袋裡取出卡片，又塞進帽簷皮圈後面。糟。剛才可以打打麥考伊的主意，也許他能弄一張去馬林加的乘車證的哩。

門上仍是那張通告。十分可敬的耶穌會神父約翰．康眉布道，宣講彼得．克拉弗聖徒與非洲傳道事業。格拉德斯通[12]幾乎已經完全失去知覺的時候，他們還為他改信天主教作祈禱呢。新教也是如此。要神學博士威廉．J．沃爾什[13]改信真正的宗教。要拯救中國的千百萬人。不知道他們對不信天主的那些中國佬是怎麼個講法。不如給一兩鴉片。天朝臣民。在他們聽來是胡說八道。他們的神菩薩側臥在博物館裡。手托著臉頰，自在著呢。香煙繚繞的。不像Ecce Homo[14]。荊冠，十字架。聖派特里克三葉草[15]，好主意。筷子呢？康眉：馬丁．坎寧安認識他：挺有氣派的。遺憾，莫莉要參加唱詩班的事沒有找他，找了那個看來糊塗實際精明的法利神父。他們學的就是那一套。他不會出去戴著藍眼鏡淌著汗珠子給黑人施洗禮的，是不是？鏡片子閃著光，倒是會吸引他們的。喜歡看他們坐成一圈，努著肥厚的嘴唇聽得出神的樣子。靜物畫。像舔牛奶似的舔進去了，我想。

神聖的石頭發出冷森森的氣味，召喚著他。他踏上已經磨勩的臺階，推開彈簧門，輕手輕腳地進了後堂。

正在進行著什麼活動：什麼團體吧。很空，可惜。挨著什麼女郎坐著，倒是挺優雅的地方。誰是我的鄰人呢[16]？整小時地擠在一起聽悠緩的音樂。午夜彌撒上那個女人。七重天。婦女脖子上套著紫紅色的領圈，低頭跪在長椅座前。有一撥人跪在聖壇欄杆前。牧師在她們前頭走過，口中念念有詞，手中拿著那東西。他在每個人面前都停一下，取出一份聖餐，摔掉一兩滴什麼（是浸在水裡的嗎？）之後，熟練地放進她的嘴裡。她的帽子和腦袋沉了下去。然後又下一個：一位

---

11 艾弗與阿迪朗均屬吉尼斯家族，該家族擁有吉尼斯啤酒廠。

12 格拉德斯通（一八〇九—九八）曾四度擔任英國首相。

13 沃爾什是天主教的都柏林大主教。

14 拉丁文：「瞧，這人。」這是耶穌被捕後，羅馬總督彼拉多指著頭戴荊冠的耶穌說的話。

15 聖派特里克為五世紀在愛爾蘭建立教會的著名教士，曾用三葉草說明「三位一體」，後來三葉草即成為愛爾蘭國花。

16 據《聖經·新約》耶穌講道時強調愛鄰人應如愛自己，有人問他「誰是我的鄰人？」他就講了一個撒馬利亞人路遇遭盜劫受傷者即熱心照顧的故事。

小老太太。牧師彎腰放進她嘴裡，自己口中仍不斷念念有詞。拉丁文。又下一個。閉上你的眼，張開你的嘴。是什麼？Corpus[17]：身體。屍首。用拉丁文是個好辦法。先把人們鎮住。垂死收容所。她們彷彿並不嚼：吞下去了。真是特別：分吃一具屍體。怪不得吃人生番樂於接受。

他靠邊站著，看她們的沒有眼睛的假面具一張接一張地沿著通道過去，然後各找各的座位。他也走向一張長椅，在靠邊處坐了下去，手裡抱著帽子和報紙。這些直筒子，我們還不能不戴，按理說帽子應當是按我們自己頭腦的形狀做的才合適。她們散坐在他的周圍，仍然套著紫紅色的領圈，低著頭，在等它在肚子裡化開呢。跟那種馬佐餅[18]差不多吧：就是那種麵包：不發酵的祭神用品。你看她們。我敢說它使她們感到幸福。棒棒糖。真是這樣。對了，它叫作天使麵包。這中間還是大有文章的，一種天主的王國就在你身體中的感覺。第一批領聖餐的人。手法高超，一個子兒一大塊。產生一種家人團聚的感覺，全堂一致，人人同心。這是她們的感覺。我能肯定。不那麼孤單了。咱們都是一家人。出來的時候就有一點狂。壓力鬆開了。問題是你得真信。盧爾德神效，忘卻水，諾克顯靈，雕像流血[19]。坐在那邊懺悔室附近的那個老頭兒睡著了。怪不得有打鼾的聲音。盲目的信仰。安睡在天國來到的懷抱中[20]。緩解一切痛苦。明年這時再醒來吧。

他看牧師把聖餐杯收藏起來，放在深處，對它跪了一跪，他那鑲花邊的袍緣底下露出了一隻灰不溜丟的大靴底。萬一他丟了裡頭的別針呢？那他可就不知道怎麼辦了。後腦殼一片禿。背上有字：I.N.R.I.？不對：I.H.S.有一次我問莫莉，她說是：我有罪。不對，是：我受罪。另一個呢？鐵釘釘進[21]。

找一個星期天，念珠禮拜之後見面。不要拒絕我的請求。蒙著面紗，拿著黑提包來了。在蒼茫暮色中，背著光。她有可能就在這裡。脖子上圍著帶子，背地裡卻照樣幹著另外那件事。他們的性格。那個出賣無敵會[22]的傢伙，他每天早晨都，他叫鍇里吧，都領聖餐。就是這個教堂。彼得・鍇里。不對。我想到彼得・克拉弗了。丹尼斯・鍇里。想一想吧。家裡有妻子，有六個孩子。可是一直在策畫著殺人。這些裝模作樣的人，說他們裝模作樣最合適，那神情總像是在躲閃著什麼似的。他們也不是正道的買賣人。不，不，她不在這裡頭：花：不，不。咦，那信封我撕掉了沒有？撕了，在橋下。

神父正在沖聖餐杯，接著他一仰脖子把剩酒乾了。葡萄酒。喝這個顯得氣派，要是喝他們常喝的就差勁了，吉尼斯黑啤酒啦、什麼節制飲料惠特利牌都柏林啤酒花苦味酒啦、什麼坎特雷爾

17　拉丁文：「身體」。在天主教聖餐儀式中，神父每發一片聖餅都要說這就是耶穌的身體。

18　馬佐餅是猶太教在逾越節吃的粗麵餅，不發酵。

19　盧爾德（在法國）、諾克（在愛爾蘭）都是十九世紀中天主教信徒見到聖母顯靈的地點，人們因此相信盧爾德的泉水有奇效。雕像流血指表現耶穌在十字架上受難的雕像流出血來的奇蹟。

20　〈安心在耶穌的懷抱中〉是一首宗教頌歌；「天國來到」是祈禱文的一部分。

21　**I.N.R.I**是釘在耶穌受難的十字架上的拉丁字簡寫，代表「猶太人的王，拿撒勒的耶穌」，**I.H.S**代表「人類救星耶穌」。莫莉把拉丁字母當作英文看，**I.H.S**就變作「**I have sinned**」（我有罪）或「**I have suffered**」（我受罪）。**I.N.R.I.**變成「**Iron nails ran in**」（鐵釘釘進）。

22　「無敵會」是芬尼亞協會中一個派別，以行刺為反對英國殖民統治的手段，於一八八二年五月在鳳凰公園總督官邸附近刺死兩個英國殖民政府主要官員，此事即有名的「鳳凰公園殺人案」。詹姆斯・鍇里是此案中被捕的無敵會成員，在法庭出賣同夥造成多人受害，後被無敵會殺死。

與科克倫公司薑汁啤酒（芳香型）啦。一點兒也不讓人們喝：是祭神酒：只能給那個。聊勝於無吧。一場虔誠的騙局，不過也很有道理：不然的話一個比一個厲害的老酒鬼們都來蹭酒喝了。不成樣子了，整個兒氣氛。很有道理。這是說，完全是有理的。

布盧姆先生回頭望唱詩班。不會有什麼音樂了。可惜。不知道這裡是誰的風琴？老格林他懂得怎樣叫風琴說話，發顫音：人們說他在加德納街拿五十鎊一年呢。莫莉那天的嗓子很好，羅西尼的〈聖母佇立〉。先是伯納德・沃恩神父講道。基督還是彼拉多[23]？基督，但是請你別一講就是一整夜的，我們受不了。人們要的是音樂。蹭腳聲全停了。小針落地都能聽見。我對她說的，要把聲音送到那個角落。我能感覺到它在空氣中的震顫，豐滿的，人們都仰望著：

Quis est homo.[24]

那古老的聖樂，有一些實在是精采。墨卡但丁：最後七句話[25]。莫札特的第十二彌撒：其中的Gloria[26]。古時那些教皇是熱中於音樂的，還有藝術、雕刻、各種各樣的圖畫。例如，還有帕萊斯特里納[27]。在那個期間，他們是非常痛快的。也有益健康，誦讀經文，按時作息，然後釀酒。本篤會酒。查爾特勒綠酒。不過，他們在唱詩班裡用閹人[28]，那未免有些過分了。是什麼樣的一種嗓音呢？聽過自己的渾厚的男低音之後，聽它一定是一種奇特的感受。鑑賞家。估計他們此後就不會感到那個了。一種平靜。沒有煩惱。他們發胖吧，是不是？貪吃，高個子，長腿。誰知道？閹人。也是一種解決辦法。

他看到神父跪下去吻神壇，然後轉過身來祝福全場的人。人們都在自己身上畫了十字站起身來。布盧姆先生左右張望了一下，也站了起來，望著眼底下那一片帽頂。是站起來聽福音了，當然。然後所有的人又跪下了，他也悄悄地又坐了下去。神父把那東西擎在面前走下神壇，和他的助手互相用拉丁文一問一答。接著，神父跪下念一張卡片：

——天主呵，您是我們的庇護所，是我們的力量……

布盧姆先生伸長了脖子去聽他念的話。是英語。扔骨頭給他們了。我還隱約記得。你有多少日子沒有望彌撒了？光榮、無瑕的處女。她的配偶約瑟夫。彼得和保羅[29]。能聽懂說的是什麼，

---

23 彼拉多是審判耶穌的羅馬帝國總督。

24 拉丁文歌詞：「有何人」，係〈聖母佇立〉中女高音唱詞片段，全句表示任何人見到聖母站在十字架旁的痛苦都不能不流淚。

25 意大利作曲家墨卡但丁（一七九五—一八七〇）曾為耶穌釘上十字架後死前七句話譜曲。

26 拉丁文：「光榮」，係讚美上帝的頌歌首詞。

27 帕萊斯特里納（一五二五—九四）意大利作曲家，奉馬塞勒斯教皇命令譜寫複合旋律，從而打破了教會音樂一律單調的局面，參見第一章注61七十五頁。

28 過去天主教唱詩班中曾採用去勢辦法保持童音。

29 處女（聖母）、約瑟夫、彼得和保羅都是上文神父開始念的祈禱文的組成部分。

興趣就大些。了不起的組織工作，確實的，進行得像鐘錶一樣。懺悔。人人要求。那時我把一切都告訴你。補贖。請懲罰我吧。他們手中有強大的武器。比醫生和律師還厲害。女人急著要。我唏唏唏唏唏唏。你嚓嚓嚓嚓嚓嚓嗎？你為什麼那樣呢？她低下頭去看戒指，想找個藉口。回音迴廊，牆壁有耳。丈夫知道會大吃一驚的。天主開了一個小小的玩笑。然後她出來了。悔恨只在皮膚上。嬌豔的愧色。到神壇前作禱告。萬福瑪利亞，神聖的瑪利亞。花束，香煙繚繞，蠟燭在融化。遮掩了她臉上的紅暈。救世軍也模仿，卻更招搖。悔過的妓女發言。我是怎麼找到主的。羅馬那幫人準是一些死不鬆手的腳色：他們操縱著一切。錢不也都是他們斂去的嗎？遺贈也是：暫請教區牧師全權處理。請為我的靈魂安息公開作開門彌撒。修士院、修女院。弗馬納的那場遺囑官司，神父就出庭作證。想難倒他可辦不到。不論什麼問題，他都對答如流。為了我們的神聖的母親教會能享有自由和崇高地位。教會的博士們：他們已經把全套神學都編排周全了。

神父在祈禱：

——神聖的大天使米迦勒，請您在衝突的時刻保護我們。請您保護我們不受魔鬼的陰謀詭計之害（我們恭求天主管住他！）；天使長呵，請您務必借助天主的神威，將撒旦拋入地獄，並將其餘遊蕩世間戕賊靈魂的惡鬼也一起投入地獄吧。

神父和他的助手站起身來，走了。結束了。婦女們還不走：感謝恩賜。

挪挪地兒吧。嗡嗡修士。也許就要端著盤子轉過來了。請付復活節會費。

他站起身。嘿，我坎肩上的這兩個釦子一直開著的嗎？女人們看著有趣。絕不告訴你。可是我們呢。對不起，小姐，有一點點兒（嗬嗬！）一丁點兒（嗬嗬！）絨絮。要不然，她們的裙子背後開了鉤。月亮依稀可見。你不說，她們生氣。你為什麼早不告訴我呢。可就是喜歡你不整齊。幸好剛才沒有再往南走。他一面規規矩矩地扣好鈕子，一面沿著座位之間的通道走出大門，到了亮處。他的眼睛一時看不見東西，在冷森森的黑色大理石水缽旁邊站了一會兒，前後兩個做禮拜的人正偷偷地把手伸進低潮的聖水中去。電車；一輛普雷斯科特洗染廠的車子；一位穿喪服的寡婦。我自己也穿著喪服，所以注意到。他戴上了帽子。幾點了？過一刻。還有不少時間。不如把美容劑配了。是什麼地方？對了，上次的地方。林肯里的斯威尼。藥房很少有搬遷的。他們的綠色的、金色的標誌瓶太笨重，挪動不易。漢密爾頓・朗氏公司，大水年就建立了。胡格諾墓地就在那兒不遠處。哪天去看看。

他沿著韋斯特蘭橫街往南走。可是處方是在另外那條褲子口袋裡。唷，大門鑰匙也忘了。這場葬禮討厭。哎，可憐的人，可不能怪他。上次配方是什麼時候來著？等著。我兌散了一枚金鎊，我記得。準是月初，一號或是二號。噯，他可以在配方簿裡找到的。

藥劑師一頁又一頁地翻著。他似乎發出一種沙土中收乾的氣味。萎縮的頭顱。老了。對點金術的追求。煉丹師們。藥物先是使你精神興奮，接著就起催老的作用。這以後就是嗜眠症了。為什麼呢？反應。一夜之間就是一生。逐漸改變了你這個人。整天在藥草、軟膏、消毒劑中間生活。他有這麼多的蠟石百合花瓶。研缽、杵。**Aq. Dist. Fol. Laur. Te Virid.**[30]，光這氣味，就夠把你治

30 瓶上拉丁文標簽：「蒸餾水」（Aq. Dist）、「月桂葉」（Fol. Laur.）、「綠茶」（Te Virid）。

了，像牙醫的門鈴。鞭治大夫。他應當給他自己治一治，糖漿或是乳劑。第一個採草藥給自己治病的人，是要有一點膽量的。本草。得小心。這兒可有不少可以把你放倒的東西。試驗：石蕊試紙從藍變紅。氯仿。鴉片酊劑過量。安眠藥。春藥。鴉片糖漿止痛劑對咳嗽不利。會堵住毛細孔，也會堵痰。唯有毒藥能治。在最意想不到的地方偏能找到特效藥。大自然是巧妙的。

——大約兩星期以前嗎？先生？

——對，布盧姆先生說。

他在櫃臺邊等著，吸著刺鼻的藥味，乾燥帶塵土味的海綿和絲瓜瓤氣味。要把病痛說清楚，得費不少時間。

——甜杏仁油、安息香酊劑，布盧姆先生說，還有橙花水……

確實有效，使她的皮膚細白如蠟。

——還有白蠟，他說。

襯托出她眼睛的深色。被單蓋到鼻子邊，露出眼睛望著我，西班牙風韻的，帶著她特有的體香，我在扣我袖口上的鏈子。那些偏方往往是最好的：草莓治牙：蕁麻加雨水：燕麥片據說要泡酪乳。滋養皮膚的油膏。老女王的兒子中有一個，是奧爾巴尼公爵吧，只有一層皮膚。利奧波爾德，對[31]。我們有三層。再加上瘊子、炎腫、丘疹，那就更麻煩了。可是你還要一種香料呢。你妻子用什麼香水？Peau d'Espagne[32]。那橙花水真新鮮。這些肥皂很好聞。純凝乳肥皂。還有時間到轉角處洗個澡。哈馬姆澡堂。土耳其浴。按摩。肚臍眼裡攢滿了泥垢。要是由一個好姑娘洗就更好。另外我也想。對，我。在洗澡盆裡。奇怪的慾望，我。水對水。正事和取樂相結合。可惜沒有時間按摩。那樣的話整天都感到清新。葬禮是相當陰沉的。

——對了，先生，藥劑師說。那回是兩先令九。您帶瓶子來了嗎？

——沒有帶，布盧姆先生說。請你配上。我回頭來取，我還要一塊這種香皂。是什麼價錢？

——四便士，先生。

布盧姆先生取一塊送到鼻子前。甜香的檸檬蠟。

——就要這一塊，他說。總共三先令一便士。

——對，先生。藥劑師說。您回頭來取的時候一起付就行，先生。

——好，布盧姆先生說。

他緩步走出藥房，腋下夾著報紙卷，左手拿著涼爽紙包著的香皂。

在他的腋窩邊，出現了班塔姆・萊昂斯的手和說話聲：

——哈囉，布盧姆。有什麼最佳新聞？是今天的嗎？給咱們看一眼。

老天爺，又把小鬍子剃掉了。長而冷峭的上脣。為了顯得年輕些。他的樣子有一點兒傻。比我年輕。

班塔姆・萊昂斯用他那指甲發黑的黃色指頭打開了報紙卷兒。也該洗了。去掉刺眼的汙穢。

31　維多利亞女王幼子利奧波爾德（奧爾巴尼公爵）患血友病。

32　法文：「西班牙皮膚」。

早安，您用了佩爾氏香皂嗎？肩膀上有頭皮屑。頭皮該擦擦油。

——我想看看今天參賽的那匹法國馬，班塔姆・萊昂斯說。他小舅子的，在哪兒呢？

他沙沙地翻動著雙摺的報紙，下巴在高聳的衣領上邊不斷地扭動著。鬚癬。領子太緊會掉毛髮的。不如把報紙給他，擺脫了他。

——你拿著吧，布盧姆先生說。

——阿斯科特。金杯賽。等一下，班塔姆・萊姆斯嘟囔著說。等半忽兒。頂多一秒鐘。

——我正要扔了，布盧姆先生說。

班塔姆・萊昂斯突然抬起眼睛，吃力地斜睨著他。

——你說什麼？他尖聲說。

——我說你可以拿著，布盧姆先生回答說。我本來就正想扔了。

班塔姆・萊昂斯繼續斜睨著，猶疑了一忽兒，接著把攤開的報紙塞回布盧姆先生的懷中。

——我冒個險吧，他說。拿著，謝謝。

他急急忙忙地往康韋公司那邊去了。兔子尾巴，快跑吧。

布盧姆先生把報紙又疊成整齊的方形，微笑著把香皂放在裡面。那傢伙的嘴脣，蠢相。賭博。近來公然成風。勤雜工也偷了錢去押個六便士。肥嫩大火雞抽彩。三便士一頓聖誕晚餐。杰克・弗萊明盜用公款賭博，然後潛逃美洲。現在開旅館了。他們都一去不復返。埃及的肉鍋。

他愉快地走向洗澡堂寺院。使你想到清真寺院，紅磚建築，伊斯蘭尖塔。哦，今天是學院運動會。他瞅著學院院門上的馬蹄形招貼：一個騎自行車的運動員，像下了鍋的鱈魚似的弓著身子。太次，這廣告。要是做成圓的，像個車輪呢？然後，一條條的輪輻：運動會、運動會、運動會：大大的中心圓盤：學院。那樣才顯眼。

喏，霍恩布洛爾在門房口站著呢。得保持著關係：說不定會點個頭進去轉一圈的。您好嗎，霍恩布洛爾先生？您好嗎？先生？

真是理想的天氣。一輩子都是這樣多好。打板球的天氣。在遮陽傘下坐坐。交換再交換。出局。這兒的人打不好球。六次擊球鴨蛋。可是，布勒上尉在基爾代爾街俱樂部一記斜打的狠球，把一扇窗子都打破了。到唐尼布魯克趕集還在行些。麥卡錫一上場呀，咱們就砸破那麼多腦袋呀[33]。熱浪。長不了。不斷地流逝呀，生命的長河，在我們經歷的生命長河中，它比什啊啊麼都寶貴[34]。

現在可以痛痛快快地洗個澡：一大盆清水，清涼的搪瓷、溫和適度的水流。這是我的身體。

他預見自己的蒼白的胴體在水中伸開躺下，赤條條地臥在一個暖烘烘的子宮內，塗上一層噴香的肥皂，輕輕地搓洗著。他看到自己的軀幹和四肢被水托著，拍著細浪輕輕浮起，檸檬黃的；肚臍眼，肉的蓓蕾；看到自己那一簇蓬鬆鬈曲的深色的毛浮了起來，漂流在那蔫軟的眾生之父周圍，一朵懶洋洋的漂浮的花。

33　歌詞，出自一首描繪狂飲胡鬧場面的歌曲。
34　歌詞，出自十九世紀愛爾蘭歌劇。

6

馬丁・坎寧安第一個把戴著絲質大禮帽的腦袋伸進吱咯作聲的馬車，敏捷地登上去坐好。跟著上去的是帕爾先生，他小心翼翼地彎著高大的身軀。

——上來吧，賽門。

——您先上，布盧姆先生說。

代達勒斯先生忙戴好帽子，一面上車一面說著：

——上來了，上來了。

——都齊了嗎？馬丁・坎寧安問。來吧，布盧姆。

布盧姆先生登上車，坐在剩下的座位上。他隨手把車門帶上，又重新打開，使勁撞了兩次，把門撞緊了才放手。他伸出一隻胳膊，套進車側的拉手吊帶，神情嚴肅地從敞開的車窗裡望著馬路邊那些掛著簾子的窗戶。有一個窗簾拉開了一點兒：一位老太太在窺伺。鼻子在窗玻璃上擠成一片扁白。在感謝上蒼這次沒有把她帶走。特別得很，她們對死屍這麼有興趣。喜歡送我們走，來的時候太麻煩她們了。這個活兒似乎挺適合她們。躲在屋角裡，偷偷摸摸的。穿著軟底便鞋，輕聲輕氣、躡手躡腳的，怕驚醒他呢。然後，準備入殮。給他打扮。莫莉和弗萊明太太鋪床。再往你那邊拉過去一點兒。我們的裹屍布。誰知道死後誰來摸你？洗身子、洗頭髮。她們大概還給剪指甲、剪頭髮。用信封裝一點兒留下。以後還照樣長呢。不潔的活兒。

都在等著。誰也不說話。多半是在裝花圈。我怎麼坐著一塊硬東西？對了，香皂：褲子後邊口袋裡。最好給它挪挪地方。等一等，得找一個合適的時機。

都在等著。過了一會兒，從前面傳來了車輪轉動的聲音；接著是更近的車輪聲；然後是馬蹄聲。車身震動了一下。他們的馬車開始走了，吱吱咯咯，搖搖晃晃的。後面也響起了馬蹄聲和車輪吱咯聲。馬路旁一樘樘掛著簾子的窗戶過去了，九號的半掩著的門，門環上披著黑紗，也過去了。步行速度。

他們仍然默默地抖動著膝蓋，直到拐了一個彎，馬車沿著電車軌道走了，才說起話來。踹屯威爾路。快一些了。在隆起的大卵石路面上，車輪不斷地格登格登，車門框子裡的玻璃震得發瘋似的一片山響。

——他帶咱們走哪條路？帕爾先生向兩邊車窗外張望著問。

——愛爾蘭鎮，馬丁・坎寧安說。陵森德。不倫瑞克大街[1]。

代達勒斯先生望著窗外點點頭。

——還是這種老章程好，他說。我很高興這個辦法還有人用。

車中的人一時間都看著車窗外的行人紛紛舉帽。致敬呢。馬車經過沃特里巷後離開了電車道，路面比較平坦了。布盧姆先生眺望著，看見一個體態輕盈的年輕男子，身穿黑色孝服，頭戴寬簷帽子。

——代達勒斯，剛過去一個您的人，他說。

——誰？

——令郎，您的繼承人。

——在哪兒呢？代達勒斯探過身來說。

馬車這時路過一些公寓房子，房前的路面刨起了大溝，旁邊是大堆大堆的土，馬車在拐角處猛地傾側了一下，又轉回到電車道上行駛，車輪子又咕隆咕隆地熱鬧起來。代達勒斯先生縮回身子說：

——那個馬利根壞小子跟他在一起嗎？他的影子！

——沒有，布盧姆先生說。就他自己。

——可能是去看他的賽麗舅媽去了，代達勒斯先生說，古爾丁那一幫。開帳單的酒鬼。還有他那寶貝疙瘩閨女克麗西，生來就會認爹的小神童。

布盧姆先生淡淡一笑，望著陵森德路。華萊斯兄弟瓶廠；道鐸橋。

---

1 這條大街一直通到市中心。下文代達勒斯所說的「老章程」，就是指送葬時選擇通過繁華地區的路線，以便讓更多的人看到出殯。

里奇・古爾丁和他的律師提包。他所謂的古爾丁―考立斯―沃德律師事務所[2]。他開的玩笑現在有些洩氣了。從前他可真是逗樂。有一個星期天的上午，他頭上頂著房東太太的兩頂帽子，跟伊格內修斯・蓋萊赫兩人在斯塔墨大街上大跳其華爾滋舞。整夜在外面胡鬧。現在他可自食其果了，他的腰背疼恐怕夠他受的。老婆給他烙腰背[3]。他還以為吃點兒藥片就能治好。全是麵包渣兒做的。大約百分之六百的利潤。

——他結交的那一夥人都不是玩意兒，代達勒斯先生惡狠狠地說。那個馬利根，是個壞透了的雙料壞蛋，一肚子的壞水。他的名字已經臭遍了都柏林全市。總有那麼一天，憑著天主和聖母的幫助，我要下決心寫一封信給他那老娘還是姑媽還是什麼的，不叫她傻了眼才怪呢！我要他的屁股癢[4]，你等著瞧吧！

他提高了嗓門，蓋過車輪的嘈雜聲叫嚷著：

——我絕不能讓她那個雜種姪兒毀了我的兒子。他爸爸是個站櫃臺的，在我表哥彼得・保羅・麥克斯威尼的鋪子裡賣紗帶。由了他才怪呢！

他住了嘴。布盧姆先生環顧車內，眼光從他的怒氣沖沖的八字鬍轉到帕爾先生的溫和的臉上，又落到馬丁・坎寧安的眼睛和鬍子上，看到他正在神情莊重地搖著頭。任性的人，喜歡大吵大鬧。一心為兒子。他也有理。傳宗接代的事。小茹迪要是沒有死的話。看著他長大。家裡有他說話的聲音。穿一套伊頓服，在莫莉身邊走著。我的兒子。他眼睛裡的我。會有一種異樣的感覺。從我身上分出去的。也是一種機緣。準是雷蒙德高臺街那天上午的事，她在窗口，看到few作惡牆邊[5]有兩隻狗在那個。還有一個軍曹抬著頭傻笑。她那天穿的是那件奶油色長袍，撕了個口子她始終沒有縫上那的一件。給咱們來一下，波爾迪。天主啊，我受不了了，我要。生命就是這樣開始的。

肚子大了。只好不接受格雷斯東斯音樂會的邀請。我的兒子在她肚子裡。他要是活著，我可以幫他求上進。那是一定的。幫他立業。還可以學德語。

——咱們晚了嗎？帕爾先生問。

——晚了十分鐘，馬丁·坎寧安看著錶說。

莫莉。米莉。一模一樣，就是小一號。喜歡說小子們說的野話。朱庇特大老朱哪！上有天神下有小魚兒哪！可是，究竟還是個好閨女。快成大人了。馬林加。最親愛的阿爸。青年學生。可不是嗎，也是大姑娘了。生命，生命。

馬車傾斜了一下，又歪了回來，四個人的軀體都跟著左右搖晃。

——康尼怎麼不給咱們套一輛寬敞些的？帕爾先生說。

——本來倒是可能的，代達勒斯先生說，只可惜他得了斜眼病。明白我的意思嗎？

2 古爾丁僅是考立斯—沃德律師事務所的一個會計（所以上面代達勒斯說他是「開帳單的」）。
3 愛爾蘭土法以烙鐵之類熱鐵器治腰背疼。
4 此典出於莎士比亞《亨利四世》（下）第二幕，福斯塔夫在一個婆娘帶人逮捕他時威脅她說：「滾開，賊婆娘……我要你的屁股癢！」
5 「勿作惡」是雷蒙德高臺街附近當時布盧姆家對面牆上寫的勸人為善的話。

他閉上了左眼。馬丁・坎寧安開始撣掉大腿底下的麵包渣兒。

——天主在上，這是什麼玩意兒？他說。是麵包渣兒嗎？

——看樣子，不久以前有人在這兒野餐了，帕爾先生說。

四個人都抬起大腿，不高興地察看座位上發了霉的無扣皮座套。代達勒斯先生扭著鼻子，皺著眉頭，瞅著底下說：

——除非是我完全弄錯了……馬丁，你看怎麼樣？

——我看也是，馬丁・坎寧安說。

布盧姆先生放下了大腿。我洗了澡還不錯。腳上乾淨，舒服。可惜這雙襪子弗萊明太太補得不太好。

代達勒斯先生聽天由命地嘆了一口氣。

——歸根到底，他說，這是世界上最自然的一件事情。

——湯姆・克南露面了嗎？馬丁・坎寧安問道，一面輕輕地捻著自己的鬍子尖兒。

——來了，布盧姆先生回答他，他在後面，跟內德・蘭伯特和哈因斯在一起。

——康尼・凱萊赫自己呢？帕爾先生問。

——已經到公墓去了，馬丁・坎寧安說。

——我今天早上遇見麥考伊了，布盧姆先生說。他說他設法來。

馬車突然站住了。

——出了什麼事？

——擋住了。

——到哪兒了？

布盧姆先生把頭探到窗外。

——大運河，他說。

煤氣廠。據說還能治百日咳呢。幸好米莉從沒有得過。那些孩子多可憐！咳得全身抽搐，蜷成一團，臉上青一塊紫一塊的。真糟糕。比較起來，她總算沒有得過太厲害的病。光得了麻疹。亞麻籽兒煮水。猩紅熱，流行性感冒。為陰間招募人員。別錯過了機會。那兒是狗家[6]。可憐的老阿索斯！好好照顧阿索斯，利奧波爾德，這是我的遺願。您的囑咐，一定照辦。對墳墓裡的人，我們是服從的。臨終留下的潦草手跡。牠很傷心，從此衰老下去了。沉靜的畜生。老人養的狗常常如此。

他的帽子上濺了一滴雨。他把頭縮進車內，看見瞬息即過的一陣雨點灑在灰色的石板路上。稀稀落落的。怪。像是漏勺漏下來的。我就思量著要下。記起來了，我的皮靴都吱吱咯咯響了。

——變天了，他安詳地說。

6　「狗家」指都柏林防止虐待動物協會所辦的狗貓收容所，在大運河邊。

——可惜沒有晴到底，馬丁・坎寧安說。

——鄉下需要雨，帕爾先生說。太陽又出來了。

代達勒斯先生眯著眼睛，透過眼鏡望著那個若隱若現的太陽，對天空發出了一個無聲的咒罵。

——就跟娃娃屁股一樣沒有準兒，他說。

——又走了。

馬車的僵硬的輪子又轉動起來，他們的軀體輕輕地搖晃著。馬丁・坎寧安捻鬍子尖兒的動作快了一些。

——湯姆・克南昨兒晚上妙極了，他說。帕迪・倫納德當面就學著他玩兒。

——馬丁，把他的話都引出來吧，帕爾先生熱心地說。賽門，你等著，聽聽他怎麼評論本・多拉德唱的《短髮的少年》吧[7]。

——妙極了，馬丁・坎寧安神氣活現地說。**馬丁哪，這一支簡單的民歌，在他嘴裡一唱，實在是到家了，盡我一生閱歷，從來沒有聽到過這麼犀利的唱法。**

——**犀利的**，帕爾先生哈哈笑著說。他談音樂真是沒有比。還有什麼回顧性的編排。

——你們看了丹・道森的演說嗎？馬丁・坎寧安問。

——我沒有看，代達勒斯先生說。登在哪兒？

——今天早晨的報紙上。

布盧姆先生從裡面的口袋裡取出了報紙。那本書我得給她換。

——不，不用，代達勒斯先生趕緊說。回頭再說吧。

布盧姆先生的目光順著報紙邊往下溜，看訃聞欄裡的一個個名字：卡倫、科爾曼、狄格南、福西特、勞里、瑙曼、佩克——哪一個佩克？是在克羅斯比—阿萊恩律師事務所工作的那一個嗎？不對，厄勃賴特教堂司事。報紙磨破，油墨字跡很快就模糊了。小花的啟示。傷逝。親屬不可名狀的悲痛。久病不癒，終年八十八歲。周月追思彌撒：昆蘭。願仁慈的耶穌拯救他的靈魂。

亨利遁跡已經月
靈魂安息在天堂
全家痛哭失親人
祈求相會在上蒼

我把信封撕掉了嗎？撕了。她的信在洗澡堂裡看完之後放在哪兒了？他拍拍坎肩口袋。在這兒呢，沒有問題。亨利遁跡。別叫我等極了。

國立中學。梅德木料場。馬車停車場。現在只剩兩輛了。腦袋一顛一顛的。肥得像壁虱。頭

7　〈短髮的少年〉是一支有名的愛爾蘭愛國主義歌謠。

上骨頭太重。一輛拉著客人跑了。一小時以前我還走過這兒呢。車夫們舉了舉帽子。

在布盧姆先生的車窗前，突然有一個彎著腰的扳道夫在電車杆子旁邊站直了身子。怎麼不能發明個自動化的東西呢？車輪自己就可以，方便多了。可是那樣的話，這個人就失業了吧？可是，那樣的話，另外卻有人獲得了製造新設備的工作吧？

安俤恩特音樂堂。那裡現在沒有節目上演。一個穿淺黃色套服的男人，袖子上纏著黑紗。有限的悲傷。輕孝。也許是姻親。

他們經過了陰森森的聖馬可教堂，穿過了鐵路橋，路過了女王劇院：默默無言。海報：尤金・斯特拉頓，班德曼・帕默夫人。今兒晚上能去看《李婭》嗎？不知道行不行。我說了我。要不然看《基拉尼的百合花》？埃爾斯特・格蘭姆斯歌劇團。巨大變化。鮮豔的下周節目海報，漿糊還沒有乾呢。《布里斯托爾號船上趣事》。馬丁・坎寧安能弄到歡樂廳的票。得請人喝一兩杯。橫豎得花錢。

他下午來。她的歌詠節目。

普拉斯托帽莊。菲利普・克蘭普頓爵士噴泉雕像紀念碑。這是誰？

——您好？馬丁・坎寧安說著，舉手到額前敬了一個禮。

——他沒有看見咱們，帕爾先生說。不，看見了。您好？

——誰？代達勒斯先生問。

——一把火鮑伊嵐，帕爾先生說。瞧，在亮他的髮型呢。

就這麼巧，我正想到。

代達勒斯先生俯過身去打招呼。回答他的是紅岸餐廳門邊一頂圓盤形草帽閃了閃白光：衣冠楚楚的身影，過去了。

布盧姆先生端詳起自己的指甲來，先看左手，後看右手。不錯，指甲。她們她，是不是在他身上看到了什麼別的？有吸引力。都柏林最壞的壞蛋。他就是靠這個混日子。她們有時候憑感覺能識別一個人。直覺。但是，這種類型的人。我的指甲。我正看著指甲呢：修剪得整整齊齊的。然後，獨自琢磨著。身體有一點兒鬆軟。我能注意到，因為我記得原來的。什麼原因造成的？估計是肉減少了，皮膚的收縮趕不上。但是體態沒有變。體態仍舊一樣。肩膀。臀部。豐腴的。跳舞晚會前換衣服。內衣在後面兩股之間塞進去了。

他十指交叉，雙手塞在兩膝之間，感到一種滿足，用無所用心的目光環顧他們的臉。

帕爾先生問：

——巡迴演出怎麼樣了，布盧姆？

——嗯，很好，布盧姆先生說。我聽到的情況很不錯。是一個好辦法，您瞧……

——你自己去嗎？

——唔，我不去，布盧姆先生說。實際情況是，我得去克萊爾郡辦點私事。您瞧，這辦法的意思是把主要的城鎮都走到了。一個地方賠，另一個地方賺，就補上了。

——確是這樣，馬丁•坎寧安說。眼下瑪麗•安德森就在北方。你們有一些好手嗎？

——路易斯．沃納操持她的巡迴演出，布盧姆先生說。有的有的，我們全是頂呱呱的。J．C．多伊爾，約翰．麥考馬克，我希望，還有……實際上都是拔尖兒的。

——還有夫人，帕爾先生笑著說。壓軸的。

布盧姆先生分開雙手，做了一個謙恭和順的手勢，又合了起來。史密斯．奧布賴恩[8]。有人在那兒放了一束花。女人。準是他的忌日。祝您忌日快樂。馬車繞著法雷爾的雕像[9]急轉彎，使他們的膝頭不由自主地默默地聚成了一團。

靴：一個衣衫灰暗的老頭兒，站在人行道邊上叫賣他的貨物，張著嘴：靴。

——靴帶，一便士四根。

不知道他為什麼被除了名。原來他的事務所在休姆街。就在和莫莉同姓的那位沃特福德郡檢察官忒迪[10]辦公的樓房裡。這頂大禮帽就是那時候留下來的。當年生活像個樣子，如今只留下了這些殘跡。也服喪呢。一落千丈，可憐蟲！像什麼破爛似的，被人踢來踢去。奧卡拉漢是山窮水盡了。

還有夫人。十一點二十。起了。弗萊明太太已經來打掃了。哼著樂曲弄頭髮呢。**Voglio e non vorrei**，不對。**Vorrei e non**[11]。細看自己的頭髮梢兒有沒有分叉的。**Mi trema un poco il**。[12]美得很，她唱到tre這個音節的嗓音：如泣如訴。鶇鳥。畫眉。歌喉婉轉的畫眉，正是這個意思。

他的目光輕輕地掃過帕爾先生相貌堂堂的臉盤。靠近耳根的地方有些花白了。還有夫人：笑著說的。我也報以笑容。笑一笑，管大用[13]。也許僅僅是禮貌而已。挺好的人。有人說他有外遇，誰知道是不是真的？對於當妻子的，可不是有趣的事。可是人們又說，是誰說的來著，並沒有肉體。按一般情理說，這樣的關係很快就會過去的。對了，是克羅夫頓有一天晚上碰到他送給她一磅瞖尖。她是幹什麼的來著？朱里飯店的酒吧女招待吧。要不然，是莫伊拉飯店的？

他們在身披巨大斗篷的救星[14]腳下經過。

馬丁・坎寧安用胳膊肘碰了碰帕爾先生。

——茹本的後代[15]，他說。

一個黑鬍子的高個兒，彎腰拄著一根拐棍，步履蹣跚地繞過埃爾夫里大象牌雨衣商店的拐角，一隻彎曲的手放在後脊梁上，張開手心對著他們。

——保留著他祖傳的全部英姿，帕爾先生說。

---

8 指街頭的奧布賴恩雕像。奧布賴恩是愛爾蘭民族主義領袖之一，死於一八六四年六月十六日，因此這一天正是他的忌日。

9 法雷爾是十九世紀愛爾蘭雕刻家，奧布賴恩像就是他雕刻的。

10 忒迪是莫莉婚前的姓，婚後仍用作藝名。

11 關於歌詞中一字之差的含義，參見第四章注16—五七頁。

12 這也是意大利語歌詞，緊接上句，意為「我的心跳得快了一點」。

13 〈笑一笑，管大用〉原是一首美國流行歌曲，意思是說人在心情不好的時候不要滿面愁容，打起精神笑一笑，心情就會好得多。

14 「救星」即愛爾蘭民族英雄奧康內爾，其銅像立在奧康內爾大橋橋頭。

15 茹本（舊譯「流便」）是《聖經》中人物，古以色列十二族的始祖之一。坎寧安這樣說，是因為他這時見到的人名叫茹本・J・島德，是一個律師和高利貸者。

代達勒斯先生望著蹣跚而去的背影，語調溫和地說：

——願魔鬼挑斷你脊梁骨上的大筋！

帕爾先生用手擋住對著車窗那一邊的臉，笑得直不起腰來。這時馬車正經過格雷[16]的雕像。

——咱們都到那兒去過，馬丁・坎寧安概括一切地說。

他和布盧姆先生目光相遇，又捋捋鬍子說：

——呃，差不多都去過吧。

布盧姆先生突然熱心起來，望著同車人們的臉說：

——人們都在傳說一件特別有趣的事兒，茹本・J和他兒子的事兒。

——是船夫那事嗎？帕爾先生問。

——就是。特別有趣吧？

——怎麼一回事？代達勒斯先生問。我沒有聽說。

——事情涉及一個姑娘，布盧姆先生開始講了。他決定把他送到馬恩島上去，免得他出事，可是正當他們倆……

——什麼？代達勒斯先生問。是那個不可救藥的壞小子嗎？

——就是他，布盧姆先生說。爺兒倆正要上船去，他倒想淹死……

——淹死巴拉巴[17]！代達勒斯先生大聲嚷道。基督在上，我真希望他淹死了才痛快呢！

帕爾先生用手掩著鼻孔，哼哼哼地笑個不停。

——不是他，布盧姆先生說，而是兒子自己……

馬丁・坎寧安不禮貌地打斷了他的話說：

——茹本・J爺兒倆正在河邊碼頭上走著，準備去上開往馬恩島的船，忽然小騙子自己跑開，翻過堤岸跳進了利菲河。

——天主哪！代達勒斯先生發出了驚恐的喊聲。他死了嗎？

——死？馬丁・坎寧安大聲說。他才不死呢！一個船夫拿來一根篙子，勾住他的褲子把他撈了上來，半死不活地弄到碼頭上老頭子的面前。全城的人有一半都在那兒看熱鬧。

——可不是嗎，布盧姆先生說。可是最好玩的是……

——茹本・J呢，馬丁・坎寧安說，給了船夫兩個先令，算是救他兒子一條命的報酬。

帕爾先生的手掌下發出了一聲悶啞的嘆息。

——一點兒也不假，馬丁・坎寧安強調。一副英雄派頭。一枚兩先令的銀幣。

——特別有趣，是不是？布盧姆先生殷勤地說。

——多付了一先令八便士，代達勒斯先生板著臉說。

帕爾先生忍不住噗哧一聲，馬車裡盪漾著輕輕的笑聲。

---

16 約翰・格雷（一八一六—七五）是一個信奉新教的愛爾蘭愛國主義社會活動家。

17 巴拉巴是一個猶太名字。在英國戲劇家馬洛的詩劇《馬耳他的猶太人》（一五八九）中，主角巴拉巴非常有錢，設下陷阱要把敵人誘入大鍋燙死，結果自己反而落鍋而死。

納爾遜紀念塔[18]。

——李子一便士八個！一便士八個！

——咱們還是讓人看著嚴肅一些的好，馬丁・坎寧安說。

代達勒斯先生嘆了一口氣。

——這話是不錯，他說，不過可憐的小派迪[19]也不會不讓咱們笑一笑的。他自己就說了許多逗樂的話。

——主饒恕我！帕爾先生用手指抹著眼淚說。可憐的派迪！一星期以前我見到他，他還一點兒病也沒有呢，誰想到今天就會這樣坐馬車送他了。他離開咱們走了。

——這個小個兒是少有的正派人，代達勒斯先生說。他去得很突然。

——衰竭，馬丁・坎寧安說。心臟。

他悲傷地敲敲自己的胸膛。

紅通通的臉，著火似的。威士忌灌得太多。治紅鼻頭的偏方。拚命地喝，一直喝到鼻頭變成灰黃色為止。為了鼻頭改變顏色，他可花了不少錢。

帕爾先生憂傷地凝視著車外緩緩而過的房子。

——他死得很突然，可憐的人，他說。

——這是最好的死法，布盧姆先生說。

他們睜大了眼睛瞪著他。

——不受罪，他說。一轉眼，全完了。就像睡著了死過去一樣。

沒有人說話。

這半邊是死的，這條街。白天景況蕭條：地產代理人、無酒旅館、福爾克納鐵路旅行指南、公務員預備學校、吉爾書局、天主教俱樂部、盲人習藝所。為什麼呢？總有點原因吧。太陽、或者是風。晚上也冷冷清清。打零工的，當婢女的。在已故的馬修神父[20]的庇護下。帕內爾紀念碑基石。衰竭。心臟[21]。

幾匹前額裝飾著白色羽毛的白馬，飛奔著從街角的圓房子那一邊轉過來了。一口小小的棺材，疾馳而過。急著入土呢。一輛送葬馬車。未婚的。結過婚的用黑色。單身漢用花馬。修女用棕色。

——可惜，馬丁．坎寧安說。一個小孩子。

侏儒似的臉，紫紅色的，全是皺紋，小茹迪就是那樣。侏儒似的軀體，像油灰那樣疲軟，裝在一只襯著白布的松木匣子裡。喪葬互助會付的款。每周一便士，保證一方草皮。我們的。小

18 霍．納爾遜（一七五八—一八〇五）是著名的英國海軍統帥，主要功勛是戰勝拿破崙的法國海軍。他在都柏林街上的紀念塔，高達一二一英尺，上有他的雕像，後於一九六六年被毀。

19 派迪為暱稱，即派特里克，是死者狄格南的名字。

20 馬修神父（一七九〇—一八六一）因在愛爾蘭災荒中行善而負盛名，他的雕像也立在這條街上。

21 帕內爾（參見第二章注66一〇五頁）紀念碑的底座早已建好，但當時尚無雕像。帕死因複雜，主要由於受打擊，醫生診斷為「心臟病發作」。

小的。要飯的。孩子。毫無意義。大自然的一個失誤。嬰兒如果健康，根源在於母親。不健康的話，根源在男人[22]。但願下次運氣好些。

可憐的小傢伙，代達勒斯先生說，已經遠離塵世了。

馬車現在是在爬拉特蘭廣場的坡，走得更慢了。骨頭響。石頭路。窮光蛋。無人領[23]。

——年華方盛，馬丁・坎寧安說。

——最糟的還是自殺的人，帕爾先生說。

馬丁・坎寧安敏捷地掏出懷錶，咳嗽一聲，又把它放了回去。

——給家裡人造成的恥辱最大，帕爾先生又說。

——一時的精神錯亂，當然，馬丁・坎寧安斷然地說。咱們對這種事不能太苛刻了。

——人們說，幹這種事的人是懦夫，代達勒斯先生說。

——那就不是咱們能判斷的了，馬丁・坎寧安說。

布盧姆先生剛想說話，又閉上了嘴。馬丁・坎寧安的大眼睛。目光躲著我哩。通情達理的人，富有同情心，這人。有頭腦。相貌像莎士比亞。總能為人說句好話。這兒的人對那種事和殺害嬰兒都是毫不留情的。不許用基督教的葬禮。過去他們還在墳墓上打進一根木樁去刺透他的心臟。唯恐他的心碎得還不夠。然而，有時候，那樣的人也會後悔的，可惜為時已晚。在河底撈到的時候，手裡還拽著蘆葦不放呢。他看了我一眼。他那個酒鬼老婆可真是要命。一次又一次地為她把家裡東西置辦妥當，可是她差不多每一個星期六都把家具當掉，等他去贖。把他的日子弄得不像樣子，好像受了神的處罰。就是一塊岩石，也受不了這樣的折磨啊。星期一早晨，又重新開始。又去用肩膀頂車輪。代達勒斯告訴我，有一天晚上他在場：主呵，她那模樣兒準是夠瞧的。酩酊大醉，抱著馬丁的雨傘亂蹦亂跳。

他們管我叫亞洲的瑰寶，
亞洲的瑰寶，
日本歌伎[24]。

他的目光躲開了我。他知道。骨頭響。

驗屍那個下午。桌子上，貼著紅色標簽的瓶子。旅館裡的房間，牆上掛著狩獵的畫片。悶熱的空氣。陽光透過百葉窗的縫隙投射進來。驗屍員的大耳朵被陽光照著，毛茸茸的。旅館工人作證。起初以為他還睡著呢。然後看到他臉上有一道道黃色的東西。已經滑到了床腳邊。結論：用藥過多。意外事故致死。一封信。致吾兒利奧波爾德。

22 這是一種古希伯來傳統觀念。
23 這些片段詞句來自一首題為〈窮光蛋乘車〉的歌曲，有關歌詞為：破車石頭路，／震得骨頭響。／原是窮光蛋，／屍體無人領。歌曲最後說，即使是窮光蛋的屍體，也該小心照顧，因為上帝會認領他的。
24 這幾行歌詞出自當時流行的歌劇《日本歌伎》。

再也沒有痛苦了。再也不會醒了。無人領。

車聲轔轔，馬車沿著布萊辛頓大街疾馳。石頭路。

——咱們現在跑出速度來了，我想，馬丁・坎寧安說。

——天主保佑，別把咱們扣在馬路上了，帕爾先生說。

——希望不至於吧，馬丁・坎寧安說。明天德國有一場大賽。戈登・貝內特國際汽車賽。

——可不是嗎，老天爺，代達勒斯先生說。那可是值得看一看，說真格的。

在他們拐進巴克萊街時，水庫附近的一架街頭風琴，迎面送來一陣歡快熱鬧的雜耍場音樂，隨後又在車後送著他們。這兒有誰見到凱利了嗎？凱旋的凱，勝利的利[25]。《掃羅》中的死亡進行曲[26]。他也是壞蛋，跟老安東尼奧沒有兩樣。他把我扔下了孤身一人[27]。足尖立地旋轉。慈母醫院。埃克爾斯街。我家就在那裡頭。大醫院。還有個絕症病房。倒是會給人鼓勁兒。聖母收容所，專收垂死的人。停屍房就在下面，方便。賴爾登老太太就是在那兒去世的。那些女人，樣子真可怕。用缸子餵食，用調羹擦嘴。然後，用屏風把床擋住，等她嚥氣。那個年輕學生挺不錯，我那次讓蜜蜂螫了，就是他給我包紮的。據說現在他轉到產科醫院去了。從一個極端到另一個極端。

馬車急沖沖地拐過彎，突然站住了。

——出了什麼事？

一群打了烙印的牛，分成兩邊在車窗外面經過，哞哞地叫著，蔫不唧唧地挪著帶腳墊的蹄子，慢慢地揮動尾巴拍打著敦實而骨頭凸出的臀部。在牛群的周圍和中間，到處都是塗了紅赭色記號的綿羊，不住地發出恐懼的咩咩聲。

——外遷戶，帕爾先生說。

——嚯！趕牛的一面大聲吼著，一面揮動長鞭，啪啪地打在牛身上。嚯！出來！

星期四，沒有錯。明天是屠宰日。懷著牛犢的。卡夫的售價是每頭二十七鎊左右。大概是運送利物浦的。老英格蘭的烤牛肉[28]。他們把肥嫩的牛都買走了。而且這樣一來，宰剩的東西也沒有了：那許多生料——皮、毛、角。一年合計，不是小數。單打一的牛肉貿易。屠宰場的副產品，可製皮革、肥皂、人造黃油。不知道在克朗西拉卸次肉的辦法現在還用不用。

馬車又動了，在牲口群中繼續前進。

——我不明白，布盧姆先生說，市政府為什麼不能鋪一條電車道，從花園口直到碼頭？那樣一來，所有的牲口都可以用車運上船了。

——也就不會堵塞大道了，馬丁•坎寧安說。一點兒也不錯。他們真該這麼辦。

——可不是嗎，布盧姆先生說，還有一件事，我也常想。應該有像米蘭市的那種市政殯儀電

25 「這兒有誰……勝利的利」是歌詞，出自一首敘述一個女人尋找失蹤情人愛爾蘭青年的歌曲。
26 《掃羅》是德國音樂家亨德爾的一部清唱劇，其中的〈死亡進行曲〉常被雜耍場選用。
27 這兩句引自另一首類似上述尋找凱利的歌曲。
28 英國人愛吃烤牛肉，並且引以為榮。有一首英國歌曲就叫作〈老英格蘭的烤牛肉〉，誇耀英國人因為愛吃烤牛肉，所以身強力壯，勇敢正直。

車，你們知道吧。把路線延長到公墓門口，設置專門電車，殯車、送葬車一應俱全。你們不明白我的意思嗎？

——哼，那是見鬼的神話，代達勒斯先生說。還要普爾門軟臥和高級餐車呢。

——康尼也就沒有什麼盼頭了，帕爾先生也說。

——怎麼呢？布盧姆先生把臉轉向代達勒斯先生問。難道不比並排坐著顛個沒完合適些嗎？

——這個，也有一點道理，代達勒斯先生承認。

——而且，那樣的話，馬丁・坎寧安說，像鄧菲路口殯車翻倒把棺材扣在路上的事，也就不會有了。

——那一回真可怕，帕爾先生臉色悚然地說，屍首都橫在路上了。可怕！

——鄧菲路口領先，代達勒斯先生點點頭說。戈登・貝內特杯。

——讚頌歸於天主！馬丁・坎寧安虔誠地說。

砰！翻車了。棺材摔在路上。綳開了。派迪・狄格南彈射出來，穿一套過於肥大的棕色衣服，直挺挺地在塵土中翻滾。紅臉已經變成灰白色。嘴鬆開了。在問出了什麼事兒呢。給他閉上是完全正確的。張著嘴模樣怕人。內部腐敗也快。把所有的開口處都給閉上，這樣好得多。對，也堵上。用蠟。括約肌鬆了。全都封閉起來。

——鄧菲到了，帕爾先生在馬車向右拐的時候報告。

鄧菲路口。停著一些送葬的車輛，在澆他們的哀愁。路邊小憩片刻。開酒館的絕妙地點。估計我們回來的時候會停下車來，喝一杯祝他健康。大夥兒寬一寬心。長生不老液。

然而，萬一真有此事，怎麼辦？那麼一折騰，譬如說有一顆釘子傷著了他，他會不會流血呢？可能流，也可能不流，我想。看傷在什麼地方。血液循環停了。然而碰上動脈，也許還能滲出一點來。入葬用紅色就好些，深紅色。

他們默默地坐在車內，沿著菲布斯堡路往前走。迎面過來一輛空的殯車，是從公墓回來的：馬蹄得得，顯得很輕鬆。

克羅斯根士橋：皇家運河。

河水嘩嘩地流過閘門。一艘駁船正在下降，船上站著一個漢子，他身邊是一摞一摞的泥炭。船閘邊的縴道上，有一匹韁繩鬆弛的馬。布加布出航[29]。

他們的眼睛都望著那漢子。在這條水流平緩、水草叢生的河道上，駕著他這艘筏子，用一根縴繩拉著，經過葦子坑，滑過泥潭、淤泥堵口的瓶子和腐臭的死狗，從愛爾蘭的內地向海邊漂來。阿斯隆、馬林加，穆伊谷[30]，我可以沿著運河步行去看米莉。要不，騎自行車去也行。租一匹老馬，倒也安全。雷恩拍賣行那天拍賣的時候就有一匹，不過是女用的。發展水路運輸。詹姆

29 〈布加布出航〉是一首歌謠，內容是嘲笑一艘運泥炭的名叫「布加布」的駁船，駕船的以為歷經艱難困苦，航行在波浪滔天的海洋中，實際上是做夢，運河中水平如鏡。

30 這是愛爾蘭皇家運河上從西至東的三個城市，中間的馬林加（布盧姆的女兒米莉所在地）距都柏林五十英里。

斯・麥堪[31]的癖好，就是給我擺渡。經濟實惠。旅途舒坦。船上住宅。可以宿營。還有運靈船。走水路上天堂。興許我就那麼辦，不寫信。突然來到，萊克斯里，克朗西拉[32]。一個船閘又一個船閘地往下落，直到都柏林。運來了中部沼澤地帶的泥炭。致敬。他舉起棕色草帽，向派迪・狄格南致敬。

接著，出殯隊伍過了布賴恩・波勞馬酒店。快到了。

——不知道咱們的朋友福格蒂[33]現在景況怎麼樣，帕爾先生說。

——最好問湯姆・克南，代達勒斯先生說。

——那是怎麼回事？馬丁・坎寧安說。置之不理，把他急哭了，是吧？

——故人已遠去，代達勒斯先生說，思念猶在心[34]。

馬車向左拐進了芬葛拉斯路。

右邊是石工場。最後一段路了。在一條坎子上，擠滿了默默無聲的人像，白色的、悲傷的。有的安靜地伸出雙手，有的跪著哀悼，有的指著遠方。還有殘肢碎塊，砍下來的。一片白色，無聲的招攬。全市最佳石像。丹南尼紀念碑石像雕刻建築工場。

過去了。

在教堂司事吉米・吉爾里家門前，一個老流浪漢坐在路邊側石上，嘟嘟噥噥地脫下一隻巨大的烏禿禿的開口靴子，倒出靴子裡的土塊和石子。經過了一生的跋涉。

再過去，一座座陰暗的花園，一幢又一幢陰暗的房子。

帕爾先生指著一幢房子。

——那就是蔡爾茲被人謀殺的地方，他說。最後那幢。

——可不是嗎，代達勒斯先生說。叫人毛骨悚然的案子。是西莫・布希[35]給他開脫的。謀殺親兄。人們是這麼說的。

——檢察官拿不出證據來，帕爾先生說。

——只有旁證，馬丁・坎寧安給他補充說。這是法律界的一條格言：寧可錯放九十九個罪人，不可冤枉一個好人。

他們都望著。謀殺人的地方。陰森森地過去了。門窗緊閉，無人居住，花園裡雜草叢生。整個兒地方都完了。冤枉定罪。凶殺。凶手留在被害者眼睛裡的影子[36]。人們愛讀這些。花園中發現男人腦袋。女人穿的衣服是。她的遭難情節。最新暴行。殺人凶器。凶手仍在逃。線索。一根鞋帶。需要開棺驗屍。殺人真相即將大白。

31 麥堪原是愛爾蘭大運河公司的董事長，經營大運河水系的船舶運輸。此人已於四個月前即一九〇四年二月去世。

32 萊克斯里在利菲河上，都柏林以西十一英里；克朗西拉在都柏林西部皇家運河上。

33 福格蒂曾在《都柏林人》中出現，是一個食品雜貨店老闆，克南在他的鋪子中賒購，欠債未清。

34 這是十八、九世紀愛爾蘭墓碑上，訃文上常用的兩句話，並曾被編成一首歌曲。

35 布希是當時的一個著名律師。

36 西方的一種迷信，認為殺人犯的形象會留在被殺者的視網膜上。

這馬車裡太窄巴。她也許會不喜歡我那樣事先不通知，突然來到吧。對女人，得小心翼翼的才行。只要有一次撞見她們的狼狽相。永遠不會原諒你的。十五了。

前景公墓的高高的欄杆，在他們的視野中細浪翻騰，緩緩流過。幽暗的白楊樹林，疏疏落落的白色人像。人像逐漸增多，樹林間白色雕塑成群，川流不息的白色的人像和殘塊，默默地將各種徒勞無功的姿態留在空間。

車輪的鋼圈嘎吱一聲擦在道邊側石上，停了。馬丁•坎寧安伸出一隻手臂，擰轉車門上的把手，用膝頭把門頂開。他跨下車子，帕爾先生和代達勒斯先生隨著也下了車。

現在挪一挪那塊肥皂吧。布盧姆先生的手敏捷地解開褲子後邊口袋上的釦子，把已經黏在紙上的香皂挪到裡面的手帕口袋裡。然後他把另一隻手裡的報紙放回衣袋，跨下馬車。

小小的送葬行列：一輛大馬車，三輛普通馬車。全都是援例照辦。抬櫬的人、金色的轡繩、安靈彌撒、放炮。死的排場。最後一輛馬車的後面，站著一個推車賣水果點心的小販。那一些是果餡糕，都黏在一起了。死人吃的糕點。餵狗的硬餅乾。誰吃？送葬回出來的人。

他跟在同車人的後邊。他後面是克南先生和內德•蘭伯特，再後面是哈因斯。康尼•凱萊赫站在打開了門的靈車旁邊，取出車上的兩個花圈。他把其中的一個遞給了男孩。

剛才給小孩送葬的車輛到哪裡去了？

從芬葛拉斯村那邊來了一套馬，步履艱難、沉重費勁地拖著一輛大車，車上裝著一大塊花崗岩。在肅穆無聲的喪葬氣氛中，只聽見大車吱吱嘎嘎的聲音。走在馬前的大車夫敬了一個禮。動靈柩了。他雖然死了，還是比我們先到。馬扭過頭來，歪著頭上的羽毛看棺材。無神的眼睛：脖子上的馬軛卡得太緊了，壓迫著血管還是怎麼的。牠們是不是知道自己每天拉出來的是什麼？每天送葬的總有二、三十起吧。新教徒另有杰羅姆山公墓。世界各地，每分鐘都有葬禮。整車整車地埋下去，加快速度。每小時成千上萬。全世界，太多了。

從大門裡出來了兩個送葬的人：一個婦人帶著一個女孩。是一個下巴尖瘦、相貌凶悍的女人，討價還價寸步不讓的那種類型，帽子是歪的。女孩臉上帶著泥土和淚痕，拉著婦人的臂膀，仰臉看她有沒有要哭的意思。魚臉，毫無血色，發青的。

殯殮工把靈柩抬上肩，進了大門。死沉死沉的。剛才我從洗澡盆裡跨出來，也感到自己重了一些。僵了的先走，親友隨後。最後是康尼・凱萊赫和男孩，都拿著花圈。他們旁邊那人是誰？對了，他的內弟。

大家都跟著走。

馬丁・坎寧安壓低了聲音說：

——剛才你在布盧姆面前談自殺，把我急壞了。

——怎麼回事？帕爾先生也小聲地說。為什麼？

——他父親就是服毒的，馬丁・坎寧安悄悄地說。在恩尼斯[37]開王后飯店的。剛才你也聽見

37　恩尼斯是愛爾蘭克萊爾郡一個小鎮。

了，他說他要到克萊爾去。忌辰。

——唷，天主！帕爾先生低聲說。這是我第一回聽到。服毒的？

他回過頭去看了一眼。後面的人正跟著他們往大主教陵墓方向走。若有所思的黑眼睛。正在說話呢。

——他保了險嗎？布盧姆先生問。

——我相信是保了，克南先生說。但是保單抵押了不少錢。馬丁正在設法把小子送到亞坦[38]去。

——他留下了幾個孩子？

——五個。內德·蘭伯特說他打算想辦法把一個姑娘弄進托德[39]去。

——夠慘的，布盧姆先生溫厚地說。五個小孩子。

——妻子可憐，打擊太大了，克南先生說。

——真是的，布盧姆先生也說。

他到底還是輸了。

他低頭看著由自己塗油擦亮的皮鞋。她的命比他長。喪失。他這一死，對她是關係重大的，跟對我不一樣。兩個人，總有一個命長。明白人說的。世界上女人比男人多[40]。安慰安慰她吧。你的損失是無法彌補的。我希望你快點跟著他去吧。只有印度教寡婦才那樣。她會另嫁別人的。嫁他？不會。然而以後的事誰知道？自從老女王[41]逝世以後，守寡不那麼時興了。用炮車拉。維多利亞和艾伯特。弗洛葛莫的紀念、哀悼。然而，到頭來她還是在帽子上插了幾朵紫羅蘭。內心深處終究還是虛榮。一切為了一個虛影子。女王配偶並沒有王位。她的兒子才是實的[42]。寄希望於新的東西，不像她老是等著重溫舊夢。往事是永遠不會再來的。總有一個要先走的：獨自一人躺在地下；不能再睡她的熱被窩了。

——你好嗎，賽門？內德・蘭伯特握著他的手，輕輕地說。有好一陣子沒見到你了。

——再好也沒有。科克這個城市[43]的人都好嗎？

——復活節星期一那天，我去看科克公園賽馬了，內德・蘭伯特說。還是老規矩，六先令八便士。在迪克・泰維家過的夜。

——迪克是個實在人，他好嗎？

——對天全敞著了，內德・蘭伯特回答道。

——啊唷，神聖的保羅哪！代達勒斯先生用壓抑著的驚詫語氣說。迪克・泰維禿頂了？

---

38 亞坦是都柏林北邊的一個村子，附近有一個兒童救濟院。

39 「托德」指「托德—本士公司」，是都柏林一個經營綢布衣帽的企業。

40 「明白人……女人比男人多」出自歌曲〈三女一男〉。

41 維多利亞女王（一八一九—一九〇一）中年喪夫之後，長期哀悼，堅持守寡四十年。她在溫莎王宮附近的弗洛葛莫建陵安葬其夫艾伯特親王，以便每日掃墓。女王去世後，按照她的遺願舉行軍事葬禮，靈柩用炮車運送，遺體最後與艾伯特親王合葬在弗洛葛莫。

42 指維多利亞女王的長子威爾斯親王繼承王位。

43 科克是愛爾蘭南部一個港口，〈科克這個城市〉是一首誇耀該市吃喝玩樂的歌曲。

——馬丁打算發起湊一點錢給孩子們，內德・蘭伯特指著前面說。一個人幾先令。讓他們能湊合著對付到保險金算清的時候。

——不錯，不錯，代達勒斯先生含含糊糊地說。前邊那一個是最大的男孩嗎？

——是，內德・蘭伯特說，跟著他舅父。後邊是約翰・亨利・門頓。他已經認了一鎊。

——他敢情會認的，代達勒斯先生說。我跟可憐的派迪說過多次，他對那份工作應該上心才對。在這個世界上，約翰・亨利就不能算是最壞的了。

——他是怎麼丟掉工作的？內德・蘭伯特問。杯中物，還是怎麼的？

——不少好人的通病，代達勒斯先生嘆了一口氣說。

他們在停屍房小教堂的門前站住了。布盧姆先生站在拿花圈的男孩後邊，低頭正好看到他的梳理整齊的頭髮，嶄新的衣領，裡面是小細脖梗兒，脖梗上有一道凹溝。可憐的孩子！他父親那時候他在場嗎？兩人都沒有知覺。臨到彌留之際，回光返照，最後一次認人。種種心願，如今不了了之。我欠奧格雷迪三先令。他能理解嗎？殯殮工把靈柩抬進了小教堂。哪一邊是他的頭？

稍停片刻後，他跟在別人後面走了進去。簾子擋住的光線，弄得他不住地眨眼。靈柩停放在聖壇前的靈架上，四角點著四根黃色的大蠟燭。總是在我們前頭。康尼・凱萊赫在靈柩的兩個前角各放一個花圈，然後向男孩示意，叫他跪下。送葬的人也各自找祈禱座跪了下去。布盧姆先生站在後面靠近聖水器的地方，看著別人都跪下了，才從口袋裡取出那張報紙，小心地鋪在地上，屈右膝跪了下去。他把黑禮帽輕輕地放在左膝上，用手扶著帽簷，虔誠地彎下了腰。

一個助祭士捧著一只盛什麼東西的銅缽，從一扇門後面走出來了。他後面是身穿白袍的牧師，一隻手整理著披在袍上的聖衣，另一隻手托著一本小書，頂在蛤蟆肚子上。誰來念經呀？有我白嘴鴉[44]。

兩人在靈架邊站住，牧師打開他的小書，開始用流利的老鴰嗓音朗誦起來。關采神父。早知道了，他的名字像棺材。Dominenamine[45]。嘴巴的輪廓顯得有些霸道。發號施令的。肌肉發達派的基督徒。誰要是敢斜眼看他一眼，那就等著倒楣吧：是牧師。你就叫彼得[46]。像一隻草肥水足的羊，橫裡長，快撐破了，代達勒斯說。挺著個大肚皮，好像是一隻藥死的小狗。那位老兄倒是真有一些逗趣兒的詞兒。嘿：橫裡長，撐破肚皮。

——Non intres in judicium cum servo tuo, Domine。[47]

用拉丁文為他們祈禱，可以使他們感到身價高些。安魂彌撒。穿縐紗的哭喪人[48]。黑邊信紙。名字列入祭壇名單。這地方涼颼颼的。得吃好的才行，坐在那裡頭，怪陰暗的，一坐就是一

---

44 這兩句脫胎於自古傳下來的童謠〈知更鳥〉，說的是一隻知更鳥被殺死，各種鳥都紛紛來幫忙。其中有關的一段是：誰來當牧師？／「我來，」白嘴鴉說，／「帶著我的小書，／我來當牧師。」

45 神父念拉丁文，這裡可能是In nomine Domini（以天主的名義），布盧姆聽不太清。

46 「彼得」這詞的原意是岩石。據《聖經・新約》，耶穌認為門徒西門像岩石一樣可靠，可以擔任建教重任，所以對他說「你就叫彼得」，從此西門改名彼得。

47 拉丁祈禱文，意為「主呵，請勿追究您僕人的所作所為」。

48 指受雇參加葬禮送喪的人，常穿廉價的黑縐紗喪服。

上午，磕著兩個腳後跟等候下一位請進。眼睛也像蛤蟆。是什麼東西把他脹成這樣的？莫莉吃了包心菜就會發脹。也許是這地方的空氣特別。看來到處都是穢氣。這些地方準是穢氣充斥，地獄似的。拿屠夫們說吧，他們身上的味兒就像生牛排。誰跟我說的來著？默文・布朗。聖維爾堡大教堂地下靈堂裡那架古老風琴可真漂亮一百五十[49]有時候他們不得不在棺材上鑽窟窿，把穢氣放出來燒掉。一股氣往外衝：發藍色的。那玩意兒，吸上一口就能要你的命。

膝蓋跪疼了。啊唷。這樣還好些。

牧師從小孩捧著的銅缽裡，抽出一根頂端帶圓球的小棍兒，在靈柩上晃了幾晃，走到另一頭，又晃幾晃。然後他又走回原處，把小棍放回缽裡。你安息以前怎麼樣，今後也就怎麼樣。都是明文規定的：他不能不照辦。

——Et ne nos inducas in tentationem.[50]

助祭士用尖尖的嗓音誦唱著祈禱文中的答詞。我常想，家裡用小男僕倒不錯。用到十五歲左右。再大當然……

聖水吧，我想是。從中灑出安眠。他幹這個活兒，準是夠厭煩的吧，成天衝著人們拉來的屍體晃那玩意兒。要是他能看見自己灑聖水的對象，那有什麼害處呢？每天每天，都有一撥兒不同的：中年男子、老年婦女、小孩子、死於分娩的產婦、留鬍子的男人、禿頭的生意人、胸脯小得像麻雀似的癆病姑娘。一年到頭，他對所有這些人都作同樣的祈禱，灑同樣的水：安眠吧。現在輪到了狄格南。

——In paradisum.[51]

說的是他即將進入天堂，或者已經進入天堂。對什麼人都是這一句話。夠膩人的活兒。可是他也不能不說些什麼。

牧師闔上小書走了，後邊跟著助祭士。康尼・凱萊赫打開邊門，挖墓工人進來抬起靈柩，抬到外邊裝上小拉車。康尼・凱萊赫把一個花圈交給男孩，另一個交給他舅父。人們都跟在他們後面，走出邊門，來到外面溫和而朦朧的空氣中。布盧姆先生最後出來，一邊走一邊又把那張報紙疊好，放進口袋裡。他神情嚴肅地盯著地面，直到靈柩小車拐向左邊之後才抬起頭來。鐵輪子磨在砂礫上，嘎嘎地發出尖銳的叫聲；一群皮靴跟在小拉車後面踏出一片沉滯的腳步聲，走進了一條兩旁都是墳墓的夾道。

哩呀啦呀，哩呀啦呀囉。主呵，我可不能在這兒哼小曲兒呢。

——奧康內爾紀念塔，代達勒斯先生環顧四周說。

帕爾先生抬起溫厚的目光，仰望著圓錐形高塔的尖頂。

——老丹・奧[52]，他說，人是在自己的人民中間安息了，心臟卻埋在羅馬[53]。賽門，這兒埋

---

49 聖維爾堡大教堂是都柏林最古老的教堂之一，教堂內大風琴為著名上品，「一百五十」大概指琴管數。

50 拉丁祈禱文：「不要使我們遭受誘惑。」

51 拉丁文讚詞：「進入天堂。」這是準備下葬時唱的頌歌的開端。

52 「丹・奧」是丹尼爾・奧康內爾的簡化，這是親切的稱法。

53 奧康內爾於一八四七年赴羅馬朝聖之後在歸途中逝世，心臟葬在羅馬，屍體運回都柏林葬於此公墓內。

葬著多少顆破碎的心呵！

——她的墓就在那邊，杰克，代達勒斯先生說。我也快到她身邊去趴下了。請天主隨時把我帶走吧！

他情緒激動，眼淚奪眶而出，腳下也跌跌絆絆的了。帕爾先生扶住了他的胳膊。

——她現在的地方更好，他安慰他說。

——我想也是，代達勒斯先生軟弱無力地抽噎著說。我想，只要有天堂的話，她就是在天堂裡。

康尼·凱萊赫從隊伍中出來，跨到路旁讓送葬的人們緩緩地在他身邊走過。

——傷心的場合，克南先生有禮貌地打開了話頭。

布盧姆先生閉上眼睛，悲哀地點了兩下頭。

——別人都戴上帽子了，克南先生說。我想咱們也可以戴了吧。咱們是最末尾。這公墓可是一個不好對付的地方。

他們戴上了帽子。

——神父先生的祈禱文念得太快了，您說是不是？克南先生不滿意地說。

布盧姆先生看著那機靈的充血的眼睛，嚴肅地點點頭。眼內隱藏著祕密，尋找著祕密。是共濟會[54]的，我想，可也不一定。又在他旁邊了。咱們是最末尾。同舟共濟了。希望他說點別的。

克南先生又說：

——杰羅姆山公墓用愛爾蘭教會的儀式，比較樸素一些，還更有感染力，我不能不說。

布盧姆先生表示了謹慎的同意。當然，語言上未必如此[55]。

克南先生莊嚴地說：

——**我就是復活，我就是生**命[56]。這話觸及了人的心靈深處。

——是這樣，布盧姆先生說。

對你的心靈也許如此，可是對於那位腳尖衝著雛菊躺在六乘二英尺裡頭的先生，有什麼價值？那是無法觸及的了。情感所在之地。破碎的心。無非就是一個泵罷了，每天抽送成千上萬加侖的血液。有那麼一天堵住了，你也就報銷了。這地方到處都有這些玩意兒：肺呀、心呀、肝呀。生鏽的老泵而已，不是還怎麼的？復活，生命。人死了，就是死了。所謂末日的說法[57]。到一座座的墳墓上去敲門，把他們統統喊起來。拉撒路，出來吧！他晚出來一步，就失業了[58]。起來吧！末日到了！於是人人都東翻西摸，到處尋找自己的肝哪、肺哪等等一切零碎玩意兒。那一

54 共濟會是一個標榜互助友愛的幫會組織，因實行一些祕密的儀式而被天主教教廷視為非法。

55 愛爾蘭教會是新教，儀式用英語進行，不用拉丁文。

56 這是新教安葬儀式用語（英語），引自《聖經·新約》中耶穌的話。

57 據《聖經·新約》，耶穌曾宣稱，凡是信他的人，在世界末日到來時，他都能叫他們復活。

58 拉撒路是《聖經·新約·約翰福音》中的人物，此人死後四天，耶穌站在墓門口喊「拉撒路，出來吧！」他又活了。由於英語《聖經》中用的是古色古香的語言：「出來吧」不說Come out而說**come forth**，與**come fourth**（第四個來）完全同音，因此人們常開玩笑說：第五個來就找不到工作了。

早上都得找齊了，把自己湊個全乎。腦殼裡就是一英錢粉末。一英錢合十二克。金衡制[59]。

康尼・凱萊赫跟他們並排走了起來。

——一切都進行得呱呱叫，他說。怎麼樣？

他的眼睛慢吞吞地轉向他們。警察式的肩膀。哼著你的土啦侖，土啦侖。

——該辦的都辦到了，克南先生說。

——怎麼樣？嗯？康尼・凱萊赫說。

克南先生給了他肯定的答覆。

——在後面跟湯姆・克南一起走的那人是誰？約翰・亨利・門頓問道。這人面熟。

內德・蘭伯特回頭看了一眼。

——布盧姆，他說，從前的，不，我說的是現在的女高音瑪莉恩・忒迪女士。她是他妻子。

——啊，不錯，約翰・亨利・門頓說。我可有些時候沒有見到她了。那是個好看的女人。我跟她跳了一回舞，是哪陣兒來著，十五啊十七個美妙春秋以前的事了。在圓鎮的馬特・狄龍家。摟在臂彎裡可是夠味兒的，她那時候。

他又轉回頭去，越過其他的人望著後面。

——他是個什麼樣的人？他問。是幹什麼的？那時候他不是文具業的嗎？我記得，有一天晚上我跟他滾木球鬧過彆扭。

內德・蘭伯特笑了一笑。

——不錯，他說，那時候他是在威士敦・希利公司。吸墨紙推銷員。

——天主在上，約翰・亨利・門頓說，她嫁這麼一個不起眼的角色幹什麼？當年她風流得很呢。

——現在也不差呀，內德・蘭伯特說。他現在幹一點兒兜攬廣告的事兒。

約翰・亨利・門頓的大眼睛瞪著前方。

小拉車拐進了一條小路。一個身材魁梧的人被堵在草地上，舉起了帽子致意。挖墓工人都舉手觸帽。

——約翰・奧康內爾，帕爾先生高興地說。他是從來不忘記老朋友的。

奧康內爾先生默默地和每個人握了手。代達勒斯先生說：

——我又來拜訪你了。

——我的好賽門，公墓管理員低聲說。我根本不希望你來光顧我。

他又向內德・蘭伯特和約翰・亨利・門頓致意，然後在馬丁・坎寧安旁邊跟他們一同走起來，背後還擺弄著兩把長鑰匙。

——你們都聽說了嗎，他問他們，空街的墨爾開的事兒？

——我還沒有呢，馬丁・坎寧安說。

---

59 金衡制是英美一種專門用於衡量金、銀、寶石的重量單位，每英錢合二十四谷（格令）。「克」為公制重量單位，每克約合十五谷半。

幾頂大禮帽一齊向那邊傾斜過去，哈因斯也將耳朵湊近了一些。管理員把兩隻大拇指塞在金錶鏈的圈裡，望著他們的空漠的笑臉，用平穩持重的語調講了起來。

——這是人們傳說的，他說。有一天晚上，霧很大，兩個醉漢到這兒來看望一個朋友的墳墓。他們說要找空街的墨爾開，打聽到了埋葬的地點。兩人在霧中摸了半天，倒是摸到了墳墓。一個醉漢逐字辨出了墓石上的名字：特倫斯・墨爾開。另一個醉漢卻不斷地眨著眼，瞅著遺孀請人立在墓前的救世主雕像。

管理員自己也抬起頭，眨著眼瞅一瞅他們正走過的一座陵墓。接著，他又說：

——他盯著聖像眨了半天眼睛，說：**怎麼他娘的一點兒也不像他呢！**又說：**怎麼說也不是墨爾開，誰雕的也不行。**

人們報以微笑，他退到後面去和康尼・凱萊赫說話。凱萊赫交給他一些票據，他一面走一面翻閱。

——這都是有目的的，馬丁・坎寧安向哈因斯解釋。

——我知道，哈因斯說，我懂。

——為的是叫人心裡輕鬆一下，馬丁・坎寧安說。純粹是好心腸，沒有別的。

布盧姆先生欣賞著公墓管理員的寬厚、富態的身材。人人都願意和他保持友好關係。正派人，約翰・奧康內爾，真正的好人。掛著鑰匙，正像鑰馳公司廣告裡畫的那樣：不用擔心誰溜號。從來也沒有放行的票兒。人身保護。那個廣告的事，葬禮之後就得去辦。那天我寫信給瑪莎讓她撞上，我寫了一個信封作掩護，地址是寫了鮑爾士橋吧？希望沒有被他們扔進死信處。鬍子可以刮一刮了。花白的鬍子茬兒。鬚髮見花白，那是第一個跡象。脾氣也暴躁起來了。花白中間見銀絲[60]。給他當老婆不知是什麼滋味。我納悶他當年是怎麼有本事向人家姑娘求婚的。出來吧，到墳場來生活吧。那也算是對她的一種引誘？開始也許真能使她感到興奮呢？向死亡求愛。暮影幢幢，遍地躺著死人。墳山黑影成片，墓地都張大了口[61]，還有丹尼爾・奧康內爾是後代吧我想準是是誰來著常說他是個善於繁殖的怪人不管怎麼說是天主教臺柱黑黢黢的龐然大物像個大巨人。鬼火。墓穴裡的穢氣。得設法轉移她的注意力，否則根本不可能有孩子。女人特別敏感。上床之後，給她講個鬼故事催眠。你見過鬼嗎？嘿，我見過。那是一個漆黑漆黑的夜晚。時鐘正打十二點。可是，只要把情緒培養好，她們照樣會接吻的。在土耳其，墓地裡還有妓女。不論什麼事，只要年輕都能學到手。在這裡說不定能找到個年輕寡婦呢。男人們喜歡這個。墓碑叢中的戀愛。羅密歐[62]。尋歡作樂添點兒作料。在死亡中享受生命。相反相成。叫可憐的死人看著眼饞。餓漢聞到烤肉的香味。心裡火燒火燎的。喜歡吊人的胃口。莫莉願意在窗口幹。不管怎麼說，他有八個孩子。

60 十九世紀有一首流傳甚廣的歌曲，叫〈金髮中間見銀絲〉，是歌頌年事漸老的夫婦之間的愛情的。

61 典出莎士比亞《哈姆雷特》第三幕第二場（哈姆雷特已下決心殺仇人）：此刻正是妖巫猖狂的深更半夜，墓地都張大了口，而地獄正在將毒氣噴向人間。

62 在莎士比亞悲劇《羅密歐與朱麗葉》中，羅密歐最後是在朱麗葉的墓中見到她的。

他這一輩子見到入土的人可不在少數，一大片又一大片的，都躺在他周圍。神聖的場地。要是豎著埋，那就省地方了。坐著或跪著都是辦不到的。站著？萬一有個塌方，說不定他的腦袋就露了出來，一隻手還指著呢。這地方準是像蜜蜂窩似的了，密密麻麻的全是長方形的穴。他倒是弄得非常乾淨，草地修得一嶄平，邊角都整整齊齊的。甘布爾少校[63]說杰羅姆山就是他的花園。可不是嗎。都是安眠花才好呢。中國的公墓裡的罌粟花大極了，出的鴉片最好，馬司田斯基告訴我的。植物園就在近旁。血滲入土壤，滋生了新的生命。人們說的猶太人殺基督教兒童[64]，也是這個意思。每人都有個價。完好無損的肥胖屍體一具，紳士身分，一貫講究飲食，對果園有奇效。價格優惠。計新近去世的審計、會計師威廉・威爾金森屍體一具，三鎊十三先令六。致謝。

我敢說這兒的土壤一定是肥透了，裡頭盡是屍肥，骨頭呀，肉呀，指甲呀。屍骨存放場。可怕。腐爛變質，都發綠、發紅了。土壤潮溼，腐敗速度快。又老又瘦的費事一些。然後成了板油似的、乳酪似的東西。然後開始變黑，流出糖漿般的東西。最後，發乾了。骷髏蛾[65]。當然，那些細胞還是什麼的是仍舊活著的。挪挪位置。基本上是永生。沒有食料，把自己當食料。

然而，準會滋生不計其數的蛆蟲吧。土壤裡頭準有成團的蛆蟲在打轉轉。真叫人頭暈目眩。海濱的這些漂亮的小妞兒們。看樣子，他對於這一切倒還感到挺愉快。眼見這麼些人都比他先下去，使他產生一種權威感。不知道他對於人生是如何看法。還喜歡說個笑話，開開心。有一個笑話講的是一張公告。斯波欽今日凌晨四時上天，現已晚十一時（關門時間），尚未到達。彼得。死人們自己呢，男的反正也喜歡偶或聽人說個笑話，女的喜歡探問時新式樣。來個鮮美的梨子，要不來一杯女用五味酒，熱呼呼的，又辣又甜。擋擋潮氣。人總得笑笑才行，所以這樣比較好。《哈姆雷特》中的掘墓人[66]。表現了對於人心的深刻理解。關於死人，至少兩年之內不敢說他的笑話。**De mortuis nil nisi prius**。[67]先得出了喪期。很難想像他的葬禮將是什麼樣子的。好像是開玩笑似的。能看到自己的訃告就能長壽，人們說的。使你獲得二次呼吸。多得一期生命。

——明天你有幾個？管理員問。

——兩個，康尼・凱萊赫說。十點半，十一點。

管理員把票據放進口袋。這時小拉車已經停住，送葬的人分成兩路，小心翼翼地繞過旁邊的墳墓，走到墓穴的兩邊。挖墓工人在靈柩上套好帶子，把它抬到墓穴前，棺材頭靠著墓穴的邊緣放下。

安葬了。我們是來埋葬凱撒的[68]。他的三月中或是六月中[69]。他可不知道誰來參加，也不在

---

63 甘布爾少校是另一公墓（杰羅姆山公墓）的負責人。

64 基督教徒中自古以來有一種傳說，說猶太人殺基督教兒童取血在宗教儀式中使用。

65 一種大飛蛾，背上有形似頭顱骨的花紋，因此而得名。

66 莎士比亞的《哈姆雷特》第五幕中，兩個挖墓工人（由丑角扮演），說了許多瘋瘋癲癲但又似有深刻含義的話。

67 布盧姆想要引用的拉丁文諺語，大概是**De mortuis nil nisi bonum**（談到死人只許說好話），但記錯一個字，變成了「除了從前，不許談死人」。

68 在莎士比亞悲劇《朱利葉斯・凱撒》中，羅馬獨裁者凱撒被共和派貴族刺殺以後，安東尼在凱撒的屍體前對民眾發表演說，一開始說的就是「我是來埋葬凱撒的，不是來讚美他的」。然而演說的實際內容是對凱撒的頌揚，從而扭轉了民眾的情緒。

69 「月中」是古羅馬曆法中一種計時辦法，各月略有不同。三月中是凱撒遇刺日（三月十五日），六月中是狄格南去世的日子（六月十三日）。

乎。

咦，那邊那個穿雨褂的怪模怪樣的瘦高個兒是誰？咦，這個人是誰呢，我很想知道。咦，這個人是誰呢，我倒是願意破費點兒什麼弄弄清楚。總是這樣的，莫名其妙地就出現了一個作夢也想不到的人。人可以一輩子孤身一人生活。真的，這是可能的。甚至可以給自己挖墓，可是死後不能不靠別人蓋土。人人如此。只有人才埋葬。不對，還有螞蟻。這是人人都首先注意的事。死人要埋葬。比方說，魯濱遜・克魯索是符合現實的吧，可也得星期五來埋他[70]。要說呢，其實每個星期五不是都埋葬一個星期四嗎？

　　唷，可憐的魯濱遜・克魯索！
　　你怎麼能夠這樣做[71]？

可憐的狄格南，這是他在地面上的最後一覺了，躺在匣子裡。說實在的，想到有這麼多死人，似乎確是浪費木材。全讓蟲子蛀透了。人們應該能發明一種漂亮的屍架，安裝著那麼一種活動板，一滑就滑下去了。然而他們也許不願意躺在別人用過的傢伙裡下葬吧。這些人挑剔著呢。請將我送回故土安葬。來自聖地的一抔泥土[72]。只有死胎才能和媽媽同棺入土。我明白其中的緣故。我明白了。為的是使他盡量受到保護，甚至在入土之後。愛爾蘭人的家，就是他的棺材[73]。藏在地下墓穴中，裹上防腐香料，木乃伊也是如此。

布盧姆先生拿著帽子站在最後，數了一數脫掉了帽子的腦袋。十二。我是十三。不對，穿雨褂的那傢伙才是十三。死亡的數目。他是從哪個縫裡鑽出來的？剛才在小教堂裡還沒有他呢，我敢起誓。無聊的迷信，什麼十三不十三的。

內德·蘭伯特這套衣服的料子不錯，柔軟的花呢。顏色略帶紫紅。我們住在隆巴德西街那時候，我也有這麼一套來著。從前他愛打扮。常常一天換三套。我那套灰色的，該讓梅夏士翻個面兒了。嘿，原來是染過的。他老婆我忘了他沒有結婚要不他的房東太太該幫他把這些線頭摘摘乾淨才對。

靈柩由跨在墓架上的工人緩緩地放入墓穴，看不見了。工人們都爬上來，出了墓穴，大家又都脫帽。二十個。

默哀。

如果忽然之間我們都變成了別人呢。

遠遠的有一頭驢在叫。雨[74]。沒有這樣的驢。據說，死驢是見不到的。對於死亡感到羞恥。

---

70 在笛福所著《魯濱遜飄流記》中，最後結局是魯濱遜帶著名叫「星期五」的土人離開孤島回到英國，並無「星期五」埋葬魯濱遜一事。

71 這兩句打油詩脫胎於一首英國童謠。

72 按猶太人風俗，死後最好葬在巴勒斯坦，因為該地土壤有特殊的神聖性。不能做到的話，也要有一抔該地泥土放入棺中隨葬。

73 英國諺語：英國人的家，就是他的堡壘。

74 愛爾蘭風俗認為中午驢叫要下雨。

牠們會躲起來。可憐的爸爸也去了。

清風習習，在脫了帽的腦袋周圍細語。喃喃細語。墓前的男孩雙手捧著花圈，默默地凝視著黑洞洞的墓穴。布盧姆先生挪到了身材魁偉、待人熱情的管理員後面。剪裁合身的禮服。也許正在估量這些人，看下一個該輪到誰了吧。唉，不過是長時間的安息罷了。再也沒有感覺了。只是那一下子有感覺。準是挺不舒服的。起初是難於相信。一定是弄錯了：是另外一個人吧。到對門那一家去問問看。等一下，我願意。可是我還沒有。然後就是幽暗朦朧的臨終房間了。他們要光亮[75]。你周圍有人在壓低了聲音說話。你想見牧師嗎？然後是東拉西扯，說胡話了。瞞了一輩子的隱私，都在胡話中抖出來了。臨死的掙扎。他的睡眠不自然。按一按他的下眼皮。看看他的鼻子是不是發尖下巴是不是下陷腳心是不是發黃了[76]。把枕頭抽掉，搬到地上去幹吧，反正他是完蛋了[77]。在那張描繪罪人之死的畫中，魔鬼讓他看一個女人。只穿著一件襯衫的他，拚命地想擁抱她。《露西亞》最後一幕[78]。**難道我再也見不到你了嗎？**乓！斷氣了。終於完了。人們談論一陣你的事情，也就忘了你。別忘了為他祈禱呵。做祈禱的時候得惦記著他點兒呵。甚至帕內爾也是如此。常春藤紀念日[79]已經逐漸被人淡忘。然後，都跟著去了：一個接一個地下了坑。

我們現在是在為他的靈魂得到安息而祈禱。祝你安康，祝你不下地獄。換換空氣，挺不錯的。跳出生活的油鍋，跳進煉獄[80]的火坑。

他是不是想到過有一個坑在等待著他呢？據說，你在陽光下打寒戰，就是你想到了。有人在你的墓上走過了。是在通知你作準備了。快了。我的就在那邊，靠近芬葛拉斯的那頭，我買的那一塊墓地。媽媽，可憐的媽媽，還有小茹迪。

挖墓工人們拿起鐵鍬，把大塊大塊的土坷垃往坑裡扔，砸在棺材上。布盧姆先生扭過了臉不看。萬一他一直沒有死，怎麼辦？啊呀！天哪，那可糟了！不，不會的：他已經死了，當然。當然他已經死了。星期一他就死了。應當有一種法律，規定扎一下心臟，以免弄錯，要不在棺材裡裝個電鐘或是電話，留一個呼救氣孔那樣的東西。遇難信號旗。三天為期。夏天放那麼久，時間好像長了一些。還是乾脆俐落，弄清確實沒有了就關死的好。

土塊砸得緩和些了。已經開始被人遺忘了。眼不見，心不念。

管理員往旁邊挪了幾步，戴上帽子。夠了。送葬的人都鬆動了，一個一個不動聲色地戴好了帽子。布盧姆先生也戴上帽子。他看見那個魁偉的身影正在熟練地穿過錯綜複雜的墓間阡陌。他在這淒涼的場地上穿行，很安詳，很有把握。

哈因斯在筆記本上記著什麼。對了，人名。可是他對這些人不是都認識嗎？不，來找我了。

75　德國詩人歌德臨終時，最後說的話是「亮些！再亮些！」

76　歐洲的一種風俗，認為人死時會鼻子發尖、下巴下陷、腳心發黃。

77　這是法國小說家左拉的小說《大地》（一八八七）中描寫的一個場面。

78　《露西亞》是十九世紀的一齣意大利歌劇，描寫一對戀人因兩家有仇而不能結合，女主人公露西亞因被迫嫁人而發瘋致死，男主人公自殺。

79　帕內爾死後，擁護他的人每年到他的忌日都佩戴常春藤的葉子以為紀念。

80　按照天主教等教義，只有完全純潔的人死後才能直接進天堂，罪大惡極的直接下地獄，其餘的人先進煉獄受磨練後再入天堂。

——我記一下名字，哈因斯小聲說。您的教名是什麼？我弄不太清。

——利，布盧姆先生說。利奧波爾德。您把麥考伊的名字也寫上吧，他託我的。

——查利，哈因斯一邊寫一邊說。我知道。他在《自由人報》幹過。

不錯，後來他才在陳屍所找到工作的，在路易斯·伯恩手下。屍體解剖，對大夫們很有價值。原來只是推測，解剖屍體才能弄清實情。他是一個星期二死的。不能不跑。收了幾份廣告費，攜款潛逃。查利，你是我心愛的人[81]。因此，他才託我。好，沒有關係。我給你辦了，麥考伊。謝謝你，老朋友，承蒙你關照。樂得做人情，不花一個子兒。

——還要請問你，哈因斯說，你認識那個人嗎，那個穿，那邊那個穿……

他回過頭去張望。

——雨褂。對，剛才我看見他了，布盧姆先生說。現在到哪兒去了？

——干郭，哈因斯說著，匆匆地記下了。我不認識他。這是他的姓名吧？

他東張西望地走了。

——不對，布盧姆先生說。他扭過身子去想拉住他。喂，哈因斯！

沒有聽見。怎麼回事？那人到什麼地方去了？無影無蹤了。哼，這可真是。這兒有誰見到了嗎？凱旋的凱，勝利的利，會隱身術哩。我的主啊，那人究竟到哪兒去啦？

第七個挖墓工人走到布盧姆先生旁邊，來取一把沒有人用的鐵鍬。

——唷，對不起！

他敏捷地讓開了。

褐紅色的泥塊，溼漉漉的，從墓穴裡露出來了。升起來了。快滿出來了。一個溼土坷垃堆成的墳頭，升高了，又升高了一些，挖墓工人才停下手裡的鐵鍬。人們又一次脫帽片刻。男孩把花圈倚在一個角上立著，他舅舅也把他那個花圈倚在一塊土坷垃上。挖墓工人戴上帽子，拿著帶泥的鐵鍬向小拉車走去。然後在草地上輕輕地磕打鍬頭：乾淨了。其中有一個彎下腰去撿鍬把上的一簇長草。另一個離開了伙伴們，獨自扛著武器慢慢地往前走了，武器的尖端閃著藍光。墓前還有一個，在默默地捲著抬棺材的帶子。他的臍帶。孩子的舅舅轉身要走的時候，往工人那隻空著的手裡塞了一點什麼。無聲的感謝。別難過了，先生：費心啦。搖頭。我懂。一點小意思，你們自己喝一杯。

送葬的人慢慢地散開了，在曲折迂迴的墓間小道信步而行，偶或還站住了看一看墓上的名字。

——咱們繞道去看一看首領[82]的墳墓吧，哈因斯說。咱們有時間。

——很好，帕爾先生說。

他們轉向了右邊，腳步跟思想一樣緩慢。帕爾先生以惶惑而茫然的聲調說：

——有人說他根本不在這個墳墓裡。說棺材裡全是石頭。說他有朝一日還會回來的。

81 有一首蘇格蘭民歌叫〈查利是我心愛的人〉，歌中「查利」指十八世紀爭奪英國王位的查爾斯·斯圖爾特。

82 「首領」是愛爾蘭人為了表示對帕內爾的敬愛而採用的蓋爾族老式稱呼。

哈因斯搖搖頭。

——帕內爾是回不來了，他說。他就在墳墓裡，他的整個兒肉身。願他的遺體享受安寧！

布盧姆先生無人注意，沿著一個小樹林踽踽獨行，路旁是悲哀的天使、十字架、斷頭的石柱、家庭墓室、滿懷希望仰天祈禱的石頭、愛爾蘭祖國的心和手[83]。不如把這些錢花在慈善事業上周濟活人，還更實際些。為靈魂的安息而祈禱。誰還當真？埋掉完事。像滑槽卸煤一樣。乾脆集中在一起，可以省點時間。萬靈日[84]。二十七號我去給他掃墓。給園丁十個先令。他給墓地清除雜草。他自己也老了。拿著大剪子修整灌木，貓著腰。離死亡的大門不遠了。作古。與世長辭[85]。彷彿是他們自己主動似的。實際上都是被轟走的，沒有一個例外。挺腿兒了。不如說說他們是幹什麼的，還有點意思。某某某，車輪工匠也。鄙人兜銷軟木地毯。鄙人破產，每鎊償還五先令。要不，是一個掌勺的婦女。舍間擅長愛爾蘭燉肉。誰寫的那首詩，華茲華斯還是托馬斯・坎貝爾，應該叫鄉村教堂墓地讚歌[86]。按照新教的說法，叫作進入休息。老大夫墨林的說法是，太醫生召喚他回老家。對了，他們把它叫作上帝的園地[87]。愜意的鄉村住所。粉刷一新。理想的地點，可以安安靜靜地抽一口菸，看看《教會時報》。結婚啟事，他們總是不知道把它弄漂亮些。石栓上掛著生鏽的花圈，青銅箔做的花葉。這種辦法比較實惠。話又得說回來，真花有詩意。這種永不凋謝的，叫人有些膩煩。不表達什麼意義。萬年花。

一隻鳥馴順地棲在一棵白楊樹枝上。像假鳥似的。有點像市政委員胡珀送給我們的結婚禮物。嚯！紋絲兒不動。牠知道這裡沒有彈弓來射它。動物死了更可憐。小傻瓜米莉用廚房裡的大火柴盒子埋葬小死鳥，還在墓上放了一個雛菊花環，鋪上一些碎瓷片。

那是聖心[88]：露在外面的。掏出心來給人看。應該靠邊一點，紅色的，畫得真像一顆心才行哪。愛爾蘭就是信奉這個，諸如此類的東西。看樣子一點也不愉快。為什麼這樣難過？是不是怕鳥來啄，像捧著一籃水果的男孩似的，可是他說不用，鳥應當會怕孩子的。那是阿波羅[89]。

有多少啊！所有這些人都曾經在都柏林走動過。已故的信徒們。你們的現在，就是我們的過去[90]。

再說，又怎麼記得住這麼多人？眼神、走路的姿勢、說話的聲音。要說聲音，倒是可以的：留聲機。可以在每一個墳墓裡裝一部留聲機，或是放在家裡也行。到了星期天，晚餐之後。放一

---

83 〈愛爾蘭祖國的心和手〉是一首歌頌愛爾蘭的歌曲。

84 「萬靈日」是天主教節日（十一月二日），教會在這一天為全體尚在煉獄中的靈魂作祈禱。

85 「作古」、「與世長辭」都是墓碑上的詞句。

86 英國詩人托馬斯·格雷（一七一六—一七七一）有一首著名的詩，題為〈哀歌——寫於鄉村教堂墓地〉，詩中涉及身分各異的死者生前的活動。

87 「上帝的園地」是英國對教堂墓地的一種傳統稱呼。

88 「聖心」指耶穌的心臟。十七世紀一個法國修女（死後被追認為聖徒）宣稱耶穌對她顯示了他的心臟，表明了他對人的熱愛，因而應該對聖心做禮拜。

89 「阿波羅」，可能是布盧姆記錯了名字。古希臘有一寫實派畫家名叫阿波羅多盧斯（**Apollodorus**），但畫葡萄出名的是另一個古希臘畫家邱克西斯（**Zeuxis**），他畫一個男孩拿著葡萄，竟能引得飛鳥來啄食，但畫家本人對此並不滿意，說自己還沒有把那男孩畫活，否則鳥不敢來啄。

90 這是墓碑上常用的詞句，下面往往還有另一句：我們的現在，就是你們的將來。

放可憐的老爺爺的片子吧。喀啦啦啦喀！你們好你們好你們好我非常高興喀啦喀非常高興又見到你們好你們好非常喀爾普噓斯。可以讓你再聽到聲音，就像照片可以讓你見到容貌一樣。要不然，時間一久，譬如說過個十五年吧，你就記不住長相了。比方說誰吧？比方說我在威士敦・希利公司那陣子死的一個人吧。

得吱吱脫勒！石子滾動的聲音。等一下。站住！

他盯住一座石砌的地下墓穴，仔細看了一回。有一個什麼動物吧。等著。來了。

一隻肥胖的灰色老鼠，步履蹣跚地沿著墓穴的邊緣爬過去了，是牠帶動了石子兒。老油子：老爺爺了，熟門熟路的。老傢伙在石壁底板下面找到一條縫，扭動灰色的身軀，鑽了下去。倒是一個埋藏金銀財寶的好地方。

誰住在這裡？羅伯特・埃默里遺體安葬。羅伯特・埃米特是打著火把埋在這裡的吧，是不是[91]？在巡視呢。

尾巴也下去了。

有這麼一個傢伙，不用多久就能把一個人解決了。把骨頭啃得一乾二淨，不論是誰。對牠們說來是家常便飯。屍體，無非就是放壞了的肉。原是的，那麼乾酪是什麼呢？牛奶的屍體。我在那本《中國遊記》裡看到，中國人說白種人身上的氣味像死屍。火葬比較好。教士們堅決反對。挖自己的牆角。成批燒化，經銷荷蘭爐子。瘟疫時期。用生石灰高溫坑銷毀。毒氣處死房。從灰燼到灰燼[92]。或是海葬。帕西人的肅寂塔[93]是在什麼地方？餵鳥。土葬、火葬、水葬。據說淹死最舒服。一瞬間看到自己一生的經歷。然而被人救活不妙。空葬可是辦不到。從飛行機器裡往外送。每次新下去一個，不知道他們是不是也輾轉相告。地下信息網。我們還是從牠們那兒聽來的呢。這也不足為奇。對於牠們，這是飽餐一頓的機會。他還沒有完全死去，蒼蠅就來了。已經得到了狄格南的消息。牠們根本不在乎死屍的氣味。屍體已經要解體，鹽白色，鬆散疲軟的，氣味、滋味都和生的白蘿蔔差不多。

大門在前方閃爍了一下：還敞著呢。又回到人間來了。這地方可待夠了。每來一次，都更走近了一步。上次來這裡，是辛尼柯太太的葬禮。可憐的爸爸也是。愛可以奪去人的生命[94]。甚至還有我在報上看到的那件事，半夜拿著燈去扒墳頭找新入土的女屍或者甚至已經腐爛的還有流膿的墓瘡。想一想，真叫人起一身雞皮疙瘩。我死後來和你相會。我死後鬼魂來找你。我死後的鬼魂來纏住你。人死後，另外還有一個名叫地獄的世界。我不喜歡另外那一個司，她信裡說。我也

91　墓碑上的名字羅伯特·埃默里使布盧姆想起了羅伯特·埃米特。後者是愛爾蘭愛國志士，一八〇三年起義抗英失敗後被殖民當局按叛國罪處死，盛傳屍體被人盜出安葬，但不知究竟安葬在何處，至一九〇三年一百周年時仍未確定。前景公墓是人們傳說中的可能葬地之一。

92　按照《聖經》，上帝造人的原料就是塵土。《聖經》中還多次提到人原本是塵土與灰燼。因此，有的基督教葬禮祈禱文中有「從灰燼到灰燼」等詞句。

93　帕西人是古代從波斯移居到印度的民族，在印度仍堅持信奉祆教，並保持自己獨特的風俗習慣，人死後將屍體送進「肅寂塔」聽任飛禽啄食。

94　辛尼柯太太是喬伊斯短篇小說集《都柏林人》中的一個人物，因得不到愛情的溫暖而自暴自棄，終於酗酒喪生。

不喜歡。還有好多東西要看，要聽，要感受呢。感受到身邊有熱呼呼的生命。讓他們在長蛆的床上睡他們的長覺吧。這一場他們還甭想拉我參加。熱呼呼的被窩：熱呼呼的、血氣旺盛的生活。

馬丁・坎寧安從旁邊的一條小徑上出來了，正神情嚴肅地和人說著話。

是個律師，我想。我見過他。門頓，約翰・亨利，律師，宣誓和作證的經辦人。狄格南原來就在他的事務所工作的。很久以前了，馬特・狄龍家。好客的馬特。熱鬧的晚會。冷雞肉、雪茄菸、坦塔羅斯酒櫃[95]。真是金子一般的心。對，是門頓。那晚上在草地木球場上，因為我的球滾了內線，他就發火了。我是純粹偶然的運氣：偏心球。他為什麼這麼恨我。一見堵心。莫莉和芙洛伊・狄龍手挽著手站在紫丁香樹下笑。男人總是這樣的，有女人在旁邊就容易感到丟臉。

他的帽子邊上癟下去一塊。大概是馬車。

布盧姆先生在他們旁邊說：

——對不起，先生。

兩人站住了。

——您的帽子有一點兒壓癟了，布盧姆先生用手指著說。

約翰・亨利・門頓瞪眼望著他，有一會兒沒有任何動靜。

——那兒呢，馬丁・坎寧安也幫著指出。

約翰・亨利・門頓脫下禮帽，頂起凹陷的地方，細心地用衣袖把帽子的絲絨面拭順，然後又戴到頭上。

——現在好了，馬丁・坎寧安說。

約翰・亨利・門頓的腦袋向下動了一下，表示領了情。

——謝謝，他冷冷地說。

他們又繼續向大門走去。受了冷落的布盧姆先生有意落後幾步，以免聽見他們的談話。是馬丁在定調子。像這樣一個笨蛋，馬丁完全可以隨意擺布，他還不知道是怎麼一回事兒呢。牡蠣眼睛。沒有關係。以後他明白了，也許他就後悔了。那樣他才心服。

謝謝。咱們今天的架子可真不小！

95 坦塔羅斯原是《奧德賽》中一個人物，尤利西斯在地獄中見他泡在水中而永遠喝不到水，站在果樹下而永遠吃不到水果。現指一種裝有機關的酒櫃，櫃中酒瓶可望而不可即，需要打開機關才能取出。

7

在海勃尼亞[1]都市中心

在納爾遜紀念塔前，電車紛紛降速、改道、換線，又各自駛向黑岩、國王鎮和道爾蓋、克朗斯基、拉思加和特倫紐爾、帕默斯頓公園和上拉思芒斯、沙丘草地、拉思芒斯、陵森德和沙丘碉樓、哈羅德十字路口等方向。嗓子沙啞的都柏林聯合電車公司報時員，大聲地報著這些去向：

——拉思加和特倫紐爾！

——走啦，沙丘草地！

右邊左邊，在平行的軌道上鏗鏗鏘鏘叮叮噹噹地響著，一輛雙層車和一輛單層車各自從軌道盡頭轉入下行線，並排地滑行著。

——開車，帕默斯頓公園！

---

1 「海勃尼亞」即愛爾蘭，文學作品中常用此名。

戴王冠的

在郵政總局的大門廊簷下，擦皮鞋的招呼著主顧，擦著鞋。王子北街上停著一些朱紅色的皇家郵政車，車身兩側標著代表今上的字母E・R，人們正大聲喊叫著將各式各樣的郵包往車上拋，發往本市的、外地的、本國的、外國的信件、明信片、郵簡、包裹、保險的、預付郵資的，形形色色。

新聞界人士

穿大皮靴的馬車夫推著大桶，沉甸甸地從王子倉庫滾出來，哐鐺哐鐺地裝上啤酒廠的平板車。啤酒廠的平板車上，哐鐺哐鐺地裝上了由穿大皮靴的馬車夫從王子倉庫推出來的沉甸甸的大桶。

——在這兒呢，紅臉默里說。亞歷山大・鑰馳公司。

——請你剪下來，好嗎？布盧姆先生說。我拿到《電訊晚報》去。

拉特利奇辦公室的門又吱咯一聲。戴維・斯蒂芬斯出來了，小小的個子披一件大斗篷，鬈髮上頂著一頂小氈帽，斗篷下面挾著一卷報紙，國王的信使。

紅臉默里的大剪刀乾淨俐落地喳喳喳喳四下，從報紙上剪下了廣告。剪刀加漿糊。

——我從印刷車間穿過去，布盧姆先生拿起剪下的方塊說。

——當然囉，假如他要一小段的話，耳朵後面架著一支鉛筆的紅臉默里頂真地說，咱們可以給他弄一小段的。

——對，布盧姆先生點點頭說。我把這一點揉進去。

咱們。

沙丘奧克蘭的威廉·布雷登閣下

紅臉默里用剪子碰一碰布盧姆先生的胳膊，悄聲地說：

——布雷登。

布盧姆先生轉過身去，看見穿制服的門房正舉起頭上那頂帶字母的帽子，這時一個身材魁偉的人從《自由人周刊與全國新聞》和《自由人報與全國新聞》兩大閱報欄之間走了進來。吉尼斯啤酒桶在沉甸甸地滾動。那人儀表不凡地走上樓梯，開路的是一把雨傘，一副鬍子鑲邊的莊嚴容貌。穿著絨面呢的背脊一步又一步地往上升：背脊。他的腦子全都在他的後脖子裡頭呢，賽門·代達勒斯說。後面堆著一厚條一厚條的肉。脖子是一層一層的肥褶；肥肉，脖子，肥肉，脖子。

——你覺得他的臉像不像救世主？紅臉默里小聲地說。

拉特利奇辦公室的門悄悄地響了：咿：克哩。他們安門總是兩扇對著的，通風。這邊進，那邊出。

救世主：鬍子鑲邊的鴨蛋臉：黃昏時分的談話。瑪莉、瑪莎。雨傘劍開路，走向腳燈前：男高音馬里奧。

——像馬里奧，布盧姆先生說。

——不錯，紅臉默里表示同意。可是，人們說馬里奧和救世主就是一模一樣的呢。

耶穌馬里奧，臉上紅撲撲的，緊身上衣瘦長腿，手按著心，演出《瑪莎》[2]。

歸來吧，我失去的人兒呀，
歸來吧，我心愛的人兒呀！

權杖與筆

——大主教今天上午來了兩次電話，紅臉默里神情嚴肅地說。

兩人望著膝部、腿部、靴子先後消失。脖子。

一個送電報的敏捷地跨進來，將一封電報摔在櫃臺上，急匆匆地扭頭就走，只留下一聲：

——《自由人》！

布盧姆先生慢吞吞地說：

——說起來，他也是咱們的救星之一呀。

帶著溫順的笑容，他掀起櫃臺活板，走進側門，走上熱烘烘、黑黢黢的樓梯和過道，兩邊的板壁不斷地震動著。可是他能挽救發行量嗎？轟隆隆，轟隆隆。

他推開一扇玻璃彈簧門，跨過地上散亂的包裝紙走了進去。他穿過一排鏗鏘作響的滾筒機，走向南內蒂的校樣間。

哈因斯也在：大概是葬禮報導。轟隆隆。轟。

真切哀訃
都柏林一最受尊敬市民
泯滅於世

今晨派特里克・狄格南先生遺體。機器。人纏在裡頭，可以把人碾成粉末。統治著今天的世界。他的機器也在不停地運轉。和這些一樣，已經失控：煽動著。不斷地轉，不斷地撕扯。那隻老邁的灰色耗子，一個勁兒地扒著扯著往裡鑽。

一份大報如何產生

布盧姆先生在工長的消瘦的身子後面站住了，端詳著一個亮晶晶的頭頂。

奇怪，他就從沒有見到過他真正的祖國。愛爾蘭就是我的祖國。學院草地區的議員。他大聲疾呼，全力鼓吹真幹活的工人立場。周刊要行銷，主要靠廣告和特寫，不能靠公報裡那些老掉牙的新聞。安妮王后逝世[3]。公元一千多少年官方發布。地產位於廷納亨奇男爵領地，羅森納利

2 《瑪莎》為十九世紀德國輕歌劇，下引歌詞為劇中男主人公思念女主人公瑪莎唱詞。

3 這是英國十八世紀周刊《旁觀者》將人所共知的安妮王后（一六六五—一七一四）逝世消息作為新聞發表所用詞句。

斯鎮區。依法為有關方面提供材料，顯示巴利納出口騍子與母驢數量。自然界情況。卡通欄。菲爾・布萊克的《派特與牛》，每周一篇。托比叔叔的娃娃欄。鄉巴佬問答欄。請問編輯先生：腸胃氣脹有何妙方？我倒是喜歡這一角。教別人，自己也學到不少。口氣親切。人物周刊。幾乎全是圖片。金黃色的沙灘，體態優美的游泳人。世界最大氣球。兩姊妹同時成婚，雙喜臨門。兩位新郎彼此相望開懷大笑。庫普拉尼，也是印刷業。比愛爾蘭人還愛爾蘭。

機器鏗鏘鏗鏘，三拍子。轟、隆、隆。萬一他忽然中風，沒有人知道怎麼關機器，它們就會沒完沒了地鏗鏘下去，一遍又一遍，翻來覆去地印下去。全成了瞎胡鬧。需要清醒的頭腦。

——怎麼樣，排進晚版吧，參議員，海因斯說。

過些日子就該稱他市長大人了。長約翰在支持他，據說。

工長不回答，只是在紙角上畫個付印就向一個排字工人做手勢，默默地把稿紙從骯髒的玻璃擋板上遞了過去。

——對，謝謝，海因斯說著要走。

布盧姆先生擋著他的路。

——你要領款的話，出納正要去吃午飯，他用拇指指著身後說。

——你領了嗎？海因斯問他。

——嗯，布盧姆先生說。動作快點，你還能逮住他。

——謝謝，老兄，海因斯說。我也去找他要一票。

他急匆匆地往《自由人報》辦公室的方向去了。

我在梅爾酒店借給他三先令。三個星期了。第三次暗示。

兜銷員工作實況

布盧姆先生將剪報擺在南內蒂先生的辦公桌上。

——對不起，參議員，他說。這條廣告，您瞧。鑰匙公司的，您記得嗎？

南內蒂先生對剪報打量了一下，點點頭。

——他要登七月份，布盧姆先生說。

工長的鉛筆對著它過來了。

——可是等一下，布盧姆先生說。他要變動一下。鑰匙，您明白嗎？他要在上邊加兩把鑰匙。

機器聲音嘈雜得要命。他聽不見。南南。鋼鐵的神經。也許他明白了我的。

工長轉過頭來耐心地聽著，然後抬起一支胳膊，慢慢地把手伸進自己的羊駝絨上衣腋下搔起癢來。

——像這樣，布盧姆先生把兩根食指交叉在上端說。

讓他首先把這一點弄明白了。

布盧姆先生的目光從自己的十字交叉的手指上，移到工長的灰黃色的臉上，我想他大概有一點黃疸病，又看到那邊那些馴順的大捲筒將大捲大捲的紙張往機器裡送。鏗里鏘，鏗里鏘。放出來的紙有多少哩長。最後的結果怎麼樣呢？哎，包肉，裹東西：各種各樣的用途，一千零一種。

他一面把他要說的話語巧妙地分段插進機器聲的間隙中，一面在疤痕累累的桌面上迅速地比畫著。

鑰匙（馳）府

——這樣的，您瞧。這裡是兩把鑰匙相交。一個圓圈。然後這裡寫名稱。亞歷山大・鑰馳，經售茶葉、酒類。等等。

是他的業務，最好不要對他說三道四的。

——您自己知道的，參議員，按他的要求就行。然後，上邊圓弧形的加鉛條字體：鑰匙府。您明白了嗎？您說這個主意好嗎？

工長把搔癢的手挪到下面肋部，又在那兒靜靜地撓起來。

——主要的一點，布盧姆先生說，是鑰匙府。您知道，參議員，曼恩島議會。影射地方自治[4]。從曼恩島來旅遊的，您知道。醒目，對吧？能辦到吧？

也許可以問問他，voglio那個字究竟該怎麼念才對。可是萬一他不知道，豈不讓他難堪？還是不問好。

——可以辦到，工長說。有圖樣嗎？

——我可以弄來，布盧姆先生說。基爾肯尼的一份報紙上登過。他在那裡也有一家。我這就去找他問一問。怎麼樣，您可以那樣辦，再加上一小段，吸引人們的注意。您知道，就是通常的那種。高級有照酒家。正孚眾望。等等。

工長想了一想。

——可以辦到，他說。叫他續登三個月的。

一個排字工人給他送來一張軟疲疲的長條校樣。他開始默讀校對。布盧姆先生站在旁邊聽著嘈雜的機器轟隆聲，望著排字工人們各在各的活字分格盤前默默地工作。

校正錯別字

拼寫得有把握才行。校對熱。馬丁•坎寧安今天早上忘了給我們出他的拼寫比賽難題。小販受窘下面是個君，看他醜酉旁是鬼態是能心百出；公墓圍牆口裡有韋，草頭葦子圍在外頭。無聊，是不是？說公墓圍牆當然只是為了葦子。

他扣上他那頂高帽子的時候我可以說。謝謝。我應當說一說帽子舊了還是怎麼的。不。我可以說。現在看起來跟新的一樣了。那時看他的尊容吧。

嘶溜。第一部機器的最下一層往前推出一塊活板，嘶溜一聲送出第一批疊好的報紙。嘶溜。像人似的，嘶溜一聲打招呼。是在用最好的聲音說話呢。那扇門也是嘶溜一聲要求你關上它。每

4 曼恩島在愛爾蘭海中，也屬於英國，但享有自治權，該島的下議院以相交的鑰匙為院徽。

樣東西都有它自己的語言。嘶溜。

著名教會人士偶或撰稿

工長突然遞回長條校樣，同時說：

——等一下。大主教的信呢？需要在《電訊報》上轉載的。那個誰呢？

他順著他那些聲音嘈雜而不作回答的機器四面張望著。

——蒙克斯嗎，您哪？製版箱那邊一個人問。

——對。蒙克斯在哪兒？

——蒙克斯！

布盧姆先生拿起剪報。該出去了。

——那我就去取圖樣，南內蒂先生，他說。我知道您會給它排一個好地方的。

——蒙克斯！

——在，您哪。

續登三個月。先得費點口舌才行。不管怎麼得試一試。把八月份揉進去：好主意：馬展月。鮑爾士橋。旅遊的多，看馬展。

日班組長

他在排字間內繼續往前走，迎面遇見一個老頭兒，彎腰駝背的，戴著眼鏡，圍著圍裙。老蒙克斯，日班組長。他這一輩子，一雙手處理了多少希奇古怪的材料：訃告、酒店廣告、演說、離婚官司、發現溺水死者。現在他快走到盡頭了。一個清醒的、嚴肅認真的人，銀行裡有一點儲蓄吧，我估計。妻子做得一手好菜，洗得乾乾淨淨的。女兒在客廳裡踩機器。樸素實在的姑娘，容不得胡鬧的。

逾越節宴會時分

他站住了一下，看一個排字工人的俐落的排鉛字動作。先得倒著看文字。他的動作很快。這一定需要相當的練習才行。**南格狄・克里特派**。可憐的爸爸拿著他的哈加達書[5]，倒指著念給我聽。逾越節。次年到耶路撒冷。啊呀，真是的。真不容易呀，領咱們出了埃及的國土，又進入奴役狀態，哈利路亞[6]。Shema Israel Adonai Elohenu[7]。不對，這是另一段。然後是那十二個兄弟，雅各的兒子們。然後是羊羔和貓和狗和棍棒和水和屠夫。然後是死神殺屠夫，屠夫殺牛，狗殺貓。聽起來有些冒傻氣，可是你仔細考慮一下呢。說的是世道，可就是一個吃一個。生活其實就是這麼一回事。他幹這活多利索。熟能生巧。他的手指上彷彿長眼睛似的。

布盧姆先生通過走廊，走出機器轟鳴圈，到了樓梯口。現在我該坐電車出去找他，找到為止

5 哈加達書為猶太教逾越節家宴用書，主要敘述猶太人出埃及經過。希伯來文寫法自右至左。
6 「哈利路亞」為希伯來語，意為「讚頌天主」。按猶太民族記載出埃及一事均曰「脫離奴役狀態」。
7 希伯來語：「聽著，以色列，主是我們的上帝。」這是猶太教日常禱詞開端，並非逾越節頌。

了，也許。最好先打個電話給他。號碼？對。和項緣的門牌號碼一樣。二八。二八四四。

香皂再現僅此一回

他沿著牆外的樓梯往下走。這些牆上是什麼傢伙用火柴畫得這麼亂七八糟的？看樣子像是打什麼賭。這些工廠裡老有很濃的油汙氣味。隔壁湯姆公司我在那裡的時候總有一股子溫熱膠水的味道。

他掏出手絹撲撲鼻子。香櫞檸檬味？對了，我塞在那裡的香皂。這個口袋裡容易丟。他在放回手絹的時候取出香皂，放進褲子後邊口袋裡，扣上了釦子。

你妻子用什麼香水？我現在還可以回家：電車：忘了東西。就看一眼：準備：打扮。不。這裡。不。

從《電訊晚報》辦公室裡突然傳出來一陣尖嘯的笑聲。我知道那是誰。有什麼新鮮事兒？進去一下，打個電話。是內德・蘭伯特。

他輕手輕腳地走了進去。

愛琳，銀色海洋中的綠寶石

——陰魂在走動，麥克休教授滿嘴餅乾，對那積著塵垢的窗玻璃輕聲嘟囔。

代達勒斯先生站在空壁爐旁邊，睜眼望著內德・蘭伯特的等待回答的臉，沒好氣地問他：

——折磨人的基督，你這樣不會在屁股上犯心口疼麼？

內德・蘭伯特坐在桌子上，接著往下念：

——或是，請看那曲折蜿蜒、波紋迴旋的小溪，任憑山石阻擋，它仍潺潺而流，奔向浪濤洶湧的蔚藍色海神世界，沿途有綠苔覆蓋的河岸相伴，有溫柔體貼的西風吹拂，有燦爛明媚的陽光照射，有森林巨人的枝葉臨空，將蔭影披覆在小溪那沉思的胸膛上。這一段怎麼樣，賽門？他從報紙上端看著他問。呱呱叫吧？

——他換酒了，代達勒斯先生說。

內德・蘭伯特笑著，拿報紙打著自己的膝蓋，又說一遍：

——沉思的胸膛，樹葉臨空屁露。啊唷！啊唷！

色諾芬[8]望馬拉松[9]，代達勒斯先生又看一眼壁爐之後，轉過身去對著窗戶說，馬拉松望海洋。

——行啦，站在窗前的馬克休教授喊叫著說。這貨色我再也不要聽了。

他把原已咬成新月形的淡餅乾吃掉，又迫不及待地去咬另一隻手裡那一塊。

裝腔作勢的玩意兒。鼓鼓囊囊，沒有東西。

內德・蘭伯特今天休息了，看來是。參加一次葬禮，一天就亂了。他是有人的，據說。副大

8　色諾芬（約公元前四三四—三五四）希臘歷史家。

9　馬拉松係希臘一平原，公元前四九〇年希臘軍隊在此戰勝波斯軍隊。拜倫《哀希臘》中感嘆現代希臘的沉淪時曾說山岳望馬拉松，馬拉松望海洋。

法官老查特頓是他的親戚，大兩輩還是三輩的。快九十了，據說。準備他逝世後發表的文告恐怕早就寫好了。就活著，氣氣他們。他自己還可能先走呢。約尼，騰出點兒地方給叔叔。赫奇斯·艾爾·查特頓閣下。我敢說，他少不了哆哆嗦嗦地寫個一張兩張支票幫他付帳的。到他挺腿兒的時候，準可以落上一筆的。哈利路亞。

——再抽一次風，內德·蘭伯特說。

——是什麼?布盧姆先生問。

——新發現的西塞羅[10]片段，馬克休教授像煞有介事地說。《我們的美好的國土》。

一語中的

——誰的國土?布盧姆先生單純地說。

——非常中肯的問題，教授在咀嚼間隙中說。重點放在誰字上。

——丹·道森的國土，代達勒斯先生說。

——是他昨天晚上的演說嗎?布盧姆先生問。

內德·蘭伯特點點頭。

——可是，你們聽聽這一段吧，他說。

布盧姆先生的後腰被門把兒撞了一下，有人推門進來。

——對不起，杰·J·奧莫洛伊說著走了進來。

布盧姆先生敏捷地挪開身子。

——我請你原諒，他說。

——你好，杰克。

——進來。進來。

——你好。

——你好嗎，代達勒斯？

——不錯。你自己呢？

杰·J·奧莫洛伊搖搖頭。

可　悲

他本來是青年律師中最能幹的一個。走了下坡路，可憐的人。那種潮紅是壽命到頭的標誌。他是危在旦夕了。這回不知道是什麼事。愁錢吧。

——**或是去攀登那林立的山峰吧。**

——你的臉色有些特別。

——主編見得著嗎？杰·J·奧莫洛伊望著裡邊的門說。

——一點問題也沒有，馬克休教授說。見得著也聽得著。他在他的密室裡會萊納漢呢。

10 西塞羅（公元前一〇六—四三）羅馬政治家，著名演說家。

杰・J・奧莫洛伊緩步走到斜面桌子前，開始從後向前翻閱粉紅色的資料。

業務衰落了。一個本來可以成功的人。失掉了雄心。賭博。欠了賭債。自食其苦果。原來菲茨杰拉德律師事務所常常給他介紹需要聘請律師的好主顧。頭戴假髮，是為了顯示他們的灰色物質。露出腦子給人看，和葛拉斯內文的雕像一個意思。他大概還和蓋布里埃爾・康羅伊一起給《快報》寫一些稿子。挺有學問的角色。邁爾斯・克勞福德是在《獨立報》上開始的。這些報人有意思得很，得到一點什麼地方需要人的風聲馬上就轉變航向。隨風轉。翻手為雲，覆手為雨。都不知道該聽他們的哪一段。他們說東你就信是東，可是回頭就變了西。在報紙上光著腦袋拚命，可是過一會兒風平浪靜，馬上又是親親熱熱友情為重了。

——啊，你們無論如何得聽一聽這一段，內德・蘭伯特求他們。**或是去攀登那林立的山峰吧……**

——華而不實！教授沒有好氣地說。夸夸其談的空話，夠了！

——**山峰**，內德・蘭伯特還是繼續念，**巍巍然聳立雲際，可以洗滌我們的靈魂，可以說……**

——洗滌他的嘴巴吧，代達勒斯先生說。神聖、永恆的天主啊！怎麼？他作這場演說，能得點兒什麼吧？

——可以說，滌蕩在無可比擬的愛爾蘭檔案的全景之中，儘管有其他素負盛名的勝地同樣受人誇讚，她的嬌美確是天下無雙，看那鬱鬱蔥蔥的樹叢、綿延起伏的平原、青翠欲滴的大片牧草，浸沉在我們愛爾蘭黃昏特有的神祕絕塵、蒼茫柔和的暮色之中……

——月亮，馬克休教授說。他忘了哈姆雷特。

他的鄉俚語言

——那暮色籠罩著一望無際的遠景，只待那皎潔的月球冉冉升起，放出她那光彩四射的銀輝……

——啊唷！代達勒斯先生脫口而出，一聲絕望的呻吟。臭屁不值！行了，內德。人生太短促了。

他脫掉大禮帽，不耐煩地吹著八字鬍，同時伸開耙形手指，用威爾斯辦法梳起頭髮來。內德‧蘭伯特把報紙扔在一邊，高興得咯咯地笑個不停。過一會兒之後，馬克休教授的戴著黑框眼鏡的鬍子拉碴的臉上，突然爆發出一陣吼叫似的沙啞笑聲。

——夾生的老道！他喊叫著。

韋瑟勒普如是說

現在成了白紙黑字，自然可以加以嘲笑。但是那樣的貨色出籠的時候可是像熱氣騰騰的蛋糕，受歡迎著呢。他本來就是麵包糕點業的[11]，不是嗎？所以他們把他叫作夾生的老道。不管怎麼說，把自己的窩弄得舒舒服服的了。女兒和內地稅務所那個有汽車的主兒訂了婚。鉤得牢牢的

11 丹‧道森（參見第六章二〇二頁）是一個國會議員，曾任都柏林市長，靠製造麵包發家。

了。殷勤招待。敞門迎客。大宴大請。韋瑟勒普總是這麼說的。抓住肚子最牢靠。

裡屋的門猛的一下打開，伸出了一張緋紅的尖臉，頂著一腦袋羽毛似的頭髮。那雙果斷的藍眼睛掃了他們一眼，粗魯的嗓音向他們發問：

——怎麼回事？

——假紳士親自出場！馬克休教授神氣十足地說。

——去你的吧，你這個倒楣的老教書匠！主編說，算是跟他打了招呼。

——走吧，內德，代達勒斯先生戴上帽子說。這麼一折騰，我非得喝一杯不行了。

——喝一杯！主編喊叫道。彌撒以前不供酒。

——很有道理，代達勒斯先生一面往外走，一面說。來吧，內德。

內德・蘭伯特從桌子上滑了下來。主編的藍眼睛悠悠地轉向布盧姆先生的隱約含笑的臉龐。

——你也和我們一起去嗎，邁爾斯？內德・蘭伯特問道。

重大戰事追憶

——北科克民兵！主編高聲叫著，大步向壁爐架走去，我們每次都是勝利的！北科克和西班牙軍官！

——在什麼地方，邁爾斯？內德・蘭伯特問著，若有所感似的對他的鞋尖望了一眼。

——在俄亥俄！主編大聲說。

——可不，沒錯，內德・蘭伯特應和著說。

他一面向外走，一面悄悄地對杰・J・奧莫洛伊說：

——初期蹦跳症。病情可悲。

——俄亥俄！主編仰著緋紅的臉，以最高聲部的音調放聲唱起來。我的俄亥俄！

——標準的揚抑揚音步！教授說。一長、一短、一長。

聽吧，風吹豎琴

他從坎肩口袋裡取出一捲牙線，截下一段，熟練地在他那一對又一對能夠共鳴的髒牙齒之間撥動起來。

——乒澎，澎澎。

布盧姆先生見途中已無障礙，就向裡屋走去。

——就一下子，克勞福德先生，他說。我只要打一個電話，是廣告的事。

他走了進去。

——今天晚上那篇社論怎麼樣？馬克休教授走到主編身邊，一手穩穩地搭在他的肩上問。

——不會有什麼問題的，邁爾斯・克勞福德比較平靜地說。你不用擔心。哈囉，杰克。沒有問題。

——你好，邁爾斯，杰・J・奧莫洛伊說。他放開手，讓手上那幾頁材料又滑回了卷宗裡。

那件加拿大詐騙案今天上嗎？

裡屋電話響了。

——二八。不對。二零。四四，對。

鹿死誰手

萊納漢從裡面的辦公室出來了，手中拿著一些《體育報》傳單。

——誰要金杯獎準贏絕對沒錯的消息？他問。權杖，騎手奧馬登。

他把傳單扔在桌子上。

從走廊裡傳來了一陣光腳報童跑進來的腳步聲和尖叫聲，房門忽然大開。

——噓，萊納漢說。我聽見了腳步聲。

馬克休教授大步跨到房門口，一把抓住一個縮成一團的報童的衣領，其他報童都爭先恐後地奔出走廊，跑下臺階去了。那些傳單被這陣風颳得淅淅簌簌地飄了起來，軟軟地在空中晃著藍色的草體字樣，飄到桌子下面才落了地。

——不是我，先生。是那個大個子推我的，先生。

——把他扔出去，關上門，主編說。颳颶風了。

萊納漢開始從地上拾那些傳單，兩次彎腰的時候都哼著。

——等著賽馬號外呢，先生，報童說。是派特・法雷爾推了我一把，先生。

他指著正在門框邊窺看的兩張面孔。

——就是他，先生。

——滾吧，馬克休教授粗魯地說。

他把孩子推出，砰的一聲碰上了門。

杰．J．奧莫洛伊在喀啦啦啦地翻資料，一面尋找一面還嘟噥著：

——下接第六頁，第四欄。

——是的，這兒是《電訊晚報》，布盧姆先生在裡間辦公室打電話。老闆在……？對，《電訊》……去哪兒了？喔！哪家拍賣行？……喔！知道了。不錯。我會找到他的。

引發相撞事故

他掛斷時，鈴又響了一次。他快步走進外屋，和正撿了第二張傳單直起腰來的萊納漢相撞了。

——Pardon, monsieur[12]，萊納漢說著一把抓住了他，還做了一個鬼臉。

——是我的錯，布盧姆先生說。他聽任他抓著。把你撞疼了嗎？我有點急事。

——膝蓋，萊納漢說。

他做了一個滑稽鬼臉，一面摩弄著膝蓋一面哀聲地說：

12 法語：「請原諒，先生。」

——Anno Domini[13]積累多了。

——對不起，布盧姆先生說。

他走到門邊，剛拉開一點又停住了。杰•J•奧莫洛伊正在啪嗒啪嗒翻那本厚資料。走廊裡迴盪著蹲坐在臺階上的那一群報童中發出的歌聲，兩個尖細嗓子，一支口琴：

——我們是韋克斯福德的孩兒們
打起仗來豁出命去幹[14]。

布盧姆下

——我往單紳道跑一趟，布盧姆先生說，是鑰馳公司這份廣告的事。我得把它定下來。他們說他在那邊的狄龍商行。

一時之間，他猶疑不決地望著他們的臉。一隻手支著腦袋倚在壁爐架邊的主編，突然伸出一支胳臂往外一揮。

——走吧！他說。世界在你前面呢。

——一會兒就回來，布盧姆先生說著，匆匆地走出去了。

杰•J•奧莫洛伊從萊納漢手裡接過那些傳單，輕輕地吹開，一言不發地看起來。

——他會弄到那份廣告的，教授說。他透過黑框眼鏡，從半截子窗簾的上邊瞭望著。瞧那些小鬼跟著他學。

——我看。在哪兒？萊納漢叫著也跑到了窗前。

街上隨從行列

兩個在半截子窗簾上張望的人都露出了笑容，他們看見一大串報童跟在布盧姆先生後邊，個個都做著滑稽動作，最後的一個還迎風牽著一些摸擬風箏的白蝴蝶結，像一條白尾巴似的在空中搖擺。

——看這些小癟三成群結隊地跟著他的樣子，萊納漢說，真是樂死人。啊呀，我的笑筋呀！模仿他的大平足，他那走路姿勢。活靈活現。逮得了百靈鳥。

他開始滑動腳步，在房內跳起馬祖卡舞來，動作敏捷地作著誇張的姿勢。在他滑過壁爐到達杰・J・奧莫洛伊處時，伸手接住了他交還他的傳單。

——怎麼回事？邁爾斯・克勞福德突然驚問。另外那兩個人到哪裡去了？

——誰？教授轉身說。他們到橢圓酒室去喝一杯了。派迪・胡珀也在那兒，和杰克、霍爾一起。昨天晚上來的。

——那就走吧，邁爾斯・克勞福德說。我的帽子呢？

他一跩一跩地走進了後面的辦公室。他撩開上衣衩口，抖響後邊口袋裡的鑰匙。接著那串鑰

13　拉丁文：「吾主之年」，即西方紀年A・D（公元）所代表的兩個字。
14　出自十八世紀末愛爾蘭民歌〈韋克斯福德的孩兒們〉。

匙在空中叮噹一陣，又發出和木頭碰撞的聲音，他鎖上了辦公桌的抽屜。

——他相當嚴重了，馬克休教授低聲說。

——看來是這樣，杰・J・奧莫洛伊說。他沉吟著取出一個菸盒。但是看來如此，並不一定真是如此。誰的火柴最多？

和平的卡洛美[15]

他敬一支菸給教授，自己也取了一支。萊納漢趕緊為他們擦一根火柴，依次幫他們點著了菸。杰・J・奧莫洛伊又打開菸盒請他抽。

——謝啦vous[16]，萊納漢說著取了一支。

主編從裡面辦公室出來了，腦門上斜扣著一頂草帽。他神色嚴厲地指著馬克休教授，以歌聲宣告：

——**引誘你的是地位和榮譽**。

——**迷住了你的心竅，是那帝國的領土**[17]。

教授咧嘴笑了笑，又閉上了他的長嘴脣。

——怎麼樣？你這個倒楣的老羅馬帝國！邁爾斯・克勞福德說。

他從敞著的菸盒裡取了一支菸。萊納漢一面敏捷而殷勤地為他點菸，一面說：

——都別說話，聽我的嶄新謎語！

——Imperium romanum[18]，杰・J・奧莫洛伊溫和地說。和不列顛帝國或是不列克斯頓相比，它聽起來顯得高貴一些。那些詞兒不知怎麼使人想到火中的油脂。

邁爾斯・克勞福德猛烈地對著天花板噴出他的第一口煙。

——正是如此，他說。咱們就是油脂。你和我就是火中油脂。咱們的命還比不上地獄中的雪球。

羅馬當年的氣派

——等一下，馬克休教授豎起兩根安靜的爪子說。咱們不能讓詞語左右咱們了，不能受詞語聲音的影響。我們想到羅馬，那帝國，那統治，那專橫。

他攤開演說姿勢的手臂，露出又髒又破的襯衫袖口，停頓了一下又說：

——什麼是他們的文明呢？巨大的，我承認；然而是汙濁的。排汙：下水道。猶太人進了原野，登上山頂說：**此地合宜。我們建造一座耶和華祭壇吧**。羅馬人呢，和追隨其足跡的英國人一樣，不論涉足哪一處新的海岸（從未到達我國海岸），一心只知排汙。他披著他的羅馬大袍，環顧四周說：**此地合宜。我們修個廁所吧**。

15 「卡洛美」是美洲印第安人在典禮中尤其是慶祝和平時用的大型菸斗。
16 法語：「您」。
17 歌詞，出於十九世紀輕歌劇《卡斯蒂爾的玫瑰》。
18 拉丁文：「羅馬帝國。」

——他們也真修，萊納漢說。而咱們古代的祖先們呢，根據咱們在吉尼斯第一章[19]上看到的，他們喜愛的是流水。

——他們是大自然的世家，杰．J．奧莫洛伊喃喃地說。可是咱們也用羅馬的法律。

——而龐修斯．彼拉多[20]是羅馬法的先知，馬克休教授接著他說。

——你們知道稅務法官派里斯那回事嗎？杰．J．奧莫洛伊問。是皇家大學宴會上的事。一切都正在順利進行……

——先得聽我說謎語，萊納漢說。你們準備好了嗎？

身材高大的奧馬登．伯克先生，穿著一身寬敞的灰色多尼戈爾粗呢料，從走廊裡進來了。他後邊是斯蒂汾．代達勒斯，進門的時候脫下了帽子。

——Entrez, mes enfants![21]萊納漢說。

——我是陪人來求情的，奧馬登．伯克先生以富有音樂性的聲調說。老於世故的，領著初出茅廬的，來見臭名遠揚的。

——歡迎，主編伸出一隻手說。進來。你的老爺子剛走。

？？？

萊納漢對所有人說：

——都別說話！哪一齣歌劇像一條鐵路？思一思，想一想，捉摸一捉摸，猜一猜。

斯蒂汾把打字信稿遞了過去，還指了一下題目和署名。

——誰？主編問。

——加勒特・戴汐先生，斯蒂汾說。

撕掉了一塊。

——那個老痞子啊，主編說。誰撕的？他急了？

揚著火焰似的快帆
從暴風雨的南方
他來了，蒼白的吸血鬼，
嘴壓在我的嘴上。

——你好，斯蒂汾，教授說著走到兩人旁邊，從他們的肩頭上張望著。口蹄疫？你改行了……？

闇牛之友派詩人。

19 吉尼斯是都柏林最著名的啤酒廠。「吉尼斯」（Guinness）讀音近似《聖經》中的「創世紀」（Genesis）。
20 即審判耶穌的羅馬總督。
21 法語：「進來吧，孩子們！」

大鬧大飯店

——您好，先生，斯蒂汾脹紅了臉回答。不是我的信。加勒特・戴汐先生要我……

——嘿，我認識他，邁爾斯・克勞福德說，原先也認識他老婆。天底下最不講理的蠻婆娘。耶穌哪，她可真有口蹄疫，沒錯兒！那天晚上在金星嘉德大飯店，她把一盆湯全潑在侍者的臉上了。啊唷唷！

一個女人把罪孽帶到了人間。為了海倫，墨涅拉俄斯的那個跟人私奔的老婆，整整十年希臘人。布雷夫尼的王爺奧魯厄克。

——他老婆死了嗎？斯蒂汾問。

——嗳，分開過了，邁爾斯・克勞福德一面說，一面瀏覽著打字的信稿。御用馬群。哈布斯堡[22]。還是一個愛爾蘭人在維也納的城牆上救了他的命呢，你們可別忘了！愛爾蘭的特爾康內爾的伯爵馬克西米利安・卡爾・奧唐奈[23]。現在他又派王嗣來任命英王為奧地利陸軍元帥[24]。那邊總有一天要出麻煩。大雁們。真的，每次都是。你們可別忘了！

——問題在於他忘不忘，杰・J・奧莫洛伊靜靜地說。他在轉動著一塊馬蹄形的鎮紙。救王爺的命是會落好的活兒。

馬克休教授對著他發話了。

——如果不呢？

——我告訴你們是怎麼一回事吧，邁爾斯・克勞福德說。有一天，一個匈牙利人……

失敗的事業
高貴侯爵被提及

——我們總是忠於失敗的事業的，教授說。在我們看來，成功了，才智也就完了，想像力也就沒有了。我們對於成功的人從來不是忠誠的。我們為他們服務。我教的是粗俗的拉丁文。我說的是一個以「時間即金錢」這條格言為最高思想境界的民族的語言。物質統治一切。Dominus![25]主！精神何在？吾主耶穌？索爾茲伯里勛爵[26]？西區[27]俱樂部裡的沙發座位。然而希臘人呢！

KYRIE ELEISON[28]

22 哈布斯堡是十九世紀至二十世紀初葉統治奧匈帝國的王室。

23 奧唐奈（一八一二年生於奧地利）為愛爾蘭流亡貴族後裔，在奧匈帝國任宮廷副官，曾在一八五三年皇帝遇刺時擊倒凶手，被皇帝稱為救命恩人。

24 此事發生於一九〇四年六月初，按一九〇三年英王訪問奧地利時曾宣布任命奧匈帝國皇帝為英國陸軍元帥。

25 拉丁文。「主」，可表示各種「主人」含義，包括所有者、統治者等。

26 英國貴族稱號「勛爵」（Lord）與「主」為同一詞。索爾茲伯里侯爵（一八三〇—一九〇三）為英國保守黨領袖，曾三任首相。

27 指倫敦西區，英國著名富人聚居處。

28 希臘文祈禱詞：「主呵，請寬恕我們。」

他的黑框眼睛一亮，露出明朗的微笑，長嘴脣也更長了。

——希臘人！他又說了一遍。Kyrios![29]金光閃閃的字眼！閃米特人[30]和撒克遜人都沒有這樣的元音。Kyrie!光輝四射的才智。我應該教希臘文才對，那才是頭腦的語言。Kyrie eleison!造廁所、修排汙管道的人是絕不會成為我們的精神上的主宰的。我們臣服於那種原來普及歐洲而終於在特拉法爾加覆滅的騎士精神[31]，臣服於那個在愛戈斯波塔米和雅典艦隊一起沉沒的精神王國[32]，而不是帝國。是啊，是啊，都沉沒了。皮洛士錯信了一個夢兆，作了最後一次挽救希臘命運的努力。忠於失敗的事業。

他離開了他們，大步向窗邊走去。

——他們敢上陣，奧馬登・伯克陰沉地說，可是他們總是倒下。

——嗚嗚嗚，萊納漢發出了哭泣的聲音。都是因為他在日場的後半場挨了一塊磚頭[33]。可憐的、可憐的、可憐的皮洛士。

然後，他湊近斯蒂汾的耳邊小聲說：

萊納漢的五行打油詩

——有一個大權威名作馬克休
　　戴一副眼鏡黑幽幽。
　　他反正一大半是見神見鬼，

　　戴不戴豈非都是事兒一回？
　　這奧妙我不懂，你可捉摸得透？

為薩盧斯特[34]戴孝，馬利根說的。他媽媽挺了狗腿兒啦。

邁爾斯・克勞福特把信稿塞進側面口袋裡。

——沒有什麼問題，他說。剩下的我回頭看。沒有什麼問題。

萊納漢伸出手表示抗議。

——可是我的謎語呢？他說。哪一齣歌劇像一條鐵路？

——歌劇？奧馬登・伯克先生的斯芬克斯臉上又出現了謎。

萊納漢得意地宣布：

——《卡斯蒂爾的玫瑰》[35]。明白其中的奧妙嗎？一行行的鑄鋼。嘿！

---

29 希臘文：「主宰、保護者。」按Kyrios與Kyrie係同詞的不同格式。
30 指西南亞各民族，包括阿拉伯人與猶太人。
31 一八〇五年拿破崙海軍在西班牙特拉法爾加海角被英國海軍擊潰。
32 雅典為古希臘文化主要代表，公元前四〇五年雅典艦隊在斯巴達襲擊下全軍覆滅，雅典自此衰落。
33 參見第二章注10八十五頁。
34 薩盧斯特（公元前八六—三四），羅馬歷史學家，凱撒的支持者。
35 參見本章注17二七三頁。按此劇名原名為The Rose of Castille，諧音rows of cast steel（一行行的鑄鋼）。

他輕捅了一下奧馬登・伯克的脾部。奧馬登・伯克先生知趣地往後一倒，扶著雨傘作出一副驚喘的模樣。

——救命呀！他嘆著氣說。我感到一陣強烈的虛弱。

萊納漢踮起腳尖，迅速地揮動那些傳單，沙沙地給他搧臉。

教授從資料架那邊繞回來，衝著斯蒂汾和奧馬登・伯克先生的鬆散領帶揮揮手。

——巴黎今昔，他說。你們兩人的模樣好像是巴黎公社的人。

——好像是炸開巴士底監獄的好漢，杰・J・奧莫洛伊用安靜的嘲笑口氣說。要不然，也許是你們兩人合作殺的芬蘭總督？你們的模樣真像是你們幹的。博布里科夫將軍[36]。

——我們不過是想想而已，斯蒂汾說。

群英會

——群賢畢至，邁爾斯・克勞福德說。法律界，古典研究界……

——賽馬界，萊納漢插嘴說。

——文學界、新聞界。

——要是布盧姆在的話，還有斯文的廣告藝術界。

——還有布盧姆夫人，奧馬登・伯克先生又添上。歌詠藝術女神。都柏林的大紅人。

萊納漢大聲咳了一下。

——嗨！他用特別柔和的聲音說。來一點新鮮空氣吧！我在公園裡感冒了。園門沒有關上。

「你能行！」

主編將一隻神經質的手搭在斯蒂汾的肩膀上。

——我要你給我寫點東西，他說。寫一點帶刺兒的。你能行。我從你臉上看得出。**在青年的詞彙中……**[37]

從你臉上看得出。從你眼睛裡看得出。你這個遊惰偷懶的小壞蛋[38]。

——口蹄疫！主編輕蔑地叫罵起來。奧索里的波里斯的民族主義大會。全是扯淡！嚇唬老百姓！給他們來一點帶刺兒的。把我們都寫進去，叫它的靈魂不得翻身！聖父、聖子、聖靈，以及杰克斯・麥卡錫。

——我們都可以提供素材，奧馬登・伯克先生說。

斯蒂汾舉起眼睛，望著那露出一股不管不顧的勇猛神情的目光。

——他想把你拉進記者幫，杰・J・奧莫洛伊說。

---

36 博布里科夫將軍是一八九八——一九〇四年間沙俄駐芬蘭的總督，對芬蘭實行殘酷的俄羅斯化高壓政策，於一九〇四年六月十六日上午（都柏林時間清晨）被刺死。

37 英國戲劇《里奇流》（一八三八）劇中人曾說：「在青年的詞彙中……沒有『失敗』這樣的字眼。」

38 斯蒂汾幼時即已近視，一次眼鏡摔破不能做功課，監學的神父不分青紅皂白加以斥責和體罰，見《寫照》第一章。此段詞句即神父斥責用語。

大名鼎鼎的蓋萊赫

——你能行，邁爾斯·克勞福德又說了一遍，還握著拳頭加強他的語氣。等一分鐘吧。咱們就要把整個歐洲都嚇傻了，正如伊格內修斯·蓋萊赫過去常說的，那時他還在遊蕩，還在克萊倫斯飯店檯球房當記分員呢。蓋萊赫，那才是記者呢。那才是一支筆呢。你知道他是怎麼樣一舉成名的嗎？我來告訴你，那是有史以來最出色的新聞報導。時間是八一年，五月六日，那是無敵會時期，鳳凰公園殺人案件，你還沒有出生吧，我估計[39]。我給你看。

他推開人們，走到資料桌前。

——你看這兒，他翻著資料說。《紐約世界報》來電要求發專電。記得那時候吧？

馬克休教授點點頭。

——《紐約世界報》，主編興奮地把草帽往後一推說。出事地點。體姆·凱利，或是卡瓦納，我說的是。約·布雷迪等等那一幫子。剝羊皮怎麼趕的車[40]。全部路線，明白嗎？

——剝羊皮，奧馬登·伯克說。菲茨哈里斯。他現在是車夫茶棚的老闆，人們說，在巴特橋那頭。是霍洛漢告訴我的。你認識霍洛漢嗎？

——蹦蹦跳跳扛著走的那一位，是吧？邁爾斯·克勞福德說。

——可憐的格姆利也在那邊，據他說，在給市裡看石子。守夜的。

斯蒂汾驚訝地轉過身去。

——格姆利？他說。真的嗎？是我父親的一個朋友，是吧？

——甭管格姆利，邁爾斯·克勞福德生氣地大聲說。讓格姆利看住石頭，別放它們跑了。你瞧這兒。伊格內修斯·蓋萊赫怎麼辦？我來告訴你。天才的靈感。立刻發出電報。有三月十七日的《自由人周刊》吧？對。找到了吧？

他把資料掀回若干頁，伸出一根指頭指住一個地方。

——就拿第四頁，假定是布蘭森牌咖啡廣告吧。找到了吧？對。

電話鈴響了。

遠方傳音

——我去接，教授說著進去了。

——B是園門。好。

他的指頭抖動著，從一個地點跳到另一個地點。

——T是總督府。C是行刺地點。K是諾克馬隆門。

他脖子上堆著的厚肉像公雞垂肉似的來回晃動，坎肩裡面沒有漿好的襯胸一下子翹了出來，

39「無敵會」行刺事件實際上發生在一八八二年，參見第五章注22一八五頁。

40本段所提人物均為參與鳳凰花園行刺的「無敵會」成員。「剝羊皮」是綽號，傳說此人（菲茨哈里斯）曾殺羊還酒債。

他粗魯地把它塞了進去。

——喂喂？這是《電訊晚報》。喂喂？……你是誰？……對……對……對。

——從F到P是剝羊皮趕車製造假象的路線，印契科、圓鎮、風亭、帕默斯頓公園、拉內拉赫。F、A、B、P。明白了嗎？X是上利森街的戴維酒店。

教授來到了裡間門邊。

——布盧姆的電話，他說。

——叫他下地獄吧，主編毫不猶豫地說。X是伯克酒店，明白嗎？

巧妙，非常

——巧妙，萊納漢說。非常。

——熱盤子端上去了，邁爾斯・克勞福德說，整個血淋淋的事件。

一場你永遠醒不過來的惡夢。

——我看見的，主編得意地說。我當時在場。迪克・亞當斯，那個心腸最好的該死的科克郡人，科克全郡托天主的福能喘氣的人沒有一個能比得上他，他和我兩個人在場。

萊納漢對一個空氣人一鞠躬，然後宣告：

——夫人呵，我呵人夫。人能勝天勝能人。

——歷史！邁爾斯・克勞福德大聲說。王子街老太婆[41]是第一個到場的。為了這件事情，人們又掉眼淚又咬牙。靠一張廣告。是格雷戈爾・格雷設計的。這事可成了他的一塊墊腳石。後來派迪・胡珀和托帕說，托帕把他弄到《金星報》去了。現在他跟布盧門菲爾德幹了。這就是新聞界。這就是才幹。派亞特！他是他們的老祖宗。

——唬人報導之父，萊納漢附和說，克里斯・卡利南的姻兄。

——喂喂？你還在嗎？對，他還在這兒。你自己過來吧。

——現在你到哪兒去找這樣的一位記者，嗯？主編叫喊著說。

他把合訂本的材料隨手一放。

——絕巧頂妙。萊納漢對奧馬登・伯克先生說。

——非常能幹，奧馬登・伯克先生說。

馬克休教授從裡面的辦公室出來了。

——說起無敵會，他說，你們有沒有注意到，有幾個小販上了法庭……。

——可不！杰・J・奧莫洛伊興致勃勃地說。達德利夫人[42]走過花園回家，路上去看看去年那場大風颳倒的許多樹，想買一張都柏林風景卡片。沒想到那明信片是紀念約・布雷迪或是老大或是剝羊皮的。就在總督官邸外面，想想！

——他們搞的不過是針頭線腦，邁爾斯・克勞福德說。呸！新聞界、法律界！在現在的法庭

41 「王子街老太婆」即《自由人報》。關於「老太婆」象徵愛爾蘭事，參見第一章注37六十一頁。

42 愛爾蘭總督（一九〇二—〇六）達德利伯爵的夫人。

上，哪裡去找像懷特賽德，像艾薩克・巴特，像口才出眾的奧里根那樣的角色去，嗯？哎，扯他媽的淡。呸！盡是些平便士的貨色。

他的嘴巴不說話了，卻繼續在作神經質的抽搐，扭動著嘴脣表示蔑視。

會有人喜歡和這副嘴脣接吻嗎？你有什麼根據？那麼你為什麼那樣寫呢？

韻腳和情理

嘴上，南方。嘴上和南方是不是多少有一點什麼關係呢？或許南方就是在嘴上？總有一些吧。南方、猖狂、誇張、逃荒、滅亡。韻腳：兩個人服裝相同，模樣相同，成雙成對。

……la tua pace

……che parlar ti piace

Mentre che il vento, come fa, si tace.[43]

他看到她們是三個一組的，姑娘們三個三個地走來，穿綠的、穿玫瑰色的、穿紅褐色的，互相摟著，**per l'aer perso**[44]，穿紫紅的、穿深紅的，**quella pacifica oriafiamma**[45]，金色火焰中的金色，**di rimirar fè piu ardenti.**[46]可是我的呢，一些腿腳不便的老頭兒，在朦朧的黑夜中嗟悔著當年：嘴上、南方：葬送、子宮。

亮一亮你的觀點吧，奧馬登・伯克先生說。

無需另覓

杰・J・奧莫洛伊露出蒼白的笑容，接受了挑戰。

——我的親愛的邁爾斯，他扔掉香菸說，你曲解了我的話。以我現時了解的情況而言，我並不認為法律界整個兒都是值得辯護的，可是你的科克腿[47]卻把你帶上了岔道。為什麼不提亨利・格拉頓、弗勒德、狄摩西尼和埃德蒙・伯克呢？伊格內修斯・蓋萊赫我們都知道，也知道他的查珀里佐德老闆[48]——出版廉價報刊的哈姆斯沃思，還有他那位出版包厘[49]市井報紙的美國老表，更不用提《派迪・凱利預算周報》、《皮尤紀事》和我們那位警惕心特別高的朋友《斯基勃林雄鷹》啦。何必請出懷特賽德那樣一位法庭雄辯家呢？當天的報紙就夠當天用了。

聯想古昔往事

43 但丁《神曲》地獄篇中的詩句（意大利文），行末用韻三字為「和平」、「喜悅」、「安靜」。
44 但丁意文詩句：「通過黑色的空氣。」
45 但丁意文詩句：「那和平的金色的火焰。」
46 但丁意文詩句：「以更加熾熱的目光注視著。」按但丁詩中敘述他在天堂的金色火焰中見到聖母瑪利亞。
47 主編是科克郡人，同時「科克」（cork）也是軟木之意。
48 查珀里佐德在都柏林以西，是英國發行暢銷報刊的哈姆斯沃思（一八六五—一九二二）的故鄉。
49 紐約貧民窟之一，美國《紐約世界報》發行人普利策曾要求該報報人面向包厘（亦譯「鮑厄里」）。

——格拉頓和弗勒德都曾經為這份報紙撰稿，主編對著他的臉叫喊。愛爾蘭志願軍[50]。你還有什麼說的？一七六三年創刊的。盧卡斯大夫。今天你還有像約翰・菲爾波特・柯倫那樣的人嗎？呸！

——說這個嘍，杰・J・奧莫洛伊說，例如王室法律顧問布希，他就行。

——布希嗎？主編說。唔，行，布希行。他身上有這個氣質。肯德爾・布希，我的意思是西莫・布希。

——他早就該當法官了，教授說，要不是……算了，不說了。

杰・J・奧莫洛伊轉過身，安靜而緩慢地對斯蒂汾說：

——我認為，我這一輩子聽到過的最精鍊的圓周句之一就是從西莫・布希嘴裡說出來的。當時審的是蔡爾茲殺兄案。布希是他的辯護律師。

而向我的耳內灌注[51]

說來也怪，他是怎麼發現這個情況的呢？他是在睡眠中死去的呀。還有，那個雙背禽獸的情節呢？

——他說什麼？教授問。

ITALIA, MAGISTRA ARTIUM.[52]

——他談論有關證據的法律原則，杰・J・奧莫洛伊說，講了羅馬司法原則，比較了先前的摩西律以牙還牙的原則。他說到了梵蒂岡的米開朗琪羅的摩西雕像。

——啊。

——他用了幾個精當貼切的字眼，萊納漢為他打開場白。都別說話！

靜場。杰・J・奧莫洛伊掏出了他的香菸盒。

虛假的沉寂。很普通的事情。

使者若有所思地掏出火柴盒子，點燃了自己的雪茄。

此後我曾多次回憶那一段奇特的時光，感嘆正是那一個小小的動作，那一個微不足道的擦火柴的動作，確定了我們兩個人此後一生的道路。

一句精鍊的圓周句

杰・J・奧莫洛伊接著塑造著字句說：

---

50 「愛爾蘭志願軍」係一七七八年為預防法國入侵而建，後曾支援格拉頓一七八二年爭取愛爾蘭議會獨立的鬥爭。

51 莎劇《哈姆雷特》中哈父陰魂向哈說明其死因係遭兄弟謀殺，凶手為篡奪其王位與王后，趁其在花園內午睡之際將毒藥注入耳內。

52 拉丁文：「意大利，藝術的女神。」

——他說那雕像：那一座凝聚著音樂的石像，那一個頭上長角[53]令人心悸的神性的人形，那永恆的智慧與先知的象徵，如果說雕刻家用想像力或手在大理石上鐫造的那些靈魂超凡或是能使靈魂超凡的形象有值得永生的話，它就值得永生。

他揮動一隻細長的手，添加了回音和降落。

——好！邁爾斯・克勞福德立刻說。

——神靈的啟示，奧馬登・伯克說。

——你覺得好嗎？杰・J・奧莫洛伊問斯蒂汾。

斯蒂汾的血液受語言和手勢的感染，脹紅了臉。他從菸盒裡取了一支香菸。杰・J・奧莫洛伊又將菸盒舉給邁爾斯・克勞福德。萊納漢照舊給他們點上菸，又取得了他的戰利品。他說：

——多巴斯謝巴斯。

德行高超的人

——馬根尼斯教授那天和我談到你，杰・J・奧莫洛伊對斯蒂汾說。你對那一群玄妙派，那些蛋白石靜悄悄的詩人們，那位奧祕大師A・E[54]，究竟是什麼樣的看法？那一套都是那個姓勃拉瓦茨基的女人鬧起來的。她可是個手段高明的老婆子。A・E告訴一個訪問他的美國佬，說你曾有一天在半夜之後去找他問心理意識的層次。馬根尼斯認為你一定是在戲弄A・E。他是一位德行最高的人，馬根尼斯。

談我。他說了什麼？他說了什麼？他說了我什麼呢？別問。

——不要，謝謝，馬克休教授對菸盒搖搖手說。等一等。我說一點。我聽過的最出色的演說，是約翰·F·泰勒在學院歷史學會上的一次發言。在他前面說話的是現任上訴庭庭長菲茨吉本法官先生，那天辯論的論文是一篇主張復興愛爾蘭語的文章，當時還是一個新的題目。

他轉向邁爾斯·克勞福德說：

——你是認識杰拉爾德·菲茨吉本的。你可以想像他講話的腔調。

——有人傳說，杰·J·奧莫洛伊說，他現在和蒂姆·希利一起當三一學院的產業委員呢。

——他找了一個圍口水兜的小寶貝兒作伴，邁爾斯·克勞福德說。說下去。怎麼樣了？

——請注意，教授說，那篇發言表現了一種爐火純青的演說家風度，彬彬有禮而居高臨下，滔滔不絕而用詞精鍊，對於那個新興的運動不說是傾注天譴的怒火吧，也是傾注了高傲者的凌辱。當時運動還是剛剛開始。因為我們弱，所以就沒有價值。

一時之間，他閉上長而薄的雙唇，但是又急於繼續，伸出一隻手在眼鏡前展開，用顫抖的拇指和無名指輕扶一下黑色的框架，對準了新的焦點。

---

53 由於《聖經》翻譯中的謬誤，中古時期人們都以為摩西頭上長角，米開朗琪羅及其他藝術家均按此塑造其形象。

54 A·E即拉塞爾（George William Russell, 1867-1935），為十九、二十世紀之際愛爾蘭文藝復興運動中的主要人物之一，詩人，信奉勃拉瓦茨基夫人（一八三一—一九一）倡導的通神學。

即席演說

他用陰沉沉的聲調對杰・J・奧莫洛伊說：

——你得明白，泰勒是從病床上爬起來參加會的。我不信他事先準備了發言稿，因為會場裡連一個速記員都沒有。他的臉又黑又瘦，周圍蓬蓬鬆鬆一圈鬍子，脖子上隨便地圍著一條領巾，那樣子看起來好像他已經是（雖然實際上他並不是）奄奄一息的人了。

說到這裡，他的視線緩緩地從杰・J・奧莫洛伊移到斯蒂汾的臉上，然後又立即投向地上尋找著什麼。他一低頭，他那未經研光的襯衫領子在後面翹了起來，露出被衰敗的頭髮蹭上的汙漬。他一面繼續尋找著，一面說：

——菲茨吉本說完之後，約翰・F・泰勒就站起來回答。簡單地說，就我的回憶所及，他的發言是這樣的。

他堅定地抬起了頭。他的眼睛又作了一番思索。兩隻無計可施的蛤蜊在厚重的鏡片中游動，在尋找出路。

他開始了：

——主席先生，女士們，先生們：剛才聽到我那位博學的朋友對愛爾蘭青年的教導，我不禁深感欽佩。我感到似乎已經離開本國，到了一個遙遠的國度，已經不在現代，而是處在很久以前的一個時代中，彷彿置身於古代的埃及，正在聆聽一位埃及的大祭司教訓青年摩西。

聽的人都將菸捲夾在指間聽他講，一縷縷青煙裊裊上升，和他的演說一起綻開花朵。我們的香菸繚繞上升。崇高的詞句要來了。注意。你自己能不能動手來一點呢？

——我彷彿聽到那位埃及大祭司提高了聲音，用的是同樣傲慢，同樣盛氣凌人的語調。我聽到了他的話，並且從他話中的含義獲得了啟示。

前人所示

我獲得啟示，受腐蝕者未必不善良，蓋因絕頂善良與無善可言者均不可能遭受腐蝕也。唉，你該詛咒！那是聖奧古斯丁[55]。

——你們猶太人為何不接受我們的文化、我們的宗教、我們的語言？你們是一個遊牧無定居的部落；我們是一個強大的民族。你們既沒有城鎮，也沒有財富；我們的城鎮中有繁忙的人群，我們還有大批配備著三排槳、四排槳的大船，滿載各式各樣的貨物，航行在已知世界四面八方的海洋。你們是剛剛脫離原始狀態：我們卻擁有文學、僧侶、悠久的歷史以及整套的政治組織。

尼羅河。

幼兒、漢子、雛像。

嬰兒瑪麗們跪在尼羅河畔，蒲草的搖籃[56]：一個在戰鬥中善於隨機應變的男子漢：石角、石

---

55 聖奧古斯丁（公元三五四—四三〇）為基督教思想家，主張凡是存在的事物都有其善處。本段斯蒂汾所引詞句出於其《懺悔錄》（三九七）。

56 據《聖經・出埃及記》，摩西出世正值以色列人在埃及受壓迫最甚之時，一切以色列男嬰均須溺斃，三個月的摩西由母親和姊姊藏在蒲草籃子內而獲救。

鬚、石心。

——你們拜的是一個局限一地不為人知的偶像，我們的廟宇卻宏偉而神祕，供奉著伊希斯和俄賽里斯，何露斯和阿蒙・拉。你們受的是奴役、威懾和鄙視：我們擁有雷電和海洋。以色列是弱小的，人員稀少：埃及是一支強大的隊伍，裝備著令人膽戰心驚的武器。你們被人稱作流浪漢和賣苦力的：我們的名字威震全世界。

一個悶啞的餓嗝切斷了他的話。他勇敢地提高聲音蓋過了它：

——但是，女士們，先生們，如果青年摩西當時聽從了這一套觀點，如果他在這種高傲的教導前低下了腦袋，喪失了鬥志，丟掉了主心骨，那他就絕不會率領神選的民族脫離奴境，也不會在白天追隨雲柱[57]了。他絕不會到西奈山頂的雷電陣中去和神明對話，也絕不會滿臉放射著靈感的光芒從山頂下來，懷中抱著用亡命者的文字鐫刻著律條的石板。

他停止了，眼望著他們，享受著一時間的沉靜。

不祥之兆——對於他！

杰・J・奧莫洛伊不無遺憾地說：

——然而，他卻在尚未到達天主許諾的國土之前就去世了。

——病雖纏綿，人們亦曾多次預感其不久人世，但屆時仍不免驚愕，萊納漢說。偉大前程已成史蹟。

走廊裡響起了一大群光腳板奔跑的聲音，啪嗒啪嗒地上了樓梯。

——那才是口才呢，教授說。無人反駁。

隨風而去。穆拉格馬斯特和歷代王都塔拉的那些人群。連綿多少里的耳朵。聲嘶力竭的民族保護者的言語隨風四散。他的聲音庇護著一個民族[58]。已經消逝的音波。阿卡沙祕錄[59]記載著一切地方任何地點發生的所有一切。要愛他，讚頌他：再也不要提我。

我有錢。

——先生們，斯蒂汾說。作為議程單上的下一個項目，我是否可以建議本院現在休會？

——你真使我驚訝不已。這不會是法國式的客套吧？奧馬登・伯克先生問。據我看來，這鐘點在古代的客店，用比喻的語言說吧，正是那酒甕最令人愜意的時辰。

——事不宜遲，應即付諸表決。凡同意者請曰然，萊納漢宣布。反對者請曰否。我宣布此案通過。具體目標酒棚為何……？我投票贊成穆尼酒店！

他一邊領頭先走，一邊還在諄諄告誡：

——咱們將堅決拒絕飲用烈性飲料，如何？對，堅決不。無論其如何不。

57　按《聖經・出埃及記》，摩西率領以色列人離開埃及時，上帝白天用雲柱，晚上用火柱為他們引路。

58　一八四三年奧康內爾曾舉行「特大集會」（最大兩次在塔拉山和穆拉格馬斯特；塔拉山大會參加者估計達數十萬以至一百萬人），號召愛爾蘭人民團結一致爭取建立獨立的愛爾蘭議會。

59　通神學認為阿卡沙是一種一般人感覺不到的神祕星光，其中記錄著太初以來一切人的活動、思想和感覺。

緊跟在他後面的奧馬登・伯克先生把雨傘往前一捅以示同盟：

——來你的吧，麥克達夫[60]！

——有其父必有其子！主編拍拍斯蒂汾的肩膀說。咱們走。我那些倒楣鑰匙哪兒去了？

他在口袋裡亂摸一陣，掏出了已經揉皺的打字信紙。

——口蹄疫。我知道。沒有問題的。給發表。在哪兒呢？沒有問題的。

他把信紙塞回口袋，走進裡間辦公室去了。

姑存希望

杰・J・奧莫洛伊要跟他進去，卻先悄悄地對斯蒂汾說：

——我希望你這輩子能看到它發表出來。邁爾斯，等一下。

他也走進裡間辦公室，並且隨手關上了門。

——來吧，斯蒂汾，教授說。不賴吧，是不是？有預見。Fuit Ilium![61]多風的特洛伊遭了劫。人世間的王國。地中海的主人如今成了賤民。

第一個報童啪嗒啪嗒地從他們後邊的樓梯上跑下來，衝上街道大聲喊叫起來：

——賽馬號外！

都柏林。我還有許多、許多東西需要學。

他們向左轉，沿著修道院街走。

——我也若有所見，斯蒂汾說。

——是嗎？教授說著跳了一下，湊上他的腳步。克勞福德會跟上來的。

另一個報童飛快地衝過他們旁邊，一面大聲喊叫著：

——賽馬號外！

可愛的髒兮兮的都柏林

都柏林人。

——兩位都柏林的維斯太貞女[62]，斯蒂汾說，年紀不小而心地虔誠，住在芬伯萊巷，一位住了五十年，另一位住了五十三年。

——那地方在哪兒？教授問。

——在黑坑附近，斯蒂汾說。

潮溼的夜晚，散發著飢餓的麵團的氣息。倚著牆。她蒙著絨布披肩，披肩下的臉上閃爍著油脂的光。狂亂的心。阿卡沙祕錄。快，心肝兒！

---

60 麥克達夫為莎劇《麥克佩斯》中人物，麥克佩斯在獲知麥克達夫已注定執行其死刑時說此話。

61 拉丁文：「伊里昂曾經存在！」係羅馬詩人維吉爾史詩詞句，表示特洛伊已被希臘軍消滅。伊里昂即特洛伊。

62 維斯太為羅馬掌管灶火的女神，神廟中有六名女祭司，均為處女，以三十年為任期。

上吧。敢作敢為。要有光[63]。

——她們要上納爾遜紀念塔頂去看都柏林的景色。她們用一個紅鐵皮的信箱式儲蓄盒，攢下了三先令十便士的錢。三便士和六便士的她們都晃出來了，一便士的是用一把小刀撥弄出來的。兩先令三的銀幣，一先令七的銅幣。她們戴上帽子，穿上最好的衣服，還各自帶了雨傘，以防萬一下雨。

——兩位明智的處女，馬克休教授說。

原樣的生活

——她們在馬爾伯勒街上凱特・柯林斯小姐開的北城餐室，買了一先令四便士的雜碎肉凍，四片麵包。到了納爾遜紀念塔，她們又向塔前一個女孩買了二十四枚熟李子，為了吃碎肉凍時解渴。在入口處，她們交了兩個三便士給那位守十字轉門的先生，然後就慢慢地往上爬那螺旋形的樓梯，一面爬一面不斷地哼著，互相鼓勵著，怕著黑，喘著氣，一個問另一個拿著碎肉凍沒有，讚頌著天主和聖母，嚷著要回下去，從牆洞裡張望著。榮耀歸於天主。她們沒有想到塔有這麼高。

她們的名字一個叫安妮・卡恩斯，一個叫弗洛倫絲・麥凱布。安妮・卡恩斯有腰疼病，她擦一位太太給她的盧爾德礦泉水，那位太太從一位苦難會神父那裡弄到了一瓶。弗洛倫絲・麥凱布每星期六晚飯時吃一隻豬腳，喝一瓶雙X啤酒。

——否定，教授說著點了兩次頭。維斯太處女。我能看到她們的形象。咱們的朋友怎麼還不來？

他轉回了身子。

一群報童正奔下臺階，向四面八方跑去，不停地喊叫著，揮動著手中的白色報紙。緊接著，邁爾斯・克勞福德也出現在臺階上了，帽子像光環似的圍著他的緋紅的臉。他正在和杰・J・奧莫洛伊說話。

——來吧，教授揮舞著胳臂喊叫。

他又和斯蒂汾並肩走起來。

——不錯，他說。我看到她們的形象了。

布盧姆歸來

在《愛爾蘭天主教周報》和《都柏林便士周報》報館附近，氣喘吁吁的布盧姆先生被捲進了一陣狂奔報童的旋風中間。他喊叫道：

——克勞福德先生！等一下！

——《電訊報》！賽馬號外！

——什麼事？邁爾斯・克勞福德停了一步說。

---

63 據《聖經・創世紀》，這是上帝創造世界時說的第一句話。

一個報童衝著布盧姆先生的臉叫嚷：

——拉思芒斯大慘案！風箱咬孩子！

見主編

——就是這份廣告的事，布盧姆先生說。他噗嗤噗嗤地喘著氣，一面從口袋裡掏出那張剪報，一面從報童群中向臺階那邊擠去。我剛才和鑰馳先生談過了。他願意再登兩個月，他說。以後他看情況。但是他要求《電訊報》星期六粉紅版上也給他來一段，吸引人們的注意。他還要求從《基爾肯尼人民周報》複製，要是不太晚的話，我和南內蒂參議員說過了。我能在國立圖書館找到的。鑰匙府，您明白嗎？他姓鑰馳。利用姓名諧音。但是他基本上已經答應了續登。不過他要求稍微給他捧捧場。我怎麼和他說呢，克勞福德先生？

吻吾腚

——請你告訴他，他可以吻我的屁股，好嗎？邁爾斯・克勞福德說，還揮舞著手臂加強語氣。告訴他，這是馬廄內部消息。

有一點火氣。小心暴風。都上街喝酒去了。臂挽著臂。遠處鷹架似的是萊納漢的遊艇帽。他那一套吹拍。我納悶會不會是那個年輕的代達勒斯帶的頭。今天腳上倒是一雙好靴子。上回見到他的時候，他是露著腳後跟的。剛才不知道在哪裡走了泥地。粗心大意的腳色。上午他在愛爾蘭鎮是幹什麼？

——這個，布盧姆先生收回了眼光說，要是我能把圖樣找來，我看是值得給他一小段的。他會登這份廣告的，我想。我就告訴他……

吻吾超愛腚

——他可以來吻我的超級愛爾蘭屁股，邁爾斯・克勞福德轉回頭來大聲喊。他願意什麼時候來都行，你告訴他。

布盧姆先生站在那兒捉摸著他究竟是什麼意思，正要露出笑容，他卻已經跨著抽筋似的大步走了。

籌措款項

——Nulla bona[64]，杰克，他說。他把手舉到下巴那兒比著。我是一直陷到這兒了。我自己也在鑽鐵箍。就在上星期，我還在到處找人給我保一筆帳呢。對不起，杰克。實在是心有餘而力不足。只要我有一點兒辦法籌措，我怎麼也會幫忙的。

杰・J・奧莫洛伊板著臉，一聲不響地跨著步。他們趕上了前面的人，和他們並排走著。

——她們吃完了碎肉凍和麵包，用包麵包的紙擦了擦二十個指頭，就往靠近欄杆的地方挪過去。

64 拉丁文，執法人員用語，表示欠債人無財物可出售抵債或作抵押。

——你用得著的，教授對邁爾斯・克勞福德解釋說。兩位都柏林老姑娘登上了納爾遜紀念塔頂。

這擎天柱子！——蹣跚一號如是說

——有新意，邁爾斯・克勞福德說。可以發排。趕上皮匠的達格爾會。兩個老妖婆，是吧？

——可是她們怕塔會倒，斯蒂汾繼續講。她們眺望著那些屋頂，爭論著哪個教堂在哪兒：拉思芒斯的藍色圓頂、亞當夏娃堂、聖勞倫斯・奧圖爾教堂。但是她們看著看著覺得頭暈，於是撩起了裙子……

兩位略略越軌的女性

——且慢，邁爾斯・克勞福德說。可不能詩興大發不顧一切。咱們這兒可是在大主教轄區之內。

——墊著條紋襯裙坐了下去，仰頭瞅著那位獨把兒姦夫的雕像[65]。

——獨把兒姦夫！教授叫起來。說得好！我明白。我明白你是什麼意思。

女士贈都柏林市民
飛降彈丸高速隕石，信念

——仰著腦袋，脖子發痠，斯蒂汾說。她們太累了，不願抬頭看也不願低頭看，連話都懶得

說了。她們把那袋李子放在兩人中間，一枚又一枚地吃起李子來，嘴上流出李子汁時用手絹擦，吃了李子就慢慢地從欄杆間隙向下面吐核。

他突然發出一陣年輕的大笑，算是結束了。萊納漢和奧馬登・伯克聽見笑聲，回頭招呼了一下，又繼續領頭穿過馬路向穆尼酒店走去。

——完了？邁爾斯・克勞福德說。她們總算沒有太過分。

哲人迎頭痛擊傲海倫。
斯巴達人咬牙。
伊塔刻人誓死擁珀。

——你使我想到安提西尼[66]，教授說，他是哲人高爾吉亞的弟子。人們評論他說，誰也不知道他最怨恨的是別人還是他自己。他是一個貴族和一個女奴生的孩子。他寫了一部書，在書中把美的桂冠從阿戈斯人海倫的頭上摘下，給了苦命的珀涅羅珀。

苦命的珀涅羅珀。珀涅羅珀・富貴[67]。

65　納爾遜（參見第六章注18二一一頁）曾在海戰中損失一臂，又曾與英國駐那不勒斯公使夫人有染，形成轟動一時的桃色新聞。

66　安提西尼（約公元前四四四—三七〇），古希臘哲學家，主張人以品德為重，因此伊塔刻王后珀涅羅珀（尤利西斯妻）比斯巴達王后海倫更美。

67　「富貴」即「里奇」（Rich）。珀涅羅珀・富貴或里奇係十六世紀英國貴婦人，不忠於丈夫。

他們準備橫過奧康內爾大街。

喂喂，總機！

八條線路上的電車，都在各自的軌道上挺著毫無動靜的集電器站住了，不論是開往或是來自拉思芒斯、拉思梵漢、黑岩、國王鎮和道爾蓋、沙丘草地、陵森德和沙丘碉樓、唐尼布魯克、帕默斯頓公園和上拉思芒斯，全都紋絲不動，因電流短路而沉靜了。出租馬車、輕便馬車、送貨車、郵政車、布勞漢姆式的私人馬車、滿載礦泉汽水，瓶子在板條箱裡哐噹哐噹響著的平板車

——哐噹哐噹地奔馳著，馬蹄得得，迅速地。

何名？——此外——何處？

——可是你把它叫什麼呢？邁爾斯·克勞福德問。她們是在哪裡買的李子？

維吉爾式，老師說。學生熱中摩西老人

——把它叫作，等一等，教授說。他拉開長嘴巴琢磨著。叫作，我想一想。叫作：Deus nobis haec otia fecit.[68]

——不，斯蒂汾說。我把它叫作〈登比斯迦山望巴勒斯坦〉[69]或是〈李子的寓言〉。

——我明白了，教授說。

他發出富有含義的笑聲。

——我明白了，他又說了一次，興致更高了。摩西與神賜的國土。是咱們給他的啟發，他對杰・J・奧莫洛伊補充說。

今日六月豔陽下
眾目所矚霍雷肖[70]

杰・J・奧莫洛伊側目向雕像投去疲憊的一瞥，沒有答腔。

——我明白了，教授說。

他在約翰・格雷爵士[71]的人行島上站住，從歪扭的微笑網眼間瞅著高處的納爾遜。

缺手不掃興，裙衩更動心。
安暈暈然，弗洛踉踉
蹌蹌——然而焉能責怪她們？

68 拉丁文「上帝為我們創造安寧。」羅馬詩人維吉爾詩句。

69 據《聖經・申命記》，摩西率領以色列人出埃及後，本人卻按照上帝意旨在到達目的地迦南之前去世，去世前登上比斯迦山遙望了迦南（今巴勒斯坦）全境。

70 霍雷肖為納爾遜將軍名字。

71 參見第六章注16二〇九頁，其雕像在街心。

——獨把兒姦夫，他說著露出了沉重的笑容。我覺得很有意思，我承認。

——兩位老姑娘也覺得很有意思的，邁爾斯・克勞福德說，萬能的天主知道事實如此。

8

椰子糖、檸檬鞭、黃油球。一個棒棒糖似的姑娘，正在為一位公教弟兄會的修士舀著一勺勺的各色奶油。什麼學校的招待會吧。對胃不好。國王陛下御用糖果蜜餞公司。上帝。保佑。我們的[1]。高踞寶座嘬棗味糖錠，把紅色的糖錠都嘬白了。

一個神色憂鬱的青年會青年守在格雷厄梅•萊蒙公司的熱烘烘的糖氣中間，他往布盧姆先生手中送了一張傳單。

推心置腹的談話。

羊羔……我？不對。

羊羔的血[2]。

他一面看傳單，一面由著自己的遲緩腳步走向河邊。你獲救了嗎？一切的人，都是用羊羔的血洗過的。上帝願意要遭受血的磨難的人。出生、拌合、殉難、戰爭、奠基修廟、犧牲、燒腎祭

1　典出英國國歌第一句：「上帝保佑我們的仁慈國王」。
2　基督教稱耶穌為「上帝的羊羔」。

神、德魯以德祭壇。先知以利亞來了。復興錫安教堂的約翰・亞歷山大・道伊博士來了[3]。

來了！來了!!來了!!!

熱誠歡迎人人參加。

有利可圖的把戲。去年是托里和亞歷山大[4]。一夫多妻。他老婆自會加以制止的。是在哪兒看到的廣告呢，伯明翰一家公司，發亮的耶穌受難像。我們的救世主。半夜醒來，看到他在牆上，掛著。佩珀的鬼魂上臺效果。鐵釘釘進。

準是用磷光體弄的。比方說做飯留下一點鱈魚吧。我就能看到那上頭發出藍色的銀光。那晚上我到廚房食品間裡去了。不喜歡那裡頭那股子等著往外衝的混雜氣味。她要什麼來著？是馬拉加葡萄乾。想西班牙了。那時候茹迪還沒有出生呢。是磷質發光現象，那藍綠藍綠的東西。對大腦很有益處的。

在銅像前的巴特勒公司轉角處，他沿著單紳道的方向望了一眼。代達勒斯的女兒仍舊在狄龍拍賣行外邊呢。一定是在賣一些舊家具吧。她的眼睛像他，一眼就看出來了。來回徘徊等著他。一個家庭，沒有了母親就散了。他有十五個孩子。差不多是一年生一個。這是他們的教義規定的，否則教士就不給那可憐的女人做懺悔，不給她赦罪。繁殖吧，成倍地增長吧[5]。你聽說過這種主張嗎？吃光耗盡，掃地出門。他們自己是不需要養家活口的。享受的是膏粱甘旨。他們的酒庫和食品貯存室。我倒願意看看他們在贖罪日是怎樣禁絕食物的。十字餅。吃了一頓飯，還要準備一點齋食，以免他在祭壇上倒下。找一個給這些人管家的人，只要你有辦法從她嘴裡掏出真情來就行。可就是休想掏出什麼來。就和從他口袋裡掏錢一樣難。對自己好。從不請客的。一切為了孤家寡人。看著他的酒呢。你得自帶麵包和黃油。可敬的教士嗎：緘口為妙。

老天啊，那可憐孩子的連衣裙已經破得不成樣子了。臉色也是營養不足的。土豆加人造黃油，人造黃油加土豆。要到以後才會覺出來的。布丁好不好，吃時方知道。體質損壞了。

正當他跨上奧康內爾大橋的時候，一大團煙從橋欄杆底下冒了上來。啤酒廠出口烈性黑啤酒的駁船。英國。海上空氣會使它發酸的，我聽人說。等哪天通過漢考克弄一張通行證，看看啤酒廠，倒是有意思的。廠裡自成一個世界。大缸大缸的黑啤酒，非常壯觀。也有耗子進去。灌足啤酒浮在面上，脹得像牧羊犬那麼大。硬是灌黑啤酒灌死了。真是一醉方休。想一想吧，你喝的就是那個！耗子：大缸子。咳，當然囉，假如我們一切都知道的話。

他往橋下望去，只見兩岸巉岩似的碼頭之間正盤旋著一些海鷗，撲動著強健的翅膀。外邊天氣惡劣。假如我縱身跳下去呢？茹本•J的兒子肯定喝了一肚子這種汙水。多付了一先令八便士。唔——。主要是他說這些話的神情滑稽好玩。也懂得講故事的竅門。

牠們盤旋得更低了一些。在找食呢。等著。

---

3 錫安原為耶路撒冷城內聖地（參見第三章注68一二五頁），道伊（一八四七—一九〇七）為美國傳教士，自稱「先知」以利亞再世，於一九〇一年在芝加哥附近建立「錫安城」為宗教基地，後於一九〇六年被控在錫安城實行專制統治、宣揚一夫多妻等罪行。

4 兩個美國「宗教復興」倡導者，曾於一九〇三年到英國、愛爾蘭等地活動。

5 這是《創世紀》中天主造人之後對人類說的第一句話，也是天主教反對節制生育的主要依據。

他對著牠們中間，扔下去一團揉皺的紙球。先知以利亞來了每秒三十二呎。一點也不。紙球不受理睬，落在湧浪後邊起伏了一下，沿著橋墩漂到橋下去了。不是什麼大笨蛋呢。那天我在愛琳之王號上，扔下那塊擱陳了的蛋糕，可就在船後五十碼的尾流中叼住了。是靠機智生活的。牠們撲動著翅膀，盤旋著。

餓急了啊，海鷗
展翅飛翔在橋頭。

詩人就是這麼寫的，用相似的音。可是莎士比亞就不用韻：無韻詩。靠文字的節奏。思想。嚴肅的。

哈姆雷特，我是你父親的陰魂
被判決若干時在地面遊蕩。

——蘋果一便士兩個！一便士兩個！

他的目光掃過她攤上那些堆得整整齊齊的發亮的蘋果。這個季節，準是從澳大利亞來的。亮晶晶的果皮，用布、用手絹擦的。

等一下。那些可憐的鳥。

他又一次站住，化一便士從賣蘋果女人的攤上買了兩塊班布里餅，將那鬆脆的麵餅掰碎，向利菲河裡扔去。看見了吧？海鷗們默不作聲地撲了過去，兩隻，接著，所有的海鷗都從空中撲下來掠食了。全吃了。一口也沒有剩下。領略了牠們的貪婪和機靈的他，把手上的餅屑都抖了下去。這是牠們沒有料到的。嗎哪[6]。吃魚的鳥，牠們的肉也像魚，一切海鳥，海鷗、瓣蹼鷸。安娜利菲[7]的天鵝有時會泅到這裡來炫耀一番。誰會喜好什麼，真是難說。天鵝肉不知是什麼滋味。魯賓遜・克魯索就不能不把天鵝當食物。

牠們微弱地撲動著翅膀繼續盤旋。我可不再扔了。一便士夠多了。我得了什麼感謝呢？連叫都沒有叫一聲。牠們還傳播口蹄疫呢。你餵火雞要是盡用栗子麵，火雞肉的味道就像栗子，吃豬就像豬。可是鹹水魚的味道怎麼倒不鹹呢？那是怎麼一回事呢？

他的眼光順著河水尋找答案，卻看到了一艘划槳的小船用錨停泊在那裡，隨著糖漿似的湧浪，懶洋洋地搖晃著船上一塊粉刷過的木板。

基諾褲

---

6 按《聖經・舊約・出埃及記》，古以色列人逃出埃及之後在沙漠中挨餓時，天降食物於曠野，狀似霜粉，味如蜜餅，以色列人稱之為「嗎哪」，意近「是什麼東西。」

7 「安娜利菲」即「利菲河」（在愛爾蘭語中意為「生命之河」），常指利菲河上游。

十一先令

好主意，這廣告。不知道他是不是向市政府交租金的。可是話又說回來了，水怎麼能歸你所有呢？水在不斷地流，時時都在變動，在我們經歷的生命長河中。因為生命就是一種流體。各種各樣的地點，都是可以做廣告的。綠房子[8]裡曾經到處都貼著一個專治淋病的江湖醫生的招貼。現在總也見不著了。嚴守祕密。海・弗蘭克斯醫生。不費他一個子兒，和舞蹈教師馬金尼的自我廣告一樣。找一些人把它們黏貼起來，或者乾脆自己跑進去解鈕子的時候悄悄地貼上就行。見機行事。也正是地方。不准招貼。不住招貼。遇上個患梅毒燒得火辣辣的傢伙。

假如他……？

啊唷！

哎？

不……不。

不，不至於。我相信不至於。他總不至於吧？

不，不。

布盧姆先生抬起神情憂慮的眼睛，繼續往前走。不要再想那事了。一點過了。港務局房頂上的報時球已經落下來了。鄧辛克[9]時間。羅伯特・鮑爾爵士那本小書非常有趣[10]。視差。我總弄不清究竟是什麼意思。那邊有位牧師。也許可以問問他。這詞是從希臘文來的吧：平行、視差。

她把它叫作轉回來世，我告訴她是靈魂的轉移。嗳，去你的。

布盧姆先生對著港務局的兩個窗口笑嗳去你的。歸根結柢，她還是有她的道理的。大字眼，說的也不過是普通事物，就是聽起來不同而已。她說話倒不是耍俏皮。有時候不留情面。我只是心裡想想的事，她卻直截了當，脫口就來了。然而，也難說。她常說，本・多拉德的嗓子是低音大桶。他的兩條腿像大桶，而聽他的嗓音就像是通過大桶出來的。這個說法可是夠俏皮的。人們常喊他大洪鐘。那就遠不如喊他低音大桶巧妙了。胃口大得像大海鳥。能吞掉整條的牛腰肉。灌起烈性麥芽酒來從不嫌多。低音大桶，明白了吧？哪一方面都恰當。

一列穿白罩衣的人緩緩地沿著街溝向他走來，他們身上都掛著廣告牌，牌上都披著紫紅色的緞帶。大減價。和上午那位牧師一樣，他們：我們有罪，我們受罪。他看著他們頭上那五頂白色高帽子，上面寫著鮮紅的字：威、士、敦、希、利。威士敦・希利公司。希落後一步，從前胸板下摸出一塊麵包塞進嘴裡，一邊走一邊嚼著。我們的主食。一天三先令，沿著街溝走，一條又一條的大街。勉強餬口，麵包加燕麥稀粥。他們不是鮑伊：不是，是麥格萊德廣告公司的人。也不會招來什麼買賣的。我給他出主意，弄一輛透明的展覽車，裡面坐兩個漂亮女郎寫信，擺著紀錄本、信封、吸墨紙。我敢打賭，準能一炮打響。漂亮女郎寫字，立刻就吸引人的注意了。人人都

8 都柏林公共廁所均為綠色房屋。
9 鄧辛克天文臺在都柏林郊區。
10 鮑爾（一八四〇—一九一三）為愛爾蘭天文學家，著有若干通俗天文書籍。

想知道她在寫什麼。假如你盯住一個空處看，就會有二十個人圍上你的。都愛湊熱鬧。女人也一樣。好奇心。鹽柱[11]。他不採納，當然是因為他自己沒有先想到。還有我建議的墨水瓶，帶一塊黑賽璐珞做的假墨漬。他的廣告主意都像登在訃告底下的李樹牌罐頭肉，冷肉部。這是封頂的貨色。什麼貨？我們的信封。哈囉，瓊斯，哪兒去？我沒工夫，魯濱遜，忙著去買唯一靠得住的堪塞爾牌墨水橡皮，貴婦街八十五號希利公司出售。我現在總算脫離了那一攤。到那些修道院去收帳，可真是受罪的活兒。特蘭奎拉修道院。那位修女倒是夠好看的，臉蛋兒長得真甜。小小的腦袋，蒙著頭巾正合適。修女？修女？我從她的眼神中看得很清楚，她是失戀的人。和那樣的女人，是很難討價還價的。那天上午，我打擾了她的祈禱。可是也正高興和外界有所接觸。我們的大日子，她說。卡爾梅勒山聖母節。名字也是甜的：卡拉梅爾糖。她是知道的，我從她的神情看出她是知道的。如果她結過婚，她就會不一樣了。估計她們是真缺錢。然而還是吃什麼都用最好的黃油炸。她們可不用豬油。吃滴油，心口疼。她們喜歡裡裡外外都用黃油。莫莉撩起了面紗嚐味道。修女嗎？當鋪老闆的女兒派特•克拉菲。人們說，帶刺鐵絲網是一位修女發明的。

利拖著沉重的腳步過去了，他才橫過威斯特摩蘭街。漫遊者自行車商店。今天有自行車賽。那是多久以前的事啦？菲爾•吉利根去世的那一年。我們那時住在隆巴德西街。等一等：那時在湯姆公司。威士敦•希利公司的工作是我們結婚那年找的。六年。十年前了。他是九四年死的不錯阿諾特公司大火。瓦爾•狄龍是市長。格倫克里宴會。市參議員羅伯特•奧賴利在旗子倒下以前，把葡萄酒全折在自己的湯盤裡了。伯特伯特都灌進了議員肚子。響得連樂隊的演奏都聽不見了。我們已經享用，願天主。米莉那時還是個小娃娃。莫莉那天穿那套象皮色的衣服，裝飾著編織青蛙的。男式做工，暗釦。她不喜歡它，因為她在合唱團塔糖山野餐那天第一次穿，我就扭傷了腳踝。倒好像那事有什麼似的。老古德溫的高帽子上被人弄上了發黏的東西。蒼蠅也野餐。她穿的衣服還從來沒有那樣處處合身的，肩膀、臀部，像戴手套一樣。剛開始豐滿起來。那天吃的是兔肉餅。人們的目光都跟在她身子後面轉。

幸福。那時比現在幸福。舒心的小房間，紅色的牆紙。多克瑞爾公司的，每打一先令九便士。那晚上給米莉洗澡。我買的是美國香皂：接骨木花的。她的洗澡水散發著溫馨的氣味。她全身抹上肥皂，那樣子好玩得很。身材也好看。現在照相了。可憐的爸爸就曾經跟我談他的達蓋爾式銀版照相室。祖傳的興趣。

他順著街沿石走著。

生命的長河。那個每次經過都要斜著眼睛往裡頭瞟的傢伙，教士模樣的，叫什麼名字來著？眼力不濟事，女人。到項緣的聖凱文廣場去過。彭什麼的。彭登尼斯嗎？我的記憶力現在有些。彭……？當然，是多少年以前的事了。電車的嘈雜聲音大概也。哎，既然他連天天見面的日班組長的名字都記不住嘛。

巴特爾・達西唱男高音，那時他剛露臉。排練之後送她回家。自命不凡的傢伙，打了蠟的八

11 《聖經・創世紀》中羅德妻子因受好奇心驅使，回首一望即化成鹽柱。

字翳。送給她〈風從南方來〉那首歌曲。

那晚風大，市長官邸晚餐廳還是橡木廳內舉行古德溫音樂會之後我去接她，分會那時正開會解決彩票事件。他和我在後面。我手上拿著她的樂譜被風颳走，掛在高中的欄杆上。還幸好，沒有。那樣一件事，可以把她整夜的情緒都毀了的。古德溫教授挽著她的胳臂走在前面。腿腳都不穩了，可憐的老酒鬼。他的那些告別音樂會。真正的最後一次登臺。興許是多少個月，興許是永不[12]。還記得她豎起了風雪領，對著風哈哈大笑的樣子。記得那一陣狂風，在哈考特路轉角。呼嚕嘩！把她的裡外裙子全翻了起來，她的皮毛圍巾幾乎把古溫德老頭兒悶死。颳得她滿臉通紅。記得一到家就捅開火，把羊肉條煎熱，加上她愛吃的查特尼調料，讓她吃宵夜。還有溫熱的香甜酒。我從壁爐邊，能看到她在臥室裡解她的緊身胸衣的束腰褡：白色的。

窸窸窣窣，她的胸衣柔軟地墜落在床上。總是帶著她的體溫的。她擺脫那些束縛，心裡總是痛快的。坐在那裡摘她的頭髮夾子，一直坐到快兩點。米莉睡在小床上，蓋得嚴嚴的。幸福。幸福。正是那天夜間……

——唷，布盧姆先生，你好？

——唷，你好嗎，布林太太？

——發牢騷沒有用。莫莉近來怎麼樣？好久好久沒見到她了。

——再好也沒有，布盧姆先生高高興興地說。米莉在馬林加找到了工作，你知道。

——真的嗎？對她不是太好了嗎？

——不錯。在那地方的一家照相館。著了火一樣的興旺。你的人都好嗎？

——全吃著麵包呢，布林太太說。

她有幾個？看樣子下面還沒有。

——我看你穿黑的。你不是有什麼……？

——不是，布盧姆先生說。我剛參加了一個葬禮。

可以預料，整天都斷不了的。誰死了，什麼時候，怎麼死的？沒完沒了。

——唷，這可是，布林太太說。希望不是什麼近親吧。

讓她慰問一下也好。

——狄格南，布盧姆先生說。是我的一個老朋友。他死得很突然，可憐的老夥計。心臟問題，我相信是。今天上午的葬禮。

你的葬禮將明天舉行
你那時將從黑麥地裡來。
滴得兒滴得兒，達姆達姆
滴得兒滴得兒……[13]

12 此句引自一惜別歌曲。

13 這些歌詞出自兩首互不相干的歌曲。

——喪失老朋友是傷心的事，布林太太的女人眼睛憂愁地說。這事談夠了。只需要：不動聲色地：丈夫。

——你家掌櫃的呢？

布林太太抬起了她的一雙大眼睛。這倒是沒有失去。

——哎，別說了！她說。他這人，連響尾蛇見到他都會嚇一跳的。他現在在那裡頭呢，帶著他的法律書，想弄清誹謗問題的法律呢。他簡直要了我的命。等我給你看一樣東西。

一股仿甲魚熱湯的蒸氣，摻和著新烤果醬鬆糕。果餡捲餅的香味，從哈里森公司裡邊溢出來。濃郁的中午氣息，刺激著布盧姆先生的食道頂端。點心得做得道地，用黃油、上好麵粉、德梅拉拉蔗糖，不然他們就著熱茶嚐得出來的。要不，是從她身上來的？一個光腳的流浪兒，站在格柵上吸著那氣味。用這辦法煞一煞飢餓的折磨。這樣，是好受還是難受？一便士一頓的飯[14]。刀叉都是用鏈條拴在桌子上的。

她打開了手提包，碎皮拼花的。別帽子的簪子：這類東西應該有一個套子。在電車裡可以刺人的眼睛。翻來翻去地找。敞著口。錢幣。請取一枚吧。她們哪，丟掉六便士就要大吵大鬧了。吵得天翻地覆。丈夫也肝火上升。我星期一給你的十先令哪裡去了？你是不是給你弟弟一家人買吃的了？髒手帕：藥瓶。掉出來的是一顆錠劑。她是在……？

——一定是新月出來了，她說。他到這時候總是不行的。你知道他昨天晚上幹什麼了嗎？

她的手停止了翻找，兩隻眼睛定定地望著他，睜得大大的，露出驚慌的神色，然而仍帶著一絲笑意。

——幹什麼了？布盧姆先生問。

讓她說。眼睛正視著她的眼睛。我相信你的話。信任我吧。

——半夜把我弄醒了，她說。他做了一個夢，一個惡夢。

消化不。

——他說，黑桃A走上樓梯來了。

——黑桃A！布盧姆先生說。

她從手提包裡取出一張摺疊著的明信片。

——你看一看，她說。他今天上午收到的。

——什麼呀？布盧姆先生接過明信片說。卜一？

——卜一：上，她說。有人在捉弄他。不管那人是誰，太可恥了。

——真是的，布盧姆先生說。

她接回明信片，嘆了一口氣。

——他現在正去找門頓先生的事務所。他要起訴，要索賠一萬鎊，他說。

---

14 都柏林一慈善機構於冬季廉價供應窮人的飯食。

她又摺起明信片，塞回她那零亂的手提包裡，喀的一聲扣上了搭鈕。

還是她兩年前穿的那一身藍嗶嘰連衣裙，料面已經發白了。已經過了它的鮮亮時期。耳邊飄著小綹頭髮。陳舊的小絨帽：三顆老葡萄球，使它還不致太使人難受。帶窮酸味的體面。她原來對穿著是很講究的。嘴邊出現了皺紋。只比莫莉大一歲左右。

一個路過的女人瞥了她一眼。看那眼中的神色吧。殘酷的。女人是不容人的。

他沉靜地看著她，把他自己的欠缺感收在眼後不露出來。辛辣的仿甲魚湯牛尾湯咖哩雞湯氣味。我也餓了。她的衣服埶邊處有一點糕餅屑：臉頰上沾著一抹白糖似的麵粉。餡料豐富的大黃酥皮餅，餡內有多種果品。當年的宙細・鮑威爾。在盧克・多伊爾家，很久以前的事了。海豚倉，字謎遊戲。卜一：上。

換個話題吧。

——你有時見著波福依太太嗎？布盧姆先生問。

——米娜・皮尤福依嗎？她說。

我想到菲利普・波福依了。觀劇俱樂部。馬察姆常常想起那一著妙棋。我拉了鏈子嗎？拉了。最後一個動作。

——對。

——我在回來的路上剛去問過她生了沒有。她在霍利斯街的產科醫院。霍恩大夫收的她。已經痛了三天了。

——唷，布盧姆先生說。這可受罪了。

——是呀，布林太太說。家裡還有一屋子的娃娃呢。是個大難產，護士對我說。

——唷，布盧姆先生說。

他的沉重的憐憫的目光吸收了她的消息。他的舌頭彈出同情的聲音。嘖！嘖！

——這可受罪了，他說。可憐的人！三天！她可受大罪了。

布林太太點點頭。

——她是星期二開始痛的……

布盧姆先生輕輕地碰了一下她的胳膊肘鷹嘴突，要她注意：

——小心！讓這人過去。

一個瘦骨嶙峋的人，跨著大步順街沿石從河邊走來，一面走一面透過一只掛有粗線的單眼鏡，目不斜視地盯著太陽光。他戴著一頂小小的帽子，像瓜皮似的緊扣在腦袋上。隨著他的腳步晃盪的，是他胳臂上挽著的一件疊起的風衣、一根手杖、一把雨傘。

——瞧他，布盧姆先生說。他總是繞到路燈柱子外邊去走的。瞧！

——這是誰呀，我可以問嗎？布林太太問。他有神經病嗎？

——他的名字叫做卡什爾・博伊爾・奧康納・菲茨莫里斯・蒂斯德爾・法雷爾，布盧姆先生笑著說。瞧！

——這一串真夠長的，她說。丹尼斯也有一天會像這樣的。

她突然打住了。

——他來了，她說。我得跟著他去。再見。給我問莫莉好，好吧？

——好的，布盧姆先生說。

他望著她從行人中間穿過，向店鋪門前走去。丹尼斯•布林身上穿一件窄巴巴的禮服大衣，腳下一雙藍色帆布鞋，窸窸窣窣地從哈里森公司裡走出來了，胸前捧著兩部沉重的大書。海風颳來的。和以前一樣。他聽任她趕上了他，並沒有什麼感到意外的表示，還將自己的灰白烏暗的大鬍子轉向她這邊，搖晃著鬆動的下巴，認真地說起話來。

瘋狂。精神錯亂了。

布盧姆先生接著又輕鬆地往前走。他還能看見前方陽光中那頂緊貼腦袋的小帽子和晃晃盪盪的手杖雨傘風衣。還派頭十足的哩。瞧他！又拐出去了。也是一種在世界上生活的方式。還有那另一位鬍子拉雜穿那一身衣服的老瘋子。她跟他一起可不好過。

卜一：上。我敢起誓，不是阿爾夫•伯根，便是里奇•古爾丁寫的。我敢打賭，是為了給蘇格蘭酒店裡的人製造個笑料。去找門頓事務所了。那雙牡蠣眼睛盯著明信片端詳。夠教神仙們開心的。

他走過《愛爾蘭時報》。也許那裡還有一些應徵信等著哩。我都願意寫回信。倒是一種可供罪犯利用的聯絡辦法。暗號。他們現在吃午飯呢。那裡頭那位戴眼鏡的職員不認識我。哎，留在那裡文火燉吧。看了四十四封，也夠囉嗦的了。徵聘能幹女打字員協助紳士從事文字工作。我把你叫做淘氣心肝兒，是因為我不喜歡另外那個司。請你告訴我，是什麼意思。請告訴我，你妻子用什麼香水。告訴我，世界是誰創造的。她們就想得出那些個問題來問！還有另外那一位，麗西・特威格。我的文學活動有幸獲得傑出詩人A・E（喬・拉塞爾先生）的讚許。她只顧拿著一本詩喝她的乏茶，沒有工夫做一做自己的頭髮。

這家報紙登小廣告，比別家都強得多。現在擴大到外省了。廚師兼管事，廚灶優良，另有女僕。酒櫃徵聘靈活男招待。正派姑娘（天主教）願考慮水果或豬肉商店工作。詹姆士・卡萊爾的功勞。六分半的紅利。買科茨公司股票賺了一大票。小心謹慎。狡猾的蘇格蘭老財迷。儘登捧場新聞。吾島仁慈而備受愛戴的總督夫人。現在又買下了《愛爾蘭農田周報》。芒卡謝爾夫人產後已完全康復，昨日騎馬參加了沃德聯合會獵狐隊拉綏思放獵大會。狐肉不可食。也有為肉打獵的。恐懼增汁，肉就變嫩，可口了。跨馬而騎。用男式騎馬姿勢。負重女獵人。她是不騎側鞍或是後鞍的，她才不呢。會合時第一個到，捕殺時親臨現場。壯得像傳種的母馬，這些玩馬的女人有一些是。大搖大擺地在代客養馬的馬廄裡來回走動。一仰脖子就灌下一杯不攙水的白蘭地，你還來不及張嘴說話呢。今天上午格羅夫納飯店那一位。抬腿就上了車，稀鬆平常。騎馬敢跳石牆或是五道欄的大柵門。我想那個扁鼻頭的司機是有意搗亂。她有一點像誰來著？噯，對了！米麗亞姆・丹德雷德太太，在謝爾本飯店賣給我那些舊披肩、黑內衣的。離了婚的西裔美國人。我翻弄那些衣服她毫不在意。彷佛我是她的晾衣架。在總督招待會上也見到了她。是公園管理員斯塔布斯把我和《快報》的惠蘭帶進去的，吃頭面人物剩下的東西。正式茶點。我把蛋黃醬當作奶蛋凍加在李子上了。那以後她的耳朵準得跳上幾個星期。對她得像一頭牛才行。天生的花魁。管孩子的事可沒有她的分兒，謝謝。

可憐的皮尤福依太太！丈夫是衛理公會的。瘋癲之中還是頗有理性的呢[15]，在教育奶品社吃藏紅甜麵包喝牛奶和蘇打水的午餐。基督教青年會。吃飯看著秒表，每分鐘嚼三十二下。可是他的羊排絡腮鬍子照樣地長。據說他是有來頭的。西奧多有一個堂兄弟在都柏林城堡工作。每個家庭都有個體面的親戚。他給她的是耐霜型逐年生。我在三人快活酒店，看到他在外面光著腦袋一個勁兒地走，他的大兒子用網兜背著一個。一個個哭哭啼啼的。可憐的女人！然後，一年又一年的，整夜隨時得奶孩子。自私著呢，這些滴酒不沾的人。狗占牛槽。我的茶裡只要一塊糖，麻煩你。

他在艦隊街的路口站了一會兒。午飯時間了。羅氏酒店六便士的？得到國立圖書館去查那分廣告呢。伯頓飯店八便士的。這好一些。順路。

他繼續往前走，路過了博爾頓公司的威斯特摩蘭街門市部。茶葉。茶葉。茶葉。我忘了從湯姆・克南那兒弄一些。

嘶。嘖，嘖，嘖！三天，想一想，額頭上蓋著浸醋的頭巾，挺著她的大肚子躺在床上呻吟。啊唷！簡直可怕！嬰兒腦袋太大：鉗子。在她肚子裡，弓著腰一個勁兒地亂頂，摸著黑找出口。要是我，可得要了我的命。莫莉那時幸好輕輕鬆鬆地就過來了。他們應該發明個防止的辦法。劇痛中來到的生命。朦朧入睡法：維多利亞女王用過。她生了九個。下得勤的。老太太把靴子當房，孩子太多[16]。可能他有癆病吧。是時候了，該有人動動這腦筋了，別儘說些屁話，怎麼說的來著，什麼沉思的胸膛那光彩四射的銀輝。一些騙傻瓜的廢話。他們要弄大產院整個過程無痛苦很容易辦到的收了那麼多稅每生一個孩子給五鎊複利直到二十一歲百分之五合一百零五先令算鎊數要乘二十煩人十進位鼓勵人存錢儲蓄一百一十加點零頭二十一年要用紙筆才算得清數目很可觀你想不到的。

死胎當然不在內。連登記都不登記的。白費事一場。

兩個在一起的樣子好玩，兩人都挺著大肚子。莫莉和莫伊塞爾太太。媽媽會。癆病暫時消退，以後再回來。她們生完以後，樣子突然變了，人顯得扁了。眼神寧靜了。心情輕鬆了。桑頓老太太是一位開朗高興的老人。我的這許多小寶寶，她說。她餵他們以前，先把軟食匙在自己的嘴裡放一放。嘿，好吃好吃。她的手是老湯姆•沃爾的兒子擠壞的。他的首次登臺亮相。腦袋像個獲獎的大南瓜。愛吸鼻煙的墨林大夫。什麼鐘點都有人去敲門叫醒他們。看天主的面上吧，大夫。老婆陣痛了。然後，該付帳了，卻一拖好幾個月。為尊夫人接生費用。人們沒有一點感恩思

15 典出莎劇《哈姆雷特》：波洛涅斯聽哈姆雷特的一些表面瘋癲而實際諷刺的話後作此感嘆。

16 英國童謠云：

有一個老太太把靴子當房，
孩子太多不知道怎麼辦；
沒有麵包只能灌湯，
各打一頓屁股送上床。

想。醫生是人道的，大多數是。

愛爾蘭議會大廈的巍峨大門前，飛翔著一群鴿子。牠們的餐後嬉戲。咱們往誰的身上撒？我挑那個穿黑的傢伙。看傢伙吧。你交好運了。從半空中拉，一定有趣得很。阿普瓊、我自己，還有歐文・戈德堡，在古斯草地爬到樹上裝猴子玩。他們把我叫作鯖魚。

從學院街口裡頭，一批警察排成單列縱隊出來了。雄赳赳的。臉上冒著吃飽飯的熱氣，頭盔上冒著汗，手裡拍打著警棍。腰帶下面剛塞了一肚子湯肥料足的午餐。警察的差事常常並不苦[17]。他們分成小組，敬禮之後，各組走向自己的巡邏地段去了。放出去吃草了。最好的攻擊時刻是吃飯時間。肚子塞滿了正好下拳。另一隊隊形不規則的，繞過三一學院的柵欄回警察局去了。奔他們的槽頭去了。準備迎擊騎兵[18]。準備迎擊餡兒餅吧。

他在湯米・穆爾[19]的行為不端的指頭下橫過了馬路。他們把他立在便池上邊是有理的：水的匯合[20]。女人也應該有地方才行。往糕點鋪裡跑。整理一下我的帽子。全世界沒有一個山谷。朱麗婭・茅肯愛唱的著名歌曲。她的嗓子保養得很好，直到最後。她是邁克爾・鮑爾弗的學生吧？

他望著隊列最後一人的寬闊的制服背影。一些不好對付的主顧。傑克・帕爾知道內情：父親是便衣。誰要是被捕的時候給他們添麻煩，他們就在監牢裡狠狠地治他。話又得說回來，他們的活兒是這樣的活兒，尤其是那些年輕的馬路神，實在也不能責怪他們。約・張伯倫在三一學院接受學位那天[21]，那個騎警可耍夠了威風。說真格兒的，耍夠了！他的馬蹄子喀答答喀答答地追著我們在修道院街上跑。幸好我的腦子還沒有亂，一頭鑽進了曼寧酒店，要不然我可倒了楣了。他可是真衝過來啊，好傢伙。他準是摔在石頭路面上把腦袋摔破了。我本來不該捲進那群醫學院學生中間去的。還有那些戴方帽子的三一學院大一生。自找麻煩。可是我也認識了那個年輕人狄克遜，我挨蜂螫就是他在慈母醫院給我治的，現在他在霍利斯街了，皮尤福依太太正在那兒。輪中有輪[22]。現在我的耳朵裡還有警笛響呢。人人逃竄。他為什麼單追我呢。要逮我。就是在這地點開始的。

——支持布爾人[23]！

17 十九世紀末一歌劇中有歌詞曰：「警察的差事並不美」。

18 這是當時步兵作戰口令之一。

19 湯米（即托馬斯）·穆爾（一七七九—一八五二）為愛爾蘭著名詩人，其雕像立於三一學院附近，雕像下有一公共便池。曾有人著文〈湯米·穆爾的不端行為〉，指責穆爾某些著名詩篇係剽襲法文及拉丁詩品，實為翻譯。

20 穆爾曾有一詩讚美都柏林以南兩河合流的山谷，題為〈水的匯合〉。該詩第一行為：「全世界沒有一個山谷有這樣的美。」

21 約（瑟夫）·張伯倫（一八三六—一九一四）為十九世紀末至二十世紀初英國殖民大臣，制訂帝國主義政策甚力，反對愛爾蘭自治，推行南非殖民戰爭，因此張一八九九年來都柏林三一學院接受榮譽學位時，愛爾蘭民族主義者在附近示威並舉行支持兩非人民的大會，遭到警察鎮壓。

22 《聖經·以西結書》中先知以西結敘述所見神人形象有翅有輪，輪中又有輪，能向任一方向行駛。因此「輪中有輪」表示複雜巧妙。

23 南非戰爭（即布爾戰爭）於一八九九年開始，南非的兩個布爾人共和國抵抗英國以張伯倫為代表的殖民政策，最後於一九〇二年遭到殘酷鎮壓。愛爾蘭軍隊曾被英國殖民政府遣往南非作戰，但愛爾蘭民族主義者同時曾組織志願軍支持布爾人。

——德威特[24]好！好！好！

——吊死約・張伯倫！把他吊上酸蘋果樹！

傻小子們：初生之犢，成群結隊的，把嗓子都喊破了。醋山[25]。黃油公會樂隊[26]。要不了幾年，他們中間有一半人都會當上治安法官、公務員的。戰爭一來，又都亂鬨鬨地參軍了：還是同樣的這些人。不怕把絞架上[27]。

沒法知道和你說話的人究竟是個什麼樣的人。康尼・凱萊赫的眼神就有些像哈維・達夫[28]。譬如說那個諧里，名字叫彼得還是丹尼斯還是詹姆斯的，他就出賣了無敵會。實際上還是市政府的人。慫恿毛頭小夥子們去幹，探消息，自己卻一直從城堡裡領取祕密任務費。快把他扔了，燙手。那些便衣就總是追婢女。穿慣了制服的人，一眼就看出來了。擠在後門上揉弄她一陣。然後，下一道菜就來了。那位來做客的先生是誰？少爺說了些什麼嗎？鑰匙孔眼裡窺看。囮子。年輕氣盛的學生子，纏著她熨衣服的肥胖胳膊胡鬧。

——這些是你的嗎？瑪利？

——我不穿這樣的衣服……住手，要不我向太太告你。半夜都不回家。

——好時光快到了，瑪利。你等著瞧吧。

——嘿，去你的好時光快到吧。

酒吧女招待也是。菸草店姑娘們。

詹姆斯・斯蒂芬斯[29]的主意最好。他了解他們。十人一組，有人出賣的話，不能波及本人小圈子以外的人。新芬。你退，你挨刀子。隱蔽的手。別退。行刑隊槍決。獄卒的女兒把他弄出了里奇蒙德監獄，從勒斯克出的海。在白金漢宮旅館過夜，就在他們鼻子底下。加里波第[30]。

你必須有一種魅力才行：帕內爾。阿瑟·格里菲斯是個耿直的人，但是缺乏帶動群眾的魄力。要不，高談闊論，歌頌可愛的祖國。唬弄人的玩意兒。都柏林糕點公司茶室。辯論會。論共和制是最好的政治制度。論語言問題應比經濟問題優先。利用你的女兒們把他們哄到家裡。用酒肉把他們灌足了，塞飽了。米迦勒節大鵝。這一塊肚皮帶著百里香作料好，給你吧。趁著它還不太冷，再來一夸脫的鵝油吧。吃不飽的積極分子。給一便士的麵包，就跟著樂隊走一趟。切肉的人忙得沒有喘口氣的機會。知道別人會付帳，吃得最香。一點也不講客套。帶我們去吃杏子吧，我說的是桃子。那不太遙遠的將來的一天。自治的太陽從西北方升起。

---

24 德威特（一八五四—一九二二）為布爾軍隊領導人，以英勇善戰著稱。

25 醋山在韋克斯福德郡，一七九八年愛爾蘭人曾在此起義被鎮壓。

26 該樂隊參與了支持布爾人的示威大會。

27 愛爾蘭歌曲〈天主保佑愛爾蘭〉云：

　不怕把絞架上，
　不怕把疆場闖；
　為了親愛的愛爾蘭，
　我們甘心把命喪。

28 達夫為十九世紀一齣戲劇中的一個角色，以農民面目出現，實為警方暗探。

29 斯蒂芬斯（參見第三章注62一二三頁）於十九世紀中葉組織芬尼亞協會時採用祕密結社辦法，十人一組，各組互不通聲氣。

30 加里波第（一八〇七—八二）為意大利民族統一運動領袖，英勇善戰，亦曾流亡國外。

他走著走著，笑容消失了，一片烏雲緩緩地遮住太陽，將三一學院的傲慢的前臉蒙上了一層陰影。一列列的電車交錯駛過，進來的、出去的，鏗啷鏗啷。無用的言語。一切照舊，日復一日的：一隊隊的警察出來又進去；電車開進來又開出去。那兩個瘋子到處遊蕩著。狄格南被拉走了。米娜・皮尤福依挺著大肚子躺在產床上，呻吟著等人從她肚子裡拽出一個孩子來。每秒鐘都有地方有一個人出生。每秒鐘都有一個人死去。我餵鳥以來有五分鐘了。已經有三百個人挺了腿兒。同時又有三百個人出生，洗掉血，所有的人都是在羊羔的血裡洗過的，聲嘶力竭地喊著媽哇哇哇。

整城的人都在消逝，又有整城的人在出現，在消逝：又有別人出現，逝去。房屋，一排排的房屋，街道，鋪了多少英里的路面，成堆的磚、石頭。易手。這個主人，那個主人。房地產的業主是從來不死的，人們說。他走了，自有別人來頂他的缺。他們花黃金購置了產業，可是他們照樣擁有那麼多的黃金。其中必有欺詐之處。積累成城，一代代地損耗。沙中金字塔。靠麵包加洋蔥[31]修建的。奴隸中國長城。巴比倫。大石塊古蹟。一些圓塔[32]。其餘瓦礫，大片的郊區建築，偷工減料蓋的。克爾萬[33]的蘑菇房屋，用焦渣造的。擋擋風雨，過個夜。

誰也沒有什麼了不起的。

這是一天中最不好的時刻。活力。無聊，陰沉；我討厭這個時刻。有一種被吞食而又被嘔吐出來的感覺。

院長公館。可敬的馬哈博士：罐頭馬哈魚。封在那裡頭，嚴實著呢。可不願意住在那裡頭，倒貼我錢也不願。希望今天有肝、有鹹肉。真空狀態，天怒人怨。

太陽緩緩地擺脫了烏雲，將對面沃爾特・塞克斯頓金銀店櫥窗裡的銀餐具照得閃閃放光。約翰・霍華德・帕內爾從櫥窗前走過，視而不見的樣子。

正是他：兄弟[34]。一個模子脫的。讓人難忘的臉。這可是巧合。通常你幾百次地想到一個人也不見得遇到他。像是在夢遊的樣子。沒有人認識他。今天市政府一定有會議。人們說，他自從當上市政典禮官之後，從來沒有穿過典禮官的官服。查利・博爾傑那時，出來可總是騎著高頭大馬，戴著翹角帽，挺胸凸肚的，撲著粉，臉上刮得乾乾淨淨。瞧，他走路的這副愁眉苦臉的樣子，吃了個臭雞蛋。水煎荷包活見鬼。我難受。偉人的兄弟：他哥哥的弟弟。他要是騎上市府的戰馬還是夠神氣的。進都糕點[35]大概是去喝他的咖啡，下他的象棋去了。他哥哥就是把人當卒子用。讓他們全都走上絕路。不敢說他一句話。用他的眼神就把人們鎮住了。那就是魅力：名氣。一家子都有一點神經質。他妹妹瘋子梵妮和姊姊迪金森太太，駕著緋紅馬具的車子到處跑。身子筆直的，像外科醫生馬德爾。可是在南米斯郡選舉中，戴維・希伊擊敗了他[36]。謀個奇爾騰區的

31 麵包加洋蔥是西方古代奴隸常吃的伙食。
32 巨石與圓塔均為愛爾蘭古蹟。
33 克爾萬為都柏林營造商人，承建大批廉價房屋。
34 約翰・霍・帕內爾為已故民族英雄帕內爾之弟。
35 即「都柏林糕點公司茶室」。
36 約翰・帕內爾曾任南米斯郡國會議員，於一九〇三年被希伊擊敗後方任市政典禮官。

差事[37]任個退休公職吧。愛國者宴會。在公園裡大啃橙子皮[38]。賽門・代達勒斯在人們把他弄進議會去的時候說，帕內爾會從墳墓裡爬出來，把他從下議院裡拉出去的。

——說到那一條雙頭章魚，牠的一個頭是世界應到而未到的盡頭，而另一個是用蘇格蘭口音說話的頭。牠的八腕……

兩個人沿著街沿石，從布盧姆先生的後面走來，越過了他。大鬍子、自行車。年輕婦女。

他也到這裡來了。這可真是巧合了：第二個。事件未到之前影子先到。曾獲傑出詩人喬・拉塞爾先生的讚許。這位跟他一起走的，可能就是麗西・特威格。A・E：這兩個字母是什麼意思？也許是詞首字母。艾伯特・愛德華、阿瑟・埃德蒙、阿方薩斯・埃布・埃德・埃爾埃斯快[39]。他說什麼來著？世界盡頭帶蘇格蘭口音的。八腕：章魚。奧祕的玩意兒：象徵派。滔滔不絕。她是傾耳恭聽。一語不發。協助紳士從事文字工作。

他的眼光跟隨著那位穿手織粗呢衣服的高個兒後影，大鬍子、自行車，旁邊是聽他說話的女人。從素食餐館來。只吃蔬菜水果。別吃牛排。你要是吃了，那頭牛的眼睛就會死死地盯著你看，永世不放鬆。他們說是有益健康。然而氣脹水多。我試過。整天跑廁所。像得了鼓脹病那麼糟。整夜做夢。他們為什麼把他們給我上的那盤菜叫作堅果牛排呢？堅果派。水果派。意思是讓你感到吃的是牛後座。荒謬。也鹹。他們煮的時候放了蘇打。害得你整夜守著水管。

她的長襪子鬆鬆散散地落在腳踝上。我討厭這種樣子：多不雅觀。這些舞文弄墨、虛無縹緲的人，他們都是這樣的。夢幻似的，騰雲駕霧，象徵派的。他們是美學家。很有可能是那種食物你瞧產生的那種腦波，詩的。比方拿一名大吃愛爾蘭紅燒肉吃得汗透襯衫的警察來說吧，你就休想從他腦子裡擠出一行詩來。連什麼叫詩也不知道。必須有某種情緒才行。

夢幻似的雲霧似的海鷗
招手在波浪渾濁的橋頭。

他在納索街口橫過馬路，在耶茨父子公司的櫥窗前站了一會，看看望遠鏡的價錢。要不，到老哈里斯的店裡，和小辛克萊談一談？挺有禮貌的青年。大概正吃午飯吧。我那副老鏡子非修不可了。戈爾茲鏡片六個幾尼亞。德國人到處都在發展。優惠銷售，奪取貿易。削價搶生意。也許在鐵路失物招領處能碰上一副。人們忘在火車裡和衣帽間裡的東西，可真是驚人。他們在想什麼呢？女人也那樣。難於相信。去年坐車去恩尼斯，就撿到了那位農人女兒的手提包，在利默里克換車的時候交還給她的。還有無人認領的錢。那邊銀行屋頂上放著一塊小錶呢，測試這些望遠鏡

37 奇爾騰區在英國，曾因盜匪橫行而專設皇家管理處，該處在盜匪消滅後成為安置冗員的機構，常有下臺國會議員在此任職。

38 親英的奧倫治協會（參見第二章注41九十七頁）名稱中的奧倫治一詞（Orange）亦指橙子，因此愛爾蘭民族主義者以吞吃橙子以示敵愾。

39 A．E為拉塞爾筆名，而這些名字的簡寫都是A．E；第一個是英國國王，第二個是貴族，第三個名字最後一個詞「埃斯快」（Esquire）為英國上流社會對紳士的尊稱，大體相當於「先生」，詞首字母湊巧也是E。

用的。

他的眼簾下垂到了虹膜的底邊。看不見。如果你想像著那兒有錶，你看著就幾乎像有一塊似的。看不見。

他轉過身來，站在兩方天篷之間伸直右胳膊，對著太陽張開了右手。我好幾次都想試試這個了。不錯，完全的。他的小手指指尖擋住了太陽的圓盤。一定是光線在這裡聚焦的緣故。假如我有一副黑眼鏡的話。有意思。我們住在隆巴德西街的時候，人們談太陽黑子談了好多。實際上是大極了的爆炸。今年將有一次全蝕，秋天的什麼時候。

我想起來了，那球降落報的是格林威治時間。鐘是由鄧辛克天文臺用電線控制的。我得找一個月的第一個星期六，出去看一次才好[40]。假如我能請人介紹一下喬利教授的話，或是能打聽到一些有關他家的情況也行。那辦法是可以起作用的：人聽了總是感到受用的。完全意料不到的恭維。貴族以出身於某個國王情婦系下為榮。女祖宗。給他添點油加點醋。脫脫帽子，走遍全國。可不能進去就楞頭楞腦，脫口而出說些明知道不該說的話：視差是怎麼回事？請這位先生出去。

啊。

他的手又垂下了。

總弄不清究竟是怎麼一回事。浪費時間。一些氣體的球，一個個打著轉，相交、相超越。同一個調子永遠不變。氣體：然後固體：然後是世界，然後冷卻：然後成一個漂流的死殼，凝固的岩體，就像那塊椰子糖一樣。月亮。一定是新月出來了，她說。我相信是新月了。

他往前走，過了克萊爾服裝商店。

等一下。我們那天晚上是滿月，兩星期前的星期日，現在正是新月了。沿著托爾卡河散步。費爾菲尤的月色，那樣就很不錯了。她在哼著樂曲。五月的年輕月亮熠熠生輝，愛人哪。他在她的另一邊，臂、肘。他。螢火蟲的燈籠閃著亮光，愛人哪[41]。接觸。手指。問。答。同意。

算了。算了。是那樣就是那樣了。必然性。

布盧姆先生呼吸加快而步伐放慢，走過了亞當大院。

一聲安靜些別激動他的眼睛注意到了鮑勃·竇冉的瓶子肩膀，這條街大白天。他的一年一度的縱樂又到了，麥考伊說。他們喝酒，為的是說什麼或是幹什麼，或是cherchez la femme[42]到空街去找野雞和幫閒的胡鬧，然後一年到頭規規矩矩的像個法官。

果然。我就估計如此。踅進帝國酒店去了。進去了。他就是喝點白蘇打水好。在惠特布雷德在此辦女王劇院之前，這裡是派特·金塞拉開豎琴歌舞廳的地方。淘氣成精。仿效戴恩·布西考爾特那一套，圓圓的月亮臉，戴一頂撐邊女帽。三個活潑的小姑娘放學了[43]。時間過得多快啊，是吧？撩起裙子，露出裡面的紅褲子。酒客們喝著酒，噴著酒沫哈哈大笑，嗆得喘不過氣來。加

40 鄧辛克天文臺在郊區，每月第一個星期六對外開放一次。
41 此二句出自歌曲〈五月的年輕月亮〉。
42 法語：「尋找女人」。法語原指尋找問題的根源，因為事端起因往往是女人。
43 此句為歌劇《天皇》中歌詞。

把勁兒呀，派特。粗俗的紅色：供酒鬼們取樂的：哄堂大笑，煙霧騰騰。脫掉那頂白帽子吧。他的眼睛像燙過的一樣。現在他到哪裡去了？在什麼地方要飯吧。豎琴呀，是你當年害得我們都挨了餓。

我那時比現在幸福。可那時候那人是我嗎？或者說，我現在是我嗎？那時我二十八。她二十三。我們從隆巴德西街搬出來那時候，情形發生了一些變化。自從有過茹迪以後，怎麼也提不起興致來了。時間是沒有辦法找回來的。好像用手抓水一樣。你希望回到那時候去嗎？那時剛剛開始。你希望嗎？你這個可憐的小淘氣，你在家裡是不快樂嗎？想給我縫鈕釦呢。我得寫回信，在圖書館裡寫吧。

格拉夫頓街上，鋪面前都撐著五顏六色的天篷，那花花綠綠的景象撩撥著他的感官。在炙人的石頭路面上，印花細布、絲綢女士、華麗老太太，馬具叮噹、馬蹄得得。那女人穿著白色長襪的腿腳好粗。希望來一場雨，給她濺上一腿泥才好呢。鄉下來的肉婆子。那些肉長到腳後跟的都出來了。女人肉一多，腳總是那麼臃腫的。莫莉顯得有些重心不穩。

他不緊不慢地走過布朗•托馬斯絲綢店的櫥窗。緞帶的瀑布。輕柔的中國絲綢。一口斜置的缽，從缽口噴出一道血色府綢的洪流：光彩熠熠的血。是胡格諾們帶來的。La causa è santa.[44] 那合唱真雄壯。嗒啦。必須用雨水洗。邁耶貝爾。嗒啦：砰、砰、砰。

針插。我早就鬧著要買一個了。到處亂插。窗簾裡頭就插著針。

他露出了一點左前臂。刺破的地方：快好了。今天反正不買了。得轉回去取那美容劑。也許，等她的生日吧。六、七、八、九月八號。差不多還有三個月。可是她也許還不喜歡呢。女人不愛揀大頭針。說是分愛。

亮晶晶的各種綢緞、掛在精細銅欄杆上的襯裙、鋪成輻射狀的長絲襪。

回去是沒有用的。無法避免的。把一切都告訴我。

高聲說話的嗓音。陽光和煦的絲綢。叮叮噹噹的馬具聲。全都是為了一個女人，家、房子、絲綢、銀器、味道濃郁、帶著雅法異香的水果。移民墾殖公司。世界的財富。

一種暖烘烘的人體豐滿感向他迎頭撲來。他的頭腦順從了。擁抱的香味向他全身襲來。他的肉模糊地感到飢餓，他默默地渴望著傾心動情。

公爵路。到了。必須吃東西了。伯頓飯店。吃了情緒會好些。

他在康布里奇公司旁邊拐彎時，仍沒有擺脫被追逐感。叮叮噹噹，馬蹄得得。香噴噴的身子，熱烘烘的，豐滿的。全身被吻遍了，順從了：在茂密的夏田裡，在揉亂壓平的草地上，在滴水的公寓樓道裡，在長沙發上，在吱嘎作聲的床上。

——傑克，愛人！

——寶貝！

——吻我，雷吉！

44 意文歌詞：「這事業是神聖的」，出自十九世紀德國作曲家邁耶貝爾所作歌劇《胡格諾們》，描述法國新教徒胡格諾派在十六世紀遭受屠殺的事件。

——我的人！

——愛人！

他推開伯頓餐廳的門時，心還怦怦地跳著。一股強烈的氣味，憋住了他的顫動的呼吸：刺鼻的肉汁、稀爛的蔬菜。看牲口餵食。

人，人，人。

有的高踞在酒櫃邊的凳子上，帽子推在背後，有的坐在桌子邊，大聲喊叫著還要免費麵包，唏哩呼嚕地喝著湯，大口大口地吞著泥漿似的菜，鼓著眼睛，擦著唇邊鬍子上的湯水。一個面色蒼白如板油的年輕人，用餐巾擦著他的杯子刀叉和湯匙。換一批細菌。一個圍著染了湯水的嬰兒口水布的人，咕嘟咕嘟地用大勺往脖子裡灌湯。有一個人把沒有嚼爛的軟骨吐回盤子裡：沒有牙齒去嚼嚼嚼。明火炙烤的羊排。急急忙忙，想趕緊把這頓飯吃下去。憂傷的酒鬼眼睛。一口咬多了，嚼不動。我也是這樣的嗎？要用別人看我們的眼光看自己才行[45]。餓漢是怒漢。使勁用牙，用顎。別！唷！骨頭！在小學生學的詩中，愛爾蘭的最後一位異教徒國王科馬克[46]就在波因河南岸的斯萊底噎住過。不知道他吃的是什麼東西。會蹦會跑的吧。聖派特里克使他接受了基督教。然而吞不下去。

——烤牛肉加包心菜。

——紅燒肉一份。

人的氣味。斯佩頓鋸末、甜兮兮熱烘烘的紙菸煙霧、一大股難聞的氣味，其中混和著口嚼菸草味、潑灑出來的啤酒味、啤酒似的人尿味，以及發酵過頭的氣味。

他感到一陣噁心。

在這裡吃東西是難以下嚥的。有一個傢伙在磨刀擦叉，準備把面前的東西吃個精光，有一個老的在剔牙。有一點痙攣，飽了，反芻。事前和事後。飯後禱告。看看這景象，又看看那景象。用撕成小塊的麵包蘸著，把紅燒肉的湯汁也吃掉。乾脆用舌頭舔盤子吧，老弟！走。

他環顧踞在櫃邊的和坐在桌子邊的吃飯人，收緊了自己的鼻翼。

——這兒來兩杯黑啤酒。

——醃肉加包心菜一份。

那傢伙用刀子挑著一堆包心菜往嘴裡塞，彷彿生死在此一舉似的。好功夫。叫我看著揪心。不如用他的三隻手吃還安全些[47]。撕成一片片的。已成他的第二天性。含著銀刀出生[48]。這話說得俏皮，我想。也許並不見得。銀意味著生來富有。生下有刀。可是這樣一來，典故沒有了。

一個腰上胡亂地圍著塊東西的侍者，喀答喀答的在收集黏兮兮的髒盤子。執行官羅克站在酒櫃檯前，正在吹他的缸子面上浮起來的酒沫。高高的：吹下去濺落在他的靴子邊，一片黃水。

---

45 典出蘇格蘭詩人彭斯（Robert Burns, 1759-96）的詩〈致虱子：在教堂見某女士帽上有虱子而作〉。

46 科馬克為愛爾蘭傳聞中人物，於公元三世紀建立愛爾蘭王國並第一個接受基督教信仰。

47 孩子用手吃東西時大人會說：「用三隻手才吃得快呢！」

48 英國諺語原為「含著銀湯匙出生」，指生在富貴人家，自小生活富裕。

一位吃飯的將兩肘都放在桌上，立著刀叉等添菜，眼光越過他面前那一方弄髒了的報紙，直勾勾地盯著送菜升降器。另外一位滿嘴塞著東西的，正在對他說些什麼。聽得夠專心的。飯桌上的談話。我青期一在恩奇乞銀行煎了他。是嗎？真的嗎？

布盧姆先生猶疑不定似的，伸出兩根指頭摸著嘴唇。他的眼睛表示：

——不在這兒。找不到他。

走。我恨吃飯邋遢的人。

他向門邊退去。到戴維·伯恩那裡隨便吃點吧。墊一墊飢。能對付就行了。早飯吃得不錯。

——這兒要烤肉加馬鈴薯泥。

——黑啤酒一品特。

人人只顧自己，拚老命。大口吞。大把塞。大口吞。填料。

他走到外面空氣乾淨處，回頭向格拉夫頓街走去。不是吃就是被吃。殺！殺！

設想一下若干年後也許會出現的公共伙食。人人拿著粥盆、飯盒，急急忙忙來分菜飯。就在街上吃掉。例如約翰·霍華德·帕內爾、三一學院院長，凡是從娘肚子出來的都來了，別提你們的院長們和三一學院院長[49]。婦女兒童馬車夫、教士牧師大元帥、大主教，都來了。從艾爾斯伯里路來的、從克萊德路來的、從工匠村來的、從北都柏林聯合收容所來的，市長大人坐著他的華麗大馬車，老女王躺在她的躺椅式軟轎上。我的盤子是空的。咱們用的都是市府飲料杯，你先請。和菲利普·克蘭普頓爵士噴泉一樣[50]。用你的手帕擦掉細菌。下一位又用他的手帕重新擦上去一批。奧弗林神父準能叫他們都學兔子跳[51]。照樣要吵架。人人為自個兒。孩子們爭著刮鍋底。需要有一個像鳳凰公園那麼大的湯鍋才行。用大魚叉去撈鍋裡的整片兒的肉、整條的後腿。討厭四面都是人。她把它叫作城標飯店客飯。一湯、一肉、一甜點。你都不知道你嚼的是誰的思想。然後，那麼多盤子、叉子由誰來洗呢？也許到了那時候大家都吃藥片當飯了。牙齒越來越糟了。

說到底，素食還是有些道理的，地裡長的東西味道好當然蒜是臭的那些搖手風琴的意大利佬的氣味脆的是蔥頭蘑菇塊菌。動物也受痛苦。禽類要拔毛開膛。牛市上那些可憐巴巴的牲口，就等著斧頭去劈開牠們的腦袋。哞。可憐的發著抖的牛犢。哞。站都站不穩的牛崽子。冒著泡，吱吱地發著聲音。屠宰桶裡晃動著的牛肺。我們要鈎子上掛的那塊胸脯肉。啪嗒。骷髏加骸骨。剝了皮的羊倒掛著，睜著玻璃眼，羊鼻頭上蒙著血紙，果醬似的鼻涕流在鋸末上。該扔的、下腳往外送。別揉壞了那些肉，小夥子。

他們說治癆病要用新鮮的熱血。血總是需要的。潛藏的。趁它還在冒熱氣就舔起來，黏稠如

---

49 此句係歌詞訛變，參見本章注51。
50 當時該噴泉紀念碑下有公用飲水杯。
51 典出十九世紀歌謠〈奧弗林神父〉，歌中云：
別提你們三一學院的院長和院士們……
奧弗林神父準能叫他們全都學兔子跳！

糖的。餓壞了的鬼魂[52]。

呵，我餓了。

他走進了戴維•伯恩的酒店。規矩的酒店。他從不閒聊。有時候也請人喝一杯。每隔四年逢閏年[53]。有一次還幫我兌了一張支票。

這回要什麼？他抽出了錶。我想一想。啤酒混合飲料？

——哈囉，布盧姆，坐在角落裡的長鼻頭弗林說。

——哈囉，弗林。

——情況怎麼樣？

——好得很……我想想。我要一杯勃艮第葡萄酒，還要……我想一想。

架子上放著沙丁魚。看著它就差不多嚐到它的味道了。三明治嗎？火腿的後代在那兒，加上了芥末夾麵包[54]。罐頭肉。家裡缺了李樹牌罐頭肉——還像個家麼？不像家。多蠢的廣告！擺在訃告底下。全上了李樹。狄格南的罐裝肉。吃人生番願意要，加點檸檬就米飯。白種人傳教士的肉太鹹。像鹽水豬肉。估計精華部位得歸酋長享用。因為使得勤，肉恐怕會老。他的老婆們挨個兒等著看效果。**從前有個挺尊貴的黑老頭兒。他吃下了是怎麼了可敬的麥克特立格爾的那個兒。**有它才是安樂窩。天知道裡面是些什麼原料。大網膜、發霉的肚子、氣管，摻假攪碎。要找肉可是個難題。猶太食物規矩。肉與奶不可同食。那就是衛生制度，照現在的說法。贖罪日齋戒是春季內臟大掃除。和平與戰爭，決定於某人的消化情況。各種宗教。聖誕節吃火雞、吃鵝。屠殺無辜[55]。吃喝作樂。然後是擠滿門診室。頭上紮著繃帶。乾酪是消化一切而留下了自己。長蟎的乾酪。

——你有乾酪三明治嗎？

——有的，您哪。

還願意要幾顆青果，如果他們有的話。我喜歡意大利的。來一杯好勃艮第，可以消除那個。滑潤作用。來一盤美味的拌生菜，清涼如黃瓜，湯姆·克南會調理。拌出來有勁道。純橄欖油。米莉端給我的那盤小牛排，配著一小枝歐芹。要一頭西班牙洋蔥。天主造食物，魔鬼造廚師。魔鬼式螃蟹肉。

——太太好嗎？

——挺不錯，謝謝……那麼，要一份乾酪三明治。戈爾貢佐拉的，有嗎？

——有，您哪。

長鼻頭弗林啜著他的摻水烈酒。

---

52 荷馬《奧德賽》中敘述奧德修斯（即尤利西斯）遊地獄時，鬼魂均來爭舔他宰羊放出的血。

53 英語教孩子記每月天數的順口溜之一，在交代二月有二十八天之後說：「每隔四年逢閏年，二十八天加一天。」

54 典出十九世紀美國一首關於三明治的逗趣詩，利用英文「三明治」（Sandwich）前半詞與沙漠中的「沙」（Sand）詞形相同，而「火腿」（ham）與非洲沙漠中《聖經》所說人類三祖先之一Ham詞形相同。

55 火雞和鵝都是無辜的。同時，按《聖經·新約》，耶穌誕生時猶太王希律企圖殺死嬰兒耶穌，為此而屠殺了治下地區兩歲以內的全部男嬰。天主教根據這一情況，將聖誕後第三天定為「聖無辜節」。

——這些日子還唱麼？

看看他的嘴巴。簡直能對著自己的耳朵吹口哨。偏偏還有大耳朵配著。音樂。他懂多少音樂？和我的馬車夫差不多。不過還是告訴他的好。沒有害處。免費廣告。

——她約定了這個月底要作一次大巡迴演出。你聽說了吧，也許。

——沒有。哎，那是時髦事。誰操持的？

侍者端來了。

——多少錢？

——七便士，您哪……謝謝，您哪。

布盧姆先生將三明治切成細條。**可敬的麥克特立格爾呀**。比這糊裡糊塗軟綿綿的玩意兒好對付。**他的那五百個老婆呀，這回是個個稱心如意呀**。

——要芥末嗎，您哪？

——謝謝。

他將一條條的麵包揭開，各抹上一攤黃色的芥末。**稱心如意呀**。有了。**他的那個是越來越長個兒呀**。

——操持？他說。這個麼，是一種合股性質的，明白吧。投資分股，收益分成。

——對了，我想起來了，長鼻頭弗林說著，把手伸進口袋去搔褲襠裡面。是誰告訴我的來著？是不是一把火鮑伊嵐在裡頭摻合哪？

一股熱氣摻著火辣的芥末味，一下子撲在布盧姆先生的心頭。他抬起眼皮，和令人厭惡的時鐘打了個照面兒。兩點。酒店的鐘快五分。時間在過去。針在挪動。兩點。還不到。

他的橫膈膜這時渴求著升了起來，沉了下去，又更長時間地更渴求地升了上來。

葡萄酒。

他聞著香味，啜了一口提神的飲料，一面使勁叫自己的喉嚨快嚥下去，一面小心地放下酒杯。

——是的，他說，實際上他就是組織者。

不怕：沒有頭腦的。

長鼻頭弗林吸著鼻子，搔著癢。跳蚤正在飽餐一頓呢。

——他交了好運，杰克・穆尼告訴我的，邁勒・基奧在那場拳擊賽中又打敗了波托貝羅兵營那個當兵的。天主哪，他把那個小夥子弄到了卡洛郡，他告訴我……

希望那一滴露水別滴到他的酒杯裡去。沒有，吸回去了。

——整了將近一個月，老兄，才大功告成。吮鴨蛋，天主哪，沒有命令不許停。不許沾酒，明白嗎？哎，天主哪，一把火可是個毛多的傢伙。

穿提花襯衫的戴維・伯恩從後邊櫃檯那裡走上前來了，一邊走一邊用餐巾把嘴唇擦了兩下。臉紅如鯡魚。笑容可掬，滿臉是如此等等[56]。歐防風根上的油太多了。

---

56 典出歌劇詞句，原句是「笑容可掬，滿臉是真心誠意。」

——他本人上來了，還撒著胡椒呢，長鼻頭弗林說。你能給我們提一匹金杯賽看好的嗎？

——我沒有緣分，弗林先生，戴維・伯恩回答道。我從不下注賭馬。

——你做得對，長鼻頭弗林說。

布盧姆先生吃著他那切成一條條的三明治，新鮮、乾淨的麵包，帶著辛辣難聞好吃的芥末味，還有綠乾酪的腳味。他一口口地啜著他的葡萄酒，顎間感到舒暢了。這可不是洋蘇木[57]。這個天氣去掉了寒意，味道更厚。

挺安靜的酒吧間。那櫃檯用的是好木料。刨得挺講究。那曲線好看。

——那名堂我是絕不問津的，戴維・伯恩說。毀了多少人哪，那些馬。

酒商的賭局。特許出售啤酒、果酒、燒酒以供在本店飲用。正面我贏，反面你輸。

——你這話不假，長鼻頭弗林說。除非你知道內情。如今已經是沒有不做手腳的比賽了。萊納漢能弄到一些好信息。今天他透露了權杖。熱門是津凡德爾，霍華德・德・沃爾登勛爵的，在埃普森獲獎的。騎手是莫內・坎農。我兩星期以前本來可以贏聖阿曼特的一比七的。

——是嗎？戴維・伯恩說。

他走向窗邊，拿起小額收支帳簿看起來。

——真的，不騙你，長鼻頭弗林吸著鼻子說。那是一匹難得的好馬。牠老爹是聖弗魯斯昆。羅思柴爾德的這匹小母馬呀，是耳朵裡塞著棉花在一場暴風雨中跑贏的。藍上衣，黃帽子。倒楣倒在大個兒本・多拉德和他那匹約翰・奧岡特。都是他讓我改的主意。真的。

他聽天由命地舉起杯子喝了一口，用手撫摸著玻璃杯上的槽花。

——真的，他嘆一口氣說。

布盧姆先生站著，嚼著嘴裡的東西看他嘆氣。長鼻頭木腦袋。我是不是告訴他萊納漢那馬？他已經知道了。讓他忘掉吧。再去再輸。傻瓜和他的錢財[58]。一滴露水又下來了。他要是吻一個女人，鼻頭是冷的。然而也許她們倒喜歡。扎人的鬍子她們喜歡。狗的冷鼻頭。城標飯店那位肚子咕嚕咕嚕叫的賴爾登老太太那隻斯凱㹴狗。莫莉把牠摟在懷裡親熱。嘿，那隻汪汪汪叫的大傢伙！

酒浸淫化軟了捲起來的麵包芯、芥末，一時有些令人噁心的乾酪。好酒。因為我不渴，所以更能嚐到它的好味道。當然是洗了澡的緣故。只吃一兩口東西就行了。六點鐘光景就可以。六點。六點。那時，時間就過去了。她。

葡萄酒的柔火使他的血管發熱了。正是我特別需要的。剛才真是彆扭。他的眼睛悠悠然地看著架子上那一層層的罐頭：沙丁魚、顏色鮮豔的龍蝦大螯。什麼稀奇古怪的東西人都弄來吃。從貝殼、海螺裡頭用針挑出來，從樹上弄，法國人從地下挖出蝸牛來吃，從海裡用鉤子裝上餌料釣出來。笨魚，一千年也學不乖。把不知道的東西往嘴裡放是危險的。毒莓。犬薔薇果。圓圓的。你以為是好東西。鮮豔的顏色就是警告你小心。一個傳一個，都知道了。先餵狗試試。受氣味或

57 有人說有些葡萄酒用洋蘇木染色。

58 諺云：「傻子和他的錢財分手快。」

是形狀吸引。使人垂涎的果實。冰棍。奶油。本能。比方說桔樹林吧。需要人工灌溉。真誠街。是這樣，但是牡蠣呢。樣子難看，像一灘痰。髒兮兮的殼。撬開也麻煩得很。是誰發現的？垃圾、汙水是牠們的飼料。香檳就紅岸牡蠣。對於性有效果。春……。今天上午他在紅岸餐廳。他會不會是桌上老牡蠣床上新鮮肉也許他不對六月沒有R不吃牡蠣[59]。可是有人就是喜歡吃不太新鮮的東西。變質的野味。罈子兔肉。首先你得逮得住兔子呀。中國人吃存了五十年的鴨蛋，都變成藍的綠的了。一頓飯三十道菜。每道菜都沒有害處，吃下去卻會混合起來的。用這個主意，可以設計一篇下毒疑案小說。那個利奧波爾德大公是不是不對對的要不然是奧托是哈布斯堡王族？要不然是誰，常吃自己的頭皮的？全城最省錢的午餐。當然，是貴族們，然後別人也都跟著學時髦。米莉也石油加麵粉。生的糕點我自己也喜歡。他們捕獲的牡蠣，一半都扔回海裡，為了抬價。便宜了沒有人買。魚子醬。要氣派。賀克白葡萄酒得用綠玻璃裝。豪華的盛會。某貴夫人。撲了粉的胸脯露珍珠。名流。精華中的精華。他們要有特別的菜，擺架子。隱士吃豆子飯抵制肉的刺激。要了解我，來和我一起吃飯。皇家鱘魚[60]郡長，屠夫闞采由大人授權處理森林鹿肉。給他送回半隻母鹿。我看見過主事官官邸樓下廚房區內擺出來的那些吃的。戴白帽子的廚師，像猶太教教士似的。火燒鴨子。波紋形包心菜à la duchesse de Parme[61]。菜單上寫明也好，免得你吃了什麼東西都不知道。投料太多，反而會把肉羹弄壞。我就有過親身經歷。在羹裡又加上了愛德華茲脫水湯料。為了他們吃好的，把鵝都填傻了。龍蝦是活活煮死的。輕輕鬆鬆地用一些松雞吧。在高級飯店當侍者倒是滿不錯的。小費、晚禮服、半裸體的女士們。杜必達小姐，我是否可以引誘您再來一點兒檸檬鰨魚片？真的，肚皮大。而她也真的肚皮大了。估計這是一個胡格諾派的姓氏。基林尼村就有一家杜必達小姐，我記得。杜de la[62]法國的。她吃的魚，可能就是穆爾街的老米蓋・漢隆手掐魚鰓掏盡魚腸賺了大錢的魚，連在支票上寫自己的名字都不會，還以為他在描什麼風景呢，歪扭著嘴巴。米米蓋子的蓋漢子的漢，大皮靴似的字認不了一筐，偏偏擁有五萬鎊。

玻璃窗上黏著兩隻蒼蠅，嗡嗡地黏在一起。

有勁頭的葡萄酒嚥下，顎間留下暖意。勃艮第的葡萄，在榨酒器內擠碎。是太陽的熱能。似乎觸及了一個祕密的回憶告訴我。觸及了他的感官，潤溼了記起了。我們藏在豪斯山頭的野蕨叢中，下面是沉睡的海灣：天空。靜寂無聲。天空。海灣在獅子頭那邊是紫色的。在德魯姆萊克那邊是綠色的。在薩頓的方向又泛起了青黃色。海底的田地，隱隱發褐色的田埂上長著草，湮沒的城鎮。她那一頭頭髮枕著我的上衣，我的手襯在她脖子後面，被石楠叢中的蠼螋蹭著，你會把一切都扔給我的。奇妙啊！她的抹了軟膏的手，清涼而柔軟的，摸著我，愛撫著我：她的眼睛望著我凝視不動。心花怒放的我伏在她身上，豐滿的嘴脣滿滿地張開，吻在她的嘴上。美啊。柔軟地，她把一口茴蒿籽蛋糕塞進我嘴裡，熱烘烘的，嚼碎了的。一口略帶異味的哺食，她含在嘴

---

59 西諺云：在沒有R的月分不宜吃牡蠣。六月的字母（June）中沒有R。

60 十四世紀一英王曾宣布英國海域鱘魚均為王室所有。

61 法文：「巴爾默公爵夫人式」。

62 「杜」即Du，在法文中為陽性名詞前表示從屬關係的虛詞，相當於de le，而在陰性名詞前在相似情況下即應為de la。

裡嚼過的，帶著唾液的甜酸味兒的。歡樂：我吃了下去：歡樂。青春的生命，她努起嘴唇給我的。柔軟的、暖烘烘的、黏乎乎的膠漿嘴唇。她的兩隻眼睛是花朵，摘我吧，心甘情願的眼神。落下幾粒石子。她靜臥不動。一頭山羊。沒有人。豪斯峰高處杜鵑花叢中，一頭母山羊正在穩步走過，還掉著葡萄乾似的糞粒兒。她藏在野蕨間，發出溫暖懷抱中的歡笑聲。我狂野地伏在她身上，吻著她：眼睛、她的嘴唇、她的伸長的脖子跳動著的，她那修女紗襯衫裡面的豐滿的女性胸脯、高聳的肥乳頭。火熱的我伸過舌頭去。她吻我。我受吻。毫無保留地委身的她，揉弄著我的頭髮。她接受了吻，又吻我。

我。而現在的我。

黏在一起的蒼蠅嗡嗡地叫著。

他的低垂的眼光，順著橡木板上那沉靜的紋理移動著。美：曲線蜿蜒：曲線就是美。體態優美的女神，維納斯、朱諾：全世界愛慕的曲線。裸體女神立在圓廳裡，圖書館博物館裡，任人觀賞。有助消化。她們不在乎什麼樣的男人看她們。誰都可以看。從不說話。我指的是對弗林這等人從不說話。設想她按照皮格馬利翁和蓋拉娣婭[63]，她的第一句話說什麼呢。凡夫俗子！馬上叫你老實了。和仙長們會餐，暢飲玉液瓊漿，金碟子，全是仙品。不像咱們吃的六便士午餐，煮羊肉、胡蘿蔔、白蘿蔔、一瓶奧爾索普啤酒。玉液瓊漿，喝著電燈光想像是它吧：仙食。可愛的女人形體，雕成朱諾式的。神仙的美。而咱們呢，從一個窟窿塞進食物，從後面一個出來：食物、乳糜、血液、糞便、泥土、食物：不能不像給火車頭添煤那樣不斷地餵。她們沒有。從來沒有注意過。今天我要看一看。管理員不會看見的。彎下腰去，掉了什麼東西。看看她到底有沒有。

來自他膀胱裡的靜悄悄的點滴信息，需要去那個不那個那邊去那個。是凡夫的需要他把酒連滓喝乾然後舉步，她們也委身凡人，自己有男性感，和凡夫情人睡覺，她就讓一個青年玩了，走向院子裡。

在他的靴子聲音消失以後，戴維・伯恩從他的帳簿那裡說：

——他現在到底是幹什麼的？不在保險業嗎？

——早就不幹那一行了，長鼻頭弗林說。他現在給《自由人報》拉廣告。

——我和他面熟，戴維・伯恩說。他是出了事兒嗎？

——事兒？長鼻頭弗林說。我沒有聽說呀。怎麼呢？

——我注意到他穿著喪服。

——是嗎？長鼻頭弗林說。可不嗎？他真穿著呢。我剛才還問他家裡是不是都好呢。你說得對，天主哪。他真穿著。

——我看到哪位先生出了那樣的事兒，戴維・伯恩厚道地說，我是從來不提那碴兒的。白惹人重新想起來。

——反正不是老婆，長鼻頭弗林說。前天我遇見他，他正從亨利街上約翰・懷斯・諾蘭老婆

---

63 希臘神話，塞浦路斯國王皮格馬利翁善雕刻，鍾情自己所雕美女像，愛神接受其禱告而將生命賦予雕像，成為美女蓋拉娣婭。

開的愛爾蘭農莊奶品店裡出來，手上捧著一罐奶油，給他的內掌櫃買的。她的營養足著呢，我告訴你。烘麵包加鴿肉。

——他在給《自由人報》幹？戴維・伯恩說。

長鼻頭弗林撅起了嘴脣。

——他不是靠找廣告買的奶油。這事你不用懷疑。

——怎麼呢？戴維・伯恩放下了帳簿走過來問。

長鼻頭弗林耍把戲似的舞弄著手指，在空中作了幾個迅速拋接的動作，眨了眨眼。

——他在會，他說。

——你說的是真的嗎？戴維・伯恩說。

——一點兒也不假，長鼻頭弗林說。自古公認的自由會社[64]。光明、生命、愛，天主哪。他們幫襯著他。告訴我的是一位——唔，我可不說是誰。

——是實事兒嗎？

——嗨，是個好會，長鼻頭弗林說。遇到你不行的時候，他們真支持你。我就知道有一個千方百計想參加的。可是他們的門把得嚴得要命。天主哪，他們不許婦女參加是做對了。

戴維・伯恩又笑又打呵欠又點頭，三合一：

——咿咿咿啊啊啊哈！

——有過一個女的，長鼻頭弗林說，她藏在一架大鐘裡頭偷看他們究竟在幹什麼。可是要命的，他們嗅出了她的味兒，當場就讓她宣誓入會，當上了高級會員。那是多納雷爾的聖萊杰家的一位姑娘。

戴維・伯恩打足了呵欠，眼眶裡帶著淚水說：

——真是實事兒嗎？他倒是一個正派安靜的人。我常在這裡看到他，可是從來沒有一次見他你知道——出圈兒。

——萬能的天主也沒法把他灌醉的，長鼻頭弗林斷然地說。大夥兒鬧得稍微過分一點，他就開溜了。剛才你沒有看見他看錶嗎？喔，你沒有在。你如果向他提喝一口，他的第一件事是掏出錶來，看看該喝什麼。敢對著天主說，他真是那樣的。

——有些人就是那樣的，戴維・伯恩說。他是個靠得住的人，我說。

——他的人頭兒倒是不太次，長鼻頭弗林吸著鼻子說。他肯出力幫助別人，這是人都知道的。魔鬼有長處，也得承認他。哎，布盧姆是有他的優點的。可是有一件事，是他絕對不幹的。

他用手在酒杯旁邊比畫著簽字的模樣。

——我知道，戴維・伯恩說。

——絕不留白紙黑字，長鼻頭弗林說。

派迪・倫納德和班塔姆・萊昂斯進來了。後面是湯姆・羅奇福德，一隻訴苦的手按在暗紅色

64 共濟會自稱其儀式為自古傳下而普遍接受的，並稱自由人均可入會。

的坎肩上。

——好，伯恩先生。

——好，先生們。

他們在櫃檯前站住了。

——誰請？派迪・倫納德問。

——我反正是喝，長鼻頭弗林回答他。

——哎，要什麼？派迪・倫納德問。

——我要一瓶薑汁汽水，班塔姆・萊昂斯說。

——怎麼回事？派迪・倫納德失聲叫道。從什麼時候開始的，天主在上？你要什麼，湯姆？

——排水系統怎麼樣？長鼻頭弗林啜著酒問。

作為回答，湯姆・羅奇福德把手按在胸骨上，打了一個嗝。

——我是不是麻煩您給我一杯清水，伯恩先生？他說。

——沒有問題，您哪。

派迪・倫納德打量著他的兩位酒友。

——怪事一樁，他說。瞧瞧我請的客！涼水和薑汁水！兩個見到擦在腿上治傷疼的威士忌都會去舔一舔的傢伙！他袖筒裡藏著一匹要奪金杯的劣馬呢。手到擒來。

——津凡德爾是吧？長鼻頭弗林問。

湯姆・羅奇福德拿著一張扭曲的紙片，把紙上一些藥粉抖進剛送到他面前的水杯裡。

——該死的消化不良，他未喝先說。

——小蘇打很管用，戴維・伯恩說。

湯姆・羅奇福德點點頭，喝了下去。

——是津凡德爾嗎？

——別露風聲！班塔姆・萊昂斯眨著眼睛說。我準備獨自下它個五先令。

——你這人要是還有點意思，你就告訴我們完事，派迪・倫納德說。是誰給你的消息？

布盧姆先生正向外走，舉起三個指頭打了個招呼。

——再見！長鼻頭弗林說。

另外那幾位都轉過頭去。

——就是他給我的，班塔姆・萊昂斯壓低了聲音說。

——呸！派迪・倫納德輕蔑地說。伯恩先生，您哪，我們在這以後還要您的兩小杯詹姆森威士忌，加一瓶……

——薑汁汽水，戴維・伯恩彬彬有禮地說。

——對，派迪・倫納德說。給小寶寶來個奶瓶。

布盧姆先生一面向道森街走去，一面用舌頭把牙齒舔乾淨。必須是綠色的東西：譬如說，菠菜吧。那樣就可以用倫琴射線照射了。

在公爵胡同，一隻貪吃的狻犬把一口骨骨節節吞不下去的食物嘔吐在大卵石路面上，可是吐完之後又重新津津有味地去舔。飲食過度。享用完畢，原物奉還。先甜點後小菜。布盧姆先生小心翼翼地繞了過去。反芻動物。牠的第二道菜。牠們動的是上顎。湯姆‧羅奇福德的那項發明不知道是否可以派上什麼用場？對著弗林的大嘴吧講解他的發明，白費時間。人瘦嘴長。應該有一個會堂或是什麼地方的，發明家可以到那裡頭去自由自在地搞發明。當然那樣的話又會有各種各樣的怪人來糾纏不清了。

他哼著唱段，以莊嚴的迴盪音拖長了各小節的末尾：

——Don Giovanni, a cenar teco

M'invitasti.[65]

舒服一些了。勃艮第葡萄酒。提起了我的精神，很好。誰是第一個造酒的人？情緒低沉的傢伙吧。借酒壯膽。國立圖書館找《基爾肯尼人民周報》，現在得去了。

在威廉‧米勒衛生設備商店的櫥窗裡，一些光潔乾淨的馬桶在靜候著，把他的思緒又拉了回來。能辦到的：一路追蹤下去。吞下一支針，有時候隔了幾年才從肋部出來，周遊全身改變膽管脾臟噴出肝胃液腸道盤旋如管道。可是那個可憐蟲卻不能不成天站在那裡，敞著肺腑內臟讓人看。科學。

——A cenar teco.

Teco[66]這個字是什麼意思？也許是今晚。

——唐・喬凡尼，你邀請我
今晚來此晚餐，
達朗達朗達姆。

唱得不對勁兒。

鑰馳：只要能叫南內蒂同意就是兩個月。那就是兩鎊十大約兩鎊八。哈因斯欠我三先令。兩鎊十一。普雷斯科特洗染廠的貨車在那邊呢。我要是弄到比利・普雷斯科特的廣告：兩鎊十五。大約五個幾尼亞了。運道不錯。

可以給莫莉買一條那種樣子的絲襯裙，和她那雙新吊襪帶一樣顏色的。

今天。今天。不想。

到南方旅遊吧。到英國海濱名勝怎麼樣？布賴頓、馬蓋特。月下棧橋。水面盪漾著她的歌

---

65 莫札特歌劇唱詞（意大利語）：
唐・喬凡尼，和你晚餐
你邀請我。
按：喬凡尼在仇敵死後曾得意地對其雕像揚言邀其同進晚餐，劇將結束時雕像果然來赴宴，並宣布喬末日已到。

66 意大利語：「和你。」

聲。那些可愛的海濱女郎們。在約翰・朗氏酒店外面，一個睡眼朦朧的閒漢子倚在那裡，心事重重地咬著一隻長痂的指節。巧手工人待僱。工資便宜。伙食隨意。

布盧姆先生在格雷糖果店的陳列著果餡糕點的櫥窗前轉彎，走過了可敬的托馬斯・康奈蘭的書店。〈我為何脫離羅馬教會〉。雀巢會的婦女們支持他。據說她們在馬鈴薯遭災期間給窮苦孩子們施粥，叫他們改信新教。街對面爸爸去的那個教會是要窮苦猶太人改教的。同樣的誘餌。**我們為何脫離羅馬教會。**

一個青年盲人站在那裡，用他的細竿子敲擊著街沿石。街上不見電車。要過馬路。

——你是要過去嗎？布盧姆先生問。

盲青年不回答。他的牆壁臉上微弱地皺起了眉頭。他猶疑不定地轉動著頭。

——你現在是在道森街，布盧姆先生說。對面是莫爾斯沃思街。你是不是想過去？路上現在沒有障礙。

細竿子顫巍巍地向左邊移動過去。布盧姆先生的視線順著竿子的方向看去，又見到了洗染廠的貨車停在德拉戈理髮店門前。上午我看到了他的打蠟的頭髮，那時我正。馬低垂著腦袋。車夫在朗氏酒店裡。解渴呢。

——那邊有一輛貨車，布盧姆先生說，不過不在走動。我陪你過街。你是不是要去莫爾斯沃思街？

——是的，青年回答。南弗雷德克街。

——來吧，布盧姆先生說。

他輕觸一下他的瘦削的臂肘，然後攙了他那疲軟無力而有視覺的手，領他向前走。

對他說些什麼吧。最好不要居高臨下的。他們會不信任你的話的。說點日常話頭吧。

——雨沒有下起來。

沒有回答。

上衣上有了汗漬。吃喝大概流口水。到他嘴裡味道全不一樣。起初還必須有人用湯匙餵才行。像小孩子的手，他的手。像米莉小時的手。敏感。很可能是在根據我的手估量我是什麼樣的人。不知道他有沒有姓名。范。可別讓他的竿子碰著馬腿：疲乏的馬，打瞌睡呢。對了。沒有碰著。牛後：馬前。

——謝謝您，先生。

知道我是男的。嗓音。

——現在對吧？左邊第一個路口拐彎。

盲青年敲擊一下街沿石，恢復了感覺，收回竿子往前走去了。

布盧姆先生跟在無眼腳的後面走著：直邊的粗人字呢套服。可憐的年輕人！他怎麼有可能知道那邊有一輛貨車的？一定是有一種感覺。也許是他們的前額上有視覺：一種體積感。重量或是大小，一種比黑暗更黑的東西。如果有一件東西挪走了，不知道他會不會察覺。感到有一塊空白。他那樣敲擊著石頭摸索各處的道路，對都柏林一定有一種奇特的印象。他要是不拿那根竿子，能走直路嗎？沒有血色的、虔誠的臉，像一個正要受戒當教士的人。

彭羅斯！這是那個傢伙的名字。

看看，他們能學到多少本事！手指認字。鋼琴調音。要不我們驚訝他們有頭腦。同樣的，一個畸形人或是駝背人說出些我們可能說的話，我們會認為他聰明。其他感官當然更。繡花。編籃子。人們應該幫助他們。莫莉的生日可以買一個針線籃。恨針線活。也許會不高興的。人們把他們叫作暗人。

嗅覺也一定更強。四面八方都來氣味，聚成一團。每條街道都有不同的氣味。每個人也不同。還有春天、夏天：各式各樣氣味。味道呢？據說，閉著眼睛或是感冒頭疼就不能品酒。還有，據說在黑暗處抽菸就不感到享受。

和女人吧，比方說。看不見，就不那麼害羞了。那一位從斯圖爾特醫院門口走過的姑娘，把頭抬得老高的。看我吧。我是穿戴整齊的。看不見她，準會有一點異樣感覺的吧。心目中自有一種模樣的吧。說話聲音、身體溫度：當他的手摸到她身上的時候，準是有一種和見到她的形狀、曲線差不多的感覺吧。他的手撫摸著她的頭髮吧，比方說。假定是黑色的，比方說。好。我們就稱之為黑。然後摸她的白色的皮膚。也許感覺就不同。白色感。

郵局。必須回信。今天事多。寄一張郵匯票給她吧，兩先令的，半克朗的。請接受我的小小禮物。這裡還正好有一家文具店。等一下。想一想。

他伸出一根指頭，輕輕緩緩地捋著耳朵上邊向後梳的頭髮。再捋一遍。細細的稻色纖維。

然後他的手指輕柔地撫摸右頰的皮膚。這地方也有絨毛。並不太光滑。肚皮是最光滑的地方。周圍沒有人。他走進弗雷德里克街去了。也許是到萊文斯頓舞蹈學院去調鋼琴。可以是整理我的背帶。

在走過竇冉酒館的時候，他把手伸進坎肩和褲子之間，輕輕拉開襯衫，捏了捏一塊鬆軟的肚皮。可是我知道它是白中帶黃的顏色。要在黑暗中試試，看是怎麼樣。

他抽出手來，把衣服拉好。

可憐的人。還很小呢。可怕。真可怕。他看不見，會作什麼樣的夢呢？他的一生就是一場夢。生來就是這樣，有什麼公道可言？紐約那麼多的婦女兒童郊遊會餐，全都燒死淹死了[67]。一場浩劫。業[68]，他們說是你因為前世所作的罪孽而轉世，投胎轉回來世。真是的，真是的，真是的。同情是當然的：可是，怎麼也沒有辦法和他們通氣。

弗雷德里克・福基納爵士走進共濟會的會堂裡去了。莊嚴得像特洛伊大主教。剛在厄爾斯福高臺街吃完他的好午飯。法律界老朋友聚會，開一大瓶。聊一聊法官們的事蹟、審訊的案情，以及藍衣學校的掌故[69]。我判了他十年。我估計，我喝的那酒他恐怕連聞都不屑一聞。他們要的是

67 當日都柏林報載美國紐約發生客輪著火燒死一千餘人慘案，死者均為某教會組織郊遊的婦女兒童。
68 業即Karma，梵語指行為；按印度哲學，人的行為將對來生產生影響。
69 福基納爵士（一八三二—一九〇八）長期擔任都柏林主要法官（被稱為「紀錄官」），同時任都柏林英國統治階層藍衣學校董事，著有一書記載法庭及該校史蹟，於一九〇八年逝世後出版。

陳年老酒，瓶子上滿是塵垢，標著年代。對於紀錄官法庭應如何主持公道，他自有他的主張。老頭兒的心腸是好的。警察指控單上塞滿案件，製造犯罪紀錄提高百分比：他叫他們向後轉。對放高利貸的毫不留情。把茹本・J狠狠地訓了一頓。那可真是一個人們所謂的齷齪猶太佬。這些法官是有權的人。一些頭戴假髮、脾氣暴躁的老酒鬼。爪子發脹的老熊。願上帝饒恕你的靈魂[70]。

哈囉，公告。邁勒斯義市。總督大人閣下。十六日。就是今天。為默塞爾醫院募集資金。《彌賽亞》首演也是為它。對。韓德爾[71]。出去一趟，到那兒看看怎麼樣：鮑爾士橋。順便可以看看鑰馳。用不著像螞蟥似的死釘住他不放。去多了人家不歡迎。肯定可以在門口遇到認識人的。

布盧姆先生走到了基爾代爾街。首先我必須。圖書館。

陽光下草帽一閃。棕黃色皮鞋。翻邊的褲子。是他。是他。

他的心臟輕輕地悸動起來。向右轉吧。博物館。女神。他向右邊轉了過去。

是他嗎？幾乎可以肯定。不要看了。酒上臉了。我為什麼？太急了。是的，是他。那走路的姿勢。沒有看見。沒有看見。繼續走。

他跨著生風的大步向博物館大門走去，同時抬頭往上看了一眼。漂亮的建築物。托馬斯・達恩爵士設計的。沒有跟著我來吧？

也許沒有見到我。他的眼戧光。

他呼吸急促如同短嘆。快。冷森森的雕像：那裡是安靜的。再有一分鐘就安全了。

沒有。沒有見到我。兩點過了。大門到了。

我的心臟！

他的眼睛搏動著，定定地盯住了乳脂色的石頭曲線。托馬斯・達恩爵士，希臘式建築物。

我在找東西。

他的手匆匆忙忙的，動作很快地伸進一只口袋，掏出來，看過的沒有疊好的移民墾殖公司。

我放哪兒了？

忙著找呢。

他把公司快快塞了回去。

下午，她說。

我是在找那個。對，那個。所有的口袋都找一找。手絹。〈自由人〉。我放哪兒了？啊，對了。褲子。錢包。馬鈴薯。我放哪兒啦？

趕快。步子平靜些。馬上到了。我的心臟。

他的手尋找著那個我放在哪兒了終於在後褲袋裡找到香皀還得去取美容劑微溫的紙黏住了。

啊香皀在那兒！對了。大門。

70 法官宣判死刑用語。

71 韓德爾（一六八五—一七五九）德國音樂家，後入籍英國，其名作《彌賽亞》清唱劇於一七四二年在都柏林首演，收入即捐獻當時成立不久的默塞爾醫院。

安全了！

9

文雅的貴格會友[1]圖書館長輕聲輕氣地安慰他們說：

——而且，咱們還有《威廉・邁斯特》中那些無價之寶的篇章呢[2]，不是嗎？一位大詩人談論另一位心曲相通的大詩人。一個猶疑不決的靈魂，奮起抗擊無窮的憂患，而內心又矛盾重重，真實生活就是如此。

他踩著吱咯作聲的牛皮靴，用五步舞姿跨上一步，又用五步舞姿後退一步，在莊嚴的地板上。

一個無聲的工友推開門，微微地對他打了一個無聲的招呼。

——就來，他說著就吱吱咯咯地開始往外走，然而仍在流連。優美而並不幹練的作夢人，遇到嚴酷的現實就只有慘敗。歌德的論斷，人總是感到十分正確的。宏觀分析都是正確的。

他兩腳分析吱咯作聲，踩著宮廷舞步走了。禿腦瓜到門邊，挺熱心地把大耳朵整個兒送過去

---

1 貴格會（The Quakers）即「公誼會」或「教友派」，為基督教內一派，拒絕《聖經》與教會權威，主張教友直接接受神意，提倡和平。

2 德國詩人歌德散文小說《威廉・邁斯特》中有若干篇章描寫主人翁邁斯特用德文編譯並演出莎劇《哈姆雷特》的過程。

接受工友的話：聽清了：出去了。

剩下兩個。

——巴利斯先生在死前十五分鐘還活著[3]，斯蒂汾譏笑著說。

——你找到了那六名勇敢的醫科生了嗎？約翰・埃格林頓以年長者的挖苦口氣問。你不是要創作《失樂園》[4]叫他們記你的口授嗎？他把它叫作〈撒旦的悲哀〉。

微笑。克蘭利式的微笑。

首先他摸她的癢處
接著他拍她的別處
然後他將女用導管插進
只因他是一名醫科生
快樂的老醫科……[5]

——我覺得，你要是寫《哈姆雷特》，需要增加一名才行，神祕的頭腦喜歡七。WB[6]稱之為亮晶晶的七個。

他的紅腦袋湊近他那檯燈的綠燈罩，眼睛閃著光，在暗綠色的蔭影中尋找那張大鬍子臉，一位奧拉夫[7]，眉目聖潔的。他低聲笑著：三一學院工讀服務生的笑：無反應的。

樂隊似的撒旦，流了許多路得的
天使眼淚。
Ed egli avea del cul fatto trombetta.[8]

他抓住了我的蠢事不鬆手。

克蘭利有十一名真正的威克洛人就能解救祖國。缺牙的凱瑟琳，她的四塊美麗的綠田，外人占了她的家[9]。再來一人向他致敬：ave, rabbi[10]：廷納黑里的十二人[11]。他在幽谷的蔭處呼喚著他

---

3 巴利斯為法國十六世紀大將，戰死後其部下曾作此語表示讚揚，但其後此語被視作典型空話。

4 英國詩人彌爾頓雙目失明後創作長詩《失樂園》，全部用口授，由幾個女兒與一些青年協助筆錄而成。

5 引自一首由馬利根原型Gogarty所寫而未發表的淫詩〈醫科生狄克和醫科生戴維〉。

6 WB即葉慈（William Butler Yeats），其詩〈搖籃歌〉（一八九五）中提到七顆星。

7 「奧拉夫」（ollav）是古愛爾蘭博學能詩的夫子。

8 前兩行採用《失樂園》中描寫撒旦降入地獄後情景詩句，後一行意大利文（「把他的屁股當喇叭用」）係但丁《神曲》描繪地獄中一名惡魔隊長的詩句。

9 凱瑟琳為愛爾蘭神話中女王，在葉慈劇本《胡里痕的凱瑟琳》（一九〇二）中以缺牙老媼形象出現，四塊綠田指古愛爾蘭四省，外人指英帝國。

10 拉丁文：「你好，大師」。據《聖經・新約》，這是猶大出賣耶穌時向他致敬所用語言，耶穌因此被認出而被捕。

11 廷納黑里為威克洛郡一市鎮。喬伊斯的朋友伯恩（即小說中的克蘭利）曾說只要有十二個有決心的人就能解救愛爾蘭，而這十二人可以在威克洛郡找到。按耶穌門徒人數亦為十二。

們[12]。我的靈魂的青春，都給了他，夜復一夜。一路順風。祝你獵運亨通。

馬利根收到了我的電報。

蠢事。幹下去吧。

——我們的愛爾蘭的青年詩人們，約翰・埃格林頓埋怨說，還沒有創造出一個可以在世界上和薩克遜佬莎士比亞的哈姆雷特比美的人物，雖然我對他也只是欽佩而已，和老本一樣[13]，並非偶像崇拜。

——所有這些問題都是純學術性的，拉塞爾從蔭影中發出啟示。我指的是哈姆雷特究竟是莎士比亞，還是詹姆士一世，還是埃塞克斯。是教士們對耶穌的史實性的探討。藝術必須能為我們啟示一些思想，一些無形的精神本質。一件藝術作品的至高無上的問題，是它源於多深的生活。古斯塔夫・莫羅[14]的畫，畫的就是思想。雪萊的最深刻的詩，哈姆雷特的言語，都能使我們的頭腦接觸到永恆的智慧，就是柏拉圖的觀念世界。其餘的一切，全都是學生子說給學生子聽的猜測。

A・E告訴一個訪問他的美國佬。嗬！可要了我的命！

——學者們起初都是學生了，斯蒂汾以超級的禮貌回答道。亞里斯多德原來就是柏拉圖的學生子。

——而且一直都是，我們這樣希望吧，約翰・埃格林頓莊重地說。我們可以看到他挾著畢業文憑的標準學生模樣。

他望著現在露出了笑容的鬍子臉，又笑了起來。

無形的精神。父、道、聖息。眾人之父、天人[15]。Hiesos Kristos[16]，美的法師，每時每刻在我們身上受難的邏各斯[17]。這實在就是它。我是祭壇上的火。我是獻祭用的黃油。

鄧洛普、賈奇——他們之中最高貴的一個羅馬人[18]——A・E、阿爾瓦爾[19]，避諱不可提的名字，在天堂稱為：K・H[20]，他們的大師，此人的真面目對於里手並非祕密。大白會[21]的弟兄們都在守望著，隨時準備助以一臂之力。基督領著他的新娘姊，沐著光的，由具有靈魂的處女生

---

12 《在幽谷的蔭處》是愛爾蘭劇作家辛格一九〇三年首演的獨幕劇，描繪威克洛山林中一婦女擺脫羈絆到峽谷中呼喚情人追求青春的解放。

13 「老本」指本・瓊森（Ben Jonson, 1572?-1637），莎士比亞的好友，也是著名詩人和劇作家，在其為一六二三年的莎氏戲劇全集所作序言中申明「不作偶像崇拜」，在讚揚莎氏成就的同時指出了一些弱點。

14 莫羅（Gustave Moreau, 1826-98）為法國畫家，其作品對法國象徵主義詩人影響甚大。

15 A・E（拉塞爾）信奉的通神學（參見第七章注54二九一頁）以「父、道、聖息」為三位一體。「眾人之父」指耶穌，「天人」指亞當。

16 希臘文：「耶穌・基督」。

17 邏各斯（Logos）為希臘哲學、神學用語，指支配宇宙的神理，即「道」。

18 鄧洛普、賈奇均為在歐美通神協會中占重要地位的愛爾蘭人；「他們之中最高貴的一個羅馬人」是莎劇《朱利葉斯・凱撒》中安東尼對布魯特斯死後讚詞，因布魯特斯並非為個人爭權奪利。

19 「阿爾瓦爾」為古羅馬祭司團，有十二名終身成員，其中包括皇帝；通神協會的核心組織亦為十二人，有時亦沿用此名。

20 K・H為一西藏人，被通神協會奉為大師。

21 「大白會」為通神協會中人對其世界性組織的稱呼之一，因成員均屬雅利安人種。

育的，懺悔的索菲婭[22]，去了大悟層。奧祕的生活，不是常人能享有的。常人必須首先將壞業[23]消除。庫珀・奧克利太太有一次窺見了咱們的十分卓越的H・P・B師姊[24]的基元。

唷！去你的吧！Pfuiteufel![25]你不該看，太太，人家女士露基元你實在不該看。

貝斯特先生進來了，高大、年輕、柔和、靈巧。他姿勢文雅地托著一本筆記本，新而大，潔淨而亮堂。

用那一位標準學生子的眼光來看，斯蒂汾說，哈姆雷特那些琢磨自己的王子靈魂後事的思緒，那一段既不現實、又無意義、而且毫無戲劇性的獨白，是和柏拉圖一樣淺薄的。

約翰・埃格林頓怒氣上升，皺著眉頭說：

——說實在的，不論是誰要是拿亞里斯多德來和柏拉圖作比較，我聽了都受不了。

——在那兩位之中，斯蒂汾問道，哪一位會把我驅逐出他的共和國呢？

亮出你的匕首定義來吧。馬性者，一切馬匹之本性也。他們崇拜的是升降流和伊湧[26]。上帝：街上的嘈雜聲：走動很勤。空間：你反正不能不看到的存在。他們跟在布萊克的屁股後面匍匐而行，鑽過比人的紅血球還小的空間通向永恆，而這一植物世界僅是它的一個影子[27]。要把握住此時此地，未來一切都是由此投入過去的。

貝斯特先生向他的同事走過來了，和藹可親的。

——海恩斯走了，他說。

——是嗎？

——我給他看了朱斑維爾[28]的書。你們不知道嗎，他對海德[29]的《康諾特情歌》相當熱心。我邀他來聽這裡的討論，他不來。到吉爾書局去買那本詩去了。

跳出去吧，我的小書，
去和那麻木不仁的公眾相處；
你的文字不能隨我心意，
是那瘦削難看的英語[30]。

---

22 按通神學說法，在基督以前的洪荒時期中索菲婭（智慧）企圖上升反而墮入渾沌，懺悔後由基督施以光的洗禮方獲拯救。

23 參見第八章注68三六一頁。

24 H．P．B即倡導通神學的勃拉瓦茨基夫人（Helen Petovna Blavatsky）。

25 德語詛咒語：「見鬼！」

26 升降流和伊湧均為通神學和諾斯替教（Gnosticism）術語，升降流指宇宙星辰的運動，伊湧指神所溢出的精神力量。

27 布萊克曾在其詩《彌爾頓》中說，每一個小於人的血球的空間都通向永恆，而植物世界僅是永恆的一個影子。

28 朱斑維爾（Jubainville, 1827-1910）為法國學者，著有關於愛爾蘭神話的專著，由貝斯特譯為英文在都柏林出版（一九〇三）；按貝斯特實有其人，自一九〇四年任都柏林國立圖書館助理館長。

29 海德（Douglas Hyde, 1860-1949）為愛爾蘭文藝復興創始人之一，其《康諾特情歌》於一八九五年出版。

30 此詩為海德於一八九四年出版的《早期蓋爾文學史話》結束語的一部分。

——他叫泥炭煙熏醉了，約翰・埃格林頓說。

我們英國人感到。內心有愧的盜賊。走了。我抽了他的菸。亮晶晶的綠寶石，鑲在海洋戒指上的一種翡翠[31]。

——人們不知道情歌可以有多大的危險性，拉塞爾的金蛋[32]深奧莫測地告誡說。世界上的思想運動造成了革命，而思想運動的起源，卻是山坡上農民心裡的夢幻和憧憬。對於他們，地球不是一塊可以開發的土地，而是有生命的母親。學院內和表演場上稀薄的空氣產生的是六便士小說，雜耍場歌曲。法國在馬拉梅[33]的作品中創造了最美的頹敗之花，但是可人意的生活，還是只有心靈受苦者才能獲得啟示的，荷馬的費阿刻斯人的生活[34]。

貝斯特先生聽了這話，以不得罪人的臉色轉向斯蒂汾。

——你不知道嗎，馬拉梅寫了一些極妙的散文詩，我在巴黎的時候斯蒂汾・麥肯納常給我朗誦。有一篇是關於《哈姆雷特》的。他說：**il se promène, lisant au livre de lui-même**[35]，你不知道嗎，看著一本寫他本人的書。他描述了一個法國城鎮演出《哈姆雷特》的情形，你不知道嗎，一個邊遠城鎮。他們還作了廣告呢。

他那隻空著的手，優雅地在空中比畫著小小的字樣。

Hamlet

ou
Le Distrait
Pièce de Shakespeare[36]

他對著約翰・埃格林頓的重新皺起來的眉頭，又說了一遍：

——Pièce de Shakespeare，你不知道嗎。法國味兒十足。法國觀點。Hamlet ou……

——心不在焉的乞討者[37]，斯蒂汾加上去一個結尾。

約翰・埃格林頓笑了。

---

31 「鑲在海洋戒指上的一塊翡翠」是愛爾蘭詩人柯倫（一七五〇—一八一七）對愛爾蘭的讚詞。

32 「金蛋」是通神學術語，指思維體。

33 馬拉梅（Stephane Mallarme, 1842-98）為法國十九世紀後期主要象徵派詩人。

34 費阿刻斯人之島為荷馬史詩中奧德修斯（尤利西斯）漂流最後所經島嶼，居民生活富裕幸福。

35 法文：「他躑躅而行，看著一本寫他本人的書。」

36 法文：
哈姆雷特
或名
苦惱的人
莎士比亞戲劇

37 〈心不在焉的乞討者〉是英國「帝國主義詩人」吉卜林（Kipling, 1865-1936）所寫的一首詩，為英國派往南非進行布爾戰爭的軍人募捐。

——對，我想是這麼回事，他說。是一些挺好的人，沒有問題，可是對某些事情的看法卻是目光短淺得要命。

誇張了凶殺，既華麗而又沉悶。

——靈魂的劊子手，按照羅伯特・格林[38]對他的評論，斯蒂汾說。他不愧為屠夫之子，往掌心裡啐上一口唾沫就綽起了戰斧。為了他父親的一條命，九個人送了性命。我們的在煉獄中的父親[39]。穿卡其軍服的哈姆雷特們開槍是不猶疑的。第五幕那血流滿地的大屠殺，正是預示了斯溫博恩先生歌頌的集中營[40]情景。

克蘭利從遠處觀戰，而我則是他的啞吧隨從。

對那些凶殘敵軍的窩內老幼
我們寬大為懷……

在英國佬的微笑和美國佬的吼叫之間。一邊是魔鬼，另一邊是深海。

——他把《哈姆雷特》說成一齣鬼戲，約翰・埃格林頓為貝斯特先生解釋。他像《匹克威克外傳》中那個胖小子，想把咱們嚇得心驚肉跳。

聽！聽！聽喲！

我的肉聽到了他的聲音：心驚肉跳地聽到了。

如果你曾經[41]……

——什麼是鬼魂呢？斯蒂汾說著，自己感到來了勁頭。一個人由於死亡、由於外出、由於改變生活方式而隱入不可觸及狀態，就成了鬼魂。伊麗莎白時代的倫敦距離斯特拉特福[42]，和腐敗的巴黎距離貞淑的都柏林不相上下。從拘魂所回到已經把他忘掉的世界上來的那個鬼魂，他是誰？哈姆雷特王是誰？

約翰・埃格林頓動了動瘦削的身子，向後一靠準備裁判。

升起了。

——時間是六月中旬某天的這個時辰，斯蒂汾說著，迅速地環顧一周以求他們傾聽。河邊的

---

38 格林與莎士比亞同為伊麗莎白時代作家，對莎頗有微詞。

39 《聖經・新約》中記載規定的祈禱詞開頭為「我們在天上的父親」（指上帝），而《哈姆雷特》第一章中哈父陰魂自稱尚在煉獄中。

40 指英國設在南非拘留的布爾人，即下引斯溫博恩詩句中的「凶殘敵軍」和「窩內老幼」。

41 《哈姆雷特》第一幕第五場哈父陰魂向哈透露被殺害情節前的痛苦呼聲。

42 莎士比亞家鄉為英國埃文河畔的斯特拉特福。

戲院，已經升起了旗幟。在近鄰的巴黎花園中，狗熊薩克爾森在熊欄中嗥叫[43]。一些跟德雷克[44]一起航海過的水手，也在買站票的觀眾[45]中間大嚼其香腸。

當地風光。把你所知道的一切都揉進去。讓他們都參與進來。

——莎士比亞離開了銀街那胡格諾家的房子，沿著河邊的天鵝棚走來。可是他並不停留，並不去餵那頭趕著一群小天鵝到蘆葦叢中去的母天鵝。埃文河的天鵝[46]另有所思。

情景勾勒。伊格內修斯・洛尤拉[47]，趕緊來幫助我吧！

——開戲了。一名演員在陰影中出場，披一套宮廷壯漢穿舊不要的盔甲，身材勻稱而嗓音低沉。他就是鬼魂，國王，是國王而又不是國王，而演員就是莎士比亞。他一生中所有並非虛妄的年代中都在研究《哈姆雷特》，就是為了演幽靈這一角。他對隔著蠟布架站在他面前的青年演員伯比奇，喊著名字招呼他說：

哈姆雷特，我是你父親的亡靈，

要他注意聽。他是在對兒子講話，他的靈魂的兒子，青年王子哈姆雷特，也是對他的肉體的兒子哈姆內特・莎士比亞，那兒子已在斯特拉特福去世，從而使那位與他同名的人得到永生[48]。

演員莎士比亞本人由於外出而成鬼魂，打扮成由於死亡而成鬼魂的墓中丹麥王的模樣，是否可能就是在想著親生兒子的名字說話呢（如果哈姆內特・莎士比亞在世，他正好是哈姆雷特王子的孿生兄弟）？我想要明白，是否有可能，是否有理由相信：他並沒有根據那些前提推出或是並沒有預見其符合邏輯的結論：你就是被剝奪了權利的兒子；我就是被謀害了性命的父親；你母親就是有罪的王后安・莎士比亞，原姓哈撒韋的？

——可是，對一個偉大人物的家庭生活這樣勾深索隱，拉塞爾不耐煩地開了腔。

是你在那兒嘛，好樣兒的[49]？

——只有教區管事才會對此有興趣的。我的意思是說，重要的是劇本。我的意思是說，在我們讀到《李爾王》的詩句的時候，詩人的生活究竟如何對我們有什麼關係？維利埃・德・利勒[50]說過，要講生活，那是可以讓我們的僕人代勞的。向演員休息室裡探頭探腦，收集流言蜚語，打聽詩人喝的是什麼，詩人欠了多少債。我們有《李爾王》，而這是不朽之作。

---

43 巴黎花園為倫敦演出莎士比亞戲劇的地球戲院附近一處養熊的公園，其中一頭名叫薩克爾森的狗熊曾在另一莎劇中被提及。

44 德雷克（**Sir Francis Drake, 1540-96**）英國著名航海家和海軍將領。

45 伊麗莎白時代戲院中一部分場地售廉價站票，小販可在其中隨意走動出售各種食物。

46 本・瓊森在紀念莎士比亞的詩中曾把他稱為「埃文河的可愛的天鵝」。

47 洛尤拉曾論述，在思考神聖人物（如耶穌或聖母）或罪孽時，都需要首先構想具體情景。

48 莎士比亞的兒子名哈姆內特（**Hamnet**）——與**Hamlet**只差一個字母，一五八五年二月二日生，於一五九六年八月夭折。

49 哈姆雷特見過其父陰魂後，要求同伴對此嚴守祕密，此時聽見陰魂在地下揚聲支持他，便對地下作此語。

50 德・利勒（**Villiers de l'Isle, 1838-89**）法國詩人、劇作家。

貝斯特先生聽了，臉上露出贊同的表情。

曼納南呵，發你的大水吧，用波濤把

他們淹沒，

曼納南・麥克李爾……[51]

怎麼樣，你小子，你肚子餓的時候他借給你的那一鎊錢呢？

唷，那時我需要。

這一塊諾布爾[52]你拿去吧。

去你的吧！你那鎊錢一大半都花在教士的女兒喬治娜・約翰遜的床上了。良心的內疚。

你打算歸還嗎？

自然要還的。

什麼時候？現在嗎？

這個嘛……不是現在。

那麼，什麼時候呢？

我不該不欠。我不該不欠。

別忙。他是波因水北岸來的人[53]。東北角上。你欠著的。

等著。五個月了。分子全換了。我現在是另一個我了。拿一鎊錢的是另一個我。

廢話。廢話。

可是，生命原理，形態之形態[54]，我還是我，因為我記得，在不斷變化的形態中。

那個作了孽又祈禱又齋戒的我。

一個由康眉從戒尺下救出來的孩子[55]。

我，我和我。我。

A・E，我欠你。

——你是企圖推翻三個世紀的傳統嗎？約翰・埃格林頓以責難的口氣問。起碼，她的亡靈是永遠地安息了。她是在出生以前就已經死了，至少對文學界說來是如此。

——她的死，斯蒂汾反駁道，是在她出生六十七年之後。她是看著他出世又看著他去世的。她接受了他最初的擁抱。她為他生育了兒女，而當他壽終正寢的時候，是她把便士放在他的眼睛

51 典出拉塞爾於一九〇二年發表的詩劇，劇中德魯伊德法師祈求海神曼納南降災。

52 諾布爾為英國十五世紀錢幣，約三分之一鎊。

53 拉塞爾來自北愛爾蘭，而北愛爾蘭居民主體為信奉新教的英國殖民者，即戴汐認為以「我不該不欠」為榮的人。

54 生命原理（entelechy）為亞里斯多德術語，使潛在之物成為現實；關於靈魂為「形態之形態」（參見第二章注19八十七頁）。

55 據《寫照》，斯蒂汾幼年在校遭監學神父冤枉責打（見第七章注38二八一頁），向校長康眉神父申訴後獲雪冤。

上使他闔眼的。

母親彌留之際。蠟燭。鏡子蒙上了單子。把我領進這世界的人臥在那兒，眼皮上蓋著銅片，幾朵廉價的花朵。Liliata rutilantium[56]

我獨自哭泣。

約翰・埃格林頓瞅著他那燈裡的纏成一團的亮蟲。

——全世界都相信，他說，莎士比亞是一步失策，然後盡其所能地用最快、最好的辦法擺脫了它。

——胡扯！斯蒂汾不客氣地說。一個有天才的人是不會失策的。他的差錯都是自願的，並且正是通向新發現的門戶。

通向新發現的門戶開了，進來了貴格教友圖書館長，腳步輕柔吱咯，光著腦袋，豎起了耳朵勤謹奉迎。

——一個尖刻的女人，約翰・埃格林頓尖刻地說，是不能成為一扇通向新發現的有用門戶的，按我們的推想來說。蘇格拉底從贊西珀[57]獲得了什麼有用的發現？

——辯證法，斯蒂汾答道。還從他母親學了如何把思想接到世界上來[58]。至於他從他的另一個妻子媚托（absit nomen!）[59]，蘇格拉底提亭的魂外之魂，他從她那裡學到了什麼，那是永遠沒有人能知道的，不管是男人還是女人。但是接生婆的學問也好，床頭婆的訓話也好，都沒有能使他免受新芬執政官們的攻擊和他們的一杯毒芹[60]。

——可是安・哈撒韋呢？貝斯特先生以安靜的口氣說，健忘地。是呀，咱們似乎把她忘了，和莎士比亞本人一樣。

他的目光從沉思者的鬍子移到責難者的頭顱，在提醒他們，在並無惡意地批評他們，然後又移向紅通通的羅拉德派[61]光腦袋，無罪而受非難的。

——他有一分真才氣，斯蒂汾說，而並沒有一分壞記性。他吹著口哨跋涉去京城，吹的曲調是〈我辭別了一位姑娘〉，提包裡裝著一份記憶。如果不能靠地震確定它的時間，我們總該知道哪裡會有可憐的野兔坐在窩裡，有獵犬群的吠叫，有裝飾華美的馬籠頭，有她的藍色窗戶。那一份記憶，《維納斯和阿多尼斯》[62]，是倫敦每一位水性楊花女人臥室裡都有的書。悍女凱瑟琳不討人喜歡嗎？霍滕修卻說她年輕貌美[63]。《安東尼和克莉奧佩特拉》的作者是一位熱烈的朝聖者[64]，你們是否認為他眼睛長在腦殼後面，所以選了全沃里克郡內最醜的妞兒和他睡覺？好：他

56 拉丁文，參見第一章注24五十三頁與注74七十九頁。
57 蘇格拉底之妻，以凶悍聞名。
58 蘇格拉底的母親為接生婆。
59 拉丁文：「此名免存！」
60 蘇格拉底被雅典的執法官們以「不敬神」罪名判處飲毒芹死刑。
61 羅拉德派為英國十四至十六世紀宗教改革派，曾長期受排擠迫害，情形類似後來的貴格會。
62 《維納斯和阿多尼斯》為莎士比亞最早的長詩，敘述古典神話中愛神維納斯追求美少年阿多尼斯失敗的故事；上述地震、野兔、獵犬、馬籠頭、「藍色窗戶」（眼睛）均於該詩中提及。
63 凱瑟琳和霍滕修均為莎士比亞早期喜劇《馴悍記》中主要人物。
64 《熱烈的朝聖者》是署名莎士比亞的一本詩集，出版於十六世紀末年，人們對其中詩篇真實作者為何人有懷疑。

離開了她，贏得了男人的世界。但是他的童子婦女都是一個童子的婦女[65]。她們的生活、思想、言語都是男人給她們的。他選得不好嗎？我看他是被挑選者。如果說別人有意志的話，安可是一個有主意的女人。沒有錯，責任在她。是她招呼的他，甜甜的二十六[66]。那位俯身就著少年阿多尼斯的灰眼睛女神，那位屈尊賜愛以期一漲的，是一個不怕羞的斯特拉特福姑娘，和一個比她小的情人在穀田裡打滾。

我呢？什麼時候輪到？

來吧！

——黑麥田，貝斯特先生生氣勃勃、興致勃勃地說，他舉起了他的新書，興致勃勃地，生氣勃勃地。

然後，他低聲吟誦起來，碧眼金髮人人欣賞：

——在那一片片的黑麥田上
俏麗的鄉人們就地當床[67]。

巴黎：討得歡心的歡樂人。

一個穿手織粗呢衣服的大鬍子高個兒，從燈影中站了起來，露出了他的合作錶的真容。

——恐怕我該到《家園報》去了。

往何處去？可以利用的地盤。

——您走啊？約翰・埃格林頓揚著活躍的眉毛問。今天晚上在穆爾[68]家裡見得著您嗎？派珀要來。

——派珀！貝斯特先生頗有派頭地說。派珀回來了嗎？

彼得・派珀比劈白果劈開了一批又一批的帶皮的白果。

——不知道我能不能去。星期四。我們有會。假如能走得早的話。

道森樓內的瑜伽靈室。〈伊希斯真容〉[69]。他們的巴利文書籍[70]，我們想送去當鋪的。他盤腿坐在傘下，將一種阿茲臺克[71]的邏各斯置於王位，其作用超於感覺，為其普世靈魂，超級偉大靈魂。忠實的神祕主義派圍繞著他等候靈光，他們已成熟，已可入門為弟子。路易・H・維克托里。T・考爾菲爾德・歐文。他們的眼神有蓮女們侍奉，他們的松果體熾熱放光。他心中充滿了

---

65 莎士比亞時代戲劇中女角均由男童扮演。

66 莎士比亞與安・哈撒韋結婚時，莎僅十八歲，哈二十六歲。

67 引自莎劇《皆大歡喜》中插曲。

68 穆爾（George Moore, 1852-1933）愛爾蘭小說家、詩人、劇作家，當時最重要的文人之一。

69 通神學派創始人勃拉瓦茨基夫人著作，被奉為該派經典。

70 巴利文為古錫蘭（今斯里蘭卡）文字，為梵文之一支，勃拉瓦茨基夫人在〈伊希斯真容〉中以巴利梵文為古代神話淵源。

71 阿茲臺克為墨西哥民族，勃拉瓦茨基夫人認為該族所奉神道與古巴比倫、古埃及所奉神道相同，其「邏各斯」是一致的。

神，坐在寶座上，巴蕉樹下的佛。收納靈魂的吞噬者。男靈魂、女靈魂、林林總總的靈魂。鬼哭神嚎地被吞了進去，迴轉著，打著漩渦，他們在痛苦哀悼。

處於純淨的微小狀態的
一條女靈魂，在此軀殼內
居住了若干年[72]。

——據說我們的文壇即將出現一件新事，貴格會友圖書館長說，友好而真誠地。據傳聞，拉塞爾先生正在收集一批我們的青年詩人們的詩[73]。我們都在熱切盼望著呢。

熱切地，他將目光投向那圓錐體燈光，圓錐體內是三張在燈光下發亮的面龐。

看著這景象。記住。

斯蒂汾的眼光往下移，落在一頂寬邊無頭的舊帽子上，帽子頂在他那白蠟手杖的把上，懸在他的膝蓋上邊。我的頭盔和寶劍。用兩根食指輕觸。亞里斯多德的實驗[74]。是一頂還是兩頂？必然性者，其它可能性均被排除之謂也。因此上，一頂帽子就是一頂帽子。

聽著。

年輕的科拉姆、斯塔基。喬治・羅伯茨管出版業務。朗沃思準備在《快報》上好好捧一捧場。喔，是嗎？我喜歡科拉姆的〈趕牛的人〉。對，我認為他是擁有那種叫作天才的怪東西的。

你真的認為他有天才嗎？葉慈欣賞他的一行詩：**正如一只古希臘花瓶立在原野上**。是嗎？我希望今天晚上你能去。瑪拉基・馬利根也去。穆爾要他把海恩斯也帶去。你們聽到米切爾小姐說穆爾和馬丁[75]的笑話了嗎？她說穆爾是馬丁的私生子。特別巧妙，是不是？他們使人想到唐・吉訶德和桑丘・潘沙。咱們的民族史詩還沒有寫出來呢，照西格森大夫的說法。穆爾正是其人。都柏林的苦臉騎士。穿藏紅花格短裙的嗎？奧尼爾・拉塞爾嗎？一點也不錯，他必須說咱們的古樸語言才行。還有他的杜爾西妮婭呢？詹姆斯・斯蒂汾斯在寫一些巧妙的速寫。咱們重要起來了，看樣子。

考狄利婭。Cordoglio[76]李爾的最孤獨的女兒。

獨自向隅。現在用上你的最漂亮的法國亮漆吧。

——多謝您了，拉塞爾先生，斯蒂汾站起來說。如果蒙您把信交給諾曼先生……

——沒有問題。如果他認為重要，信就可以上報。我們的讀者來信太多了。

---

72 引自上述維克托里（十九世紀末葉愛爾蘭文人）一詩，係為一女童逝世而作。

73 拉塞爾所編青年詩人詩集《新歌集》（一九〇四年都柏林出版）。

74 亞里斯多德論觸覺時曾謂交叉二指接觸一物時會有二物的錯覺。

75 馬丁（Edward Martyn, 1852-1933）為一富有的愛爾蘭文化人，曾慷慨資助許多愛爾蘭文化事業。馬丁比穆爾年輕，並且從不接近女人，但在與穆爾的交往中異常寬容。

76 考狄利婭為莎劇《李爾王》中李爾王的受誤解的小女兒。Cordoglio為意文，音近「考狄利婭」而義為「深沉悲哀」。

——我理解，斯蒂汾說。謝謝。

天主報答你。豬報。閹牛之友派。

辛格也答應我給《丹娜》[77]寫一篇文章的。我們能有讀者嗎？我的感覺是會有的。蓋爾語協會要一些愛爾蘭文的東西。我希望您今天晚上能參加。把斯塔基也帶去。

斯蒂汾坐下了。

貴格會友圖書館長離開了正在互相告別的人，走過來了。他的假面具上泛起了紅暈說：

——代達勒斯先生，你的觀點非常能說明問題。

他吱吱咯咯地來回踱著，踮起腳尖向天上湊近一隻軟木鞋底的高度，然後在嘈雜的外出聲的掩蓋下低聲說：

——這麼說，你的看法是她對詩人不忠？

神色驚愕的臉在問我。他是為什麼走過來的？出於禮貌，還是有內心之光[78]？

——凡是有和解的地方，斯蒂汾說，原先必然是有分裂的。

——對。

基督福克斯[79]穿著皮褲子，藏在枯萎的樹杈間躲避圍捕。他沒有女伴，在逃亡中只是踽踽獨行。他倒是獲得了婦女們的信仰，善心的女人們，一個巴比倫妓女、一些法官太太、豪放的酒店老闆娘。狐狸與鵝[80]。而在新地[81]，卻有一個鬆弛而不貞的身體，它一度是俏麗的，甜美新鮮如肉桂，如今樹葉凋零，枝幹枯裸，內心害怕窄湫的墳墓，而且未獲寬恕。

——對的，那麼你認為……

人走了，門關了。

一時間，這嚴謹的拱頂斗室落入休憩狀態，在溫暖沉思的空氣中的休憩。

一盞維斯太燈[82]。

他在這裡思考一些並不存在的事情：凱撒如果相信了預言家的話而沒有送命的話，可以做出什麼事情來[83]；沒有發生而可能發生的事情；有可能發生的事情作為可能而存在的可能性；無人知悉的事情：阿喀琉斯在婦女群中生活時用什麼名字[84]。

我周圍盡是裝進了棺材的思想，罩著木乃伊匣子，用文字的香料浸泡著。透特[85]，圖書館之神，鳥神，月形冠冕。我聽到了埃及那位大祭司說話的聲音。**在裝滿泥板書的彩色廳堂內**。

---

77 《丹娜》為一九〇四—〇五年間在都柏林出版的雜誌，主編即約翰・埃格林頓。參見本章注89三八九頁。

78 「內心之光」為貴格會術語，指心中有基督。

79 福克斯（一六二四—九一）為貴格會創始人，自稱直接從上帝獲得啟示，因反對英國國教而備受迫害，曾多次逃亡和被捕。

80 「狐狸與鵝」為一互相追逐的遊戲，按「福克斯」這姓氏（Fox）詞意為「狐狸」。

81 「新地」為莎士比亞後期在故鄉斯特拉特福的住宅。

82 羅馬維斯太女神（參見第七章注62二九七頁）廟中火種須保持不滅。

83 在莎劇《朱利葉斯・凱撒》中，一個預言家曾警告凱撒提防「三月中」，凱撒不信，後果然於「三月中」被殺死。

84 希臘神話史詩中的希臘英雄。阿喀琉斯曾被母親化裝送至鄰國，混在王宮婦女群中躲避戰爭。

85 古埃及神，司學術、發明、魔術等，形象常為鳥首戴月形冠。

它們靜止不動。一度曾經是有生命的，在人們的頭腦中。靜止的：但是它們還帶著一種死亡的刺激，在我耳邊講述一些傷感的事情，促我幫它們實現遺願。

——肯定的，約翰・埃格林頓沉思著說，在所有的偉大人物中間，他是最神祕的一個。我們只知道他生活過，有過痛苦。甚至連這一些也並不清楚。別人能受我們的疑問[86]。其他的一切均在雲霧之中。

——但是《哈姆雷特》是有非常濃厚的個人色彩的，不是嗎？貝斯特先生辯說。我的意思是說，是一種私人文件，你不明白嗎，涉及他的私生活的。我的意思是說，我根本不在乎什麼誰被殺死啦，你不明白嗎，誰有罪啦……

他把一本無罪的書支在辦公桌邊緣，發出挑戰的微笑。他的私人文件，原文的。**Ta an bad ar an tir. Taim in mo shagart.**[87] 翻成英國佬的話吧，小約翰。

小約翰・埃格林頓說：

——根據瑪拉基・馬利根告訴我們的情況，我是準備聽一些悖論的，可是我可以預先告訴你，如果你想動搖我認為莎士比亞就是哈姆雷特的信念，擺在你面前的可是一項嚴峻的任務。

容忍我吧。

他皺著眉頭，邪惡的眼中閃著嚴峻的冷光；斯蒂汾抵擋著那眼光中的毒素。一條蛇怪。**E quando vede l'uomo l'attosca.**[88] 布魯乃托先生，我感謝你用的字。

——正如我們或是丹娜娘娘[89]，一天又一天地把我們的身體織了又拆，我們身上的細胞挪來又挪去，藝術家的形象也是織了又拆。同時，雖然我的軀體已經一遍又一遍地用新的材料重新織過，可是我右乳房的肉痣仍然長在我出生時它長的地方；同樣的，通過那位不安寧的父親的陰魂，顯現的是那位不存活的兒子的形象。在想像力強烈的那一瞬間，當我的頭腦處於雪萊所說的煤炭暗紅狀態時，原來的我就是現在的我，也就是我將來有可能形成的我。因此，到了未來，在過去的妹妹來到時，我也許就能見到現在坐在這裡的我，然而是通過將來的我的映影而看到的。

霍索恩登的德拉蒙德[90]幫助你翻過了這道坎兒。

——是的，貝斯特先生發出了年輕的聲音。我感到哈姆雷特是相當年輕的。他的仇恨可能是來自父親，但是和奧菲麗亞相處的那些場面肯定是兒子的。

揪住了母豬耳朵，可是逮錯了一頭豬。他和我父親一路。我和他兒子一路。

——那顆痣將是最後消失的，斯蒂汾笑道。

約翰·埃格林頓作了一個絕非討好的鬼臉。

---

86 阿諾德讚莎士比亞的十四行詩（一八四四）中云：

莎士比亞，莎士比亞，你和生活一樣難懂。
別人能受我們的疑問，你卻絲毫不沾。

87 愛爾蘭語：「小船上了岸。我是牧師。」第一句為愛爾蘭語初級課本用語，其編者為一牧師。

88 意文：「牠看人一眼就能毀人」為意大利作家布魯乃托·拉蒂尼對傳說中動物「蛇怪」（Basilisk，亦稱「王蜥」）的描述。

89 丹娜為凱爾特神話中的主要女神，曾被稱為「愛爾蘭諸神之母」。

90 德拉蒙德（William Drummond, 1585-1649）為蘇格蘭詩人，曾論述人與未來、過去的關係。

——如果那就是天才的胎記的話，他說，天才就成了市場上的藥品了。莎士比亞晚年的劇本，勒南[91]特別欣賞的那一些，抒發的都是另一種精神。

——和解的精神，貴格會友圖書館長抒發說。

——和解是不可能發生的，斯蒂汾說，除非本來有過分裂。

說過了。

——如果你想知道《李爾王》、《奧賽羅》、《哈姆雷特》、《特洛伊羅斯與克瑞西達》等劇中的痛苦經歷是由於什麼事件投下的陰影，你只要看一看這陰影是在什麼時候、什麼情況下消散的。泰爾的親王佩里克利斯在驚濤駭浪中翻了船，像又一個尤利西斯似的備受艱辛，是什麼東西使這樣一個人的心腸柔軟過來的呢？

腦袋，罩在紅色圓錐筒內的、備受撞擊的、被鹽水蒙住了眼睛的。

——一個孩子，一個女孩子，被人送到了他的懷抱中，瑪林娜[92]。

——詭辯家們傾向於走懷疑著作者的僻徑，這是一個常數，約翰·埃格林頓發現。大路是乏味的，但是它們通向城鎮。

好鹹肉：發了霉。莎士比亞，培根年輕放蕩時代的產物[93]。玩數字把戲的人走的是大路。一些尋找偉大真理的人[94]。什麼城鎮呢，大師們？含糊不清的名字：A·E，伊湧[95]；馬吉，約翰·埃格林頓[96]。太陽之東，月亮之西[97]：**Tír na n-og.**[98]二人腳蹬靴子，手執拐棍。

此去都柏林多少哩？
三個二十再加十，您哪。
掌燈時分能到否[99]？

布蘭代斯先生[100]認為，斯蒂汾說，那是末期的第一部劇本。

是嗎？那麼悉尼・李先生[101]，或是按照某些人的意見他的名字是賽門・拉撒路先生，他

---

91 勒南（Ernest Renan, 1823-92）為法國作家、評論家，讚揚莎晚期劇本為「成熟的哲學戲劇」，並曾為莎劇《暴風雨》編一續集。

92 瑪林娜為莎劇《泰爾親王佩里克利斯》中親王的女兒，在海船遇難時出生，當時保母以為產婦已死而將嬰兒送到親王懷中。

93 培根（Francis Bacon, 1561-1626）為英國著名文化人。在懷疑莎劇作者並非莎士比亞的議論中，若干論者認為只有培根的才學經歷方能寫出如此偉大的劇本，莎劇為培根「年輕放蕩」的產物，假借莎名而已。按「培根」原文詞義為鹹肉。

94 主張培根為莎劇作者的論據之一為數碼：論者云培根書信文件中暗藏一系列數碼，據此可在莎劇字句中找到培根為作者的證明。

95 拉塞爾筆名A・E源自Aeon（伊湧，參見本章注26三七一頁）。

96 約翰・埃格林頓為馬吉（W. K. Magee, 1868-1961）所用筆名。

97 典出斯堪的那維亞神話故事，敘述一王子被其後母化為白熊並因於「太陽之東，月亮之西」，終由其所愛姑娘救出。

98 愛爾蘭文：「青春園」，愛爾蘭神話中的海島樂園。

99 典出童謠〈此去巴比倫多少哩〉。

100 布蘭代斯（George Brandes）為一八九八年出版的《莎士比亞傳》作者。

101 李（Sidney Lee）為一九〇八年出版的《莎士比亞傳》作者，原名拉撒路。

又是怎麼說的呢？

——瑪林娜，斯蒂汾說，是暴風雨的孩子，米蘭達是一個奇蹟，珀蒂塔是失去的人[102]。他所失去的，又還給了他：他女兒的孩子。我的最親愛的妻子，佩里克利斯說，和這位姑娘很像。一個人若不是曾經愛生她的母親，有可能愛女兒嗎？

——作公公的藝術，貝斯特先生開始喃喃自語。**L'art d'être grandp……**[103]

——對於一個擁有那種叫作天才的怪東西的人來說，本人的形象是一切經驗的基準，不論是物質的還是道德的。這樣一種情景是會使他有所觸動的。與他同一血統的其他男性的形象會使他產生反感。他們的形象，他會認為是老天有意醜化他本人而作的預示或是再現。

貴格會友圖書館長的和善的前額上，紅光熠熠地升起了希望。

——我希望代達勒斯先生能充實他的理論，以使公眾增長見識。同時，我們也應該提到另一位愛爾蘭評論家蕭伯納先生。我們也不應該忘記弗蘭克·哈里斯先生。他在《星期六評論》上發表的論莎士比亞的文章，實在是非常出色的。奇怪的是，他也為我們描繪了一種和十四行詩中的黑女士不順心的關係。獲得垂青的競爭者是彭布羅克伯爵威廉·赫伯特[104]。我承認，如果詩人不能不遭到冷遇的話，這種冷遇似乎應該屬於——怎麼說好呢？——一種我們認為不該發生的情況。

他適當地住了嘴，在他們之間舉著一顆順從的腦袋，一枚海雀蛋，他們群起追逐的大獎。

他對她用古色古香的語言[105]，說了許多莊嚴的丈夫話。你愛嗎，密麗安姆？你愛你的男人嗎？

——也許如此，斯蒂汾說。歌德有一個說法，是麥吉先生喜歡引用的。小心你年輕時立下什麼願望，因為你到中年時真會實現的。對於一個buonaroba[106]，一個人人都能駛入其中的海灣，一個少女時代即已聲名狼藉的宮廷女侍，他為什麼要找一名小貴族去為他求愛呢？他本人是一位語言的貴族，而且他已經成了浪蕩紳士，已經寫過了《羅蜜歐與茱麗葉》。為什麼呢？他對自己的信心已經夭折。他曾經在一片穀田裡（黑麥田裡，我應該說）被壓倒，此後在自己的心目中就再也不會成為一個勝利者了，也不可能以勝利的姿態玩那嘻嘻哈哈躺下去的把戲了。作出一副唐・喬凡尼的派頭是無濟於事的。第一次傷了元氣，再拚也拚不回元氣來了。野豬的獠牙已經傷及要害，愛心流血不止[107]。悍女即使被制伏，也總還有女人的無形武器。我從那些詞句中感到，他受到一些肉的驅策，使他產生了新的情慾，這是當初的情慾的一個影子，使他對自己的理解也蒙上了一層陰暗。一種類似的命運在等待著他，兩次狂暴混在一起，攪成一團漩渦。

他們聽著。我向他們的耳朵內灌注。

102 米蘭達、珀蒂塔為莎劇《暴風雨》、《冬天的故事》中女主角。

103 法文。法國大作家雨果曾發表詩集L'art d'être grandpère，即《作（外）祖父的藝術》（一八七七），此處貝斯特引述時被打斷。

104 關於莎士比亞十四行詩中所歌頌的「黑女士」究竟為何人何事，研究界有各種不同意見，其中一種說法為莎愛慕一宮廷女侍，遣友赫伯特即彭布羅克伯爵前去交際，結果該女侍垂青赫伯特，因而莎未達目的。

105 貴格會中人在熟人間常用比較古老的英語。

106 意文：普通東西。莎士比亞時代用此詞指豔俗女人。

107 在《維納斯和阿多尼斯》（參見本章注62三八一頁）中，阿多尼斯擺脫維納斯糾纏後在狩獵中被野豬咬死。

——靈魂已經受過致命的打擊，毒藥灌進了熟睡著的耳朵內。但是，在睡眠中被害死的人，是不可能知道自己如何被殺的情形的，除非他們的靈魂在後世從他們的創造者獲得這一知識。下毒的事，以及促成下毒的雙背禽獸事，哈姆雷特王的陰魂都是不可能知道的，除非他的創造者賜給他這知識。正是因為這個緣故，他的言語（他的瘦瘠難看的英語）總是轉向別處，轉向後邊的。施暴力者與受暴力者，要的不要的，跟隨著他從魯克麗絲的藍圈象牙球，到伊慕倩那長著五點黑痣的酥胸[108]。他為了對自己隱藏自己，他積累了一個又一個的創造，終於倦於創造，回了老家，像一隻舔著自己的老傷口的老狗。但是，因為失即是得，他卻以完整無損的人格進入了永恆，既未從他自己寫下的智慧受益，亦不接受他所揭示的規律的約束。他的臉甲掀起來了[109]。他現在已是一個鬼魂，一個陰影，埃爾西諾山岩旁的風還是什麼的，海洋的說話聲音，這聲音只有一個人的心裡才能聽見，那人即是他的陰影的實體，與父親同體的兒子。

——阿門！門口傳來了一聲回答。

我的冤家呀，你找到我了嗎？

幕間休息。

一張流裡流氣的臉龐，卻陰沉沉的像教區監督似的，壯鹿馬利根走了進來，然後以丑角的輕快轉向他們迎接他的笑臉。我的電報。

——如果我沒弄錯的話，你是在談論那氣體脊椎動物吧？他問斯蒂汾。

他亮著淺黃色的坎肩，興高采烈地向他們揮動他的巴拿馬草帽，彷彿丑角耍弄小棒似的。

他們對他表示歡迎。Was Du verlachst wirst Du noch dienen.[110]

冷嘲熱諷派：佛提烏、冒牌瑪拉基、約翰・莫斯特[111]。

他，自己生下了自己，中間夾上聖靈，自己派自己來當救贖者，在他自己和別人之間，他，受了他的妖孽的欺弄，被剝光衣服又挨了鞭打，被釘在十字木架上餓死，活像蝙蝠釘在穀倉大門上，他，讓自己埋入地下又站立起來，下地獄救人之後才上天，在那裡坐在他自己的右手邊，坐了這一千九百年，然而將來有一天還要回來毀滅一切生者與死者，但那時所有生者已經成了死者。

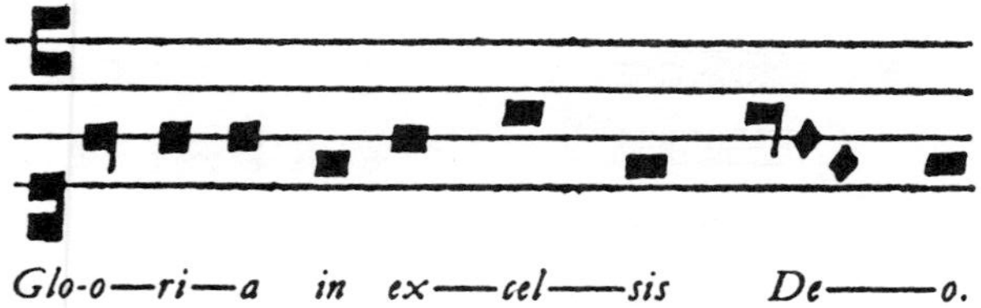
Glo-o—ri—a in ex—cel—sis De——o.

[112]

108 魯克麗絲為莎早年長詩《魯克麗絲受辱記》女主人公，強姦犯潛入其室內時見到其乳房「如象牙球，上有藍圈」；伊慕倩為莎劇《辛白林》女主人公，壞蛋窺見其左胸有痣，借此捏造曾與之有染。

109 莎劇《哈姆雷特》中哈友向哈敘述見到哈父陰魂時說：「他的臉甲是掀起的。」

110 德文諺語：「笑歸笑，服務歸服務。」

111 莫斯特（Johann Most, 1846-1906）為無政府主義者，曾於一九〇二年撰文嘲笑基督教「三位一體」等概念，其文內容略似下段所述。

112 拉丁文頌歌：「願榮耀歸於至高處之天主。」

他舉起雙手。紗幕落下了。啊，鮮花！獲得許多、許多、許多的鐘聲鈴聲。

——是的，不錯，貴格會友圖書館長說。一場非常有意義的討論。我相信，馬利根先生肯定也有一套關於那個劇本和莎士比亞的理論。生活的一切方面都是應該獲得反映的。

他不偏不倚地向一切方面笑著。

壯鹿馬利根茫然失措地思索著。

——莎士比亞嗎？他說。我好像聽說過這個名字呀。

他的面貌鬆開，陽光明媚地微笑起來。

——可不是嗎，他恍然大悟，眉飛色舞地說。就是那個寫出作品來像辛格的傢伙吧[113]。

貝斯特先生轉臉對著他。

海恩斯找不到你，他說。你有沒有遇見他？他回頭在都糕點和你見面。現在他到吉爾書局去買海德的《康諾特情歌》了。

——我是從博物館穿過來的，壯鹿馬利根說。他到這裡來了嗎？

——詩人的同胞們，約翰·埃格林頓接著說，對於咱們的奇談妙論也許有一些厭倦了吧。我聽說昨天晚上有一位女演員演出了都柏林第四百零八場的哈姆雷特。瓦伊寧就說那王子是個女人。還沒有人來考證他是愛爾蘭人嗎？我相信巴頓法官已經在找線索了。他（殿下，不是閣下）是憑著聖派特里克的名字起誓的。

——最漂亮的是王爾德寫的那一篇，貝斯特先生舉著他的漂亮筆記本說。那一篇〈W·H先生寫照〉[114]，他在其中論證了那些十四行詩是一位身穿繡絲的威利・休斯寫的。

——是為威利・休斯寫的吧，是不是？貴格會友圖書館長問。

要不然是休依・威爾斯？威廉他自己先生[115]。W・H：我是誰？

——我是想說為威利・休斯寫的，貝斯特先生順口修改了詞句。當然全是撲朔迷離的，你不知道嗎，休斯啦、休思啦、繡絲啦，色彩鮮豔啦，可是他寫來卻順理成章，他的典型手法。這正是王爾德的風格，你不知道嗎。輕鬆的筆觸。

他微微笑著，目光輕觸著他們的顏面掠過。碧眼金髮的少年。馴化的王爾德風格。

你賊俏皮。你已經用戴汐大師的金幣，喝了三盅威士忌。

我用掉了多少？哎，幾個先令吧。

請一夥報人。體液，溼的和乾的[116]。

俏皮。你的五大斗才智，你都願拿出去換他那炫耀於人的青春華裝。欲望獲得滿足的神態。

---

113 葉慈曾誇愛爾蘭劇作家辛格（J.M. Synge, 1871-1909）為又一埃斯庫羅斯（公元前五、六世紀間希臘大悲劇家），在愛爾蘭文壇傳為笑談。

114 「W・H先生」係莎士比亞十四行集首所提獻詩對象，因僅有W和H二字母，引起各種猜測。王爾德主張之「威利・休斯」為莎劇團中一少年演員，姓名Willie Hughes詞首亦為W・H。

115 莎本人名字詞首亦為W（William），而英文中「他自己（himself）」詞首為H。

116 西方古生理學認為人的體液成分決定人的脾氣秉性，喬伊斯於一九一二年所寫諷刺詩中曾說「愛爾蘭的體液，溼的和乾的」使他們向帕內爾眼中扔石灰。

還有好多呢，我就讓你要她吧，交配季節到了。老天爺，給他們一個涼快的發情期吧。是呀，盡情和她交頸吧。

夏娃，赤裸裸的麥堆肚皮上的罪孽。一條蛇纏住了她，吻中有毒牙。

——你認為僅僅是迷惑人的嗎？貴格會友圖書館長在發問。嘲弄人的人，即使在他最認真的時候也絕不會受到嚴肅對待的。

他們嚴肅地談論著嘲弄者的嚴肅性。

壯鹿馬利根的臉色又沉重起來，斜眼把斯蒂汾打量了一回。然後他搖晃著腦袋走到近處，從口袋裡抽出一分摺疊的電報。他扭動著靈活的嘴唇念了念，又浮起了新的歡笑。

——電報！他說。奇妙的靈感！電報！教皇的訓諭！

他坐在沒有亮燈的辦公桌上，興高采烈朗誦起來：

——感傷主義者，那是希望享受成果而不願承擔其嚴重責任的人[117]。簽名：代達勒斯。你是從什麼地方發的？窯子嗎？不對。是學院草地。你把四鎊都喝掉了嗎？姑媽要去拜訪你那位無體父親了。電報！下修道院街船艦酒店瑪拉基・馬利根收。你這名無可比擬的假面啞劇演員呀！你這個教士派頭的啃奇人呀！

他興致勃勃地把電報連同封套往口袋裡一塞，憋著愛爾蘭土腔，哭訴起來：

——俺跟你說的沒錯呀，蜜糖先生哪，海恩斯他捎了進來呀，他跟俺倆是又納悶又傻了眼啦。俺們念叨的是斷頭臺上那一杯呀，俺琢磨，托缽僧喝了也會上勁的呀，那怕他好色淘空了身子呢。俺們就那麼老老實實地在康納里那搭兒等呀等的，一個鐘頭兒兩個鐘頭兒三個鐘頭兒呀，直盼著一個人來那麼幾品脫哪。

他哀號起來：

——俺們就在那兒乾等呀，啊呀呀，沒曾想你倒給俺們寄了你的大會來，害得俺們舌頭拖出三尺長，活像那想喝一口喝不著，渴得快死過去的教士哪。

斯蒂汾笑了。

敏捷地，壯鹿馬利根彎下腰，作出警告的姿勢。

——流浪漢辛格[118]正在找你，他說。他要殺死你。他聽說了，你對著葛拉斯圖勒他家的大門尿了一泡尿。他正穿著他的粗皮靴到處找呢，要你的命。

——我！斯蒂汾叫了起來。那是你對文學的貢獻呀。

壯鹿馬利根得意洋洋地往後一仰，對著那幽暗的竊聽天花板大笑起來。

——要你的命！他笑道。

一張粗野的怪獸形臉，和我在聖安德烈藝術路[119]吃牛肺雜碎，對我開了戰。用詞論詞換詞，

---

117 典出英國小說家梅瑞狄斯的名著《理查・弗維萊爾的苦難》（一八五九）。

118 劇作家辛格常自稱流浪漢。

119 巴黎一街道，上有廉價餐館。

palabras.[120]我相[121]對派特里克。他在克拉馬樹林裡遇見了一個半人半羊神，揮舞著一只酒瓶。C'est vendredi saint![122]要殺愛爾蘭人。他遇見的是他自己的遊魂。我遇見的是我的。我在樹林裡遇見了一個蠢人[123]。

——利斯特先生，一個工友在微開的門邊叫喚。

——……人人都能從中找到自己所需要的東西。譬如，馬登法官先生在他那本《威廉·陳默少爺的日記》中，就找到了那些狩獵用語……[124]怎麼樣？有什麼事？

——來了一位先生，您哪，工友說著走上前遞過來一張名片，《自由人報》來的。他要看去年的《基爾肯尼人民周報》資料。

——可以，可以，可以。那位先生是……？

他接過那張積極的名片，看了一眼，沒有看見，放下沒有再看，然後望著、問著、吱咯著、問著：

——他是……？喔，在那兒呢！

踩著活潑的加里亞德舞步，他走了，出去了。在日光照亮的走廊裡，他口齒伶俐、認真熱情、克盡職責，一位十分正直、十分和藹、十分誠懇的貴格派。

——這位先生嗎？《自由人報》的？《基爾肯尼人民》？沒有問題。您好，先生。《基爾肯尼……》我們有，肯定……

一個耐心等待著的人影在聽他說話。

——所有重要的地方報紙……《北方輝格報》、《科克考察報》、《恩尼斯科西導報》。一九〇三……請您……埃文斯，你領這位先生……請您跟這位工友……要不，請允許我……這邊走……請，先生……

口齒伶俐地，認真負責地，他帶路向所有地方報紙走去，他的急匆匆的腳步後面，跟隨著一個彎著腰的幽暗人影。

門關上了。

——猶太佬！壯鹿馬利根叫起來。

他跳起來，抓住了名片。

——他叫什麼名字？艾基・摩西？布盧姆。

他利嘴利舌地接著又說。

——包皮收藏家耶和華不在了。我剛才在博物館裡碰見了他，我是去向泡沫生的阿芙蘿狄蒂[125]致敬的，從未為祈禱而扭動的希臘嘴唇，我們必須每天向她頂禮。**生命的生命呀，你的嘴唇**

120 西班牙文：言詞。
121 莪相（Oisin）為蓋爾族傳聞中三世紀英雄詩人，在愛爾蘭人心目中代表基督教在五世紀由聖派特里克傳入以前的文化。
122 法語：「今天是聖周五」（即耶穌受難節）。
123 莎劇《皆大歡喜》中一角色遇見瘋瘋癲癲的小丑後作此語。
124 該法官認為從莎劇內容可斷定劇作者熟悉狩獵活動，必是貴族出身。
125 希臘女神阿芙羅狄蒂即羅馬神話中的維納斯，傳說生於海中泡沫。

點燃了[126]。

突然，他轉向斯蒂汾：

——他認識你，他認識你的老頭子。啊，我擔心，他比希臘人還希臘呢。他的蒼白的加利利眼睛[127]，盯住了她的股間凹溝。維娜斯Kallipyge[128]。啊，那下腹部的威力啊！神追處女隱處[129]。

——我們願意再聽一些，約翰・埃格林頓在貝斯特先生的贊同下宣布。我們開始對莎太太發生了興趣。直到現在為止，我們很少想到她，要想要也只當她是一位賢慧的葛麗賽爾達，一位安守閨房的珀涅羅珀。

——高爾吉亞的弟子安提西尼，斯蒂汾說，把美麗的桂冠從阿戈斯人海倫頭上取下，不讓墨涅拉俄斯王爺那位娘子，那匹曾經供二十位英雄睡在裡面的特洛伊木製母馬再戴在頭上，交給了苦命的珀涅羅珀。他在倫敦生活了二十年，而在那期間，他有一段時間的薪資收入相當於愛爾蘭的大法官。他過的日子是闊綽的。他的藝術，不僅是沃爾特・惠特曼所說的封建藝術，而是富足有餘的藝術。現烤的鯡魚餡餅、綠缸的乾葡萄酒、蜂蜜醬、玫瑰糖、蛋白杏仁糖、醋栗鴿子、蜜餞海刺芹。沃爾特・雷利爵士[130]被逮捕的時候，身上的東西值到五十萬法郎，其中包括一副精緻的緊身胸衣。放高利貸的女人伊萊莎・都鐸[131]的內衣，多得可以和示巴女人比美[132]。他在那裡晃蕩了二十年，一邊是夫妻之愛及其正當的歡愉，另一邊是尋花問柳之情及其淫褻享樂。你們知道曼寧厄姆講的故事[133]，一位士紳太太看了迪克・伯比奇演出的《理查三世》之後邀他去和她同床，莎士比亞在旁聽見了毫不無事生非，不動聲色地就去抓住了母牛的犄角。等伯比奇來敲大門的時候，他從閹雞的被窩裡大喊：征服者威廉比理查三世來得早[134]。還有那位快活的小婦人菲頓夫人，騎上去哇哇大叫，還有他那位嬌滴滴的小鳥兒珀涅羅珀・富貴夫人[135]，乾淨的高貴女人適合演員，還有河岸邊那些野雞，一便士一次。

皇后道[136]。Encore vingt sous. Nous ferons de petites cochonneries. Minette? Tu veux.[137]

——上流社會的最上層了，還有牛津的威廉・戴夫南特爵士的母親[138]，常備金絲雀葡萄酒以待公雀。

---

126 雪萊《解放了的普羅米修斯》詩句。

127 加利利為耶穌出生的省分。

128 希臘文：「臀部優美的」。

129 馬利根利用斯溫伯恩詩句引起諧音歧義。

130 雷利（Sir Walter Raleigh, 1554-1618）為莎士比亞時期英國探險家及政治活動家，素喜豪華衣飾。

131 都鐸為英國王室，莎士比亞時代的女王伊麗莎白一世即為該王室末代國君。「伊萊莎」為「伊麗莎白」暱稱。

132 示巴女王為《聖經・舊約》中提到的富豪。

133 指莎士比亞傳記中摘引或提及曼寧厄姆日記的內容。

134 「征服者」為英王威廉一世稱號；威廉原為法國諾曼第公爵，一〇六六年渡海征服英國後稱王。莎士比亞亦名威廉。理查三世為十五世紀英王。

135 菲頓與富貴均為莎士比亞時期社交場婦女，分別被後世評論家疑為莎十四行詩中「黑女士」原型。

136 巴黎塞納河右岸一繁華街道。

137 法語：「加二十蘇吧。咱們來玩一些邪門兒的小勾當。小寶貝兒，願意嗎？」

138 戴夫南特（William Davenant, 1606-68）為英國詩人、劇作家，傳說為莎士比亞私生子。

壯鹿馬利根翻起虔誠的眼睛作祈禱：

——瑪格麗特・瑪利・雜交雞有福了！

——還有六房妻室的哈利的女兒[139]。還有紳士派頭的詩人丁尼生老爺歌詠的，來自鄰區的其他女友們。但是，在這整整的二十年期間，你們認為斯特拉特福那位苦命的珀涅羅珀，在那些鑽石窗櫺子後面幹些什麼呢？

幹了又幹。幹下的事。在腳鐐巷花卉專家杰勒德的玫瑰園內，他在踱著，金棕色頭髮已見花白。一株天藍色的風鈴草，如像她的血脈。朱諾眼睛似的眼皮，紫羅蘭。他踱著。生命總共只有一次。一個身體。幹吧。只管幹吧。在遠處，在淫慾汙穢的惡濁氣味中，手伸到了白皙之上。

壯鹿馬利根猛敲約翰・埃格林頓的辦公桌。

——你懷疑誰？他提出質問。

——假定說，他是十四行詩中的失意情人。一次失意又二次失意。而那宮廷浪女人不要他，卻是為了一個貴族，他的親親吾愛。

不敢直呼其名的愛情。

——你的意思是說，他是英國人，約翰・堅定・埃格林頓插嘴說，所以愛貴族吧。

老牆，突然出現蜥蜴。我在夏朗東觀察過。

——看來是這樣，斯蒂汾說，他願意為他效勞，也為其他一切未經耕耘的奇特子宮效勞，這是圉人對種馬的神聖職責。也許，他和蘇格拉底一樣，母親也是接生婆，不僅妻子是悍婦。然而她，那個輕浮的浪女人，倒並沒有背棄床頭的誓言。在那陰魂的頭腦裡，有兩個切齒之恨：一是背信棄義，一是她的歡心竟落到那個蠢傢伙身上，亡夫的兄弟。可愛的安，我相信，是個床頭浪。一次追人，下次還會追人的。

斯蒂汾在椅上猛然轉了一個身。

——需要提出證據的是你們而不是我，他皺著眉頭說。如果你們否認他在《哈姆雷特》第五場中是給她打上罪惡的烙印的話，那麼你們告訴我，為什麼從她嫁給他到給他送終，整整三十四年工夫從來沒有提到過她？所有那些婦女都是看著自己的男人躺倒、下世的：瑪莉，她的好男人約翰；安，她的可憐的好威倫，他就是那麼死給她看了，心裡為自己先走直冒火；瓊，她的四個兄弟；朱迪絲，她丈夫和她所有的兒子；蘇珊，也是她丈夫，而蘇珊的女兒伊麗莎白呢，用她老爺的話說吧，是殺了第一個去嫁第二個的[140]。對了，有一次提到過，他在京城倫敦過他的闊綽日子那些年間，她有一次為了還債，向她父親的牧羊人借了四十先令。這些，你們去解釋吧。也要解釋一下他的最後作品，他在其中向後代提到了她。

他面對著他們的沉默。

139 哈利為亨利暱稱。亨利八世有六妻，伊麗莎白女王即由其第二妻所生。

140 此句中涉及者均為莎士比亞家中人：瑪莉為莎母，約翰為莎父，安為莎妻，瓊為莎姊，朱迪絲為莎次女，蘇珊為莎長女。《哈》第三幕劇中劇伶后為表示自己忠於夫君，曾宣稱：「只有殺死第一個丈夫的人，才會嫁第二個。」

於是埃格林頓對他：
　　　　　　　你指遺囑，
我相信那已經有法理學家解釋過。
她本來就有權獲得習慣法規定的
寡婦財產。他的法律知識是淵博的，
據我們的法官們說。
　　　　　　　撒旦嘲弄了他，
嘲笑者：
　　　　因此他在初稿中
根本不提她，而不忘記
遺贈外孫女、兩個女兒、
姊姊，以及他的許多老友
在斯特拉特福的，在倫敦的。
因此他才在有人勸他時，我相信，
添上她的名字，留給她那張
次好的

床。

Punkt[141]

留下給她
他的次好
留下給她
他的好床
次於最好
留下的床。

打住！

——俏麗的鄉人們那時的動產很少，約翰‧埃格林頓發表他的看法說。其實現在也不多，如果咱們的農民戲劇是符合典型情況的話。

——他是一位闊綽的鄉紳，斯蒂汾說。他有一套紋章，在斯特拉特福有地產，在愛爾蘭大院有一所房子，他還是一名擁有股票的資本家、法案推動者、什一稅承包人。如果他希望她此後餘

141 德文：「句號」（或「項目」）。

生的夜晚都能安然鼾睡，他為什麼不把他最好的床留給她呢？

——床顯然是有兩張，一張最好的，一張次好的，次好的最好先生[142]好好地說。

Separatio a mensa et a thalamo[143]，壯鹿馬利根又好一層，贏得了一些微笑。

——古人提到一些有名的床，其次的埃格林頓皺起了額頭，露出床笑。讓我想一想。

——古人提到，斯蒂汾說，那位司塔甲拉學童和禿頂異教聖人[144]在流亡中去世之前，解放了他的奴隸們並賜給他們財產，對他的前輩作了獻禮，立下了遺願要葬在他的亡妻屍骨旁邊，並且囑咐親友善待一位老情婦（莫忘了內爾・格溫・赫辟麗絲），讓她住他的別墅。

——你是說他是那麼死的嗎？貝斯特先生不甚關心地問。我的意思是……

——他是狂飲醉死的，壯鹿馬利根接上去說。麥芽美酒一夸特，就是國王也喜愛[145]。哎，我必須告訴你們，道登是怎麼說的！

——怎麼說的？貝斯特埃格林頓問。

威廉・莎士比亞股份有限公司。人民的威廉。有意者請聯繫……海菲爾德樓E・道登[146]。

——妙！壯鹿馬利根讚嘆道。我問他，有人指責詩人犯雞姦罪，他是怎麼看的。他舉起了雙手說：**我們只能講，那個時代的生活是十分紅火的。**妙！

孌童。

——美感把我們引入了歧途，美揪心貝斯特對醜自在埃格林頓說。

堅定的約翰的回答是嚴厲的：

——這話是什麼意思，可以讓博士給我們講。一塊蛋糕，你不能又吃又拿。

你這麼說嗎？他們是要把美的桂冠從我們，從我頭上拖走嗎？

——還有財產感，斯蒂汾說。他的夏洛克[147]是從他自己的大口袋裡掏出來的。他是一個麥芽商放債人的兒子，自己也是穀物商放債人，在饑荒暴亂時期還囤積著十托德的穀物。向他借債的人，無疑就是切特爾・福斯塔夫[148]提到的那些稱讚他辦事公道的各色重要人物。他曾經對一位演戲的同事提出訴訟，索取幾袋麥芽的價款，並且每一筆貸款都要索取他的一磅肉的利息。要不然，奧布里的看馬、催場人[149]，怎麼能那麼快就發了財？不論什麼事件，到了他的手上都能派上用場。夏洛克是和女王御醫洛佩斯事件之後的反猶風配合的，那猶太醫生上了絞架還分屍，人還沒死他的猶太心就被掏了出來[150]；《哈姆雷特》與《麥克佩斯》，和一個喜歡烤巫婆的蘇格蘭二

---

142 貝斯特（Best）詞義為「最好」。

143 拉丁文：「分用膳食、臥室。」按英國十九世紀中葉以前一般不許離婚，只許分居。

144 亞里斯多德出生於馬其頓的司塔甲拉。

145 莎劇《冬天的故事》插曲歌詞。

146 道登（Edward Dowden, 1843-1913）為愛爾蘭著名教授、學者，曾論證莎士比亞的人民性。

147 莎劇《威尼斯商人》中猶太高利貸主。

148 切特爾（Henry Chettle，約一五六〇—一六〇七）為英國劇作家和出版家，曾因其出版物有損莎士比亞名譽而著文道歉。福斯塔夫（Sir John Falstaff）為莎劇中多次出現的肥胖喜劇人物，據傳以切特爾為原型。

149 奧布里（John Aubrey, 1626-97）及其後一些人著作中曾記述有關莎士比亞出身貧賤的傳聞，其中包括最早在戲院門口看馬及在後臺幫助提詞人催場。

150 一五九四年女王醫生洛佩斯被控接受西班牙賄賂圖謀毒死女王，當即被判處極刑。

把刀哲學家登上王位有關[151]。潰敗了的無敵艦隊，成了他在《愛的徒勞》中的笑料。他的那些歷史劇，都是乘著一股馬弗京式的狂熱潮流[152]張帆鼓風的戲裝彩船。沃里克郡審了耶穌會修士，我們就有了一個守門人的支吾搪塞論[153]。海業號從百慕大返航歸來，於是勒南讚賞的劇本就寫出來了，裡面有我們的美國老表派齊・卡里班[154]。那些甜絲絲的十四行詩是跟著錫德尼[155]的十四行來的，至於說到仙女伊麗莎白，也就是胡蘿蔔色的貝絲，那位授意寫了〈溫莎的風流娘兒們〉的粗獷處女[156]，那就讓那位阿爾馬尼[157]先生鑽到髒衣筐的深處去終身摸索其深藏的含義吧[158]。

我認為你幹得很不錯。就是把神學邏輯學語言學什麼學都混成一大堆。Mingo, minxi, mictum, mingere.[159]

——你拿出他是猶太人的證據來吧，約翰・埃格林頓激他，顯然是有所期待。你們的教務長可認為他是神聖羅馬教會的。

Sufflaminandus sum.[160]

——他是德國製造出來，斯蒂汾答道，給意大利醜聞塗法國清漆的高手。

——一位有一萬個頭腦的人，貝斯特提醒他。柯爾律治說他有一萬個頭腦。

Amplius. In societate humana hoc est maxime necessarium ut sit amicitia inter muitos.[161]

——聖托馬斯呢，斯蒂汾開始說……

——Ora pro nobis[162]，修士馬利根一屁股坐了下去，抱怨地哼著。

然後他用嚎喪的調子喊叫起來：

——Pogue mahone! Acushla machree[163]！我們今天可是毀了呀！我們肯定是毀了呵！

人們都報以微笑。

---

151 一六〇三年繼承英國王位的詹姆斯一世原為蘇格蘭王，對巫術十分注意，曾寫書加以論述。

152 十六世紀末英國擊敗西班牙無敵艦隊後擴張主義情緒高漲，情況略似後來南非戰爭馬弗京戰役後英國大事慶祝而在英國人民中掀起的熱潮。

153 一九〇五年英國天主教爆炸國會陰謀敗露後，受審高級教士之一在法庭辯稱「為天主謀取更大榮耀」而以假亂真是有理的；莎劇《麥克佩斯》中一守門人酒醉應門時說敲門人是個隨意支吾搪塞的人，不管說真話假話都敢起誓。

154 海業號於一六〇九年自英國航向美洲時遭難，船員在荒島生活十月後方遇救返英，據研究，莎劇《暴風雨》係受此事啟發而作；卡里班為《暴風雨》中醜陋妖精；「派齊」為「派特里克」暱稱，而派特里克為愛爾蘭人常用名。

155 錫德尼（Sir Philip Sidney, 1554-86）為英國詩人、學者，其《愛星者和星星》為英國最早的十四行組詩。

156 伊麗莎白女王為英國詩人斯賓塞（E. Spenser，約一五五二—九九）在其長詩《仙后》中通過仙后形象歌頌的對象；女王頭髮顏色發紅，據信莎劇《溫莎的風流娘兒們》係由女王授意而寫。

157 阿爾馬尼為伊麗莎白時代英國俚語，指德國。

158 福斯塔夫在《溫莎的風流娘兒們》中企圖偷情被騙躲入髒衣筐內，後筐被扔入河內。

159 拉丁文：「小便，尿」動詞變位四種形式。英語中表示混合的詞（mix, mingle）與此接近。

160 拉丁文：「我應受抑制」。按瓊森評論莎士比亞時曾說莎有時過於流暢，應受抑制。

161 拉丁文：「寬了。在人的社會中，人群之間的友好關係是極端重要的。」（按聖托馬斯用拉文著作。）

162 拉丁文：「為我們祈禱吧。」

163 愛爾蘭語：「吻我屁股吧！我的心臟的脈息呀！」按〈我的心臟的脈息〉為愛爾蘭詩人柯倫讚美愛爾蘭的詩。

——聖托馬斯呢，斯蒂汾笑著說，我喜歡讀他的大肚皮原著，他談亂倫的觀點，和馬吉先生提到的維也納新學派[164]不同。他的說法是睿智而奇特的，把亂倫比作感情上的一種貪婪。他的意思是說，這原來可能是某個外人渴望得到的愛情，卻慳吝不捨，給了血統相近的人。基督教徒罵猶太人貪婪，而猶太人倒是一切民族之中最喜歡通婚的。指責的人是生了氣。基督教的律令使猶太人積攢了財富[165]（猶太人和羅拉德派一樣，風暴正是庇身處），也把他們的感情用鋼箍加固了。這些究竟是罪孽還是美德，到了世界末日的審判時非人老爹[166]會告訴我們的。可是，一個對於他稱為債權的東西抓得如此之緊的人，自然也會對他稱為夫權的東西毫不鬆手的。不論是什麼微笑先生鄰居朋友，誰也休想覬覦他的牛、他的老婆、他的傭人、他的婢女，或是他的毛驢[167]。

——或是他的母驢，壯鹿馬利根唱和著。

——文雅的威爾[168]遭到了粗暴的對待，文雅的貝斯特先生文雅地說。

——哪一條尾兒呀？壯鹿馬利根笑嘻嘻地插科打諢，我們都搞糊塗了。

——生命的威力，約翰・埃格林頓發表他的哲理性看法。對於威爾的遺孀，苦命的安，那就是死亡的威力。

——Requiescat[169]！斯蒂汾作了祈禱。

那蓬勃的生命威力何在？
它早已消逝……[170]

——她小殮之後直挺挺地僵臥在那張次好床上，煩惱的王后，即使你能證明那時代的一張床和現今的一輛汽車一樣稀罕，並且床上的雕刻也是七個教區之內有口皆碑的。她在老年交上了一些福音傳道師（其中之一曾住在新地，喝了一夸特由鎮上付款的白葡萄酒，至於他睡哪一張床則無關緊要不必問了），並且聽人說了她有靈魂。她閱讀或是聽人給她讀了他的宗教冊子，覺得比《風流娘兒們》強，晚上坐在約旦盆上放水的時候就思索著《為信徒褲子找鈎環釦》和《最有靈性的鼻煙壺，以供最虔誠的靈魂打噴嚏之用》[171]。維納斯已經扭動嘴脣作祈禱了。良心的譴責：內咎。這是一個淫逸生涯已告困乏而尋求神助的年代。

——歷史表明情況確是如此，**inquit Eglintonus Chronolologus**[172]。各個時代互為更迭。但我們曾

164 指奧地利心理學家弗洛伊德（Sigmund Freud, 1856-1939），即上文埃格林頓（馬吉）所說「博士」。

165 基督教不許放款取利，猶太教無此戒律。

166 「非人老爹」是布萊克在〈致非人老爹〉（To Nobodaddy）等詩中對上帝的稱呼。

167 《聖經・舊約》所載摩西十誡中的第十誡：「不可覬覦鄰人的妻子；不可貪圖鄰人的房屋、他的田地，或是他的傭人，或是他的婢女、他的牛，或是他的驢，或是你鄰人的任何所有。」

168 「威爾」即威廉。

169 拉丁文：「安息吧」。

170 出自拉塞爾（A・E）詩〈小路歌聲〉。

171 二書均為十七世紀英國清教徒出版物，其中第一冊宣傳宗教慈善事業，第二冊書目略有變動。

172 拉丁文：「編年學家埃格林頓引證」。

獲得權威性的教導[173]，一個人的最狠的仇敵是自己家裡屋裡的人。我感到拉塞爾是正確的，我們對於他的妻子、父親有什麼興趣？我要說，只有家庭詩人才是在家庭中生活的。福斯塔夫就不是一個家庭男子，我感到，那位胖騎士是他的最高創造。

他是瘦的，向後一仰。你退縮，你不認家裡人，那些不好辦的好人。他退縮，和不信神的人共進晚餐，偷酒杯。是厄爾斯特的安特瑞姆郡[174]一位大爺教他幹的。齋戒日來此找他。馬吉先生，您哪，有位先生要見您。我嗎？他說是您父親呢，您哪。把我的華茲華斯遞給我。進來了馬吉老馬修，一位粗獷、粗魯、粗毛蓬鬆的鄉巴佬，穿一條緊身褲，擋著用鈕釦連上的蓋片，布襪上沾著十個森林的泥汙，手裡拿著野蘋果樹棍兒。

你自己的呢？他認識你的老頭子，喪妻的人。

我從歡樂的巴黎，匆匆趕回她那汙穢不堪的死窩，在碼頭上接觸到他的手。嗓音中帶著新的溫暖，說話了，鮑勃・肯尼大夫給她看的。眼光中對我有深厚的關懷。但並不理解我。

——說到父親，斯蒂汾明知無望而仍堅持著說，那是一個不能不要的禍害。他寫那劇的時間是在他父親死後幾個月期間。他那時已經生活了三十五年，nel mezzo del cammin di nostra vita[175]，積累了五十年的經驗，頭髮已經開始花白，兩個女兒都已到待嫁年齡。如果你們認為他是那位從維滕貝格回來的面上無鬚的學生，那麼你們必須把他那位年已七旬的老娘當作淫佚的王后了。否。約翰・莎士比亞的屍體並未深夜行走。他在一小時又一小時地腐爛又腐爛，他已經解除父親身分安息了，把那個玄妙地位安排給了他兒子。薄伽丘的卡蘭德里諾[176]是第一個也是最後一個感到自己懷孕的男子。一個人之成為父親，如果說是有意識地從事生育的話，那是人類所不知道的現象。世代相傳的神權，從獨一無二的生身之父到獨一無二的子嗣，這根本就是一種玄妙的事態。教會的基礎就是建立在這一個神祕事態上，而不是建立在狡猾的意大利人設計出來蒙騙歐洲群眾的聖母身上。這個基礎是不可移動的，因為它正像世界的基礎一樣，宏觀世界也好，微觀世界也好，完全是一個真空。它立足於虛無縹緲，立足於荒誕無稽。**Amor matris**，主生格與賓生格，也許是生活中唯一靠得住的東西。父子關係也許是一種法律上的虛構。誰是兒子應該愛他，或是他應該愛兒子的父親呢？

你在胡扯些什麼亂七八糟的東西？

我知道，閉上你的嘴。滾開。我有我的道理。

Amplius. Adhus. Iterum. Postea.[177]

你是遭天譴，不能不這樣嗎？

——他們之間的隔閡，是出於一種肉體上的恥辱，而且是如此之常見，所以在記載世上罪惡

173 指耶穌（《馬太福音》一〇・三六）。

174 安特瑞姆郡在愛爾蘭北部的東北角，該郡沿海有一地區以埃格林頓家族姓名馬吉為地名，稱「馬吉島」。

175 意大利文：「在我們的生命歷程的中途」，係但丁《神曲：地獄篇》首行。按但丁自稱《神曲》為其三十五歲時有感而作。

176 《十日譚》中一男人，聽信惡作劇者戲言而認為自己懷孕。

177 拉丁文辯論用語：「而且。迄今。再者。此後。」

的編年史中，只見各種各樣其他亂倫等等獸行，卻幾乎不提這種分裂。子與母、父與女、姊妹同性戀、不敢直呼其名的愛情、孫子輩與祖母輩、囚犯與鎖眼、王后與大壯牛。未出生的兒子損害了美容：出生以後他帶來痛苦，分化感情，增加煩惱，他是一個新的男性，他的成長是他父親的衰老，他的青春是他父親的嫉妒，他的朋友是他父親的仇敵。

我在王爺街[178]想到的。

——什麼是他們之間的自然聯繫呢？一瞬間的盲目發情。

我是一個父親嗎？如果我是呢？

萎縮不穩的手。

——非洲人撒伯里烏是一切異端邪說創導者中最微妙的，他認為聖父本人就是他自己的兒子。阿奎家的鬥牛狗[179]無話不能說，就批駁了撒伯里烏。假定無子之父不成其父，則無父之子豈能為子？當拉特蘭培根索桑普頓莎士比亞[180]動筆，或是在這齣錯中有錯的喜劇中的另一位同名詩人動筆寫作《哈姆雷特》之時，他不僅是他本人兒子的父親，而且因為他已經不是兒子，他實際上是並且也自我感覺是整個民族的父親，也是他本人的祖父的父親，也是他的尚未出生的孫輩的父親，而他的孫輩卻同樣從未出生，因為按照麥吉先生的理解，大自然是厭惡完美的[181]。

埃格林頓眼睛閃亮如天空，抬頭一瞥透著喜悅。高興的眼光，歡樂的清教徒，透過彎彎曲曲的野薔薇林屯。

奉承。難得的。但是要奉承。

——本人是自己的父親，兒子馬利根自言自語地說。等一下。我懷孕了。我頭腦裡有一個尚未出生的孩子。帕拉斯・雅典娜[182]！一齣戲！這齣戲來得正好[183]！讓我分娩吧！

他伸出兩隻助產手，捧住了自己的肚皮腦門。

——至於他家裡的人，他母親已經在阿登森林中留名[184]。她的死，使他寫出了《科里奧拉努斯》中的沃倫妮亞場面[185]。他的幼子的死，就是《約翰王》中阿瑟小公爵去世的場面，黑衣王子哈姆雷特，就是哈姆內特・莎士比亞。《暴風雨》、《佩里克利斯》、《冬天的故事》等劇中的姑娘們是誰，我們是知道的。埃及的肉鍋克莉奧佩特拉，以及克瑞西達，以及維納斯[186]，這些女人是誰我們可以猜，但是他家裡的另一個成員是有案可查的。

——劇情深化了，約翰・埃格林頓說。

---

178 巴黎紅燈區一街道。

179 托馬斯・阿奎那屬天主教「多明會」，而該會名稱Dominican與拉丁文「天主的狗」（Domini canis）相近。

180 拉特蘭伯爵、培根（參見本章注93三九一頁）、索桑普頓伯爵均曾被人疑為莎劇真正作者。

181 麥吉於一九〇一年以「約翰・埃格林頓」為筆名發表的論文中曾提出這一觀點，認為完美的藝術品等都是在自然條件已經停滯的條件下產生的。

182 雅典娜（Pallas Athena）為希臘神話中智慧善戰女神，出生時從主神宙斯前額中躍出。

183 這是《哈姆雷特》中哈準備借用戲劇表演刺探僭位叔父時的獨白。

184 莎母本姓阿登，而「阿登森林」為莎劇《皆大歡喜》中樂園名稱。

185 科里奧拉努斯為古羅馬英雄人物，個性極強，但篤孝，因而其母沃倫妮亞能左右其行動。

186 均為莎士比亞筆下的淫蕩女人。

貴格會友圖書館長踮起腳尖快挪貴步跨進來了，貴格面具，貴格速度，貴格儈客兒。

門關上了。囚房。白晝。

他們聽著。三個。他們。

我你他他們。

來吧，開飯。

斯蒂汾

他有三個兄弟：吉爾伯特、埃德蒙、理查。吉爾伯特老年時告訴一些騎士，他有一回從收票先生弄到一張入場券，不要錢真的，他在倫嫩瞅見他那個寫戲的老哥威爾先生演一齣摔跤的戲，把對手揹在背上呢。那吉爾伯特的靈魂都塞滿了戲院裡的香腸。他是沒有蹤影了，可是埃德蒙和理查卻都是在好威廉的作品中留下了名字的。

馬吉格林約翰

名字！名字有什麼關係？

貝斯特

有一個是我的名字，你不知道嗎。理查。我希望你為理查說句好話，你不知道嗎，看在我的面上。

（笑聲）

壯鹿馬利根

（輕柔，漸弱）

隨後那醫科生狄克開了口哪

對他的伙伴醫科生戴維呀……[187]

斯蒂汾

他有三大黑心人，三個大壞蛋：伊阿古、駝背佬理查、《李爾王》中的埃德蒙。其中的兩個用的就是壞小叔的名字。不僅如此，最後那齣戲的寫作時間，和他兄弟埃德蒙在南瓦克臥病不起的時間很近或是完全一致的。

貝斯特

我希望是埃德蒙挨棍子，我不願意跟我同名的理查……

（笑聲）

貴格會友利斯特

187 參見本章注5三二六七頁。

（恢復原速）但是，盜竊了我的好名聲的人……

斯蒂汾

（節奏加快）他自己的名字威廉，他是作為一個好名字分藏在不同劇本裡的，這裡一個跑龍套的，那裡一名小丑，正如意大利古代的畫家，把自己的面容嵌在畫布的某一個暗角裡。他在十四行詩集中露過它，那些詩裡有的是威爾。他同岡特的約翰一樣[188]，很寶貴自己的名字，不下於他靠吹拍弄到手的家族紋章，黑斜條上金矛，加鋼放銀光，honorificabili—tudinitatibus[189]，更勝過他編寫國內最大的沙沙戲所獲的榮譽。名字有什麼關係嗎？在我們的童年時期，別人說我們叫什麼名字我們就寫什麼名字，但是我們還是免不了向自己提出這樣的問題。他降生的時候天上升起了一顆星，一顆晝星，一條火龍。那顆星白晝獨自在天空中閃閃發亮，晚上比太白金星還亮，夜間它在仙后座的德爾塔小星上端放光，那橫臥的星座，正是他的名字在星星之間的縮寫[190]。他穿過午夜沉睡的夏田，踽踽獨行，從紹特里[191]，從她的懷抱中歸來時，他的眼睛就望著低垂在熊星座東側天邊的他那個星座。

兩人都滿足了。我也是。

不告訴他們，星光熄滅的時候他是九歲。

從她的懷抱中。

等著人家來向你求愛並且把你贏到手吧。咳，不中用的傢伙，誰來向你求愛？

觀察天空吧。Autontimorumenos.[192] Bous Stephanoumenos.[193] 你的星座何在？斯蒂汾，斯蒂汾，把麵包切勻了。S. D: sua donna. Giá: di lui. Gelindo risolve di non amare S.D.[194]

——那是什麼呢？代達勒斯先生？貴格會友圖書館長問。是天象嗎？

——夜間一顆星，斯蒂汾說。白天一柱雲[195]。

還有什麼要說的？

斯蒂汾的眼光落在自己的帽子、手杖、靴子上。

Stephanos[196]，我的王冠。我的寶劍。他的靴子，把我的腳形都毀壞了。買一雙吧。襪子有窟窿了。手帕也是。

——你充分發揮了名字的作用，約翰・埃格林頓承認說。你自己的名字也是夠怪的。我想它

188 岡特的約翰為莎劇《理查二世》中國王的叔父，曾利用自己的名字說了許多俏皮話。

189 拉丁文長字，意為「滿載榮譽」，曾被莎士比亞用在喜劇《愛的徒勞》中。

190 仙后星座為W形，而W為莎士比亞名字威廉（William）的第一個字母。

191 紹特里為莎妻婚前所居村莊。

192 希臘文：「自己折磨自己的人。」

193 希臘文：「斯蒂汾，牛靈魂。」此係《寫照》中斯蒂汾少年同學嘲笑斯蒂汾用語。

194 意文：「S・D：他的女人。實在的：他的。Gelindo決心不愛S・D。」其中S・D可以是斯蒂汾・代達勒斯名字的縮寫，亦可代表意文「他的女人」，而Gelindo可為人名，亦可為「冷人」之義。

195 關於雲柱含義，參見第七章注57二九五頁。

196 希臘文：「斯蒂汾」，希臘詞義為「王冠」或「花環」。

也說明你的奇特的幽默吧。

我、麥吉、馬利根。

神奇的巧匠，飛鷹般的人。你飛翔了。飛向何處？紐黑文——迪耶普[197]，統艙乘客。巴黎往返。麥雞[198]。伊卡洛斯[199]。Pater, ait.[200]濺落入海，隨波翻滾。你是麥雞。麥雞的命。

貝斯特先生熱心而安靜地舉起書來說：

——很有意思，因為我們在愛爾蘭古代神話中，你們不知道嗎，也看到這種兄弟題材的。正是你說的情況。莎士比亞三弟兄。在格林童話中也是這樣的，你們不知道嗎？結果總是老三和睡美人結婚，取得最好的收穫。

貝斯特弟兄之中的最好的。好，更好，最好。

貴格會友圖書館長蹦著蹦著走過來了。

——我願意知道，他說，你是說哪一個弟兄……我理解，你的意思是說她和他的弟兄之一有染……但是也許我的問題提得過早了？

他欲言又止，環顧眾人，終於作罷。

門口來了一個工友叫他。

——利斯特先生！迪寧神父要……

——唷，迪寧神父！馬上。

敏捷地，上，上，吱吱咯咯地上，他馬上就走了。

約翰・埃格林頓擊劍。

──來吧，他說，讓我們聽聽你對理查和埃德蒙有什麼說的，你是把他們留在最後的是吧？

──我感到，斯蒂汾回答道，要求你們記住那兩位高貴的親人里奇老叔和埃德蒙老叔，似乎是要求過高了。兄弟是容易忘掉的，像雨傘一樣。

麥雞。

你的兄弟在哪裡？藥劑師公會。我的磨刀石。他，然後是克蘭利、馬利根，現在又是這幾位。言論，言論。但是要行動。言見諸行。他們的嘲笑是對你的考驗。要行動。要接受行動。

麥雞。

我聽厭了我說話的聲音，伊掃的聲音[201]。我願用我的王國換一杯酒[202]。說下去。

197 紐黑文為英國南部港口，迪耶普為法國北部港口，二者之間有橫越英吉利海峽的輪渡。

198 麥雞撲翼而飛，不能達高空，傳說原為希臘巧匠代達羅斯之姪，被代從高山推下，半空中由女神雅典娜接獲並變為飛鳥，但仍心有餘悸而不敢高飛。

199 伊卡洛斯為代達羅斯之子，在隨其父飛出囚宮後過於興奮，飛近太陽，翅膀被太陽燒燬而墜海死亡。

200 拉丁文：「父親，他叫喊。」

201 按《舊約・創世紀》記載，伊掃為長子，但其權利被其弟奪去，其父失明後的祝福亦被其弟冒充獲得，待其父聽出伊掃嗓音時已無法挽回。

202 莎劇《理查三世》中篡位的理查最後戰敗又失馬，在戰場上大叫「我願用我的王國換一匹馬。」這是他在劇中最後的一句話。

——你們會說，被他選取劇作素材的史料中，原來就有這些名字。他為什麼偏偏挑選這一些，而不挑選別的呢？理查，一個駝背的下流雜種，向喪失的安求愛（名字有什麼關係？）追求她並且獲得了她，一個下流的風流寡婦[203]。征服者理查是老三，在被征服者威廉之後來了。那一齣戲的其餘四幕，只是勉強掛在那第一幕後面的東西。莎士比亞的敬上風尚是人間守護神[204]，他寫的所有的國王都受此蔭庇，惟有理查例外。他的《李爾王》，為什麼偏要從錫德尼的《阿卡迪亞》[205]中偷來埃德蒙的故事，穿插在一個遠古的凱爾特傳說之中？

——那正是威爾的作風，約翰·埃格林頓辯護道。我們現在倒不該把一則斯堪的那維亞的古代傳奇和一段從喬治·梅瑞狄斯的小說摘來的話結合起來。Que voulez—vous.[206]穆爾會說。他把波希米亞放在海邊[207]，還讓尤利西斯引用亞里斯多德的話[208]。

——為什麼呢？斯蒂汾自問自答道。因為莎士比亞對於背信棄義、篡權奪位、叔嫂通姦，或是三者兼而有之的題材是永記在懷的，與對窮人不同。遭人驅逐，被逐出家園，感情上被拋棄，這股弦音從《洛維那二紳士》之後，始終沒有間斷過，直到普洛斯彼羅折斷法杖埋入地下若干尋，將書沉入海底為止[209]。在他的中年時期，這股弦音加倍強烈，還通過另一種弦音獲得反映，又重複出現，有引子、有展開、有高潮、有結局。當他已經走近墳墓的時候，這弦音又一次重現，那是他的已婚的女兒蘇珊，一脈相傳的，被人指控通姦。然而蒙蔽其理解力、削弱其意志、使之具有強烈的邪惡傾向的乃是原罪。這些是梅努斯的主教大人們的原話[210]。是原罪，並且正因為是原罪，雖是別人的罪他也有分。它，藏在他最後寫下的字裡行間，鐫刻在他那不容她的屍骨埋入的墓前石碑上[211]。年歲雖久，它卻並未衰退。美與安寧並未把它擠走。它以無窮的變化，出現在他所創造的那個世界的每一個角落裡：在《無事生非》中，兩次在《皆大歡喜中》，在《暴風雨》中，在《哈姆雷特》中，在《一報還一報》中——以及所有我尚未讀過的其他劇本中。

他哈哈一笑，藉以使自己的心情擺脫心情的束縛。

法官埃格林頓作了總結。

——真理在中間，他肯定道。他是陰魂，又是王子。他是一切的一切。

——是這樣，斯蒂汾說。第一幕的少年，就是第五幕的成熟漢子。一切的一切。在《辛白

203 在《理查三世》第一幕中，理查向被他殺死的愛德華的遺孀求愛而居然得逞。

204 「敬上風尚是人間守護神」是莎劇《辛白林》劇中人語，此人據此理論主張國王繼子雖作惡多端，死後仍需厚葬。

205 錫德尼（Sir Philip Sidney, 1554-86）為英國文藝復興代表人物，其《阿卡迪亞》為英國十六世紀重要散文小說。

206 法語：「你想要什麼？」

207 波希米亞在捷克西部內陸，但莎劇《冬天的故事》劇中有人說船舶到達該地。

208 莎劇《特洛伊羅斯與克瑞西達》以尤利西斯參加的特洛伊戰爭為背景，此戰爭比亞里斯多德早若干世紀，但劇中人赫克托其竟引用亞里斯多德的言論。

209 普洛斯彼羅為莎劇《暴風雨》中被篡奪權位的公爵，於運用法術取得勝利後宣稱將「折斷法杖埋入地下若干尋」及「將書沉入海底」。

210 梅努斯為都柏林附近宗教中心，斯蒂汾上述關於原罪的詞語引自《梅努斯教理問答》。

211 莎墓碑上詩句反覆囑人勿動墓土、勿驚屍骨，被後人解釋為拒絕其妻死後合葬。

林》中，在《奧賽羅》中，他既是拉皮條的，又是戴綠帽的。他行動，又接受人家的行動。他追求著一個理想或是一個怪癖，像何賽那樣殺死了真正的卡門[212]。他的不饒人的才智就是那妒忌得發瘋的伊阿古，一心只願自己身上的摩爾人受罪[213]。

——咕咕！咕咕！咕咕的馬利根淫蕩地發出咕咕聲。多讓人心驚膽怕的聲音呀[214]！

幽暗的圓屋頂接受了，迴盪著。

——伊阿古這個人物，寫得多妙啊！百折不撓的約翰•埃格林頓讚嘆道。歸根到底，是小仲馬（還是大仲馬？）說得對。除了上帝以外，數莎士比亞的創造最多。

——男人引不起他的興趣，女人也引不起他的興趣[215]，斯蒂汾說。他在外面過了一輩子，又回到他生於斯長於斯的地點，他曾在這裡作一個沉默的觀察者，而在他走完生命的歷程之後，又在這塊地上種下他的一棵桑樹。然後死去。運動結束了。掘墓人埋葬了大哈姆雷特，小哈姆雷特。一位國王和一位王子終於死亡，在配樂聲中。儘管是被謀殺了，被出賣了，還是承受到一些心腸溫柔而脆弱的人的眼淚，因為，丹麥人也好，都柏林人也好，悼念死者的悲傷是她們唯一拒絕離異的丈夫。如果你喜歡收場戲的話，你可看仔細了：頗樂斯頗樂的普洛斯彼羅，好人得好報；外公的寶貝疙瘩麗西[216]，還有那名壞蛋小叔里奇，就是劇中伸張正義打發到壞黑鬼去處的那傢伙。扣人心弦的收場白。他發現，那些有可能在他那內部世界中出現的現象，外部世界中已經實際存在了。梅特林克[217]曾說：**如果蘇格拉底今天離家，他會發現哲人就坐在他門前的臺階上。如果猶大今晚出去，他的腳步也會走向猶大。**每一個生命，都是許多日子組成的，一日又一日。我們通過自身往前走，一路遇到強盜、鬼魂、巨人、老人、年輕人、媳婦、寡婦、戀愛兄弟，但永遠都會遇到的是我們自己。那位編寫這個世界的大劇的作家，那位馬馬虎虎的戲劇家（他先給我們光，兩天以後才給太陽）[218]，那位掌管當今一切現狀的主子，被天下最主要的天主教人稱為dio boia[219]即劊子手上帝的，無疑就是我們所有人的一切的一切，既是馬夫又是屠夫，甚至可以既拉皮條又戴綠帽子，只是按照哈姆雷特所預言的節省天力辦法，婚姻已不復存在[220]，光榮的男人是一個陰陽體的天使，自己任自己的妻子。

——Eureka![221]壯鹿馬利根大叫。Eureka!

---

212 卡門為十九世紀法國歌劇《卡門》中性格奔放的吉卜賽女郎，唐·何賽一見傾心，但在她的感情傾向別人時將她殺死。

213 「摩爾人」指莎劇《奧賽羅》中主人公奧賽羅，本性正直豁達，由於伊阿古的挑撥離間而開始懷疑妻子不忠。

214 典出莎劇《愛的徒勞》中歌曲，該曲利用杜鵑鳥性喜易偶的說法表現男人擔心妻子不忠的心情。

215 哈姆雷特曾以此語對其友表示對人類不感興趣。

216 「麗西」即「伊麗莎白」，莎士比亞女兒的女兒。

217 梅特林克（Maurice Maeterlinck, 1862-1949）比利時詩人、戲劇家。

218 《聖經·舊約·創世紀》記載上帝創造世界日程，其中第一天創造光和晝夜，第四天創造日月。

219 意文：「劊子手上帝。」

220 哈決定裝瘋以後，為了使奧菲麗亞死心，對她說：「我們再也不要婚姻了……你上尼姑庵吧。」

221 原希臘語：「發現了！」據傳阿基米德入澡盆時忽然想到可利用各種金屬不同比重檢測金子純度而發此驚嘆。

突然高興起來的他，跳起身一大步跨到約翰‧埃格林頓的辦公桌前。

——可以嗎？他說。主對瑪拉基說話了。

他抓住一張紙條塗寫起來。

出去的時候要拿幾張櫃檯上的紙條。

——已經結了婚的，莊嚴的預言者貝斯特先生說，除了一人以外都可以活下去。其餘的一律保持現狀[222]。

未婚的他，對著單身漢的文學士埃格林頓家的約翰哈哈大笑。

他們，未婚，非心上人，提心吊膽怕上當，每夜各人用指頭鑑賞各人的集注本《馴悍記》。

——你令人失望，約翰‧埃格林頓直言不諱地對斯蒂汾說。你帶我們繞了半天，結果就是讓我們看一個法國式的三角關係。你相信你自己的理論嗎？

——不相信，斯蒂汾毫不猶疑地說。

——你準備寫出來嗎？貝斯特先生問。你應該寫成對話式的，你不知道嗎，像王爾德寫的柏拉圖對話集那樣。

約翰‧埃個兒聆聽露出了雙重的微笑。

——哦，那樣的話，他說，我不明白你怎麼還能指望報酬了，既然連你自己都不信。道登認為《哈姆雷特》中是有一些神祕的，但不願意進一步說什麼。派珀在柏林遇見的那位布萊勃特勞先生呢，正在研究拉特蘭論[223]，他認為祕密的真相藏在斯特拉特福那塊墓碑中。派珀說他準備去見當今的公爵，要向他證明，那些劇本是他的祖先寫的。對於公爵大人，那當然是意想不到的事。但是他是相信自己的理論的。

我信，主呵，請幫助我的不信吧[224]。那是說，幫助我使我信，還是幫助我使我不信呢？誰能幫助人信？Egomen[225]。誰能幫助人不信？另外那人。

——在給《丹娜》寫稿的人中，你是唯一要銀子的人。再說，下一期的情況我還不知道呢。弗雷德・瑞安要一篇經濟論文的篇幅。

弗萊德賴安。他借給我兩塊銀子。幫你度過難關。經濟。

——給一個幾內亞吧，斯蒂汾說，你就可以發表這篇談話錄了。

壯鹿馬利根哈哈笑著，寫完了他的笑塗站起身來，然後又嚴肅地，口蜜腹劍地說：

——我到詩人啃奇在梅克冷堡街[226]的夏季公館訪問，見他正在鑽研Summa contra Gentiles[227]，由兩位淋病女士陪同，鮮內莉和煤炭碼頭窯姊羅莎莉。

他轉身就走。

---

222 貝斯特所言全部引自本章注220四二七頁所提哈姆雷特關於廢除婚姻的言論。
223 即認為莎劇真正作者為貴族拉特蘭的說法。
224 據《聖經・馬可福音》，耶穌某次驅邪前說只要有信心就能辦到，人即作此禱告。
225 希臘文：「我這方面。」
226 都柏林「紅燈區」一街。
227 拉丁文（托馬斯・阿奎那論文）：〈對異教徒論天主教真理〉。

——走吧，啃奇。走吧，漂泊的愛鳥的昂葛斯[228]。

走吧，啃奇。你把我們剩下的都吃掉了吧。好。我就用你們的剩菜殘羹敬你們。

斯蒂汾站了起來。

生命就是好多個日子。這一日要結束了。

——我們今晚會見到你的，約翰・埃格林頓說。Notre ami[229]穆爾說的，瑪拉基・馬利根非到不可。

壯鹿馬利根揮舞著手中的紙條和巴拿馬草帽。

——墨歇穆爾，他說，對愛爾蘭青年講法國文學[230]的先生。我會到的。走吧，啃奇，詩人們非喝一口不可了。你還走得直嗎？

哈哈笑著的他……

狂飲至十一點。愛爾蘭晚間娛樂。

小丑……

斯蒂汾跟隨在小丑後邊……

有一天，我們在國立圖書館作了一次討論。莎士。我跟隨著他的丑角背影。我都踩痛了他腳後跟的凍瘡[231]。

斯蒂汾打過招呼，垂頭喪氣地跟隨著一個插科打諢的小丑，一顆新近理過髮、梳妝整齊的腦袋，走出拱頂館房，走進一片刺眼而無思想的陽光。

我學到了什麼？關於他們的？關於我的？

現在走路的樣子像海恩斯了。

長期讀者閱覽室。在讀者簽名薄上，卡什爾・博伊爾・奧康納・菲茨莫里斯・蒂斯德爾・法雷爾留下了他那長串名字的花押。問題：哈姆雷特究竟是不是瘋了？貴格會友的腦瓜子，在虔誠地和一位小教士談書。

——唷，請便，先生……我非常樂於……

壯鹿馬利根感到有趣，悠悠然地點著頭自言自語：

——樂屁股。

旋轉式門檔。

那邊那人……？帽子上紮著藍色緞帶的……？在緩緩地寫著……？寫什麼？……看了……？

彎彎的欄杆扶手：水流平靜的明西烏斯河。

精靈馬利根頭戴巴拿馬盔，一步又一步，抑揚格的，朗朗而誦：

228 昂葛斯（一譯安格斯）為愛爾蘭神話中青春、美與愛情之神，永遠不斷地尋找自己夢中見過的意中人，一說終於發現她是天鵝，遂亦化為天鵝比翼飛去。

229 法語：「我們的朋友」。

230 「法國文學」在英語中可指黃色文學，俚語亦指避孕套。

231 《哈》劇中哈見掘墓工人（丑角）俏皮話不斷，用踩痛凍瘡比喻說他的文采趕得上朝廷中的貴人。

——約翰・埃格林頓，我的約喲，

你為什麼不結婚喲？

他對空噴濺唾沫：

——哎，那個沒下巴的支那佬[232]！挨個兒拎一頓的埃格林頓。我們兩人，海恩斯和我，到他們那個把戲場去了，管子工會堂。我們的演員們正在為歐洲創造一種新的藝術呢，可以和希臘人和莫・梅特林克比一比。修道院劇院[233]！我聞到了修道士們的陰毛汗臭。

他吐了一口空白。

忘掉，莫如說他忘掉了挨臭蘆西的鞭打[234]。以及離開了那位femme de trente ans.[235]為什麼沒有再生孩子？而且他的第一個孩子還是女的呢。

後見之明。再去一趟吧。

那位陰沉沉的隱士仍在那兒（他有餅），還有那位莊重的青年，時代的寵兒，斐多的可供撫弄的秀髮[236]。

呃……我只是呃……想……我剛才忘了……呃……

——朗沃思和麥柯迪・阿特金森也在那兒……

精靈馬利根節奏明快、娓娓動聽地吟唱起來：

——我每回走到那髒街旁，
甭聽那街上的喊叫和大兵的鬧，
首先都不由得想到一個人，
就是那麥柯迪・阿特金森，
伸著他的那一條木頭的腿，
還有那長一張沒下巴的嘴，
嘮叨起來沒個完的方格裙麥吉，
渴死了也不敢去把渴解一解。
兩個人都沒膽真去結婚。

232 Chin Chin Chinaman是輕歌劇《日本歌伎》中一首取笑華裔買賣人的歌曲，歌中Chin一詞原係Chinaman諧音，但馬利根用其「下巴」詞義取笑埃格林頓。

233 愛爾蘭文藝復興運動於一九〇四年利用上述「管子工會堂」原址建立「阿比劇院」。「阿比」英文詞義為修道院，因在「修道院街」而得名。

234 蘆西（Sir Thomas Lucy）為莎士比亞家鄉大地主，莎青年時期曾因偷鹿而遭其鞭打、監禁，此事可能與莎離家去倫敦有關。莎劇中一壞法官可能即影射蘆西。「臭蘆西」為當時一歌謠中罵蘆西的歌詞，歌謠據云為莎報復蘆西而作。

235 法文：「三十歲的女人」，法國小說家巴爾札克曾以此為小說書名。莎士比亞離家時莎妻約三十歲。

236 斐多（Phaedo）為古希臘哲學家，原為蘇格拉底學生，據柏拉圖對話，蘇曾撫弄斐多的捲髮而言「你將剪掉你這一頭漂亮的頭髮」，以示斐多當時的見解並不成熟。

只好靠手淫把那日子混。

說你的俏皮話吧。要有自知之明。

站住了，在我下面，嘲弄的目光轉向了我。我也站住。

——憂傷的啞劇演員呀，壯鹿馬利根用埋怨口氣說。辛格已經不穿黑衣服了，為的是符合大自然的本色。只有烏鴉、教士和英國的煤才是黑的。

他的嘴唇間輕輕地流出一陣笑聲。

——朗沃思非常不高興，他說，都是因為你評論了長舌婆子格雷戈里[237]。哎，你這個不饒人的猶太耶穌會醉修士！她幫你在那家報紙找了一份工作，你倒去攻擊起她對耶穌的那些胡謅來了。你怎麼不能學學葉慈那一套呢？

他作了一個鬼臉繼續往下走，同時姿勢優美地揮舞著雙臂吟詠起來：

——我國當代最美好的一部書。使人想到荷馬。

他在臺階下端站住了。

——我構思了一齣啞劇，他嚴肅地說。

圓柱聳立的摩爾式大廳，蔭影交錯的。頭頂帶符號的九子摩利斯已無蹤影。

壯鹿馬利根用抑揚頓挫的音調宣讀他的戲牌：

——人自任妻

另名

手中蜜月

（三高潮非道德民族劇）

玩球・馬利根編

他朝斯蒂汾作出了一種丑角自鳴得意的怪笑，說：

——偽裝恐怕單薄些。但是你聽著。

他宣讀了，清晰地：

——劇中人：

托貝・一把摔（破產波蘭人）

克拉布（叢林逃犯）

醫學生狄克
和
醫學生戴維 ⎫ 一箭雙鵰

237 格雷戈里夫人（Lady Gregory, 1852-1932）愛爾蘭劇作家，為愛爾蘭文藝復興運動主要人物之一。格曾幫助喬伊斯，包括推薦喬為朗沃思主編的《每日快報》寫書評。

格羅根大娘（送水的）

鮮內莉

和

羅莎莉（煤炭碼頭窯姊）

他哈哈一笑，懶洋洋地左右搖晃著腦袋繼續往前走，後邊跟著斯蒂汾。他嘻嘻哈哈地對兩個人影即人的靈魂說：

——哎，在坎姆登會堂那一晚，你躺在你自己嘔吐的那一大堆桑椹色夾雜色怪物中間，那些愛琳女兒們可是都得撩起她們的裙子，才能從你身上跨過去的啊！

——她們那回撩裙子，斯蒂汾說，可是遇上了愛琳的最純潔的兒子。

正要通過門道時，他感到後面有人，閃在一邊站住了。

分手。現在是時候。然後去什麼地方？如果蘇格拉底今天離家，如果猶大今晚出去。為什麼？那是空間中的一個點，我在時間中的一個點會到達的，無可避免的。

我的心願：他的心願與我相對。天南海北。

一個人在他們兩人之間走了出去，還鞠躬打著招呼。

——再祝你好，壯鹿馬利根說。

門廊。

我曾在這裡觀察鳥的徵兆。愛鳥的昂葛斯。鳥兒飛去又飛來。昨夜我飛了。飛得輕快。人們驚訝。然後是娼妓街。他拿一個奶油水果香瓜湊過來。進。你來看。

——漂泊的猶太人，壯鹿馬利根作出小丑的驚悚狀態，悄悄地說。你注意他的眼神了嗎？他望你的樣子是居心不正的。我怕你，老水手[238]。啃奇啊，你危險了。快找個屁股護墊吧。

牛們津的作風。

白晝。拱橋上空是獨輪車太陽。

一個黝黑的背影走在他們前面，豹步，下去了，走出了吊閘倒鈎下的大門門道。

他們跟在後面。

繼續打擊我吧。說下去吧。

溫和的空氣襯托著基爾代爾街上的房頂樓角。沒有鳥。樓頂有兩縷裊裊上升的青煙，像兩支長長的翎毛，一股軟風襲來，鬆軟地飄散了。

不爭了。辛白林的德魯伊德祭司們的和平：闡釋了神意：來自大地的一個祭壇。

我們讚頌天神們

要我們的香煙繚繞上升，直抵神前

從我們的神佑的祭壇上[239]。

238 典出柯爾律治長詩《古舟子詠》，聽老水手敘述恐怖經歷者作此語，原因之一是老水手眼神可怕。

239 莎劇《辛白林》劇終時國王辛白林以此宣告爭鬥結束，和平到來。

10

耶穌會的會長，十分可敬的[1]約翰・康眉一面走下牧師住宅的臺階，一面把光滑的懷表放回裡面的口袋。差五分三點。步行到亞坦時間正合適。那個男孩子姓什麼來著？狄格南。對。**Vere dignum et iustum est**[2]。這事得找斯旺修士[3]。坎寧安先生的來信。是的，得盡可能給他辦成才好。這是一個講究實際的好天主教徒：傳教活動用得著的人。

一個獨腿水手，懶洋洋地拄著雙拐，一步一步地往前悠，嘴裡還嘟嘟囔囔地哼著幾個音符。他悠到仁愛會修女院的門前突然站住，衝著耶穌會的十分可敬的約翰・康眉伸出一個帶舌的帽子，求他布施。康眉神父以陽光祝福了他，因為他知道自己的錢包裡是一個五先令的銀幣。

康眉神父橫過馬路，向蒙喬伊廣場走去。有那麼一會兒工夫——不長的一會兒——他在想那

1 原文reverend，是冠於教會中任聖職者姓名前的尊稱，一般可譯「牧師」，但是這個中文詞前難加表示各種不同高級聖職的修飾詞，並且失去原文弦外之音，因而徵詢天主教天津主教意見後採用原文基本詞義，譯為「可敬的」。

2 拉丁文：「真是恰當又正確」，天主教彌撒用語，其中第二個詞與「狄格南」讀音相近。

3 斯旺修士是亞坦附近的兒童救濟院主任。

些被炮彈打斷了腿、在貧民救濟所裡苟延殘喘的士兵和水手。他想起了沃爾西紅衣主教的話：**我如果對我的上帝也像對國王那樣忠心耿耿，他絕不會在我年老的時候把我拋棄**[4]。他正沿著樹蔭，在閃爍著陽光的樹葉下走著，迎面來了國會議員戴維·希伊先生的夫人。

——我很好，好得很，神父。您怎麼樣，神父？

康眉神父的身體實在是非常地好。他大概要到巴克斯頓[5]去泡泡礦泉水。她的少爺們呢，他們在貝耳弗迪爾[6]上得還不錯吧？是嗎？康眉神父聽到這種情況實在高興。希伊先生本人怎麼樣？還在倫敦。國會還在開會呢，可不是嗎。這天氣多好呵，真是舒服。是的，很可能伯納德·沃恩神父[7]會再來講一次道。一點兒也不錯，非常成功。確實是個了不起的人物。

康眉神父看到國會議員戴維·希伊先生的夫人這麼健康，確實是非常高興，他請她務必向國會議員希伊先生轉達他的問候。好的，他一定會去登門拜訪。

——祝您下午好，希伊太太。

康眉神父脫下大禮帽告別，衝著她面紗上那些墨黑鋥亮、迎著太陽閃烏光的珠子粲然一笑。走的時候又是莞爾一笑。他的一口牙很乾淨，他自己知道，是用檳榔果膏刷過的。

康眉神父走著走著，又笑了起來，他想起伯納德·沃恩神父的滑稽逗笑的眼神和帶倫敦土腔的口音。

——彼拉多，你是幹嗎吃的，人們瞎起鬨，你不管[8]？

不過，究竟是一個熱誠的人。確實是熱誠。而且也確實很有貢獻，他那種方式的貢獻。毫無疑問。他說他熱愛愛爾蘭，熱愛愛爾蘭人民。家世也不錯吧，看樣子？威爾士的老家吧，是不是？

啊唷，可別忘了。給省會長的信。

在蒙喬伊廣場的拐角上，康眉神父擋住了三個小小的學生子。是的，貝爾弗迪爾的學生。低年級的。原來如此。都是好學生嗎？哦，那樣就很好。那麼他叫什麼名字呢？杰克・索恩。他叫什麼呢？杰・蓋萊赫。還有一個小人兒呢。他的名字叫布倫尼・萊納姆。嘿，這個名字取得真不賴。

康眉神父從胸前拿出一封信，交給了布倫尼・萊納姆小朋友，然後用手指著菲茨吉本大街角上的紅色郵筒。

——可是，小人兒啊，你得小心一點，別把你自己也投進郵筒去了呵，他說。

三個孩子六隻眼睛都瞅著康眉神父，嘻嘻哈哈地笑起來：

——嘿，您哪。

4 沃爾西是十六世紀初的英國紅衣主教，曾為英王亨利八世心腹，顯赫一時，後來企圖利用教皇權威干預英王婚事，被英王問罪，臨終時有上述感嘆。

5 巴克斯頓是英格蘭的一個著名的礦泉療養地。

6 貝爾弗迪爾是耶穌會在都柏林辦的一所學校，康眉神父曾任該校教務主任。

7 沃恩神父是英國耶穌會的教士，是當時有名的布道師。

8 據《聖經・新約》，羅馬總督彼拉多明知耶穌無罪，卻仍按照受煽動群眾意見判其死刑。

——好吧，我等著瞧，看你會不會寄信，康眉神父說。

布倫尼．萊納姆小朋友奔到馬路對面，把康眉神父給省會長的信塞進了鮮紅色郵箱的口裡。康眉神父笑笑，點點頭，又笑笑，沿著蒙喬伊廣場東街走去了。

舞蹈等科教師丹尼斯．J．馬金尼先生頭戴絲質大禮帽，身穿藍灰色絲面長禮服，打著白領巾的大蝴蝶結，戴著嫩黃色的手套，下身是一條緊箍雙腿的淡紫色褲子，一雙尖頭的漆皮靴，舉止莊重地在人行道上走著，在狄格南大院的街角遇見馬克斯韋爾夫人，恭恭敬敬地讓到了人行道的邊緣上。

那不是麥吉尼斯太太嗎？

白髮蒼蒼、雍容華貴的麥吉尼斯太太在對面的人行道上姍姍而行，隔著馬路向康眉神父鞠躬致意。康眉神父微笑還禮。她近來好嗎？

她真是儀態萬方。像蘇格蘭女王瑪麗，有那麼一點兒意思。可是這個女人卻是個當鋪老闆娘！可真是！這麼一個……怎麼說好呢？……這樣的一派女王風度。

康眉神父沿著大查爾斯街往前走，衝左邊的關著門的自由教堂[9]瞥了一眼。可敬的格林文學士將按上帝意願講道。他們稱之為責任牧師。他感到有責任講幾句。然而，對人應該寬大為懷。不可克服的愚昧[10]。他們也是按照他們的見識辦事罷了。

康眉神父拐過彎，走到北環路上。怪事，這樣一條重要的通衢，卻沒有一條電車路線。毫無疑問應該有。

一群背著書包的小學生，從里奇蒙德街那邊穿越馬路走過來了，紛紛地舉起他們腦袋上那些七歪八斜的帽子。康眉神父慈祥地一再還禮。是公教弟兄會小學的學生們。

康眉神父走著走著，聞到了右邊有香煙繚繞的氣味。波特蘭橫街的聖約瑟夫教堂。貞節婦女養老[11]。康眉神父銜著聖體[12]舉了舉帽子。貞節的：但是她們有時候也是脾氣暴躁的。

康眉神父走到奧爾伯勒府[13]附近，想起了那個揮霍無度的貴族。現在改成了辦公樓還是什麼的。

康眉神父拐進了北灘路，威廉・蓋拉格爾先生站在自己的商號門口向他致敬。康眉神父也向威廉・蓋拉格爾先生致敬，同時聞到了整條整條的醃豬肉和大桶裝的新鮮黃油的氣味。他路過格羅根菸草店，看到門前立著一些新聞板報，報導紐約發生的一件慘案。美國總是不斷地有這類事件發生。那樣毫無準備地死去，太不幸了。然而，徹底悔悟的行動也行[14]。

9　這是一個新教教堂，因此引起康眉神父以下的思想活動。

10　這是天主教對新教的一種固定看法。

11　在聖約瑟夫教堂旁邊，有一個「聖約瑟夫貞節婦女養老院」。

12　聖體是天主教用語，指彌撒中分給信徒的麵餅，用以象徵耶穌為眾人而犧牲。此處指神父知道教堂內聖龕中必存的聖體。

13　奧爾伯勒是一個愛爾蘭貴族，在十八世紀末耗費鉅資為妻子在當時的都柏林郊外蓋了這所豪華的房子，但是始終沒有使用。

14　按照天主教的規矩，人死前必須由神父敷擦「聖油」和誦念祈禱文作為準備，方能赦免罪過。但是一種比較溫和的看法認為，在特殊情況下，本人的「徹底悔悟」也可以取得赦免的效果。

康眉神父走過丹尼爾・伯金的酒館，看到有兩個不勞動者懶洋洋地倚在窗前。他們向他致敬，他也還禮。

康眉神父走過H・J・奧尼爾殯儀館，看到康尼・凱萊赫正在對著流水帳簿算帳，嘴裡還嚼著一片乾草。一個值勤的警察向康眉神父致敬，康眉神父也向警察致敬。在尤克斯泰特豬肉鋪裡，康眉神父看見整整齊齊地擺著捲成一盤一盤的白黑紅三色豬肉臘腸。在查爾維爾林蔭道的樹下，康眉神父看見停泊著一艘泥炭船，一匹拉縴的馬耷拉著腦袋站在船邊，船夫戴著一頂骯髒的草帽坐在船中央，抽著菸，凝視著頭頂上的一根楊樹枝。很有詩情畫意。康眉神父思忖著造物主的巧妙安排，讓沼澤地裡生出泥炭，人們可以挖起泥炭，運到城鎮村莊，於是窮人家裡也能生上火了。

在紐科門橋上，上加德納街的聖方濟各・沙勿略教堂的十分可敬的耶穌會會長約翰・康眉神父，跨上了一輛向外行駛的電車。

一輛向市內行駛的電車也停在紐科門橋上，下來了北威廉街聖阿加莎教堂的可敬的代理牧師尼古拉斯・達德利。

康眉神父在紐科門橋搭乘向外行駛的電車，是因為他不願徒步走過泥島那一段髒路。

康眉神父坐在電車的一個角落裡，小心地把藍色的車票塞進肥胖的羊皮手套的釦眼裡，又側過另一隻肥胖手套的掌心，把掌心裡的四枚先令、一枚六便士、五枚便士滑進錢包。這時電車正開過常春藤教堂，他想起事情往往這樣：你剛好隨隨便便扔掉了車票，查票的就來了。車上的乘客似乎太嚴肅了一點，使康眉神父感到和這麼短的路程、這麼點兒車錢不大相稱。康眉神父喜歡既彬彬有禮而又高高興興。

這是一個平靜的日子。坐在康眉神父對面那位戴眼鏡的紳士這時剛講完什麼，垂下了眼光。是他的妻子吧，康眉神父估量著。

戴眼鏡的紳士的妻子張開嘴巴，打了一個小小的呵欠。她只是非常非常輕柔地打了一個呵欠，舉起戴著手套的小手，捏成一個小小的手套拳頭，輕輕地在張開的小嘴上敲擊，同時露出了纖細的、甜絲絲的笑容。

康眉神父覺察到車廂裡有她身上發出來的香水味。他也覺察到，坐在她另一邊的男人很侷促不安，屁股只坐了座位的一點兒邊緣。

在祭壇欄杆邊，康眉神父好不容易才把聖體放到那個侷促不安的老人嘴裡，因為老人有搖頭病。

電車在安斯利橋停了一下，正要開車的時候，一個老婦人突然從座位上站起來要下車。售票員拉了拉鈴繩，叫電車站住讓她下。她挽著籃子提著網兜，走出了車廂：康眉神父看見售票員扶著又是籃子又是網兜的她下車。康眉神父想到她的一便士車資幾乎已經坐過了頭，這就是那種老實巴交的主兒，連**祝福你，孩子**這句說明她們已經獲得寬恕的話，都必須對她們說兩遍才行，**為我祈禱吧**[15]。可是這些人也夠可憐的，生活中有那麼多憂慮，有那麼多需要操心的事。

15 「祝福你，孩子……為我祈禱吧。」是天主教神父在接受信徒懺悔時表示懺悔結束所用的公式。

海報上的尤金・斯特拉頓先生咧著厚厚的黑人嘴脣，向康眉神父作鬼臉。

康眉神父想到黑色、棕色、黃色人種的靈魂，想起了自己要作關於耶穌會的聖彼得・克拉弗和非洲傳道問題的講道。他想到信仰如何傳播的問題，想到那千百萬沒有接受洗禮的黑色、棕色、黃色的人，在大限突然像半夜的小偷一樣來到時該怎麼辦。比利時耶穌會教士寫的那本書Le Nombre des Elus[16]中的主張，康眉神父感到還是合理的。那千百萬由天主按照他自己的形象所創造的人還沒有獲得信仰（這也是神意），但是他們究竟也是天主的人，是由天主創造的。康眉神父感到，這些人的靈魂全都推出不要，似乎很可惜，是不是可以說是一種浪費呢。

車到豪斯路站，康眉神父下了車。售票員向他致敬，他也還了禮。

馬拉海德路很寧靜。康眉神父喜歡這條路，也喜歡這個名字。歡樂的馬拉海德，響起了喜慶的鐘聲[17]。馬拉海德及其鄰近海域世襲領主的直系繼承人，馬拉海德的塔爾博特勛爵。這時傳來了戰鬥的號召，她一天之內三個身分：是姑娘，是夫人，又是遺孀[18]。那是世風古樸的時代，鄉區[19]歡樂、人心淳厚的時代，古老的封建時代。

康眉神父一面走，一面想著自己寫的那本小書《古老的封建時代》，又考慮還有另一本書可寫，談耶穌會辦的事業，談莫爾斯沃思勛爵的女兒瑪麗・羅奇福特，第一代的貝爾弗迪爾伯爵夫人[20]。

一位青春已逝、無精打采的夫人，獨自在艾乃爾湖畔徘徊[21]。第一代的貝爾弗迪爾伯爵夫人瑪麗，無精打采地在蒼茫暮色中徘徊，遇上水獺跳水也不感到驚嚇。有誰知道事實的真相呢？妒忌的丈夫貝爾弗迪爾爵爺不會知道，接受她的懺悔的神父也不會知道，如果她確實沒有和丈夫的兄弟構成完全的通姦行為，eiaculatio seminis inter vas natural mulieris[22]。假如她沒有完全構成婦女的罪行，那麼她的懺悔也只能是一半。只有天主知道，她知道，還有他，她丈夫的兄弟知道。

康眉神父思考著，人類在地球上竟需要那樣的專橫無度，而天主卻不是這樣的，他的辦法和我們的所作所為是大不相同的。

唐・約翰・康眉[23]走動和生活在往昔的時代中。他很仁慈，很懷念古代。人們在懺悔中吐露的祕密，他都藏在心中；一間塗著蜜蠟的客廳，天花板是豐滿的纍纍果實，他以笑容對待滿面笑容的高貴人物。新郎的手和新娘的手，貴族對貴族，通過唐・約翰・康眉而掌心相連了。

---

16 法文《選民的人數》，出版於十九世紀末葉，主張大多數人死後靈魂都可獲救，出版後立即受到正統天主教的批判，批判者認為凡是沒有接受天主教洗禮的都將永入地獄。

17 這是十九世紀愛爾蘭敘事詩《馬拉海德的婚禮》的起首一行。

18 上注所敘述的婚禮正在進行時，突然有敵軍攻來，新郎作戰而死，因而新娘當天就成了寡婦。

19 「鄉區」是愛爾蘭教區中的小區。

20 第一代貝爾弗迪爾伯爵夫人瑪麗（一七七二—？）與都柏林耶穌會貝爾弗迪爾修道院有關，因此康眉有此聯想。瑪麗曾被控與伯爵之弟私通，被伯爵囚禁在家中數十年，直至伯爵去世。

21 艾乃爾湖在愛爾蘭韋斯特米斯郡，囚禁瑪麗的伯爵府第即在湖畔。

22 拉丁文：「在天然的女性器官內排精」，為天主教法規中對性交的定義，主要用於裁定通姦案件。

23 「唐」是西班牙語中的「先生、閣下」，而「約翰」相當於西班牙語中的「璜」，因此「唐約翰」也就是「唐璜」。唐璜是西班牙文學中有名的風流貴族，他的故事曾在歐洲各國被寫成各種文藝形式的作品，包括英國著名詩人拜倫的諷刺史詩《唐璜》。

這是一個風和日麗的日子。

一個菜園子的柵欄門，迎著康眉神父展現出一畦一畦的圓白菜，抖開了豐滿的菜葉向他屈膝行禮。天空為他鋪出一群小朵小朵的白雲，緩緩地順風飄過。羊毛雲，照法國人的說法。一種確切而又樸實的說法。

康眉神父一面誦讀日課[24]，一面眺望著拉思科非上空的一群羊毛雲。他的襪子很薄，腳脖子蹭著克朗高士[25]場地上的草茬有一點發癢。傍晚他在這裡散步誦讀，聽到學生們踢蓋爾足球的喊叫聲，尖嫩的嗓音刺破了寧靜的夜空。他是他們的校長：他的管理是寬厚的。

康眉神父脫掉手套，掏出紅邊的日課經。一片象牙書籤標示著應讀的頁碼。

九時課[26]。他本來應該在午餐以前誦讀的，可是馬克斯韋爾夫人來了。

康眉神父默誦了天主經和聖母經，在胸前畫了十字。Deus in adiutorium.[27]

他安詳地走著，默默無聲地念著九時課，走著，念著，直到Beati immaculati中的Res:

——Principium verborum tuorum veritas: in eternum omnia iudicia iustitiae tuae.[28]

從路旁樹籬下的一個缺口裡，鑽出了一個滿面通紅的青年，跟著又鑽出來一個年輕女子，手裡拿著一束野菊花。男的急匆匆地舉了舉帽子，女的急匆匆地彎下腰，仔細地從她那輕飄飄的裙子上摘掉一根細小樹枝。

康眉神父莊嚴地祝福了青年男女，翻過薄薄的一頁祈禱文。Sin[29]：

——Principes persecuti sunt me gratis: et a verbis tuis formidavit cor meum.[30]

*

康尼・凱萊赫合上長形的流水帳簿，疲憊的眼光碰上豎立在屋角裡的一塊松木棺材蓋。他一使勁站了起來，走到棺材蓋旁邊，把它立在地上轉了一個圈兒，端詳起它的形狀和上面的銅飾來。他嘴裡不斷地嚼著一片乾草，又放好了棺材蓋，向門口走去。他倚在門框上，把帽簷往下一拉，擋住眼睛上的陽光，懶洋洋地望著街上。

約翰・康眉神父在紐科門橋登上了開往多利山的電車。

康尼・凱萊赫交叉著兩隻穿大皮靴的大腳，帽簷壓在腦門上，一面眺望著，一面仍在嚼他那片乾草。

丙五十七號警察巡邏值勤，站住了寒暄兩句。

---

24 這是天主教神職人員每天必須誦讀的祈禱文，共有八種，分在一天從早到晚的八個時間內誦讀。

25 克朗高士森林學堂在都柏林以西數十英里，康眉神父曾任該校校長。拉思科非為附近村莊。

26 即日出後第九小時的功課。

27 拉丁祈禱文：「天主呵，請您快來吧。」這是《聖經・讚美詩》第七十首的開端，「九時課」的一部分。

28 拉丁讚美詩文和希伯來文字母，即〈純潔的人有福了〉第二十節：

——您的話從來都是真理：您的每一個英明判決都永遠立於不敗之地。

29 Sin是希伯來文，表示下文是上述讚美詩的第二十一節，但與此同形的英文字Sin意思是罪過，指逾越教規或道德規範的行為。

30 拉丁讚美詩文：

——王侯對我無故加以迫害，但是我心中敬畏的是您說的話。

——天晴了，凱萊赫先生。

——可不，康尼・凱萊赫說。

——悶得很，警察說。

康尼・凱萊赫吐出一口嚼爛了的乾草，一道無聲的拋物線從他嘴邊射出。與此同時，在埃克爾斯街上的一個窗口，一條樂善好施的白淨胳膊一揮，拋出了一枚硬幣。

——有什麼最佳新聞？他問。

——昨天晚上我看見了那個特別集會，警察壓低了聲音說。

*

一個獨腿水手，架著拐杖在麥康內爾藥房的路口拐了彎，繞過拉巴約蒂的冰淇淋車，一瘸一瘸地走進了埃克爾斯街。拉里・奧魯爾克正穿著襯衫站在店鋪門口，水手衝著他狠狠地吼叫：

——為了英國……[31]

他猛烈地往前晃了幾步，晃過凱蒂和布棣・代達勒斯，才又站下來吼叫：

——為了家園，也為了美。

憂慮重重、臉色發白的杰・J・奧莫洛依被告知，蘭伯特先生陪著一位客人在倉庫裡。

一位壯實的太太站住了，從錢包裡取出一枚銅幣，投進了水手伸到她面前的帽子裡。水手嘟嘟囔囔地道了謝，對街旁那些不理睬他的窗戶悻悻地橫了一眼，又埋下頭去往前晃了四步。

他停了一下，又憤怒地喊叫：

——為了英國……

兩個光腳兒童，嘴裡嚼著長長的甘草糖在他旁邊站住了，嘴邊淌著黃兮兮的口水，眼睛都瞪著他的斷腿。

他又使勁往前晃了幾步才站住，抬起頭來衝著一個窗口，甕聲甕氣地吼道：

——為了家園，也為了美。

窗內有小鳥鳴囀似的歡快動聽的口哨聲，又吹兩聲後打住了。窗簾拉開了。一張寫著**無家具房間出租**的紙牌子，這時從窗框上滑了下去。窗口一亮，露出一隻白白胖胖的樂善好施的手臂，

31　「為了英國，為了家園，也為了美」是歌詞，出自歌頌英國海軍統帥納爾遜在戰鬥中犧牲的歌曲〈納爾遜之死〉。

手臂下面是白色的緊身襯裙和繃緊的內衣帶。一隻女人的手拋出一枚硬幣，越過地下室前的欄杆，落在人行道上。

光腳孩子之一奔去拾起硬幣，放在唱歌人的帽子裡說：

——給您的，先生。

*

凱蒂和布棣·代達勒斯推開門，走進水氣瀰漫的悶熱的廚房。

——你把書當掉了嗎？布棣問。

站在鍋臺邊的瑪吉，用攪鍋棍兒捅了兩次，把一團灰不溜丟的東西塞進不斷冒泡的肥皂水裡，才擦了擦腦門上的汗水。

——他們一個子兒也不給，她說。

康眉神父在克朗高士的場地上散步，草茬把他穿著薄襪的腳脖子弄得癢癢的。

——你在哪家問的？布棣問她。

——麥吉尼斯。

布棣跺跺腳，把書包扔在桌子上。

——叫她的大臉長滿癩瘡！她罵道。

凱蒂走到鍋臺邊，瞇起眼睛往鍋裡瞅。

——鍋裡是什麼？她問。

——襯衫，瑪吉說。

布棣生氣地大叫：

——老爺呀，咱們什麼吃的也沒有嗎？

凱蒂用自己的髒裙子墊著手，揭起湯鍋的蓋子問：

——這裡頭又是什麼？

回答她的是撲面而來的一團熱氣騰騰的煙霧。

——豌豆湯，瑪吉說。

——哪兒弄來的？凱蒂問。

——瑪麗・派特里克修女，瑪吉說。

打雜的搖鈴。

——砰啷！

布棣在桌子邊坐下，迫不及待地說：

——快給我們吃吧。

瑪吉端起湯鍋，將黃色的稠湯倒進碗裡。凱蒂坐在布棣的對面，一面用指尖把零碎的麵包渣送進嘴裡，一面安靜地說：

——咱們有這個吃就不錯了。迪莉到哪兒去了？

——去找父親了，瑪吉說。

布棣把大塊的麵包掰碎了放進黃色湯裡，同時接腔說：

——咱們的不在天上的父親[32]。

正在往凱蒂碗裡倒湯的瑪吉驚叫起來：

——布棣！太不像話了！

利菲河上飄著一葉小舟，是一張揉皺了的傳單——先知以利亞來了，它輕盈地順流而下，漂過了環線橋下，飛速通過了橋墩周圍翻滾的湍流，又繞過船體和錨鏈，在海關舊船塢和喬治碼頭之間向東漂去了。

*

桑頓水果鮮花商店的金髮女郎窸窸窣窣地在柳條籃子裡鋪上襯墊。一把火鮑伊嵐把那個包著粉色紙的瓶子和一個小罐子遞給她。

——把這兩樣先放進去，好嗎？他說。

——好的，先生，金髮女郎說。水果放上面。

——行，好活，一把火鮑伊嵐說。

她把圓鼓鼓的梨子一個接一個地擺得整整齊齊的，然後在空隙子裡放上羞紅了臉的熟透的桃子。

一把火鮑伊嵐穿著棕黃色的新皮鞋，在果香四溢的店堂裡東走走，西瞧瞧，湊近紅豔豔、圓滾滾的西紅柿摸一摸，拿起一些鮮嫩水靈的帶褶果子聞一聞。

威、士、敦、希、利戴著白色高帽子，在他面前魚貫而過，拖著沉重的腳步，走過坦及爾巷，向他們的目的地游動過去了。

他走到一屜草莓跟前，突然轉過身來，從錶袋裡掏出金懷錶，把錶鏈抻直。

——你們可以搭電車送去嗎？馬上？

在商賈拱廊內，一個背影黑黢黢的人正在瀏覽書攤上的書。

——沒有問題，先生。是在城裡嗎？

——是，一把火鮑伊嵐說。十分鐘的路。

金髮女郎遞給他一張紙條、一枝鉛筆。

——請您寫下地址好嗎，先生？

一把火鮑伊嵐在櫃檯上寫了紙條，推給女郎。

——馬上送去，行不行？他說。是給病人的。

——行，先生。馬上就送，先生。

一把火鮑伊嵐把褲袋裡的錢抖弄出歡快的哐啷哐啷聲。

——該多少？他問。

金髮女郎的纖纖手指數著水果。

---

32 被布棣竄改的祈禱文原是：「我們在天上的父親，願您的名被尊為聖……」

一把火鮑伊嵐的目光溜進了她胸前的襯衫敞口處。小雛兒。他從高腳杯裡拿了一朵紅色的石竹花。

——是給我的嗎?他以調情的口氣問。

金髮女郎斜眼看了他一眼，見他那副穿戴闊綽而領帶微歪的樣子，臉紅了一下。

——是的，先生，她說。

她俏皮地彎下腰去，重新去數那些圓鼓鼓的梨子和羞紅的桃子。

一把火鮑伊嵐用牙齒叼著那朵紅花的花莖，以更大的興趣盯著她的襯衫敞口處笑了。

——小姐，我可以對你的電話說句話嗎?他調皮地問。

*

——但是!*阿爾米丹諾・阿蒂凡尼說。

他隔著斯蒂汾的肩頭，仰望哥爾德史密斯的疙疙瘩瘩的腦袋[33]。

兩輛滿載遊客的馬車緩緩駛過，女人們抓住扶手坐在前面。白臉兒的。男人的胳膊坦然地摟著女人的矮小身軀。這些人東張西望的，看看三一學院，又看看堵死了大門的愛爾蘭銀行，圓柱聳立的門洞上有許多鴿子，在咕咕咕地叫著。

——我像你這麼年輕的時候，*阿爾米丹諾・阿蒂凡尼說，也有你那種想法。我那時候就認為這個世界像是一頭野獸。太可惜。因為你的嗓子……可以成為你的財源，明白嗎?可是你要自我犧牲。*

——不流血的犧牲，*斯蒂汾微笑著說。他手裡拿著白蠟手杖的中段，輕輕地、緩緩地左右擺動著。

——希望如此，*圓臉的小鬍子和氣地說。但是你聽我的。想一想吧。*

一輛從印契科[34]開來的電車聽從了格拉頓石像用嚴厲的右手[35]發出的停車信號，從車上零零落落地下來了一些蘇格蘭高原士兵，都是軍樂隊員。

——我想一想，*斯蒂汾說著，低頭看了一眼結實的褲腿。

——但是，當真的，啊？*阿爾米丹諾·阿蒂凡尼說。

他的沉重的手緊緊地抓住了斯蒂汾的手。一對富有人情的眼睛。這對眼睛以一種奇特的神情凝視了一會兒之後，迅速轉向一輛開往道爾蓋的電車。

——就這樣吧，*阿爾米丹諾·阿蒂凡尼匆忙而熱情地說。到我那兒去找我去。想一想。再見，好朋友。*

——再見，大師，*斯蒂汾說。他的手一空，立即伸上去舉帽。謝謝您！*

33 指愛爾蘭出生的作家哥爾德史密斯（一七三〇—七四）的雕像，在都柏林三一學院大門口。哥爾德史密斯曾在該院上學。

34 印契科在都柏林西郊，該地有兵營。

35 格拉頓（一七四六—一八二〇），愛爾蘭政治家，愛爾蘭獨立議會的倡導者，因此議會大廈（後改為愛爾蘭銀行大廈）前有他的雕像，該像一手指向遠方。

本節中帶*號的引語原文均為意大利語。

謝什麼？＊阿爾米丹諾・阿蒂凡尼說。原諒我，啊？萬事如意！＊

阿爾米丹諾・阿蒂凡尼舉起指揮棒似的一捲樂譜打著招呼，邁開結實有力的褲腿向道爾蓋電車追去。他的奔跑是白費事，招呼也白打了，因為他正遇上那一群穿短褲露膝蓋的高原兵，他們正挾著樂器，亂哄哄地擁進三一學院的大門。

＊

鄧恩小姐把那本從卡佩爾大街圖書館借來的《白衣女人》[36]藏入抽屜深處，拿起一張花哨的信紙，捲進打字機。

故弄玄虛，太過分了。他究竟是不是愛上了另外那個人，那個瑪莉恩呢？換一本吧，借一本瑪麗・塞西爾・海依[37]的。

圓片順槽而下，搖晃了一會兒之後才停住，衝他們瞪著大眼：六。

鄧恩小姐滴滴答答地敲動了打字機鍵盤：

——一九〇四年六月十六日。

在莫尼彭尼商號的街角和沒有沃爾夫・托恩雕像的石板[38]之間，五個戴著白色高帽的活動廣告人，像鱔魚一樣轉回了威、士、敦、希、利的行列，又拖著沉重的腳步，按原樣回去了。

然後，她瞪著專演俏皮女角色的漂亮女演員瑪麗・肯德爾的大幅招貼畫愣了一會兒神，無精打采地倚在桌子上，在記事板上隨手畫一些十六和大寫的字母S。芥末色的頭髮，花裡胡哨的臉頰。她其實並不好看，是不是？瞧她提著屁股上那條小短裙的德性！不知道那人今天晚上到不到樂隊去。要是能設法讓裁縫仿照蘇西・內格爾那種百褶裙，給我也做一條才好呢。飄動起來妙極了。香農和划船俱樂部那些時髦人物，個個都把眼睛盯住了她。但願老天爺今天別讓他把我拴到七點吧。

電話鈴粗魯地在她耳邊大響起來。

——喂。對，先生。沒有，先生。是的，先生。我五點之後就給他們打電話。只有那兩封，先生，一封給貝爾法斯特，一封給利物浦的。好的，先生。那麼要是您不回來，我六點以後就可以走了。六點一刻。好吧，先生。二十七先令六。我告訴他。對，一鎊七先令六。

她在一個信封上記下了三個數字。

——鮑伊嵐先生！喂！《體育報》那位先生來找過您。是的，是萊納漢先生。他說他四點鐘到奧蒙德飯店。沒有，先生。好的，先生。我五點以後給他們打電話。

＊

一個小小的火把，照著兩張紅通通的臉龐轉進來了。

——誰呀？內德・蘭伯特問。是克羅蒂嗎？

36 《白衣女人》是英國作家威爾基・柯林斯寫的驚險小說，於一八六〇年出版。
37 海依（一八四〇—一八八六）是主要寫戀愛故事的女小說家。
38 托恩（一七六三—一九八）是一位愛爾蘭革命家，在一七九八年革命失敗時犧牲。一百年後都柏林曾準備豎立雕像以為紀念，並已在格拉夫頓街對面廣場奠基，但雕像始終未建。莫尼彭尼商號和第五節中提到的水果鮮花店均在此街。

——林加貝拉和克羅斯黑文，兩人之一用腳探著路說。

——唷，杰克，是你來啦？內德·蘭伯特說著，在陰影幢幢的拱頂之間舉起了手中的柔韌的木條表示歡迎。來吧，小心腳底下。

牧師擎著的那根塗蠟火柴，這時全燒完了，發出一道柔軟的長火焰落到了地上。火柴的暗紅斑點在他們的腳邊熄滅，帶霉味的空氣包圍了他們。

——多有意思呵！一個口音純正的聲音在幽暗中說。

——可不是嗎，先生，內德·蘭伯特興致勃勃地說。咱們現在站著的地方，就是聖瑪利亞修道院的會議廳，這是有歷史意義的地方，一五三四年綢服托馬斯就是在這裡宣布造反的。這是全都柏林最富有歷史意義的地點。奧馬登·伯克打算不久之後就要寫一篇文章專門談這個問題。聯合[39]之前的老愛爾蘭銀行就在對面；原來猶太人的聖殿也在這兒，後來才到阿德萊德路去蓋自己的會堂的。杰克，你從沒有來過這兒，是吧？

——是的，內德。

——他是騎著馬經過貴婦道來的，那個口音純正的聲音說，如果我的記憶力還靠得住的話。基爾代爾家的府第是在托馬斯大院。

——不錯，內德·蘭伯特說。一點也不錯，先生。

——那麼，如果您不嫌麻煩的話，牧師說，下次是不是也許可以允許我……

——沒有問題，內德·蘭伯特說。請您隨時帶著照相機來，什麼時候都行。我可以讓人把窗口那些口袋挪開。您可以在這兒照，或是在這兒照。

他在仍很微弱的光線中來回走動，揮舞著他的木片，在這兒拍拍成垛的種子口袋，在那兒指指照相取景的好地點。

一方棋盤，對著它的是一張長臉，臉上的大鬍子和凝視的目光都落在棋盤上。

——多謝您的關照，蘭伯特先生，牧師說。我不願侵占您的寶貴時間……

——歡迎您來，先生，內德‧蘭伯特說。您願意什麼時候來都行。譬如說，下星期吧。看得見嗎？

——看得見，看得見。下午好。蘭伯特先生。我能認識您很高興。

——我更高興，先生，內德‧蘭伯特回答說。

他把客人送到出口，然後把手中的木片遠遠地往圓柱那邊一扔。他和杰‧J‧奧莫洛依一起，慢慢地走進聖瑪利亞修道院。這裡停著幾輛大車，韋克斯福德的奧康納公司的，大車夫們正在往上裝載用麻袋裝的角豆麵和椰乾麵。

他站住了讀手中的名片。

——拉思科非，可敬的休‧C‧洛夫。現住址：薩林斯的聖米迦勒教堂。挺不錯的年輕人。他正在寫一本關於菲茨杰拉德家族[40]的書，他告訴我的。他對歷史很有研究，確實的。

39 指一八〇〇年愛爾蘭議會併入英國議會。嗣後愛爾蘭銀行即遷至原議會大廈。

40 菲茨杰拉德家族是愛爾蘭的望族，基爾代爾伯爵的家系是該族大系之一。

那個年輕女子正在仔細地從自己的輕飄飄的裙子上摘掉一根細小的樹枝。

——我還以為你在搞一個新的炸藥案件[41]呢，杰·J·奧莫洛依說。

內德·蘭伯特舉起手，打了一個響榧子。

——天主呀！他失聲叫道。我忘了告訴他基爾代爾伯爵放火燒燬卡舍爾大教堂[42]後說的那段話。你知道他那一段嗎？**我這件事辦的實在是他媽的對不起人，他說，可是天主在上，我真的以為大主教在裡頭呢。**不過，他聽了可能不會喜歡的。怎麼樣？天主呀，我還是得告訴他。那就是那位大名鼎鼎的伯爵，菲茨杰拉德莫爾[43]。他們全是烈性子，杰拉爾丁[44]這一家子。

路旁那些馬匹在他走過時有些受驚，不安地抖動著鬆弛的馬具。他伸手拍拍身旁一匹花馬的發顫的屁股，喊了一聲：

——嗬，好小子！

他轉臉問杰·J·奧莫洛依：

——怎麼樣，杰克。有什麼事？出了什麼問題？等一下。站住。

他張大嘴巴，腦袋使勁向後仰著，一動也不動地站了一會兒，然後大聲地打了一個噴嚏。

——啊嚏！他說。要命！

——是這些麻袋弄出來的塵土，杰·J·奧莫洛依有禮貌地說。

——不是，內德·蘭伯特喘著氣說，我前晚受……一點兒涼……真要命……前天晚上……而且今天……上午……

他舉著手帕作好應急的準備……

——我去參加……那個可憐的小……叫什麼來著……葛拉斯內文[45]……啊噓！……摩西他娘喲！

＊

穿暗紅色坎肩的湯姆・羅奇福德一手托著一摞圓片，頂在胸前，另一隻手取了最上面的一片。

——你們瞧，他說，比方說是第六個節目吧。從這裡進去，瞧。現演節目。

他讓他們看他把那一片塞進左邊的口子。那片東西順槽而下，搖晃了一會兒之後停住，衝他們瞪著大眼：六。

昔日的法律界人士，有的傲視一切，有的慷慨陳詞，他們看見里奇・古爾丁挾著古爾丁——考立斯——沃德律師事務所的帳目皮包，從統一審計辦公室出來，進入民事訴訟法庭。他們又聽到一位年長的婦女窸窸窣窣地從高級法院海事庭出來，進了上訴法庭，她穿一條十分寬大的黑色綢

41 「炸藥案件」指一六〇五年英國天主教徒在英國國會大廈下埋炸藥，企圖炸死英王的事件。
42 第八代基爾代爾伯爵（一四七七—一五一三）在當時的愛爾蘭聲勢顯赫，飛揚跋扈，於一四九五年與大主教衝突時放火燒燬大教堂。
43 「莫爾」是愛爾蘭語，此處意為「大人物」。
44 杰拉爾丁即菲茨杰拉德。
45 在都柏林北郊，即前景公墓所在地。

裙，臉上掛著半信半疑的微笑，露出一口假牙。

——瞧見了嗎？他說。瞧，我剛才放進去的那一片已經到這邊來了：已演節目。撞擊力。槓桿作用，明白了嗎？

他讓他們看右邊那一摞圓片在增高。

——這主意高，長鼻頭弗林吸著鼻子說。這麼一來。晚到的人一眼就能看清現在上演哪個節目，已經演過了哪些節目。

——看明白了吧？湯姆．羅奇福德說。

他又塞進去一片，自己看著它滑下，晃動，瞪眼，停住：四。現演節目。

——我現在就到奧蒙德飯店去找他，萊納漢說，試探試探。好有好報。

——好，湯姆．羅奇福德說。你告訴他，我都迫不及待了。

——晚安，麥考伊突然說。你們倆說開了頭……

長鼻頭弗林俯身湊近那個槓桿去聞它。

——可是這地方是怎麼一個機關呢，湯米？他問。

——土啦路[46]，萊納漢說，回頭見。

他跟在麥考伊後面，穿過克蘭普頓大院的小小廣場。

——他是個英雄，他簡單地說。

——我知道，麥考伊說。你指的是排水管的事吧。

——排水管？萊納漢說，是下了一個地溝口。

他們走過丹・勞里音樂雜耍場，看到專演俏皮女角的漂亮女演員瑪麗・肯德爾從海報上對他們作出一副畫工拙劣的笑容。

他們走到錫卡莫街上，沿著帝國音樂雜耍場旁邊的人行道走著，萊納漢源源本本地向麥考伊講述了事情的經過。有一個地溝口，就像那種可怕的煤氣管道一樣，一個倒楣傢伙硬是陷到了裡頭去，陰溝的臭氣已經把他熏得半死不活了。湯姆・羅奇福德不顧死活，他那經紀人坎肩什麼的全都顧不上脫，一頭就扎了進去，身上繞著繩子。可真行啊，他真把繩子套住了倒楣蛋，兩人都給拽了出來。

——真英雄，他說。

他們走到海豚飯店門口站住了，讓救護車從他們身邊急馳而過，向杰維斯街的方向駛去。

——走這邊，他說著靠右邊走去。我想到萊納姆那兒看一眼權杖[47]的起價。你的金表金鏈幾點了？

麥考伊探頭往馬庫斯・特金斯・摩西的幽暗的辦事處內張望了一下，又去看奧尼爾茶葉店的鐘。

——三點多了，他說。誰騎權杖？

46 類似「土啦侖」，此處用作打招呼。
47 「權杖」是一匹參加「金杯賽」的馬。

——奧・馬登，萊納漢說，那是匹敢拚的小牝馬。

麥考伊在聖殿街等他的時候，輕輕地用腳尖撥弄人行道上的一塊香蕉皮，把它撥進了路溝。誰喝了兩杯黑夜裡走到這兒，可他媽的太容易摔個鼻青臉腫了。

車道前的大門敞開了，為總督出行的車馬開道。

——一賠一，萊納漢回來說。我在那兒撞見了班塔姆・萊昂斯，他準備押一匹該死的馬，別人告訴他的，可是那是一匹根本沒有希望的。從這裡穿過去。

他們跨上幾步臺階，進了商賈拱廊。有一個人正在瀏覽書攤上的書，背影黑黢黢的。

——就是他，萊納漢說。

——不知道他在買什麼，麥考伊回頭瞥了一眼說。

——買一本《利奧波爾德，黑麥開花了》[48]，萊納漢說。

——買便宜貨他可是沒有比，麥考伊說。有一天我和他在一起，他在利菲街一個老頭兒那裡花兩先令買了一本書。書裡頭那些精采的圖片就值這個數的一倍，有星辰，有月亮，還有帶長尾巴的彗星。天文學的書。

萊納漢笑了起來。

——我告訴你一段特別有趣的彗星尾巴故事吧，他說。咱們走太陽地兒。

他們過馬路走到鐵橋邊，沿河堤邊的惠靈頓碼頭走著。

派特里克・阿洛伊修斯・狄格南小朋友從曼根（原費倫巴克）豬肉店出來，手中拿著一磅半豬排。

——那一次郊外有一個盛會，在格倫克里感化院，萊納漢興致勃勃地說。一年一度的盛會，你知道。禮服筆挺的場合。市長出席了，當時是瓦爾·狄龍。查爾斯·卡梅倫爵士和丹·道森都講了話，還有音樂。巴特爾·達西唱了，本杰明·多拉德……

——我知道，麥考伊插嘴說。我太太也在那兒唱過。

——是嗎？萊納漢說。

一張**無家具房間出租**的紙牌，重新出現在埃克爾斯街七號的窗框上。

他停了一下嘴，發出一陣氣喘吁吁的笑聲。

——別忙，等我告訴你，他說。坎姆登街的德拉亨特食品店負責供應酒菜，在下是勤雜司令。布盧姆夫婦也參加了。我們擺出來的東西可海了：紅葡萄酒、雪利酒、陳皮酒。我們可沒辜負那些好酒，喝得又猛又痛快。喝過之後，又來吃的。大片的涼肉管夠、百果餡兒的烤餅……

——我知道，麥考伊說。太太參加的那一年……

萊納漢熱烈地挽住了他的胳膊。

——別忙，等我告訴你，他說。後來玩夠之後，我們又吃了一頓宵夜，出來的時候都已經是一夜之後的清早幾點了。回家路過羽床山，那冬夜的景色可真是美不勝收。布盧姆和克里斯·

48 〈黑麥開花了〉是歌曲名，其中「開花」一詞（bloom）與「布盧姆」相同。

卡利南坐在車子的一邊，我和他太太坐另一邊。我們唱起歌來，四部合唱，二重唱：《瞧吧，黎明的微光》。她的肚帶下面灌足了德拉亨特的紅葡萄酒，每次那該死的車子一顛，她都撞在我身上。好傢伙！她那一對兒可真夠意思，天主保佑她。這麼大。

他伸出兩隻手，凹著掌心放在胸前一呎半的地方，皺著眉頭說：

——我不斷地幫她把她的坐墊塞好，給她整理身上披的裘皮圍巾。明白我的意思嗎？

他的兩隻手塑造著豐滿的空氣曲線，高興得兩眼緊閉，身體蜷縮，嘴上吹出小鳥歡叫的聲音。

——小傢伙都立正了，他說著，嘆了一口氣。那女人是個騷貨，沒錯。布盧姆正對著天上指指點點，給克里斯‧卡利南和車夫講各種各樣的星辰和彗星：什麼大熊座呀、武仙座呀、天龍座呀，等等云云，不亦樂乎。可是天主哪，我可好比是落在銀河裡頭，不知東南西北了。他全都知道，真格的。最後，她找到了一顆小極了的小星星，老遠老遠的。那顆是什麼星呢，波爾迪？她說。天主哪，她可把布盧姆難住了。那顆嗎？克里斯‧卡利南說，那可以說是個針眼兒，沒有錯兒。天主哪，他說的倒真是不太離譜兒。

萊納漢站住了，倚著河堤笑得喘不過氣來。

——我受不了了，他大口地喘著氣說。

麥考伊的白臉偶或微微一笑，又露出莊重的神色。萊納漢又繼續往前走。他脫下頭上的遊艇帽，迅速地搔了幾下後腦勺，迎著陽光側過臉去瞥了麥考伊一眼。

——倒是一個有教養的全面發展的人，布盧姆這個人，他認真地說。他不是那種大路貨，你知道……布盧姆老兄倒是有那麼一點藝術家氣質的。

*

布盧姆先生隨意翻翻《瑪麗亞・蒙克揭露的駭人真相》[49]，又翻翻亞里斯多德的《傑作》[50]。歪歪扭扭、亂七八糟的印刷。圖片：一個個血紅的子宮，像從新宰的母牛身上取下的肝臟似的，裡面是蜷成一團的嬰兒。此時此刻，全世界正有許許多多嬰兒處於這種狀態。都在努力用腦袋往外頂。每分鐘都有孩子在某個地方出生。皮尤福依太太。

他把兩本都放下，目光又落在第三本上：利奧波爾德・封・扎赫爾—馬索赫[51]的《猶太人區的故事》。

——這本我看過了，他把書推開說。

書攤老闆又在櫃檯上撂下兩本。

——這是兩本好書，他說。

他的口腔已經毀壞，隔著櫃檯可以聞到他呼吸中的洋蔥味。他彎腰把另外那些書捆成一捆，頂在敞開鈕釦的坎肩前面，抱到灰不溜丟的帷幕後面去了。

49　一本揭露加拿大天主教修女院內情的書，一八三六年紐約出版，後被指控為捏造。
50　這是一本談性的偽科學書，假托亞里斯多德之名，十七、十八世紀期間曾在英國流行。
51　扎赫爾—馬索赫（一八三六—一九五），德國小說家，以描寫受虐狂的變態心理知名。

在奧康內爾橋上，許多人都對舞蹈等科教師丹尼斯・J・馬金尼儀態莊重而衣著花哨的模樣側目而視。

布盧姆先生獨自在書攤上看書名。詹姆斯・洛夫伯奇[52]的《美貌的暴君》。知道是什麼性質的書。看過吧？看過。

他打開書。果然。

灰暗的帷幕後面，有女人說話的聲音。聽：那個男的。

不行：她不會喜歡那麼厲害的。有一次給她弄去過。

他看另一本書的名字：《偷情的樂趣》。這還比較對她的胃口。咱們看一看。

他信手翻到一個地方看起來。

——她丈夫給她的鈔票，她全都上街花了，買了奇妙的衣裙，還有最昂貴的花飾。為了他！為了拉烏爾！

行。這本吧。這兒。試試。

——她的嘴巴緊緊地貼在他的嘴上，給了他一個甜蜜的、性感的吻，同時他的雙手伸到她的睡衣裡面，去摸那豐滿的曲線。

行。就要這本。結尾呢。

——你晚了。他聲音嘶啞地說，眼睛盯著她，閃出懷疑的光芒。

美貌的婦人脫掉貂皮鑲邊的披肩，露出王后般的肩膀和隆起的豐盈體態。她鎮定自若地轉過身來對著他，鮮花般的嘴唇邊游動著一絲難以覺察的微笑。

布盧姆先生再看一遍：美貌的婦人……

他逐漸感到全身灼熱，使他身上的肉受到一種壓力。在壓皺了的衣服中間，肉體毫無保留地交了出來；眼珠昏厥似的翻了上去。他的鼻孔像捕捉什麼似的拱了起來。胸脯上是酥軟的潤膚油膏（為了他！為了拉烏爾！）。腋窩下是洋蔥味的汗水。魚膠似的黏液（她的隆起的豐盈體態！）。摸吧！緊擠著吧！壓碎了！硫黃獅糞！

青春！青春！

一位青春已逝的年長婦女，從大法院、高級法院、稅務法庭和高級民事法院合用的大樓裡出來。在大法官的法庭裡，她旁聽了波特頓精神錯亂案；在海事法庭，聽了凱恩斯夫人號船主對莫納號三桅帆船船主一案的傳喚和一方當事人的陳訴；在上訴庭，聽了法庭關於暫緩審判哈維對海

---

52 「洛夫伯奇」可以理解為「愛（鞭打用的）樺樹枝」，因此曾有不止一個描寫受虐狂的作者以此為筆名。

洋事故保險公司一案的決定。

書攤後面一陣帶痰的咳嗽，聲震屋宇，把灰暗的帷幕都震得鼓起來了。老闆的未經梳洗的灰白腦袋鑽了出來，鬍子拉雜的臉頰咳得通紅。他不管不顧地大聲吼著痰，往地上吐了一口，伸出腳來，用靴底把痰蹭了一蹭，然後彎下腰去，露出一個皮膚粗糙的頭頂，上面只有幾根頭髮。

正好讓布盧姆先生看。

他控制住自己的呼吸困難，說：

——我就要這本。

老闆抬起一雙見風流淚的眼睛。

——《偷情的樂趣》，他輕輕地扣擊著書說，這是本好書。

*

狄龍拍賣行門口的打雜工人又搖了兩下手鈴，然後對著衣櫃門上寫著粉筆字的鏡子，看了看自己的模樣。

在人行道邊徘徊的迪莉·代達勒斯聽到了鈴聲，也聽到了裡面拍賣人的喊叫聲。四先令九。多漂亮的簾子呀。五先令。多愜意的帘子。新貨賣價整整兩畿尼。五先令。有加的嗎？五先令賣了。

打雜的又舉起鈴子，搖了一搖：

——噹啷！

末圈鈴聲噹的一響，半英里自行車賽的運動員衝刺起來。J·A·杰克森、W·E·懷利·A·芒羅、H·T·蓋漢，個個都把脖子伸得老長，搖晃著腦袋，拚命地搶過學院圖書館旁的一段彎道。

代達勒斯先生扯著長長的八字鬍，從威廉斯橫街轉過來了，走到他女兒旁邊才站住。

——也該來了，她說。

——看在吾主耶穌的面上，把你的身子站直了吧，代達勒斯先生說。你是想學你那個吹短號的約翰舅舅，腦袋緊縮在肩膀上，還是怎麼的？傷心的天主呀！

迪莉聳了聳肩膀。代達勒斯先生兩手按住她的肩膀向後扳。

——站直了，閨女，他說。你會得脊柱彎曲症的。你知道你是什麼樣子嗎？

他突然把頭往下一沉，往前伸了出去，同時拱起肩膀，垂下了下頷。

——算了吧，父親，迪莉說。人們都在看你呢。

代達勒斯先生站直了身子，又去扯他的八字鬍。

——你弄到錢了嗎？迪莉問。

——我到哪兒去弄錢去？代達勒斯先生說。都柏林全市沒有一個人肯借我四便士的。

——你弄到了一些錢，迪莉盯住他的眼睛說。

——你怎麼知道？代達勒斯先生躲躲閃閃地問。

克南先生對於自己弄到的定貨十分高興，得意洋洋地在詹姆斯大街上走著。

——我知道你弄到了，迪莉回答。剛才你是在蘇格蘭酒店裡吧？

——我就是沒有去，代達勒斯先生笑著說。是那些小尼姑教你這麼頂撞的嗎？給。

他遞給她一個先令。

——看這點錢夠你們幹什麼的吧，他說。

——我估計你弄到了五先令，迪莉說。再給我一些吧。

——等著吧，代達勒斯先生用威脅的口氣說。你跟她們那一夥都一樣，是不是？打從你們那可憐的媽去世之後，你們都成了一幫蠻橫無理的小母狗。可是你們等著瞧吧。早晚我得讓你們全都來個乾脆俐落，叫你們痛快。給我耍無賴！我把你們都扔了。就是我挺了腿兒，你們也不會在乎的。他死了。樓上那傢伙死了。

他離開了她，徑直往前走去。迪莉快步趕上，拉住了他的上衣。

——咦，怎麼回事？他站住了說。

打雜的正在他們背後搖鈴。

——嘭啷！

——叫你的大吵大鬧的倒楣靈魂不得好下場，代達勒斯先生轉過頭去罵他。

打雜的知道在說他，鈴就搖得沒勁了，鈴舌無精打采地耷拉下去：

——嘭！

代達勒斯先生瞪著他。

——你瞧這傢伙，他說。有一點意思。看他讓不讓咱們講話。

——你弄到的錢不止這麼點兒，父親，迪莉說。

——我要給你們變一個小小的戲法，代達勒斯先生說。當年耶穌怎麼丟下的猶太人[53]，現在我也要照樣丟下你們這一幫子。看吧，我總共就這麼多。我從杰克·帕爾那裡弄到了兩先令，為參加葬禮我花兩便士刮了個臉。

他煩躁地掏出一把銅幣。

——你不能到什麼地方去找一點錢嗎？迪莉問。

代達勒斯先生想了想，點點頭。

——我找，他嚴肅地說。剛才我在奧康內爾大街的街溝裡找了一路。現在我再找找這一條街。

——你真逗樂，迪莉咧著嘴說。

——給，代達勒斯先生說著，遞給她兩個便士。你去買一杯牛奶喝，再買個小麵包什麼的。我一會兒就回家。

他把剩下的硬幣放回口袋，又繼續往前走。

總督的車馬出了鳳凰公園大門，門邊站著畢恭畢敬的警察。

53　因為猶太人不把耶穌當救世主，甚至要求把他釘死在十字架上，所以按基督教觀點，耶穌之死使猶太人永遭天譴。

——我敢肯定你還有一個先令，迪莉說。

打雜的使勁地搖起鈴來。

代達勒斯先生在震耳的鈴聲中走開了。他撇著嘴，細聲細氣地自言自語：

——那些小尼姑們！好樣兒的小妮子們！她們是肯定不幫忙的了！真的，肯定不幫了！是吧，莫妮卡小妹妹[54]！

*

克南先生從日晷臺往詹姆斯門走去。他為普爾布魯克・羅伯岑公司拉到了這筆定貨，心裡很高興，得意洋洋地沿著詹姆斯大街，走過了沙克爾頓麵粉廠的營業處。到底把他說服了。您好哇，克里明斯先生[55]？再好也沒有了，先生。我還以為您也許在品利口您那個分號那兒呢。買賣怎麼樣？湊合著能活著唄。最近的天氣真不錯。是的，真是不錯，對農村好。那些農民呀，總是發不完的牢騷。您的杜松子酒最好，我來一小杯就行了，克里明斯先生。小小的一杯，先生。真的，先生。斯洛克姆將軍號爆炸事件，真可怕，太可怕，太可怕了。死傷一千人。慘不忍睹的場面。一些男人把婦女兒童都踩倒了。殘酷之極。說是什麼原因來著？自然。暴露出來的情況簡直是不像話，救生艇沒有一隻能浮在水上，水龍帶全是破的。我不明白那些檢驗員怎麼能允許這樣的一艘船……您說的是正理，克里明斯先生。您知道這是怎麼回事嗎？買通了關節。難道不是事實嗎？毫無疑問。好吧，請看吧。美國據說還是自由人的國家哩。我原來以為咱們這兒是夠糟的了。

我對他笑笑。美國嗎，我不動聲色地說，就是這個樣子。怎麼回事嗎？每一個國家都有垃圾，咱們也不例外。難道不是這樣嗎？這是事實。

賄賂嗎，我的好先生。可不是嗎，哪兒有錢，哪兒就準有人伸手撈錢，沒錯。

我看到他注意我的大禮服了。人要衣裝。穿戴漂亮最管用。把他們鎮住了。

——你好，賽門，考利神父說。情況怎麼樣？

——你好，鮑勃，老朋友，代達勒斯先生站住了和他打招呼。

克南先生在彼得・肯尼迪理髮館的那個傾斜的大鏡子前站住了，整理一下衣冠。禮服剪裁入時，毫無疑問。道森街的司各特[56]，我只付給尼亞里半鎊，太值了。新做無論如何三畿尼下不來。我穿著再合身也沒有了。原來大概是基爾代爾街俱樂部[57]哪位時髦紳士的衣服。昨天在卡萊爾橋上，海勃尼亞銀行經理約翰・馬利根特別注意地看了我一眼，好像有點記得我似的。

呵哈！在這些人面前，穿戴必須符合身分。馬路騎士。紳士。好吧，克里明斯先生，希望我們以後繼續得到您的光顧，您哪。正如俗話說的，喝了只會助興，不會醉人的[58]。

北堤和約翰・羅森森爵士碼頭[59]，正在帶著船舶和錨鏈徐徐向西航行；使它們航行的是一葉

54 代達勒斯家附近有一聖莫妮卡寡婦救濟院。
55 克里明斯為詹姆斯街茶葉和酒類商號老闆。
56 這是都柏林有名的高級服裝店。
57 這是當時都柏林最上等的俱樂部。
58 「只會助興，不會醉人」是英國一位詩人對茶葉的讚美詞。
59 北堤在利菲河東端入海處北岸，爵士碼頭與之隔河相對。

扁舟，一張揉皺了的傳單，在渡口的波濤上顛簸著，先知以利亞來了。

克南先生對鏡中的容貌作了臨別的一顧。紅光滿面，當然的。花白的八字鬍。印度服役歸來的軍官[60]。他挺起胸膛，雄赳赳地端著粗短的身子，邁動戴鞋罩的雙腳開步走了。馬路那邊是內德·蘭伯特的弟弟薩姆吧？是不是？是的。他就是這麼個討厭鬼。不對，是那邊那輛汽車的擋風玻璃在太陽下的反光。就是那樣的一閃。活像是他。

呵哈！用杜松子汁提煉的熱性子東西下了肚，腸子裡暖烘烘的，連呼出來的氣兒都是暖的。一口好酒，實在的。他禮服後面的燕尾，隨著他的肥胖的闊步，一閃一閃地在明亮的陽光中眨眼。

埃米特[61]就是在那地方絞死了又五馬分屍的。又黑又膩的繩子。總督夫人坐馬車經過，還看到一些狗在舔街上的血哩。

那種時代才糟糕呢。唉呀，唉呀，過去了，結束了。那些人喝酒也喝得凶。四瓶的量。讓我想一想。他是埋葬在聖邁肯教堂[62]的嗎？不對不對，葛拉斯內文倒有一次半夜入葬的事。屍首是通過圍牆上的一個暗門運進去的。狄格南現在就在那地方。風中之燭，說滅就滅。唉呀，唉呀。最好從這裡拐彎。繞一點兒路吧。

克南先生在吉尼斯啤酒廠接待室的街角上轉彎，順著沃特林街的下坡路走去。在都柏林燒酒廠門市部外停著一輛外座車，既沒有乘客也沒有車夫，韁繩拴在車輪上。這種幹法太他媽的危險了。從蒂珀雷里[63]來的什麼倒楣蛋，拿都柏林人的性命開玩笑。馬跑了怎麼辦？

丹尼斯・布林抱著他那兩部大書，已經在約翰・亨利・門頓的事務所等了一小時，等膩了又帶著老婆走過奧康內爾橋，去找考立斯—沃德律師事務所。

克南先生走到了離島街不遠的地方。多事的年代。一定得向內德・蘭伯特借喬納・巴林頓爵士[64]的那一套回憶錄來看看。通過一種回顧性的安排，現在可以追溯一下往事。戴利俱樂部[65]的賭博。那時還沒有在牌桌上搞騙局的呢。一個傢伙還是被人家用匕首把手釘在牌桌上了。愛德華・菲茨杰拉德勳爵[66]就是在這一帶逃脫保安隊長塞爾的圈套的。莫伊拉府後的馬廄[67]。

好酒，那一杯杜松子。

好一個生氣勃勃的青年貴族。出自名門，當然。出賣他的是那個壞蛋，那個戴紫色手套的冒

---

60 鬍子花白而臉色紅黑，是曾在英國駐印度殖民軍中長期服役者的特點之一，克南以酒後臉色類似駐印軍官為榮。

61 愛爾蘭愛國志士埃米特起義失敗後，在離此地不遠的教堂前遭難。

62 該教堂地下靈堂內葬有許多愛爾蘭革命志士的屍骨，但一年前（一九〇三年）埃米特犧牲一百周年時曾在此尋找遺體，並未找到。

63 都柏林西南方向的一個郡府。

64 巴林頓（一七六〇—一八三四）為愛爾蘭國會議員，曾積極參與反對英愛聯合議會的鬥爭，著有兩部回憶錄，共五卷。

65 這是十九世紀初期都柏林市以吃喝玩樂聞名的俱樂部。

66 愛德華・菲茨杰拉德（一七六三—九八）是愛爾蘭一七九八年起義的領袖。起義失敗後被追捕時曾在此地附近逃脫（後仍被捕獲並死於獄中）。

67 莫伊拉伯爵是菲茨杰拉德的朋友，菲被追捕期間曾在他府後的馬廄中與妻子相會。

牌鄉紳[68]。自然他們是站錯了邊。他們從黑暗和苦難中站起來。一首好詩：英格拉姆[69]。他們是正派的人。本・多拉德唱的那首歌謠，實在是動人心弦。曲盡其妙。

我爹爹犧牲在羅斯圍城戰[70]。

彭布羅克碼頭[71]上有一隊車馬在輕快地行駛，侍從們騎著馬，縱馬，縱馬奔騰，前呼後擁。一件件大禮服，一把把奶油色的遮陽傘。

克南先生急急忙忙地往前趕，跑得上氣不接下氣的。

總督閣下！太糟了！剛剛錯過。該死！多可惜呀！

*

斯蒂汾・代達勒斯透過鐵絲網加固的櫥窗，看著寶石匠人的手指檢驗一條陳舊烏暗的鏈子。窗子上，陳列盤裡，到處都是塵土布下的網。勤勞的手指，鷹爪似的指甲，也都灰撲撲地沾滿了塵土。一盤盤顏色暗淡的銅絲、銀絲，一方方的朱砂，以至紅寶石，那些帶鱗狀白斑的和暗紅色的寶石，全都積滿了塵土。

這些全部出於陰暗多蛆的泥土，火焰的冷斑，邪物，在黑暗中閃亮的光點。被逐出天堂的大天使們，把頭頂上的星星[72]扔在那兒了。一些骯髒的豬嘴，一些髒手，在那裡挖了又挖，把它們從泥土中摳出來，抓在手中。

她在一片汙濁幽暗之中舞蹈。在這裡，大蒜辣得牙床生痛。一個留赤褐色大鬍子的水手，一邊小口小口地啜著缸子裡的甘蔗燒酒，一邊使勁地盯著她。長期在海上餵養起來的、默默無聲的淫欲。她跳著，蹦著，扭著腰，搖擺著母豬似的屁股，粗大的肚皮上撲動著一塊鳥卵似的紅寶石。

老拉塞爾用一塊齷齪的油鞣革，把手裡的寶石擦得又露出了光澤，然後把它轉動一下，舉在摩西式長鬍子的尖端處端詳。猿猴爺爺欣賞偷來的祕藏財寶。

而你這個從埋藏地挖掘古老形象的人，又怎麼樣呢？詭辯家的胡言亂語：安提西尼。無人問津的學識。東方的不朽的小麥長在地裡，從永恆到永恆。

兩個老婆子剛剛吸夠了帶鹹水味的空氣，慢慢地沿著倫敦橋路穿過愛爾蘭區，一個拿著一把沾滿砂粒的疲憊的雨傘，另一個提著一只接生婆用的皮包，包裡滾動著十一枚蛤蜊。

從電力站裡傳出皮帶拍打的呼呼聲和發電機的嗡嗡聲，促使斯蒂汾往前走。沒有生命的生命。打住吧！身外有永遠不停的搏動，內部也有永遠不停的搏動。你所歌詠的你自己的心。而

68　據說向保安隊告密出賣菲茨杰拉德的人名叫希金士，此人曾冒充鄉紳誘騙一個都柏林女人。

69　英格拉姆（一八二三—一九〇七）是愛爾蘭詩人，前句「他們從黑暗和苦難中站起來」引自英格拉姆紀念一七九八年起義的詩〈念死者〉。

70　此句出自歌謠〈短髮的少年〉。

71　彭布羅克碼頭在利菲河北岸，與克南所在的華特林街隔河相望。

72　傳說地下的寶石是從天堂逐出的天使仙冠上的星星變的。

我就在這二者之間。在什麼地方？就在這兩個鬧哄哄地團團轉動的世界之間，我。乾脆把它們砸爛，統統砸爛吧。可是一拳下去，把自己也震暈了。你來吧，你做得到的，你把我砸爛了吧。我就說你又是老鴇，又是屠夫。等一等，先別動手。四周看一看再說。

是的，確實如此。很大，很了不起，走得準極了[73]。您說的不錯，先生。一個星期一的上午。一點兒也不錯[74]。

斯蒂汾走進了貝德福德橫街，一邊走一邊用白蠟手杖的把兒磕打著自己的肩胛骨。他的目光落在克洛希賽書店的櫥窗裡，看到一張褪了色的一八六〇年的照片。希南對塞耶斯的拳擊比賽[75]。拳擊場的圍繩四周，站滿了戴方帽子的助威者，都瞪著大眼。兩個重量級拳擊手，都穿著綳緊的小褲衩，彼此以球形的拳頭相敬。它們也在搏動：壯士們的心臟。

他轉過身去，在斜立在街邊的書車前站住了。

——兩便士一本，擺攤的說。六便士四本。

破爛的書頁。《愛爾蘭養蜂家》、《亞爾教區牧師生平奇蹟》、《基拉尼導遊手冊》。說不定可以在這兒找到一本我在學校得的獎品，當掉了的。**Stephano Dedalo, alumno optimo, palmam ferenti.**[76]

康眉神父的九時課已經誦讀完畢，現正穿過唐尼卡尼小村，口裡在念念有詞地作晚禱。

大約是因為裝幀太好，不合適。這是什麼？摩西經書的第八、第九卷[77]。祕密中的祕密。大衛王的印章[78]。書頁已經翻髒，多少人閱讀過的。我來以前有誰來過？手上龜裂皮膚的軟化方法。白葡萄酒醋造方法。贏得女性愛情祕方。這個我有用。合掌誦念下列咒語三遍：

——Se el yilo nebrakada femininum! Amor me solo! Sanktus! Amen.[79]

這是誰寫的？最聖潔的修道院長彼得・薩蘭卡祕藏符咒和祈禱文，專供一切真誠信徒享用。比得上任何其他修道院長的符咒，例如那位說話含含糊糊的約阿基姆。下去吧，禿老亮，要不我們拔光你的毛。

——你在這兒幹嗎，斯蒂汾？

迪莉的高聳的肩膀、破舊的連衣裙。

快合上書，不讓看。

---

73 斯蒂汾這時正走過一家鐘表店。

74 「您說的……一點兒也不錯」是莎劇《哈姆雷特》中哈為了愚弄波洛涅斯而向他的朋友說的幾句無頭無腦的話。

75 這是英國十九世紀的一次有名的激烈拳擊賽，打了兩小時之久，也是英國最後一次老式比賽（比現在的更野蠻）。

76 拉丁文：「年級獎，獎給優秀學生斯蒂汾・代達勒斯。」

77 《聖經・舊約》中的前五卷常被稱為《摩西經書》，因為據猶太人相傳，這五章是摩西編寫的。然而傳說摩西另有數卷祕傳經書，因而歐美市場上常有藉此名義出版的書籍，一般都登載法術、祕方之類的內容。

78 大衛是《聖經・舊約》中記載的古以色列國王，所謂「大衛王印章」是猶太教的吉祥圖案，是兩個三角形組成的六角形。

79 混合西班牙語、中古時期的西班牙阿拉伯語和錯別字的咒語：「上帝保佑的女性的小天堂呀，請你只愛我一人！神聖的！阿門！」

——你幹什麼？斯蒂汾說。

天下無雙的查爾斯[80]似的斯圖爾特家面孔，兩邊披著長長的直髮。她蹲在爐子邊把破靴子塞進去燒火的時候，臉上泛著紅光。我給她講巴黎。晚上，蓋著舊大衣躺在床上，撫摩著丹・凱利送的亞金手鐲。Nebrakada femininum.[81]

——你手裡拿的是什麼？斯蒂汾問。

——那邊書攤上買的，一便士，迪莉不好意思地笑著說。還行嗎？

她的眼睛像我，人們說。我在別人眼裡就是這樣的嗎？敏捷、遙遠、大膽。心思也像是我的影子。

他從她手中接過那本沒有封面的書。夏登納爾的《法語入門》。

——你買這個幹什麼？他問。要學法語嗎？

她點點頭，紅著臉抿緊了嘴。

不要表示驚訝。很自然的事。

——給，斯蒂汾說。還可以。小心別讓瑪吉給你當掉了。我的書恐怕全完了吧。

——一部分，迪莉說。我們沒有辦法。

她快淹死了。內疚。救救她吧。內疚。我們無路可走。她會把我也帶下水去淹死的，眼睛、頭髮。鬆散的海草頭髮，纏繞著我、我的心、我的靈魂。鹽綠的死亡。

我們。

良心的內疚。良心中有內疚。

悲慘！悲慘！

*

——你好，賽門，考利神父說。情況怎麼樣？

——你好，鮑勃，老朋友，代達勒斯先生站住了和他打招呼。

兩人在雷迪父女公司外面吵吵嚷嚷地握手。考利神父頻頻伸手，凹著掌心往下捋八字鬍。

——有什麼最佳消息？代達勒斯先生問。

——那可說不上，考利神父說。我都被人家圍困住了，賽門。兩個人成天在我家四周圍晃蕩，就想闖進來。

——好傢伙，代達勒斯先生說。是誰鬧的？

——嘿，考利神父說。一個咱們都認識的放高利貸的傢伙。

——斷了脊梁骨的，是吧？代達勒斯先生問。

——正是他，賽門，考利神父回答。茹本族的茹本。我正在等本·多拉德。他準備找長約翰說句話，請他撤掉那兩個人。我只要求有一點時間。

他順碼頭兩邊張望著，露出一種懷有模糊希望的神情，喉頭鼓著一個大包。

---

80 查爾斯一世（一六〇〇—四九）為英國斯圖爾特王室第二名國王。

81 「上帝保佑的女性。」（參見本章注79四八三頁）。

——我知道，代達勒斯先生點點頭說。可憐的老草包，本！他老是給人辦好事。別撒手！

他戴上眼鏡，衝著鐵橋望了一會兒。

——來了，真的，他說，不缺屁股不缺腿。

本・多拉德穿著寬大的藍色晨禮服，戴著一頂方帽子，下邊是一條肥大的褲子，邁著大步從鐵橋那邊穿過碼頭走來了。他一面輕快地走向他們這邊，一面伸手在上衣燕尾後面使勁搔癢。

等他走近了，代達勒斯先生迎著他喊：

——抓住這個穿蹩腳褲子的傢伙。

——馬上就抓，本・多拉德說。

代達勒斯先生帶著冷笑，用嘲弄的眼光上下打量著本・多拉德。然後他轉身對考利神父點一下頭，譏誚地說：

——這一身兒，倒是滿漂亮的夏裝，是吧？

——哼，願天主讓你的靈魂永受懲罰，本・多拉德怒吼道。我這輩子扔掉的衣服，比你見過的還多呢。

他滿面笑容地站在兩人的旁邊，望望他們，又望望自己的大而無當的衣服。代達勒斯先生一面幫他從衣服上拂掉一些絨毛，一面說：

——不管怎麼說，本，你這身衣服是做給身體強壯的人穿的。

——活該做衣服的猶太佬倒楣，本・多拉德說。感謝天主，他一直到現在還沒有拿到衣服錢呢。

——最低音怎麼樣了，本杰明？考利神父問他。

卡什爾・博伊爾・奧康納・菲茨莫里斯・蒂斯德爾・法雷爾嘴裡嘟囔著，眼睛發直，跨著大步從基爾代爾街俱樂部的門口走過。

本・多拉德皺皺眉頭，突然做出吊嗓子的口形，發出了一個深沉的音符。

——噢！他說。

——就是這個風格，代達勒斯先生說著點頭讚許這低沉單調的聲音。

——這嗓子怎麼樣？本・多拉德說。不太次吧？怎麼樣？

他轉過去面對他們兩人。

——行・考利神父說著也點點頭。

可敬的休・C・洛夫從聖瑪利亞修道院的老會堂出來，身邊伴隨著許多身材高大、相貌堂堂的杰拉爾丁家族的人物，過了肯尼迪酒業公司，向籬笆渡口以南的索爾塞爾走去。

本・多拉德歪歪斜斜地帶頭向商店門面那一邊走去，兩手高興地在空中抖弄著指頭。

——走，跟我一起到副長官辦公處去，他說。我要你們去見識一下羅克新弄來當法警的那個稀罕腳色。那傢伙是洛本古拉和林契豪恩[82]的混合物。請注意，可真是值得一看的人。來吧。剛

82 洛本古拉是十九世紀非洲的一個土著國王，以頑強抵抗英國殖民侵略著稱，林契豪恩是一個愛爾蘭殺人犯，被判刑後逃往美國。

才我在博德加公司碰見約翰・亨利・門頓，看來我要倒楣，除非我……等一下……咱們的路子沒有錯，鮑勃，你相信我吧。

——你跟他說，只要幾天工夫，考利神父憂心忡忡地說。

本・多拉德一下子站住了腳，瞪著兩眼，張著大嘴，上衣上有一顆鈕釦只剩一根線吊著來回晃動，露出亮晶晶的背面。他用手擦了擦堵在眼角上的厚厚的眼屎，好像沒有聽清。

——什麼幾天工夫？他聲音洪亮地問。你的房東不是扣押了你的東西要房租嗎？

——是呀，考利神父說。

——那樣的話，咱們那位朋友的那張傳票，就還不如印傳票的紙頭值錢了，本・多拉德說。房東有優先索取權。我已經把細節都告訴他了。溫澤大道二十九號。姓洛夫，對吧？

——對，考利神父說。可敬的洛夫先生。他在鄉下的什麼地方當牧師。可是，那一點你有把握嗎？

——你可以去告訴巴拉巴[83]，本・多拉德說，就說是我說的，他可以把那張傳票放在猴子藏堅果的地方去了。

他拉著考利神父，雄赳赳地擺著龐然大物的身子往前衝去。

——還是榛子哩，我相信，代達勒斯先生說著，把眼鏡墜在上衣胸襟前，也跟著走了。

＊

——小夥子不會有問題的，馬丁・坎寧安說。這時他們正走出城堡[84]大院的大門。

警察舉手觸額。

——天主保佑你，馬丁・坎寧安愉快地說。

他對等著的車夫作一個手勢，車夫抖了一下韁繩，向愛德華勛爵街駛去。

古銅配金色，肯尼迪小姐的腦袋和杜絲小姐的腦袋，在奧蒙德飯店的半截子窗簾上，並排兒地露了出來。

——真的，馬丁・坎寧安捻著鬍子說。我給康眉神父寫了一封信，把全部情況都對他說明了。

——你可以找咱們的朋友試試，帕爾先生回過頭去建議說。

——博伊德嗎？馬丁・坎寧安簡短地說。不沾邊。

約翰・懷斯・諾蘭剛才走在後面看名單，現在順著科克山的下坡路快步追了下來。

在市政府[85]門前的臺階上，往下走的市政委員南內蒂，和往上走的市參議員考利和市政委員亞伯拉罕・萊昂打招呼。

空的城堡馬車駛進了上交易所街。

——瞧這兒，馬丁，約翰・懷斯・諾蘭說。他在《郵報》報社門口追上了他們。我看到布盧

---

83 巴拉巴為《馬耳他的猶太人》劇中一名殘忍的猶太財主，參見第六章注17二〇九頁。

84 都柏林城堡是總督在城內的官邸，一些政府部門也設於此。

85 都柏林市政府與都柏林城堡相鄰。

姆也簽了名，給五先令。

——一點兒也不錯，馬丁・坎寧安接過名單說。而且當場交下了他的五先令。

——還不帶一點兒廢話的，帕爾先生說。

——怪事，然而是真事，馬丁・坎寧安又說。

約翰・懷斯・諾蘭睜大了眼睛。

——我要說，這個猶太人倒還是滿有善心的[86]，他文質彬彬、引經據典地說。

他們順著國會街下坡。

——那不是吉米・亨利嗎，帕爾先生說，正往卡瓦納公司去呢。

——正是他，馬丁・坎寧安說。追！

在克萊爾宮廷服裝商店門外，一把火鮑伊嵐截住了杰克・穆尼的妹夫，他正駝著背，醉醺醺地往自由區走去。

約翰・懷斯・諾蘭和帕爾先生落在後面，馬丁・坎寧安追到米基・安德森鐘表店琳瑯滿目的櫥窗前，趕上一個整整齊齊穿一身雪花呢套服的人。那人個兒不大，腳步有些不穩，匆匆忙忙的，馬丁・坎寧安伸手挽住了他的胳膊一起走。

——副祕書長[87]腳上的雞眼給他找麻煩了，約翰・懷斯・諾蘭對帕爾先生說。

他們跟在後面轉過街角，走向詹姆斯・卡瓦納公司的飲酒室。那輛空的城堡馬車正在他們面前，停在埃塞克斯門內。馬丁・坎寧安不停地講著，反覆地把那張名單拿給吉米・亨利看，可是那一位卻根本不看。

——長約翰・范寧也在這兒呢，約翰・懷斯・諾蘭說，不折不扣的。

長約翰・范寧站在門洞裡，高大魁梧的身子把這道兒都堵住了。

——您好，副長官先生，馬丁・坎寧安說。人們都站住了打招呼。

長約翰・范寧不給他們讓路。他果斷地取下嘴邊的巨大雪茄，嚴厲的大眼睛一掃，敏捷地把所有人的臉都看到了。

——元老們是在繼續議論他們那些不動刀槍的題目吧？他問副祕書長，說話聲音洪亮而語氣辛辣。

吉米・亨利沒有好氣兒地說，他們簡直攪得地獄都翻了個個兒，就為了他們那該死的愛爾蘭語[88]。他不明白市政典禮官到哪裡去了，為什麼他不來維持市政委員會會場上的秩序。執權杖的老巴洛偏偏又哮喘病發作，躺倒了，桌子上沒有權杖，一切都亂七八糟，連法定人數也不夠，哈欽森市長到蘭達德諾[89]去了，由小個子洛肯・舍洛克locum tenens[90]。該死的愛爾蘭語，咱們老祖宗的語言。

---

86 典出莎劇《威尼斯商人》，安東尼奧在夏洛克答應借錢（以不能按期歸還必須割肉為條件）之後作此語。
87 即吉米・亨利（都柏林市副祕書長）。
88 自十九世紀以來，愛爾蘭人曾反覆發動提高愛爾蘭語地位的運動，其中包括在議會為此進行鬥爭。
89 蘭達德諾是威爾士的一個高級療養地。
90 拉丁文：「代理」。

發。

長約翰・范寧噴出長長的一口煙，翎毛似的從嘴邊升起。

馬丁・坎寧安捻著鬍子尖，輪番地對副祕書長和副長官說話，約翰・懷斯・諾蘭在旁一言不發。

——哪一個狄格南？長約翰・范寧問。

吉米・亨利作出一副苦相，抬起了左腳。

——啊唷，我的雞眼呀！他痛苦地說。看在老天爺面上，快上樓，讓我找個地方坐下吧。嗚夫！喔！小心！

他急躁地從長約翰・范寧身旁擠進去，上了樓梯。

——上樓吧，馬丁・坎寧安對副長官說。我想您可能不認識他，不過也許您認識。

帕爾先生和約翰・懷斯・諾蘭跟在他們後面進了酒店。

——一個挺不錯的小個子，帕爾先生對著長約翰・范寧的魁梧的背影說，長約翰正在對著鏡子裡的長約翰上樓梯。

——個子不大。門頓事務所的那個狄格南，馬丁・坎寧安說。

長約翰・范寧記不起來。

空中傳來了一片馬蹄聲。

——什麼事兒？馬丁・坎寧安說。

人們都站住了轉回頭去。約翰・懷斯・諾蘭返身下了樓梯。他站在門洞蔭涼處往外看，只見車馬正經過國會街，馬具和毛色發亮的馬腳在太陽照射下閃閃放光。他以冷淡而帶有敵意的眼光，望著車馬輕鬆地、不慌不忙地駛過。騎著前導馬，騎著跳跳蹦蹦的馬在前開路的是一些侍從。

——是怎麼一回事？馬丁・坎寧安在一行人又重新上樓的時候問他。

——國王陛下的代表，愛爾蘭的總督大人，約翰・懷斯・諾蘭從樓梯底部回答說。

＊

壯鹿馬利根正和海恩斯在厚厚的地毯上走著，突然用巴拿馬草帽遮擋著對他耳語：

——帕內爾的兄弟。那兒，角落裡。

他們挑選了一張靠近窗口的小桌子，對面是一個長臉的人，他的大鬍子和凝視的目光都盯著一方棋盤。

——是他嗎？海恩斯在座位上扭過身去問。

——是，馬利根說。名字叫約翰・霍華德，他的兄弟，是我們的市政典禮官。

約翰・霍華德・帕內爾靜悄悄地移動了一只白主教，灰爪子又伸上去托住了前額。過了一會兒，他的眼睛閃著鬼火似的光芒，在手指的遮掩下迅速地向對手瞥了一眼，然後又全神貫注地去琢磨一個交戰的角落了。

——我要奶油什錦水果，海恩斯對女招待說。

——兩份奶油什錦水果，壯鹿馬利根說。另外，給我們拿點兒甜麵包、黃油，還要點兒蛋糕。

女招待走後，他笑著說：

——我們把這地方叫作堵糕店，因為他們的蛋糕糟得堵心。嘿，可惜你沒有聽到代達勒斯談《哈姆雷特》。

海恩斯打開了自己新買的書。

——對不起，他說。莎士比亞是一個狩獵場，所有頭腦失去平衡的人都樂於來此試一試身手。

獨腿水手衝著納爾街十四號前的小天井吼叫：

——**英國指望**……[91]

壯鹿馬利根快樂地抖動著淡黃色坎肩笑起來。

——你應該看一看他的身體失掉平衡的樣子，他說。我把他叫作漂泊的昂葛斯。

——我認為他腦子裡肯定有一種idée fixe[92]，海恩斯說著，若有所思地用大拇指和食指捏著下巴。現在我在揣摩它究竟是什麼內容。這種類型的人總是有這種東西的。

壯鹿馬利根嚴肅地在桌子上俯身過去。

——他們大講地獄的恐怖景象，把他的神經都嚇歪了，他說。他永遠也捕捉不到雅典的情調的。斯溫伯恩的情調，所有詩人的情調，白森森的死和紅通通的生[93]。這是他的悲劇。他永遠也成不了詩人。創造的歡樂……

——永恆的懲罰，海恩斯傲慢地點點頭說。我明白了。今天早晨我曾經試探他對信仰的看法。他有心事，我看得出的。這是一個相當有意思的現象，因為維也納的波科爾尼教授[94]在這個問題上提出了一個很有意思的看法。

壯鹿馬利根眼快，看到女招待已經來了。他幫她把托盤上的東西取了下來。

——他在愛爾蘭古代神話中找不到地獄的痕跡，海恩斯在歡快的杯盤間說。似乎缺乏道義觀念，缺乏命運感，因果報應思想。如果他恰恰是對此念念不忘，事情就有一點兒離奇。他給你們的運動寫點東西嗎？

在起泡沫的奶油中，他熟練地側著放下兩塊方糖。壯鹿馬利根把一個熱氣騰騰的甜麵包切成兩片，在冒熱氣的麵包心兒上抹上厚厚的黃油，狼吞虎嚥地咬了一大口。

——十年，他一面嚼，一面笑著說。他準備十年以後寫出點東西來。

——似乎很遙遠，海恩斯說著，沉吟地舉起調羹。然而，我倒覺得他未始沒有可能。

他從杯中圓錐形的奶油中舀了一勺嚐嚐味道。

——這是真正的愛爾蘭奶油，我認為，他以寬容的態度說。我是不要冒牌貨的。

---

91 「英國指望今日人人都來克盡天職」為〈納爾遜之死〉中歌詞。

92 法文心理學詞語：「擺脫不掉的意念。」

93 「白森森的死和紅通通的生」是斯溫伯恩詩集《日出前的歌》（一八七一）中的詩句。

94 波科爾尼（Julius Pokorny, 1887-1970）主要研究包括愛爾蘭民族在內的凱爾特文化。

先知以利亞小舟，那片輕飄飄的揉皺了的傳單，一直在向東航行，過了新瓦平街，過了本森渡口，穿過了海洋船舶群和拖網漁輪群之間的軟木塞群島，又飄過從布里奇沃特運磚來的羅斯維恩號三桅縱帆船。

＊

阿爾米丹諾・阿蒂凡尼走過了霍利斯街，走過了休厄爾馬場。他後面是卡什爾・博伊爾・奧康納・菲茨莫里斯・蒂斯德爾・法雷爾，手臂上晃晃蕩蕩地掛著手杖雨傘風衣，避開勞・史密斯先生家門前的路燈，穿過馬路，沿著梅里恩廣場走起來。在這人後面又隔著相當遠的地方，有一個雙目失明的少年，正順著三一學院校園的院牆篤篤篤地敲著路。

卡什爾・博伊爾・奧康納・菲茨莫里斯・蒂斯德爾・法雷爾走到劉易斯・沃納先生家的歡快的窗戶前，又轉回身來，大踏步地沿著梅里恩廣場往回走，手臂上晃蕩著他的手杖雨傘風衣。

走到王爾德府的街角，他又站住了，對大都市會堂門前張貼的先知以利亞的名字皺了一會兒眉頭，又遙望著公爵草坪上的遊樂場皺了一會兒眉頭。他眼鏡上的鏡片在太陽底下也閃爍著厭惡的光芒。他露出老鼠般的牙齒，嘟嘟囔囔地說：

——Coactus volui.[95]

他又大踏步向克萊爾街走去，嘴裡還咬牙切齒地嘟囔著。

當他衝過布盧姆先生[96]的牙科診所櫥窗時，他那晃動的風衣粗魯地把一根斜拄著敲打路面的細棍子帶了起來，同時一陣風似的把一個瘦骨嶙峋的身體撞了一下，接著還繼續往前衝。雙目失明的少年扭轉蒼白的面孔，對準了大步走去的背影。

——天主詛咒你，他狠狠地說，你是誰也不行！你比我還瞎嗎，你這個狗雜種！

*

在拉基・奧多諾霍酒店的馬路對面，派特里克・阿洛伊修斯・狄格南小朋友從原叫費倫巴克現叫曼根的豬肉店出來，手裡抓著家裡派他來買的一磅半豬排，在暖洋洋的威克洛街上走著，磨磨蹭蹭的。在客廳裡窮坐著太乏味，陪著斯托爾太太、奎格利太太、麥克道爾太太，窗簾下著。這些女人個個都吸著鼻子，小口小口地抿著巴尼舅舅從滕尼公司買來的上好茶褐色雪利酒，一小點兒、一小點兒地吃著家常水果蛋糕，沒完沒了地窮嘮叨，長吁短嘆的。

他過了威克洛巷之後，多伊爾夫人宮廷服飾女帽商店的櫥窗把他吸引住了。他站在櫥窗前，盯著窗內那兩個揮舞拳頭的赤膊拳師。兩側的鏡子裡，是兩個穿孝服的狄格南小朋友，都默默地張著大嘴。都柏林最紅的好漢邁勃・基奧迎戰波托貝羅兵營的拳擊家貝內特軍士長，獎金五十金鎊。乖乖，這可是一場好鬥，值得看。邁勃・基奧，就是圍著綠腰帶迎面打來的這一個。門票兩先令，軍人半票。我可以誑一下媽，很容易的。他轉身，左邊的狄格南小朋友跟著他轉身。這是穿孝服的我。哪天？五月二十二。嘿，這場窮比賽早就完事大吉了。他轉向右邊，他右面的狄格南小朋友也轉了，帽子是歪的，硬領也翹起來了。他抬起下巴扣領子，看見兩個拳師旁邊還有一

95 拉丁文：「我是被迫自願。」

96 這是一位與本書主人公布盧姆同姓的牙科醫生。

個女人像，專演俏皮女角的漂亮女演員瑪麗・肯德爾。斯托爾抽的菸捲盒子裡就有這種浪娘兒們，那回斯托爾的老頭子發現他抽菸捲兒，那一頓好抽可把他抽得死去活來。

狄格南小朋友扣住硬領，又磨磨蹭蹭地往前走。講力氣，菲茨西蒙斯[97]是天下第一的拳手，要是讓那個傢伙往你肚子上來那麼一拳，乖乖，那你起碼得躺上一個星期。但是最懂科學的拳手是杰姆斯・科貝特[98]，可惜菲茨西蒙斯一拳把他砸得破了餡兒，躲閃也白搭。

在格拉夫頓街上，狄格南小朋友看見一個花花公子，穿一條漂亮馬褲，嘴裡銜著一朵紅花，正在聽一個醉漢說些什麼，還不斷地咧嘴笑著。

沒有去沙丘的電車。

狄格南小朋友把手裡的豬排換到另一隻手中，走上了納索街。領子又翹起來了，他使勁把它拉了下去。領子上的窮釦兒太小，襯衫釦眼兒太大，就這麼個窮事兒。他遇見一些挎著書包的小學生。明天我還不去呢，一直要歇到星期一。他又遇見了一些小學生。他們是不是注意到我穿的是孝服？巴尼舅舅說，他要今天晚上就登上報紙。一上報，他們就都知道了。他們會看到報上印著我的名字，爸的名字。

他的臉色完全變成灰白的，再也不像原來那樣紅通通的了，有一個蒼蠅在他臉上爬，一直爬到眼睛上。棺材上螺絲的時候，吱吱嘎嘎；棺材抬下樓梯的時候，又磕磕碰碰的。

爸在那裡面躺著，媽在客廳裡哭，巴尼舅舅在告訴人們怎樣才能抬過那個小彎兒。好大的一口棺材，又高，又顯得那麼沉重。那是怎麼一回事兒？爸最後喝醉的那個晚上，站在樓梯頂上大聲喊人給他拿皮靴，說是要到滕尼公司去喝個痛快，他穿著襯衫的那樣子還是挺粗壯矬短的嘛。再也見不到他了。死，這就是死。爸死了。我父親死了。他叫我孝順媽。別的還說些什麼我聽不清，只見他的舌頭在牙齒中間動，想要把話說清楚。可憐的爸。那就是我的父親狄格南先生。我希望他現在是進了滌罪處，因為星期六晚上他已經找康羅伊神父懺悔過了。

*

達德利伯爵威廉‧亨波爾和達德利夫人午餐之後，由赫塞爾廷中校伴隨，坐車出了總督府。後邊隨行的那輛馬車中，坐的是尊貴的佩吉特夫人、德‧庫西小姐以及隨從副官尊貴的杰拉爾德‧沃德。

車馬從鳳凰公園的南大門出來，門口有必恭必敬的警察向他們敬禮。總督一行沿著北岸碼頭過了國王大橋，浩浩蕩蕩地穿行全市，一路受到極其真誠的致意。在血腥橋[99]邊，河對面的托馬斯‧克南先生遠遠地向他徒然致敬。在王后大橋和惠特沃思橋之間，達德利伯爵的總督府車馬路過時遇上了法學學士、文學碩士達德利‧懷特先生，懷特先生並未向他致敬，而是站在阿倫西街口M‧E‧懷特夫人當鋪門前的阿蘭碼頭上，猶豫不定地伸出一根食指撫摩著鼻子。他要去菲布斯堡，搭電車要換兩次車，要不叫一輛馬車，或者也可以步行走史密斯菲爾德、憲法山、布羅

97 羅伯特‧菲茨西蒙斯（一八六二—一九一七），英國重量級拳擊家，一八九七年的世界冠軍。
98 杰姆斯‧科貝特（一八六六—一九三三），美國拳擊家，一八九二年重量級世界冠軍。
99 「血腥橋」是俗稱，十七世紀大橋落成後這裡曾因學徒暴動而發生流血事件。

德斯通終點站，不知道究竟哪個走法快些。在四法院大樓門口，里奇・古爾丁正挾著古爾丁─考立斯─沃德律師事務所的帳目皮包站在門洞裡，見到總督吃了一驚。路過里奇蒙德橋之後，在愛國保險公司代理人茹本・J・島德律師事務所門前，一位年長的婦女正要跨上臺階又變了主意，在金氏商店櫥窗前轉回頭去，正好看到國王陛下的代表，對他作出一種輕信不疑的微笑。在伍德碼頭堤岸邊，波德爾河通過湯姆・德萬辦公樓底下的泄水道，忠心耿耿地伸出一條陰溝水組成的流體舌頭。在奧蒙德飯店的半截子窗簾上，金色伴古銅，肯尼迪小姐和杜絲小姐的兩個腦袋並排兒探了出來，一起觀看豔羨。在奧蒙德碼頭上，賽門・代達勒斯先生正從綠房子出來，他要到副長官辦公處去，當街站住了把帽子放在身前低處。總督閣下和藹地對代達勒斯先生還禮。在卡希爾公司的街角上，可敬的休・C・洛夫碩士鞠了一個躬，可惜總督沒有看到；這位可敬的先生心裡明白，聖職中的肥缺，自古以來都是掌握在寬厚仁道的封疆大臣手中的。正在格拉頓橋上互相告別的萊納漢和麥考伊，就站在那兒看車馬經過。格蒂・麥克道爾為病倒在床的父親取來凱茨比公司關於軟木地毯的信件，正走過羅杰・格林律師事務所和多拉德印刷廠的大紅樓，看到車馬的氣派，知道是總督大人和夫人，但是她沒有看清夫人的穿戴，因為一輛電車和一輛斯普林公司的黃色的大型家具車給總督大人讓道，正好停在她面前。車馬過了倫迪・富特菸草公司，又路過卡瓦納公司飲酒室的門前，在飲酒室的罩著遮陽篷的門口，約翰・懷斯・諾蘭對國王陛下的代表愛爾蘭總督大人冷冷一笑，不過其中的冷意並沒有被人看見。維多利亞大十字勛章獲得者、十分尊貴的達德利伯爵威廉・亨波爾，又經過米基・安德森那些琳琅滿目、永不停擺的鐘表，經過亨利和詹姆斯[100]那些服裝漂亮、臉色鮮豔的蠟製模特兒，紳士亨利和dernier cri詹姆斯[101]。湯姆・羅奇福德和長鼻頭弗林在貴婦門對過觀看著越來越近的車馬。湯姆・羅奇福德原來把兩個拇指插在暗紅色坎肩的口袋裡，發現達德利夫人的眼光落在他身上，趕緊把手從口袋裡抽出，脫帽向她致敬。一個專演俏皮女角的漂亮明星——大名鼎鼎的瑪麗・肯德爾，臉上抹得花裡胡哨的，兩手提著自己的裙子，在招貼畫上一個勁兒地做出花哨的笑容，是衝著達德利伯爵威廉・亨波爾笑，也衝著H・C・赫塞爾廷中校，也衝著尊貴的杰拉爾德・沃德副官。在都糕店的窗口，一些顧客興致勃勃地朝下觀看總督的行列，站在他們背後張望的是興高采烈的壯鹿馬利根和神情嚴肅的海恩斯。窗口的人群擋住了棋盤上的光線，然而約翰・霍華德・帕內爾仍舊目不轉睛地盯著棋盤。在福恩斯街上，迪莉・代達勒斯正低頭看著手中的夏登納爾《法語入門》第一冊，猛然抬起頭來，眼睛一花，只見一些撐開的遮陽傘和一些車輪輻條在耀眼的陽光中打轉。約翰・亨利・門頓站在商業大樓門口，把門道都堵死了，直愣愣地瞪著兩隻用酒撐大的牡蠣眼睛，肥胖的左手舉著一只肥胖的金懷表，可是大眼睛不看表，胖手也沒有感到表的存在。在比利王[102]的坐騎凌空揚起前蹄的地

100　這是一家服裝店，兩個老闆的名字湊起來正好和下述小說家姓名相同。

101　亨利・詹姆斯（一八四三—一九一六），美國（後入英國籍）小說家，文筆纖細，常以紳士、小姐為主人公，並且喜歡在著作中夾雜法文。英國時裝界也喜歡用法語。dernier cri（法語）意為「絕頂」，在此可理解為時髦絕頂，也可理解為文筆絕妙。

102　比利是威廉的暱稱，此處街頭有英王威廉三世（一六五〇—一七〇二）的騎馬塑像，此人曾殘酷鎮壓愛爾蘭人民的獨立運動。

方，丹尼斯・布林急匆匆地往騎馬侍從的馬蹄下鑽去，被他的太太一把拽了回來。她對著他的耳朵大聲地講了情況。他聽懂之後，把他那兩部大書挪到左胸前面抱著，衝著第二輛馬車敬了一個禮。尊貴的杰拉爾德・沃德副官吃了一驚，高興地趕緊還禮。在龐森比公司的街角上，疲憊不堪的大白瓶威當街站住，於是後面四個戴高帽子的大白瓶士、敦、希、利都站住了腳，侍衛們耀武揚威地策馬護車，風風火火地從他們面前過去了。在皮戈特公司樂器倉庫對過徐徐而行的舞蹈等科教師丹尼斯・J・馬金尼先生衣著華麗，步履莊重，可是總督越過時並沒有注意到他。沿著三一學院院長住宅的牆邊，走來了春風得意的一把火鮑伊嵐，穿著棕黃色的皮鞋和繡天藍色花的襪子，一步步踩著《我的姑娘是約克郡的姑娘》[103]樂曲的節拍。面對先導馬的天藍色前額羽飾和傲然揚蹄的姿態，一把火鮑伊嵐擺出來的是一條天藍色領結、一頂浪裡浪氣地歪戴在頭上的寬邊草帽，以及一身靛藍色的嗶嘰套服。他雙手插在上衣口袋裡忘了敬禮，但是他向三位夫人和小姐獻出了大膽愛慕的眼光和嘴上叼著的紅花。總督車馬駛經納索街的時候，總督夫人正在點頭還禮，總督大人卻請她注意學院校園裡正在演奏的音樂節目。從看不見的地方，銅號嘹喨，鼓聲咚咚，蘇格蘭高原兵的軍樂聲追隨著車馬行列傳送過來：

姑娘只是個工廠女工
也沒有那花哨的披綠穿紅。
巴啦砰。

可我偏有我的約克郡心腸
專愛找約克郡的姑娘
我的小小的約克郡玫瑰花。
巴啦砰。

院牆裡邊，參加四分之一英里平路讓量賽的M・C・格林、H・思里夫特、T・M・佩蒂、C・斯凱夫、J・B・杰夫斯、G・N・莫菲、F・斯蒂文森、C・阿德利、W・C・哈葛德開始了追逐。正在大踏步走過芬恩飯店門口的卡什爾・博伊爾・奧康納・菲茨莫里斯・蒂斯德爾・法雷爾從怒氣衝天的眼鏡中射出來的視線，越過那些馬車，盯住了奧匈帝國副領事館窗內的M・E・所羅門斯先生的腦袋。在萊因斯特街的深處，三一學院後門邊，忠於國王的霍恩布洛爾把手舉到了獵狐帽帽簷邊上。當那些皮毛有光澤的馬匹奔馳到梅里恩廣場的時候，站在路邊的派特里克・阿洛伊修斯・狄格南小朋友看到別人在向那位頭戴大禮帽的先生致敬，於是他也用自己那隻沾滿豬排紙上油膩的手舉起了頭上的新黑帽，他的領子跟著也跳了起來。總督要去主持為默塞爾醫院募捐的邁勒斯義市開幕式，前呼後擁地往下蒙特街的方向駛去。他在布羅德本特水果店對面遇到了一個雙目失明的少年。在下蒙特街上，一個穿棕色雨褂的行人一面啃著乾麵包，一面在總督車

103 這是一支輕鬆取樂的曲子，大意說兩個男人談論自己的女友，意外地發現所愛的是同一個姑娘，兩人同去她家找她，才發現她已有丈夫。鮑伊嵐聽到的，是蘇格蘭軍樂隊在校園內演奏此曲的聲音。

馬前面快步橫穿馬路，安然而過。在皇家運河大橋邊，海報上的尤金・斯特拉頓先生咧開厚厚的嘴脣，笑迎一切來者光臨彭布羅克鄉[104]。在哈丁頓路口，兩位身上沾著砂子的婦女停住腳步，手拿雨傘和提包，提包裡滾動著十一個蛤蜊；她們驚嘆不已地站在路邊瞻仰沒掛金鏈條的市長大人和市長夫人[105]。在諾森伯蘭路上和蘭茲當路上，總督大人對所有人的敬禮都一一作答如儀。向他致敬的有稀稀落落的幾個男性行路人；有兩個小小的學童——先女王在一八四九年攜夫君駙馬爺訪問愛爾蘭首府的時候，據說對這裡的一幢房子曾經加以讚賞，那兩個學童就是站在這幢房子前的花園門邊；還有阿爾米丹諾・阿蒂凡尼的壯實的褲腿，可是一扇正在關閉的門馬上把它吞沒了。

104 這是都柏林東南郊區。
105 都柏林市長在正式場合掛金鏈條作為標記。

11

古銅伴金色，聽到馬蹄聲，鋼鐵錚錚響。
無禮頂頂，登頂頂頂。
碎屑，剝著灰指甲上的碎屑，碎屑。
太不像樣！金髮的臉更紅了。
一聲嘶啞的笛音吹響了。
吹響了。布盧姆黑麥開藍花。
金色高髻髮。
一朵起伏的玫瑰花，緞子胸脯上，緞子的，卡斯蒂爾的玫瑰。
顫音，顫音歌唱：伊桃樂絲。
悶兒悶！誰躲在……那金色角落裡藏悶兒呀？
叮零一聲，響應古銅憐憫。
又一聲呼喚，一聲悠長而震顫的純音。久久方息的呼聲。

逗引。輕聲細語。但是瞧！明亮的星星消失了。玫瑰呀！清脆的鳥鳴應和了。卡斯蒂爾。黎明來到了。

鏘鏘鏘輕車輕輕地行駛著。

錢幣鏗鏘。時鐘喀達。

表心願。Sonnez。我舍。吊襪帶回彈。不得離開你呀。啪嗒。La cloche! 拍打大腿。表心願。暖烘烘的。心上的人呀，再見！

鏘鏘鏘。布盧。

和音大聲轟鳴。愛情吸住了。戰爭！戰爭！耳膜。

一張風帆。在波濤中顛簸的一張風帆。

完了。畫眉聲聲喚。一切全完了。

角。犄角。

當他初次見到。可嘆呀！

充分交媾。強烈搏動。

囀鳴。啊，迷人！勾人心魂。

瑪莎！回來吧！

呱嗒呱嗒。快嗒呱嗒。呱呱叫呱嗒嗒。

好天主啊他這一輩子從來沒有聽到過。

聾子禿頭派特送來吸墨紙墊刀子收起。

月光下夜晚的呼聲：悠遠的。

我感到很悲哀。又及。非常寂寞的布盧姆開花。

聽呀！

那只冷的螺旋形帶尖角的海中號角。你有嗎？各自聽又互相幫著聽，海浪拍擊，無聲喧譁。

珍珠：當她。李斯特狂想曲。嘶嘶嘶。

你沒有？

沒有：沒，沒：相信：莉迪利德。雞頭槌頭。

黑色的。

聲音低沉的。唱吧，本，唱吧。

伺候你等候。嘻嘻。伺候你嘻。

但是等一下。

低低的，在幽暗的地底。埋藏的礦石。

Naminedamine[1]。全完了。全倒下了。

細細的，她的輕輕顫動的處女毛蕨類葉片。

1 拉丁祈禱文In nomine Domini（以天主的名義）訛體。

阿們！他咬牙切齒地怒吼。

摸過來。摸過去，摸過來。一根把兒，涼爽挺立的。

古銅莉迪亞伴著米娜金色。

走過古銅色的，走過金色的，在海洋綠的陰影中。布盧姆。老布盧姆。

有人叩，有人敲，卡啦一聲，雞頭槌頭。

為他祈禱吧！祈禱吧，善良的人們！

他的腫脹的手指頭敲鼓似的。

大洪鐘的本。大本洪鐘。

夏日的最後一朵卡斯蒂爾的玫瑰花，落下的花布盧姆我感到非常悲哀寂寞。

普依！小小風管細微微。

真誠可靠的人們。利、克、考、代、多。不錯，不錯。像諸位這樣的。都會舉杯嗷嗷嗆嗆。

弗弗弗。喔！

近處的古銅何在？遠處的金髮何在？馬蹄何在？

嚕爾爾普爾。卡啦啦。哐啷啷。

到那時，只有到那時我才要。人撰弗爾寫。墓嗚弗誌銘。

完了。

開始！

古銅伴金色，杜絲小姐的腦袋和肯尼迪小姐的腦袋，並排兒地伸在奧蒙德飯店酒吧間那半截子窗簾上，聽著總督車隊馳過，馬蹄錚錚，響亮的鋼鐵聲。

——是她嗎？肯尼迪小姐問。

杜絲小姐說是她，坐在大人旁邊，珠灰色配eau de Nil[2]。

——雅致的對比，肯尼迪小姐說。

杜絲小姐突然激動起來，興奮地說：

——瞧那個戴大禮帽的。

——誰？哪兒？金髮的問，她更興奮。

——第二輛車，杜絲小姐說，她的嘴唇溼漉漉的迎著太陽笑。他看著呢。等我去看一看。

古銅色的她，快步奔到最裡邊的屋角，把臉貼在玻璃窗上，壓扁了的臉周圍鑲著急忙中呼出來的一團霧氣。

她的溼漉漉的嘴唇間，發出吃吃的笑聲：

——他回頭看著呢，靈魂勾住了。

她笑著說：

——哭泣了！你說男人是不是蠢得可怕？

2　法文：「尼羅河水」，指一種淡青色。

悲哀。

肯尼迪小姐悲哀地背著亮光輕挪幾步，手指把一根散開的頭髮捻向耳後。緩緩的步子，悲哀的她，捻著一根頭髮，已非金色。悲哀地，她緩步捻金髮，撩向耳朵曲線的後面。

——享樂的可是他們，她接著悲哀地說。

一個男人。

羊羔布盧從莫郎菸斗店走過，懷藏偷情的樂趣，走過了瓦恩古董店，心中還記著一些偷情的甜言蜜語，走過了卡羅爾那些灰不溜丟的陳舊盤子碟子，說給拉烏爾的。

打雜的對著她們，酒吧內的她們，酒吧女郎們，走過來了。對著沒注意他的她們，他把托盤往櫃臺上砰的一擱，托盤內的杯碟哐噹直響。然後

——喏，你們的茶，他說。

肯尼迪小姐斯斯文文地把茶盤挪開，放在一只倒扣在地的鋰鹽水板條箱上，看不見的低處。

——啥事？打雜的粗裡粗氣地問，大聲的。

——自己看去，杜絲小姐頂他，同時離開了她的偵察點。

——你的相好，是吧？

傲慢的古銅色回答：

——你再說一句你這種無禮頂撞的話，我就向德•瑪賽太太告你。

——無禮頂頂登頂，打雜的粗魯地反脣相稽，同時卻在她的威脅下原路退去了。

布盧姆。

杜絲小姐對自己的花皺著眉頭說：

——這個臭小子頂討人嫌。他再不老實，我要把他的耳朵擰出個一碼長。

雅致的對比，貴婦風度。

——甭理他，肯尼迪小姐答道。

她斟了一茶杯的茶，又將它折回茶壺裡的茶中去。她們蜷縮在她們的櫃臺礁石下，坐在板條箱倒扣的小凳子上等著，等她們的茶沏開。她們摸著自己的襯衫，都是黑緞子的，兩先令九一碼的，等著她們的茶沏開，兩先令七的。

對，古銅色的近些，金色的遠些，聽到近處鋼鐵鏗鏘，聽到遠處馬蹄得得，聽到鋼蹄鏗鏗鏘鏘踢踢嗒嗒。

——我的皮膚曬得太黑了吧？

古銅小姐解開襯衫，露出了脖子。

——還沒有，肯尼迪小姐說。要過些時候才會發黑的。你有沒有試過櫻桃月桂硼砂水？

杜絲小姐站起半截兒，斜眼從描著金字的酒吧鏡子裡看自己的皮膚，鏡子前那些閃閃發光的紅、白葡萄酒杯之間，還擺著一只海螺殼。

——弄得手上怪味兒的，她說。

——加點甘油試試，肯尼迪小姐給她出主意。

杜絲小姐和自己的脖子、雙手告別。

——那些東西只會弄得皮膚過敏的，她回答著，又坐下了。我問過博伊德店裡那個老頑固，有什麼可以擦我的皮膚的。

肯尼迪小姐正在斟沏好了的茶，作了一個鬼臉，祈求地說：

——哎喲，慈悲慈悲吧，可別跟我提他啦！

——可是你等著我告訴你喲，杜絲小姐央求她。

肯尼迪小姐已經斟好茶，加了糖加了奶，伸出兩根小指頭堵住兩隻耳朵。

——不，不要，她叫喊著。

——我不聽，她叫喊著。

但是，布盧姆呢？

杜絲小姐學著那種脾氣暴躁的老頑固的嗓音，嘟嘟噥噥地說：

——擦你的什麼？他說。

肯尼迪小姐放開耳朵要聽，要說話。可是她又說，又祈求說：

——可千萬別讓我想到他，要不我得斷氣兒啦！討厭的老醜八怪！那晚上，在安悌恩特音樂堂。

她厭惡地啜了一口她沏的，一口熱茶，一小口，一小口甜茶。

——看他那德行，杜絲小姐說著，將古銅色的腦袋向後仰起四分之三，歙動著她的鼻翼。胡哈！胡哈！

尖細的笑聲從肯尼迪小姐的喉間迸了出來。杜絲小姐顫動著鼻孔，哼哼胡胡地發出無禮頂頂聲，像拱著嘴搜尋什麼似的。

——哎唷！尖聲的肯尼迪小姐叫道。還有他那鼓暴眼呢，你忘得了嗎？

杜絲小姐添上了她的深沉的古銅笑聲，同時大聲喊道：

——還有你的那另一隻眼呢[3]！

羊羔布盧的深色眼睛，看著阿倫·菲蓋納的店名。我為什麼老想著菲蓋塞呢？我是想到採集無花果了[4]。這普羅斯潑·洛萊是個胡格諾派的姓氏。布盧姆的深色眼睛掠過了巴席的聖母雕像。藍長袍，白襯裙，來找我吧。他們相信她是神：女神。今天那一些。我沒有看到。那人說話了。大學生。後來和代達勒斯的兒子在一起。也許就是馬利根。全是窈窕貞女。所以引得那些好色之徒都來了：她的白色的。

他的眼光過去了。偷情的樂趣。樂趣，是有趣的。

偷得的。

格格格一片笑聲，年輕的金色古銅嗓音交融在一起，杜絲和肯尼迪你那另一隻眼。她倆都把年輕的腦袋仰向後邊，古銅格格金色，放聲大笑，尖聲叫著，你那另一隻，互傳訊息，刺耳的

3　典出十九世紀末葉流行歌曲〈當你眨你那另一隻眼時〉。

4　「菲蓋塞」原文Figather似fig-gather（無花果採集）。

高音符。

啊唷，喘著，嘆著。嘆著，啊唷，筋疲力盡了，她們的歡笑逐漸停息了。

肯尼迪小姐又用嘴唇碰一碰杯沿，舉起杯子，啜上一口，格格格格。杜絲小姐對著茶盤彎下腰，又一次歙動鼻翼，骨碌碌地轉動著滑稽的鼓眼睛。又一次的肯尼格格格，俯下身格格格，盤在頭頂的秀髮下垂，露出頸背的玳瑁梳子，嘴裡噴出了她那一口茶水，喉嚨裡嗆的又是茶又是笑，連嗆帶咳地喊叫著：

——哎唷，那對油糊糊的眼睛呀！誰要是嫁了那樣一個男人喲！她喊叫著。還留著那麼一小綹鬍子呢！

杜絲敞懷大吼，痛痛快快的一嗓子，痛快的女人痛痛快快的一嗓子，欣喜、歡樂、憤慨。

——嫁給那個油糊糊的鼻子喲！她大聲吼叫著說。

尖聲的，夾著低沉的笑聲，隨後古銅在金鈴中，她們互相慫恿著，笑了一陣又一陣，一串串的鈴聲變換著，銅鈴金鈴，金鈴銅鈴，尖嗓音低嗓音，笑聲接笑聲。然後又是一陣笑聲。油糊糊的我知道。筋疲力竭、有氣無力的，她們將搖晃夠了的腦袋倚在櫃臺邊緣，編成髮辮盤在頭頂的伴著梳直發亮的。臉都通紅（哎唷！），喘著氣，冒著汗（哎唷！），有氣無力的。

嫁給布盧姆，嫁給油糊糊蔫兮兮的布盧姆。

——哎唷天上的聖人喲！杜絲小姐說著嘆著，胸口的玫瑰花起伏著。我真不該笑得這麼野的。我都溼透了。

——哎唷，杜絲小姐！肯尼迪小姐責備她說。你太不像樣了！

於是臉更紅了（你太不像樣！），金色更深了。

油糊糊的布盧姆遊蕩過了坎特韋爾公司，又走過瑟貝公司的神聖童貞女像，油彩鮮豔的。南內蒂的父親到處兜售這些東西，挨門說好話，跟我一樣。宗教有好處。得找他解決鑰匙公司那一小段。先吃東西。我需要。還沒有到。四點，她說。時間在不斷地過去。鐘上的針在轉。走。在哪兒吃？克萊倫斯飯店，海豚飯店。走。為了拉烏爾。吃。如果我這幾個廣告能淨賺五個幾尼亞的話。紫羅蘭色的絲內裙。暫時還不。偷情的樂趣。

紅暈消減，又消減，淡入金色。

她們的酒吧間裡，緩步進來了代達勒斯先生。碎屑，剝著他那大拇指的灰指甲上的碎屑。碎屑。他緩步進來了。

——喲，歡迎你回來，杜絲小姐。

他握著她的手。度假開心嗎？

——開心極了。

他希望她在羅思特雷弗時天氣不錯。

——美極了，她說。瞧我這一身怪模樣。整天在海灘上躺著。古銅白。

——你那是太折磨人了，代達勒斯先生一面說她，一面寬厚地按了按她的手。那是叫可憐的老實男性望著眼饞。

一身絲緞的杜絲小姐一嘟嘴，把手臂抽了回去。

——哎，去你的吧！她說。你很老實嗎，我看不見得。

他是老實的。

——說這個嘛，我真老實，他沉思著說。我在搖籃裡的時候是那麼一副老實樣子，所以他們給我取了這個老實巴交的賽門的名字。

——你準是個小寶貝兒，杜絲小姐回答說。今天大夫吩咐喝什麼呢？

——說這個嘛，他沉思著說，你說什麼就是什麼吧。我想麻煩你，要一點清水，還要半杯威士忌。

鏘鏘鏘。

——欣然從命，杜絲小姐答應。

她以優美的欣然從命姿勢，轉過身去對著描有坎特雷爾與科克倫金字的鏡子。她姿勢優美地從她的晶質玻璃桶中，放出一個分量的金黃色威士忌。代達勒斯先生從上衣口袋裡掏出了菸袋、菸斗。她欣然送上酒來。他含著管道，吹了兩聲嘶啞的笛音。

——老天爺，他沉思著說，我常想去看看芒山。那一帶的空氣一定是非常有益健康的。但是最後要來一個討厭時期，他們說的。是呀。是呀。

是呀。他撚著一些絲絲，一些美人魚菸絲，杜絲處女毛絲，裝進菸鍋兒。碎渣。細絲。沉思。沉默。

無人吱聲。是呀。

杜絲小姐高高興興地擦著一只玻璃杯，用顫音唱著：

——伊桃樂絲，東海的女王喲！[5]

——利德威爾先生今天來過嗎？

進來了萊納漢。四下裡張望，萊納漢。布盧姆先生走到了埃塞克斯橋。哎，布盧姆先生過了愛色克斯的橋。我得給瑪莎寫信。買紙。戴利公司。那家的姑娘有禮貌。布盧姆。老布盧姆。布盧姆的黑麥開藍花了。

——他在午餐時間來過，杜絲小姐說。

萊納漢走上前來了。

——鮑伊嵐先生來找過我嗎？

他問了。她的回答是：

——肯尼迪小姐，剛才我上樓的時候鮑伊嵐先生來過嗎？

5　輕歌劇《弗洛拉多拉》中歌詞，伊桃樂絲為南洋美女。

她問了。肯尼迪的嗓音小姐回答了，手裡端著第二杯茶，眼光落在一頁書上：

——沒有。他沒有來過。

肯尼迪的眼光小姐聽得見，看不見，繼續看書。萊納漢轉動圓身軀轉過了三明治圓罩。

——悶兒悶！誰躲在角落裡呀？

他沒有從肯尼迪獲得一瞥的青睞，又繼續想辦法引她注意。小心斷句呀。只看那些黑的，圓的是O，彎的是S。

鏘鏘鏘，敞篷馬車，鏘鏘鏘。

姑娘金色，她看書不抬眼。不理睬。他咿咿呀呀地背一則童話寓言，她仍不理睬：

——有那麼一頭呀狐狸，遇到了一隻呀鸛兒。那一頭狐狸呀，對那一隻鸛兒呀這麼說：請你把你的長嘴巴呀，伸進我的喉嚨裡頭去，取出一根骨頭來，行不行呀？

他的咿咿呀呀是白費事。杜絲小姐轉過臉去喝旁邊的茶。

他也轉過臉去，嘆了一口氣：

——哎呀！哎喲！

他和代達勒斯先生打招呼，人家點了點頭。

——有人問候了，是有名的父親生下來的有名兒子。

——說的是誰？代達勒斯先生問。

萊納漢伸出了極富感情的雙臂。誰？

——說的是誰？他問道。你居然會這樣問？斯蒂汾唄，青年詩人。

乾的。

有名的父親代達勒斯先生，放下了已經裝滿的乾菸斗。

——原來如此。我一時沒有想到是他。聽說他現在挑了一些好伙伴。你最近見到他了嗎？

見到了。

——我就在今天還和他一起痛飲瓊漿玉液哩。萊納漢說。在穆尼酒店en ville[6]，又在穆尼酒店sur mer[7]。他拿到了他的文藝創作的酬金。

他面帶微笑，瞅一瞅古銅的沾茶的嘴唇，瞅一瞅聽他說話的嘴唇和眼睛：

——愛琳的精英們都側著耳朵聽他的。有大權威休・馬克休，有都柏林最出色的筆桿子和大主編，還有那位來自稀溼的西部原野的小夥子，雅名奧馬登・伯克的行吟詩人。

隔一忽兒，代達勒斯先生舉起了酒杯。

——那一定是很有趣的了，他說。我明白了。

他明白了。他喝了一口。眼神中是幽幽如遠山的哀思。放下了酒杯。

他向通客廳的門那邊望去。

——看來你們把鋼琴挪了地方。

6 法語：「在城裡的。」
7 法語：「在海上的。」

——調琴師今天來了，杜絲小姐回答。他是為吸菸音樂會調琴。我從來沒有聽見過彈得這麼優美的。

——真的嗎？

——對不對呀，肯尼迪小姐？真正的古典派，你知道。而且還是個瞎子呢，可憐的人。還不到二十呢，我敢說。

——真的嗎？代達勒斯先生說。

他喝了一口，緩步走開去了。

——看他的臉，真讓人難受，杜絲小姐同情地說。

天主詛咒狗雜種。

叮呤一聲應她的憐憫，一位餐客的小鈴響了。從餐廳門口出來了禿腦袋的派特，耳背的派特，奧蒙德的侍者派特。餐客要清啤酒。她供了清啤酒，並不欣然。

耐心地，萊納漢飽不及待地等伊嵐，等著鏘鏘鏘敞篷車的一把火小夥子。

他（誰？）掀起蓋子，瞅著棺材（棺材？）裡面的斜繃的三重（鋼琴！）鋼絲。他踩下柔音踏板，按了按（就是寬厚地按了按她的手的那個人）三個一組的音鍵，看氈的厚度變化，聽蒙著氈的音槌敲擊的音響效果。

兩張奶油色羊皮紙一張備用兩只信封我在威士敦・希利公司那時周到的布盧姆在達利公司是亨利・弗臘爾買。你在家裡是不快樂嗎？送花表心意，大頭針分愛。有含義，花的語言。是一朵雛菊吧？那是純真。正派姑娘禮拜後見面。多謝非常之多。周到的布盧姆注意到門上有一張招貼，一位在優美的波浪中搖曳的美人魚在抽菸。請吸美人魚牌菸，清涼可口首推它。長髮隨風飄動：相思病。想男人了。想拉烏爾了。他眼角一動，望見遠處埃塞克斯橋上正過來一輛敞篷馬車，坐車的戴一頂顏色鮮豔的帽子。是他。第三次了。巧。

鏘鏘鏘，轉動著柔軟的橡皮輪子，車子從橋上轉到了奧蒙德碼頭上。跟過去。冒個險。快走。四點的事。快到了。走。

——兩便士，先生，女店員壯著膽子說。

——啊哈……我忘了……對不起……

——加四便士。

四點鐘她。她對布盧他誰嫣然一笑。布盧笑快走。下午。你還以為沙灘上只有你這一塊卵石嗎？對所有人都是這樣的。對男人。

在昏昏欲睡的沉靜中，金色低垂在她看的書上。

從客廳中傳來一聲呼喚，久久方息。這是調音師用的音叉，他忘下的，現在他敲響了。又是一聲。現在他懸空拿著，讓它震顫。你聽到了嗎？它在震顫，在發出純音，更純的音質，柔和，更柔和的音調，它那嗡嗡作響的叉尖。更加經久不息的呼聲。

派特為餐客要一瓶現拔塞子的酒，付了錢，走前先隔著酒杯、酒盤、現拔塞子的酒瓶，伸過耳背的禿腦袋去和杜絲小姐說句悄悄話。

——明亮的星星消失了……[8]

一支無唱音歌曲從裡面傳來，歌詞是：

——……黎明來到了。

一組清脆的鳥啼，從敏感的手指下流出，構成了嘹喨高揚的應和。嘹喨地，那些琴鍵都閃閃放光，像撥弦古琴似的連成一片，召喚著一個歌喉來歌唱那露重的黎明，歌唱青春，歌唱情人的離別，生命的、愛的黎明。

——露水如珍珠……

萊納漢噘著嘴脣，低聲對櫃臺裡面絲絲絲地逗引著。

——瞧這邊兒呀，他說，卡斯蒂爾的玫瑰。

鏘鏘鏘，輕車駛到馬路邊，停住了。

她站起身來，合上了書，卡斯蒂爾的玫瑰：心煩意懶，身在夢境似地站起身來了。

——她是自己摔下去的，還是被人推下去的？他問她。

她的回答是一個釘子：

——不想聽謊話，就別提問題。

猶如貴婦人，貴婦風度。

一把火鮑伊嵐的精緻的棕黃色皮鞋，在他大步跨去的酒吧間地板上吱嘎作響。是的，從近處來了金色，伴著從遠處來的古銅。萊納漢聽到聲音就知道，對他發出了歡呼：

——瞧，戰無不勝的英雄到了。

在馬車與玻璃窗之間，小心地跨著步子的是布盧姆，未被戰勝的英雄。他有可能看見我。他剛坐的座位：溫熱的。小心翼翼的黑色公貓，向里奇・古爾丁的律師公文包走去，高舉著在打招呼呢。

——我和你啊……

——聽說你在這裡，一把火鮑伊嵐說。

他對金髮的肯尼迪小姐舉手碰一碰斜戴的草帽簷兒。她對他燦然一笑。但是古銅妹子笑得更

8 此句及以下同字體諸句均出自十九世紀歌曲〈再見吧，心上的人，再見〉。

加燦然，同時為他展示著自己的顏色更加豐富的頭髮、一個胸脯，還有一朵玫瑰花。

鮑伊嵐說飲劑。

——你要什麼？來一杯苦的？請來一杯苦的，另外給我一杯黑刺李杜松子。電報來了嗎？

還沒有。四點鐘他。都說四點。

行政長官公署門內，有考利的紅耳朵和大喉結。躲開他們。古爾丁也許合適。他在奧蒙德幹什麼？馬車在等著呢。等一等。

哈囉。哪兒去？想吃點什麼吧？我也正想。就這裡頭吧。怎麼，奧蒙德嗎？都柏林最划得來的地方。是嗎？餐廳。那裡頭的座兒挺安穩。看得見人，人看不見。我想，我和你一起吃吧。來吧。里奇帶頭走了，布盧姆跟在公文包後面。好飯食，可供王侯享用的。

杜絲小姐伸手到高處取瓶子，繃緊了緞子袖臂、胸脯，差點兒繃裂了，那麼高。

——喲！喲！萊納漢一聲聲地為她長勁，配合著她每次向高處搆的動作。喲！

但是她並不太費事就拿到了東西，勝利地放到了低處。

——你為什麼不長個兒？一把火鮑伊嵐問她。

古銅女，一面從她的瓶子裡為他的嘴唇斟出稠如糖漿的酒液，一面瞅了一眼（他的衣襟上插著花：誰給他的？）發出了甜如糖漿的聲音：

——精品包裝小。

說的是她。乾淨俐落地，她斟著糖漿似的緩緩流出的黑刺李。

——祝你好運道，一把火說。

他扔下一塊大錢幣。錢幣鏗鏘作響。

——等一下，萊納漢說，等我……

——好運道，他舉起冒著泡沫的麥芽酒祝酒。

——權杖，輕輕鬆鬆跑一下就能贏的，他說。

——我小小的下了一注，鮑伊嵐說著，又眨眼又舉杯喝酒。不是為我自己的，你知道。我的一個朋友一時高興。

萊納漢又喝了一口，笑嘻嘻地望著自己杯中傾斜的麥芽酒，望著杜絲小姐的嘴唇，嘴唇並未閉攏，幾乎像仍在用顫音哼著。伊桃樂絲。東方的海洋。

鐘嗡嗡響。肯尼迪小姐從他們旁邊走過（花，不知道是誰給的），她端走了茶盤。鐘喀達喀達響。

杜絲小姐拿起鮑伊嵐的錢幣，利索地按一按現金出納機。機器哐啷啷響。鐘喀達喀達響。埃及美女撥弄著、整理著錢櫃裡的錢幣，哼著樂曲遞過去應找的零錢。眼看西方。喀啦一聲。為我的。

——該幾點鐘？一把火鮑伊嵐問道。四點？

鐘。

萊納漢的小眼睛飢餓地盯住了哼著樂曲的她，哼著樂曲的胸脯。他拉了拉一把火鮑伊嵐臂肘處的袖子。

——咱們聽一聽時鐘吧，他說。

古爾丁—考立斯—沃德事務所的公文包在前，布盧姆在後跟著，走過了一張張黑麥布盧姆開花了的餐桌。他茫無目標地，由禿頭派特伺候著，精神緊張、目標明確地選擇了門邊的一張桌子。靠近一些。四點。難道他忘了嗎？也許是一種手段吧。不來了：吊吊胃口。我可做不到。等待，等待。侍者派特等待著。

亮晶晶的古銅天藍色眼睛，瞅著一把火的天藍色蝶形領結和眼睛。

——來一個吧，萊納漢慫恿著。沒有人。他還沒有聽見過呢。

——……匆匆奔向鮮花的嘴脣。

高音，一聲最高音部的高音符裊裊而起，嘹亮的。

古銅杜絲一面和一起一伏的玫瑰花商議，一面打量著一把火鮑伊嵐的花朵和眼睛。

——賞個臉，賞個臉吧。

他的央求聲，和反覆表明心願的詞句相唱和。

——我捨不得離開你呀……

——回頭的，杜絲小姐嬌滴滴地作了許諾。

——不，就是現在，萊納漢催促她說。Sonnez la cloche![9]來吧！沒有人。

她看了一眼。要快。肯小姐在聽不見的地方。突然彎腰。兩張興奮起來的臉盯住了她，看她彎腰。

顫動的和音，從空氣中飄失了，又找了回來，失去的弦音，失而復得，搖搖欲墜。

——來一個吧！來吧！Sonnez!

彎腰的她，將裙子尖端捏住在膝蓋之上。停留一下。繼續作弄他們，彎著腰引而不發，眼中透出調皮的神情。

——Sonnez!

叭嗒！她突然一鬆手，捏在手中的吊襪帶，富有彈性地拍打在她暖而可拍的女性的暖烘烘長襪大腿上。

——La cloche! 興高采烈的萊納漢歡呼著。老闆訓練的。不帶鋸末的。

她投去一個輕蔑的半笑（哭泣了！男人不就那樣嗎？），但她迎著亮處飄飄然走去時，向鮑伊嵐拋去一個柔和的微笑。

9 法語：「敲鐘！」

——你們是庸俗到家了，她飄飄然走著說道。

鮑伊嵐，目光對著目光。將酒盅舉向肥脣邊，一仰脖子喝光了他的小小酒盅，咂著肥脣嚥下了最後幾滴紫羅蘭色糖漿似的肥酒。他的眼睛著了迷似的盯住她的後影，看她的腦袋在酒吧的鏡子之間，在鍍金的薑汁啤酒罐、閃閃放光的紅、白葡萄酒杯和一只疙疙瘩瘩的海螺殼之間飄然而去，在鏡中留下一片古銅色與更明亮的古銅色交錯的景象。

是啊，古銅在近處。

——……心上的人呀，再見！

——我走了，鮑不及待說。

他輕捷地推開酒盅，伸手抓住了找給他的錢。

——等一眨子，萊納漢急忙喝著酒求他。我是要告訴你一件事。湯姆·羅奇福德……

——有火就燒吧，一把火鮑伊嵐走著說。

萊納漢一仰脖子把酒喝了，趕緊跟上去。

——犄角勁頭兒上來了還是怎麼的[10]？他說。等著呀。我來了。

他跟著匆忙吱嘎的皮鞋追去，但是在門檻前敏捷地向旁邊一閃，向兩個人行禮，一個大漢和一個瘦子。

——您好嗎，多拉德先生？

——嗯，你好，你好，本・多拉德把考利神父的苦惱暫放一放，用他的含含糊糊的低音嗓子回答道。他不會來找你的麻煩了，鮑勃。阿爾夫・伯根會找長傢伙談的。這回咱們可以在那個加略人猶大[11]的耳朵裡放一根大麥管了。

嘆著氣的代達勒斯先生，指頭揉著眼皮通過客廳走過來了。

——啊啊，咱們準這麼辦，本・多拉德歡快地用真假嗓子相間的唱法唱著。來吧，賽門。給咱們來一支小曲子吧。我們聽到鋼琴聲音了。

耳背的侍者禿頭派特，等待著客人要酒。里奇要帕爾威士忌。布盧姆呢？待我想一想。省得他跑兩趟了。他有雞眼。現在四點了。這身黑的夠熱的。當然，神經有一點。折射（對不對？）熱能。待我想一想。蘋果酒。對，要一瓶蘋果酒。

——那算什麼？代達勒斯先生說。我不過是隨手彈幾個音罷了，老兄。

——算了吧，算了吧，本・多拉德揚聲說。惱人的憂愁過去了。來吧，鮑勃。

他從容不迫地搖擺著他那套寬大的多拉德廉價衣服（捉住那個穿蹩腳衣服的：現在就捉），帶頭向客廳中走去。他一屁股將多拉德坐上琴凳，用腫脹的爪子砸起琴鍵來。砸兩下又突然停了。

10 英語中有時「犄角」指勃起的陰莖。

11 《聖經・舊約》中所載出賣耶穌的猶大來自加略。

禿頭派特在門道中遇到放掉茶盤回來的金髮。耳背的他要帕爾威士忌和蘋果酒。古銅在窗邊，望著，古銅，在遠處。

鏘鏘鏘，叮叮叮輕車。

布盧姆聽見一聲鏘鏘，小小的一聲。他走了。布盧姆對那些沉默的藍花輕吁了一口氣。鏘鏘鏘。他走了。鏘。聽。

——〈愛情與戰爭〉，本，代達勒斯先生說。往昔的時光，有天主的祝福。

杜絲小姐的勇敢的目光，未受注意，從半截子窗簾前轉了回來，陽光刺眼了。走了。若有所思的（誰知道？），受了刺激的（陽光刺眼），她拉動一根滑索放下了遮光簾。她，若有所思的（他為什麼這麼快就走了，我剛），在她的古銅色周圍，在酒吧內，在禿腦袋站在金髮姊妹旁邊構成不協調對比，對比不協調，不存在協調的地方，蒙上一片緩慢移動的清涼、朦朧的海青色蔭影，eau de Nil.

——那一晚是可憐的老古德溫彈鋼琴，考萊神父提醒他們說。那次他和那架考拉德大鋼琴之間有一丁點兒意見不和。

是這樣的。

——一場他個人的專題討論會，代達勒斯先生說。魔鬼都拉不住他的。脾氣古怪的老傢伙，又進入了初步醺然期。

——天主呀，你們還記得嗎？本大個子多拉德從已經砸過的琴鍵前轉回身來說。而且，耶老哥呀，我還沒有婚禮穿的服裝呢。

他們都哈哈笑了，三位爺們。他沒有婚的。三人全哈哈笑。沒有婚禮服。

——咱們的朋友布盧姆那晚上可管用了，代達勒斯先生說。咦，我的菸斗哪兒去了？

他晃回酒吧間，去找那失去的弦音菸斗。禿頭派特端著兩位餐客的飲料，里奇和波爾迪的。考萊神父又笑起來了。

——是我挽救的那個局面，本，我想。

——是你，本•多拉德給他證實。我還記得那條緊褲子呢。你那個主意真是高明，鮑勃。考萊神父的臉，一直紅到他那高明的紫紅色耳垂上。他挽救了局。緊褲。主意高。

——我知道他那時候境況不妙，他說。那時候他老婆星期六在咖啡宮彈鋼琴，掙非常有限的一點兒收入，是誰給我透的信兒來著，說她還有另外那一檔子買賣呢。你記得嗎？咱們把整條霍利斯街都找遍了，直到在基奧遇見的那個傢伙告訴了咱們，才知道了號碼，記得吧？

本記得。他的寬大的臉盤上露出詫異的神色。

——天主啊，她倒還真有幾件豪華的歌劇斗篷之類的東西呢。

代達勒斯先生手裡拿著菸斗踱回來了。

——梅里恩廣場的式樣。舞會服裝，天主啊，還有宮廷服裝呢。他還一個錢也不要，對吧？三角帽、博萊羅裝、罩褲，應有盡有。對吧？

——是啊，是啊，代達勒斯先生點點頭說。瑪利恩•布盧姆太太衣服多，形形色色脫下身。

鏘鏘鏘，輕車沿著碼頭馳去。一把火懶洋洋地隨著富有彈性的膠皮輪子顛著。

肝加鹹肉片。牛排和腰子餡兒餅。好的，您哪。對，派特。

瑪利恩太太轉回來世。有糊味。保羅・德・科克的。名字好。

——她的名字叫什麼來著？胸部豐滿的姑娘。瑪利恩……？

——忒迪。

——對。她還活著嗎？

——她是誰的女兒？

——團隊的女兒。

——對了，老天哪。我還記得那個老軍樂隊呢。

代達勒斯先生嚓的一聲，嘶嘶一陣，點著菸斗，噴出一口香噴噴的，又是一口，

——是愛爾蘭人嗎？我可不知道，真的。她是嗎，賽門？

濃濃的煙，一口香味強烈的煙，吱吱響著的。

——頰肌有一點兒……怎麼樣？……有一點兒不靈活……啊，她呀……我的愛爾蘭莫莉呀[12]。

他噴出一口濃烈的煙，筆直地向上升去。

——從直布羅陀的山岩……遠道而來。

她們在海洋陰影的深處，金髮在啤酒泵前，古銅在黑櫻桃酒旁，兩人都沉思不語。德魯姆康

德拉的利斯摩平臺街四號的米娜・肯尼迪，和伊桃樂絲，一位女王呀，桃樂絲，都默默無言。

派特送上菜來，揭開了菜盤罩。利奧波爾德切著肝片。前已交代，他吃內臟，吃那有嚼頭的肫兒，吃油炸的鱈魚卵都是津津有味的，而里奇・古爾丁——考立斯——沃德呢，他吃著牛排和腰子，先牛排後腰子，一口又一口的餡兒餅，他吃著布盧姆吃著他們吃著。

布盧姆和古爾丁，在沉默中結合了，吃著。可供王侯享用的美餐。

在單紳道上，輕車輕輕地鏘鏘鏘，單身漢一把火鮑伊嵐，火熱的太陽曬著，熱烘烘的，母馬顛著亮晶晶的屁股，鞭子輕輕地抽著，膠輪富有彈性地滾滾向前：他懶洋洋地躺在暖烘烘的座位上，飽不及待的，熱切而大膽的。角。你有嗎？角。你有嗎？犄，犄，角。

在他們的說話聲之上，多拉德吼出了巴松管似的強音，蓋過了轟轟鳴響的和音：

——愛情吸住了我的熾熱的靈魂……[13]

本靈魂本杰明的洪亮嗓音聲震屋宇，天花板上的窗玻璃直發顫，愛情的震顫。

——戰爭！戰爭！考萊神父高聲叫起來。你是戰士。

——正是，本戰士笑著說。我想到了你的房東[14]。是愛情還是金錢。

12 〈我的愛爾蘭莫莉呀〉為一愛爾蘭民歌，歌中莫莉正好與布盧姆太太同名。

13 歌詞，出自二重唱〈愛情與戰爭〉，下同。

14 該房東姓勒夫（Love），此詞英語中主要詞義為愛情；該二重唱分高低二部，愛情部分應由高音歌手唱。

他住了嘴，搖晃著大鬍子大臉盤笑自己的大謬誤。

——沒有問題的，老兄，代達勒斯先生在香煙繚繞之中說，你的玩意兒這麼大，恐怕會把她的耳膜都弄破了。

多拉德的哈哈大笑的大鬍子，在鍵盤上大晃起來。真是的。

——更甭提另外那一層膜了，考萊神父接著說。中場休息了，本。Amoroso ma non troppo.[15] 讓我來吧。

肯尼迪小姐給兩位紳士送上兩缸子清涼黑啤酒，說了一句寒暄話。是啊，第一位紳士說，天氣真是不錯。他們喝著清涼的黑啤酒。她知道總督是到哪裡去嗎？聽見了馬蹄錚錚的鋼鐵節奏。不知道，她說不上。報紙上會有的。不啦，甭費她的事兒啦。不費事兒的。她晃一晃手中那張已經展開的《獨立報》，找起總督來，她那高聳的髮髻緩緩地移動著，總……。太費她的事兒啦，第一位紳士說。哪兒，一點兒也不費事兒的。他那神氣是。總督。金髮伴古銅聽見鋼鐵聲音。

——……我的熾熱的靈魂

我不管那明天呀。

布盧姆將澆肝用的肉滷拌著馬鈴薯泥。〈愛情與戰爭〉，有人在。本・多拉德的有名的。那晚上他跑到我們家來借一套參加音樂會用的禮服。褲子穿在他身上繃得緊緊的，像鼓似的。音樂肥豬。他一走，莫莉可笑開了。一仰身子倒在床上，踢著兩隻腳大笑大叫。一身的玩意兒都讓人看得清清楚楚的了。哎唷，天上的聖人呀，我一身都溼透了！哎唷，前排的女人們呀！哎唷，我可從來沒有這麼笑過。哎，當然嘍，他要不是這樣，怎麼會有他的低音大桶呢。比如拿閹人說吧。不知道是誰在彈琴。韻味不壞。準是考利。有音樂素質。不論你彈什麼調他都知道。可惜有口臭，可憐的人。停了。

杜絲小姐，殷勤的莉迪亞・杜絲，向剛進來的溫文爾雅的紳士鞠躬，律師喬治・利德威爾。您下午好。她把她的溼潤的，貴婦的手伸過去，接受他的有力的握手。下午好。對，她回來了。又來叮叮噹噹老一套了。

——您的朋友們在裡面呢，利德威爾先生。

喬治・利德威爾，受到熱情歡迎的溫文爾雅人，握著一隻莉迪亞手。

布盧姆如前所述地吃著肝。這兒至少是乾淨的。佰頓飯店那個沒牙佬對付軟骨的樣子。這兒沒有人：就是古爾丁和我。乾淨的桌子、花兒、主教冠冕似的立在餐桌上的餐巾。派特來來往往的。禿頭派特。沒有什麼事兒。都城最划得來的地方。

鋼琴又響了。是考利。他湊近鋼琴那麼一坐，樣子就像是和它一體天成，彼此的心是相通的。那些煩人的拉鋸手們，眼睛盯住弓梢鋸著大提琴，刮著小提琴，叫你想起牙疼受的罪。她打

---

15 意文音樂用語：「含情脈脈，但勿過分。」

廝了，聲音高而時間長。那晚上我們坐的是包廂。幕間休息的時候，下面的長號呼吃呼吃的像一頭灰海豚，有的銅號手擰下嘴子摔唾液。樂隊指揮的兩條腿也露出來了，穿著鼓鼓囊囊的褲子，晃過來晃過去的。把他們擋起來還是好的。

晃呀晃的鏘鏘鏘，輕車輕輕地跑著。只有豎琴。可愛。閃著金色的光芒。姑娘的手在撫弄。艉樓，秀美挺立的。肉滷味道不錯，可供。金色的船。愛琳。豎琴呀，當年，如今。清涼的手。豪斯山峰，杜鵑花叢。我們是她們的豎琴。我。他。年老的。年輕的。

——哎，我不行，老兄，代達勒斯先生無精打采地退縮著說。強烈地。

——來吧，該死的！本・多拉德咆哮著說。小段小段的來吧。

——M'appari[16]，賽門，考利神父說。

他向前臺跨了幾步，神色莊嚴而痛苦，高大的軀體伸展出兩隻長臂。他的粗大的喉結在躁動，輕輕地。他對著那裡一幅灰塵撲撲的海景輕聲唱著：〈最後的告別〉。伸入海水中的岬角、一艘海船、波濤中的風帆。告別。一位秀美的姑娘站在岬角上，面紗在風中飄揚，風裹著她。

考利唱：

——M'appari tutt'amor:
Il mio sguardo l'incontr.[17]

她聽不見考利的歌聲，揚著她的面紗送別遠去的愛人，招呼著風……愛情……揚帆速歸。

——唱吧，賽門。

——哎，實在的，我的歡蹦亂跳的日子已經完了，本……好吧……

代達勒斯先生把菸斗放下，讓它陪著音叉休息，坐下來順手彈了幾下琴鍵。

——不，賽門，考利神父轉回身來說。要彈原來的調門。一個降音符號[18]。

音鍵順從地升了上去，又聽到了話，遲疑了，認錯了，困惑了。

考利神父大步走向臺後。

——我來，賽門，我來給你伴奏，他說。起。

鏘鏘鏘，輕車馳過了格雷厄姆・萊蒙公司的椰子糖堆，馳過了埃爾夫里的大象牌雨衣店。

牛排、腰子、肝、馬鈴薯泥，可供王侯享用的菜肴，坐著享用的王侯是布盧姆和古爾丁。兩位用餐的王侯，他們舉杯喝酒，帕爾威士忌和蘋果酒。

歌劇史上最優美的男高音唱段，里奇說：Sonambula[19]。他有一天晚上聽約・馬斯唱過。啊，好一個麥格金[20]！真的。當然，他也有他的特色。唱詩班童音起家的。馬斯正是那童音。唱彌撒

---

16 意文：「我面前出現」，為下文歌詞首詞。

17 意文歌詞：「我面前出現了完美的愛，令我目眩神移……」，為歌劇《瑪莎》（參見第七章注2二五三頁）中男主人公唱詞。

18 即F調（指五線譜上僅有一個降音符）。

19 意大利歌劇《夢遊的女人》。

20 馬斯與麥格金均為從唱詩班出身的著名男高音。

聖曲的兒童。那是一種抒情的男高音，可以這樣說吧。永遠忘不了。永遠。

心腸軟軟地，布盧姆隔著無肝的鹹肉盤子，看到他正繃緊了臉在憋勁。腰背疼，他。亮氏的亮眼[21]。節目單上的下一項。自食其果。藥片，麵包渣，一畿尼一盒。暫時擋一擋。還唱歌呢：**死人堆裡**[22]。倒也恰當。腰子餡兒餅，以腰補腰。收效不大。最划得來的地方。正是他的作風。帕爾威士忌。特別講究喝的。杯子有毛病，新鮮的瓦特里河水。為了省錢，從櫃臺上順手牽羊拿火柴。然後，亂七八糟的，整鎊整鎊地瞎花。而他實際上一文也不缺。灌足了，坐車不給錢。一種特殊類型的人。

里奇永遠忘不了那一晚。他這一輩子：永遠。和小佩克一起坐著老皇家劇院的頂層高座。而當第一個音符。

里奇說著說著打住了。

胡說八道起來了。根本沒有的事，大唱其狂想曲。編得連他自己也信以為真了。還真信呢。信口開河像煞有介事的人。可得有一個好記性才行。

——是什麼唱段？利奧波爾德•布盧姆問。

一切全完了[23]。

里奇噘起了嘴唇。幽幽升起的一聲囀鳴，報喪女的婉轉哀音在喃喃訴說：一切。鶇鳥的啼聲。畫眉。他吹出了悠揚的鳥鳴，在他很得意的一口好牙之間，申訴著自己的哀怨。全完了。圓潤的聲音。其中有兩個音符結合為一的。我在山楂谷中聽見了鶇鳥的啼聲。牠把我逗牠的樂調接過去，加上了曲折變化。一切大多新呼聲完了全。回音。多美的回答。是怎麼弄出來的？現在全完了。悲哀的音調，他吹的口哨。墜落、放棄、完了。

布盧姆側起豹耳朵[24]，同時將花瓶下的小墊子上一根流蘇展平。整齊。是的，我記得的。唱段很美。她在睡夢中去找他了。月光下的純潔。仍挺著腰。勇敢。不知道本身的危險。叫名字。摸水[25]。鏘鏘鏘輕車。來不及了。她一心要去。這是原因。女人。擋住海水還容易些。是呀，全完了。

——是一段優美的唱腔，布盧姆完了的利奧波爾德說。我很熟悉。

里奇・古爾丁一輩子從來沒有過。

他也熟悉它。要不然，僅是他感覺如此而已。仍在念叨他的女兒。生來就會認爹的小神童，代達勒斯說的。我呢？

21 腎小球腎炎的發現者姓Bright，該詞詞義為「亮」，因此可稱為「亮氏症」（常音譯為「布賴特氏症」），此症往往由過量飲酒引起，其症狀常為腰背疼，並可造成眼周圍水腫。

22 「死人堆裡」為一勸人喝酒的歌曲，意謂不喝酒不如往死人堆裡躺下。

23 歌劇《夢遊的女人》中女主人公夢遊，因而引起未婚夫懷疑，以為已失去其愛情而唱此曲。

24 布盧姆的名字「利奧波爾德」原文為Leopold，接近leopard即「豹」。

25 西方習俗認為夢遊驚醒可能有危險，但如輕呼其名或使之摸水，即可安全醒來或回床睡覺。

布盧姆的眼光斜過無肝菜盤上。全完了的臉色。一度是歡蹦亂跳的里奇。他愛開的玩笑現在都發餿了。動耳朵。眼睛上有了一道箍。現在派他的兒子送一些求援信了。斜眼的沃爾特，您哪是的您哪。只因我原指望收到一筆款項，否則不敢啟齒。請原諒。

鋼琴又響了。比上次我聽到的聲音好。大概調過音了。又停了。

多拉德和考萊還在攛掇不甚積極的歌手。

——唱吧，賽門。

——唱，賽門。

——女士們、先生們，我對你們的盛情邀約甚為感激。

——唱，賽門。

——我沒有錢，但你們如願聽取，我將努力為你們唱一支心情沉重的歌。

網狀陰影中的三明治罩旁站著莉迪亞，古銅襯玫瑰，貴婦風度，欲授又止：同時在清涼的淡湖色的eau de Nil中，米娜的金色高髻向著啤酒缸子兩只。

前奏曲的豎琴樂調已結束。一股長長的有所期待的弦音，引出了一腔歌聲：

……當我初初見到那令人心愛的身影……[26]

里奇轉過身去。

——是賽•代達勒斯在唱，他說。

腦受觸動，臉染火光，他們傾聽著，感受到那一股令人心愛的音流流在皮膚上、四肢上、心上、靈魂上、脊椎骨上。布盧姆給派特作了一個手勢，禿頭派特是一個重聽的侍者，要他把酒吧間的門開一點縫。酒吧間的門。就這樣。行了。派特•侍者，伺候著，也等候著要聽，因為他重聽，在門邊聽。

——……憂愁彷彿一掃而空。

通過靜謐的空氣，歌聲向他們傳來，輕輕的，不是雨聲，不是樹葉的喊喊私語，不似弦音或是簧音或是那種叫什麼的揚琴音，有唱詞觸及他們的耳朵，靜止的心臟，他們各自記憶中的經歷。舒心啊，聽著舒心：當他們初初聽到，憂愁似乎從他們每人心上一掃而空。當他們，完了的里奇•波爾迪，當他們初初見到那仁慈的美，初初聽到一個始料未及的人，她初次說出那一個仁慈的、溫存的、深愛的字眼。

愛情在歌唱：愛情的古老頌歌。布盧姆緩緩地鬆開了他那一扎東西上的彈性羊腸腺圈。愛情的古老頌歌sonnez la金色。布盧姆將一股羊腸線圈，套在叉開的四個指頭上，繃緊、放鬆，然後

26 此行及以下楷體字均為歌劇《瑪莎》中M'appari唱段。

將它雙股、四股、八股地纏在他的煩惱上，把它們纏綁緊了。

——充滿著希望，滿心歡喜……

男高音歌手們能贏得成群的婦女。流得更暢。將花擲在他腳前。咱們何時相會？我的腦袋簡直。鏘鏘鏘誰都喜歡。他在正式場合唱不了。你的腦袋直打旋兒。為他搽的香水。你妻子用什麼香水？我想知道。鏘。停。敲。她去應門前總要對鏡子看上最後一眼。門廳。誰？你好？我很好。那兒嗎？怎麼樣？要不？她的小袋裡，一小瓶口香片，親吻糖。要嗎？手伸過去摸那豐滿的。

可嘆呀歌聲提高了，嘆息了，轉調了：響亮、飽滿、輝煌、驕傲。

——但是可嘆呀，全只是一場春夢……

他的嗓音還是很出色的。科克的空氣比較柔和，還有他們的方言口音也有關係。愚蠢的人！本來是可以掙大把錢的。唱錯了詞兒。把他的老婆折磨死了，現在倒唱起來了。不過也難說。只有他們兩人自己。如果他不垮下去。上了林蔭道，還能跑出個樣子來。他的手腳也會唱歌。喝酒。神經負荷過重。要唱歌，就得節制飲食。珍妮・林德湯[27]：原汁、西米、生雞蛋、半品脫的奶油。這才黏黏糊糊，夢幻似的。

脈脈溫情隨之而起：緩緩的，上脹了。它脹起了，搏動著。正是那話兒。嘿，給！接受！搏動著，搏動，一個脈動著的傲然挺立物。

歌詞？音調？不，重要的是背後的東西。

布盧姆纏上又鬆開，結上又解開。

布盧姆。音樂之流，一條心驚膽戰舔起來嚴守祕密的熱流，流向慾望的暗流，接觸入侵的暗流。碰她摸她揉她摟她。交媾。毛孔張開擴大。交媾。歡樂、感覺、暖烘烘。交媾。開閘放流，湧流噴射。激流、噴射、交流、歡湧、媾動。此刻！愛情的語言。

——……一線的希望……

眉開眼笑的。莉迪亞正為利德威爾吱咕尖聲，貴婦派頭十足，幾乎聽不見不尖聲的繆斯歌唱一線的希忙。

是《瑪莎》。巧合。正要寫。萊昂內爾的歌[28]。你的名字很可愛。不能寫。請接受我的菲禮。觸動她的心弦，也觸動錢包。她是一個。我把你叫作淘氣孩子。可是名字終究是：瑪莎。好

---

27 珍妮・林德為十九世紀著名瑞典女高音，講究節制飲食以保歌喉，此湯藉其姓名以示特別有利保養身體。

28 萊昂內爾為歌劇《瑪莎》中男主人公。

奇怪！今天。

萊昂內爾的歌聲又來了，弱了一些，但並不疲憊。歌聲又傳至里奇、波爾迪、莉迪亞、利德威爾，也傳向派特，張著嘴巴耳朵等候著伺候。他如何初初見到那令人心愛的身影，憂愁如何彷彿一掃而空，一個神態、一個形象、一句話如何地使他古爾・利德威爾陶醉，贏得派特・布盧姆的心。

要是能看到他的臉更好。更加真切。在德拉戈理髮的時候，我對著鏡子裡理髮師的臉說話，他卻總要直接看我。可是，這裡雖然比酒吧間遠些，聽起來卻更好。

——每一個優美的神態……

第一天晚上，我在特倫紐兒初初見到她，在馬特・狄龍家。她穿的是黃黑兩色的網眼料子。音樂椅[29]。我們兩人是最後的。緣分。跟在她後面。緣分。轉了又轉，緩慢的。轉快了。我們倆。人們全看著。停。她坐下了。所有被淘汰的全在看著。哈哈笑的嘴唇。黃色的膝蓋。

——使我陶醉……

歌聲。她唱的是〈等待〉。我為她翻樂譜。圓潤嗓音芬芳什麼香水你的丁香樹。胸脯我看見了，兩個豐滿的，歌喉囀鳴。我初次見到。她謝我。她和我怎樣？緣分。西班牙風韻的眼睛。獨自在梨樹下古老的馬德里院子裡這時光一邊有蔭[30]，桃樂絲，伊，桃樂絲。望著我。迷人的。啊，勾人心魄。

——瑪莎！啊，瑪莎呀！

萊昂內爾擺脫消沉情緒唱起了悲歌，用激昂的呼聲召喚心愛的人兒歸來，配著愈益深沉而又愈益高昂的和音。這萊昂內爾的孤寂的呼聲，她應該是熟悉的，瑪莎必能感覺到的。他就是在等待著她，唯一的人。在哪兒呢？這兒那兒試試那兒這兒到處尋找哪兒。總有個去處的。

——歸來吧，我失去的人兒呀！

歸來吧，我心愛的人兒呀！

孤獨的。唯一的愛人。唯一的希望。我唯一的安慰。瑪莎，胸腔音，回來！

---

29 「音樂椅」為一種遊戲，參與者隨樂聲繞椅而行，樂聲一停各人就座，椅數比人數少一個，不得就座者即被淘汰，椅數逐漸減少，最後為二人繞一椅。

30 〈古老的馬德里〉為一愛情歌曲。

——歸來吧！……

升上去了，鳥兒高空翱翔，呼聲迅捷純潔，銀球翱翔，清脆躍起，持續迅飛，歸來吧，可別把氣拖得太長了一口長氣他長氣長命，高空翱翔，高處燦爛如火如荼，加冕的，高處那有象徵意義的光輝，高處那太空胸懷，高處那光照四方萬物翱翔一切周圍一切包容，無窮無盡無盡無盡……

——回到我身邊！

賽奧波爾德！

耗盡了。

來吧。唱得好。大家鼓掌。她應該。歸來。我身邊，他身邊，她身邊，你也，我，我們。

——妙啊！呱嗒呱嗒。好樣兒的，賽門。呱呱叫呱嗒呱嗒。再來一個！呱嗒快嗒呱嗒。嗓音響亮如鐘。妙啊，賽門！呱嗒闊嗒呱嗒。再來一個，鼓掌，說話，喊叫，大家鼓掌，本•多拉德、莉迪亞•杜絲、喬治•利德威爾、派特、米娜、兩位面前有兩缸子啤酒的紳士、考利、第一位要啤酒的紳士和古銅色杜絲小姐和金色米娜小姐。

一把火鮑伊嵐的漂亮的棕黃色皮鞋，前已交代在酒吧地板上吱咯作聲。鏘鏘鏘駛過一座座雕像，約翰・格雷爵士、霍雷肖・獨把兒納爾遜、可敬的神父西奧博爾德・馬修，適才已述輕車輕駛而去。一路小跑，發情，熱座。Cloche. Sonnez la. Cloche. Sonnez la.在拉特蘭廣場圓房子旁，母馬上坡慢了一些。母馬顛得慢了，鮑伊嵐嫌慢，一把火鮑伊嵐，鮑不及待伊嵐。

最後的噹啷一聲，考利的和音結束了，消失了，空氣的內容豐滿了。

這時里奇・古爾丁啜他的帕爾威士忌，利奧波爾德・布盧姆飲他的蘋果酒，利德威爾喝他的吉尼斯啤酒，第二位紳士說，如她不反對，他們再要兩缸子。肯尼迪小姐起初對第二位扭著紅珊瑚嘴唇笑而不供。她不反對。

——在牢房裡蹲上七天，吃麵包喝涼水，本・多拉德說。那時節啊，賽門，你唱起來就像花園裡的鶇鳥了。

歌手萊昂內爾・賽門笑了。鮑勃・考利神父彈琴。米娜・肯尼迪供酒。第二位紳士付款。湯姆・克南大搖大擺地進來了。莉迪亞受了讚美也表示了讚美。但是布盧姆唱的是啞調。

讚美。

里奇讚美那嗓音真是出色。他記得很久以前的一個晚上。那是永遠難忘的一晚。賽唱了〈地位和榮譽〉[31]：是在內德・蘭伯特家唱的。好天主啊，他這一輩子也沒有聽到過那樣的樂曲真的

---

31 輕歌劇《卡斯蒂爾的玫瑰》唱段。

從來沒有過因此上你虛偽的人啊分手吧那麼清脆那麼天主啊他從來沒有聽到過既然你心中沒有愛情是金鐘般的嗓音，你去問蘭伯特吧，他也會告訴你的。

蒼白的古爾丁臉上隱約泛紅，向布盧姆先生敘述那一晚上，他里奇聽他賽・代達勒斯唱〈地位和榮譽〉，在他內德・蘭伯特家。

姻兄弟：親戚。我們相遇不說話[32]。詩琴中的裂痕，我想[33]。他看不起他。瞧。他還更加讚美他。那一晚，賽唱的。人的歌喉，兩根絲一般的小小聲帶，奇妙之至，超過其他的一切。

那是一種哀怨的嗓音。現在安靜下來了。總是在無聲之中你才彷彿感覺自己聽到。震顫。現在空氣中是沒有聲音了。

布盧姆放開了交錯的雙手，用鬆弛的手指撥弄著細細的羊腸線。拉一下，撥一下。腸線嗡嗡，腸線錚錚。這時古爾丁在談巴勒克拉夫的運嗓方法，這時湯姆・克南舊話重提，正以一種回顧性的安排對考利神父滔滔不絕，而考利神父則一邊彈著一曲即興自由調，一邊聽著點著頭。這時大洪鐘多拉德正在和賽門・代達勒斯說話，而他則正點上菸斗，抽著菸點頭，抽著菸。

失去的人兒呀。所有的歌曲都唱這個主題。布盧姆把腸線拉得更長了。似乎有些殘酷。讓人們互相愛慕：引著他們接近。然後生生拆開。死亡。炸。當頭一棒。滾滾滾去地獄。人生。狄格南。哎，那根老鼠尾巴在扭動著呢！我出了五先令。Corpus paradisum[34]。長腳秧雞似的乾嚎：肚皮像藥死的小狗。完了。他們唱著歌。忘了。我也是。有朝一日她也會。拋開她：厭倦。那時就痛苦了。哭鼻子。西班牙風韻的大眼睛，茫茫然地瞪著。她的波紋起伏濃濃密密捲捲曲曲的頭髮未經，梳，理。

然而快樂過多使人膩。他又抻長些，又抻。你在家裡是不快樂嗎？蹦。斷了。

鏘鏘鏘進了多塞特街。

杜絲小姐抽回了她的緞子胳臂，半嗔半喜。

——這麼放肆可是絕對不行，她說，還沒有這分兒交情呢。

喬治・利德威爾對她說真是這樣，一點不假：她就是不信。

第一位紳士告訴米娜真是那樣。她問他真是那樣嗎？第二位啤酒缸子告訴她真是的。事實真是那樣。

杜絲小姐，莉迪亞小姐，不信：肯尼迪小姐，米娜，不信：喬治・利德威爾，不：杜小姐不：第一位，第一位：啤酒紳：相信，不，不：不信，肯小姐：利德莉迪亞威爾：啤酒缸子。

在這兒寫吧。郵局裡的鵝毛筆，常是咬壞、扭壞的。

禿頭派特見他的手勢就走了過來。鋼筆墨水。他走了。一個吸墨紙墊。他走了。吸乾墨跡的墊子。他聽見了，聾子派特。

---

32 〈我們相遇不說話〉是十九世紀末一首描述離異夫妻的美國歌曲。

33 〈詩琴裂痕〉是丁尼生組詩《國王敘事詩》（一八五九—八五）中的一首，主題為愛情中的猜疑可以造成徹底破裂。

34 拉丁文：「天堂身體」（兩段祈禱詞片段）。

——是，布盧姆先生撥弄著那根彎彎曲曲的羊腸線說。肯定是的。幾行就行。我奉送。所有的意大利華麗音樂都是這樣的。是誰作的曲？知道了是誰，就比較好理解一些。拿出信紙，信封：不在意似的。非常典型。

——整個歌劇中最精采的一曲，古爾丁說。

——是的，布盧姆說。

是數字[35]。其實，所有的音樂都是。二乘以二除以半數得兩個一。振動：和音就是這麼一回事。一加二加六得七。耍弄數字，可以隨心所欲。結果總是這等於那。墓園圍牆下的對稱。他沒有注意我的喪服。漠不關心：只關心他自己的肚子。數字樂理。你還認為你聽的是什麼虛無縹緲的東西哩。可是，假定你這樣說吧：瑪莎啊，七乘九減×等於三萬五千。滿擰。問題是得有那些聲音才行。

拿他這時彈的來說。即興的。也許正是你喜歡的，要聽到歌詞才知道。願意細細聽一聽。不易。開始還是清楚的：然後，稍過了一會兒，和音來了：就有一些摸不清門路了。繞貨包，爬大桶，鑽鐵絲網，障礙賽跑。曲調決定於時間。問題是你自己的心情如何。不過聽起來總是悅耳的。除非是直上直下，小姑娘學彈琴。隔壁鄰居兩人湊在一起。應該發明一種啞琴，專作那種用途。米莉沒有音樂趣味。怪，因為我們兩人都，我的意思是。我給她買了Blumenlied[36]。這名字。緩緩彈奏，一位姑娘，晚上我回家時，那位姑娘。塞西莉亞街附近那馬廄的門。

又禿又聾的派特，送來了平平的吸墨紙墊和墨水。派特把墨水、鋼筆、平平的吸墨紙墊一一擺好。派特收盤收碟收刀收叉。派特走。

這是唯一的語言，代達勒斯先生對本說。他小時候在林加貝拉、克羅斯黑文、林加貝拉，就聽到人們唱威尼斯船夫曲。女王鎮[37]的港口裡，停滿了意大利船舶。在月光底下，戴著他們那種地震帽遊逛，你知道嗎，本。幾個人的歌聲混成一片。天主啊，那音樂，本！小時候聽到的。克羅斯林加貝拉黑文，月光船夫曲。

他挪開帶酸味的菸斗，將一隻手作為屏障擋在嘴的一邊，幽幽地發出一聲月夜的呼聲，近處清晰，遠處響應的呼聲。

布盧姆的你那另一個眼沿著他那《自由人報》棍子的邊緣往下溜，尋找著那條我在哪兒看到的。卡倫、科爾曼、狄格南，派特里克。嘿喃！嘿喃！福西特。一點兒不錯！正是我要找的。

希望他不往這邊看，耗子精似的。他展開了他那份《自由人報》拿在手中。現在看不見了。要記得寫希臘式的e字。布盧姆蘸了蘸墨水，布盧模模糊糊嘟噥：敬啟者。親愛的亨利在寫：親愛的瑪。收到來信和花。我放哪兒了?不知哪一個口袋吧。今天完全不可能。**不可能要加重**寫。

怪乏味的，這事兒。感到乏味的布盧姆，用我正在思索的手指，在派特送來的平平的吸墨紙

35 一種音樂理論認為一切音樂均可以數字及相對比例關係解釋。
36 德文曲名：〈花之頌〉其中「花」字與「布盧姆」巧合。
37 女王鎮現已改名「科夫」，為愛爾蘭南部科克郡海灣；林加貝拉與克羅斯黑文均為港口附近地名。

墊上輕輕地敲著鼓點。

寫下去。請了解我的意思。不對，那個e得改。請接受我附上的菲薄小禮。不要求她回。打住。狄格五。這兒大約二。海鷗一便士。先知以利亞來。戴維・伯恩酒店七。八是不是。來個半克郎吧。我的菲薄小禮：郵匯二先令六。請給我寫長的。你是否看不起？鏘鏘鏘，你有嗎？興奮得很。你為什麼說我淘氣？你也淘氣嗎？啊呀呀，瑪伊利她丟了她那別針呀。今天到此為止。是的，是的，會告訴你的。想要的。保持下去。叫我另外那個。她寫的是另外那個司。等極了。保持下去。請你相信。相信。啤酒缸子。這。是。真話。

我寫這個是蠢事嗎？結了婚的男人不這樣。結婚的作用，他們的妻子。因為我不在。假定。但怎麼弄呢？她非要不可。保持青春。如果她發現。我那高級禮巾裡的卡片。不，不能全說。白受痛苦。眼不見。女人。設身處地。

一輛出租馬車，牌照三百二十四號，車夫是唐尼布魯克的和睦路一號的巴頓・詹姆斯，坐車的是一位年輕的紳士，穿一身時髦的靛藍嗶嘰套服，裁製套服的是伊登碼頭五號的喬治・羅伯特・梅夏士成衣店，戴一頂非常講究的草帽，購自不倫瑞克大街一號約翰・普拉斯托帽子店。嗯？這就是那輛顛呀顛的鏘鏘鏘輕馬車。一匹母馬顛著歡快的屁股，在德魯咖茲豬肉店的顏色鮮豔的Agendath香腸前面輕疾地跑過[38]。

——答覆一則廣告吧？里奇的機敏的眼睛在問布盧姆。

——對，布盧姆先生說。旅行推銷員。沒有什麼戲的，我估計。

布盧姆嘟噥：有最可靠的推薦人。但是亨利在寫：將使我感到興奮。你明白為什麼。匆匆。亨利。希臘寫法的e。最好加一句附言。他現在在彈什麼？即興的。間奏曲。又及。侖——吞——吞。你準備怎樣罰？你罰我？歪斜的裙子擺動著，抽打。告訴我。我想。知道。當。然。如果我不想，我就不會問了。啦啦啦哩。那邊的琴聲變了小音階，逐漸輕下去了，悲哀地。為什麼小音階就悲哀？簽亨。他們總喜歡悲哀的結尾。又又及。啦啦啦哩。我今天感到很悲哀。啦哩。非常寂寞。親。

他迅速地用派特的吸墨紙吸乾。信封。地址。照著報紙上的抄寫。喃喃自語：卡倫——科爾曼有限公司。亨利在寫：

都柏林海豚倉巷
郵局轉交
瑪莎・克利福德小姐啟

用剛吸過墨跡的那一片吸，他就沒法辨認了。對。用這主意可以寫獲獎小品。偵探從吸墨紙上找到線索。稿酬每欄一個畿尼。馬察姆常想那愛笑的妖女。可憐的皮尤福依太太。卜一：上。

38 Agendath（希伯來文）為第四章中布盧姆在此豬肉店中所見Agendath Netaim（移民墾殖公司）傳單上字樣。

悲哀的話太像作詩。音樂的效果。音樂有魅力。莎士比亞說的。一年到頭，天天有語錄。生存還是毀滅[39]。立等可取的智慧。

在腳鐐巷杰勒德的玫瑰園內，他在踱著，金棕色頭髮已見花白。生命總共只有一次。一個身體。幹吧。只管幹吧。

不論如何，已經幹了。匯票、郵票。這條街上有郵局。可以走了。夠了。我答應在巴尼•基爾南酒店和他們會面的。不喜歡那活兒。有喪事的人家。走。派特！沒有聽見。沒有耳朵的甲蟲。

車快到了。說話。說話。派特！沒用。在擺餐巾。他一天走的路可不少。在他的後面畫一張臉，就成兩個人了。他們再唱一段才好呢。免得我想心事。

禿頭派特耳朵背，正在把餐巾疊成尖頂立好。派特是一個重聽的侍者。派特是一個要你等候他來伺候你的侍者。嘻嘻嘻嘻。他要你等候他來伺候。嘻嘻。他是伺候者。嘻嘻嘻嘻。他要你等候他來伺候。你願等候你就等候他要你等候他來伺候。嘻嘻嘻嘻。嗬。等候伺候吧。

杜絲在那兒。杜絲莉迪亞。古銅色加玫瑰花。

她這回玩得美極了，簡直美極了。看看她帶回來的這只可愛的海螺殼吧。

她將那只螺旋形帶尖頂的海中號角，輕盈地送到他坐的酒吧末端，讓他喬治•利德威爾律師聽一聽聲音。

——聽呀，她叫他聽。

伴奏的琴手聽著湯姆・克南的帶杜松子酒味的話語，將琴音放慢了。千真萬確的。沃爾特・巴普蒂倒嗓子的真相。是這麼的，您哪，那位丈夫卡住了他的脖子。壞蛋，他說，你再也唱不了情歌了。他真是這麼幹的，湯姆爵士。鮑勃・考利輕輕彈著。男高音歌手弄女。考利向後倚去。

啊，現在她把海螺殼湊在他耳朵上，他到底聽見了。聽啊！他聽見了。妙極了。她又把它放在自己耳旁。和她深淺相配的金髮，也從明暗相間的光線中飄過來了。來聽。

嗒。

布盧姆通過酒吧間的門，看到她們把海螺殼按在耳朵邊。他彷彿也隱約聽見她們各自在聽又互相幫著聽的，海浪的拍擊聲，海濤的大聲喧譁，無聲的喧譁。

古銅色傍著倦怠的金髮，從近處，從遠處，她們在聽。

她的耳朵也是一只貝殼，露出來的外耳那部分。剛到海邊玩過。可愛的海濱女郎。皮膚都曬紅了。應該事先擦冷霜，叫它成棕色。抹黃油的吐司。對了，那美容劑可不能忘。嘴邊起了泡。你的腦袋直打旋兒。頭髮盤起來了：纏了海草的貝殼。她們為什麼喜歡用海草頭髮蒙住耳朵？土耳其人蒙嘴，為什麼？她從床單下露出眼睛，像蒙著土耳其面紗。自己找路進來吧。一個洞穴。無事免進。

39 莎劇《哈姆雷特》中最著名的獨白詞句，曾有許多譯法，此為朱生豪譯文。

他們以為聽到了海的聲音。歌唱。咆哮。其實是血液。耳朵裡有時充血。是呀，是一個海。血球的島嶼。

真是妙。那麼清楚。再聽一聽。喬治・利德威爾抓住了它的竊竊私語，聽著：然後把它放了下來，溫存地。

——狂野的波浪在說什麼呢[40]？他笑著問她。

迷人的、含笑如海波而不作回答的莉迪亞，對利德威爾嫣然一笑。

嗒。

在拉里・奧魯爾克食品店前，在拉里前，在有膽量的拉里・奧前，鮑伊嵐晃動著，鮑伊嵐拐了彎。

米娜小姐離開現已無人理睬的海螺殼，輕快地走回那等待著她的啤酒缸子。不，她才不孤單呢，杜絲小姐的調皮樣子讓利德威爾先生明白。月光下海灘上散步。不，不是獨自一人。有誰作伴嗎？她大大方方地說：一位紳士朋友。

鮑勃・考利的閃動的手指，又在高音部彈起來了。房東優先。一點時間。長約翰。大洪鐘。輕快地，他彈起了一種輕快、明亮、清脆的節奏，適合輕盈靈巧的女士，調皮帶笑的女士，以及對她們獻殷勤的人，她們的紳士朋友們。一：一、一、一：二、一、三、四。

海、風、樹葉、雷電、流水、母牛哞哞、牛市、公雞、母雞不打鳴兒、蛇嘶嘶叫。到處都有音樂。拉特利奇辦公室的門：咿——吱嗝。不對，那是噪音。他現在彈的是〈唐・喬凡尼〉中的小步舞。城堡大廳裡，各式各樣的宮廷服裝，跳舞。悲慘。外邊是農民。餓得發青的臉，吃野菜的。那是好看的。瞧：瞧，瞧，瞧，瞧，瞧：你們瞧我們。

那是歡樂，我能感覺到的。從沒有作過曲。為什麼？我的歡樂是另一種歡樂。但兩種都是歡樂。是的，一定是歡樂。單憑它是音樂，就能說明了必然如此。常以為她情緒低落，但是她一開始哼曲子就不同了。那時就知道了。

麥考伊旅行包。我的妻子和你的妻子。貓叫。撕帛一般的。她說話的時候，舌頭像風箱舌頭。她們沒法達到男人的音程。她們的嗓音中還有空檔。來給我填滿吧。我是熱的、黑的、開著的。莫莉唱quis est homo：墨卡但丁。我將耳朵貼在牆上聽。要女人工夫到家。

顛著晃著顛著停了車。花花公子棕黃鞋，時髦鮑伊天藍襪，亮晶晶，鐺落地。

瞧啊，我們多麼！室內音樂。這話可以雙關。我常在她那個時候覺得是音樂。一種音響效果。叮叮噹噹。傢伙空，聲音大。由於音波關係，共振隨著水重而變，等於水的降落規律。如像李斯特那些狂想曲[41]，匈牙利的，有吉卜賽眼睛的。珍珠似的。點點滴滴。雨珠。滴瀝滴瀝淅瀝淅瀝胡嚕胡嚕。嘶嘶嘶。這時候。也許正是這時。作準備。

有人叩門，有人打門，他是不是敲了保羅•德•科克，用的是一根神氣活現大聲撞擊的敲門槌，雞頭卡啦卡啦又卡啦的槌頭。雞頭槌頭。

40 〈狂野的波浪在說什麼〉為十九世紀一首二重唱歌曲。

41 李斯特（一八一一—一八八六）為匈牙利音樂家，譜有一系列《匈牙利狂想曲》。

嗒。

——Qui sdegno[42]，本，考萊神父說。

——不，本，湯姆・克南插嘴。唱〈短髮的少年〉。咱們本鄉本土的。

——對，本，唱吧，代達勒斯先生說。善良而真誠可靠的人們[43]。

——唱吧，唱吧，他們一致求他。

我走。這兒，派特，回來。來。他來了，他來了，他沒有停留。對著我。多少錢？

——哪個調門？六個升半音號？

——F升半音大調，本・多拉德說。

鮑勃・考利伸出爪子，抓住了那些聲音低沉的黑色的和音鍵。

非走不行了，王子布盧姆對里奇王子說。別走，里奇說。不行，非走不可了。得去一個地方，有筆款子。他是準備大喝一頓然後腰背大疼一陣了。多少？他眼耳並用，聽看嘴唇動。一先令九。一便士歸你。喏。給他兩便士小費吧。聾子，耳朵背。但是，也許他有老婆孩子等著他，等著派梯回家來。嘻嘻嘻嘻。聾子伺候他們等候。

但是等一下。但是聽一下。和音，深沉的。憂憂憂喪。低低的。在幽暗的地底洞穴內。埋藏的礦石。塊塊音樂。

來自黑暗時代的歌聲，仇恨之音，大地已乏而腳步沉重痛苦，來自遠方，來自皓首高山，來找善良而真誠可靠的人們。他找牧師。他要和他說句話[44]。

嗒。

本•多拉德的歌聲。低音大桶。他是在竭盡全力把它唱好的。一大片沼澤地，無人、無月、無月中女，只有嘎嘎聲。其他方面已經垮下來了。本來是經營大型船舶供應的。還記得：樹脂纜繩、船燈。虧了一萬鎊光景。如今住艾弗收容所了。某某號小房。都是一號烈性麥芽酒造成的。

牧師在家呢。假牧師的僕人對他表示歡迎。進來吧。聖潔的神父。花稍的和音。

毀了他們。叫他們活不下去。然後，給他們蓋些收容所，讓他們在那些小房裡等死。不鬧不鬧，乖乖睡覺覺。死吧，狗。小狗，死吧。

預示險情的歌聲，莊嚴的預示，向他們敘述少年走進了一個空蕩蕩的大廳，他的腳步聲在那裡頭顯得如何莊嚴，那間內室是如何陰暗，那名披著聖服的牧師如何坐在那裡準備接受懺悔。

心地挺好的。如今有一些糊塗了。還以為自己能猜中《答案》上的詩畫謎語獲獎呢[45]。奉贈嶄新五鎊鈔票一張。鳥孵窩。他認為是最後一位遊唱詩人之歌。犬背長苗打一家畜。手在水中打一海上人物。他的嗓子還是不錯的。到底不是閹人，東西都在。

聽著。布盧姆聽著。里奇•古爾丁聽著。站在門邊的是聾子派特，禿頭派特，收了小費的派

42 意文：「此處義憤」，為莫札特歌劇《魔笛》中一唱段起首。

43 此句為〈短髮的少年〉開首歌詞。

44 〈短髮的少年〉歌唱一愛爾蘭少年找牧師行懺悔禮，懺悔中敘述父兄均已在反英戰鬥中犧牲而本人亦即將奔赴戰場，不料牧師係英軍假冒，少年即被殺害。

45 《答案》為一通俗周刊，每周發表一幅畫謎，謎底為一詩題，猜中者獎五鎊。

特，也在聽。

和音放緩了，像豎琴似的。

悔罪、悲傷的歌聲緩緩地傳來，帶著裝飾音，輕輕地顫抖著。本的悔過的鬍子在傾訴衷情。In nomine Domini[46]，以天主的名義他跪下了。他以手捶胸而作懺悔：mea culpa[47]。

又是拉丁文。像黏鳥膠似的，把他們牢牢地黏在一起。那牧師用聖餐的軀體餵那些婦女。停屍房小教堂那傢伙，棺材還是關采的，corpusnomine[48]。那隻老鼠現在不知鑽到哪裡去了。唷。

嗒。

他們都聽著。啤酒釭子們和肯尼迪小姐。喬治・利德威爾，表情豐富的眼簾、胸部豐滿的緞子。克南。賽。

歌聲在悲哀地嘆息。他的罪過。自復活節以來，他罵過三次人。你這狗娘養的私。有一次望彌撒時，他卻去玩了。有一次他路過教堂墓地時，沒有為母親的安息祈禱。一個少年。一個短髮的少年。

古銅在聽，站在啤酒泵前凝視著遠方。感情深沉地。一點也不知道我正。莫莉最靈，人一看，她就能發覺。

古銅凝視遠方，向著側面。那邊有鏡子。她的臉是那一面最好看嗎？她們總是心中有數的。有人敲門了。精心化妝，最後一下。

雞頭卡啦卡啦。

她們聽音樂時在想什麼？捉響尾蛇辦法。邁克爾・岡恩送給我們包廂票那一晚。樂器調音。波斯國王最愛聽那個。叫他想起家呀可愛的家[49]。還用簾子擦鼻子。也許是他那國家的風俗習慣。那也是音樂。說來似乎不算事兒，其實並不太次。嘟嘟嘟的輕吹聲。銅管樂器喇叭向上像驢叫。倍低音樂器可憐巴巴的，側邊劃破了口子。木管樂器哞哞的，母牛叫。半大鋼琴似鱷魚張嘴，音樂有嘴巴。木管樂器像古德溫的名字[50]。

她那天很好看。她穿的藏紅花色連衣裙，領口開得低低的，敞著讓人欣賞。她在戲院裡彎腰問話，呼吸中總帶丁香味。我把可憐的爸爸那本書裡的斯賓諾莎[51]說的話告訴了她。受了催眠似地聽著。眼睛是那樣的神情。她彎著腰。樓座前排那傢伙，用望遠鏡瞄準了她那兒，不要命似的盯著看。音樂之美，必須聽兩遍才行。大自然、女人，看半眼。天主創造國家，人創造曲子。轉回來世。哲學。噯去你的。

全完了。全倒下了。在羅斯圍城戰是他父親，在戈雷他的幾個哥哥又都倒下了。到韋克斯福德去，我們是韋克斯福德的孩兒們[52]，他也要去。他家、他族的最後一人。

---

46 拉丁文：「以天主的名義」，牧師接受少年懺悔的儀式的一部分。

47 拉丁文：「我有罪。」

48 拉丁祈禱文，二字合而為一：「軀體名字。」

49 〈家呀可愛的家〉是一首著名歌劇插曲（一八二三）。波斯國王在十九世紀末訪問英國時曾留下許多趣聞。

50 古德溫（**Goodwin**）名字大致與木管樂器（**Woodwind**）讀音接近。

51 斯賓諾莎（一六三二—七七）為著名荷蘭猶太哲學家。

52 羅斯、戈雷、韋克斯福德均為〈短髮的少年〉中敘及的十八世紀末葉愛爾蘭民族起義戰鬥地址。「我們是……孩兒們」是歌頌韋克斯福德義士的歌曲。

我也是。我族最後一人。米莉，青年學生。哎，也許是我的過錯。沒有兒子。茹迪。現在太晚了。可是，如果並不呢？如果還不晚呢？如果還行呢？

他並不懷恨。

恨。愛。這些都是名稱。茹迪。我快老了。

大洪鐘敞開了他的嗓子。好嗓子，慘白泛紅的里奇・古爾丁對快老的布盧姆說。但年輕時候呢？

愛爾蘭來了。愛祖國不能怕國王殺頭。她在傾聽。誰怕提一九〇四[53]？該挪挪地兒了。看夠了。

——祝福我吧，神父，多拉德短髮的呼喊著。祝福了我，我就走了。

嗒。

布盧姆未經祝福就要走，又看了一眼。打扮入時好來迷人：每周十八先令。男人們掏腰包。得小心提防著點兒。那些女郎們，那些可愛的。在悲傷的海浪邊[54]。歌舞隊女演員風流韻事。當庭朗誦函件，證明背棄諾言。痴心郎致小貝貝。法庭上的笑聲。亨利。我從沒有簽過這樣的字。你的可愛的名字。

音樂低沉下去了，曲調和歌聲都低了。然後加快了。假牧師窸窸窣窣法衣一脫，軍人出現。是一個英軍隊長。他們全都非常熟悉。他們所追求的激動人的場面。英軍隊長。

她激動地聽著，同情地傾身聽著。

空白的臉。處女吧，要不也僅是摸過。寫上些什麼吧：一張白紙。如不，她們會怎麼樣？憔悴，絕望。能使他們保持青春。甚至她們自己也欣賞。瞧。吹奏她。用嘴唇。白女人的身子，一管活簫。輕輕地吹。音響不小。三個窟窿，所有的女人。女神我沒有看到。她們要的。不能太客氣。這是他能把她們弄到手的原因。口袋要滿，臉皮要厚。眼神對眼神。無字歌曲。莫莉，那個搖街頭風琴的小夥子。她懂得他的意思是說猴子病了。也許因為很像西班牙的。對動物語言的理解也是那樣的。所羅門就是如此[55]。天賦。

腹語。我閉著嘴。我肚裡思想。想什麼？

願意嗎？你？我。要。你。來。

一聲嘶啞粗暴的怒吼，英軍隊長發了瘋的狗娘養的私生子破口大罵。好小子，你來得好。你的壽命還有一個小時，你的最後一小時。

嗒。嗒。

這是激動的時刻。他們感到悲憫。抹一抹眼淚，為了那些願意去死、渴望去死的義士。為一切瀕於死亡的事物，為一切新生的事物。可憐的皮尤福伊太太。希望她已經生了。因為她們的子宮。

---

53 愛爾蘭詩人英格拉姆紀念十八世紀末葉起義的詩〈念死者〉首句為「誰怕提九八年？」

54 〈在悲傷的海浪邊〉是十九世紀歌劇《威尼斯的新娘》中一首歌曲。

55 西方民間傳聞古代的所羅門王能懂動物語言。

宮水女人眼珠，遮著睫毛簾子，安詳地凝視著，聽著。她不說話，眼睛更現出美。在遠處那條河上[56]。隨著緞子胸脯的徐徐起伏（她的隆起的豐盈），紅玫瑰也徐徐地一起一伏。心的搏動：她的呼吸：構成生命的呼吸。同時細小細小的處女毛蕨類葉片[57]也輕輕顫動著。

但是瞧吧。明亮的星星暗淡了。玫瑰啊！卡斯蒂爾。黎明。明白了。利德威爾。是為他，不是為。含情脈脈。我喜歡嗎？在這兒倒能看到她。一些個開酒瓶扔下的瓶塞、一攤攤啤酒沫、一摞摞的空杯子。

莉迪亞的手，輕柔、豐盈，摸著啤酒泵的挺立的把兒，弄得手上怪味兒的。一往情深地悲悼短髮的。摸過來，摸過去；摸過去，摸過來：在那個光滑的把兒頭上（她知道他的眼光，我的眼光，她的眼光），她的拇指和食指深情地撫弄著：摸了又摸，輕輕地撫弄著，然後又緩緩地順把兒滑下，一根涼爽而堅硬的白色搪瓷棍兒，從手指的環中伸出。

一個雞頭，一聲卡啦。

嗒。嗒。嗒。

我扣了這所房子。阿們。他咬牙切齒地怒吼。叛徒上絞架。和音應聲隨和。非常地令人難過。但是無可奈何。唱完以前出去。謝謝你，太美了。我的帽子呢。從她那邊走過。這份《自由人報》可以留下。信裝好了。假定她就是呢？不會的。走，走，走。就像卡什爾・博伊羅・康納柔・考伊羅・蒂斯德爾・莫里斯・蒂森德爾・法雷爾那樣。走呵走。

哎，我得。你走嗎？是恐沒法再見。布盧起。面對黑麥藍花。布盧姆站了起來。喲。後面的香皂感覺有些發黏。一些是出了一點汗：音樂。美容劑，別忘了。好吧，再見了。高級。卡片在內。對。

布盧姆走出餐廳，從正在門道內豎起耳朵聽的聾子派特的身邊走過。

在日內瓦兵營，那年輕人喪了生。派賽基是他的葬身地。悲傷呀！啊，他的悲傷呀！哀悼的歌聲，召喚著人們作悲傷的祈禱。

走過玫瑰花，走過緞子胸脯，走過撫弄的手，走過酒渣，走過空杯瓶，走過廢瓶塞堆，走著打著招呼，走過了眼光和處女毛、古銅和深海陰影中隱隱約約的金髮，布盧姆走了，柔軟的布盧姆走了，我非常寂寞的布盧姆走了。

嗒。嗒。嗒。

為他祈禱吧，多拉德的男低音祈禱著。你們安然聽唱的人們呀。善良的人呀，善良的人們呀，作一個祈禱吧，灑一滴眼淚吧。他就是短髮的少年。

布盧姆走到奧蒙德門廳，把正在偷聽的擦皮鞋工人短髮的擦皮鞋少年嚇了一跳，這時他聽到吼叫聲、喊好聲、拍打肥胖背脊聲，以及雜沓的皮鞋聲，都是皮鞋而不是擦皮鞋的少年。眾口同

---

56 「在遠處那條河上」是〈短髮的少年〉歌詞的一部分，敘述真正牧師已被押送河上殘害，此後英軍隊長即將少年作為「叛逆」處死。

57 「處女毛」（Maidenhair）即掌葉鐵線蕨。

聲，都嚷著得喝它一通助興。幸好我躲開了。

——來吧，本，賽門·代達勒斯說。天主啊，你是一點也不減當年風采呀。

——更精采了，湯姆杜松子酒·克南說。是這首民歌的最為犀利的演唱，憑我的良心和人格，真是這樣的。

——拉布拉契[58]，考利神父說。

本·多拉德的龐大身軀，踩著卡羅恰舞步走向酒吧間，人們的熱烈讚揚使他滿臉通紅，他腳步沉重，腫脹的手指伸在空中敲著小鼓。

大洪鐘的本·多拉德。大洪鐘本。大洪鐘本。

嚕嚕嚕。

人人深受感動，賽門·代達勒斯用煙霧喇叭鼻子吹奏著同情，大夥兒都哈哈笑著簇擁著他，本·多拉德的情緒高極了。

——你紅光滿面，喬治·利德威爾說。

杜絲小姐整理著她的玫瑰花，等待著。

——本machree[59]，代達勒斯先生拍著本的肥厚的後肩說。健壯沒比，只是身上藏的脂肪組織過多。

嚕爾爾爾爾爾爾絲絲絲。

——死亡的肥膘，賽門，本·多拉德恨恨地說。

詩琴裂痕里奇獨自坐著：古爾丁—考立斯—沃德事務所。他猶疑不定地等待著。未曾收款的派特也等待著。

嗒。嗒。嗒。嗒。

米娜・肯尼迪小姐將嘴脣湊近一號啤酒缸子的耳邊。

——多拉德先生，她的嘴脣在小聲地說。

——多拉德，啤酒缸子也小聲地說。

一號啤酒缸子相信：肯小姐她：他是多：她多：啤酒缸子。

他悄悄地說他知道這名字。這是說，這名字他熟悉。這是說他聽到過這人的名字。多拉德，是不是？多拉德，對。

對，她提高了一點聲音說，多拉德先生。他這支歌子唱得很美，米娜小聲地說。〈夏日的最後一朵玫瑰〉[60]也是一支很美的歌曲。米娜喜愛那支歌。啤酒缸子也喜愛米娜喜愛的那支歌。

正是多拉德落下的夏日的最後一朵玫瑰花，布盧姆感到在肚內迴腸蕩氣。

那蘋果酒喝下脹氣：綳緊了。等一下。郵局也靠近茹本・J的一先令八便士。躲開它。從希臘街繞過去。我要是沒有答應去碰頭就好了。戶外自由些。音樂。也是精神上的負擔。啤酒泵的

58　拉布拉契（一七九四—一八五八）曾被譽為整個歐洲最著名的男低音歌手。

59　machree為愛爾蘭語：「我的心。」

60　〈夏日的最後一朵玫瑰〉為愛爾蘭詩人穆爾所作，抒發眾花均謝僅剩一支時的孤寂情緒。

把兒。是她那搖搖籃的手在統治[61]。豪斯山峰。統治著世界。

遠。遠。遠。遠。

嗒。嗒。嗒。嗒。

萊昂內爾利奧波爾德沿碼頭走著，淘氣的亨利撓著寫給瑪的信，帶著偷情的樂趣為拉烏爾的花裝飾的轉回來世的波爾迪走著。

嗒瞎子嗒嗒地敲擊著街沿石，一下又一下，嗒嗒地走著。

考利，他把自己都弄得蒙了頭，也是一種陶醉。最好是著迷而不全迷，像男人對姑娘那樣。看那些熱中的人。豎起耳朵。怕漏掉一個三十二分音符。眼睛閉著。頭點著拍子。發痴了。身子都不敢動一下。嚴禁思維。談的盡是行話。三句不離音符。

全都是在設法訴說些什麼。打住的時候有些彆扭，因為你總不是很有把握的。加德納街的風琴。老格林每年五十鎊。獨自待在那個小頂樓裡頭，是一種特別的滋味，只有那些音栓、風門、琴鍵。整天坐在風琴前。磨磨蹭蹭幾個小時，自言自語，或是對拉風箱的另外那一位說幾句。時而怒氣沖沖地吼叫，時而尖聲咒罵（要一個墊子或是什麼的墊他的那個，不，不行，她喊叫道）[62]，然後突然之間輕柔纏綿下來，一股細微而又細微的幽幽風管聲。

普依！一股細細的風管聲依依依依。在布盧姆的小細微中。

——真的嗎，他？代達勒斯先生拿著找回來的菸斗說。今天上午我還和他一起參加可憐的小個兒派迪・狄格南的……

——真的，願天主對他慈悲吧。

——對了，那裡頭有一把音叉……

嗒。嗒。嗒。嗒。

——他老婆的嗓子挺好。要不然是原來挺好。是不是？利德威爾問。

——哦，一定是調音師的，莉迪亞對初初見到的賽門萊昂內爾說，他來這裡的時候忘下的。

他是瞎子，她告訴二次見到的喬治・利德威爾。彈得優美極了，聽著真是享受。優美的對比，古銅莉，米娜金。

——大聲吼！本・多德拉一面斟酒一面大聲吼。唱出聲兒來呀！

——行了！考利神父也喊著說。

嚕爾爾爾爾爾爾。

我感到需要……

嗒。嗒。嗒。嗒。嗒。

——非常，代達勒斯先生盯著一尾無頭沙丁魚說。

在三明治罩下，麵包架上臥著一尾最後的，一尾孤獨的，夏日的最後一尾沙丁魚。布盧姆獨自一人。

61 典出美國詩人華萊士（一八一九—八一）詩〈誰統治世界？〉

62 典出十九世紀美國匿名小說《男人待姑娘之道》。

——非常，他盯著說。低音區更合適。

嗒。嗒。嗒。嗒。嗒。嗒。嗒。嗒。

布盧姆走過了巴里服裝店。真希望。等一下。只要有奇效通氣藥就行。那一幢樓裡有二十四名律師。訴訟。彼此相愛。成堆的羊皮紙文件。掏腰包公司接受委託。古爾丁—考立斯—沃德事務所。

但是，譬如說那個敲大鼓的吧。他的職業：米基•魯尼樂隊。不知道最初他是怎麼個感覺。吃完豬頭肉加圓白菜，坐在家裡的扶手椅上練。演習他在樂隊裡的角色。砰。砰啪底。他老婆夠痛快的。驢皮。活著鞭子打，死了鼓槌敲。砰。敲打著。這似乎就是你所謂的耶希馬克，我的意思是說吉斯梅特[63]。命。

嗒。嗒。一位青年，盲人，嗒嗒嗒地敲著他的探路竿子，走過了戴俐公司的櫥窗，窗內有一條美人魚，她的長髮在隨風飄動（但是他看不見），還噴著一口口的美人魚煙（瞎子看不見），美人魚，清涼可口首推它。

樂器。一片草莖，她的雙手合成殼形，吹。甚至用一把梳子敲薄紙，也能敲出個調子來的。在隆巴德西街那時，莫莉穿著內衣，披著頭髮。我想，每一種行當都會造出自己適用的器具來的，你想是不是？獵人用號角。犄角。你有嗎？Cloche. Sonnez la.牧羊人用風笛。警察用哨子。風門和琴鍵！掃！四點鐘，太平無事！睡覺吧！現在全完了。大鼓？砰啪底。等一下。我知道。公告宣讀員，追屁股的法警。長約翰。把死人都能吵醒。砰。狄格南。可憐的小個兒

nominedomine。砰。這就是音樂。我的意思當然是說，全是砰砰砰，差不多也就是他們所謂的da capo了[64]。可是究竟還是聽得出來的。在我們行進，向前進，向前進的時候。砰。

我真的不行了。弗弗弗。要是在宴會場面上來這麼一下子呢。也就是一個風俗習慣問題吧，波斯國王。作一個祈禱吧，灑一滴眼淚吧。話得說回來，他一定是有些糊塗，要不怎麼看不出帽子是英國軍帽呢？蒙起來了。我納悶，墓地裡那個穿棕色雨褂的傢伙究竟是誰？唷，那條胡同裡的娼妓！

一個邋邋遢遢的妓女，歪戴一頂黑色的水手草帽，沿著碼頭向布盧姆先生的方向走來。目光在白晝顯得有些呆滯。當他初初見到那令人心愛的身影？對，就是她。我感到非常寂寞。胡同裡那一個雨夜。犄角。誰有？他呵呵。她見了。這裡不是她的路段呀。她在這裡幹？希望她。噓！有什麼要洗的嗎？還認識莫莉呢。弄得我怪難堪的。和你在一起的那位壯實女士，穿棕色服裝的。叫你不知所措，那一下子。還約了一個日子呢。明知永遠不會，至少是難得再見了。離家呀可愛的家太近，太昂貴。看見我了嗎，她？白天這模樣簡直嚇人。臉色像浴羊水。去她的吧。不過，她也和別人一樣，不能不生活呀。看一看這裡頭吧。

對著萊昂內爾・馬爾克斯古董店的櫥窗，高傲的亨利・萊昂內爾・利奧波爾德，親愛的亨利・弗臘爾，認真說是利奧波爾德・布盧姆先生察看著燭臺、美樂風琴生蟲漏氣的風袋。特價：

63 「耶希馬克」和「吉斯梅特」均來自阿拉伯語，前者意為面紗，後者意為命運。

64 意文音樂用語：「從頭」，即重複。

六先令。也許可以學一學吧。便宜貨。讓她過去。當然，不論什麼東西，你不需要它就是貴的。這就是好推銷員的作用了。能叫你購買他想要出售的東西。那人賣給我那把瑞典剃刀，就是先給我刮臉。還想收我的磨刀費呢。她現在正走過去。六先令。

一定是那蘋果酒，也許是那勃艮第。

靠近近處的古銅，靠近遠遠的金色，他們全都叮叮噹噹地碰著杯，在古銅色的莉迪亞那誘人的最後一朵夏日玫瑰花前，那卡斯蒂爾的玫瑰花前，都是眼睛放光，神情豪勇的。第一是利德、代、考、克、多，第五：利德威爾、賽・代達勒斯、鮑勃・考利、克南、大洪鐘多拉德。

嗒。一名青年進入了空寂的奧蒙德門廳。

布盧姆在看萊昂納爾・馬爾克斯櫥窗裡一幅豪勇英雄像。羅伯特・埃米特的最後遺言[65]。最後七句話。那是邁耶貝爾的[66]。

——像諸位這樣真誠可靠的人們。

——不錯，不錯，本。

——就會和我們一起舉起杯子來。

他們舉起了杯子。

嗽。嗆。

嘀。一名眼睛看不見的青年站在門內。他看不見古銅色。他看不見金色。看不見本看不見鮑勃看不見湯姆看不見賽看不見喬治看不見啤酒缸子看不見里奇看不見派特。他他他他。他看不見。

蔫兮兮的布盧姆，油糊糊蔫兮兮的布盧姆看著最後遺言。心軟軟地。**等到我的祖國在世界列國之林。**

嚕爾爾普爾爾。

一定是那勃艮。

弗弗弗！啊唷。爾爾普爾。

取得了自己的地位。後面沒有人。她已經過去了。**到那時，只有到那時。**電車轟隆轟隆轟隆。好機會。來了。哐啷啷轟隆隆。肯定是那勃艮第。沒有錯。一、二。**我才要人撰寫墓誌卡啦啦。銘。我的話。**

普普爾爾普弗弗爾爾普普弗弗弗弗。

完了。

---

65 埃米特一八〇三年起義失敗後就義前在法庭上最後宣稱：「我不要任何人為我寫墓誌銘……等到我的祖國在世界列國之林取得了自己的地位，到那時，只有到那時，我才要人為我撰寫墓誌銘。我的話完了。」

66〈最後七句話〉即第五章所提及意大利作曲家墨卡但丁為耶穌最後遺言所譜歌曲，邁耶貝爾為第八章中提及的歌劇《胡格諾們》作者。

12

俺正和首都警署的老特洛伊在涼亭山街角那兒寒暄呢，該死的，冷不丁兒的來了一名掃煙囪的背時傢伙，他那長玩意兒差點兒戳進了俺那眼睛裡頭去。俺轉回腦袋，正打算狠狠地訓他一頓，沒曾想一眼看見石頭斜牆街那兒來溜過一個人，道是誰呢，原來是約・哈因斯。

——囉，約，俺說。你混得怎麼樣？那個掃煙囪的背時傢伙，用他的長把兒刷子差點兒把俺的眼睛捅掉，你看見了嗎？

——煤煙到，運氣好，約說。你剛才說話的那個老小子是誰？

——老特洛伊唄，俺說，原來是部隊的。那傢伙又是掃帚又是梯子，把交通都堵塞起來了，俺的主意沒拿定，是不是把他逮起來才好。

——你到這片兒來幹麼？約問。

——沒有什麼屁事，俺說。兵營教堂那邊，小雞胡同口上有一個背時的大個子，不要臉的惡棍——老特洛伊就是給我透了那傢伙的一點兒底——要了天主知道多少的茶葉和糖，他答應每星期付三先令，還說是在唐郡有個農莊。貨主是那邊海梯斯堡街附近的一個小矮子，名叫摩西・赫佐格的。

——割包皮的嗎[1]？約說。

——可不嗎，俺說。頭上去了一點兒。一個姓吉拉蒂的老管子工。我已經盯了他兩個星期，可是一個便士也擠不出來。

——你現在就幹這勾當？約說。

——可不嗎，俺說。大人物落魄到了這一步！收倒帳、荒帳。可這傢伙呀，像他這樣臭名遠揚的背時土匪，你走上一天的路也難得見到一個，一臉的痲子夠接一場陣頭雨的。你就告訴他吧，他說，我等著他呢，他說，我專門兒地等著他再派你來，只要他敢，他說，我就讓法庭給他發傳票，沒有錯兒，告他個無照營業。他說完這話還鼓足了氣，那模樣就像要爆炸似的。耶穌哪，那猶太小子火冒三丈的模樣兒可真逗笑！他喝我的茶。他吃我的糖。他倒因為這個人不付我的帳？

茲有都柏林市沃德碼頭區聖凱文道十三號商人摩西．赫佐格，下稱售方，出售耐久食品並送交都柏林市阿倫碼頭區涼亭山二十九號紳士邁克爾．E．吉拉蒂先生，下稱購方，計開一級茶葉五磅，常衡制，每常衡制磅價三先令零便士，碎晶體白糖常衡制三斯通[2]，每常衡制磅價三便士，該購方由該售方供應物品後應付該售方英幣一鎊五先令又六便士，此款應由該購方以每周分償辦法付與售方，即每七曆日付英幣三先令零便士；該購方對該耐久食品不得典當、抵押、出售或作其他方式轉讓，該售方擁有並繼續擁有全面而不可侵犯之所有權，該售方有權自由任意處理，直至此款由該購方按照此約所定方式向該售方付清為止，此約於本日由該售方與其財產繼承人、業務繼承人、委託代理人、指定受讓人為一方，該購方與其財產繼承人、業務繼承人、委託代理人、指定受讓人為另一方於此議定。

——你是嚴格的滴酒不入嗎？約說。

——除了喝酒的時候，啥也不喝，俺說。

——去拜訪一下咱們那位朋友怎麼樣？約說。

——誰？俺說。他呀，精神錯亂上了天主的約翰那兒去了[3]，可憐的傢伙。

——是喝他自己的貨色喝的吧？

——可不嗎，俺說。威士忌加水，上了腦子。

——走吧，上巴尼·基爾南酒店吧，約說。我想去看看公民。

——就是巴尼寶貝兒吧，俺說。有什麼怪事兒或是好事兒嗎，約？

——不值一提，約說。我採訪城標飯店那個會議了。

——啥會，約？俺說。

——牧牛貿易業，約說，討論口蹄疫的。我要給公民透個信兒。

1　猶太教男人自幼割去包皮。
2　「斯通」為英國重量單位，一般合十四磅。
3　「天主的約翰」為都柏林郡一瘋人院。

俺們繞過亞麻廠兵營，繞著法院後頭，邊走邊聊。約這位老兄，手頭有的時候是挺夠朋友的，可他就是老沒有。耶穌呀，俺可嚥不下背時的狐狸吉拉蒂這口氣，白日打劫的土匪。告他個無照營業，他說。

在那美麗的伊尼斯菲爾有那麼一片土地，聖邁肯的土地[4]。一座高塔在此拔地而起，四周遠處都能望見。有許多大人物在此安眠，許多大名鼎鼎的英雄王公在此安眠如生。這片土地委實令人賞心悅目，上有潺潺流水，水中群魚嬉戲，有魴鰒，有鰈魚，有擬鯉，有大比目，有尖嘴黑絨鱈，有鮭魚，有黃蓋鰈，有菱鮃，有鮃鰈，有青鱈，還有各種雜魚，以及其他各類不計其數的水族。在來自西方和東方的和風吹拂之中，高大的樹木向四面八方搖晃著極其優美的枝葉，有飄飄然的懸鈴木，有黎巴嫩雪松，有挺拔的梧桐，有改良桉樹，以及其他樹木世界優良品種，這一地區應有盡有。美妙女郎在美妙樹木之下倚根而坐，唱著最美妙的歌曲，並以形形色色美妙物品為遊戲，諸如金塊、銀魚、大筐的鯡魚、整網的鰻魚、小鱈魚、整簍的仔魚、紫色的海寶、活潑潑的昆蟲。四方英雄遠道來向她們求愛，從愛勃蘭納到斯里符瑪奇山[5]，無可匹敵的王子們來自不受奴役的芒斯特省，來自公道的康諾特省，來自光滑、整潔的萊因斯特省，來自克羅阿蟬的地域，來自光輝的阿爾馬郡，來自高貴的博伊爾區，是王子們，國王們的子孫。

一座亮晶晶的宮殿聳立在此，駕駛特建的船舶在大海航行的水手們從遠處就能望見它的水晶屋頂閃閃放光。當地所有的畜群、肥犢、首批鮮果，紛紛運來此處，由奧康內爾・費茨賽門收費，他是世傳的酋長[6]。巨大的貨車載來了豐富的農田產物，有長筐裝的菜花，有大盤裝的菠菜、波羅段、仰光瓜，有大筐裝的番茄，有桶裝的無花果，有成堆的瑞典蘿蔔、球狀馬鈴薯，有成捆的各色甘藍、約克菜、皺葉菜，有成盤的土中珍珠洋蔥頭，還有淺盤裝的蘑菇、乳蛋菜豆、肥巢菜、比爾、油菜，以及紅的、綠的、黃的、棕的、赤褐色的甜、大、苦、熟、帶斑的蘋果，還有小簍小簍的草莓、一籃一籃的醋栗，肉鼓鼓毛茸茸的；可供王侯享用的草莓、新摘的紫莓。

我等著他呢，他說，我專門兒地等著他呢。你給我滾出來，滾到這兒來吧，吉拉蒂，你這個臭名遠揚的攔路搶劫的背時土匪！

同一條路上來的，還有不計其數的牲畜群，有繫鈴帶頭的去勢公羊、催情補飼的母羊、初剪羊毛的壯羊、羔羊、灰雁、中號菜牛、吼喘母馬、截角牛犢、長毛羊、待肥育羊、卡夫公司頭等待產牛、等外品、閹母豬、鹹肉用豬、各種不同品種高級生豬、安格斯小母牛、最佳純種去角閹牛，以及獲獎的頭等奶牛與菜牛；這裡不斷聽到蹄子聲、咯咯聲、吼叫聲、哞哞聲、咩咩聲、咆哮聲、隆隆聲、呼嚕聲、吃料聲、咀嚼聲，有羊群、有豬群、有蹄子沉重的牛群，來自勒斯克、魯希、卡里克孟的牧場，來自索孟德那水流豐富的山谷，來自麥吉利喀地那些難於攀登的石堆，來自氣勢宏大深不可測的香農河，來自基亞族地區那些平緩的山坡，乳房因奶過多而腫脹不堪，

---

4 「伊尼斯菲爾」為愛爾蘭語，意為「命運之島」，係對愛爾蘭的稱呼之一；聖邁肯教堂離說話地點不遠，其地下墓穴以屍體保存良好著稱。

5 愛博蘭納為古地名，即今都柏林所在地。

6 費茨賽門為一九〇四年都柏林食品商場總管，商場在基爾南酒店附近。

還有大桶的黃油、乳酪酶、農家木桶裝的羔羊前胸肉、大筐的玉米，還有十打十打的橢圓形禽蛋，各種大小都有，瑪瑙色和和暗褐色的。

這麼的，俺們拐進了巴尼・基爾南酒店，可不嗎，公民正在角落裡頭，一邊跟他自個兒和那條背時的癩皮雜種狗加里歐文大會談，一邊等著天上掉下什麼喝的來呢。

——瞧他守著窩呢，俺說，克露斯金朗不離身[7]，大事業的文件一大堆。

背時的雜種狗發出一種悻悻的聲音，叫人聽了毛骨悚然的。要是有人把這條惡狗的命結束了，那才是道地的善行呢。俺聽說過一件真事，桑特里一名武警來送傳票，是執照的事，叫這條狗啃去了大半條褲子。

——站住，交出來，他說。

——沒有事兒，公民，約說。自己人。

——自己人放行，他說。

然後他用手揉揉一隻眼睛說：

——你們對時局有什麼看法？

他搞矛兵和山上羅利那一套呢[8]。可是，老天在上，約對這種局面倒是應付自如的。

——我看是物價要漲，他說著把手順著褲襠伸了下去。

老天在上，公民把爪子往膝蓋上一拍說：

——都是外國的戰爭造成的。

約在口袋裡翹著大拇指說：

——是俄國佬想稱霸。

——去你的吧，約，俺說。你那套糊弄人的背時廢話算了吧。俺可渴壞了，半個克朗也不夠解的。

——你說是什麼吧，公民，約說。

——咱本國的酒，他說。

——你呢？約說。

——仿照辦理，俺說。

——來三品脫，特里•約說。老伙計怎麼樣，公民？他說。

——再好也沒有，**a chara**[9]。他說。怎麼樣，加里？咱們會勝利的，是吧？

他說著話，一把抓住了那背時老狗的後頸皮，耶穌啊，差不點兒把牠勒死。

坐在圓塔前大石墩上的是一條好漢，肩膀寬闊、胸膛厚實、四肢強壯、眼光坦率、頭髮發紅、雀斑斑斕、鬍子蓬鬆、嘴巴寬大、鼻子高聳、腦袋長長、嗓音深沉、膝蓋裸露、兩手粗壯、兩腿多毛、臉色紅潤、雙臂多腱。他兩肩之間寬達數厄爾[10]，雙膝嶙峋如山岩，膝上和身體其餘

---

7 「克露斯金朗」為愛爾蘭語歌曲名，即「滿滿一小鐔酒」。

8 「矛兵」為十七世紀起義抗英的愛爾蘭游擊隊；「山上的羅利」為十九世紀民歌中歌頌的反英農民志士。

9 愛爾蘭語：「我的朋友」。

10 「厄爾」為舊時英制長度，合四十五英寸。

外露部分相同，都長著厚厚的一層黃褐色刺毛，顏色和硬度都像山荊豆（Ulex Europeus）。兩個鼻孔中伸出同樣黃褐色的硬毛，鼻孔之大，可容草地鷚在其洞穴深處築巢。兩隻眼睛的尺寸和大頭的菜花相仿，眼內常有一滴淚水和一絲微笑在爭奪地盤[11]。從他的口中深處，不時有一股發熱的強氣流冒出，而他的巨大心臟的搏動，發出響亮有力的節奏，引起強大的共鳴而形成隆隆雷聲，將地面、高聳的塔頂和比塔更高的洞壁，都震得搖晃顫動不已。

他穿一件無袖長衣，用新剝牛皮製成，下垂及膝如蘇格蘭短裙，腰間用一根蘆葦茅草編成的腰帶束住。裙子下面是鹿皮褲子，用腸線粗縫而成。他的下肢套著用地衣紫染過的巴爾布里根裹腿，腳上套著鹽漬粗牛皮靴子，靴帶是同一牲口的氣管。他的腰帶上懸掛著一大串海石子，都隨著他那奇特的身體的每一個動作發出哐啷哐啷的聲音，上面鐫刻著粗獷而生動的藝術人像，都是愛爾蘭古代部落的男女英雄，有：庫丘陵、身經百戰的康恩、扣押九個人質的尼爾、金克拉的布萊恩、瑪拉基大帝、阿特・麥克墨羅、沙恩・奧尼爾、約翰・墨菲神父、歐文・羅、派特里克・薩斯菲爾德、紅色的休・奧唐奈、紅色的吉姆・麥克德莫特、尤金・奧格隆尼神父、邁克爾・德懷爾、弗朗西・希金斯、亨利・喬伊・邁克拉肯、歌利亞、霍勒斯・惠特利、托馬斯・康乃夫、佩格・沃芬頓、村鐵匠、月光隊長、杯葛上尉、但丁・阿利吉耶里、克里斯托弗・哥倫布、聖費薩、聖布倫丹、麥克馬洪元帥、查理曼、西奧博爾德・沃爾夫・托恩、馬加比之母、末代的馬希坎人、卡斯蒂爾的玫瑰、戈爾韋漢子、把蒙特卡洛銀行弄倒的人、一夫當關者、不肯的女人、本杰明・富蘭克林、拿破崙・波拿巴、約翰・L・沙利文、克莉奧佩特拉、永不變心的姑娘、尤利烏斯・凱撒、帕拉切爾蘇斯、托馬斯・利普頓爵士、威廉・退爾、米開朗琪羅・海斯、穆罕默德、萊沫摩爾的新娘、隱士彼得、挑三揀四的彼得、黑姑娘羅莎琳、派特里克・威・莎士比亞、布賴恩・孔子、默塔赫・谷登堡、派特里西奧・委拉斯開茲、內穆船長、特里斯丹和綺瑟、第一任威爾士親王、托馬斯・庫克父子、勇敢的青年士兵、愛吻的人、迪克・特平、路德維希・貝多芬、美髮姑娘、搖搖擺擺的希利、隱士安格斯、多利山、悉尼廣場、豪斯峰、瓦倫丁・格雷特雷克斯、亞當和夏娃、阿瑟・韋爾斯利、大老闆克羅克、希羅多德、殺巨人的杰克、釋迦牟尼・佛陀、戈黛娃夫人、基拉尼的百合花、毒眼巴洛爾、示巴女王、阿開・內格爾、約・內格爾、亞歷山德羅・伏打、杰里邁亞・奧多諾萬・羅塞、唐・菲利普・奧沙利文・比爾。他身旁放著一支磨尖的花崗岩長矛備用，腳邊臥著一頭犬族猛獸，牠發出的喘齁聲表明牠雖已入睡卻睡不安穩。足以證明情況確實如此的，是牠不時有一些低沉而粗厲的喉音，還有一些抽搐似的動作，都被牠的主人用一根舊石器時代石頭製成的粗糙棍子敲著鎮定了下去。

不管怎麼的，特里送來了那三品脫，是約請客。老天在上，俺看見他真掏出一鎊錢來，差點兒把眼睛都瞪瞎了。嘿，俺說的可是千真萬確的。一枚漂亮的元首。

——還有的是呢，他說。

——你搶了教堂裡的施捨箱嗎，約？俺說。

---

11 典出穆爾詩〈愛琳，你眼中的淚水和微笑〉。

——我的血汗錢，約說。是那位謹慎會員給我的消息[12]。

——俺遇見你以前也見到他了，俺說。他在辟爾胡同、希臘街那一帶轉悠，瞪著他的鱈魚眼珠子數魚腸子的數目呢。

是誰穿過邁肯的土地來了，披著黑貂的甲冑？奧布盧姆，羅利的兒子：就是他。羅利的兒子，他不知畏懼為何物：他是生性謹慎的人。

——是為了王子街老太婆，公民說，那份受津貼的機關報[13]。在議會會場上受誓言約束的那個政黨[14]。還有這份倒楣破報紙，你們看一看吧，他說。看一看吧，他說。《愛爾蘭獨立報》，請你們注意，還是帕內爾創辦的為勞動者說話的報紙哩[15]。聽一聽這份一切為了愛爾蘭的愛爾蘭獨立報上的出生欄和死亡欄消息吧，我得謝謝你們，還有結婚欄。

於是他高聲念起來：

——埃克塞特市邦非爾德路戈登[16]；聖安妮海濱伊弗利的雷德曼，威廉・T・雷德曼夫人生一兒子。怎麼樣，嗯？賴特與弗林特；文森特與吉勒特，司多克威爾市克拉彭路一七九號吉勒特府羅莎與已故喬治・艾爾弗雷德之女羅瑟・瑪莉恩；普萊伍德與黑茲代爾，由伍斯特教長、十分可敬的福里斯特博士在肯辛頓區聖祖德教堂證婚。嗯？死亡欄。倫敦白廳胡同布里斯托；紐英頓的斯托克，卡爾，死於胃炎及心臟病；切普斯托的城壕府，科克伯恩[17]……

——我認識那傢伙，約說，我親身受過罪。

——科克伯恩。丁賽，前海軍部戴維・丁賽之妻；托頓翰市米勒，終年八十五；利物浦市堪寧街三十五號韋爾什，伊莎貝拉・海倫，六月十二日。這算是咱們的民族報紙，嗯？球！這就是班特里好商馬丁・墨菲的貢獻了[18]，嗯？

——啊，算了吧，約一邊傳酒一邊說。感謝天主，他們搶在咱們前頭了。喝吧，公民。

——我喝，他說。好樣的人。

——祝你健康，約，俺說。還有在座的各位。

啊！噢！別說話了！俺等那一品脫都等得長青黴了。俺敢對天主起誓，那酒到俺胃裡頭，俺都聽到它落在胃底上那啪嗒一聲了。

瞧呀，正當他們在痛飲歡樂之杯時，一位儀表如神的使者，一位光耀如天堂之眼的俊美青年快步走了進來，而他的身後正走過一位面目高貴、步履莊嚴的長者，手捧神聖的律卷，跟他一起

---

12 共濟會章程禁止在外人前作有關共濟會的「不謹慎的談話」。

13 《自由人報》（布盧姆與約・哈因斯均為該報工作）在王子街，其立場溫和，接近以地方自治為目標的愛爾蘭議會黨團，因而被要求徹底獨立的民族主義者認為受其津貼。

14 自十九世紀中葉起，英國議會中的愛爾蘭議員曾採用起誓聯合支持英國兩大政黨之一的辦法，支持條件為該政黨採取改善愛爾蘭地位的政策，帕內爾在八十年代即運用此戰略與英國自由黨建立聯合陣線，一八九〇年帕垮臺後這一陣線逐漸解體。

15 《愛爾蘭獨立報》為帕內爾垮臺後創建，但至一八九一年帕去世後方開始出版，並即轉為反帕的保守立場。

16 「埃克塞特市」及以下公民所念其他地名均為英國地名。

17 「科克伯恩」原文可理解為「雞疼」，即性病。

18 《愛爾蘭獨立報》業主墨菲為愛爾蘭班特里人，營造業起家。

的是他的貴婦妻子，其出身蓋世無雙，其容貌嬌好無比。

小阿爾夫・伯根鑽進門來，馬上躲進了巴爾尼的小間裡頭，笑得直不起腰來。角落裡還有人坐在那兒呢，俺沒有看見，喝醉了人事不知，在那裡頭打鼾，原來是鮑勃・竇冉。俺不明白是啥事兒，阿爾夫一個勁兒朝門外做手勢。老天在上，啥事兒呢原來是背時的老傻瓜丹尼斯・布林，腳上穿一雙拖鞋，胳肢窩兒裡夾著兩本背時的大書，他老婆緊跟在他後頭，可憐的倒楣女人，顛得像隻小巴兒狗似的。俺看阿爾夫那模樣，簡直像要爆炸了。

——你們瞅著他，他說。布林。他把都柏林全市都溜遍了，就因為有人寄給他一張明信片，上邊寫著卜一：上，他要起……

他又笑得彎下了腰。

——起啥？俺問他。

——起訴，他說。要賠償一萬鎊。

——見鬼！俺說。

背時的雜種狗開始發出低沉的吼聲，那聲音叫你聽著毛骨悚然地感到要出事，可是公民對牠肚子上踢了一腳。

——Bi I dho husht[19]，他說。

——誰？約說。

——布林，阿爾夫說。他先到約翰・亨利・門頓那兒，然後繞到考立斯——沃德事務所，然後湯姆•羅奇福德碰見他，把他支到副長官辦公處去找樂子去了。天主哪，我可是笑得肚皮痛了。卜一：上。長傢伙狠狠地瞪了他一眼，現在背時的老白痴到格林街找偵探去了。

——長約翰什麼時候絞死蒙喬伊監獄裡那傢伙？喬說。

——伯根，這時醒來的鮑勃•竇冉說。是阿爾夫•伯根嗎？

——是，阿爾夫說。絞死嗎？等我給你們瞧。喂，特里，給咱們一小杯。那個背時的老笨蛋。一萬鎊呢。長約翰那個瞪著大眼睛的勁兒，才好看呢。卜一……

他又笑起來了。

——你笑誰？鮑勃•竇冉說。你是伯根嗎？

——快點兒，特里小子，阿爾夫說。

特倫斯•奧賴恩聽到他的話，立即送來水晶杯一只，杯內滿裝烏黑起沫的麥芽酒，由兩位高貴的孿生兄弟酒老闆艾弗和酒老闆阿迪朗不停地在他們的仙酒缸中釀造，其幹練可比長生不老的勒達的兒子們[20]。他們善於採集啤酒花鮮美多汁的漿果，將之集堆、篩選、搗碎、釀造，再摻入酸汁，然後將酒汁用聖火加熱，日夜不停，這兩位幹練的弟兄，釀酒的大王。

於是你，生來就俠義的特倫斯，捧出那玉液瓊漿，用水晶杯子獻給那口渴的人，那俊美如神

---

19 愛爾蘭語：「閉嘴」。

20 艾弗和阿迪朗即第五章提到的兩貴族兄弟（並非孿生），為吉尼斯啤酒廠老闆；勒達為希臘神話中仙女，與化作天鵝的大神宙斯相親而生二兒二女，二兒一善馴馬，一善拳擊。

的俠義人物。

然而他，那奧伯根族的年輕族長，絕不容忍別人的慷慨行為超過自己，因而儀態大方地放下一枚以最貴重的青銅鑄成的寶幣。幣面有精緻浮雕凸像，是一位尊貴無比的女王，她是不倫瑞克貴族的後裔[21]，名維多利亞，憑天主之恩寵而為大不列顛、愛爾蘭，以及不列顛海外領地聯合王國的最優秀的女王陛下，宗教信仰的保護者，印度的女皇帝，她是許多民族的統治者，眾人熱烈愛戴的勝利者，從太陽升起的地方到太陽落下的地方，淺色的、深色的、紅色的、黑色的人，統統都熟悉她、愛戴她。

——那個背時的共濟會員在外面溜來溜去幹什麼？公民說。

——怎麼回事？約說。

——給，阿爾夫扔過錢去說。談到絞刑，我給你們看一些你們從來沒有見過的東西。劊子手的書信。看這些。

他從口袋裡抽出一札連封帶瓤兒的信件來。

——你糊弄人吧？俺說。

——騙你不是人，阿爾夫說。你們自己看信。

約就拿起了信件來。

——你笑的是誰？鮑勃·竇冉說。

俺砸摸要出點子麻煩，鮑勃肚子裡酒泛上來可是個怪腳色，所以俺沒話找話地說：

——威利・默里近來怎麼樣，阿爾夫？

——我不知道，阿爾夫說。剛才我還在卡佩爾大街上看見他呢，他和派迪・狄格南在一起。不過我正跟著那個……

——你什麼？約扔下信件說。和誰在一起？

——和狄格南呀，阿爾夫說。

——是派迪嗎？約說。

——對呀，阿爾夫說。怎麼啦？

——你不知道他死了嗎？約說。

——派迪・狄格南死了！阿爾夫說。

——對了，約說。

——肯定我剛見到他的，五分鐘還不到呢，阿爾夫說。明明白白的。

——誰死了？鮑勃・竇冉說。

——那麼你看見了他的鬼魂，約說。求天主保佑我們莫遭災禍。

——什麼？阿爾夫說。好基督呀，剛剛五……什麼？……而且威利・默里還和他在一起呢，兩個人在靠近那家叫什麼的……什麼？狄格南死了？

---

21 「寶幣」指便士，上有維多利亞女王像，女王祖父英王喬治三世為德國不倫瑞克公爵之後。

——狄格南怎麼了？鮑勃・竇冉說。誰說的……？

——死了！阿爾夫說。他和你們一模一樣地活著呢。

——也許這樣，約說。可是，人們今天上午可不客氣，不管三七二十一地把他埋了。

——派迪？阿爾夫說。

——對了，約說。他還清了他的人生債，天主慈悲他吧。

——好基督呀！阿爾夫說。

老天在上，他可真是你所謂的目瞪口呆了。

在那幽暗之中，可以感覺到幽靈之手在微微顫動，而按照密宗經典所作的禱告送達應達處之後[22]，逐漸可以見到一股紅寶石光隱約出現並越來越亮。由於頭頂和臉部都放射吉瓦光，虛靈體呈現出了格外逼真的形象[23]。信息交流是通過腦下垂體實現的，也利用骶區與腹腔神經叢所發出的橘黃色與紫紅色光線。喊他的地上名字問他現在天上何處，他表示現在正走上pralāyā或回歸之途[24]，但仍受超感覺層中較低層次上某些嗜血成分的困擾。問他最初越過人世界線時有何感受，他表示原來所見模糊如在鏡中，然而已經超越界線的人，眼前隨即展開最廣闊的發展阿特曼的機會[25]。問他那邊的生活是否和我們的肉體生活相仿，他表示，他聽靈體經驗已較豐富者說，他們的住所擁有各種各樣現代家庭舒適生活設備，諸如tālāfānā, ālāvātār, hātākāldā, wātāklāsāt[26]應有盡有，而最高級的裡手則浸沉於最純潔的欣心浪潮之中。這時一夸脫的酪乳應其要求送到，顯然正解其渴。問他對生者有何囑咐，他勸告一切尚未擺脫瑪耶的人[27]，應認清真正道路，因為天道中人都已獲得消息，現在火星和木星已出來，在白羊星勢力所在的東角搗亂。又問逝世者有無特殊願望，回答是：我們向你們仍在肉體中生活的地上朋友們致意。請注意康·凱勿堆垛。據了解，康·凱即康尼利厄斯·凱萊赫先生，即頗受歡迎的奧尼爾殯儀館的經理，死者的朋友，此次安葬由此人安排。他臨走要求囑咐他的親愛的兒子派齊，他找不到的另一隻靴子，現在小屋內的馬桶箱下，這雙靴子應送卡倫皮鞋店換底，後跟尚好不必換。他表示，這事使他在彼域心情異常不安，務請轉達他的願望。他在獲得此事一定辦到的保證後，表示十分滿意。

奧狄格南呀，我們的朝陽，他離開塵俗世界而去了。額角放光的派特里克呀，當初他在蕨叢間奔跑的腳步是何等輕疾！號哭吧，班芭[28]，颳起你的風來；號哭吧，海洋呀，颳起你的旋風來。

——他又來了，公民瞪著門外說。

——誰？俺說。

---

22 「密宗經典」為印度教經典，為歐美通神學等玄理派別所信奉。

23 「吉瓦」為印度教用語，指靈魂之活力；「虛靈體」為通靈學用語，與「實密體」相結合而成人，人出生時虛靈體比實密體出現早，人死亡時虛靈體並不立即消滅，因而靈魂有再生之可能。

24 prālayā為通靈學梵文術語，指人死後靈魂休養生息期。

25 「阿特曼」為通靈學用語，指人的最內在的本質。

26 仿梵文（因通靈學派崇尚梵文）的英語訛體：「電話、電梯、熱冷（水）、衛生間」。

27 「瑪耶」為印度教術語，意為虛幻。

28 「班芭」為傳說中最早開闢愛爾蘭的三姊妹之一，常被奉為司死亡女神。

——布盧姆，他說。他在那兒來回站崗放哨足有十分鐘了。

可不嗎，老天在上。俺瞅見他探頭探腦地張望一下，又溜走了。

小阿爾夫可傻了眼。說真格的，傻了眼。

——好基督呀！他說。我能起誓，就是他。

鮑勃·竇冉把帽子推在後腦殼上，這傢伙灌足了酒，可算得上是都柏林最凶惡的惡棍了。他說：

——誰說基督是好的？

——你說的是什麼話，阿爾夫說。

——他把可憐的小個兒威利·狄格南弄走了，鮑勃·竇冉說，還算是個好基督嗎？

——哎呀，阿爾夫說著，想把事情對付過去算了。他總算結束了煩惱。

可是鮑勃·竇冉大喊大叫的不答應。

——我說，誰把可憐的小個兒威利·狄格南弄走，誰就是個大混蛋！

特里走過來，給他使了個眼色叫他安靜，說他們這裡是個有執照的體面酒店，不能容許這樣的話語。於是鮑勃·竇冉哭起派迪·狄格南來，一點兒也不假。

——天下最好的人哪，他抽抽噎噎地說，最好最純潔的人品呀。

背時眼淚說來就來。信口開河。頂好快回家去，去找他娶的那位喜歡夢遊的小母狗吧，追屁股法警穆尼的那個女兒，她娘在哈德威克街管一所公寓房子，班塔姆·萊昂斯在那兒住過，他說她清晨兩點鐘一絲不掛地在樓梯平臺上溜達，赤身露體讓人看，來者不拒，不偏不倚，一律歡迎。

——最高貴，最真誠可靠的，他說。他就這麼地走了，可憐的小個子威利，可憐的小個子派迪•狄格南呀。

他用沉重的心情和悲傷的眼淚，哀悼那上天之光的隕滅。

老狗加里歐文又開始發出低沉的吼聲，這回是對門邊窺探的布盧姆。

——進來吧，怎麼啦，公民說。牠不會吃掉你的。

於是布盧姆把鱈魚眼睛盯住了那條狗，側著身子踅了進來。他問特里，馬丁•坎寧安在不在。

——唷，基督麥基翁！約看著那些信件之一說。你們聽一聽這個，好不好？

他讀起信來。

——呈都柏林

都柏林行政長官

敬啟者小人願為上述痛心案件效力小人曾於一九〇〇年二月十二日布特爾監獄絞死約•

蓋恩小人又曾……

——讓俺們看吧，約，俺說。

——在彭頓維爾監獄絞死殘殺潔細・貼爾悉特的列兵阿瑟・蔡斯小人又……

——耶穌呀，俺說。

——……在比林頓處決極惡的殺人犯托德・史密斯時任助手……

公民伸手搶信。

——等著，約說。小人套絞索有妙法套住出不來希望錄用小人向長官致敬小人費用五鎊

利物浦亨特街七號剃頭師傅

哈・郎博爾德

尼。

——一名殺人不眨眼的砍頭大師傅，公民說。

——那小子寫的什麼東西，亂七八糟的，約說。拿走吧，阿爾夫，拿得遠遠的。哈囉，布盧姆，你要什麼？

於是他們倆討論起這一點來了，布盧姆說不想要什麼不能要什麼請原諒沒有別的意思等等云云，然後他說好吧，他要一支雪茄。老天，他真是個謹慎在會的，沒錯兒。

——特里，把你那些頭等臭貨給我們來一支，約說。

阿爾夫這時在給俺們講，有一個傢伙寄來了一張帶黑框的報喪卡片。

——都是那黑色國家來的剃頭匠，他說。只要付他們五鎊現金加旅費，他們連自己的老子也願意絞死的。

他還告訴俺們，底下還有兩個傢伙等著，只等他從活板口墜下，馬上抓住他的腳後跟往下拽，周到不含糊地叫他斷氣，完了把繩索剁斷，分段賣掉，一個腦袋能賣幾個先令。

在那黑暗的國土上，居住著復仇心切的剃刀騎士們。他們手抓致人死命的繩圈：是的，不管是誰有血案，他們都用這圈將他套住送往埃里伯斯[29]，因為那是我絕不容許的，主這樣說。

於是他們開始談論死刑問題，布盧姆當然就拿出了他那些原因嘍、理由嘍等等一大套有關的糊弄理論，那條狗是不斷地嗅他，有人跟俺念叨過這些猶太佬讓狗聞著有一種特殊的氣味，還有莫名其妙的一大套，什麼起遏制作用啦等等等等的。

——有一樣東西是它起不了遏制作用的，阿爾夫說。

——什麼東西？約說。

29 「埃里伯斯」為希臘神話中人世與冥府之間的幽暗世界。

——被絞死的倒楣蛋的傢伙，阿爾夫說。

——真的嗎？約說。

——一點兒也不假，阿爾夫說。我聽基爾曼漢監牢的獄長說的，無敵會的約・布雷迪就是他那時絞死的。他告訴我，他們絞過之後把他放下的時候，那玩意兒衝著他們的臉直立著，像一根撥火棍兒似的。

——有人說過，熱情如熾，至死不休，約說。

——這是可以用科學解釋的，布盧姆說。它不過是一種自然現象，你們不明白嗎，因為由於……

於是他說起了他那些繞脖子話頭兒來了，又是現象又是科學，這個現象啦那個現象的。傑出科學家盧依波爾德・布盧門德夫特教授先生已提出醫學根據闡明，依照醫學界最為讚許的科學傳統，頸椎骨猝折及其導致的脊髓橫斷，可被認為必將對人體內生殖器官神經中樞產生強烈的神經節刺激，致使corpora cavernosa[30]中彈性細孔迅速擴張，血流瞬即暢通，流入人體結構內所謂陰莖即男性器官部分，從而形成醫學界所謂in articulo mortis per diminutionem capitis[31]病態上升脹大的繁殖性勃起現象。

不消說，公民正等著這話頭，馬上大扯其無敵會啦、老衛隊啦、六七年的好漢們啦、誰怕談九八年啦等等，約也跟著他大扯那許許多多為了事業受緊急軍事審判而被絞死、開膛、流放的人們，大扯其新愛爾蘭，新這新那新個沒完。談到新愛爾蘭，他倒是該去找一條新狗了，實在應該了。這一條癩皮狗餓極了，在店堂裡到處嗅，到處打噴嚏，到處蹭牠的疥瘡。牠轉到鮑勃・竇冉面前，搖尾乞憐地想得點什麼，竇冉正請了阿爾夫半下子，這時當然幹起背時蠢事來了。他說：

——給咱們伸伸爪子！伸爪子，狗狗！好狗狗！把爪子伸過來呀！伸出爪子讓咱們握一握呀！

瞎胡鬧！別抓背時爪子了，牠可要抓你了！阿爾夫還得扶著他點兒，免得他從背時的凳子上翻下來，砸在那隻背時的老狗身上，可他還在不停嘴地胡扯，什麼用感情訓練狗呀，什麼純種狗呀聰明狗呀，真叫你憋氣。然後他叫特里拿來雅各布餅乾罐頭，從底上掏出了幾片陳餅乾。老天哪，牠狼吞虎嚥，一口就吃了下去，又把舌頭拖出一碼長，還要。差點兒連餅乾罐頭都一股腦兒吞了下去，背時的餓狗！

公民和布盧姆卻在那兒爭辯不休，希爾斯弟兄啦，沃爾夫・托恩在那頭亭子山上啦，羅伯特・埃米特啦，為國犧牲啦，湯米・穆爾寫賽拉・柯倫的情調啦，她在那遙遠的地方啦[32]。而布盧姆呢，不消說是揮舞著他的雪茄大棒，一副扳油面孔像煞有介事的。現象！他娶的那一堆肥肉

30 拉丁文：「海綿體」。

31 拉丁文：「死亡時斷頸所致」。

32 希爾斯弟兄二人與托恩（參見第十章注38四五九頁）均為一七九八年起義志士，失敗後在獄中犧牲，一說托恩係在巴尼・基爾南酒店附近亭子山上監獄中自殺而死；埃米特於一八〇三年起義抗英失敗（參見第六章注91二四五頁）後被英國殖民政府殺害，賽拉・柯倫為其情人，十九世紀詩人穆爾在〈她在那遙遠的地方〉中以哀婉纏綿的情調歌頌了埃米特的「為國犧牲」和賽拉對烈士至死不渝的愛情。

才是一個美妙的老現象哩，背脊有滾木球的球道那麼寬。尿伯克告訴俺說，他們住城標飯店那陣子，那兒有個老娘們兒有個姪兒子是個瘋瘋癲癲的膿包，布盧姆想拍她的馬屁，婆婆媽媽地陪她打伯齊克牌，好擠進她的遺囑裡撈上一票；老娘們兒總綳得那麼緊，他就星期五不吃肉[33]；還帶那廢物出去散步。有一次，他領著他把都柏林的酒店都繞了個遍，嗨，聖父在上，直到他醉成一隻水煮貓頭鷹才把他帶回家，他說是用這辦法讓他明白喝酒的害處，好老天呀，三個女人差不點兒把他活活烤了，真滑稽，那老娘們兒、布盧姆的老婆，還有旅館老闆娘奧多德太太。耶穌哪，尿伯克學著她們數落他的那勁兒，俺瞧著沒法兒不笑。而布盧姆呢，還是他那一套**你們不明白嗎？和可是另一方面呢**。別忙，這還沒完呢，我聽說那廢物以後就常到柯普街帕爾公司，那家專門兌酒的，把那背時買賣裡頭所有的樣品都喝到，一星期倒有五天連腳都沒有，用馬車拉回家。這才現象呢！

——懷念死者[34]，公民端起品脫杯，瞪著布盧姆說。

——可不嗎，可不嗎，約說。

——你沒有抓住我的論點，布盧姆說。我的意思是……

——**Sinn Fein**！公民說。**Sinn Fein amhaim!**[35]好友站身邊，寇仇在面前[36]。

訣別的場面是極端令人感動的。遠近的鐘樓，都在不停地鳴著送葬的喪鐘，而在那陰暗的場地四周，一百面悶聲的鼓發出雷滾似的凶兆，鼓聲中還不時加上空炮齊轟的節奏。這時天上一連串震耳欲聾的霹靂，光耀刺眼的閃電照亮了陰森森的場地，為這原已令人毛骨悚然的情景更增加了天炮的神威。憤怒的蒼天打開閘門，瀉下一場傾盆大雨，這時場上聚集的人數至少已有五十萬，全都未戴帽子而聽任大雨澆透。都柏林都市警察署的一支隊伍，在署長親自督導下維持這龐大人群的秩序，而約克街銅管簧片樂隊則以懸掛黑紗的樂器，吹奏我們自搖籃時期即已在哀怨女詩人斯佩蘭莎的薰陶下喜聞心愛的天下無雙音樂，其精采表演消磨了等待的時間。從農村也來了大批的老鄉，有特快旅遊專列和敞篷軟座大馬車供其舒適享用。都柏林頗為走紅的街頭演唱家萊漢和馬—根也大大助興，用他們一貫的滑稽逗笑方式演唱了〈拉里上架前夜〉[37]。我們這兩位滑稽無比的腳色所賣的歌篇，在偏愛喜劇藝術的觀眾間大受歡迎，凡是欣賞道地的愛爾蘭脫俗笑料的人，無一吝惜給他們幾枚便士，都認為值得。男女棄嬰醫院的孩子們擠在可以望見現場的窗口，看到這一天的消遣中出現這麼一個意想不到的額外節目，都是非常高興；恤貧小姊妹修女會為這些無父無母的可憐兒童提供這樣一項真正有教育意義的娛樂，實在值得讚揚。從總督府招待會上來的客人們，其中包括許多有名望的女士，都由總督大人和夫人陪同，登上了觀禮臺上的最佳座位，而名為翡翠島之友的外交使團，則被安置在正對面看臺上，五顏六色煞是好看。外交使

33 虔誠的天主教徒星期五不吃肉（但可吃魚）。
34 英格拉姆（參見第十章注69四八一頁）紀念一七九八年起義的詩即名為〈念死者〉。
35 愛爾蘭語：「我們自己……就靠我們自己。」按Sinn Fein二字由二十世紀初愛爾蘭獨立運動用作名稱，常譯為「新芬」。
36 典出托・穆爾愛國主義詩〈奴隸何在？〉
37 愛爾蘭十八世紀民歌，以輕鬆口氣敘述一名拉里者被絞死前後情形。

團全體出席，包括榮譽騎士巴契巴契・貝寧諾貝諾尼[38]（他是使團首席，半身不遂，須用蒸氣起重機送上座位）、墨歇彼埃爾保羅・卑地戴巴當[39]、滑稽大公烏拉亨米爾・波該特亨克契夫[40]、突梯大公利奧波爾德・魯道爾夫・馮・希汪曾巴德—賀登特哈勒[41]、女伯爵瑪哈・維拉伽・吉莎斯佐妮・普特拉佩斯特希[42]、海拉姆・Y・炸彈鼓勁、伯爵亞薩那托斯・卡拉梅洛普洛斯[43]、阿里巴巴・拜克西希・拉哈特・羅克姆・埃分棣[44]、西尼奧希達爾茍・卡巴萊羅・唐・佩卡遞洛・依・派拉勃雷斯・依・派特諾斯特・德拉瑪洛拉・德拉瑪拉里亞[45]、賀科波科・哈拉吉里[46]、哈鴻章[47]、奧拉夫・考柏凱德爾森[48]、明海爾特立克・范・特隆普斯[49]、潘波萊克斯・派迪里斯基[50]、孤世龐德・普爾克爾斯特爾・可拉欽納布里奇西奇[51]、鮑勒斯・胡平考夫[52]、海爾胡爾所所長主席漢斯・屈契利—希多爾利[53]、國立健身館博物館療養館懸空器官初級講師通史專家教授博士克里格弗里德・幽卜拉爾格曼[54]。外交使團全體人員異口同聲七嘴八舌，用各不相同的最強烈語言，紛紛議論他們被請來觀看的這一個不可名狀的野蠻殘暴場面。翡友們展開了一場激烈論戰（人人都參加），爭辯愛爾蘭的護國聖徒生日究竟是三月八日還是九日。在爭論過程中，人們用上了炮彈、彎刀、飛鏢、喇叭槍、臭壺、砍肉刀、雨傘、彈弓、指節銅套、沙袋、生鐵塊，互相動手毆打更是毫無顧忌。專門派人去布特斯敦請來娃娃警察麥克法登警士，才把秩序迅速恢復了，他還以閃電般的敏捷，提出了以那個月的十七日，作為爭執雙方都能同樣光榮接受的解決辦法[55]。這位身高九呎的年輕人的機智的建議，立刻獲得各方讚許和全體一致的接受。馬克法登警士受到了全體翡友的衷心祝賀，其中若干人仍在流血不止。這時榮譽騎士貝寧諾貝諾尼已被人從

38 意文姓名，可解為「吻吻・小好大好」。

39 法文姓，可解為「小而驚人」。

40 俄文姓，音似英文「小手帕」。

41 奧地利姓名，可解為「浴中陰莖睪丸谷居民。」

42 匈牙利文姓名，音近「布達佩斯」而詞義可解為「母牛花腐敗瘟疫小姐」。

43 希臘文姓名，可解為「不死的卡拉梅爾糖果之子」。

44 「阿里巴巴」為《天方夜譚》故事之一主人翁，以下長串名字來自阿拉伯語與土耳其語等，可解為「送禮出行紳士」。

45 「西尼奧」為西班牙文尊稱，相當於英文「密斯脫」或法文「墨歇」，以下西文姓名可解為「高貴騎士，出自瘧疾倒楣時期罪孽府、話語府和吾父（天主）府。」

46 日文姓名，可解為「花招剖腹自殺」。

47 中文姓名，其英文拼法可解為「高懸的章」。

48 丹麥文姓名，可解為「笑吧，銅鍋兒子」。

49 「明海爾」為荷蘭文尊稱，以下荷蘭文姓名可解為「一套王牌」。

50 「潘」為波蘭文尊稱，以下波蘭文人名可解為「波蘭人們（或斧頭）」，姓近似一著名波蘭音樂家，「派迪」又為最普通的愛爾蘭人名之一，可解為「冒險的派迪」。

51 仿捷克文姓名，其中「孤世龐德」可理解為「主」，亦可按英文解為「鵝池」。

52 俄文姓名，「鮑里斯」為著名十六世紀俄國沙皇名字，而二十世紀初小說家康拉德之子名字亦為「鮑里斯」，曾患嚴重百日咳（whooping cough，音似「胡平考夫」）。

53 「海爾」為德文或瑞士德文尊稱，類似「先生」，但常置於官銜之前，而「胡爾所」可解為「妓院」。

54 此頭銜採用德文名詞組合辦法，即多詞聯合為一詞，長串頭銜之後的德文姓名可解為「戰爭和平・超乎一切」。

55 愛爾蘭以三月十七日為聖派特里克生日，舉國慶祝，但派特里克的實際生辰年代並無可靠紀錄，人們對此曾有許多爭議。

主席椅子底下拉出，他的法律顧問帕伽米米大律師聲明，藏在他那三十二個口袋中的形形色色物件，都是他在那一場混戰過程中從那些資淺同事口袋中掏來的，目的是促使他們恢復理智。這些物件（其中包括數百只女式、男式金錶、銀錶）隨即各歸原主，於是局勢太平，人人相安無事。

泰然自若的郎博爾德身穿無可挑剔的禮服，胸佩他最喜愛的花朵Gladiolus Cruentus[56]，不動聲色地登上了刑臺。他以輕輕的一聲郎博爾德式咳嗽，宣告他已到場，這聲咳嗽短促而有力，極富於他的獨特色彩，許多人都曾試圖模仿，但無一成功。這位舉世聞名的劊子手一亮相，巨大的廣場上立即歡聲雷動，總督府女賓們都興奮不已地揮舞手帕，而更善激動的外國貴賓，則紛紛用不同的歡呼聲大喊hoch, banzai, eljen, zivio, chinchin, polla kronia, hiphip, vive, Allah[57]，其中聽得特別清楚的，是歌詠之邦代表的響亮的evviva[58]（一聲特高音階的F音，令人想起當年閹人卡塔蘭尼的那些尖銳而迷人的歌聲，曾使我們的太祖母們聽得如醉如痴的）。這時時間是十七點正。揚聲筒內立即傳出祈禱的信號，頃刻間所有腦袋上的帽子都又脫掉，榮譽騎士的祖傳高頂闊邊帽（此帽從里昂齊[59]革命時期以來一直歸他家所有），是由他的隨身醫藥顧問皮匹大夫取下的。一位學識淵博的高級教士將自己的長袍托在白髮蒼蒼的頭頂之上，以最虔誠的基督徒精神跪在一汪雨水之中，向天恩的寶座作懇切祈求的禱告，為行將接受死刑懲罰的英雄殉難人提供了神聖宗教的最後一次安慰。手扶斷頭墩子站著的，是形象陰森的劊子手，頭上罩一只十加侖大桶，桶上開著兩個圓孔，孔內射出兩隻眼睛的凶光。他利用等待送終信號的時間，將那柄令人恐怖的武器在自己的肌肉突出的前臂上蹭著試刀鋒，又一隻接一隻地砍了一群綿羊的腦袋，一些人仰慕他這殘酷而必要的職務，特地提供了這些綿羊。他身邊有一只美觀的桃花心木桌子，上面整整齊齊地擺著宰割刀、各色優質鋼材掏臟工具（由舉世聞名的設菲爾德刀具廠約翰·郎德父子公司特製）、一只陶瓷盆子，準備放置掏出來的十二指腸、結腸、盲腸、闌尾等等，還有兩個大奶壺，準備接那最珍貴的殉難人的最珍貴的血。聯合貓狗收容所的總務員守在一邊，只待這些容器裝上東西，便將送往那個慈善機關。周到的當局為悲劇中心人物提供了一頓相當精采的飯菜，有油煎肉片加雞蛋，有炸得恰到好處的牛排和蔥頭，還有熱氣騰騰的美味小麵包和提神的熱茶；這位人物已經作好就義的準備，神采奕奕，對於當前的安排，從頭到尾表現了濃厚的興趣，而這時更以我們今天很難見到的自我克制精神，作出了高尚的反應，表示他的臨終願望（立即受到尊重），是將這飯菜均分若干份，送給貧病單身房客協會的會員，以示他的關懷與敬意。全場的感情高潮，是在待嫁新娘從密密層層的觀眾中衝出來的時候，她滿臉通紅地撲向即將為了她而殺身成仁的人，伏在他那強健的胸脯上。英雄疼愛地摟抱著她那柳枝般的身子，一往情深地輕喚著**喜拉**[60]**，我的人**。她聽他喚她的本名更感到激動，熱烈地吻起他來，凡是犯人服裝的規範容許她的嘴角碰到的地方，她

---

56 拉丁文：「血染寶劍」。

57 德語「高」、日語「萬歲」、匈語「祝他長壽」、塞爾維亞—克羅地亞語「祝你長壽」、洋涇濱英語「請請」、希臘語「長壽」、美語「嗨、嗨」喝采聲、法語「萬壽」、阿拉伯語「上帝」。

58 意語「他活著」。

59 里昂齊（約一三一三—五四）羅馬政治鼓動家。

60 「喜拉」這一女人名字，曾在十九世紀愛爾蘭抒情詩中被用作呼喚愛爾蘭的名稱。

都情不自禁地吻了。他們兩人的止不住的眼淚匯成一條鹹流，同時她向他發誓，他將永遠是她心中的珍寶，她將永遠忘不了她的少年英雄，上刑場時嘴裡還唱著歌，彷彿是到克朗透克公園去參加一場愛爾蘭棒球賽的神情。她和他一起回憶了安娜利菲河畔兩小無猜的幸福童年，回想那時玩的幼稚遊戲是多麼天真無邪，不由得將恐怖的現實忘在一邊，兩人都開懷大笑，所有的目睹者，包括那德高望重的牧師，都跟著高興起來。整場的人群哈哈大笑，巨獸似的前仰後合。然而不久他們倆最後一次握手，又悲從中來，滔滔不絕的淚水又從兩人的淚腺湧出，周圍的龐大人群也深受觸動，發出令人心酸的抽泣，連年事已高的專職牧師也不例外。那些治安法庭的彪形大漢，那些皇家愛爾蘭警察部隊的善良的巨人，都毫不掩飾地掏出手帕來用；可以毫不誇張地說，在那人數空前的群眾中間，沒有一隻眼睛不是溼的。最羅曼蒂克的事件發生在一位牛津大學畢業生出現之後。這是一位以對女性富有騎士風度而知名的翩翩少年，他走上前來，呈上名片、銀行存摺以及家譜圖，向遭遇不幸的小姐提出了求婚，請她指定成婚的日期，並且當場獲得接受。觀眾中的每一位女士，都收到一份紀念這一事件的精緻禮品，即一枚骷髏圖形的飾針，而這一應時的豪舉，又引起了全場的讚嘆。當這位牛津大學風流青年（順便交代一下，他出身於英國歷史上最受尊敬的名門望族之一）為他那位滿臉羞紅的未婚妻戴上訂婚戒指——一枚鑲成四個瓣兒的三葉草形狀的貴重翡翠戒指——時，場上的情緒簡直超過了沸點。不僅如此，主持這一悲壯場面的嚴厲的指揮官湯姆金—馬克斯威爾・弗蘭契默蘭・湯姆林森中校，他曾經將數目可觀的印度雇佣軍綁在炮口上轟死而不眨一下眼，現在卻也無法控制感情的自然流露了。他舉起他那鐵甲防護手套，擦掉了一滴偷偷流出來的眼淚，當時有幸站在他身邊的一些市民，聽到他在上氣不接下氣地喃喃自語：

——上帝有眼，這要命的妞兒，可是真夠意思的。上帝有眼，咱瞧了不知怎麼的，就要掉要命眼淚，真格兒的，不知怎麼的咱就想著咱那位在石灰房路[61]等著咱的麥芽漿桶了。

這麼的，公民開始大談其愛爾蘭語言，談市政會議等等一大套，談那些連自己的民族語言都不會說的假紳士們，約也在插嘴，因為他從什麼人那裡弄來了一鎊，布盧姆呢，擺弄著他從約揩油來的那支兩便士的棍子，也說他那蔫蔫呼呼的一套，什麼蓋爾語協會啦，什麼反請客協會啦[62]，什麼酒是愛爾蘭的致命傷啦。反請客，這才是要緊的。老天，他是什麼酒都會讓你灌進他喉嚨裡去的，一直灌到主召喚他，你也見不到他那品脫酒的沫子。有一天晚上，俺跟一個傢伙參加了一次他們那種音樂晚會，唱啊跳的，乾草堆上的姑娘坐起來呀，她是我的毛琳・賴呀，有一個傢伙戴著一枚包列胡里的藍綬帶徽章，咕嚕咕嚕的滿口愛爾蘭語，還有好些個金髮姑娘送節制飲料，賣紀念章、橘子、檸檬水，還賣一些又陳又乾的小麵包，老天，酋長式的招待，別提啦。清醒的愛爾蘭才是自由的愛爾蘭[63]。然後，一個老傢伙吹起了風笛，於是所有的騙子們都踩著氣死老母牛的樂調蹭起腳來。還有一兩位管上天的在周圍看著，免得人們和女性耍什麼手腳，

61　倫敦貧民區地名。
62　都柏林「聖派特里克反請客協會」建於一九〇二年，企圖減少酒館中互相請客因而越喝越多現象。
63　這是十九世紀一作家提出的口號，企圖扭轉愛爾蘭人嗜酒的毛病。

有什麼小動作。

這麼的，不管怎麼的，俺剛說了，那條老狗看著餅乾桶空了，就在約和俺身邊來回地嗅個不停。這傢伙要是俺的狗，俺可得用感情訓練訓練牠，可得好好兒訓一訓。時不時的找牠踢不瞎的地方，狠狠地給牠一腳兩腳的。

——怕牠咬你嗎？公民嘲笑著說。

——不怕，俺說。可是牠興許把俺的腿當成電桿木了。

這麼的，他就喚老狗過去。

——加里，你怎麼啦？他說。

於是他把大狗拉過去，又是亂揉又是跟牠講愛爾蘭語，老狗也咕嚕咕嚕低聲吼著裝回答，好像歌劇裡的二重唱一樣。他們之間這種對嗥，你是絕對沒有聽到過的。誰要是閒著沒有別的事幹，應該給報紙寫一封信pro bono publico[64]，談談這樣的狗必須上口絡的問題。咕嚕咕嚕地、不滿意地低吼著，眼睛渴得發紅，嘴邊流著狂犬病的毒液。

凡是對人類文化在低級動物中的傳播情況有興趣的人（其數目是巨大的），都應該注意，萬勿錯過一場奇妙無比的犬人表演，表演者是一頭著名愛爾蘭塞特型紅色老狼狗，過去名叫加里歐文，新近已由其為數眾多的朋友熟人改名為歐文·加里。這場表演是多年感情訓練和精心設計的膳食制度的結果，除其他成績外，其主要內容為詩朗誦。我們當今最偉大的語言專家（絕對祕密我們絕不洩漏！）已不遺餘力，將牠所朗誦的詩加以破譯和比較，發現這詩和古凱爾特吟遊詩人作品具有驚人的相似處（著重點是我們加的）。通過那位以雅致筆名「小鮮枝」隱藏了真面目的作家[65]，愛讀書的人們已經熟悉了一些清新可喜的情歌，我們這裡主要不是指那些詩，而是另一種比較粗獷、個人色彩比較濃的格調（正如當時一份晚報上的一位撰稿人D・O・C所發表的有趣言論中指出的），著名的賴夫脫里以及唐納爾・麥克康西丹的諷刺詩就是如此[66]，更不必提另一位年代較近而目前頗受眾人矚目的抒情詩人了。我們在這裡附錄一首作為例子，此詩已由一位傑出學者譯為英文，他的姓名我們暫時無權透露，但我們相信，我們的讀者根據詩中涉及的內容已經可以獲得線索而有餘了。犬語原文的韻律體系要複雜得多，有一點像威爾士的安格林體詩中的錯綜複雜的頭韻和等音節規律，但是我們相信，讀者將會同意原詩的精神是抓住了的。也許應該加上一句，誦讀歐文的詩要緩慢一些，模糊一些，用一種暗示怨恨在心的語調，效果可以大大加強。

我的詛咒中的詛咒
每天都有七天

---

64 拉丁文：「為了公眾的利益」。

65 「小鮮枝」為愛爾蘭文藝復興創始人之一海德所用筆名，他曾將愛爾蘭詩歌譯為英文，包括本書第九章提到的詩集《康諾特情歌》（一八九五）。

66 賴、麥均為十八至十九世紀間愛爾蘭詩人，以蓋爾語寫作；賴為海德等人推崇的盲詩人。

七個乾渴的星期四
詛咒你，巴尼・基爾南，
沒有一頓水餐
澆一澆我的火氣
還有那吃了勞里的肺
燒得亂吼的腸子。

這麼的，他叫特里弄點水來給狗喝，老天，你到一英里以外都能聽到牠舔水的聲音。然後，約問他要不要再來一杯。

——要的，他說，a chara，好表示我對你沒有意見。

老天，別看他樣子土頭土腦，他的腸子可不是直的。一個酒館又一個酒館地混，讓你自己看面子上過得去過不去，帶著老吉爾特拉普的狗，讓納稅人和市政府選民給吃喝。連人帶狗都是客。約說了：

——你能再對付一品脫嗎？

——水怕鴨子嗎？俺說。

——特里，照樣再來一次，約說。你怎麼樣，真不要來一點液體點心嗎？他說。

——謝謝你，不啦，布盧姆說。實際上我只是來和馬丁・坎寧安碰頭，你不明白嗎，關於可憐的狄格南的保險金問題。馬丁要我到狄格南家去。情況是這樣的，他，我說的是狄格南，辦讓與手續的時候沒有通知保險公司，這樣一來，按照條例，受押人就沒有名義去從保險額中收回款項了。

——聖戰了，約笑著說。妙，把老夏洛克擱淺了才妙呢[67]。這麼的，他老婆占了上風，是不是？

——這個麼，布盧姆說，得看打他老婆主意的人了，布盧姆說。

——打誰的主意？約說。

——我是說給他老婆出主意的人。

然後他自己也弄糊塗了，胡扯起什麼抵押人按條例什麼的，裝腔作勢像大法官坐堂判案似的，什麼為了他老婆的利益啦，什麼建立一筆託管基金啦，可是另一方面狄格南又確是欠了布律奇曼那一筆債啦，如果他老婆或是遺孀要否定受押人的權利，等等云云，他那一套抵押人按條例簡直把俺的腦袋都弄昏了。背時傢伙他自己那回倒是逃脫了，沒有按條例當流氓壞蛋抓起來，他是朝裡有人。出售那個獎券還是叫什麼的，匈牙利皇家特權彩票。千真萬確的。嗨，以色列人真是不賴！皇家特權的匈牙利綁票。

這時候，鮑勃・竇冉跌跌撞撞地走了過去，要布盧姆轉告狄格南太太，他很同情她的不幸，

---

67 夏洛克為莎劇《威尼斯商人》中高利貸者。

他很遺憾沒有參加葬禮，轉告她，他說了，每一個認識他的人都說了，天下沒有一個比可憐去世了的小個兒威利更真誠可靠、更好的人了，轉告她。說那些背時蠢話說得都梗住了。還唱悲劇似的握著布盧姆的手，要他轉告她。握手吧，老哥，咱們誰也別嫌誰。

——請容許我放肆利用咱們的交情，他說。咱們相交儘管從時間來說彷彿並不長，然而我希望，我相信，還是以互敬互重的心情為基礎的，所以我膽敢請您襄助。但是，如果我已經超越了名分，那麼請您姑念我感情上的真誠而諒解我行動上的大膽。

——不不，那一位答道。我充分理解您採取這一行動的意圖，我定將完成您委託我辦的事務，並從中獲得慰藉，因為這雖是一項哀傷的使命，您在這中間卻表現了對我的信任，已在一定程度上將苦杯變甜。

——那麼請允許我握一握您的手，他說。我深信，您的善良心腸，將比我的笨嘴拙舌更能向您提供最恰當的詞句去表達我的心情，我現在辛酸在胸，即使要加以抒發，亦必將語塞詞窮。

他說完就往外走，七歪八倒地想走直了。五點鐘，就已經醉了。那天晚上，他差點兒就讓逮走了，幸好派迪·倫納德認識甲十四號巡警。人事不知地躺在布萊德街一家私酒店裡，過了關門時間還不走，跟兩個浪女人亂搞，還有一個打手看守著，用茶杯子喝黑啤酒。他對那兩個浪女人自稱是法國佬約瑟夫·曼謬，大說天主教的壞話，說自己年輕的時候在亞當夏娃教堂的彌撒儀式中服務，是閉著眼睛的，大談誰寫新約，誰寫舊約，又是摟又是摸的。兩個浪女人一邊笑得死去活來，一邊掏了他的腰包，背時的蠢貨，他把黑啤酒撒得滿床都是，兩個浪女人嘻嘻哈哈地彼此尖聲叫著。你的約怎麼樣喲？你有舊的約嗎？幸好派迪路過那裡，俺告訴你。然後，到星期天，又看到他和他那個小妾似的老婆，她扭著屁股走在教堂座席間的通道上，穿著她的漆皮靴子，不假，戴著她的紫羅蘭，整整齊齊的，擺著她的小夫人派頭。杰克・穆尼的妹子。那個老婊子媽媽呢，給街上的野男女找房間。老天，杰克可把他管住了。告訴他說，他要是不老老實實修鍋補罐，耶穌呀，他要把他踢個屁滾尿流。

這時特里送來了三品脫的酒。

——喝，約敬酒說。喝，公民。

——Slan leat[68]，他說。

——祝你好運道，約，俺說。祝你健康，公民。

老天，他的嘴巴已經一半都伸進酒杯裡去了。要供他不斷喝的，可得要一筆可觀的錢才行哪。

——阿爾夫，長傢伙在幫誰競選市長？約說。

——你的一個朋友，阿爾夫說。

——南南？約說。議員？

——我可不說名字，阿爾夫說。

68　愛爾蘭語：「祝你安全」。

的。

——我就猜是他，約說。我剛才看到他和國會議員威廉・菲爾德一起在會上，牧牛貿易協會

——長頭髮的伊奧鉑斯[69]，公民說。爆炸過的火山，各國寵愛，本國崇拜。

於是約對公民說起了口蹄疫、牧牛貿易協會，以及打算採取什麼行動問題，公民聽一樣駁斥一樣，而布盧姆則出了許多主意，洗疥癬用浴羊水呀，治小牛咳嗽用線蟲灌服藥呀，治木舌頭有特效療法呀。因為他有一個時期在一家老弱家畜屠宰場幹。拿著他的本子和鉛筆忙忙碌碌跑顛顛，直到他頂撞了一位牧場主，約・卡夫叫他滾蛋為止。萬事通。好為人師。尿伯克告訴我，在飯店住的時候，他老婆常哭鼻子，有時候跟奧多德太太一起哭得死去活來，哭她那一身八寸厚的肥膘。解不下她那些屁帶子來，老鱈魚眼繞著她轉圈子，給她出主意。你今天是什麼節目？對了。人道的辦法。因為可憐的牲口在受罪啦，專家們的意見啦，目前已知的最佳療法啦，可使牲口不受痛苦啦，在疼痛處輕輕敷上啦。老天，母雞下蛋他都能伸手去接的。

嘎嘎嘎啦。咯打咯打咯打。黑麗茲是我家母雞。牠給我們下蛋。牠下蛋的時候很高興。嘎啦。咯打咯打咯打。這時來了好叔叔列奧。他把手伸到黑麗茲屁股底下，接住了牠剛下的蛋。嘎嘎嘎嘎嘎啦。咯打咯打咯打。

——不管怎麼說，約說，菲爾德和南內蒂今天晚上要去倫敦，他們準備到下院議席上提這個問題。

——你肯定市政委員也去嗎[70]？布盧姆說。我正有事要找他。

——他呀，約說。坐郵輪走，今天晚上。

——那可太糟了，布盧姆說。我很需要。也許是菲爾德先生一個人走吧。我沒有辦法打電話。沒有。你肯定嗎？

——南南也去的，約說。協會還要他明天質詢警察署長禁止公園內進行愛爾蘭體育運動的事。你對那件事有什麼看法，公民？Sluagh na h-Eireann[71]。

考·科納克爾先生（穆爾體方翰。民[72]。）：由我尊敬的朋友希來拉赫區議員所提的問題，引出另一問題：我是否可以請問首相閣下，政府是否已下指示，這批牲畜即使並無醫學材料證明其確有病態，亦將全部屠宰[73]？

奧爾弗士先生（塔墨上特。保[74]。）：各位尊敬的議員們均已獲得呈交全院委員會的一份材料。我感到我對該材料不能提供有用的補充。對於尊敬的議員所提問題的回答是肯定的。

奧賴里·奧賴利先生（蒙特諾特。民。）是否已經發出類似指示，對於膽敢在鳳凰公園進行

---

69 古羅馬史詩《埃涅阿斯紀》酒席間吟唱的詩人。

70 南內蒂為英國國會議員兼都柏林市政委員。

71 愛爾蘭語：「愛爾蘭軍」，係一愛國團體。國會議員南內蒂實際上於一九〇四年六月十四日代表該軍在英國下議院提出這一質詢。

72 英國議會議事紀錄格式，括號內標示議員所代表的選區（「穆爾體方翰」為愛爾蘭牧牛地區一村莊，實際並非選區）及黨派關係（「民」即愛爾蘭民族主義黨）。

73 發現口蹄疫後屠宰區內全部牲畜為當時防止疫情擴展的一種辦法。

74 一九〇四年英國實際首相為保守黨議員鮑爾弗，蘇格蘭人，而「塔墨上特」為一種蘇格蘭帽子。

愛爾蘭體育運動的人形牲口，也將加以屠宰？

奧爾弗士先生：回答是否定的。

考・科納克爾先生：財政部當政的紳士們的政策，是否從首相閣下的著名的米契爾士敦電報受到了啟發[75]？（喔！喔！）

奧爾弗士先生：關於這個問題，我必須事先獲得通知。

斯泰爾微特先生（本刻姆[76]。獨。）格殺勿論。（反對派譏笑歡呼聲。）

議長：秩序！秩序！（全場起立。歡呼聲。）

——復興愛爾蘭體育的人就在這兒，約說。他就坐在這兒呢。也就是把詹姆斯・斯蒂芬斯弄走的人。擲十六磅鉛球的全愛爾蘭冠軍。你擲得最遠的一次是多少，公民？

——Na bacleis[77]，公民擺出謙虛姿態說。有那麼一個時期，我倒是可以和別人不相上下的。

——那是沒有問題的，公民，約說。不相上下，還高出去不少呢。

——真是那樣嗎？阿爾夫說。

——真是的，布盧姆說。許多人都知道的。你不知道嗎？

這麼的，他們談開了愛爾蘭體育啦、草地網球之類的假紳士運動啦、愛爾蘭棒球啦、擲石頭啦、鄉土味啦、重建一個國家啦，等等一切。布盧姆當然也有他的話要說，說什麼得了划船手的心臟，劇烈運動就不好。我敢當著椅背套宣布，如果你從背時地板上撿起一根麥稭來對布盧姆說：〈瞧，布盧姆，你看見這根麥稭了嗎？這是一根麥稭。〉我敢當著我姑媽宣布，他準會談這根麥楷談上個把鐘頭，肯定的他會談，而且會談個沒完沒了的。

在Sraid na Bretaine Bheag的Brian O'Ciarnain[78]的古老廳堂內，由Sluagh na h-Eireann主辦，召開了一場饒有趣味的討論會，研究復興古蓋爾體育運動問題，並研究古希臘、古羅馬與古愛爾蘭如何將體育作為振興民族的重要手段。會議由崇高團體眾望所歸的會長主持，出席人數眾多。主席作了發人深省的講話，措辭精闢而雄辯有力，隨後會議進行了饒有趣味而發人深省的討論，以一如既往的優良水平，研究了復興我們古代泛凱爾特祖先的古代競賽、古代體育是何等可取。曾為復興我們的古老語言出力而備受尊敬的知名人士約瑟夫・麥卡錫・哈因斯作了一個雄辯有力的發言，主張按照芬恩・麥庫爾朝夕活動的辦法[79]，恢復古蓋爾體育運動與遊戲，以便振興我們自古相傳的優良尚武傳統。列・布盧姆發表反面意見，獲得了讚揚與噓聲相混雜的反應，隨後，歌喉響亮的主席應座無虛席的全場人士的反覆要求與熱烈歡迎，引吭高歌〈重建一個國家〉作為討論的結束。這位老資格的愛國志士，將不朽的托馬斯・奧斯本・戴維斯這首長青不衰的詩歌（所幸

75 當時英國財政部政策直接影響愛爾蘭牧牛貿易業，而一九〇四年財政大臣係由首相鮑爾弗兼任。一八八七年鮑爾弗任愛爾蘭事務大臣時，曾在國會引用愛爾蘭米契爾士敦警察局電報，證明該地鎮壓愛爾蘭人民的行動是正確的。

76 本刻姆實為美國北卡州地名，因代表該地的議員曾在國會作專為討好該地選民的發言而出名。

77 愛爾蘭語：「不值一提」。

78 愛爾蘭語，即「小不列顛」的「巴尼・奧基爾南」。

79 芬恩・麥庫爾為愛爾蘭傳說中三世紀英雄，為十九世紀愛爾蘭民族主義組織「芬尼亞協會」所崇拜。

早已深入人心，因而此處無需贅述[80]）唱得十分出色，說是他本人的絕唱，不會有人反對。這位愛爾蘭的卡魯索—加里波第[81]，意氣風發，以其洪亮的歌喉唱這歷史悠久的讚歌，正好發揮了他最大的特長，唱出了只有我們的公民能唱的感情。他的高級聲樂技巧超群絕倫，其無比的優越性更大大提高了他本已蜚聲國際的名望，博得在場人群的高聲歡呼，其中除新聞界、法律界以及其他學術界代表外，還有許多知名教會人士。會議至此結束。

出席會議的神職人士中有耶穌會的十分可敬的威廉・德拉尼法學博士、非常可敬的杰拉爾德・莫洛伊神學博士、聖靈會的可敬的P・J・卡瓦納、可敬的托・沃特斯代理牧師、可敬的約翰・邁・艾弗斯司鐸、聖方濟各會的可敬的P・J・克利里、修士傳道會的可敬的路・J・希基、聖方濟各卡普秦會的十分可敬的尼古拉斯修士、赤腳卡爾梅勒會的十分可敬的伯・戈爾曼、耶穌會的可敬的T・馬厄、耶穌會的十分可敬的詹姆斯・墨菲、可敬的約翰・萊弗里代牧、十分可敬的威廉・多爾蒂神學博士、主母會的可敬的彼得・費根、聖奧古斯丁會的托・布蘭根、可敬的J・弗萊文代理牧師、可敬的馬・A・哈克特代理牧師、可敬的沃・赫爾利代理牧師、非常可敬的麥克馬納斯代理主教閣下、聖潔瑪利亞會的可敬的B・R・斯萊特里、十分可敬的邁・D・斯卡利司鐸、修士傳道會的可敬的F・T・珀塞爾、十分可敬的祭司蒂莫西・戈爾曼司鐸、可敬的約・弗拉納根代理牧師[82]。非聖職人員有P・費伊、托・奎克等等、等等。

——說到劇烈運動，阿爾夫說，你們看了基奧—貝內特那場比賽嗎？

——沒有，約說。

——我聽說那小子那一場賺了整整一百鎊，阿爾夫說。

——誰？一把火嗎？約說。

布盧姆卻說：

——我說的是，像網球那樣的，就要求靈敏和控制視線。

——對，一把火，阿爾夫說。他放出風聲，說邁勒酗酒，這樣提高了賠率，可是實際上一直在拚命訓練。

——我們知道他，公民說。叛徒的兒子。我們知道他口袋裡的英國金幣是怎麼來的。

——你說的一點也不錯，約說。

布盧姆又一次插嘴談草地網球和血液循環問題，他問阿爾夫：

——你說，是不是這樣的，伯根？

——邁勒狠狠地幹了他一場，阿爾夫說。希南對塞耶斯跟它比起來[83]，簡直是瞎胡鬧。打了他一個落花流水。看那小傢伙，還不夠他的肚臍眼兒高呢，那大個子是拚命地揮拳。天主呀，他最後落在他肚子上那一拳，昆斯伯里規則不規則的[84]，叫他把從沒吃過的東西都嘔吐出來了。

---

80 戴維斯（Thomas Osborn Davis, 1814-45）為愛爾蘭愛國詩人，其詩曾被評論家贊為「長青不衰」。

81 加里波第即第八章注30（三二九頁）所提到的意大利革命家，卡魯索為意大利著名男高音。

82 以上二十四人除第二十人（斯萊特里）情況不明外，均為都柏林地區天主教當時實際聖職人員，「可敬的」、「十分可敬的」、「非常可敬的」為對一般聖職人員、教長級人員、主教級人員的固定尊稱。

83 英國十九世紀一場著名拳賽，參見第十章注75四八三頁。

84 英國十九世紀在昆斯伯里侯爵支持下採取的拳擊比賽規則，包括要戴手套、不許扭打、每個回合限定時間等。

邁勒與珀西戴上手套決一雌雄，獎金五十金鎊，這是一場歷史性的大決戰。都柏林最紅的小綿羊吃虧在體重不足，但是倚仗高超的拳藝彌補了缺陷。在最後一個回合的驚險場面中，兩位鬥士都受到慘重打擊。次中量級的軍士長在上個回合中是曾經拳頭見紅的，當時基奧吃夠了左拳右拳，砲兵的拳頭找準了紅人的鼻頭，邁勒一時顯出了狼狽相。這回當兵的毫不含糊，開手就是一記左猛拳，愛爾蘭勇士立即對準貝內特的下巴尖回敬一記硬拳。英國兵躲過這一拳，可是都柏林人使了個左肘彎，正落在他身上，打了他個仰天倒。接著是近身搏鬥。邁勒很快占了上風，將對手壓倒在下，回合結束時是大個子倒在欄索上挨邁勒的拳頭。右眼幾乎已睜不開的英國人，坐在自己的角裡澆了大量的水，鈴聲響時又已鬥志昂揚，勇氣百倍，有信心轉眼就把愛博蘭納拳擊手打倒。這是一場殊死戰，臺上你死我活，臺下激動萬分。裁判兩次警告拳手珀西犯規，但紅人非常巧妙，他的腳步動作準確漂亮。兩人互敬快拳，其中軍人的一記有力的上手拳，把對手的嘴裡打出不少鮮血，但綿羊突然全面進擊，一記特猛的左拳落在背水一戰的貝內特肚皮上，把他放倒在地。這一下是乾淨俐索的擊倒不起。全場尚在緊張屏息，傾聽裁判對波托貝羅兵營的拳擊家數數計時，貝內特的助手奧利・福茲・韋茨坦已給他蓋上了毛巾，於是裁判宣布桑特里的小夥子獲勝，全場觀眾爆發出瘋狂似的歡呼聲，人們紛紛越過欄索，將他緊緊地圍在歡樂之中。

——他是個精明傢伙，阿爾夫說。我聽說他正在搞一個北方巡迴演出。

——是的，約說。他是在搞吧？

——誰？布盧姆說。噢，是的。有這事。對的，一種夏季巡迴演出，明白吧。不過是玩一趟而已。

——布太太是主角明星，對吧？約說。

——我妻子嗎？布盧姆說。她參加唱的，是的。我也相信這事會成功的。他是組織能力很強的人。很強。

嘀嘀，老天在上，俺可明白了，俺心裡說。這就說明了椰子裡頭為什麼有一包汁，牲畜胸口為什麼沒有毛。一把火吹上了笛子啦。巡迴演出。他老子是島橋那個賴帳的癩皮丹，就是他賣馬給政府打波爾戰爭，同一批馬賣了兩回。老什麼什麼。我找你是為了濟貧捐和水捐，鮑伊嵐先生。你什麼？水捐，鮑伊嵐先生。你什麼什麼？就是這麼一個霸道傢伙，他要組織她了，俺的話你聽著吧。就俺和你卡達里希知道吧。

卡爾普石山的驕傲[85]，忒迪的頭髮烏黑的女兒。在那琵琶與扁桃飄香的地方，她長成了天下無雙的美女。白楊林中的花園熟悉她的腳步，橄欖叢中的庭院熟悉她，向她彎腰。列奧波爾德的貞潔配偶就是她：胸脯豐滿的瑪莉恩。

瞧吧，進來了一位奧莫洛依族的，一位模樣端正的英雄，臉色發白而微帶紅暈，他是深通法律的皇家律師，和他同來的是高貴的蘭伯特系的王子儲君。

——哈囉，內德。

85　卡爾普為希臘神話中山名，即直布羅陀山。

——哈囉，阿爾夫。

——哈囉，杰克。

——哈囉，約。

——天主保佑你，公民說。

——仁慈地保佑你，杰・J說。你要什麼，內德？

——半下子，內德說。

於是杰・J要了酒。

——你到法庭去了嗎？約說。

——去了，杰・J說。他能解決的，內德，他說。

——希望如此，內德說。

這兩位是在鬧什麼把戲？杰・J幫他從大陪審團名單上除名，他幫他度過難關。他的名字都上了斯塔布斯[86]。玩牌，跟一些眼睛裡裝腔作勢塞上單眼鏡的時髦人物混在一起，喝香檳，然後是一大堆傳票和扣押令，壓得喘不過氣來。他跑到弗朗西斯街的卡明斯當鋪，那兒沒有人認識他，到內部的辦公室去當他的金錶，剛巧俺陪著尿伯克贖他當的靴子。您貴姓，先生？我叫鄧埃，他說。不錯啊，等著挨揍吧，俺說。老天，他總有一天要走投無路的，俺想。

——你在那邊見到那個背時的瘋子布林了嗎？阿爾夫說。卜一：上。

——見到了，杰・J說。他在找私家偵探呢。

——對，內德說。他本來要不管三七二十一地上法庭告狀，還是康尼・凱萊赫勸住了他，讓他先把筆跡驗一驗。

——一萬鎊，阿爾夫笑著說。天主啊，等他見法官和陪審團的時候，我出多少錢都願去旁聽！

——是你幹的吧，阿爾夫？約說。要事實，全部的事實，不摻假的事實，讓吉米・約翰遜幫助你吧[87]。

——我？阿爾夫說。你別往我的人格上撒灰。

——你所說的一切，約說，都將記錄下來作為呈堂證供[88]。

——當然，起訴是可以成立的，杰・J說。有說他不compos mentis[89]的意思。卜一：上。

——Compos你的眼！阿爾夫笑著說。你知道嗎，他有神經病？看看他的腦袋吧。你知道嗎，他有時候早上戴帽子得用鞋拔才行呢。

——我知道，杰・J說。但是，從法律的觀點看，誹謗即使合乎事實，在受到散布謠言的控訴時也不成為抗辯的理由。

86　都柏林《斯塔布斯周報》內有欠債不還者姓名。

87　通常在這種情況下說「天主幫助你吧」，吉米・約翰遜為十九世紀一位強調說真話的傳教師。

88　這是逮捕或調查開始向被捕或被調查者提醒其說話須負法律責任的公式。

89　拉丁文：「智能健全」。

——哈哈，阿爾夫，約說。

——可是，布盧姆說，那女人太可憐了，我說的是他妻子。

——可憐她吧，公民說。不論是什麼女人，嫁給一個半陰半陽人都是可憐。

——怎麼半陰半陽？布盧姆說。你是不是說他……

——我就是說半陰半陽，公民說。非驢非馬的腳色。

——非驢非馬亦非老黃牛，約說。

——正是這個意思，公民說。遭巫術的，不知你懂不懂。

老天在上，俺看著要出麻煩。而布盧姆呢，還在解釋他的意思是，那妻子不能不跟著那結結巴巴的傻蛋打轉，對她太殘酷了。本來就是虐待動物，讓那背時的窮光蛋布林拖著絆腳的長鬍子到草地上去求雨。她剛嫁他那一陣子，鼻子還翹得老高的呢，因為他老頭子的一個堂兄弟是在教皇的教堂裡引座的。牆上掛著他的照片，斯馬肖爾・斯威尼式的八字鬍，夏山的西尼奧布林尼[90]，意太利亞人，教皇的親兵，已離碼頭赴莫斯街。而他究竟是什麼人呢，請問？不值一提的腳色，兩層樓梯加過道的後房，七先令一周的房租，他還掛滿了胸章耀武揚威呢。

——而且，杰・J說，寄明信片就是一種散布方式。在塞德路羅夫對霍爾判例案件中，明信片就被認為是足以說明懷有惡意的證據的。我的看法是起訴有可能成立。

六先令八便士[91]，請付吧。誰要你的看法？讓俺們安安靜靜喝俺們的酒吧。老天，連這點清福也不讓俺們享。

──噯，祝你健康，杰克，內德說。

──祝你健康，內德，杰・J說。

──他又來了，約說。

──哪兒呢？阿爾夫說。

可不嗎，老天在上，他正從門前走過，腋下夾著那些書，老婆陪在旁邊，康尼・凱萊赫也在，走過的時候還用他的斜白眼往裡頭瞅，正在老子訓兒子似的跟他說話呢，想賣給他一口二手貨的棺材。

──加拿大詐騙案結果怎麼樣了？約說。

──發回重審了，杰・J說。

是那酒糟鼻兄弟會[92]中的一員，名叫詹姆士・沃特，又名薩費羅，又名斯帕克和斯皮羅的，在報上登了一則廣告，說他只收二十先令就讓你到加拿大。怎麼樣？你當俺是傻子？當然是一場背時騙局嘍。怎麼樣？把他們全哄上了，女傭啦，米斯郡的鄉巴佬啦，還有他的自己人呢。杰・J就告訴俺們，有一個老希伯來，叫作扎萊茨基還是什麼的，戴著帽子坐在證人席上哭，憑

---

90 夏山為都柏林市內一地區；「布林尼」為「布林」姓氏的意大利化，加上意文尊稱「西尼奧」（先生），更顯得是羅馬教廷中人。

91 十八世紀英國律師一般收費標準。

92 這是一種侮辱猶太人的稱呼。

著聖摩西起誓他被他騙了兩鎊。

——這案子是誰審的？

記錄官，內德說。

——可憐的老弗雷德里克爵士，阿爾夫說。要誆他是太容易了。

——心胸寬大像獅子，內德說。只消跟他訴訴苦，房租欠著交不起，老婆病了，孩子一大堆，沒錯，他坐在法官席上準掉眼淚。

——可不嗎，阿爾夫說。那天菇本・J告可憐的小個兒格姆利，就是在巴特橋邊給市里看石子兒的，沒被他反而打成被告還算他狗運亨通呢。

於是他開始學著老記錄官的神氣，作出喊叫的樣子來：

——駭人聽聞的事情！這麼一個可憐的勤苦工人！有多少個孩子？你是說十個嗎？

是的，大人。我妻子還得了傷寒病。

——妻子還得了傷寒！駭人聽聞！你立刻離開法庭，先生。不行，先生，我不下付款指令。你的膽子不小啊，先生，敢到我的法庭上來要求我下指令！一個可憐的勤奮幹活的苦工人！我撤銷這案件。

在牛眼女神之月[93]的第十六天，在神聖不可分的三位一體節日[94]之後的第三周中，當時蒼天的女兒月亮處女尚在她的上弦期內，這時那些學問高深的法官們來到了執法大廳之中。在那裡，書記官考特內坐在自己的公事房內寫他的材料，主審官安德魯斯坐在遺囑檢驗法庭上，不設陪審團，正在仔細估量、考慮第一債權人對財產的要求，涉及新近哀悼去世的酒商雅各・哈利戴的動產與不動產，有關遺囑已呈交檢驗，有待最終確定執行辦法，而被告為頭腦不健全的嬰兒利文斯通，以及另一人。格林街那莊嚴的法院內，來了弗雷德里克・福基納爵士。時間到了五點鐘光景，他就在那裡坐堂履行職責，為都柏林市郡的全部地區推行古愛爾蘭的法律。和他一起坐堂的，是愛亞十二支族的高參[95]，派特里克族、休族、歐文族、康恩族、奧斯卡族、弗格斯族、芬族、德莫特族、科馬克族、凱文族、考爾特族、莪相族，每族一人，共計十二人，個個善良而真誠可靠。他以在十字架上獻身者的名義，籲請他們認真負責地審查案情，在國王陛下和受審犯人之間的訴訟中作出正確判斷，根據真憑實據作出正確結論，願天主幫助他們，請吻聖書。他們愛亞十二人即從座上起立，並以來自永生處者的名義起誓，他們定將按他的正義之道辦事。於是，法庭上的僕役立即從地牢之中，拉出一名由偵探根據情報逮獲的囚犯。因為那是一個作惡的人，所以他們給他戴上了手銬腳鐐，不許他取保釋放，而要給他定罪。

——都是這些好東西，公民說。他們來到愛爾蘭，就把愛爾蘭弄得到處都是臭蟲了。

布盧姆裝作什麼也沒有聽見，開始和約談起話來，告訴他不用為那點小事操心，可以到一號再說，但是如果他願意的話，請他和克勞福德先生說一句話。於是約就賭咒發誓，又指天又指

---

93 「牛眼女神」即朱諾，而西方曆法中以朱諾命名六月。
94 即「三一主日」或「天主聖三瞻禮」，為聖靈降臨節之後的星期日，在一九〇四年為五月二十九日。
95 愛亞為傳統中古愛爾蘭王族祖先。

地，說是不論怎麼樣也得把事兒辦了。

——因為，你知道，布盧姆說，做廣告必須重複。這就是全部祕密所在。

——包在我身上了，約說。

——騙農民的錢，公民說。騙愛爾蘭窮人的錢。咱們這個家裡再也不要外人了。

——哎，那敢情好，哈因斯，布盧姆說。就是那個鑰馳的事，你知道。

——你放心吧，約說。

——麻煩你了，布盧姆說。

——那些外來人，公民說。得怪咱們自己。是咱們放他們進來的。是咱們把他們引進來的。那個淫婦和她的姘頭，把撒克遜強盜引進來了。

——判決nisi[96]，杰・J說。

布盧姆裝作特別感興趣的樣子注視著一樣不存在的東西，酒桶後面角落裡的一張蜘蛛網，公民卻是惡狠狠地盯著他的後腦殼，那條老狗在他腳邊抬頭望著他討消息，看是該咬誰和什麼時候咬。

——一個失去了貞操的妻子，公民說。那就是咱們的一切災禍的根源。

——她就在這兒呢，阿爾夫說。一身的時髦打扮。他格格格地笑著，和特里一起在看櫃臺上的一份《警政周報》。

——讓俺們瞅一眼，俺說。

俺一看，原來是特里從康尼・凱萊赫那兒借來的美國色情畫報。擴大陰部祕方。交際花醜事。芝加哥財主營造商諾曼・W・塔珀，發現漂亮而不貞的妻子坐在軍官泰勒懷中。交際花正穿著短褲不正經，她的心上人正在摸她的癢處，這時諾曼・W・塔珀拿著小手槍跳了進來，就是沒趕上她和軍官泰勒玩套圈。

——耶哥兒們呀，琴妮，約說。你的襯衣多短呀！

——露著毛呢，約，俺說。這架式，弄了一塊怪味老鹹肉吃吧，是不是？

不管怎麼說，這時進來了約翰・懷斯・諾蘭，萊納漢也一起進來了，臉拖得老長，好像一頓老吃不完的早飯似的。

——怎麼樣，公民說。有什麼最新現場消息嗎？市政廳那些補鍋匠們，在他們的內部會議上作出什麼關於愛爾蘭語言的決定來了嗎？

奧諾蘭披著金光閃閃的甲冑，低頭向高貴而威武強大的全愛琳首領行禮，向他報告了所發生的事情，敘述了這個最順從的城市，這全國第二大城市的尊貴長老們如何在索爾塞爾聚會，並在向居住在冥冥上蒼的諸神作過適當祈禱之後，進行了莊嚴的議論，探討分居大海兩岸的蓋爾族[97]，如何在條件許可時使其展翅能飛的語言再次登上大雅之堂。

——往前邁步了，公民說。讓背時的撒克遜蠻子和他們的蠻話進地獄去吧。

96 拉丁法律用語：「除非（有其他情況出現）。」

97 愛爾蘭人與蘇格蘭人、威爾士人等均屬蓋爾族。

這時杰・J插嘴，紳士派頭十足地談什麼一時一個講法，對事實睜一眼閉一眼，採取納爾遜的辦法，用瞎眼看望遠鏡[98]，還談草擬控告一個國家的罪狀單問題[99]，布盧姆也湊熱鬧，大談什麼節制不節制，麻煩不麻煩的，大談他們的殖民地和他們的文明。

——你說的是他們的瘟明吧，公民說。把他們打下地獄去吧！這些背時的婊子養的厚耳朵雜種後代，叫那個沒用的天主攔腰給他們一個詛咒吧！沒有音樂，沒有藝術，沒有值得一提的文學。他們僅有的那一點文明，是從咱們這裡偷去的。私生子的鬼魂生下來的，舌頭不靈的雜種！

——歐洲的人種，杰・J說……

——他們不是歐洲人，公民說。我到過歐洲，我和巴黎的凱文・伊根在一起。在歐洲的不論什麼地方，你都見不到他們的痕跡，也見不到他們的語言的痕跡，除了在cabinet d'aisance[100]內。

約翰・懷士說：

——許多朵鮮花，都盛開在無人見到的地方。

懂一點外國話的萊納漢說：

——Conspuez les anglais! Perfide Albion![101]

他說完之後，用他那雙粗壯有力的大手，捧起那盛著顏色發黑而蓋滿泡沫的烈性麥芽酒的木碗，嘴裡喊了一聲部落口號Lamb Dearg Abu[102]，然後浮一大白祝願打倒他的仇敵，那是一個強大好戰的民族，海洋的統治者，像不死的神道似的默坐在蠟石寶座上。

——你是怎麼回事？俺對萊納漢說。你的樣子活像是一個丟了一先令找回六便士的腳色。

——金杯賽，他說。

——萊納漢先生，誰勝了？特里說。

——扔扔，他說。二十比一。一匹根本沒有希望的馬。別的馬都沒影兒。

——巴斯那匹母馬呢[103]？特里問。

——還跑著呢，他說。我們全上了一輛老爺車。鮑伊嵐根據我的消息，為他自己和一個女朋友下了權杖兩鎊的注。

——我也下了半克朗，特里說。押的是弗林先生給我的律凡德爾。霍華德・德・沃爾登勛爵的馬。

——二十比一，萊納漢說。馬廄的生活就是如此。扔扔，他說。捧走了餅乾，還說腳疼呢。脆弱呵，你的名字叫權杖。

這麼的，他走到鮑勃・竇冉放下的餅乾盒子那裡，去看看有什麼可以順手拿的東西，老狗也

98 納爾遜在一八〇一年英國與丹麥海戰中拒絕接受撤退令，當時他用已瞎的那隻眼睛對著望遠鏡宣布：「我確實看不見旗號！」

99 新芬黨曾準備公布這樣一份單子揭發英國侵略愛爾蘭的罪狀。

100 法文：「廁所」。

101 法文：「鄙視英國佬！不講信用的英國！」其中第二句是法國流傳已久的說法，據云拿破崙失敗後曾作此語。

102 愛爾蘭語：「紅手獲勝」，按紅手為愛爾蘭某些部落標誌，亦為奧爾索普啤酒商標。

103 巴斯為「權杖」的馬主。

跟在他後面，仰著癩皮鼻頭希望運氣好轉。老媽媽赫伯德翻櫥櫃[104]。

——那兒沒有，我的孩子，他說。

——鼓起你的勁兒來吧，約說。要不是有另外那一匹搗亂的，牠也就贏了錢。

這時杰・J和公民正在辯論法律和歷史，布盧姆夾在裡頭也插上一句兩句的。

——有的人，布盧姆說，看得見別人眼睛的灰塵，看不見自己眼睛裡的房梁。

——Raimeis[105]，公民說。不願看的人，才是最大的瞎子，不知你懂不懂我的意思。我們愛爾蘭人應該有兩千萬，可是今天只有四百萬，都到哪裡去了，我們那些消失了的部落都到哪裡去了？還有我們的陶器和紡織品，全世界最好的！還有我們的羊毛，在尤雅納利斯時期就已經在羅馬銷售的羊毛，還有我們的大麻，還有我們的安特瑞姆郡的織錦機上織出來的錦緞，還有我們的利默里克花邊，我們的製革廠，還有我們在包利巴烏那邊的白燧石玻璃，還有我們的福克斯福德花呢，還有我們自從里昂的耶伽德發明新織機之後就一直在生產的胡格諾府綢，還有我們的綢緞，還有我們在新羅斯的卡爾梅勒修女院的象牙凸花刺繡，那是全世界絕無僅有的。當年的希臘商人帶著黃金和泰爾紫，經過赫丘利山墩，也就是現在已被人類的敵人攫走的直布羅陀，到韋克斯福德的卡爾門集上出售，現在哪裡去了？讀一讀塔西陀、托勒密，甚至吉拉爾德斯・康勃蘭西斯吧[106]。葡萄酒、毛皮、康尼馬拉的大理石、蒂珀雷里的誰也比不上的銀子，我們的至今遠近聞名的馬匹，愛爾蘭小馬；西班牙的國王菲利普為了能到我們的領海捕魚，還情願繳納關稅呢。英吉利的黃色約翰們毀了我們的貿易，毀了我們的家園，欠下我們多少的債？巴羅河和香農河的河床他們不肯挖深，留下幾百萬英畝的沼澤和泥塘，好教我們都生癆病死掉！

——我們很快就會像葡萄牙那樣的沒有樹木了，約翰・懷士說。要不然，像那僅有一棵孤樹的黑爾戈蘭島，除非能設法重造森林覆蓋我們的國土。落葉松、樅樹、一切針葉科的樹木，都在迅速消失。我看到卡斯爾敦勛爵的一份報告……

——救救樹木吧，公民說。戈爾韋的那棵巨形白蠟樹、基代爾的那棵樹幹高四十呎、樹葉覆蓋一英畝的酋長榆。救救愛爾蘭的樹木吧，為了未來的愛爾蘭人，在Eire的清秀山丘上啊[107]。

——歐洲的眼睛望著你呢，萊納漢說。

今日下午，愛爾蘭全國護林協會高等特級主任護林員約翰・懷士・德・諾朗騎士與松林山谷針葉木府的樅樹小姐結婚，來自各國的貴賓全體參加。榆蔭府的西爾維斯特夫人、愛樺府的芭芭拉夫人、白蠟府的修剪夫人、榛眼府的冬青夫人、月桂府的瑞香小姐、蔗叢府的桃樂西小姐、十二樹府的克萊德夫人、格林府的花楸夫人、游藤府的海倫夫人、攀椽藤府弗吉尼亞小姐、山毛

---

104 英國十九世紀童謠云：

老媽媽赫伯德，翻櫥櫃找骨頭，
櫥櫃裡頭啥也沒，可憐小狗沒盼頭。

105 愛爾蘭語：「沒有的事。」

106 塔西陀為一、二世紀間羅馬歷史家，在其著作中曾提及愛爾蘭；托勒密為二世紀希臘天文地理家，曾描述愛爾蘭；康勃蘭西斯為十二、三世紀間威爾士歷史家，有兩部關於愛爾蘭的著作，但立場傾向盎格羅・諾曼入侵者。

107 「Eire的清秀山丘啊」是十八、九世紀間一首歌頌愛爾蘭山林的詩，Eire為愛爾蘭語稱愛爾蘭。

櫸府格拉迪絲小姐、庭園府橄欖小姐、白楓小姐、桃花心木府茱德夫人、香桃木府邁拉小姐、接骨木花府普里西拉小姐、忍冬府蜜蜂小姐、白楊府格雪絲小姐、桑府歐含羞草小姐、雪松葉府瑞釵爾小姐、丁香府莉蓮小姐和紫蘿小姐、顫楊府膽戰小姐、露覆苔蘚府基蒂夫人、五月山楂小姐、光輝棕櫚夫人、森林府莉安娜夫人、黑木府花索沙夫人，以及櫟聖櫟王的聖櫟府諾瑪夫人光臨了這一盛典。新娘由她的父親，幽谷的麥克針葉木先生，挽臂送上婚禮，她容光煥發、嬌美絕倫，身穿一襲特製絲光綠紗禮服，透出裡面穿著銀灰襯裙的身段，束著一條寬闊的翠色腰帶，裙邊飾有色調較深的三層流蘇的花邊，這一身打扮又有橡實褐色的裝飾帶和臀圍嵌飾作為襯托。主要伴娘是新娘的兩位姊妹，針葉木府的落葉松小姐和雲杉小姐，穿的也是同一色調的好看服裝，裙褶中飾有一串豔麗的羽毛狀玫瑰圖案，她們的綠玉色帽子上插著的淺珊瑚色鷺羽，又和這圖案形成俏皮的呼應。森豪[108]亨利克・弗臘士持風琴演奏，表現了他的人所共知的技巧，除了演奏規定的婚禮彌撒以外，還在典禮末尾演奏了〈伐木人，別砍那棵樹吧〉的新譜動聽曲調。新人在接受教皇祝福後離開聖菲亞克爾花園教堂，這時受到一陣左右夾攻的歡送彈雨，其中有榛子、山毛櫸實、月桂葉、柳樹花序、常春藤枝、冬青漿果、槲寄生小枝、花楸嫩條等。懷士・針葉木・諾朗夫婦將在黑森林安度一個寧靜的蜜月。

——我們的眼睛也望著歐洲呢，公民說。在那些雜種崽子生下來以前，我們就已經和西班牙，和法國人，和佛萊芒人有貿易了，戈爾韋就已經有西班牙麥芽酒，葡萄酒般幽暗的水道上已經有葡萄酒船了。

——而且以後還會有的，約說。

——憑著天主聖母的幫助，我們一定會有的，公民拍著大腿說。我們的港口現在是空蕩蕩的，到那時一定又都滿滿當當的了，女王鎮、金塞爾、戈爾韋、黑土灣、凱里王國的文特里、基里貝格斯[109]，那是全世界第三大港，當年臺思孟德伯爵能和查理五世皇帝本人訂立條約的時候[110]，港內擁有戈爾韋的林奇府、卡文的奧賴利府，和都柏林的奧肯尼迪府的大批船舶。而且將來還有這麼一天的，他說。那時愛爾蘭的第一艘主力艦將乘風破浪，艦首飄著我們自己的旗幟，再也不要你們那亨利・都鐸的豎琴[111]，再也不要了，將飄著水面上最古老的旗幟，臺思孟德和索孟德省的旗幟，藍地上三頂王冠，邁利西斯的三個兒子。

他一仰脖子，把最後一大口酒喝了下去。還真像煞有介事呢。全是胡吹，像鞣革場的貓隨便放屁撒尿。康諾特的母牛牛角長。別看他那些高談闊論，要了他的老命也不敢到香納戈登去當眾發表的；他不敢在那兒露面，因為莫莉・馬圭爾們正在找他[112]，要治他霸占被逐佃戶財產的罪，要在他身上捅個大窟窿哩。

108 葡萄牙語尊稱，相當於英語Mr.（先生）。
109 凱里為愛爾蘭西南部一郡，基里貝格斯為愛爾蘭西北岸一小海港。
110 臺思孟德為愛爾蘭芒斯特省古地區，十六世紀時該地伯爵勢力強大，曾違抗英王命令並與羅馬皇帝查理五世議訂反英條約。
111 十六世紀英王亨利八世曾將愛爾蘭豎琴圖案納入英國王室紋章以示統治愛爾蘭。
112 「莫利・馬圭爾們」為愛爾蘭農民化裝為婦女進行抗英戰鬥及抗租活動使用的名稱。

——聽啊，聽聽這話，約翰·懷士說。你要什麼？

——一杯帝國義勇騎兵，萊納漢說。慶祝一下吧。

——半下子，特里，約翰·懷士說。還要一杯舉手的。特里！你睡著了嗎？

——來了，您哪，特里說。一小杯威士忌，一瓶奧爾索普啤酒。就來，您哪。

還和阿爾夫一起瞅著那背時的報紙找有刺激性的玩意兒呢，一點也不關心公眾的事。一張頂撞比賽圖片，想把兩個背時腦袋撞破，低著腦袋互相狠狠瞅著，像壯牛準備撞鬥一樣。另一張：**喬州奧馬哈焚燒黑牲口**。一個黑人伸著舌頭吊在樹上，腳底下燒著一堆火，好多個帽簷兒壓著眉毛的死林狄克還對著他開槍[113]。老天，他們應該完事之後再把他淹在海裡，再上電刑，再釘十字架，那才萬無一失呢。

——可是把敵人擋住了的善戰的海軍呢[114]，你怎麼說呢？內德說。

——我告訴你是怎麼回事吧，公民說。是人間地獄。你看看報紙上揭露朴次茅斯訓練艦上是怎麼鞭打的吧。有一個自稱氣憤者的人寫的。

這麼的，他給俺們談起體罰來了，說是艦上官兵們海軍少將們全都戴著翹角帽子列隊站好，牧師捧著他的新教聖經觀刑，這時一個小夥子被帶了上來，還大聲喊媽呢，他們把他綁在砲座上。

——後臀加一打，公民說。那是老壞蛋約翰·貝里斯福德爵士的說法，可是現代化的上帝的英國人，就把它叫作棒打屁股。

約翰・懷士說：

——這種風俗，不遵守它還更有道理。接著，他給俺們講艦隊糾察長拿著一根長棍棒走上前，掄起來就打，直打得可憐的小夥子屁股上血肉模糊，大喊一千要命才罷。

——那就是你們的光榮的稱霸全球的英國海軍了，公民說。永不為人奴的隊伍[115]，擁有天主的地球上獨一無二的世襲議院，國家掌握在十來匹好鬥的公豬和裝腔作勢的貴族手裡。那就是他們誇耀的強大帝國，盡是苦工和用鞭子抽打的農奴。

——日不升國，約說。

——而這中間的可悲處，公民說，還在於他們真信，那些倒楣的耶呼們還真信[116]。他們信奉棍棒，萬能的懲罰者，人間地獄的創造者；他們信賴杰基・塔[117]，那個在不神聖的吹噓中孕育而由善戰的海軍生出來的雜種，受了後臀加一打的刑，皮開肉綻體無完膚，殺豬似的拚命喊叫，第三天又從床上爬來，駕船進港，窮愁潦倒地等待分配下一個幹活餬口掙錢的地方。

——可是，布盧姆說，紀律不是什麼地方都是一樣的嗎？我的意思是說，只要你用武力對付

---

113 死林為美國地名，「死林狄克」為十九世紀美國驚險小說中亡命徒式人物。
114 「把敵人擋住了」是歌詞，出自一首歌頌英國海軍的歌曲。
115 「永不為人奴」是十八世紀英國誇耀其國威的頌歌〈不列顛統治〉中歌詞。
116 「耶呼」為《格利弗遊記》（參見第三章注19－一五頁）中人形禽獸。
117 「杰克」為英國人常用名之一，因而「杰基・塔」或「杰克・塔」泛指英國水手。

武力，就是在這兒不也得那樣嗎？

俺沒跟你說嗎？就和俺喝的是黑啤酒一樣，他就是到了最後一口氣，也要死氣白賴地和你辯，說死了和活著是一回事。

——我們就是要用武力對付武力，公民說。我們還有我們的海外的大愛爾蘭呢[118]。他們是在黑暗的四十七年被逐出家園的。他們的泥土小屋和路旁牧羊小舍，都已經被人用大錘搗毀，泰晤士報還拍手稱快，告訴那些撒克遜懦夫說，不久後愛爾蘭就不會有多少愛爾蘭人了，和美國的紅印第安人一樣。連土耳其大爺都送來了他的救濟款。可是英國佬是想要把國內留存的整個民族都餓死，滿地的莊稼都讓那些不列顛豺狼買走，賣到里約熱內盧去了。真是的，他們把農民大群大群地趕走了。光是死在那些棺材船裡的，就足有兩萬。但是，到了自由國土上的人，卻還記得不自由的國土。他們會回來的，絕對沒有錯兒，他們不是孬種，他們是格蘭妞兒的子孫，是胡里痕的凱瑟琳的鬥士們[119]。

——一點也不錯，布盧姆說。可是我的論點是……

——我們等那一天可等了不少時候，公民，內德說。自從窮老太婆告訴我們法國人已到海上並且已在基拉拉登陸以來，就一直在等著了[120]。

——不錯，約翰·懷士說。我們為說話不算數的斯圖亞特王朝和威廉黨徒作戰，可是他們背叛了我們。記住利默里克和那塊破條約石吧。我們把我們的民族精英都給了法國和西班牙，那就是大雁們[121]。豐特努瓦，怎麼樣？薩斯菲爾德，西班牙的得土安公爵奧唐奈，還有坎默斯的尤利西斯・布朗，給瑪麗亞・特雷薩當陸軍文帥的[122]。可是我們得到過什麼好處呢？

——法國佬！公民說。一幫子舞蹈教師！你們知道是怎麼一回事嗎？他們對於愛爾蘭，從來就不值一個臭屁！現在他們不是在托珀的宴會上和不講信用的英國談判友好協定了嗎？歐洲的禍根子，他們一直就是！

——Conspuez les français[123]，萊納漢抓住了啤酒缸子說。

——再說普魯士人和漢諾威人吧，約說。從選侯喬治算起，直到那德國小子，直到那條死掉了的屁簍子老母狗，我們的王位讓那些吃臘腸的雜種占的還不夠嗎[124]？

耶穌，他說那個愛眨眼的老婆子那話，俺聽了忍不住要笑。維老婆子，天天晚上在她那皇宮

---

118 由於十九世紀中葉（最嚴重為一八四六—四七年）的馬鈴薯大歉收，愛爾蘭人口大量外流，主要是移民美國，移民後形成支援愛爾蘭的重要政治力量，因而被稱為「海外的大愛爾蘭」。

119 格蘭妞兒為十六世紀愛爾蘭女酋長，著名抗英領袖；胡里痕的凱瑟琳即第九章注9三六七頁提及的傳說中愛爾蘭女王。

120 十八世紀末葉愛爾蘭民謠〈窮老太婆〉以象徵愛爾蘭的老嫗口吻敘述法國援助愛爾蘭起義事蹟，其中包括一七九八年法軍在愛爾蘭西岸基拉拉登陸。

121 一六八八年英國斯圖亞特王朝最後一名國王詹姆士二世被黜時，愛爾蘭軍支持詹姆士，但一六九〇年愛軍被英王威廉三世擊敗，最後於一六九一年在利默里克簽訂條約，愛軍領袖薩斯菲爾德及其主力官兵萬餘人流亡歐洲大陸，愛爾蘭流亡者稱為「大雁」即自此始。

122 豐特努瓦在今比利時，一七四五年法軍在此與英、荷等聯軍作戰獲勝，法軍中的愛爾蘭旅作戰有功；薩斯菲爾德等均為在大陸軍隊或政府中服務的著名「大雁」。

123 法語：「鄙視法國佬！」

124 英王喬治第一（一六六〇—一七二七）原為漢諾威選侯，維多利亞女王丈夫艾伯特（一八一九—六一）原為德國王子，維多利亞女王本人亦為德國貴族後裔。

裡喝她的大杯山露喝得爛醉，由她的馬車夫推著車，把她那一身連骨頭帶肉地送到床上，她還拉著他的鬍鬚，哼哼唧唧地給他唱那些老歌，什麼萊茵河上的埃倫呀，什麼到白酒便宜的地方來呀。

——這個麼，杰・J說。現在是和平締造者愛德華了[125]。

——這話你去說給傻瓜聽吧，公民說。那小子締造的花柳病比和平多得多了。愛德華・圭爾夫—韋廷[126]！

——還有，你們覺得那些神聖小子們怎麼樣？約說。他到梅努斯住的房間，愛爾蘭的教士們、主教們居然用撒旦陛下自己的賽馬旗幟作裝飾，掛上了他的騎手們騎過的所有馬匹的照片。這是不折不扣的都柏林伯爵[127]。

——他們應該掛上他自己騎過的所有女人的照片才對，小阿爾夫說。

杰・J說：

——教會大人們不能不考慮，可以掛照片的地方有限。

——公民，你願意再來一杯嗎？約說。

——好呀，您哪，他說。願意。

——你呢，約說。

——俺受惠了，約，俺說。願你健康長壽。

——照老方子再來一劑，約說。

布盧姆正在對約翰・懷士喋喋不休，他那褐黃褐黃灰不溜丟泥土顏色的臉上，樣子激動得很，那一對李子眼睛轉來轉去的。

——迫害，他說。整部的世界歷史，都充滿了迫害。要民族之間永遠保存民族仇恨。

——可是你知道什麼叫民族嗎？約翰・懷士說。

——知道，布盧姆說。

——是什麼呢？約翰・懷士說。

——民族嗎？布盧姆說。民族就是生活在同一個地方的同一群人。

——天主哪，內德笑著說。要是那樣的話，我就是一個民族了，因為我已經在同一地方生活了五年了。

這麼的，當然人人都笑布盧姆了，於是他就想方設法地給自己解圍：

——要不，生活在不同地方的也行。

——那我就可以算了，約說。

——你算是什麼民族的呢，我可以問一問嗎？公民說。

125 法國於一九〇四年與英國達成上述「友好協定」後，曾讚維多利亞女王之子英王愛德華七世為「和平締造者」。

126 「圭爾夫」為愛德華七世之母維多利亞女王（漢諾威貴族）原姓；「韋廷」為其父姓（德國貴族）。

127 維多利亞女王一八四九年視察都柏林時加封愛德華為「都柏林伯爵」。

——愛爾蘭，布盧姆說。我是在這兒出生的。愛爾蘭。

公民還沒說話，先清了清嗓子，把喉嚨裡的痰吐了出來，老天，他往屋角裡吐了一隻紅岸牡蠣。

他掏出手帕，擦乾了嘴巴說：

——你先來，約。

——喏，公民，約說。你用右手拿著，跟著我重複以下的詞句。

於是，一方十分寶貴的愛爾蘭臉布，被小心翼翼地取了出來。這布據信屬於包利莫特集的作者們，德羅馬的所羅門和馬努斯・托馬爾塔刻・奧馬克多諾[128]，上面繡著複雜的圖畫，受到了人們長時間的讚賞。無需詳述四角的繡像是如何傳奇般的精美，那是藝術的頂峰，人們在那裡可以清楚看到四位福音書作者依次向四位大師分贈各自的福音標幟，一根泥炭櫟木的權杖，一頭北美山獅（順便提一下，這是比英國獅子高貴得多的眾獸之王），一頭凱里牛犢，以及一羽卡朗圖厄爾山的金鷹。排泄面上繡的圖像描繪了我們的古堡、山寨、巨石圈、殿堂、學術場所、詛咒石，全都是形象精美，色彩鮮豔，很久很久以前斯萊戈那些巴密沙地斯時代的書籍裝飾家們盡情發揮其想像力而創造的形象絲毫沒有減色。雙湖谷、秀麗的基拉尼湖泊、克朗麥克諾亞的古代廢墟、康修道院、伊納谷十二山崗、愛爾蘭之眼、塔拉特綠山群、克羅阿・派特里克山、阿瑟・吉納斯父子（有限責任）公司釀酒廠、尼阿湖岸、奧沃科河谷、伊索爾德塔樓、馬珀斯方尖塔、派特里克・鄧爵士醫院、克里爾岬角、阿黑羅河谷、林奇城堡、蘇格蘭酒店、拉林斯頓的拉思當聯合會勞動救濟院、塔拉莫爾監獄、卡斯爾康內爾險灘、基爾包利馬克熊納基爾、莫納斯特鮑斯的十字架、朱里飯店、聖派特里克煉獄、鮭跳門、梅努斯學院餐廳、柯利坑、第一任惠靈頓公爵的三個誕生地、卡舍爾山崖、艾倫沼澤、亨利街倉庫、芬戈爾山洞——所有這些名勝，今天都在我們眼前再現了，由於經歷憂愁之流的沖洗，由於積累了更多的時間的沉澱，而比往日更美了。

——給俺們指一指酒，俺說。哪個是哪個的？

——這是我的，約說。和魔鬼對死警察說的一樣。

——同時，布盧姆說，我也屬於一個受人仇視、被人迫害的民族。現在也仍是如此。就在當前。就在此時此刻。

老天，他那根老雪茄屁股差點兒燒了他的指頭。

——遭搶劫，他說。遭掠奪。受侮辱。受迫害。把理應屬於我們的東西搶走。就在此時此刻，他舉起拳頭說。被人在摩洛哥當作奴隸或是牲口拍賣。

——你是在談新耶路撒冷嗎[129]？公民說。

——我談的是不公，布盧姆說。

——對，約翰・懷士說。那就挺身而出，像男子漢樣地用武力反抗吧。

看吧，活像一幅曆書圖片。給軟頭子彈當靶子。抬著那張板油面孔挺身而出，對著槍口。老

128《包利莫特集》為愛爾蘭十四世紀選錄古籍的集子，其中包括古愛爾蘭家族歷史與古代帝王傳統。
129 猶太人以耶路撒冷為聖地，因此在復國運動中以建立新耶路撒冷為目標。

天，他配把大掃帚倒挺合適的，真的，只要圍上一條保母圍裙就行。然後，他突然垮了下去，全身都扭得反了個兒，像一塊溼抹布似的沒了筋骨。

——可是，沒有用處的，他說。武力、仇恨、歷史，一切等等。侮辱與仇恨，那不是人應該過的生活，男人和女人。誰都知道，那是和真正的生活完全相反的。

——什麼呢？阿爾夫說。

——愛，布盧姆說。我的意思是說，仇恨的反面。我現在得走了，他對約翰・懷士說。到法院那邊去轉一下，看看馬丁在不在那兒。假如他到這裡來，你就說我一忽兒就回來。一下子工夫。

誰不讓你走呀？這麼的，他就像抹了油的閃電似的溜了。

——一位向非猶太人傳道的新使徒！公民說。博愛。

——這個麼，約翰・懷士說。不正是人們常說的嗎？愛你的鄰人。

——這傢伙嗎？公民說。把鄰人弄得一無所有，那才是他的格言哪。愛呢，像煞有介事的。他是聒聒叫的典型的羅密歐與朱麗葉！

愛就愛愛愛。護士愛新來的藥劑師。甲十四號警察愛瑪麗・格里。格蒂・麥克道爾愛那個騎自行車的少年。莫・布愛一位膚色白皙的紳士。李記漢愛吻茶步妯。公象強寶愛母象艾麗斯。戴助聽喇叭的弗斯科伊爾老先生，愛鬥雞眼的弗斯科伊爾老太太。穿棕色雨褂的男人，愛一位已死的女士。國王陛下愛王后陛下。諾曼・W・塔珀太太愛軍官泰勒。你愛某人，而這某人又愛另一個人，因為每個人都愛一個什麼人，只有天主愛所有的人。

——好吧，約，俺說。祝你非常健康唱好歌。加把勁兒呀，公民。

——好哇，那邊的，約說。

——天主和瑪利亞和派特里克祝福你們，公民說。

於是他舉起啤酒缸子往喉嚨裡灌。

——我們知道這些滿口仁義道德的傢伙，他說，他們一面說教一面掏你的口袋。想想那個道貌岸然的克倫威爾和他的鐵甲兵吧，他們的大炮口上貼著聖經語錄**上帝就是愛**，可是對德羅赫達的婦女兒童卻用刀砍[130]！還聖經呢！今天的《統一愛爾蘭人報》上，登了一篇關於祖魯酋長訪問英國的小品，你們看了嗎？

——是怎麼回事？約說。

於是公民從他隨身攜帶的文件中取出一張，開始朗誦起來：

——一個曼徹斯特主要棉紗巨頭的代表團，昨日由御前金杖官踩蛋尚前的尚前勛爵引見阿貝庫塔的阿拉凱陛下[131]，就陛下轄區內提供的各種方便向陛下敬表英國貿易界的衷心感謝。代表團與陛下共進午餐後，膚色發黑的君王發表愉快的講話，由英國司儀牧師可敬的亞拿尼亞・頌神・

130 十七世紀四十世代英國內戰中，愛爾蘭軍支持英王，在英王失敗後愛爾蘭即遭克倫威爾領導的清教徒軍隊攻擊，首先遭難的是愛爾蘭軍事重鎮德羅赫達。

131 阿貝庫塔為非洲尼日利亞部一省，其首領稱「阿拉凱」，類似蘇丹。

光骨頭轉譯大意。他在講話中向尚前老爺致以最真誠的感謝，著重談及阿貝庫塔與英帝國之間的熱忱關係，並表示他所最珍貴、最心愛的寶物之一，是一部裝飾精美的聖經，由白大婆子女首領維多利亞親切贈送並有其御筆親書贈言，這書的內容是上帝之道，也就是英國之所以偉大的祕密所在。阿拉凱隨即以**黑與白**為祝酒詞，以其卡卡恰卡恰克王朝姓四十疣的前任阿拉凱的頭顱為杯，飲用一愛杯的頭鍋威士忌。嗣後阿拉凱參觀棉紗城的主要工廠，在賓客簽名簿上留下了他的簽署，隨即表演精采的阿貝庫塔古戰舞一通，舞蹈中吞下刀叉數具，博得女工們的熱烈喝采歡迎。

——寡婦嘛，內德說。我倒不懷疑她。不知他拿那本聖經派上的用場，是不是和我一樣。

——一樣，還更勝一籌，萊納漢說。在那以後，寬葉的芒果樹在那塊肥沃的土地上長得特別茂盛。

——是格里菲斯寫的嗎？約翰．懷士說。

——不是，公民說。署名不是香根納赫。只有一個姓氏首字母P。

——還是一個很好的首字母，約說。

——那是規律，公民說。軍旗開道，貿易後隨。

——這個麼，杰．J說，如果他們比剛果自由邦的比利時人還厲害，那他們肯定是壞了。你們看了那個叫什麼名字的寫的報告了嗎？

——凱斯門特[132]，公民說。他是愛爾蘭人。

——對，就是他，杰•J說。強姦婦女、小姑娘，鞭打土人的肚皮，貪得無厭地從他們的身上榨取紅橡膠。

——我知道他到哪裡去了，萊納漢把指頭捏得格格發響地說。

——誰？俺說。

——布盧姆，他說。法院是障眼法。他押了扔扔幾個先令，現在去收他的謝克爾去了[133]。

——那個一輩子都沒有發脾氣賭過馬的白眼卡非爾人嗎[134]？公民說。

——那才是他去的地方，萊納漢說。我剛才遇見班塔姆•萊昂斯，他正想去押那匹馬，是我勸阻了他的，他告訴我是布盧姆給他的消息。我和你們賭什麼都行，他準是下了五先令，現在贏了一百。都柏林全市就他一人贏了。一匹黑馬。

——他本身就是一匹背時黑馬，約說。

——噯，約，俺說，給俺們指一指出去的入口。

——在那兒呢，特里說。

再見吧愛爾蘭，俺可去高特了[135]。這麼的俺轉到後院去放水老天在上（五先令贏一百）俺一

132 凱斯門特（Sir Roger Casement）為英國駐剛果領事，愛爾蘭出生，一九〇四年初發表一份報告，揭發了當地比利時殖民政府殘酷剝削當地橡膠園勞工等情況，引起國際公憤。

133 謝克爾為古希伯來銀幣。

134 卡非爾人為南非黑人，當時音樂雜耍場有一演員常塗黑臉畫白眼，自稱為「白眼卡非爾人」。

135 高特為愛爾蘭西部一小村，「我要去高特」是一種表示不滿都柏林城市生活的說法。

邊兒放（扔扔一比二十）放出俺那憋得慌的老天俺自己尋思俺看他那模樣就知道他（喝了約的兩品脫還有斯萊特里酒館誰的一品脫）心裡惦著什麼只想拔腳就跑（一百先令就是五鎊）那陣子他們在那家（黑馬）尿伯克告訴俺的牌局假裝孩子病了（老天，恐怕有一加侖了）那個大屁股老婆從管道裡傳下話來說她好一些了或是她現在（啊喲！）都是計謀好的這麼的他若是贏了一大把可以站起來就走要不然（耶穌，俺可真灌足了）無照經營（啊喲！）愛爾蘭就是我的民族他說（喔唷！夫索喔！）這些背時的（總算完了）耶路撒冷杜鵑[136]（啊！）誰也比不了他們。

不管怎麼的，俺回到裡面，他們正在大扯特扯。約翰・懷士說，是布盧姆給格里菲斯出了主意，格里菲斯的報紙上才有那各種各樣新芬辦法的，搗鼓選區啦、陪審團人選上作手腳啦、欺騙政府偷稅漏稅啦、派代表到世界各地遊說，推廣愛爾蘭實業啦。搶彼得還保羅。老天，有那邋遢眼老兄在那裡頭攪渾水，事情可就背時完蛋了。饒了俺們吧。天主保佑愛爾蘭，別讓這幫鬼頭鬼腦的倒楣蛋糟蹋了。布盧姆先生和他那一套因此上陽此上的。還有他的老頭子，早就是搞欺詐的了，瑪士撒拉・老布盧姆[137]，那個揹著包裹銷貨的強盜，弄得全國都是他那些小擺設和一便士一顆的鑽石，才自己喝氫氰酸毒死了自己。通信貸款，條件簡易。款數不限，簽字即支。遠近皆宜，無需抵押。老天，他和蘭迪・麥克墨爾的山羊一樣，隨上誰都願意陪著走一段路的。

——反正那是事實，約翰・懷士說。好了，來了一個能源源本本告訴你們的人了，馬丁・坎寧安。

可不是嗎，馬丁坐著城堡的車來了，杰克・帕爾也在車上，還有一個姓克羅夫特還是克羅夫頓的傢伙，海關總署領退休金的，幫布萊克本辦登記的奧倫治分子，薪水照領，啥事不幹，要不然是克勞福德，用國王的錢在全國閒遊浪蕩。

旅人們到達農舍風光客店，即跨下坐騎。

——喃，小子！狀似領頭人者叫道。無禮小人！伺候！

說話間並用劍靶大聲敲擊敞開之格子門。

店主聞聲，束上短袖罩衣前來招呼。

——老爺們傍晚安好，店主恭順彎腰曰。

——豎子速速服侍！敲門人曰。看好吾等戰馬。吾等亦已飢餓，速將店內最佳飯菜備來。

——遺憾萬分，好老爺們，店主曰。小可破店，食品庫空空如也，小可不知何以孝敬爺們。

——如何這般，夥計？來客中面目和藹之第二人曰。此為酒桶掌櫃接待國王使者之態度乎？

店主容貌立即完全改觀。

——請老爺們饒恕小人，渠謙卑而言。爺們如為國王使者（上帝保佑國王陛下！），爺們將無或缺。小可保證，國王之人（上帝祝福國王陛下！）光臨小店決計不愁受飢！

——如此則快上！旅人中尚未開口而狀似貪食者高聲曰。汝有何物可供吾等？

店主又鞠躬而答：

---

136 杜鵑占其他鳥窩下蛋。

137 瑪土撒拉為《聖經·創世紀》上壽命最長的人，活九六九歲方死。

——爺們請聽：雛鴿餡餅一盤、鹿肉片一盤、小牛脊肉一盤、野鴨加脆鹹肉片一盤、阿月渾子果仁燒野豬頭一盤、可口乳蛋糕一盆、歐楂艾菊布丁一只、陳年萊茵酒一瓶——爺們意下如何？

——天乎！後說話者大聲叫曰。甚中吾意。阿月渾子乎！

——善哉，面目和藹者亦高聲曰。此所謂破店與空空如也食品庫矣！竟是戲謔取笑之徒也。於是馬丁走了進來，問布盧姆在哪裡。

——在哪裡？萊納漢說。騙孤兒寡母們的錢去了唄。

——我剛跟公民談布盧姆和新芬的事，約翰・懷士說。是事實吧？

——不錯，馬丁說。至少人們是這麼斷言的。

——是誰的斷言？阿爾夫說。

——我，約說。我斷了言。

——歸根到底，約翰・懷士說，猶太人為什麼不能像別人一樣愛國呢？

——為什麼嗎？杰・J說。他先得弄清楚究竟是哪一個國家呀。

——他究竟是猶太人還是非猶太人，是神聖羅馬帝國人還是包襁褓的[138]，還是什麼別的亂七八糟的玩意兒？內德說。或是說，他究竟是誰？你別多心，克羅夫頓。

——誰是朱尼厄斯[139]？

——我們不要他，奧倫治分子或是長老會教徒的克羅克特說。

——他是一個反常的猶太人，從匈牙利某地來的，馬丁說。仿照匈牙利辦法的計畫就是他起草的[140]。我們城堡裡的人知道這情況。

——他是牙醫布盧姆的本家嗎？杰克·帕爾說。

——根本不是，馬丁說。只是同姓而已。他原來姓費拉格，他那服毒自殺的父親原是那個姓。是他立據改的姓，他父親。

——這就是愛爾蘭的新救世主！公民說。聖徒與賢人之島！

——這個嘛，馬丁說。他們至今還在等待著他們的救贖者呢[141]。其實，我們也是在等待。

——是的，杰·J說。每生一個男的，他們都認為有可能就是救世主。我相信，每一個猶太人，在弄清自己究竟是公還是母之前，都是處在一種高度亢奮的精神狀態中的。

——提心吊膽，只等那一刻，萊納漢說。

——天主啊，內德說。布盧姆在他那夭折的兒子出生以前，那樣子才妙呢。有一天我在南市商場遇見他買一聽耐夫牌嬰兒食物，可是那時離他老婆的產期還有六個星期呢。

——En ventre sa mère[142]，杰·J說。

138 「包襁褓的」是愛爾天主教人對新教徒的蔑稱。
139 「朱尼厄斯」為筆名，十八世紀有人在倫敦報端以此名連續發表攻擊英王信件，人們始終不知其真面目。
140 「新芬」領袖格里菲斯曾在報上發表文章，主張愛爾蘭應仿效匈牙利從奧地利統治下求獨立的辦法。
141 猶太教不承認耶穌為上帝之子，認為真正的救世主尚未到來。
142 法語：「在他母親的肚子裡」。

——你們說，這還算是個男子漢嗎？公民說。

——我納悶，他是不是真進去過，約說。

——這個麼，起碼還生了兩個孩子呢，杰克・帕爾說。

——他猜疑誰呢？公民說。

老天，戲言中常有真情。他就是那類不三不四的腳色。尿伯克告訴我，在飯店住的時候每個月還會頭疼躺倒一次，像小妞兒來經一樣。你們知道俺說的意思嗎？那樣的傢伙，一把抓住扔在背時的海裡才是替天行道哩。有正當理由的殺人，這是。然後，五鎊裝進腰包就溜了，連一品脫的客也沒有請，沒有人味。給俺們多少來一點祝福呀。掉在眼睛裡也擋不住光的那麼一點點就行。

——與人為善吧，馬丁說。可是他到哪裡去了？我們可沒有工夫等。

——披著羊皮的狼，公民說。那才是他的真面目。來自匈牙利的費拉格呢！我說他是阿哈雪魯斯，遭天主詛咒的。

——你有工夫來一小杯嗎？馬丁？內德說。

——只能一杯，馬丁說。我們得快走。約・詹父子[143]。

——你呢，杰克？克羅夫頓呢？三個半下子，特里。

——聖派特里克得重新到包厘金拉登陸來感化我們了[144]，公民說。我們的島已經被這些東西糟蹋得不成樣子了。

——好吧，馬丁一面用指頭敲著桌子接酒。願天主保佑這裡所有的人，我的祈禱是。

——阿們，公民說。

——我肯定主會這樣作的，約說。

聖體舉揚鐘聲一起，由持十字架者以及輔祭們、司爐們、捧舟形器者們、讀經師們、閽者們、執事們、付執事們等為前導，神佑隊伍逐漸走近了，有頭戴尖冠的修道會長們、修道長們、主導們、修士們、托缽僧們：斯波萊托的本篤會的修士們、加爾都西會和卡瑪爾朵萊會的修士們、西多會和奧里維多會的修士們、奧拉托利會和瓦隆布羅薩會的修士們，還有奧古斯丁會、布里吉特會、普雷蒙特雷修會、聖僕會、聖三一贖奴會、彼得・諾拉斯柯孩童會的托缽僧們，還有從卡爾梅勒山來的先知以利亞的孩童們，由艾伯特主教和阿維拉的特雷薩帶領，穿鞋的和其他的，還有棕色派和灰色派的托缽僧們、窮苦方濟各的弟子們、嘉布遣會的、圍索派的、小兄弟會的、嚴格派的托缽僧們、克拉拉的女弟子們；多明尼克的弟子們即布道兄弟們、味增爵的弟子們；聖沃爾斯登的修士們、伊格內修斯的孩童們，還有公教弟兄會的全體成員，由可敬的埃德蒙・伊格內修斯・賴斯修士率領。在他們後面走的，是全體聖徒們和殉道者們、童貞女們和顯修聖者們：聖西爾、聖伊西多・阿拉托、聖小雅各、錫諾普的聖福卡斯、聖朱利安・霍斯比泰特、聖費利克斯・德・康塔利斯、聖賽門・斯泰萊茨、聖斯蒂芬・首殉道者、天主的聖約翰、聖費雷

143 即約翰・詹姆遜父子公司所產威士忌酒。

144 包厘金拉為都柏林以北海灣內一村，該海灣為聖派特里克五世紀來愛爾蘭時傳說中登陸地點之一。

爾、聖勒加德、聖提阿多圖、聖伏爾瑪、聖理查德、聖味增爵・德・保羅、托迪的聖馬丁、圖爾的聖馬丁、聖阿爾弗列德、聖約瑟夫、聖丹尼斯、聖科尼利厄斯、聖利奧波爾德、聖伯爾納、聖泰倫提烏斯、聖愛德華、聖歐文・坎尼庫勒斯、聖無名、聖祖名、聖假名、聖同名、聖同根、聖同義、聖勞倫斯・奧圖爾、丁格爾與康普斯泰拉的聖雅各、聖科倫西爾和聖科倫巴、聖切萊斯廷、聖科爾曼、聖凱文、聖布倫丹、聖弗里吉丁、聖瑟南、聖法特納、聖高隆班、聖高爾、聖福爾西、聖芬坦、聖菲亞克爾、聖約翰・尼波墨克、聖托馬斯・阿奎那、布列塔尼的聖艾夫斯、聖邁肯、聖赫爾曼—約瑟夫、主保神聖青春的三位聖人聖阿洛伊修斯・貢扎加、聖斯坦尼斯瓦夫・科斯特加、聖約翰・伯奇曼斯，還有杰維西烏斯、塞維西烏斯、卜尼法西烏斯等聖徒，還有聖布萊德、聖基蘭、基爾肯尼的聖肯尼斯、蒂尤厄姆的聖賈賴思、聖芬巴、巴利門的聖派品、阿洛伊修斯・派西非克斯修士、路易斯・貝里可塞斯修士、利馬和維泰博兩地的兩位聖蘿絲、貝瑟尼的聖瑪莎、埃及的聖瑪麗、聖露西、聖布里奇德、聖阿特拉克塔、聖迪姆娜、聖伊塔、聖瑪莉恩・卡爾潘西斯、幼童耶穌神聖修女特雷薩、聖巴爾巴拉、聖斯歌拉斯蒂加、聖烏爾蘇拉，及一萬一千名童貞女。他們一路走來，都帶著祥雲、光圈、光輪，捧著棕櫚枝、豎琴、寶劍和橄欖花冠，袍子上織著代表職能的神聖標誌，如牛角墨水瓶、箭、麵包、罈子、鐐銬、斧頭、樹木、橋梁、浴盆中的嬰孩、貝殼、錢包、剪刀、鑰匙、惡龍、百合花、大號鉛彈、鬍子、豬、燈、風箱、蜂窩、湯勺、星星、蛇、鐵砧、盒裝的凡士林、鈴子、拐杖、鑷子、公鹿角、防水靴子、鷹隼、磨盤、放在盤子上的兩隻眼珠、蠟燭、灑聖水器、獨角獸。他們浩浩蕩蕩地沿著納爾遜紀念塔、亨利街、瑪利亞街、卡佩爾大街、小不列顛街走來，一路誦唱著主顯節彌撒中以**Surge, illuminare**[145]為首句的開場讚美詩，然後親切動人地吟唱彌撒升階聖歌Omnes de Saba venient[146]，同時施行各種各樣的奇蹟，例如逐出魔鬼、叫死人復活、將魚變多、治好瘸子和瞎子、找到形形色色丟失的東西、解釋和實踐聖經內容、給人祝福和預言。最後，在一頂金布華蓋之下，由馬拉基和派特里克隨從，走來了可敬的奧弗林神父。善良的神父們到達了預定地點，小不列顛街八、九、十號的食品批發、酒類運銷、擁有出售啤酒、果酒、烈酒以供店內飲用執照的巴尼・基爾南有限公司的店堂，主禮神父便祝福了店堂，用香薰了店堂的裝有輻射窗條的窗戶、穹棱、拱頂、尖脊、柱頂、山花、簷口、邊緣飾有鋸齒形的拱門、尖頂、穹頂，將聖水灑上過梁，並向天主祈禱，求天主像賜福亞伯拉罕、以撒、雅各家族那樣賜福這一商家，並令傳遞他的光輝的天使居住在內。他入室之後，又祝福了室內的食品和飲料，然後神佑者全體回答他的祈禱。

——Adiutorium nostrum in nomine Domini.

——Qui fecit coelum et terram.

——Dominus vobiscum.

145 拉丁文：「升起來吧，大放光明吧」。

146 拉丁文：「一切從示巴來的人」。

——Et cum spiritu tuo.[147]

然後他將雙手放在他所祝福的東西上謝了恩，禱告起來，所有人都跟他一起禱告：

——Deus, cuius verbo sanctificantur omnia, benedictionem tuam effunde super creaturas istas: et praesta ut quisquis eis secundum legem et voluntatem Tuam cum gratiarum actione usus fuerit per invocationem sanctissimi nominis Tui corporis sanitatem et animae tutelam Te auctore percipiat per Christum Dominum nostrum.[148]

——我們大家也都這樣說，杰克說。

——一年一千，蘭伯特，克羅夫頓或是克羅福德說。

——對，內德拿起自己的約翰·詹姆森威士忌說。吃魚有黃油。

俺正回頭，想看看有沒有人走運闖上，湊巧該死的他又進來了，還裝出一副忙得了不得的樣子。

——我剛到法院那邊轉了一圈找你，他說。我希望現在不是……

——沒有事兒，馬丁說。我們可以走了。

法院見鬼去吧，你的口袋裡都裝滿了金銀！背時的小氣鬼。起碼也得請我們喝一杯呀。鬼影也沒有！這就是猶太佬！一心只顧天下第一。狡猾得像茅房裡的耗子。一百比五。

——誰也別告訴，公民說。

——您說什麼？他說。

——走吧，夥計們，馬丁看著形勢不妙趕緊說。快走吧。

——誰也別告訴，公民大吼一聲說。這是一個祕密。

那條背時狗也醒過來，發出了一聲嗥叫。

——大夥兒再見，馬丁說。

他急忙把他們都弄了出去，杰克・帕爾、克羅夫頓還是什麼的，他夾在他們中間，還作出一副莫名其妙的神氣，上了那輛背時敞篷馬車。

——快走，馬丁對車夫說。

乳白色的海豚晃動著鬃毛，金色艉樓中的舵手立起身來，將帆迎風展開，站在從三角帆直至

---

147 拉丁文：

——以主的名給我們幫助。

——是他造的天和地

——主與你同在。

——與你的靈魂同在。

148 拉丁文：「天主啊，您的話語能使一切成為神聖，請您將您的祝福賜給您所創造的這一切：請您允許，無論何人，只要誠心感激您並按照您的律令和意志使用它們，都能呼籲您的聖名，在您的幫助下通過吾主基督，獲得身體健康和靈魂安全」。

大舷都鼓滿了風的帆前。許多位美貌的仙女從右舷、左舷兩邊靠攏，團團圍住了這艘堂皇壯觀的船舶，她們的光彩照人的身形聯成一圈，正如巧妙的工匠製作車輪，將一條條等長的輪輻如同姊妹一般排在輪心周圍，然後用一圈輪輞將她們聯成一氣，從而使人們有了飛快的腳，可以駛往集合地點或是去爭奪淑女的微笑。仙女們就是這樣毫不遲疑地圍上來，是永生不死的姊妹們。她們歡笑著，在她們自己激起來的一團泡沫中嬉戲，圍著帆船破浪而去。

可是，老天在上，俺剛放下啤酒缸子，一眼瞅見公民站了起來，步履蹣跚地向門口走去，一邊呼哧呼哧地喘著水腫病的氣兒，一邊用愛爾蘭語的鐘、書、蠟燭，發出克倫威爾式的詛咒[149]，同時還呸呸啪啪地吐著口水，而約和小阿爾夫兩人則像對小魔鬼似的圍著他，想叫他安靜下來。

——別管我，他說。

老天在上，他一直撞到門邊，他們兩人抓著他，他大聲吼道：

——以色列好！好！好！

瞎胡鬧，看基督面上，把屁股坐到國會席上去吧，別當眾出醜了。耶穌，總是有那麼一個兩個背時小丑，什麼背時事也沒有，偏偏鬧個背時的天翻地覆。老天，能把你肚腸裡的酒都變酸了，沒錯。

這時候，全國所有的小癟三和邋遢女人都圍到門邊來了，馬丁催車夫快駕車，公民還在那裡大吼大叫，阿爾夫和約還是在勸阻他，他倒是神氣活現地要談猶太人了，那些閒人喊他發表演講，車上的杰克・帕爾在設法叫他坐下閉起他的背時嘴巴，有一個眼睛上蒙一塊眼罩的閒人唱起了假如月亮上的人是猶、猶、猶太佬[150]，一個邋遢女人大聲喊道：

——喂，先生！你的褲子前面敞著呢，先生！

他可是說：

——門德爾松是猶太人，卡爾·馬克思、墨卡但丁、斯賓諾莎都是猶太人。救世主也是猶太人，他的父親就是猶太人。你們的天主。

——他沒有父親，馬丁說。夠了。快駕車。

——誰的天主？公民說。

——好吧，他叔叔是猶太人。你們的天主是猶太人。基督和我一樣，是猶太人。

老天，公民轉回身就往店堂裡面衝。

——耶穌啊，他說。這個背時猶太佬敢犯聖名，我得砸開他的腦袋。耶穌啊，我要把他釘死在十字架上，非釘不可。把那只餅乾罐頭遞給咱們。

——打住！打住！約說。

成千上萬的友好人士，紛紛從首都各地和大都柏林地區來此舉行盛大集會，向曾在陛下御用印刷廠家亞歷山大·湯姆公司供職的Nagyaságos uram利波迪·費拉格[151]親切告別，歡送他起程

149　克倫威爾曾對愛爾蘭進行殘酷鎮壓，因此愛爾蘭人以其名字表示狠毒：「鐘、書、蠟燭」表示徹底棄絕，即以教堂鐘聲發布消息，按書中詞句宣判，並熄滅蠟燭以示被棄絕者前途黑暗。

150　由美國二十世紀初年〈假如月亮上的人是個黑鬼〉歌詞改成。

151　匈牙利文：「大老爺利波迪·費拉格」，按「費拉格」為匈文「花」，與「布盧姆」或「弗臘爾」同義。

前往遙遠的Százharminczbrojúgulyás-Dugulás（流水潺潺的草地）。送別儀式極為壯觀，其主要特點為情緒真誠，至為動人。歡送者代表占全社會相當大的一部分人士，向傑出的現象學家獻上由愛爾蘭藝術家繪製的精美古愛爾蘭羊皮紙橫幅一幀，並贈以銀盒一座，此盒製作雅致，按古克爾特風格裝潢，充分顯示產家雅各布agus雅各布公司的氣度不凡[152]。行將出發的客人受到全場的熱烈歡呼，而後精選的愛爾蘭風笛樂隊奏起人所共知的〈回到愛琳來吧〉曲調，緊接著又演奏〈拉科齊進行曲〉[153]，樂聲起處，場上許多人都顯然深受感動。四面海洋沿岸都點燃了焦油桶和大篝火，火焰紛紛在各山頭升起，包括豪斯山、三岩山、塔糖山、布萊岬角、芒山、戈爾梯山脈、牛山、多尼戈爾郡、斯佩林山嶺、內格爾山脈、波格拉山脈、康瑪拉山、麥吉利喀地山的石堆、奧地山、伯納山和布盧姆山。全場歡聲雷動，直沖霄漢，遠處坎布里亞和喀里多尼亞山上聚集的大批扈從[154]，也都應聲歡呼，巨獸般的遊樂船在這四海歡騰的高潮中緩緩離岸，最後表示敬意的是在場歡送的大批婦女派代表獻上鮮花。當遊樂船在一隊帆船的護送下順河駛去時，港務局和海關都向它點旗致敬，鴿子樓的電力站和普爾貝格燈塔也都致敬如儀。**Visszontlátásra, Kedvés barátom! Visszontlátásra!**[155]別了，忘不了。

老天，魔鬼都沒法擋住他，他到底抓住了背時罐頭盒子，又奔到外邊，小阿爾夫仍拉著他的胳臂，他還像挨了刀子的豬似的大吼大叫，熱鬧得活像女王御前劇院裡唱的背時戲：

——他在哪兒哪，我要宰了他！

內德和杰·J笑得直不起腰來。

——血戰一場，俺說。俺要到場聽最後福音。

可是剛巧這時候車夫已經把馬調過頭去，駕著車走了。

——住手，公民，約說。打住了。

老天在上，他轉身回臂，使勁一扔，擲了出去。天主慈悲，太陽光正晃著他的眼，要不他真要了他的命。老天，他差點兒把它一直擲到了朗福德郡。背時的駑馬受了驚，那條雜種老狗著了魔似的追著背時馬車，全城的人都在又喊又笑，那只鐵皮盒子落在馬路上哐噹哐噹直滾。

這場災禍來勢驚天動地，並且立見後果。鄧辛克天文臺錄到了共計十一次的震動，每次強度均達麥加利震級的第五級，我島自一五三四年即綢服托瑪斯叛亂之年的大地震以來，還從無如此規模的地震活動紀錄可查。震中位置似為首都法學會碼頭區和聖邁肯教區境內一方土地，面積四十一英畝二路德零一方杆或佩契[156]。執法大堂附近全部豪華住宅均遭摧毀，大堂本身亦頓時化為一片廢墟。災情發生時堂內正在舉行重要法律辯論，咸恐堂內人員業已全部活埋在下。據目擊者報告，地震波到達時，隨同出現旋風性質的劇烈大氣紊亂現象。災後搜索隊發現的一頂帽子，

---

152 雅各布公司為都柏林一餅乾廠，agus為愛爾蘭語「和」，表示廠名中兩個雅各布均為廠主。

153 拉科齊為十九世紀匈牙利一地區領袖，此進行曲由其軍隊首先接受而後成為全匈國歌。

154 坎布里亞與喀里多尼亞即威爾士與蘇格蘭，與愛爾蘭隔海相望。

155 匈牙利語：「再見，親愛的朋友！再見！」

156 「路德」、「方杆」、「佩契」均為英制丈量單位，「路德」為四分之一英畝，「杆」與「佩契」相同，均為五碼半。

現已查明屬於深受尊敬的都柏林法院書記官喬治・福特雷爾先生，一柄金把綢傘，把上鐫有姓名簡寫字母、家族徽記、紋章和住宅號碼，證明屬於博學而受人崇敬的季審法院院長、都柏林紀錄官弗雷德里克・福基納爵士，發現地點都在島國邊遠地區，前者在巨人堤上第三玄武岩埂上，後者埋在老金塞爾角附近霍爾噴灣沙灘的沙下，深達一呎三吋。另一些目擊者證實，當時他們觀察到一件白熾放光的巨大物體，以駭人的速度循一道西南偏西方向的跡飛越空中。每小時都有弔唁和慰問函電紛紛來自各大洲各地；教皇體恤民情頒發諭旨，凡屬聖座教權統轄下的主教轄區，所有大教堂內一律由教區長主禮，在同一時間內舉行一次特殊的missa pro defunctis[157]，為這批猝然被召離我們而去的忠實信徒的靈魂祈禱。清理瓦礫、死人殘骸等善後工作，已委託不倫瑞克大街一五九號邁克爾・梅德父子公司及北堤七十七、七十八、七十九、八十號的T和C馬丁公司辦理，由康沃爾公爵輕步兵團官兵協助，由尊貴的海軍少將、嘉德勛位爵士、聖派特里克勛位爵士、聖殿騎士、樞密院參事、巴斯高級騎士、國會議員、治安法官、醫學學士、優異服務勛章獲得者、服勛優、獵狐犬主、皇家愛爾蘭學會院士、法學士、音樂博士、濟貧會委員、都柏林三一學院院士、皇家愛爾蘭大學院士、皇家愛爾蘭內科醫師學會會員、皇家愛爾蘭外科醫師學會會員赫丘利・漢尼巴爾・哈比厄斯・科頗斯・安德森爵士殿下統一領導。

你這一輩子也沒有遇到過這麼一檔子事兒。老天，要是這彩票砸在他的腦袋上，他可就忘不了金杯了，沒有錯，可是老天在上，公民可得坐牢房了，暴力傷人罪，約是協同犯。車夫駕車狂奔，才救了他的命，天主造摩西真是那麼回事。怎麼樣？耶穌呀，真是那麼回事。他還朝著他走的方向甩過去一串的咒罵。

——我砸死了他沒有？他說。沒有嗎？

他又對背時狗喊叫：

——追他，加里！追他，小子！

俺們最後看到的場面，就是那輛背時馬車正在拐彎，老羊臉在車上還指手畫腳的，那背時的雜種狗放倒了耳朵拚著背時命追馬車，要把他撕個四分五裂。一百比五！耶穌，牠可把他中的彩都沖掉了，俺告訴你。

這時節，瞧吧，眾人周圍出現了一片耀眼的金光，人們只見他站的戰車騰空而起。人們見到，戰車中的他全身披金光，服裝似太陽，容貌如月亮，而威儀駭人，使人們都不敢正視。這時一個聲音自天而降，呼喚著：**以利亞！以利亞**[158]！他的回答是一聲有力的叫喊：**阿爸！上主！**他們見到他，正身的他，兒子布盧姆·以利亞，由大群大群的天使簇擁著升向金光圈中，以四十五度的斜角飛越小格林街的多諾霍酒店上空，像一塊用鐵鍬甩起來的坷拉。

157 拉丁文：「為死者舉行的彌撒」。

158 《聖經·舊約》結束時，上帝宣稱將在世界末日之前派先知以利亞來拯救世人。

附錄：

名家看《尤利西斯》金隄譯本

雖忠於原著卻流暢易讀

齊邦媛

真難以相信這麼艱深的七百五十頁巨著，在目前臺灣並不興旺的文學書市場上，不到四十天竟已再版！是因為中文本的讀者等得太久了，而這本中譯本的文字雖忠於原著卻是流暢易讀的。

喬伊斯二十二歲帶著背離的心情揮別愛爾蘭家鄉到歐洲大陸，而他的文學心靈在後半世的歲月中卻持筆徜徉在都柏林的大街小巷間，用映象、素描、補綴……法配合繁複的意識流獨白寫出令世人始則震驚，繼而嘆服的這部巨著。出書時，他已四十歲了，大約更深切地體會了史詩英雄尤利西斯二十年漂流的種種情境吧。

金隄先生譯此書時，大半時間也在異鄉。十年以上的時光，將中英文逐字逐句推敲之際，對原著者字裡行間的情緒更易有深切的了解與共鳴吧。

是當今我國翻譯界的重大成就

朱　炎

詹姆斯・喬伊斯的《尤利西斯》，是二十世紀小說世界中最受矚目的皇皇巨構。它不但是與荷馬的《奧德賽》遙相呼應的現代史詩，而且為小說藝術勘闢出新的蹊徑與高峰。它以有限的時空背景，藉著各個角色內心的獨白，引領讀者通過現代人生的繁瑣，體認宇宙的無限與永恆。七十年來，幾乎所有的小說大家，都直接間接或多或少地受過它的影響。

喬學專家金隄先生，窮十數年的精力，將這部名著譯成中文，是當今我國翻譯界的重大成就。原著的文意艱奧，語言繁豐，寫作技巧又變化無窮，譯者所遭遇的艱險，有如尤利西斯歸鄉的路途。金先生憑著數十年的學養和認真而謙虛的態度，字斟句酌，夙夜踟躕，不放過一個疑點，終能完成這樁令譯界激賞的大工程。

——八十二年十一月二十三日上午十時十分

幫助讀者跨越障礙的橋梁

林玉珍

《尤利西斯》晦澀難讀，早有公論。近年來在學者努力之下，此書的注解、賞析一一問世，逐漸破解其不可卒讀的迷思；但不少本地讀者仍或因語言障礙，或因心理障礙而不得其門而入，錯失欣賞這本奇書的機會。

金隄教授的中譯本正是幫助讀者跨越障礙的橋梁。金教授中文素養深厚，對原作所下的工夫極深。其譯文順暢可讀，如第四章的「有嚼頭的肫兒」（頁一四一）、「水壺傻呼呼地蹲在那兒」（頁一四一）、「人呀手呀足呀刀呀尺」（頁一四七），第七章的「一個勁兒地扒著扯著往裡鑽」（頁二五三）、「軟疲疲的長條校樣」（頁二五七），金教授以精純，甚至京味極濃的中文，精確地傳譯出原意，俱是神來之筆。

曾從事過翻譯的人，都知道譯文要兼顧信達雅誠非易事，顧此難免失彼，更何況喬伊斯工於文字，尤其常在字裡行間預設伏筆，造成翻譯上許多困難。如原作常刻意凸顯莫莉獨特的運用語言方式，在金譯中就被壓抑下去了。在第四章中，她要丈夫找書時說「一定是掉下去了」（頁一五六），讀者無法由譯文中知道她說的話並不合文法（"It must have fell down"）。問起「輪迴轉世」一詞時，金譯可能為了將就上下文的順暢而作「對。不弄虛不作假，究竟是什麼？」（頁一五七），而原文是"Yes. Who's he when he's home?"這問題來得似乎突兀，卻和她的語言解碼方式有關。原來她將「輪迴轉世」（metempsychosis）註解成met him pike hoses，因而有此一問。此外，在第五章中布盧姆回味筆友瑪莎來信的結尾，揣測她頭痛「大概是她的玫瑰日子」（頁一八〇），這和前一頁中布盧姆由信生聯想，在思維中不時插入花名，原是前後呼應，只是小說後半部將女人來經以玫瑰相擬，中譯讀者恐怕就會錯失喬伊斯刻意安排的訊號了。其他譯文尚待商榷之處，大概是中西文化差異使然，如第四章中的「炸羊腰」（頁一四一），譯成「炙羊腰」或「烤羊腰」，或許更貼近原意，而莫莉收到一封給「瑪莉恩．布盧姆太太」（頁一五二）的信，讀者大概無法從譯文中體會到原作所要彰顯的發信人失禮之處。

饒是如此，金譯大致瑕不掩瑜。且不提金教授筆下處處可見功力，光是他耗時十數年翻譯《尤利西斯》，其毅力就有過人之處，在此特地向金教授致敬。

附錄：

一輩子為了《尤利西斯》

——第一位中譯者金隄談翻譯

林黛嫚

「在有趣的小說中，它是最難懂的；
在最難懂的小說中，它是最有趣的。」

這就是《尤利西斯》。二十世紀最偉大的英語文學著作，也是七十年來世界文壇爭議最多的一部書，是天才型的愛爾蘭作家喬伊斯於一九二二年出版的巨著，曾一度因晦澀，和所謂的「色情」被英美等國列為「禁書」。全書以意識流技巧寫一九〇四年六月十六日早上八時到深夜二時，一對中年夫婦和一位青年知識分子的身心活動，世界上已有多種譯本。由於原文大量用典，以及其他獨特的手法，難讀難譯，經過漫漫七十年後，才有金隄先生譯出中文全譯本。

金隄先生，昆明西南聯大畢業，曾先後在北京大學、南開大學、天津外語學院任教。現旅居美國，以訪問學者身分先後在英國牛津大學，美國耶魯大學、聖母大學、維吉尼亞大學、北卡全國人文中心等地講學及研究。主要譯著有《尤利西斯》（選譯）、《赫胥黎小說集》、《沈從文小說集》（中譯英）等書，並有《等效翻譯探索》、《論翻譯》等中英文論著十餘部。

《尤利西斯》中文版的問世，讓中文讀者可以一窺英美文學的堂奧，可說是今年出版界的盛事。日前，金隄教授專程自美來臺，出席《尤利西斯》的新書發表會，以及幾場關於《尤利西斯》的學術研討會。我們在金教授下榻的飯店見到了他，並且和他討論了《尤利西斯》以及一些翻譯上的問題。

金教授第一次來臺灣，幾天下來，他有了粗略的印象。「我原以為臺灣是個商業社會，來了以後，最深的感觸卻是這裡文化氣息濃厚。譬如我研究的《尤利西斯》，國際上有個國際喬伊斯學會，這門學問被稱為『喬學』，有成千的人以此作為研究論題；可是過去我感覺很難得碰到一位能用中文與之暢談的專家，這次在臺北卻遇見許多位專家學者，我很高興能和他們討論《尤利西斯》。」

大陸「喬學」受政治高壓影響，落後數十年

金教授驚訝於臺灣對《尤利西斯》有研究的人不少，相對的他談到大陸「喬學」的情況，他說：「大陸在七〇年代後期才有個開始，我深入研究《尤利西斯》後，才發現政治高壓對學術的迫害多麼嚴重，譬如有位知名的小說家周立坡，得過史達林文學獎，他說《尤利西斯》不值得讀者為它費工夫，其中只有毒素，毫無內容。但我發現他提到這本書的主人翁的名字布盧姆，原文應該是BLOOM，他卻寫成BLUM，可見他不但沒讀懂《尤利西斯》這書，甚至連看都沒看見過，我判斷他是因為蘇聯評論家說這書不好，就跟著說不好。在這一類完全否定《尤利西斯》的

權威影響下，沒有人敢研究此書，使大陸的『喬學』落後數十年。臺灣幸運的一點，是沒有像這樣政治上極端左傾的壓力。」

從一九七九年起，金隄教授研究《尤利西斯》已有十五年，最近五年更是全力以赴，所有心力完全投注其中，至今仍未完成，目前只出版厚近八百頁的《尤利西斯》上卷，還有未完的六章。他聽說蕭乾的妻子文潔若也著手翻譯此書，預定兩年完成，這個消息令金教授大為驚訝。他半帶玩笑地感慨說道：「早知道我就不須花這力氣了。」

然而談到如何與《尤利西斯》結緣的經過，金教授又意興昂揚，可見這十五年的心力他投注得無怨無悔。

西方現代派作品選，沒有《尤利西斯》則不具代表性

金教授說：「我與《尤利西斯》最初的接觸是在一九四五年。那時我剛從西南聯大畢業，留校擔任助教，是個教英文的年輕教師。這本書圖書館沒有，有位朋友無意中借到一本，我見了非常感興趣，但他只能轉借我一星期。於是在那一星期中，我除了教書，餘下的時間都在看這本書，廢寢忘餐，竟然把它從頭到尾看完了。我覺得某些地方很有意思，但絕大部分莫名其妙。」

連某些英美著名作家都不大看得懂的書，何況一位初出大學校門的外國讀者！一直到一九七九年，北京中國社會科學院外國文學研究所要出版一部書《西方現代派作品選》，他才又和《尤利西斯》搭上線。二次大戰後，《尤利西斯》的研究者越來越多，在歐美已被譽為二十世

紀最偉大的英語文學作品，中國大陸的學界當時雖未必有此見識，起碼知道《尤利西斯》是代表作。這部四卷規模的皇皇鉅選，沒有《尤利西斯》就不具代表性，於是這部書的執行編輯才設法找人翻譯這本書。

「那時我在天津，他們問遍北京各研究單位，沒有人能承擔，後來我在西南聯大的老同學袁可嘉想到我，專程到天津找我。我先是猶豫，因為知道這是難事，袁可嘉說願將中科院裡有關《尤利西斯》的資料、書籍都送過來供我參考，而且能翻多少算多少。正好遇上長假，於是我勉力一試，挑其中最短的第二章著手。那些中科院提供的五、六本參考書資料太老，我大多依賴百科全書，這一章就花了我半年時間。」

結果，這一章成了《尤利西斯》最早的中譯選，之後基於參考資料闕如，金教授也難下繼續翻譯的決心。然而這一章出版後，國際喬伊斯學者十分積極，希望能促成《尤利西斯》中譯本的完成，鼓勵金教授繼續譯下去，但此時他正進行《論翻譯》這本理論著作，無法續筆。卻也因這「第二章」，金隄有機會到英國、美國去訪問時，他在牛津大學與喬伊斯權威理查・艾爾曼教授一塊研究，選出其中值得選翻的章節。

從「一章」到一個選集，為自己而翻譯全譯本

從英美講學回到大陸，中科院外文所出版的《世界文學》雜誌又找上金隄。金教授說：「《世界文學》是大陸一分很重要的文學雜誌，即使在政治、文化的封閉時期，它都沒有中斷，

尤其對東歐、蘇聯文學的譯介很有貢獻。那時《世界文學》的副主編李文俊負責英美文學，他熱情支持我翻《尤利西斯》的選集，我說至少要一年半，他說行。於是一九八五年交稿，八六年出版，這是《尤利西斯》比較像樣的第一個選集。」

從「一章」到「一個選集」，金隄與《尤利西斯》的關係已邁進了一大步，但在未遇見九歌出版社發行人蔡文甫之前，他仍未曾起意著手全譯本的工作。

「自我那一章出現後，北京人民文學出版社就與我接洽，希望出版全譯本，因人民文學出版社從不出選譯本，他們也知道這本書難翻，說給我三年、五年都行，因為我當時還在教書，我說給我十年也不夠，於是這個出版計畫就此耽擱。然而天津百花出版社出版選集單行本後，人民出版社急了，遂同意出擴大的選譯本，因此，我到美國後，仍作選譯的準備。但八九年天安門事件發生，改變我的想法，我覺得這本書有可能算作自由化的作品，即使我翻譯好了，出版社很可能束之高閣，但我仍繼續翻譯，這時已沒有任何合約約束，我是為自己做這件事。隨後蔡文甫先生找上我，在他堅持下才決定出版全譯本。我這麼多年浸淫於《尤利西斯》之中，越看越覺得這是一本天才型的偉大著作，我希望能起橋梁作用，讓中文讀者也能欣賞它的藝術價值。」

談到翻譯《尤利西斯》，遇上的難題，最大困難度在哪些部分?金隄教授說：「首先最困難的是充分的理解，現在的研究環境和數十年前大不相同，關於《尤利西斯》的注釋和論文很多，作為一個翻譯者，必須把這些論文和注釋都看過，才能作出自己的判斷。注釋很多，也有很多錯誤，自己也要研究。《尤利西斯》特別之處在於越是簡單的字，尤其是一些單音節的字，學問越大，越難作出正確的翻譯。」

譯文要表現與原文同樣的藝術性

總的來說，理解是頭一關，理解《尤利西斯》比一般的書難上十倍以上，在這上頭金隄教授花了大量心力，理解之後呢？金教授接著說：

「第二個難處在於譯文要表現與原文同樣的藝術性。我覺得自己不是個天才，但這部分卻需要天分充分地流露，即譯文不只是求正確，目的在於讓中文讀者看了翻譯能獲得與原來的讀者同樣的感受，我把這種情形稱為『等效』，即中文讀者看了的效果與英文讀者的效果相同或接近。從翻譯理論上說，過去一個很大的矛盾一直沒解決，即忠實與通順相衝突，但我認為這個不能解決的矛盾出之於錯誤的著眼點，以為字對字即忠實。其實所謂的『忠實』是中文讀者與原文讀者得到的印象是相同的。人類語言的交流是感情、思想的交流，不是字的交流。」

金教授認為一般人說的「直譯」、「意譯」的爭議便是他所說的矛盾，他覺得這兩種說法都不對，譬如「張先生」的稱呼，翻成英文「Mr. Chang」，很忠實，但若在書信中，直稱「Mr. Chang」而不加上「Dear」就非常不禮貌，因此「Mr. Chang」和「張先生」字面上是相等了，但在效果上卻大相逕庭。反過來說，英文中的「Dear Mr. Chang」，若翻成中文「親愛的張先生」，看起來是對的，實際上有可能是錯的，要看具體情況而定。

第三個難處在於喬伊斯文字中的許多微妙之處。《尤利西斯》之所以受到那麼多文學評論家和讀者的讚賞以致熱愛，主要就在於它以極其精湛準確的語言，栩栩如生地刻畫了一個城市內的人、時、地，使讀者對一些人物獲得在英語文學中空前深入而全面的理解，金教授說：「因此語言在《尤利西斯》中是非常重要的，尤其是『雙關語』，我在翻譯時盡量顧及這一點。」

表面上，可能與原文不完全一樣，但在中文裡也是雙關語，基本意思存在，又使讀者能享受雙關語的樂趣。有些地方實在做不到，只好靠注釋。

直譯與意譯，是翻譯界無法解決的矛盾

金教授認為翻譯要靠注釋是無可奈何的事情，因意思上已沒有雙關語的俏皮。然而要求十全十美的翻譯是不容易的，金教授只好在別的地方補償。讓中國讀者也能享受相同的閱讀樂趣，是金隄翻譯《尤利西斯》的原則。

忠實與通順、直譯與意譯，這是翻譯界無法解決的矛盾。金教授談到一個翻譯的觀念問題，即「翻譯是再創作」，他贊成這個說法，但必須加上一句但書——再創作的效果必須與原來的作品效果相同，至少得接近。

金教授說：「否則太過自由，就脫離原作的精髓。譬如翻譯中文詩很有名的龐德（Ezra Pound），他打破英文詩的束縛，介紹東方民族的詩作，在英國文學史上有其地位，但他翻李白〈送孟浩然之廣陵〉一詩，我就不以為然，『故人西辭黃鶴樓』，他翻成『Ko-jin goes west from Ko-Kaku-ru』，七個中文字三個詞組，每個詞組的文法都是錯誤的。故人『KO-jin』音譯，而且不

是從漢語音譯，而是從日本音來，外國人一看，以為是個人名：『goes west』說的是孟浩然去西邊，但孟浩然去揚州，是東去而非西去；至於黃鶴樓『Ko-kaku-ru』就更讓人不知所云了。」

金隄認為詩人才能翻譯詩，但也要顧及原詩的情調，類似龐德的譯法，外國人看起來很有意思，也許可以說是一種再創造，卻不能稱為翻譯了。

金教授再以李白〈靜夜思〉為例，有人翻譯此詩，全文二十一個字，在簡潔方面很接近原詩，但最後兩句的「舉頭望明月，低頭思故鄉」，抬頭、低頭的動作他用「hand up」、「hand down」，雖然簡潔而且好像巧合，但這兩個詞是體操動作，命令式的語氣，用在這兒太突兀了。金教授曾拿此詩的數種英譯，向英語讀者作客觀調查，很多人都覺得這種硬梆梆的句子缺乏詩意。

金教授認為譯者使用母語比較容易有傑出表現，外國人中文再怎麼好，也不能完全融入我們的民俗、國情中。

《沈從文小說集》——主要的中譯本

金教授除了是第一位《尤利西斯》的中譯者，還有幾本關於翻譯理論的中英文著作，此外，他還翻過《沈從文小說集》，是名作家沈從文的作品的主要英譯本。談到翻譯沈從文的小說，金教授頗為遺憾地說：「我覺得沈從文沒拿到諾貝爾文學獎，我要負一部分責任，如果我能翻譯得更好，讓歐美人士看了之後，和中國人一樣感動，他應該可以得獎的。」

金隄與沈從文從一九四〇年起就來往很密切，他和沈從文夫人張兆和也熟識，至於怎麼會英譯沈從文作品呢？金隄說：「大約是一九四三、四四年間，抗戰勝利前，我大學還沒畢業，畢業論文即以沈從文為論題。原本我也打算從英國文學著手寫畢業論文，但我的英國籍教授Robert Pagne看過我翻沈從文的小說，他很高興，不但鼓勵我，幫我潤色，也幫我在英國找出版商，於是我翻沈從文的十四篇中短篇小說，一九四七年在英國出版，一九八二年在美國重版。」

這個譯本，金隄並不滿意，總希望能重新選擇作品，重新翻譯。他也考慮過這個工作，並且與沈從文本人討論，把沈從文的家鄉——湘西一些專有名詞弄得更透澈。沈從文也告訴他一些他的作品的緣起，如〈邊城〉、〈珊珊〉、〈三個男人和一個女人〉，還有〈王嫂〉，都是沈從文喜愛的作品，沈從文對金隄談到〈王嫂〉這個他家中傭人的真實遭遇，還感動地流下了淚。

原希望重新翻譯沈從文作品

金隄原希望能重新詮釋沈從文豐富的文學作品，可惜他忙於《尤利西斯》的翻譯，沈從文又於八九年去世，沈從文未能得諾貝爾文學獎就成了所有中國人永遠的遺憾了。

最後金教授談到目前大陸翻譯界的發展情形，他說：

「有一段時間，英文在中國大陸不吃香，那時蘇聯是老大哥，一切以向俄國學習為主要目標，一九五一、五二年時，甚至有懂俄文者工資加兩成的事情。我比較幸運，因為在《中國建設》雜誌工作，還能持續英文方面的研究。現在英文是大陸最熱門的外語。我在未離開大陸前，對大陸的翻譯理論作了些努力，現在大陸幾乎各省都有翻譯工作者協會，全國也有中國大陸翻譯工作者協會，任務是推動、研究、改進。此外，外文出版局有一個《中國文學》雜誌，專門向外國介紹中國文學，譬如名翻譯家楊憲益和夫人戴乃迪合譯的《紅樓夢》。《紅樓夢》還有另一本英譯，是由英國人David Hawkes所譯，書名是"The Story of the Stone"，這本英譯一出，據說楊憲益曾說『他是翻譯家，我是翻譯匠』。」

現任美國北卡羅萊納的「人文學科研究中心」客座研究員的金隄，看到剛出爐的中譯本《尤利西斯》上卷，欣喜不已。十三年前，他翻完《尤利西斯》第二章時，曾有「就像爬座小山，以為已登上山頂，卻看到更多更高的山」的感覺，而今，以爬《尤利西斯》這座大山為例，金隄可說已越過山腰，眼看山頂在望，餘下的只餘等待的情緒——等待這部二十世紀的史詩在中國文學界綻放光芒。

——原載八十二年十一月十日《中央日報》副刊

九　　歌　　譯　　叢　　6　　1

尤利西斯（上卷）

國家圖書館出版品預行編目 (CIP) 資料

尤利西斯 / 詹姆斯・喬伊斯 (James Joyce) 著 ; 金隄譯 .
-- 四版 . -- 臺北市：九歌出版社有限公司 , 2023.01
冊；　公分 . -- (九歌譯叢 ; 61-62)
譯自：Ulysses
ISBN 978-986-450-517-3(上卷：平裝). --
ISBN 978-986-450-518-0(下卷：平裝). --
ISBN 978-986-450-519-7(全套：平裝)

873.57　　111020222

著　　者——詹姆斯・喬伊斯 James Joyce
譯　　者——金隄
創 辦 人——蔡文甫
發 行 人——蔡澤玉
出版發行——九歌出版社有限公司
　　臺北市八德路 3 段 12 巷 57 弄 40 號
　　電話 / 25776564 傳真 / 25789205
　　郵政劃撥 / 0112295-1

九歌文學網　www.chiuko.com.tw

印　　刷——晨捷印製股份有限公司
法律顧問——龍躍天律師・蕭雄淋律師・董安丹律師
初　　版——1993 年 10 月 20 日
四　　版——2023 年 1 月
定　　價——650 元
書　　號——0103061
I S B N——978-986-450-517-3
　　9789864505241（PDF）

（缺頁、破損或裝訂錯誤，請寄回本公司更換）